RÉPARATION DE SANG

ARIEL TACHNA

RÉPARATION DE SANG

ARIEL TACHNA

Publié par
DREAMSPINNER PRESS

5032 Capital Circle SW, Suite 2, PMB# 279, Tallahassee, FL 32305-7886 USA
www.dreamspinnerpress.com

Édition e-book en français : 978-1-63477-664-6
Édition imprimée en français : 978-1-63477-663-9
Première édition française : mai 2016
v 1.0

Édité aux Etats-Unis d'Amérique.

Pour mes sœurs d'adoption, Nancy, Holly, Connie, Cat, Carol, Madeleine, Gwen et Julianne qui m'ont lue, relue, corrigée et encouragée.
Sans vous, ce rêve ne serait jamais devenu réalité.

I

THIERRY FRONÇA les sourcils en s'asseyant à la table de la cuisine et en regardant Alain. Cela ne faisait même pas vingt-quatre heures qu'Orlando avait été capturé et déjà son meilleur ami paraissait épuisé, hagard, physiquement et émotionnellement ravagé. Thierry se demandait avec inquiétude ce qui se passerait si les heures angoissantes se transformaient en jours. Il avait encore plus peur de les voir s'étirer en semaines – des semaines qu'Orlando n'avait pas, puisqu'il ne pouvait se nourrir que d'Alain.

Il réfléchissait activement pour trouver un moyen de découvrir où était le vampire disparu. Les patrouilles de nuit fouillaient chaque endroit que Monique Leclerc la magicienne transfuge, leur désignait comme étant un lieu utilisé autrefois par Serrier, avec l'espoir d'avoir un coup de chance et de tomber sur Orlando, mais en toute honnêteté, elle avait avoué que le chef rebelle gardait délibérément ses forces fractionnées afin que toute personne capturée ne puisse révéler qu'une partie de ses plans et de ses cachettes. Thierry ne savait pas trop comment il se sentait à l'idée d'attribuer autant d'importance à ses informations, mais c'était la meilleure piste qu'ils avaient pour le moment, d'autant plus que les sorciers qu'ils avaient capturés pendant la bataille de la place Pigalle n'avaient fourni aucune information intéressante, la plupart craignant plus les représailles de Serrier s'ils parlaient qu'ils ne redoutaient de se voir jetés en prison. Thierry n'était pas sûr de pouvoir les blâmer. À l'exception de Raymond, tous les sorciers qui avaient parlé en échange d'un allègement de peine avaient été soumis à une mort horrible en prison, malgré les efforts redoublés des gardiens.

Impuissant, il vit Alain reculer sa chaise, les pieds raclant bruyamment les carreaux blancs du sol de la cuisine. Le visage crispé, il commença à faire les cent pas, tel un lion en cage incapable d'échapper aux limites de sa cellule.

— Tu vas te fatiguer et ensuite, lorsque nous trouverons Orlando, tu ne seras plus bon à rien pour lui, gronda Thierry.

Il savait que son avertissement ne rencontrerait que du mépris. Il avait raison.

— Comme si tu pourrais rester tranquillement assis ici, si Sébastien était celui qui se trouvait entre leurs mains, répliqua Alain.

— Non, je ne le pourrais pas, admit Thierry, mais tu serais assis là où je me trouve, à m'obliger à prendre soin de moi.

— Je devrais être dehors à sa recherche, protesta Alain. C'est moi qui ai les meilleures chances de le détecter s'ils le gardent caché !

— Peut-être, accorda Thierry, mais tu ne peux pas aller avec chaque patrouille, car cela prendrait trop de temps. C'est plus rapide de les laisser faire leur travail pendant que tu te reposes. Nous n'envoyons pas des gens inexpérimentés sur les sites. Ils connaissent les ruses de Serrier.

Alain secoua la tête, mais Thierry l'ignora.

— Tu as à peine dormi depuis qu'il a été enlevé, à part les quelques heures où je t'ai assommé. Tu ne peux pas continuer comme ça, et espérer être en mesure de nourrir Orlando *quand* il sera secouru.

Il accentua le *quand*, refusant absolument d'envisager ce qui pourrait arriver à Alain – autant qu'à Orlando –, s'ils ne parvenaient pas à trouver le vampire à temps.

Le visage d'Alain se crispa.

— Tu ne comprends pas, insista-t-il. Il ne peut se nourrir de personne d'autre que moi, donc il mettra plus de temps à récupérer de tout ce qu'ils lui feront subir.

Il s'efforçait d'expliquer les pensées et les sentiments qui défiaient la rationalité.

— Il est mon autre moitié, Thierry. J'ai l'impression que mon âme a été déchirée en deux, simplement parce qu'il n'est pas là. Et quand je peux sentir qu'ils le blessent, c'est encore pire. Je ne peux pas me reposer parce qu'il ne le peut pas.

Thierry ne demanda pas comment tout cela avait pu arriver en moins d'un mois. Il n'en avait pas besoin. Il avait, lui aussi, un partenaire, mais sans l'intensité ajoutée par la marque sur le cou d'Alain. Il ne pouvait pas sentir les émotions de Sébastien de la même manière dont Alain pouvait percevoir celles d'Orlando, mais il savait qu'il serait tout aussi agité, tout aussi déraisonnable, si Sébastien avait véritablement disparu, alors que ce dernier n'était que momentanément absent, parti chercher des vêtements à Alain dans l'appartement d'Orlando.

— Je comprends, répondit Thierry à mi-voix.

Une légère rougeur colora ses joues en repensant à tout ce qui s'était passé entre Sébastien et lui depuis leur première rencontre, ce qui avait abouti à leurs ébats de la veille.

L'expression sur le visage de Thierry était tellement en contradiction avec son attitude habituelle qu'elle secoua Alain de son égocentrisme. Le rougissement de Thierry n'était pas suffisant pour supplanter Orlando dans ses pensées, mais Thierry était son meilleur ami depuis trente ans. Il ne serait pas un véritable ami s'il ne pouvait pas reconnaître un changement dans la vie de l'homme, malgré ceux qui troublaient la sienne.

— Être avec Sébastien semble te faire du bien. Tu parais à nouveau heureux, d'une manière que tu n'as pas connue depuis longtemps.

La rougeur de Thierry s'accentua.

— Je le savais en vous regardant ensemble toi et Orlando, que faire l'amour avec un vampire serait encore plus incroyable que de simplement le laisser se nourrir de moi, mais je ne pouvais même pas m'imaginer ce que ça pouvait vraiment faire d'avoir ses crocs dans mon cou pendant que... désolé, s'interrompit-il en voyant l'étrange expression sur le visage d'Alain, je donne trop de détails.

2

— Ce n'est pas ça, répondit Alain, la voix nouée par une émotion contenue. C'est simplement que nous ne… Orlando n'a jamais voulu se nourrir de moi pendant que nous faisions l'amour. Il avait peur de me faire du mal.

— Merde, jura Thierry dans sa barbe. Je suis désolé, Alain. Je n'arrive pas à dire quelque chose de bien ce soir.

— Il n'y a rien à dire, déclara Alain d'une voix rauque. Il avait ses raisons et je les respectais.

Il se détourna, ne voulant pas que Thierry voie la profondeur de sa douleur, malencontreusement amplifiée par son commentaire fortuit. Cependant, il aurait dû savoir qu'il ne pourrait pas se cacher de Thierry. Une main réconfortante se posa sur son épaule.

— Nous allons le ramener, promit Thierry, et quand nous le ferons, tu pourras le faire changer d'avis.

— C'est ça le plus terrible, fit Alain d'une voix rauque. Je crois qu'il *avait* changé d'avis, mais que ce n'était pas le moment. Nous avons reçu les informations sur l'attaque de la place Pigalle et nous avons passé la soirée à nous concentrer là-dessus. Et après, il a été capturé.

— Alors, dans le bureau avant que nous partions, vous n'étiez pas… ? commença Thierry.

— Il m'a masturbé pendant qu'il se nourrissait, mais ça peut à peine être considéré comme faire l'amour, expliqua Alain. Vous êtes arrivé juste à la fin.

— Je suis désolé. Si je l'avais su, je ne l'aurais pas interrompu, s'excusa Thierry.

Alain haussa les épaules, mais ses émotions étaient à vif dans sa voix quand il répondit :

— Tu ne pouvais pas le savoir, mais même si c'était le cas, nous n'avions pas le temps. De toute façon, je n'aurais pas voulu que, pour la première fois, nous partagions quelque chose d'aussi intime dans le bureau. Je souhaiterais juste que nous ayons eu plus de temps.

— Vous aurez le temps, promit Thierry. Nous allons le ramener et mettre fin à cette guerre, et vous aurez le reste de votre vie pour tout découvrir l'un sur l'autre. Tu dois y croire.

— Tu me dis ça, et ensuite tu ne me laisses pas faire quoi que ce soit pour le retrouver ! rétorqua Alain.

— Que ferais-tu de plus que nous ne soyons pas déjà en train de faire ? demanda Thierry. Cite-moi une chose que tu peux faire à cet instant que personne d'autre ne peut assumer aussi bien que toi, et j'arrête de te harceler afin que tu te reposes et je te laisse y aller. Une seule chose, Alain, vas-y, dis-moi.

Alain ouvrit la bouche pour répondre avant de la refermer, la frustration était visible sur son visage.

— Putain, Thierry, je ne peux pas rester assis ici et ne rien faire !

3

— Il n'est pas question que tu t'assoies où que ce soit, répondit Thierry fermement. Dès que Sébastien sera revenu, tu iras prendre une douche, changer de vêtements et tu iras dormir, même si je dois t'assommer moi-même. À la réflexion, la douche peut attendre demain. Tu dois dormir ou tu ne seras pas non plus en mesure de le chercher demain. Orlando a besoin que tu sois fort, et pas sur le point de t'écrouler.

— Va te faire foutre, gronda Alain avec colère, s'éloignant de Thierry et se dirigeant d'un pas décidé vers la porte. Je ne sais pas pourquoi tu penses que tu sais ce qui est le mieux pour moi, mais ce n'est pas le cas. Pas cette fois. Je ne vais pas rester ici à écouter des platitudes et supporter ton attitude condescendante. Si tu ne veux pas m'aider à le trouver, alors je vais me débrouiller.

Les mots lui firent mal, même en sachant qu'ils étaient motivés par une certaine irrationalité. Ils le blessèrent assez pour que Thierry ne réagisse pas immédiatement, réprimant sa propre mauvaise humeur pour essayer d'éviter que la dispute ne dégénère. Cependant, Alain n'avait apparemment pas besoin que Thierry lui donne la réplique pour continuer à argumenter.

— Es-tu jaloux ? cria Alain en se retournant quand il atteignit la porte. Est-ce pour cela que tu ne veux pas m'aider ? Ou es-tu tout simplement trop obnubilé par l'idée d'entraîner de nouveau Sébastien dans un lit lorsqu'il arrivera ici, pour te préoccuper de ce qu'ils font à Orlando ?

— Ne t'engage pas sur cette voie, gronda Thierry derrière lui, son tempérament prenant le dessus. Tu sais que je me suis cassé le cul la nuit dernière et toute la journée d'aujourd'hui pour essayer de le trouver, mais je suis épuisé, tu es épuisé et, la seule raison pour laquelle Sébastien ne l'est pas, c'est parce qu'il est un vampire. Il n'y a rien d'autre que nous puissions faire ce soir.

— Qu'est-ce qui se passe ? demanda Sébastien en arrivant, immédiatement conscient de la tension ambiante.

La tête d'Alain pivota, son regard se reporta sur le vampire, mais, quels que soient les mots sur ses lèvres, prêts à s'échapper, ils ne les franchirent jamais. Thierry le frappa par le côté avec un sort de sommeil avant qu'il ne les prononce. Les réflexes rapides de Sébastien empêchèrent le magicien inconscient de toucher le sol.

— Tu aurais dû le laisser tomber, murmura Thierry. Ce salaud ingrat.

Les sourcils de Sébastien se soulevèrent.

— Pour l'amour du ciel, que se passe-t-il ? redemanda-t-il, basculant Alain sur son épaule et se dirigeant vers la chambre. Je ne t'ai jamais vu agir comme ça avec Alain.

— Jette-le sur son lit et je te raconterai, répondit Thierry, la blessure des accusations d'Alain encore à vif.

Sébastien porta le sorcier dans la chambre d'amis, l'installa sur le lit et lui retira ses chaussures pour qu'il puisse dormir plus confortablement. Il déposa le sac contenant les affaires d'Alain, là où le magicien pourrait le voir à son réveil puis il retourna dans la cuisine.

— Voilà. Alors, qu'est-ce qui se passe ?

Thierry soupira.

— Je n'en ai pas la moindre idée. Nous parlions – évidemment, il voulait continuer à chercher Orlando, bien qu'il soit complètement lessivé –, et ensuite, il a posé une question au sujet de toi... de nous. J'ai répondu honnêtement parce que je n'ai jamais eu de secret pour lui, et ça a touché un point sensible. Et, ensuite, il s'est mis à me crier dessus, m'accusant de l'empêcher d'aller à la recherche Orlando sous prétexte que je serais jaloux de leur lien ou parce que je voudrais juste coucher avec toi de nouveau. Comment peut-il penser ça ?

— Il ne le pense pas, contredit Sébastien. En fait, il ne pense à rien. Il est totalement fou d'inquiétude et il tremble de peur. Imagine comment tu te sentirais si tu étais obligé de t'asseoir et de regarder Serrier torturer Alain. Tu serais dans la pièce, mais tu ne pourrais pas dire quoi que ce soit, tu ne pourrais rien faire pour l'arrêter. Tout ce que tu pourrais faire serait de souffrir avec lui. Voilà ce que subit Alain avec Orlando. Il ne peut pas le voir, mais il peut sentir la douleur d'Orlando, et il est impuissant. Et c'est ce qui l'incite à dire et faire des choses qu'il ne dirait pas et ne ferait jamais en temps normal. Mais il ne peut pas se retenir parce qu'il souffre, alors il se déchaîne contre les gens autour de lui. Il sait, à un certain niveau, que rien de ce qu'il fera ne sera suffisant pour briser votre amitié et, donc, il laisse toute l'horreur qui est en lui rejaillir sur toi.

— Ce n'est pas tant les choses qu'il a dites, songea Thierry à mi-voix, la présence de Sébastien l'apaisant. C'est la façon odieuse dont il les a dites, comme s'il voulait me faire du mal.

— Il le voulait probablement, reconnut Sébastien. D'une manière un peu tordue, savoir que tu es également malheureux lui donne certainement l'impression d'être moins seul.

Il prit une profonde inspiration et se força à se souvenir des jours les plus sombres de sa vie.

— Quand Thibaut est mort, j'étais en colère contre l'univers tout entier. La cruelle ironie de l'Aveu de Sang, c'est que l'Avoué ne peut pas être transformé parce que son partenaire ne peut pas le ou la vider, mais dans les premiers temps de notre amour, je n'y pensais pas. Il était jeune. Je n'ai pas pensé à ce qui se passerait quand il serait vieux. Jusqu'à ce que je me retrouve là, tenant le corps de mon Avoué, seul pour la première fois en près de soixante ans. Des vampires sont venus pour le veiller avec moi, mais je ne voulais pas de leur compagnie. Je voulais être seul pour pleurer. La colère me rongeait de l'intérieur, alors je m'en prenais à tout le monde, essayant de les chasser. Certains d'entre eux sont partis, mais une femme est restée et m'a laissé déverser des horreurs jusqu'à ce que je sois épuisé et que je n'ai plus rien à sortir. Finalement, je lui ai demandé pourquoi elle avait supporté tout ça, et elle m'a répondu que j'avais besoin de l'évacuer sans quoi je serais devenu fou à le garder en moi… et parce qu'elle refusait de voir un autre vampire périr pour avoir réprimé son chagrin. Je ne l'ai jamais revue après cette nuit. Elle était venue pour me réconforter et elle est partie en emportant ma douleur avec elle.

— Alors que va-t-il se passer maintenant ?

— Je ne sais pas, avoua Sébastien. Alain est la partie humaine de l'Aveu de Sang, pas la moitié vampire, et je ne connais aucun cas où c'est l'humain qui a perdu le vampire au lieu de l'inverse. Je suis pratiquement sûr que c'est déjà arrivé, c'est juste que je n'en ai pas entendu parler. Et Orlando n'est pas perdu. Absent, oui, mais pas perdu, du moins pas encore, alors Alain garde espoir. Bien sûr, cela pourrait compliquer les choses, même les aggraver, si son chagrin combattait cet espoir… À vrai dire, je n'en sais rien.

— D'après toi, pourrait-il y avoir un moyen de trouver Orlando que nous n'avons pas déjà envisagé ? demanda Thierry. Alain peut le sentir. Pouvons-nous utiliser ça ?

— Peut-être, répondit Sébastien. Je pouvais toujours dire si Thibaut était à la maison quand je rentrais après être sorti durant la nuit ; je pouvais toujours savoir qu'il arrivait, avant même que je l'entende faire du bruit. Alain dit que ça ne donne pas de direction, mais il pourrait être en mesure de réduire les zones de recherches en fonction de la force de ses émotions. Il nous faudra simplement faire des expériences et voir ce que ça donne.

— Il serait assez facile de créer un quadrillage de la ville et de vérifier chaque zone pour voir si les sensations sont plus fortes ou plus faibles, réfléchit Thierry à voix haute. Plus nous éliminons de zones, plus nous pourrons concentrer nos forces.

— Et comme Alain sera impliqué, cela apaisera une partie de la frustration qu'il ressent à ne rien faire.

— Sans parler de lui donner une raison de ne plus bloquer le lien comme Marcel l'incite à le faire pendant qu'il est en service, ajouta Thierry. Si cela permet de le débarrasser d'une partie de sa culpabilité, peut-être qu'il sera en mesure de se concentrer plus efficacement sur l'utilisation du lien, et de nous apprendre quelque chose d'utile pour la recherche.

Sébastien hocha la tête.

— Tu devrais également aller dormir, tant qu'il est inconscient. Si ce matin nous donne une idée de ce qui va se passer une fois que ton sort se dissipera, il va se démener pour retourner travailler.

Thierry sourit tristement.

— Cette fois, j'ai utilisé un sort plus fort que la nuit dernière. Espérons que ça nous fera gagner un peu plus de temps, mais tu as raison, déclara-t-il en tendant une main au vampire. Je ne peux même pas imaginer la torture qu'il subit.

Il frissonna en ajoutant :

— Je ne suis pas jaloux de leur lien et je n'ignore pas combien Alain souffre, mais s'il m'avait accusé d'être heureux que ce ne soit pas toi qui aies été enlevé, il aurait eu raison.

Sébastien prit la main tendue, marchant à côté de Thierry vers leur chambre.

— C'est une réaction parfaitement normale. Je ressentais la même chose quand Laurent a été tué. Je ne souhaitais pas cette douleur à qui que ce soit, mais j'étais ridiculement reconnaissant que ce ne soit pas toi.

Franchissant le seuil, Thierry attira la silhouette plus fine du vampire, la retenant contre lui. Sébastien lui rendit son étreinte, leurs corps s'appuyant l'un contre l'autre, chacun tirant de la force et du réconfort dans la présence de l'autre. D'un accord tacite, ils se déshabillèrent mutuellement et se mirent au lit, allongés face à face, les bras autour de l'autre dans un soutien silencieux jusqu'à ce que les yeux de Thierry se ferment finalement avec le sommeil.

LA VAGUE de colère qu'Orlando perçut en provenance d'Alain le surprit. Il comprenait la frustration, la peur, la douleur, mais ça, c'était une émotion nouvelle. Le vampire sentit ses crocs commencer à s'allonger, ses poils se hérisser à la pensée que quelqu'un puisse bouleverser son magicien.

Il essaya de projeter des pensées apaisantes en retour, rassurant Alain sur sa relative sécurité et sur l'intensité de son amour, mais les émotions ne semblaient pas l'atteindre. Son inquiétude augmentant, Orlando se leva et arpenta la pièce. Il ne savait pas ce qui était arrivé à Alain pour le rendre aussi enragé que ce qu'il sentait à travers leur lien, mais ne pas être capable de rejoindre son amant, de le calmer, provoquait une douleur physique dans sa poitrine. En colère, il secoua la porte de la cellule de sa prison, mais la serrure était aussi solide que la première fois qu'il l'avait testée.

Aussi soudainement que la colère fût apparue, elle prit fin, diffusant une onde de panique en Orlando. Il lui fallut un moment pour réaliser qu'Alain s'était endormi. Il fronça les sourcils, le contraste entre la vibration de colère et le calme du sommeil lui paraissait bizarre, jusqu'à ce qu'il se souvienne que son amant était un magicien, sans doute entouré par d'autres magiciens. Cela ne le surprendrait pas que Thierry ou Marcel ait décidé d'endormir Alain, si c'était ce qu'il fallait pour le calmer.

Un peu plus détendu, il retourna vers le seul mobilier de la chambre, un lit étroit dont les ressorts pointaient à travers le mince matelas. Pourtant, Orlando se disait que ça pourrait être pire. Il aurait pu n'avoir que le sol en pierre où s'allonger.

Le bruit métallique d'une clé dans la serrure attira son attention. Il se leva, préférant faire face à celui qui entrait par la porte dans une relative position de force. S'il avait la moindre chance de se battre, il la saisirait. Les sorciers pouvaient le maîtriser avec leur magie, mais physiquement, ils n'avaient aucune chance contre sa force surnaturelle.

Le grand magicien, celui qui était autrefois l'ami d'Alain, se tenait devant la porte, baguette à la main.

— Tu es Éric Simonet, n'est-ce pas ? demanda Orlando avant que le magicien ne puisse l'immobiliser.

La question prit Éric complètement au dépourvu.

— Pourquoi veux-tu le savoir ? demanda-t-il.

— Alain m'a parlé de toi, répondit simplement Orlando. Tu lui manques.

Éric fronça les sourcils, ne souhaitant pas entendre ce genre de choses. Cela rendrait son travail beaucoup plus difficile. Surtout maintenant.

— C'était dans le passé, lâcha-t-il.

— Pour toi, peut-être, mais pas pour lui.

— Tu le connais bien ? demanda Éric se rappelant avoir vu le vampire combattre aux côtés de Magnier, au cours de la bataille où il avait été capturé.

Orlando ne répondit pas, incapable de se forcer à le nier, mais pas encore prêt à donner aux sorciers rebelles la moindre information susceptible de les aider.

Éric considéra son silence comme un aveu.

— Je n'ai qu'un seul regret, dit-il au vampire. Que lui et Thierry me détestent désormais.

— Ce n'est pas le cas ! protesta Orlando. Ils t'accueilleraient de nouveau à bras ouverts.

— Il est trop tard pour ça. Serrier, t'attend.

II

DAVID SE dit qu'il était un imbécile pour venir à *Sang Froid* sans y être invité, surtout après la façon dont il s'était disputé avec Angélique la dernière fois qu'ils s'étaient retrouvés seuls. Il avait combattu à ses côtés pendant la bataille de la place Pigalle, déterminé à ne pas la laisser sans protection malgré la tension qui existait entre eux, mais à cet instant, il n'avait ni l'excuse des affaires de la Milice, ni celle de l'alliance, ni celle de devoir la protéger. Il avait seulement l'inexplicable intuition qu'elle avait besoin de lui.

Son gérant le fit entrer sans un mot, sans poser la moindre question, le guidant simplement vers la porte de ses appartements privés et l'abandonnant là. Il leva la main pour frapper, les doigts à deux centimètres de la porte. Il réalisa avec un pincement au cœur qu'il n'avait absolument aucune idée de sa réaction devant son arrivée. Il était son partenaire, mais elle ne le considérait ni comme un ami ni comme un amant, même s'il aurait aimé être les deux.

Sa main retomba sur la poignée de porte, il l'actionna et entra. Angélique se tenait près de la fenêtre ouverte, enveloppée dans un châle épais, ses bras enroulés autour de sa taille alors qu'elle regardait, sans le voir, le ciel étoilé. Il voulait aller vers elle et lui offrir du réconfort, mais il avait peur qu'elle le prenne mal. Elle l'avait déjà accusé de croire qu'elle était faible en raison de son passé. Insinuer maintenant qu'elle n'était pas suffisamment indépendante pour faire face à ce qui la tracassait, quoi que ce soit ne ferait qu'empirer les choses. Il savait cela, pourtant, il se sentait obligé de jeter un œil sur elle.

Elle se retourna au son de ses pas, les yeux sombres brillant tandis qu'elle le fixait pendant un long moment. Il ouvrit la bouche pour parler, pour demander ce qui n'allait pas, mais avant qu'il ne puisse lui dire quoi que ce soit, elle avança vers lui, se trouva à portée de mains, initiant l'étreinte qu'il avait voulu lui offrir. Ses bras se refermèrent autour d'elle, sentant les frissons légers qui secouaient son corps. Il la berça doucement, ses mains caressant son dos de haut en bas dans un réconfort silencieux.

Angélique frissonna plus fortement, laissant brusquement tomber sa garde, maintenant qu'elle n'avait plus à faire face seule aux souvenirs du corps brisé de Karine. Elle ne savait pas ce qui avait amené David jusqu'à elle, mais elle ne s'en souciait pas. Elle avait besoin de lui et il était là. Rien d'autre ne comptait pour le moment. Une grande main remonta pour envelopper l'arrière de sa tête, l'attirant contre son épaule, glissant dans ses longs cheveux d'une manière répétitive et apaisante. Progressivement, elle se détendit.

Son corps s'amollit dans ses bras, mais il pouvait sentir la tension sous-jacente persister. Il pétrit doucement les muscles raides de son dos, fronçant les sourcils quand il réalisa véritablement à quel point elle était bouleversée. Jetant un regard sur la salle de séjour, il vit une porte menant à un couloir.

— Tu as besoin de te détendre. Viens avec moi.

Il la conduisit dans le couloir, ouvrant les portes jusqu'à ce qu'il trouve la salle de bain, heureux de découvrir une grande baignoire sur pieds contre le mur. Il ouvrit les robinets et, voyant des sels de bain sur le plateau au-dessus de la baignoire, en versa une généreuse quantité dans l'eau, puis il se tourna vers Angélique, desserrant le châle de brocart entourant ses épaules. Gardant un contact aussi impersonnel que possible, il déboutonna son chemisier, les yeux inévitablement attirés par les motifs, à présent estompés, de henné sur ses seins et sur son ventre. Il résista à l'envie de les redessiner, comme il l'avait fait quand ils étaient éclatants, posant soigneusement son chemisier sur le côté avant de déboutonner sa jupe.

Elle resta immobile pendant qu'il la déshabillait, le poussant à se demander si elle était en état de choc. Il détailla ses yeux, ses pupilles étaient dilatées, même si cela pouvait tout aussi bien être dû à la pénombre de la salle qu'à un traumatisme. Il plia sa jupe et la déposa au-dessus de son chemisier. Un coup d'œil à ses pieds lui fit découvrir des chaussons doux tandis qu'il décrochait le fermoir de son soutien-gorge. Il ignora ostensiblement la réaction de son corps face à sa poitrine voluptueuse et tandis qu'il retirait son sous-vêtement. Il regroupa ses cheveux en une masse désordonnée sur le dessus de sa tête, avant de les fixer avec une pince en essayant de ne pas se focaliser sur la mise en valeur de la courbe tentatrice de son cou. Après avoir vérifié la température de l'eau, il lui demanda de retirer ses pantoufles et d'entrer dans la baignoire.

Elle se déplaça mécaniquement, s'asseyant dans l'eau qui lui arrivait jusqu'à la poitrine, les bulles la cachant de nouveau à son regard. La voyant bien installée, il pivotait vers la porte, avec l'intention de lui trouver un brandy ou autre chose, n'importe quoi, pour l'aider à se reprendre, quand le contact de sa main sur la sienne le fit sursauter.

— Ne pars pas, murmura-t-elle d'une voix à peine audible. Ne me laisse pas toute seule.

Il se retourna immédiatement au son de la supplique réservée dans sa voix, si différente de son ton habituel si assuré, cela lui permit de repousser ses hésitations à la regarder dans son bain.

— Veux-tu me raconter ce qu'il s'est passé ?

— Non, répondit-elle honnêtement.

Ses yeux se fermèrent tandis que les mots ravivaient des images qu'elle préférerait pouvoir oublier. Elle savait qu'elles ne la quitteraient jamais complètement, elles composeraient une autre série de cauchemars qui hanteraient son esprit au repos.

David accepta ce refus et s'assit sur le tapis à côté de la baignoire. Il enveloppa sa main entre les siennes, son pouce caressant doucement son poignet de façon réconfortante tandis qu'il retraçait les lignes de henné sur sa peau.

Derrière ses paupières closes, la vue du sang sur le corps de Karine la hantait, ramenant des souvenirs qu'elle avait tenté d'effacer. La plupart des clients du sultan avaient été courtois, ne voulant pas perdre les faveurs de son maître, mais le maître des esclaves qui l'avait formée au début n'avait pas été aussi gentil. Elle ne connaissait que trop bien la terreur d'être contrainte à s'allonger sur le dos, à devoir se mettre à genoux, de voir son corps être utilisé sans aucune préoccupation pour sa douleur. Il avait pris soin de ne pas la marquer, mais il avait été déterminé à la briser, à la transformer en une esclave incapable de réfléchir, n'ayant rien d'autre à l'esprit que le plaisir de son maître.

— Ils ont violé cette pauvre femme avant de la tuer, dit-elle d'une voix rauque.

Un frisson la parcourut alors qu'elle se souvenait de la crainte des premiers jours, quand elle ne savait jamais, à quel moment son corps serait utilisé, ni par qui. Elle avait laissé cette expérience derrière elle, une fois qu'elle était arrivée dans le harem. Au moins là, on lui donnait toujours le temps de se préparer pour ses amants, on l'autorisait à une liberté de mouvement pour orienter leurs interactions de façon à obtenir elle aussi du plaisir. Elle pensait rarement au maître esclave désormais, mais avoir trouvé Karine avait tout ramené à la surface.

— Quelle femme ? demanda David à mi-voix, ignorant à quoi elle faisait allusion.

— Une amie de Jean, Karine, lui répondit Angélique, réalisant qu'elle ne savait pas quel autre titre donner à la jeune femme. Son corps a été jeté devant ma porte ce matin. Elle a été horriblement torturée et sauvagement violée avant…

Sa voix se brisa sur les mots, incapable d'achever sa phrase.

— N'y pense plus à présent, recommanda David, mais il savait que c'était plus facile à dire qu'à faire. Concentre-toi sur ce que tu ressens maintenant. L'eau chaude qui te détend, les sels de bain au bois de santal qui imprègnent ta peau, l'odeur qui emplit ton nez. Laisse tout le reste de côté.

Aucune de ces choses ne lui fournissait une distraction suffisante, mais le contact de sa peau le faisait. Tournant la main de sorte que leurs doigts s'entrelacent, elle l'attira vers elle, portant sa paume contre sa joue pour s'y reposer. Ses doigts caressèrent la peau lisse de sa joue, l'un d'eux glissa plus bas, derrière son oreille, provoquant un frisson d'un genre très différent à travers son corps. Sautant sur ses pieds, l'eau ruisselant sur sa peau, elle attrapa une serviette et la pressa dans les mains de David dans une invite attrayante.

David prit la serviette, le désir le frappa de plein fouet tandis qu'elle se penchait pour retirer la bonde de la baignoire puis se redressait à nouveau, le corps entièrement exposé à ses yeux. Cependant, il laissa ce sentiment de côté. Elle n'avait pas besoin d'un pervers salivant. Elle avait besoin d'être enlacée, dorlotée, réconfortée, même si elle n'aurait probablement pas été du même avis. Secouant la

11

serviette pour la déplier, il l'enroula autour d'elle quand elle sortit de la baignoire directement dans ses bras. Des mèches de ses cheveux chatouillaient son menton, bouclant avec l'humidité de la vapeur du bain. Il laissa ses lèvres les effleurer pendant que ses mains la frictionnaient à travers le tissu. Elle se coula contre lui à la recherche du contact de ses mains, son corps ondulant gracieusement tandis qu'il la séchait.

— Conduis-moi au lit, murmura-t-elle, ses lèvres bougeant contre son cou lorsqu'elle parla.

David se figea, résistant à prendre ce qu'elle offrait. Il pencha la tête vers la sienne, l'embrassant doucement, tendrement. Son corps s'arqua contre le sien, la simple épaisseur de la serviette ne la protégeant pas, de toute façon, de son excitation tandis qu'elle répondait à son baiser, léchant ses lèvres pour l'encourager.

Il s'autorisa un long baiser, pillant sa bouche avec toute la passion qu'elle lui incitait, puis il releva la tête et cacha le visage d'Angélique contre son épaule, le menton appuyé sur le sommet de son crâne. Elle s'agitait dans ses bras, mais il la tenait fermement, caressant doucement son dos.

— Tu as besoin de te reposer, déclara-t-il. Es-tu seulement parvenue à dormir depuis que nous avons repoussé les magiciens de Serrier ?

La tête d'Angélique se redressa brusquement, ses yeux lançant des éclairs.

— Ne me dis pas ce dont j'ai besoin !

David l'apaisa doucement, ramenant sa tête sur son épaule.

— Je ne suis pas condescendant, assura-t-il, mais je t'ai vu quand je suis arrivé. Tu étais à peine réactive à ce qui pouvait t'entourer, moi y compris. Tu es épuisée et probablement en état de choc, et ce ne serait vraiment pas nous faire une faveur que de coucher ensemble ce soir. Cela ne ferait que rendre les choses plus compliquées qu'elles ne le sont déjà. Laissez-moi simplement te tenir dans mes bras ce soir.

S'éloignant de lui, elle leva une main pour dénouer ses cheveux, s'exposant délibérément à son regard. C'était un geste qu'elle avait appris à utiliser à bon escient dans le harem, l'angle de ses bras soulevait ses seins comme s'ils s'offraient. Ses cheveux noirs chutèrent librement, retombant en désordre autour de ses épaules, dans son dos et sur sa poitrine, la cachant en partie à sa vue. En soutenant son regard, elle repoussa lentement ses cheveux en arrière sur ses épaules, révélant à nouveau ses seins.

Il s'arracha à cette vision, lui tournant le dos pour parcourir le reste du couloir jusqu'à la chambre. Il avait offert de rester. Maintenant, il lui faudrait trouver le courage de résister aux attraits exhibés jusqu'à ce qu'il sache avec certitude que c'était ce qu'elle voulait ; non pas parce qu'elle avait besoin de réconfort, mais parce qu'elle le désirait lui.

Perturbée, elle jeta le drap de bain sur le porte-serviette et, nue, le suivit dans le couloir. Il ne devrait pas être capable de résister à ses charmes surtout pas lorsqu'elle décidait finalement de s'offrir à lui. Toutefois, il s'était dirigé vers sa chambre, pas vers la porte, cela signifiait qu'elle aurait d'autres occasions. Dès qu'elle serait parvenue à le déshabiller et à le mettre dans son lit, elle dépasserait ses scrupules.

Elle entra dans la chambre pour le découvrir cherchant elle ne savait pas trop quoi dans son tiroir à sous-vêtements. Il fronçait le nez chaque fois qu'il sortait un autre déshabillé diaphane, cela la fit sourire.

— Si tu es à la recherche de quelque chose pour te permettre de me résister plus facilement, tu perds ton temps, l'informa-t-elle avec amusement. Toute ma lingerie de nuit est destinée à séduire, pas à me cacher.

Il se renfrogna davantage, mais il n'exprima pas à voix haute ses pensées maussades. Si la situation avait été différente, il ne se serait pas plaint de la tentation qu'elle représentait, mais ce soir, il avait besoin de garder le contrôle. Retirant son pull et son large tee-shirt, il jeta le vêtement en coton dans sa direction.

— Enfile ça. Il devrait te couvrir suffisamment.

Angélique leva le vêtement jusqu'à son visage, inhalant profondément le fort parfum masculin de David. Elle envisagea de refuser, par principe, mais la pensée de dormir enveloppée dans son tee-shirt la faisait craquer. Elle le fit glisser sur sa tête, souriant quand elle constata que l'ourlet n'effleurait que le haut de ses fesses, laissant celles-ci et son nid de boucles encore visible.

David soupira en réalisant son erreur. Alors que son tee-shirt couvrait ses seins et la majorité des tatouages au henné, il attirait son regard vers le bas, sur ses longues jambes et sur les boucles couvrant son mont de Vénus. Malheureusement, il ne pouvait plus rien y faire. Il désigna le lit.

— Allez, va t'allonger.

— N'imagine même pas que tu iras dans mon lit avec ton jean, l'avertit-elle, alors qu'elle obéissait à son ordre, se glissant sous la couette et le regardant avec espoir.

David pinça les lèvres, mais se dépouilla, ne gardant que son sous-vêtement noir, sachant que l'ajustement serré du tissu collant révélerait sa demi-érection. Mais Angélique avait été une courtisane, elle savait l'effet qu'elle avait sur les hommes. Elle n'avait d'ailleurs aucune hésitation à en faire usage, si l'on se fiait à ses réactions ce soir. Posant son jean dans un coin, il grimpa dans le lit auprès d'elle, la basculant sur le côté il se positionna en cuillère derrière elle, son corps enveloppant le sien. Il posa l'une de ses mains sur sa hanche, l'autre sur son ventre, la tenant fermement contre lui, tout en limitant l'amplitude de ses mouvements.

Angélique le laissa la déplacer comme il le voulait, profitant de la sensation de ses mains sur son corps, même pour quelque chose d'aussi banal que de trouver une position confortable. Quand il fut installé et qu'il fut évident qu'il n'entreprendrait rien, elle se tortilla contre lui, frottant ses fesses contre son membre qui grossissait de plus en plus rapidement, un frisson de plaisir la traversa à l'idée qu'il n'était pas complètement immunisé contre ses charmes.

— Reste tranquille, grogna-t-il à son oreille, le désir d'abandonner ses scrupules accentuant la difficulté à rester lui-même immobile. Tu es censée te détendre.

— C'est plus facile à dire qu'à faire avec toi qui appuie dans mon dos, le taquina-t-elle d'une voix rauque, en espérant que ça ne prendrait pas longtemps avant qu'il appuie à d'autres endroits. Il y a une solution évidente à notre agitation respective.

David se redressa sur un coude et la regarda sérieusement en la surplombant.

— Tu ne réalises vraiment pas à quel point tu es confuse, pas vrai ? Une minute, tu me dis de ne pas te traiter comme une concubine et la suivante, tu me provoques comme une allumeuse. Je ne sais pas comment je suis censé réagir à ça. Si je cède, tu me reprocheras de te traiter comme tous les autres, mais tu fais de ton mieux pour m'inciter à te traiter de cette façon malgré tout, même quand j'essaye d'être un gentleman. Est-ce vraiment ce que tu veux, Angélique ? Veux-tu vraiment que je te saute dessus et que je t'utilise pour une jouissance physique vide de sens ? Si c'est vraiment ce que tu veux, je vais te le donner – par l'enfer, je suis seulement un homme et tu pourrais tenter un saint –, mais je préférerais te réconforter.

Angélique le regarda avec surprise.

— Tu resterais allongé à côté de moi, tels que nous sommes, et tu serais heureux de te contenter de me tenir dans tes bras pendant que nous dormons ?

David renifla.

— Tu n'as pas écouté un mot de ce que j'ai dit depuis que j'ai passé la porte, n'est-ce pas ? Oui, Angélique, je m'en contenterai parce que c'est ce dont tu as besoin à cet instant. Je ne suis pas un martyr. Je suis sûr que si nous dormons comme ça plusieurs nuits, je finirai par céder à la tentation, mais je préférerais le faire une nuit où nous le voudrons tous les deux, plutôt qu'une nuit aussi chargée d'émotions perturbantes.

Il se rallongea sur le lit et la reprit dans ses bras, une main glissant sous son tee-shirt pour se poser directement sur la peau de son ventre. Il frotta doucement son nez contre son cou.

— Une nuit peut-être, quand tu te peindras pour moi. Pour l'instant, dors. Il sera toujours temps pour le reste plus tard.

Elle frissonna au contact de sa main sur sa peau nue, à l'idée de décorer son corps pour son plaisir à lui. Ce serait sans doute également le sien. Il devait être un amant attentionné, elle en était persuadée, disposé à prendre le temps de s'assurer de son plaisir avant de jouir. Son insistance à vouloir prendre soin d'elle ce soir en était la preuve.

Elle se blottit plus étroitement dans ses bras, laissant sa chaleur se diffuser jusque dans ses os, chassant le froid de la nuit et l'horreur de la matinée. Elle ne s'attendait pas à s'endormir, certainement pas aussi rapidement. Entre les événements de la matinée et le désir que sa présence lui inspirait, elle était trop tendue pour même penser au repos. Cependant, le frottement lent de son pouce sur sa peau était apaisant, sa respiration douce et régulière ébouriffait à peine les cheveux près de son oreille. Sa dernière pensée avant qu'elle ne plonge dans le sommeil fut qu'elle pourrait s'y habituer.

Si, après la bataille devant *Sang Froid*, quelqu'un avait dit à David qu'il passerait la nuit suivante dans le lit d'Angélique, il lui aurait ri au nez... et pourtant, il était là, exactement où une partie de lui avait voulu être depuis le début. Elle était deux femmes complètement différentes, songea-t-il alors que son corps se détendait lentement dans ses bras. Elle était forte, déterminée, compétente, indépendante – le côté qu'elle montrait au monde – et puis cette soudaine et inattendue vulnérabilité apparaissait.

Elle le détesterait d'être content de voir cette fragilité sous la façade extérieure, mais cela faisait appel à son meilleur côté. S'il ne l'avait pas vu, il n'aurait jamais eu la force de lui résister ce soir, et il était heureux de l'avoir fait, heureux de se contenter de la tenir dans ses bras et de lui offrir ainsi du réconfort. Il soupçonnait qu'elle n'avait pas dû avoir beaucoup de soutien autre que sexuel dans sa vie. Il eut le souffle coupé en réalisant soudain qu'il voulait être le seul à le lui procurer, pour lui montrer toutes les choses qu'elle avait manquées dans sa vie.

Il réprima un petit rire. Si cela ne lui valait pas un regard noir et probablement un coup de poing, il ne savait pas ce qui le ferait. Il n'avait pas besoin de le lui avouer. Il se contenterait de lui montrer. Ses bras se resserrèrent un peu, il était surpris de voir qu'elle avait fermé les yeux et s'était détendue dans son étreinte. Avec un sourire, il ferma les siens et s'endormit.

III

— IL VA piquer une crise quand il finira par se réveiller, prédit Sébastien tout en observant Alain, toujours endormi dans la chambre d'amis de Thierry.

— S'il est assez en forme pour piquer une crise, je le laisserai faire, répondit sincèrement Thierry. Ton idée est bonne, mais il était trop épuisé hier soir pour être en mesure de passer la journée à sillonner la ville. Quand il se réveillera du second sort, peut-être qu'il sera assez reposé pour ne pas flancher au milieu de la journée.

— Ce n'est pas pour autant qu'il va aimer ça. C'était déjà fâcheux de le prendre au dépourvu avec le premier sort. Te faufiler dans sa chambre au milieu de la nuit pour en jeter un autre va le rendre furieux.

Thierry haussa les épaules.

— Il s'en remettra. J'ai fait ce qui était le mieux pour lui.

Sébastien n'était pas sûr que Thierry eut raison, mais il n'avait pas senti son amant se glisser hors de ses bras, il n'en avait eu conscience que lorsque Thierry était revenu au lit, le sort ayant déjà été jeté. Le vampire comprenait ce qui poussait Alain, ce n'était pas seulement son amour pour Orlando, mais également l'Aveu de Sang, une puissante force magique qui défiait la compréhension et cependant liait un vampire et son Avoué trop étroitement pour être séparés. Alain serait furieux quand il se réveillerait. Sébastien n'était pas pressé d'avoir cette conversation.

— Allons voir ce qui s'est passé durant la nuit, déclara simplement le vampire. Le reste pourra attendre qu'Alain revienne à lui.

— DE BONNES nouvelles ? demanda Thierry quand il rejoignit Jean, Raymond et Marcel dans la Salle des Cartes avec Sébastien.

Il redoutait de déjà connaître la réponse. S'ils avaient trouvé quoi que ce soit, Alain aurait été le premier qu'ils auraient averti.

Marcel secoua la tête d'un air maussade.

— Chaque endroit où nous avons cherché était aussi vide que les endroits que tu as visités avec Alain avant.

— Nous savions qu'il y avait peu de chances dès le début, leur rappela Raymond. Serrier a fait la même chose après ma désertion, et nous l'avons également vu, lors des rares occasions où nous avons réussi à convaincre un des sorciers capturés de dénoncer ses complices en échange d'une peine plus légère. Il s'esquive avant que nous puissions arriver sur place, laissant les bâtiments abandonnés.

— Alors qu'est-ce qu'on fait maintenant ? demanda Jean agacé. Nous ne pouvons pas simplement laisser Orlando entre leurs mains. Cela fait déjà plus de

16

trente heures qu'il a été enlevé, et nous ne savons pas quand il s'est alimenté pour la dernière fois.

— Juste avant la bataille, intervint Thierry. Je ne sais pas combien de temps ça nous fournit, mais lui et Alain se sont accordé quelques minutes seul à seul avant que nous allions à la Place Pigalle, assez longtemps pour qu'il se nourrisse.

Le cœur de Thierry se serra quand il repensa aux révélations d'Alain au cours de la nuit précédente, et de sa confession au sujet de ce qu'ils n'avaient pas eu le temps de faire.

— Combien de temps a-t-il ? demanda Raymond. Avant que ça ne devienne critique.

Jean regarda Sébastien, sa question était aussi évidente et visible sur son visage qu'elle l'avait été avec les mots de Raymond. Il détestait devoir compter sur le vampire pour répondre cette interrogation, mais, dans ce domaine, Sébastien était la meilleure source d'informations dont ils disposaient et Jean ne pouvait pas justifier de l'ignorer, uniquement parce qu'il n'aimait pas la façon dont l'homme avait obtenu cette connaissance. Pas quand la sécurité d'Orlando était en jeu.

— Moins d'un mois après leur Aveu de Sang ? réfléchit Sébastien, en essayant de prendre en considération tous les facteurs qui ne l'avaient pas affecté avec Thibaut.

Il était surpris que Jean ait même songé à se tourner vers lui, compte tenu de la tension qui régnait encore entre eux. Cela allait un peu mieux depuis que l'alliance s'était formée, mais ils n'étaient pas vraiment amis.

— Je ne sais pas à quel point le fait qu'Alain soit un magicien peut influer, mais au mieux, d'après moi, je dirais quatre jours, cinq tout au plus, à peine davantage que s'il n'y avait pas de lien. Mais, à vrai dire, il y a aussi d'autres paramètres à prendre en compte.

Il ne voulait pas trahir la confidence d'Orlando, mais savoir que le lien n'avait été que partiellement consommé le préoccupait.

— Cela pourrait ne pas être différent d'un vampire non lié, avoua-t-il.

— Putain de merde, cracha Jean. La moitié de ce temps est déjà écoulée et nous n'avons pas la moindre idée de l'endroit où chercher désormais.

— En fait, Sébastien a eu une idée la nuit dernière, intervint Thierry. Nous devons juste attendre Alain pour pouvoir la mener à bien. Nous espérons qu'il peut utiliser leur lien pour affiner une zone de recherche.

— Il a dit que le lien n'indiquait aucune direction, objecta Jean.

— Oui, cependant nous espérons qu'il va varier en puissance tandis qu'Alain se déplacera plus ou moins loin de l'emplacement d'Orlando, expliqua Sébastien. Ça ne va pas nous conduire à Orlando, mais ça pourrait nous permettre de concentrer nos recherches sur une partie précise de la ville. Moins nous aurons de surface à couvrir pour le chercher, plus nous serons susceptibles de tomber sur lui.

Jean fronça les sourcils.

— Il doit y avoir un meilleur moyen.

— Alors, trouvez-le, ordonna Marcel. Raymond est un chercheur. Tu es le chef de la Cour de Paris. Tu as certainement des ressources qui pourraient conduire à des idées que nous n'avons pas encore explorées.

— J'ai demandé à Jean-Paul, un bouquiniste, de me dénicher des livres faisant référence aux vampires, déclara Raymond, mais je n'ai pas eu le temps de retourner voir ce qu'il a pu trouver. C'était à tout hasard, mais il aura peut-être quelque chose. Est-ce que monsieur Lombard nous laisserait faire des recherches dans sa bibliothèque ?

— Pour Orlando, il pourrait, admit Jean.

Il se souvenait de leur précédente rencontre, et la manière dont Lombard avait été impressionné quand il avait appris qu'Orlando avait pris un Avoué.

— Il semble avoir de la sympathie pour Orlando. Nous pourrions aller le lui demander, toutefois il n'ouvrira pas sa porte à la lumière du jour. Peut-être que Mireille nous permettra d'entrer.

— Qu'est-ce que vous attendez ? Les incita Marcel. Vous avez mon numéro de portable. Je le garderai avec moi. Appelez-moi si vous apprenez quoi que ce soit qui pourrait nous aider.

— Jean, vois si tu peux trouver Mireille, suggéra Raymond tandis qu'ils quittaient tous les deux la Salle des Cartes. Je vais passer voir les bouquinistes et me renseigner pour savoir si Jean-Paul, ou l'un des autres ont quelque chose que nous pourrions utiliser. Je te retrouve ici dans une quinzaine de minutes.

Au signe de tête de Jean, Raymond disparut, se rematérialisant quelques secondes plus tard sur les rives de la Seine. À cette heure, seules quelques-unes des échoppes étaient encore ouvertes, mais Raymond fut soulagé de voir Jean-Paul à son poste.

— Ah! Raymond, je me demandais combien de temps cela prendrait avant que tu reviennes me voir, commenta le bouquiniste en souriant. J'ai quelques livres pour toi.

— Je suis heureux de l'entendre, répondit Raymond avec un sourire en retour.

Il écarquilla les yeux quand Jean-Paul commença à empiler un livre après l'autre sur la table qu'il utilisait pour les achats. Au moment où il eût fini, une vingtaine de livres s'entassait devant lui.

— Tu as été très occupé, commenta Raymond abasourdi.

Jean-Paul haussa les épaules.

— Après les nouvelles du succès de l'alliance, les autres bouquinistes ont commencé à m'amener des trucs en disant que tu pourrais les trouver utiles. Je cherche tout ce qui peut aider à gagner cette guerre, fit-il le visage fermé. Il n'y a pas que les sorciers et les vampires qui sont touchés. Mon beau-frère a été blessé par le sort d'un sorcier rebelle. D'après les médecins, il va s'en sortir, mais ils ne sont pas sûrs qu'il pourra retrouver un jour l'usage de son bras gauche.

— Je suis désolé de l'apprendre, compatit sincèrement Raymond. Nous faisons du mieux que nous pouvons.

— Je sais, lui assura Jean-Paul. Personne ne blâme la Milice pour ce qui est clairement de la magie noire. Nous voulons voir la guerre s'achever aussi vite que possible, comme tout le monde, et si cela signifie récolter des documents, eh bien, c'est là que nous, bouquinistes, sommes les meilleurs.

Raymond hocha la tête.

— Combien te dois-je ?

— Une victoire, une fois pour toutes, déclara fermement Jean-Paul. Tu les prends, tu les utilises, tu gagnes cette guerre et ainsi nous serons quittes.

— Je ne peux pas faire ça ! protesta Raymond. Il y a là l'équivalent de centaines d'euros de livres. C'est ton gagne-pain. Tu ne peux pas te permettre de jeter cet argent par la fenêtre.

— Un seul de ces livres était à moi, expliqua Jean-Paul. Un vient de Philippe, deux stands plus bas. Un autre de Hugo, un autre de Pauline. Nous pouvons tous nous permettre de perdre le prix d'un livre, en revanche, nous ne pourrons pas garder nos boutiques si nous perdons cette guerre. Considère cela comme notre contribution à la cause.

— Merci, répondit sincèrement Raymond, encore remué par leur générosité. Nous allons gagner cette guerre. Ça ne sera peut-être pas cette semaine ni ce mois-ci, mais nous allons la gagner. Le vent est en train de tourner et Serrier ne peut rien faire pour s'y opposer désormais. Nous devons simplement continuer à le harceler jusqu'à ce que nous puissions l'abattre, une bonne fois pour toutes.

— Parfait. Maintenant, retourne à tes recherches, parce que je suis sûr que c'est une question urgente qui t'a amené ici.

Raymond renouvela ses remerciements et, rassemblant les livres avec un sort, retourna au siège de la Milice.

Dès que Raymond eut disparu, Jean chercha à savoir si Caroline et Mireille étaient de service ce matin-là. Si ce n'était pas le cas, il devrait trouver quelqu'un pour lui dire où vivait Caroline parce qu'il soupçonnait que c'était là qu'il trouverait Mireille. Sensible comme l'était la vampire rousse, elle avait dû désirer la compagnie et le réconfort de sa partenaire après tout ce qui s'était passé.

Il la trouva un moment plus tard, alors que Caroline et elle se présentaient au travail, toutefois, le visage de Mireille se décomposa quand elle entendit la requête de Jean.

— Il a quitté la ville pour son pèlerinage annuel, expliqua-t-elle. Il verrouille la maison quand il part. Je n'ai même pas la clé. Habituellement, je vais dans un hôtel, mais cette fois, je suis chez Caroline.

Le sort s'acharnait contre Jean. Il espérait que Raymond aurait plus de chance de son côté, sinon leurs recherches seraient complètement improductives.

— Je suis vraiment désolée, Jean, s'excusa Mireille. J'aiderais si je le pouvais.

— Quand penses-tu qu'il reviendra ?

Mireille réfléchit une minute.

— D'ici deux nuits au plus tard. Peut-être même demain soir. Cela dépend des horaires de train et des possibilités de voyager après la tombée de la nuit.

— Fais-moi savoir dès qu'il est de retour, s'il te plaît, recommanda-t-il. Orlando n'a pas beaucoup de temps et nous sommes à court d'idées.

Mireille hocha immédiatement la tête, détestant l'idée de ce qu'Orlando devait endurer actuellement. Elle espérait seulement qu'ils trouveraient un moyen de le sauver à temps.

Jean attendit le retour de Raymond en faisant les cent pas. Le magicien réapparut quelques minutes plus tard, les bras chargés de livres.

— Visiblement, Jean-Paul avait plus de livres sur les vampires qu'il ne l'avait réalisé, commenta Raymond avec un sourire.

Ne recevant aucune réponse, il les posa et se tourna vers Jean.

— Qu'est-ce qui ne va pas ?

— Nous ne pouvons pas accéder à la bibliothèque de monsieur Lombard du moins pas avant demain soir. Il n'est pas en ville et Mireille n'a pas les clés, expliqua Jean. Nous pouvons jeter un œil sur mes livres, mais il dispose d'une bibliothèque beaucoup plus importante que la mienne.

— D'accord, commenta Raymond. Allons informer Marcel du changement de plans puis nous prendrons ça et nous retournerons à ton appartement pour commencer à chercher. Si j'ai besoin de quoi que ce soit chez moi, je pourrai le récupérer jusqu'à un certain point. C'est un contretemps, mais cela ne signifie pas que nous ne disposons pas d'autres endroits où chercher.

Jean prit une profonde inspiration, écartant consciemment toute pensée négative. Il devait continuer à croire qu'ils pourraient sauver Orlando.

— Allons-y. Nous perdons un temps qu'Orlando n'a pas.

Ils arrivèrent dans la Salle des Cartes en même temps que l'un des nouveaux chefs de patrouille, Jérôme Sabatie. Le jeune magicien avait une expression ombrageuse sur le visage, chaque ligne de son corps hurlait sa colère et sa frustration.

Avant que Raymond, Jean ou Marcel puissent annoncer leur changement de plans, Jérôme s'était retourné pour faire face à Monique Leclerc, la magicienne renégate. Elle avait rejoint les autres, réunis dans la salle des opérations durant le court laps de temps où Raymond et Jean s'étaient éloignés.

— Salope ! cria Jérôme en se précipitant dans sa direction, avant d'être intercepté par le grand vampire qui se tenait à ses côtés. Pourquoi fais-tu ça ? Pourquoi nous envoies-tu dans un piège ?

— Recule, grogna Antonio, les mots sourds sortant du plus profond de sa poitrine. Monique n'a envoyé personne dans un piège.

— Alors, pourquoi diable l'un de mes gars est-il dans un état critique, allongé à l'infirmerie ? cria Jérôme. Ils nous attendaient !

— Peut-être qu'ils vous attendaient, admit calmement Raymond, mais pas parce qu'elle vous a envoyé là-bas en le sachant. L'organisation de Serrier est configurée de telle sorte que si quelque chose comme ça se produit, ou si quelqu'un moucharde, il peut se retirer dans diverses cachettes. Et comme il doit savoir que nous sommes à la recherche d'Orlando depuis que nous avons recueilli Monique avec cette information, il est logique qu'il laisse des pièges derrière lui. Dans certains endroits, ce sont juste des sorts, mais cela ne signifie pas qu'il n'a pas laissé des patrouilles dans d'autres.

— Ou elle nous a donné un tas de vieux emplacements abandonnés pour nous bercer d'illusions, et ensuite nous jeter dans le véritable piège, contredit Jérôme.

— Le sang ne ment pas, s'entêta Antonio.

— Peut-être pas, mais les gens, eux, le peuvent, répliqua Jérôme. C'est ta partenaire. Évidemment que tu voudrais qu'elle soit de notre côté. Tu dirais tout ce qu'il faut pour faire en sorte que Marcel l'accepte.

— Jérôme, ça suffit, intervint Thierry, tirant le chef de patrouille en arrière, loin de Monique et de son partenaire. Je comprends que tu sois contrarié, ce qui est parfaitement normal quand un de tes gars se fait blesser, mais tes accusations n'aident pas. Antonio n'est pas le seul vampire qui s'est porté garant de la sincérité de Monique. Et l'autre vampire a une partenaire dans la Milice, donc il avait toutes les raisons de nous dire si Monique était, d'une façon ou d'une autre, complice des complots actuels de Serrier.

— Les gens peuvent changer de camp, affirma tranquillement Raymond depuis sa place aux côtés de Jean. Il arrive parfois que les personnes fassent de mauvais choix, puis se rendent compte de leur erreur et trouve un moyen d'en sortir. Il y a un mois, tu me regardais exactement de la même manière dont tu la regardes, m'accusant du même genre de duplicité. Le penses-tu encore aujourd'hui ?

Jérôme devait admettre qu'il ne le pouvait pas.

— Alors, offre à Monique le même bénéfice du doute, suggéra Raymond. Ton énergie serait bien mieux dépensée en fournissant à Marcel un rapport cohérent et en allant jeter un œil sur ton ami blessé au lieu de la dépenser à t'attaquer à la seule piste que nous avons à l'heure actuelle.

Honteux, Jérôme se tourna vers Marcel et commença son rapport concernant la façon dont ils étaient partis à la recherche d'un emplacement près de Montparnasse, l'un des rares endroits que Monique avait identifiés sur la rive gauche. Comme dans les autres endroits jusqu'à présent, ils avaient trouvé des pièces vides, des sorts toujours en place, mais personne pour les défendre. Ils avaient pénétré à l'intérieur relativement facilement et avaient commencé une fouille méthodique du bâtiment. Jérôme assura à plusieurs reprises à Marcel qu'ils avaient vérifié la présence d'auras, avant qu'ils entrent, et n'en avaient pas trouvé. Malgré ça, quand ils avaient commencé à redescendre des étages supérieurs, ils avaient été accueillis par un groupe de sorciers rebelles qui avaient immédiatement et violemment attaqué, ils leur avaient jeté des sorts dangereux et douloureux, mais aucun *Abattoir*.

— Il doit avoir compris au moins ça, songea Raymond à mi-voix.

Il n'ajouta pas que Serrier avait sans aucun doute dû tester les sorts sur Orlando pour connaître ceux qui fonctionneraient réellement sur les vampires. Jean était déjà suffisamment inquiet comme ça. S'il n'était pas déjà arrivé à cette conclusion par lui-même, Raymond ne voulait pas l'ajouter à ses préoccupations actuelles.

Ils étaient parvenus à se frayer un chemin pour sortir, rapporta Jérôme, mais pas avant que Mathieu Gastineau n'ait reçu un sort dans le dos qui avait brisé sa colonne vertébrale et avait presque arrêté son cœur.

— Les médecins ont plutôt bon espoir de parvenir à le garder en vie, acheva le chef de la patrouille, mais ils ne sont pas sûrs qu'il pourra remarcher un jour.

— A-t-il un partenaire ? intervint doucement Monique.

— En quoi ça t'intéresse ? cracha Jérôme.

— Parce que quand Serrier m'a torturé, pensant que j'étais une espionne, le fait qu'Antonio s'alimente sur moi a soulagé la douleur de sa magie. Peut-être que le partenaire de ton ami peut l'aider également puisqu'il y a une cause magique à ses blessures, expliqua Monique avec une calme dignité.

— Ça m'a aidé, moi aussi, après le rite d'équilibrage, commenta Thierry, dans l'espoir de désamorcer la tension persistante dans la salle. Ça vaut la peine d'essayer, Jérôme. Même si ça ne le guérit pas complètement, si ça soulage sa douleur, c'est toujours bon à prendre. Pourquoi ne vas-tu pas voir si tu peux trouver la partenaire de Mathieu – elle est probablement scotchée à ses côtés – pour lui proposer d'essayer ?

Marcel secoua la tête avec stupéfaction alors que Jérôme les laissait pour relayer le conseil.

— Il y a encore tellement de choses que nous ne savons pas à propos de ces partenariats que nous avons créés, songea-t-il. Jusqu'ici, tout a fonctionné à notre avantage, mais je me demande combien de temps cela continuera à être vrai.

— Si monsieur Lombard a raison, ça restera vrai, répondit Jean. La nature d'un vampire le retient généralement de blesser ceux qui sont devenus importants pour lui. Je n'imagine pas nos natures magiques nous entraîner vers un lien qui nous obligerait à aller contre cet élan.

— Espérons que tu aies raison, accorda Marcel. Bon, maintenant, peux-tu me dire ce que tu fais encore ici ? Je pensais que vous alliez parler à monsieur Lombard.

Raymond lui expliqua rapidement ce qu'ils avaient appris et où ils se trouveraient.

— Si quelqu'un voulait bien me rendre service et envoyer Jean là où je me rends ?

Thierry se proposa et Raymond disparut, son nom apparaissant sur la carte de localisation dans la rue d'Anjou. D'un signe de tête, Jean donna sa permission, il envoya donc le chef de la Cour rejoindre son partenaire.

— Je ne peux pas vous donner un emplacement exact parce que je ne le connais pas, murmura Monique quand le calme revint dans la pièce, mais j'ai entendu Serrier parler à Simonet et Jonnet d'un lieu au nord de Saint-Denis. Les seuls sorciers à qui il fait autant confiance sont Aguiraud et ce salaud de Blanchet.

Cela reste une zone immense à fouiller, mais s'il a vraiment abandonné toutes les cachettes que je connaissais, il a pu s'y retrancher.

— Dans ce cas, quand Alain arrivera ici, nous commencerons à chercher en partant du centre-ville et nous progresserons vers le nord, décida Thierry. Si l'idée de Sébastien fonctionne, le fait de savoir qu'il est probablement au nord réduit un peu la partie de la ville qu'Alain doit vérifier par lui-même.

— Thierry, putain de bâtard ! Où es-tu ?

Sébastien haussa un sourcil en commentant :

— Alain est arrivé.

IV

Sébastien laissa Alain essayer de donner un coup de poing à Thierry qui l'esquiva à la dernière seconde, avant d'enrouler ses bras puissants autour du magicien furieux.

— Ça suffit, dit-il calmement alors qu'Alain continuait à lutter contre une étreinte qu'il serait incapable de rompre sans avoir recours à des moyens magiques. Concentre ta colère où elle est utile, pas sur Thierry.

— As-tu trouvé quelque chose ? demanda immédiatement Alain, la voix tellement pleine d'espoir qu'elle brisa le cœur de Sébastien.

— Pas encore, mais maintenant, c'est à ton tour de chercher, et tu ne peux pas le faire tant que tu n'es pas assez calme pour contrôler ta magie, répondit Thierry fermement. Tu avais besoin de dormir. Je me suis assuré que tu le fasses. Fin de l'histoire.

Ce n'était pas la fin en ce qui concernait Alain, mais il y avait des questions plus pressantes à régler en premier. Il se débarrassa des bras de Sébastien.

— Je ne vais pas recommencer à le frapper, même s'il le mériterait.

Sébastien lança un regard à Thierry qui sous-entendait : « Je te l'avais bien dit » si clairement que les mots étaient superflus. Thierry haussa les épaules et guida Alain vers la carte. D'un coup de baguette, il fit apparaître un plan qui indiquait les endroits que Monique avait identifiés.

— Nous savons qu'il n'est dans aucun de ces endroits précis, mais cela ne signifie pas qu'il n'est pas à proximité. Monique nous a aussi dit qu'elle avait entendu Serrier parler d'un repaire au nord de St-Denis, mais nous ne disposons pas de plus d'informations que ça. Ma suggestion serait de démarrer de l'avenue de la République et d'avancer vers le nord à partir de là, pour voir si la perception du lien s'intensifie. Si c'est le cas, nous continuerons à avancer vers le nord. Si ce n'est pas le cas, nous essayerons vers la rive gauche et nous verrons si ça nous conduit quelque part.

— Tu peux rester ici et annoter la grille, décréta froidement Alain à Thierry.

— Tu n'y vas pas seul, protesta Thierry

— Je ne comptais pas le faire, répondit Alain. Je suis sûr qu'il y a quelqu'un en service qui, lui, ne me frappera pas d'un sort pour me rendre inconscient quand j'aurai la tête tournée.

— Ça suffit, intervint Marcel. Vous n'êtes plus des adolescents exaltés ni l'un ni l'autre. Comportez-vous en adultes ou vous serez tous les deux remplacés. Alain, si tu préfères ne pas y aller avec Thierry, Caroline est en service. Je suis sûr que Mireille et elle accepteront de t'accompagner.

— Prends Sébastien avec toi également, suggéra Thierry, en essayant de cacher la blessure que les mots d'Alain lui occasionnaient. Il n'a rien à voir avec mes sorts et je me sentirais mieux en sachant qu'il y a davantage de personnes pour surveiller tes arrières pendant que tu cherches.

Alain voulait répliquer de nouveau, mais la suggestion de Thierry était sensée et, même s'il était en colère pour les heures perdues qu'il aurait pu utiliser pour rechercher Orlando, il savait que la décision de Thierry n'avait pas été prise par méchanceté. Ce n'était pas la décision qu'Alain aurait prise et il n'aimait pas que le choix lui ait été retiré, mais Thierry n'avait pas essayé de le blesser.

— C'est à lui de décider, fit-il.

— Allons chercher Caroline et Mireille et mettons-nous en route, déclara Sébastien. Le temps passe.

Ils trouvèrent les deux femmes prêtes à partir en patrouille. Dès qu'elles entendirent ce qu'Alain envisageait, elles acceptèrent de se joindre à lui. Alain saisit les deux vampires et leur jeta le sort de déplacement, tous les quatre réapparaissant sur la place de la République.

Trouvant un encadrement de porte relativement tranquille, Alain ferma les yeux et, à l'abri des regards curieux et de toute magie hostile derrière ses trois compagnons, se focalisa sur son lien avec Orlando.

À son grand soulagement, l'esprit de son amant était calme. Alain se concentra, projetant tout son amour et sa force dans la direction du vampire, essayant de percevoir tout ce qu'il pouvait en retour, tout ce qui pourrait lui donner une idée de la façon d'aider Orlando, mais rien ne se déversait en retour vers lui. Il se dit que c'était parce qu'Orlando se reposait, et pas parce qu'il ne pouvait plus sentir le contact d'Alain.

— Et maintenant ? demanda-t-il à Sébastien.

— Vers le nord. Essayons place Pigalle et voyons si c'est plus fort.

Alain hocha la tête et ils s'y projetèrent, Alain déplaçant les deux vampires tandis que Caroline suivait.

— Essaye encore, l'incita Sébastien quand ils arrivèrent sur le site de la disparition d'Orlando.

Alain fit comme le vampire lui indiquait, repoussant la douleur dans sa poitrine pour se retrouver à l'endroit où il avait perdu son amant. Fermant les yeux, il laissa la liaison emplir son esprit, essayant de déterminer s'il pouvait détecter une différence dans son intensité entre ici et la place de la République. Il avait l'impression qu'elle était plus riche actuellement que précédemment, mais il ne pouvait pas dire si c'était dû au lieu ou au fait qu'Orlando commençait à lui répondre, se réveillant probablement, et pouvait donc lui retourner l'amour et la nostalgie qu'Alain diffusait.

— Est-ce que c'est plus intense ? demanda Sébastien quand Alain rouvrit les yeux.

— Peut-être, répondit Alain. Toutefois, je ne peux pas l'assurer.

25

— Remontons un peu plus au nord, alors. Nous pouvons essayer la porte de la Chapelle, puis nous diriger vers Saint-Denis si ça te semble encore plus fort.

Encore une fois, ils se déplacèrent et, de nouveau, Alain se concentra sur le lien. C'était nettement plus intense cette fois, les émotions d'Orlando circulant si clairement qu'Alain pourrait même dire que son amant lui cachait quelque chose, même s'il ne pouvait pas dire quoi. Il se rembrunit à cette pensée, connaissant trop bien les habitudes de Serrier. Au moins, il pouvait continuer à sentir son vampire, ce qui signifiait qu'il n'était pas blessé trop grièvement.

— Essayons à Saint-Denis. La sensation est nettement plus forte.

Sur un signe d'Alain, en un clin d'œil, ils furent sur la place Pierre de Montreuil, devant le tribunal d'instance de Saint-Denis. Cette fois, lorsqu'Alain se focalisa sur le lien, il ne put ressentir aucune différence avec la sensation de la porte de la Chapelle. Sourcils froncés, il regarda Sébastien.

— Ça semble identique.

Sébastien hocha la tête et réfléchit.

— Cela pourrait signifier que nous ne nous sommes pas approchés. Nous pouvons essayer de faire un peu marche arrière.

Ils passèrent les trois heures suivantes à sillonner le côté nord de la ville, bondissant d'un endroit à un autre à travers le boulevard périphérique dans l'espoir de restreindre leur recherche, mais le seul changement qu'Alain perçut au cours de la journée concernait les émotions d'Orlando, elles fluctuaient, probablement en réponse à ses propres frustrations. Les deux magiciens faiblissaient quand Alain dut admettre sa défaite. Puis une explosion de crainte et de douleur lui parvint par le lien, le jetant à genoux alors qu'il réprimait la bile qui remontait dans sa gorge.

JEAN REFERMA violemment son livre avec frustration.

— Même les rares qui fournissent des informations précises n'ont rien qui puisse nous aider, fulmina-t-il.

Raymond leva les yeux de ses notes.

— Il doit y avoir quelque chose. Nous devons simplement réussir à le trouver.

— Je ne sais même pas où continuer à regarder !

— Bien, alors réfléchissons, au lieu de chercher au hasard. Les sorts de recherche se concentrent sur quelque chose d'unique à une personne : leur aura, leurs cheveux ou leur peau, voire leur sang ; bien que la plupart des magiciens n'utiliseraient pas le dernier, sauf dans des circonstances exceptionnelles, expliqua Raymond.

Jean regarda l'horloge.

— Ceci qualifie les circonstances comme exceptionnelles. Nous avons moins de trente-six heures pour le retrouver, si Sébastien a raison sur la durée qu'il peut tenir sans se nourrir.

— Et je ne suis pas comme la plupart des sorciers, lui rappela Raymond avec un sourire. Nous avons déjà établi que les vampires n'ont pas d'aura. D'après moi, le sort de recherche fonctionnerait mieux avec du sang, mais je doute que nous puissions trouver quoi que ce soit avec du sang d'Orlando dessus. Des cheveux seraient plus faciles à trouver… à partir d'une chemise, de son oreiller ou du siphon de sa douche.

— Les cheveux n'ont pas fonctionné pour les Repères, rappela Jean à Raymond. Penses-tu qu'ils fonctionneraient pour ça ?

— C'est un autre type de sort… comme rechercher une affinité, plutôt que de tenter d'imprimer l'identité d'une personne sur des objets disparates. Ça vaut la peine d'essayer. Et si cela ne fonctionne pas avec les cheveux, nous essayerons avec du sang.

— Est-ce que ça fonctionnera quand même, si c'est toi qui l'essayes sur moi ? demanda Jean. Ou devons-nous retourner au siège de la Milice ?

— Ce serait plus rapide si quelqu'un venait ici, si ça ne te dérange pas, suggéra Raymond. Plutôt que d'avoir à retourner là-bas, puis devoir envoyer quelqu'un ici pour venir te prendre, et ensuite te ramener.

— Très bien, accorda Jean admettant la logique de l'argument de Raymond.

Celui-ci composa le numéro de Marcel et expliqua rapidement la situation quand le général de la Milice répondit. Ce dernier promit d'envoyer Catherine sur-le-champ, puisque Thierry voulait rester et suivre la trace des progrès d'Alain.

Quelques minutes plus tard, elle apparut devant la porte de Jean et frappa doucement.

Jean la laissa entrer et échangea un sourire discret avec Raymond tandis qu'elle s'émerveillait devant les meubles et les décorations. Après quelques instants, elle rougit et s'excusa, ne faisant qu'accroître l'amusement des deux hommes.

— Si ça peut t'aider à te sentir mieux, Catherine, j'ai réagi de la même façon quand je suis venu la première fois, lui assura Raymond. Ça ressemble à un musée et l'on s'y sent comme dans une maison.

La description surprit suffisamment Jean pour qu'elle soit visible sur son visage pendant un instant. Raymond ne développa pas devant Catherine, mais il se promit de trouver le temps – très prochainement – pour faire comprendre au chef de la Cour à quel point c'était devenu beaucoup plus que cela pour son partenaire au cours des derniers jours.

— Alors qu'as-tu besoin que je fasse ? demanda Catherine, son attitude redevenant professionnelle une fois qu'elle eut maîtrisé son étonnement.

Jean arracha une mèche de cheveux de sa tête et la posa sur la table.

— Voyons si tu peux me trouver en utilisant mes cheveux.

— Juste un sort de recherche banal ? s'assura Catherine.

Raymond hocha la tête.

— Nous devons trouver un moyen de localiser Orlando et c'est la seule idée que nous ayons pour le moment.

Catherine hocha la tête, frissonnant à la pensée de ce qu'Alain devait souffrir en sachant que son partenaire était dans les mains de Serrier. Elle savait qu'elle serait folle d'inquiétude si Justin était à la place d'Orlando.

— Va dans une autre pièce, s'il te plaît, l'invita-t-elle.

Jean disparut dans la cuisine, ne voulant pas aller dans la chambre au cas où le sort fonctionnerait et où elle le suivrait à l'intérieur. Il avait déjà le seul magicien qu'il souhaitait voir dans sa chambre. Catherine n'avait pas besoin d'y pénétrer.

Dès qu'il fut hors de la pièce, Catherine lança le sort. Pendant un instant, il ne se passa rien. Raymond était prêt à abandonner et à inviter Jean à revenir dans la salle pour essayer avec du sang lorsque Catherine fit soudain un pas vers la cuisine.

— Ça marche, déclara-t-elle. Je peux sentir une nette traction vers l'autre pièce.

— Tu peux mettre fin à ton sort, décida Raymond. Nous allons réessayer avec plus de distance. Ça ne nous apporte rien si ça ne fonctionne que jusqu'à la chambre d'à côté.

Appelant Jean dans la pièce, il l'informa des bonnes nouvelles. Le soupir de soulagement sincère de Jean était audible.

— Peux-tu aller quelque part à l'extérieur afin que nous puissions essayer de nouveau ? demanda Raymond. Nous devons voir si la portée va au-delà de celle de la pièce d'à côté. Parfois, les sorts sont limités par la distance.

— Jusqu'où dois-je aller ?

— Commence par le bout du pâté de maisons. Si ça marche, nous essaierons plus loin.

Jean acquiesça et partit. Catherine attendit environ cinq minutes, puis jeta de nouveau le sort. Une fois de plus, il y eut un retard, comme si la magie ne parvenait pas à décider quoi faire de la nature magique du vampire, mais finalement, il l'attira vers la porte et lui fit descendre les marches.

— Faisons encore un test supplémentaire, proposa Raymond. Ainsi nous ne donnerons pas de faux espoirs à Alain tant que nous ne sommes pas vraiment sûrs que ça peut fonctionner. Catherine, tu peux rentrer chez toi et essayer à partir de là ? Cela devrait être une distance suffisante pour pouvoir faire un parallèle avec l'endroit de la ville, quel qu'il soit, où Serrier est susceptible d'avoir caché Orlando.

— Tiens, dit Jean, en retirant une autre mèche de cheveux. Comme ça, tu n'es pas obligée de retourner à l'intérieur.

Catherine la prit et disparut.

— Tu essayes de te débarrasser d'elle ? le taquina gentiment Raymond.

Jean haussa les épaules.

— Au plus vite, nous saurons si ça fonctionne, plus vite nous pourrons sauver Orlando, sinon, nous nous tournerons vers une autre option. Je n'aime pas savoir que les forces de Serrier ont presque réussi à abattre une de nos patrouilles la nuit dernière. Je suis d'accord avec toi pour dire que Monique ne les a certainement pas envoyés dans un piège, mais ils étaient prêts à combattre des vampires, pas juste des magiciens. Et cela signifie que Serrier a obtenu des informations. Je doute qu'il fasse ses expérimentations sur le Déviant, ce qui signifie qu'il s'exerce sur Orlando. Ce garçon a déjà assez souffert depuis qu'il a été créé. Il ne devrait pas avoir à souffrir davantage.

— Je ne sais pas ce que nous pouvons faire de plus que ce que nous faisons déjà, avoua Raymond, mais s'il peut être trouvé, nous le trouverons. Les meilleurs d'entre nous y travaillent, sous autant d'angles que nous pouvons en trouver.

Il fallut si longtemps à Caterine pour revenir à l'appartement de Jean que le vampire était prêt à abandonner, faisant nerveusement les cent pas en se creusant les méninges pour découvrir une autre façon de trouver Orlando. Quand elle frappa finalement à la porte, il bondit pour ouvrir.

— Qu'est-ce qui a pris si longtemps ?

— Je suis revenue à pied afin de savoir si le sort me guidait réellement, et pas ma mémoire de l'endroit où vous viviez, expliqua-t-elle, se sentant un peu sur la défensive. Je voulais être absolument sûre que cela fonctionnait.

— Allons trouver Alain, décréta Raymond.

ORLANDO TRÉBUCHA quand Vincent le repoussa dans sa cellule. Il avait mal partout, mais il avait la sombre satisfaction de n'avoir pas laissé ses tortionnaires l'entendre supplier. Il n'avait pas pu s'empêcher de grimacer ni de se plier en deux lorsque la douleur rongeait ses entrailles, mais il n'avait pas émis le moindre son. Ils pouvaient faire ce qu'ils voulaient à son corps. Il ne les laisserait pas atteindre son esprit.

— Repose-toi un peu, ordonna le grand magicien. Tu en auras besoin.

Orlando le regarda en silence, refusant d'accepter le conseil, aussi sage, il semblait.

Vincent haussa les épaules et le laissa seul. Libéré des regards indiscrets, Orlando se recroquevilla sur le lit, sentant son corps lutter pour réparer les dommages causés ce jour-là. La plupart d'entre eux avaient été magiques, pas physiques. Il avait seulement quelques coupures et des ecchymoses après ce que Serrier lui avait fait, mais il avait l'impression que ses tripes se tordaient et que sa peau le brûlait partout. Il pouvait sentir sa faim croissante, pas encore urgente, mais exigeant progressivement son attention. Si la torture basculait de magique à physique, elle le deviendrait plus encore, son corps nécessitant de la subsistance pour guérir.

Il se demandait, alors qu'il gisait là, combien de temps il lui restait avant que ses réserves soient épuisées. Il n'avait aucune idée de ce qui se passerait à ce moment-là. Il ne pouvait que prier pour qu'Alain arrive à temps.

La porte se rouvrit et Serrier entra avec une femme qu'Orlando n'avait jamais vue auparavant. Elle regarda le sorcier rebelle une fois avant d'approcher d'Orlando. Il se redressa, le visage stoïque en attendant de voir quel nouveau supplice ils avaient prévu, mais elle se contenta de tendre son bras, les gestes raides, comme s'ils étaient contraints par magie. Orlando jeta un œil sur son visage, vit la lueur de panique dans ses yeux et réalisa qu'à cet instant, elle était autant une victime que lui.

Embarrassé, le regard d'Orlando passa d'elle à Serrier.

— Vas-y, l'exhorta Serrier. Tu as besoin de sang parce que nous n'en avons pas encore fini avec toi, et je n'ai pas l'intention de te perdre tant que je n'ai pas appris tout ce que j'ai besoin de savoir.

Orlando ne bougea pas. Ce sang ne ferait que l'affaiblir davantage et ce n'était certainement pas ce dont il avait envie. Serrier semblait avoir d'autres idées, car un sort contraignant frappa Orlando un instant plus tard. Le sorcier rebelle sortit un couteau et découpa le poignet, lui ordonnant de le porter à la bouche du vampire. Son bras se déplaça, même si c'était visiblement contre son gré, appuyant sur la coupure sanglante sur les lèvres d'Orlando.

Immédiatement, le vampire manqua de s'étouffer avec le goût du sang étranger, son estomac se soulevant en signe de protestation. Le sort de liaison l'empêchait de s'écarter, le sang s'accumulant dans sa bouche tandis qu'il essayait de ne pas avaler. Finalement, cependant, il dut avaler ou s'étouffer. Ses réflexes prirent le dessus, le poison – n'importe quel sang, hormis celui d'Alain, était un poison pour lui – descendit dans son estomac. La bile remonta, son système rejetait la toxine et il vomit.

— C'est quoi ce bordel ? interrogea Serrier. Édouard, viens ici ! Tu as dit qu'il avait besoin de se nourrir. Qu'est-ce que ça signifie ?

Édouard entra d'une démarche paresseuse, suivi par Éric et Vincent.

— Que se passe-t-il ? demanda-t-il.

— Il a refusé de manger et, quand j'ai essayé de l'y forcer, il en a recraché un peu partout.

Les sourcils d'Édouard se soulevèrent alors qu'un mélange de respect et de mépris s'affichait sur son visage.

— Alors le gamin pense qu'il est un homme ?

En lui-même, Éric pensait qu'Édouard pouvait parler. Il semblait encore plus jeune que le vampire assis sur le lit, même si ce dernier paraissait plus que mal en point.

— Qu'est-ce que ça veut dire ? demanda Serrier. Je n'ai pas de temps à perdre avec des énigmes.

— Cela signifie qu'il a un amant caché quelque part, un assez fou pour se lier à un vampire pour la vie. Le sang de n'importe qui d'autre le rendra malade, expliqua Édouard. L'affaiblira… Il a juste assuré sa propre destruction.

— Pourquoi ne me l'as-tu pas dit plus tôt ? J'ai encore besoin de lui pendant quelque temps !

— Parce que tu ne peux pas le deviner en regardant un vampire, répondit Édouard, sur le ton d'un enseignant s'adressant à un enfant difficile. Tu ne peux le

30

savoir qu'en regardant le mortel. Quelle que soit la veule créature qui s'est liée à ce gamin, elle porte une trace quelconque sur son cou pour la marquer.

Il se tourna vers Orlando, souriant avec mépris devant son visage.

— Est-ce l'une de vos alliées chétives ? Je ferai en sorte de garder un œil sur elle. Quand je la trouverai, je la ramènerai afin que tu puisses me regarder la goûter à ma faim avant que je la tue.

Orlando grogna à cette pensée. Alain ne ferait qu'une bouchée de ce pathétique imposteur.

— Suffit, déclara Serrier. J'ai d'autres affaires à régler. Pendant que la Milice est distraite à essayer de sauver leur allié, j'ai bien l'intention de profiter de ce que nous avons appris aujourd'hui. Allons-y.

La femme, Édouard et Vincent suivirent Serrier à l'extérieur, mais Éric resta à la porte, jaugeant Orlando du regard. Il était aux côtés d'Alain au cours de la bataille, jamais à plus de quelques centimètres de lui, jusqu'à ce que le sort de Lapeyre frappe le magicien. Le vampire utilisait le mot 'partenaire' lorsqu'il parlait d'Alain, mais à cet instant, Éric se demandait s'il ne serait pas plus.

— Éric !

L'appel de son nom le sortit de ses pensées et il referma la porte derrière lui, murmurant un sort pour libérer les contraintes d'Orlando dans le même temps.

Toujours en proie aux nausées, Orlando se plia en deux dès qu'il fut libéré de l'envoûtement, suffoquant tandis que son système se débarrassait du sang de la femme. Quand il le put, il se recoucha sur le lit.

— Dépêche-toi, Alain, dit-il à l'obscurité déserte.

V

— Ils courent partout comme des fous pourchassant leurs queues, jubila Serrier quand Éric et Vincent le rejoignirent auprès de Simon. Nous devons pousser notre avantage pendant qu'ils sont distraits par le succès dans notre capture du vampire.

— Et que faisons-nous pour la traîtresse ? demanda Simon.

Le visage de Serrier s'assombrit, ses poings se refermant sur la table où ils étaient assis.

— C'est une femme morte. J'en ai donné l'ordre. Si quelqu'un la voit, je veux qu'il la descende, sans se poser de question. Nous avons perdu des maisons sûres, que nous ne pouvions pas nous permettre de perdre, à cause de sa trahison.

Les trois autres sorciers acquiescèrent.

— Alors que faisons-nous maintenant ? demanda Éric.

— Maintenant, nous attaquons. L'espion est mort, aussi n'avons-nous pas à nous inquiéter de le voir transmettre des informations. Nous planifions soigneusement nos objectifs, en utilisant ce que nous avons appris aujourd'hui, et nous montrons à Chavinier que nous sommes toujours une force avec laquelle il faut compter.

— Alors, quelle est notre cible ? demanda Simon.

— Notre-Dame, déclara Serrier, le visage déformé par un sourire sardonique. Le cœur de la ville, la cathédrale, le siège de la ferveur religieuse du pays. Nous allons leur montrer que leur *Dame*, leurs saints patrons, leur dieu et leurs magiciens ne peuvent pas les garder en sécurité plus longtemps.

Vincent grimaça intérieurement, la rhétorique qu'il avait autrefois trouvée si motivante ressemblait désormais à des platitudes vides de sens dans sa tête. Il en avait vu assez au cours des dernières semaines pour réaliser que le monde que Serrier envisageait ne permettrait pas à tout le monde d'avoir une place, uniquement à ceux qui étaient aussi tordus que lui. Quelque part au cours des deux dernières années, Vincent avait changé et il en avait assez. Il avait besoin d'en sortir, et rapidement. Détruire des trésors nationaux sans raison, faire des expériences sur des gens – vampires ou non –, laisser Blanchet torturer sans contrôle… n'étaient pas des choses que Vincent pouvait accepter plus longtemps. Il fallait trouver un moyen de convaincre Éric de partir avec lui, parce que la pensée de laisser son amant en arrière était aussi inacceptable que le comportement de Serrier.

— Y a-t-il une raison de ne pas choisir un emplacement plus stratégique ? intervint Éric. Une fois que Chavinier réalisera que nous avons pris les vampires en compte dans nos plans, il ne sera pas pris au dépourvu une seconde fois. Pourquoi ne pas attaquer l'Élysée ou Matignon ?

— Pourquoi ne pas se suicider ? répliqua Simon. Ils sont si fortement surveillés que nous ne pourrons y entrer que lorsque la Milice sera vaincue. Au moins à Notre-Dame, nous avons l'occasion de rappeler à toute la ville que nous existons et que nous sommes une menace sérieuse. Ce n'était pas du tout protégé la dernière fois que j'y suis allé. À moins que Chavinier n'ait ordonné de mettre des gardes en place au cours de la semaine, il n'aura aucun moyen de deviner que nous sommes là avant qu'il ne soit trop tard.

— Alors, quand attaquons-nous ? demanda Vincent, redoutant la réponse.

— Après la tombée de la nuit, répondit Serrier. Nous voulons que les vampires viennent à notre petite fête, afin que Chavinier voie la folie de se reposer sur eux. Ils sont peut-être insensibles à certains sorts, mais ils ne le sont pas à tous, ce que notre pauvre malheureux cobaye nous a prouvé aujourd'hui. Et une fois qu'ils seront écartés, nous pourrons nous débarrasser des sorciers, puis ramener quelques vampires et faire en sorte que, demain matin, ils aient un bon aperçu de la lumière du jour.

Le rire de Simon était presque aussi cruel que l'expression de Serrier.

— Voilà une façon de réduire leur nombre, plaisanta-t-il

— Il pourrait être utile d'en garder quelques-uns simplement pour nous assurer que celui que nous avons n'est pas une bizarrerie en ce qui concerne leur résistance à la douleur, commenta Éric d'une voix résolument neutre. Il semble rester remarquablement imperturbable malgré la détresse apparente de son corps.

Vincent fronça les sourcils, surpris qu'Éric fasse une telle suggestion. Il avait cru que le sorcier était aussi perturbé que lui par la cruauté gratuite.

Serrier considéra l'idée un moment.

— Tu pourrais avoir raison, accorda-t-il. Nous verrons combien nous en ramenons ce soir. Celui que nous avons ne nous sera pas utile très longtemps puisqu'il ne peut même pas se nourrir.

— Tu ne penses pas que nous avons appris tout ce que nous pouvions de lui ? demanda prudemment Vincent.

Son estomac se retournait à la simple pensée d'avoir à regarder un autre vampire souffrir comme celui-ci l'avait fait aujourd'hui.

— Bien sûr que non, répondit Serrier avec un mouvement dédaigneux de la main. Je suis sûr qu'il y a encore des sorts que nous n'avons pas testés sur lui.

Vincent était sur le point de protester à nouveau lorsque la main d'Éric atterrit sur son genou, sous la table, le pressant fermement. Le geste surprit suffisamment le magicien chauve pour qu'il n'exprime pas ses pensées à voix haute, à la place, il se tourna vers Éric. L'autre sorcier secoua légèrement la tête, l'incitant à se taire d'un regard. Vincent s'y conforma à contrecœur, plus déterminé que jamais à avoir une longue conversation avec Éric à la première occasion.

— Alors, quel est le plan pour ce soir, dans ce cas ? demanda Éric, ramenant l'attention sur le sujet.

— S'il n'y a toujours pas de gardes – et pourquoi y en aurait-il ? – alors, un simple assaut frontal devrait suffire, déclara Serrier. Arriver sur le parvis, faire tomber l'édifice et partir. Une patrouille de vingt personnes devrait être capable d'expédier ça.

— Je les dirigerai, offrit Simon. Ça fait longtemps que je ne suis pas sorti avec une patrouille. Ça va leur faire du bien de constater que je suis encore capable de commander. Et j'aurai la chance de découvrir si certains de mes nouveaux sorts fonctionnent ainsi bien au cours d'une bataille qu'ils le font dans le calme de ma bibliothèque.

Serrier hocha la tête.

— Éric, toi et Vincent voyez si vous pouvez apprendre quelque chose d'autre du vampire. Ils cherchent après lui avec insistance, ce qui m'incite à me demander ce qu'il a de spécial. Chavinier n'a jamais mis autant d'efforts pour sauver quelqu'un d'autre avant.

En lui-même, Vincent songeait que c'était parce qu'ils étaient habituellement morts quelques heures après avoir été pris, bien avant que Chavinier puisse avoir la chance de mettre en place la moindre tentative de sauvetage, mais il garda le silence, ne voulant pas attirer l'attention sur lui. À son grand soulagement, Éric resta lui aussi silencieux, répondant simplement à l'ordre par un hochement de tête.

— Ça vous ennuie si nous allons chercher quelque chose à manger avant de commencer ? demanda Vincent à Pascal quand il ne donna pas immédiatement d'autres instructions. Je n'ai pas mangé depuis le petit déjeuner.

Serrier fit un geste distrait de la main dans leur direction, son attention entièrement concentrée sur Simon et leurs plans pour la nuit.

— La crêperie ? proposa Éric en se dirigeant vers l'extérieur.

— Non, dit Vincent avec un hochement de tête. Allons à mon appartement. Je veux te parler.

Éric était sur le point de lancer un sort de déplacement, mais Vincent l'arrêta d'un hochement de tête.

— Je préfère marcher.

Éric fut surpris, mais il n'avait aucune raison de s'y opposer, il emboîta le pas à Vincent tandis qu'ils se dirigeaient vers la station de métro la plus proche. Le trajet à travers la ville se déroula en silence, les deux hommes étant perdus dans leurs pensées.

Vincent passa le trajet en métro à réfléchir à la manière de faire part de ses préoccupations à Éric. Avant ce soir, il n'aurait pas hésité, mais les commentaires de son amant lors de la réunion le laissaient déconcerté. S'était-il montré imprudemment confiant quand il avait parlé avec Éric de l'éventualité de partir ? L'idée d'être le prochain sur la liste de torture de Serrier lui nouait l'estomac ; cependant, Éric ne l'avait pas dénoncé au cours de la réunion, comme il l'aurait sûrement fait s'il avait eu à l'esprit de le trahir.

Les pensées d'Éric restaient axées sur la révélation que le vampire avait fait juste avant le début de la réunion. S'il croyait ce que la créature disait, il manquait à Alain et Thierry. Il s'était convaincu qu'ils en avaient fini avec lui. C'était ce qui lui avait permis de faire ce qu'il devait faire. Il avait mis cette pensée de côté lors de la réunion avec Serrier, se forçant à agir comme il l'avait fait peu de temps après son arrivée, afin d'être le sorcier que Serrier croyait qu'il était. C'était ça ou mettre Vincent, et probablement lui-même, en danger. Une semaine plus tôt, il ne s'inquiétait pas de son sort, espérant réellement donner sa vie pour la cause ; mais les choses avaient changé depuis lors, un autre avenir s'était ouvert et, désormais, il s'interrogeait sur la sagesse de ses choix précédents.

— Qu'est-ce que tu as ? demanda Éric, quand ils arrivèrent dans l'appartement privé de Vincent.

— Je pense que c'est moi qui devrais te poser cette question, répondit Vincent, retirant sa veste pour l'accrocher sur le porte-manteau de la porte. Qu'est-ce qui t'arrive aujourd'hui ? Depuis quand prônes-tu la cruauté ?

Le front d'Éric se plissa pendant qu'il l'imitait.

— De quoi parles-tu ?

— « Il pourrait être utile d'en garder quelques-uns juste pour nous assurer que celui que nous avons n'est pas une bizarrerie en ce qui concerne leur résistance à la douleur », cita Vincent, son expression devenant amère alors que les mots le bouleversaient à nouveau. Putain, mais qu'est-ce que ça veut dire ?

Le visage d'Éric se détendit.

— Si Pascal les ramène et les fout au soleil, ils mourront à coup sûr, expliqua-t-il en s'asseyant sur le canapé et en tapotant la place à côté de lui. Au moins, s'il fait des tests sur eux, il existe une chance qu'ils puissent s'échapper ou qu'ils soient secourus. Je ne veux pas qu'il les torture, mais je veux encore moins qu'il les tue. Je préférerais tout de même qu'il ne capture personne.

— À t'entendre, on ne l'aurait pas cru, murmura Vincent.

Il était injuste, mais Éric avait planifié et exécuté l'enlèvement du vampire avec une apparente facilité, sans paraître troublé par le sort de la créature. Alors, l'entendre le suggérer à nouveau, avec une telle désinvolture, avait mis Vincent incroyablement mal à l'aise.

— Je devais tromper Pascal, lui rappela Éric. Il passe déjà son temps à voir des arrière-pensées partout, surtout concernant les espions, je ne peux pas suggérer que ce genre de cruauté est inutile. Il ne comprendrait pas ce concept.

— Nous devons le quitter, répéta Vincent, finissant par s'asseoir à côté d'Éric. Je ne sais pas combien de temps je pourrais continuer à faire ça.

— Comment ? le défia Éric comme il l'avait fait la première fois.

— Monique est sortie, répondit Vincent, sa voix baissant d'un ton alors qu'il réalisait l'ampleur de ce qu'il était sur le point de suggérer.

— Mais à quel prix ? demanda Éric en se tournant vers Vincent.

Il souhaitait qu'il puisse exister un moyen, mais il ne prendrait pas un risque aussi important tant qu'il ne saurait pas si cela pouvait réellement fonctionner.

— Nous savons qu'elle leur donne des informations parce que nous connaissons les endroits où ils sont apparus, mais nous ne savons pas ce qu'elle obtient en retour.

— Une protection au minimum, souligna Vincent. Elle n'est pas retournée chez elle depuis la dernière fois qu'elle a quitté Pascal, ce qui signifie qu'ils l'ont cachée quelque part.

— Alors qu'est-ce que tu suggères ? Tu sais que si nous essayons de faire pareil, Pascal va simplement disparaître à nouveau, avec le vampire, et Chavinier ne sera pas aussi confiant une seconde fois. Il voudra des résultats effectifs, pas simplement des suppositions.

— Alors, emmenons le vampire avec nous.

— Nous ne sortirons jamais en vie ! protesta Éric.

Il ne les imaginait pas essayer de faire sortir clandestinement le vampire de la base de Serrier, même si celui-ci coopérait. C'était un désastre assuré, à moins qu'ils ne l'organisent avec minutie.

— Pas immédiatement, accorda Vincent, mais Pascal doit dormir de temps à autre. Cela ne doit pas forcément être ce soir. Nous pouvons attendre, observer et planifier un peu. Pas pendant des semaines, évidemment, mais ce soir et demain, sûrement.

— Je ne sais pas, hésita Éric. C'est un risque énorme.

— Plus risqué que d'aller combattre ? Plus risqué que de faire face à un procès et une peine de prison si nous sommes capturés au lieu d'être tuée ? Tu m'as dit que si je trouvais un moyen de partir, tu y réfléchirais. J'en ai trouvé un alors, réfléchis y, vite.

— Promets-moi que tu ne feras rien d'imprudent, pria Éric, l'esprit en ébullition avec des idées, des plans de secours et les imprévus plausibles. Donne-moi un peu de temps pour y réfléchir, pour trouver comment ça pourrait fonctionner.

— Nous aurions de meilleures chances de succès ensemble que si j'essayais seul, admit Vincent. Nous devrons faire en sorte que Pascal – ou Claude – ne le tue pas avant que nous puissions le sauver. Je ne crois pas qu'un cadavre nous procurerait autant de bénéfices qu'un gars vivant.

— Non, probablement pas, admit Éric avec un petit rire, son estomac s'agitant nerveusement à la pensée de ce que Vincent proposait.

Il avait affirmé qu'il n'avait pas l'intention de revenir en arrière, mais en revoyant Alain et Thierry, en entendant le vampire lui dire qu'il leur avait manqué, cela lui rappelait combien les choses avaient été agréables avant la mort de Danielle. Il avait un trou dans son cœur, là où sa femme était demeurée autrefois, mais ce n'était pas le seul vide. Son amitié – sa relation – avec Vincent exceptée, il y avait deux autres trous qu'Alain et Thierry avaient remplis autrefois. La pensée d'être en mesure de revenir honorablement, de leur prouver qu'il n'était pas devenu tout ce qu'ils s'imaginaient sûrement était tentant.

— Voyons voir ce que la soirée nous apporte. Nous allons devoir nous assurer que tout est en place si nous voulons en sortir vivants. Je ne suis pas sûr que, même ensemble, nous soyons de taille à affronter Serrier s'il le découvre, et je sais que nous ne le serons pas si Simon est avec lui.

Vincent hocha lentement la tête, toujours désireux d'agir, maintenant que sa décision était prise, mais il comprenait ce que voulait dire Éric. Ce dernier l'attira à lui, enroulant ses bras autour de la taille de son amant.

— Nous n'avons pas à y retourner immédiatement. Pascal est si absorbé par la planification, nous ne lui manquerons pas pendant au moins quelques heures.

Vincent se laissa convaincre quand Éric le poussa doucement dans la direction de la chambre à coucher.

— Salut, minette.

Adèle se retourna au son de la voix traînante, insolente, de Jude.

— Bon sang, il était temps que tu arrives, s'exclama-t-elle sèchement. Où étais-tu passé ces deux derniers jours ?

— T'ai-je manqué ?

— Putain, non, rétorqua Adèle, mais tu as manqué deux jours de service.

— Nous n'étions pas sur le planning, protesta Jude.

— Nous avons été ajoutés sur le planning, l'informa Adèle. Et tu n'étais pas là.

— Personne ne m'a rien dit.

— Personne ne pouvait te joindre pour te le dire, répliqua Adèle. Donc, tu es aux abonnés absents et c'est encore moi qui prends le blâme, parce que je suis coincée avec un partenaire dont la seule préoccupation est de m'enculer.

— Pas de t'enculer, rectifia Jude d'une voix traînante en avançant sur elle et en l'attrapant par la taille. Juste de te baiser.

— N'y pense même pas ! gronda Adèle, frappant ses mains pour l'écarter alors qu'il la pressait contre lui. Je t'ai laissé faire la dernière fois – putain, j'ai même joui, même en dépit de tes tentatives pathétiques –, mais je ne risque pas de te laisser recommencer, pas quand les gens me regardent déjà de travers à cause de tes actes.

— C'est sûr, tu as gémi et tu t'es tortillée comme une pute à deux balles, confirma Jude en attrapant ses mains. Une sale pute qui l'aime même dans le cul. J'aurai dû le savoir au moment où j'ai posé les yeux sur toi.

— Peut-être que tu aurais gardé tes distances si tu l'avais su, rétorqua-t-elle, libérant brutalement ses mains et se déplaçant pour mettre la table entre eux. Nous aurions tous les deux été sacrément plus heureux.

— Oh, je n'en sais rien, contesta Jude, propulsant facilement la table dans un coin. J'ai plutôt apprécié nos petits interludes… Tu ronronnes si gentiment à mon contact.

Elle voulait rétorquer et le gifler, mais elle pourrait difficilement nier la réaction de son corps face à lui, pas quand elle avait joui de manière explosive entre ses mains, trois fois au cours de la semaine précédente.

— Je préfère quand tu ronronnes sous le mien, répondit-elle, sentant que ses mains la démangeaient de le toucher à nouveau.

Elle savait que c'était stupide et qu'elle allait le regretter, mais elle était, à bien des égards, une créature aussi impulsive que les vampires. Cédant à son désir, elle attrapa son bras d'une prise d'arts martiaux, le renversa sur le sol et vint le chevaucher, une main se déplaçant entre ses jambes pour presser fortement ses bourses.

— Tu as fait ce que tu voulais de moi la dernière fois. C'est mon tour.

— Tu n'es pas assez forte pour ça, l'aiguillonna Jude, mais il ne fit aucun mouvement pour la déloger.

Il pouvait le faire, mais, étant donné l'endroit où étaient ses mains, elle pourrait certainement infliger plus de dégâts dans le processus qu'il n'était prêt à l'accepter. Toutefois, elle devrait déplacer sa main par la suite et, quand elle le ferait, il serait prêt à réagir.

— Oh, vraiment ? le défia-t-elle, serrant ses bourses sans ménagement tout en parlant. Qui de nous est sur le dos en ce moment ?

— Je n'ai pas besoin que tu sois sur le dos pour te baiser, lui rappela Jude. Ou as-tu déjà oublié ?

La prise d'Adèle s'accentua jusqu'à ce qu'elle obtienne une grimace sur son visage.

— Je n'ai rien oublié, répondit-elle sèchement, y compris ce qui t'a fait jouir, et c'était mon orgasme, alors peut-être que tu devrais y réfléchir à deux fois avant de me contrarier.

— Tu crois que j'ai besoin de toi pour jouir ? se moqua Jude. Tout ce dont j'ai besoin c'est d'un corps engageant.

— Vraiment ? ricana Adèle en le repoussant et en se levant. Alors, va t'en trouver un. Je suis sûre que quelqu'un, là dehors, peut passer au-dessus de ton attitude et de tes tactiques de Néandertal.

Jude fut sur ses pieds dans la seconde, la plaquant immédiatement contre le mur.

— Pourquoi aurais-je besoin de quelqu'un d'autre quand j'ai un corps disposé ici ? demanda-t-il.

Sa cuisse se glissa entre les siennes pour les écarter alors que sa main se refermait brutalement sur sa poitrine, la pétrissant suffisamment fort pour lui faire mal. Elle haleta de surprise, même si elle aurait dû s'attendre au mouvement, son corps fondant à son contact, quand bien même son esprit protestait, l'incitant à se battre contre lui plutôt que de céder comme la dévergondée qu'il l'avait accusée d'être.

Sa tête cogna contre le mur tandis qu'elle s'affaissait dans ses bras.

— Ronronne pour moi, jolie minette, commenta-t-il en tordant le mamelon qui perçait sa paume, même à travers ses vêtements.

Elle lui lança un regard noir, mais son dos s'arqua quand même, pressant sa chair plus fermement contre sa main. Avec un sourire, il repoussa son pull, découvrant son ventre et son soutien-gorge. Il déclipsa le fermoir, repoussa les bonnets, ses mains avides s'empressant de prendre la place des morceaux de soie. Son gémissement était de la musique pour ses oreilles. Il se pencha davantage, pressant tout son corps contre elle, son souffle chatouillant son oreille.

— Es-tu mouillée pour moi, minette ? Vide, douloureuse et désespérée d'être comblée ?

— Pas par toi, cracha-t-elle, les yeux brillants avec ce mélange de convoitise et de haine que lui seul pouvait lui inspirer.

— Vraiment ? la défia-t-il, en prenant un peu de recul.

Une partie d'Adèle voulait le saisir et le ramener contre elle, mais elle ne pouvait pas le laisser gagner. S'écartant du mur, elle lui jeta un dernier regard venimeux et se dirigea vers la porte de son bureau. Ses doigts s'étaient à peine refermés autour de la poignée que des mains dures la ramenèrent en arrière, contre un corps ferme, son érection poussant contre ses fesses sans équivoque.

— Connard, cracha-t-elle tandis qu'il déboutonnait son pantalon et le repoussait vers le bas, sa main glissant entre ses jambes pour doigter sa fente trempée.

— Mienne, grogna-t-il dans son oreille, ses crocs frôlant le lobe percé. Personne ne te baisera hormis moi.

Elle se détendit contre lui pour le laisser avoir ce qu'il voulait, son corps frémissant d'un désir incontrôlé. Après un moment, elle se retourna dans ses bras, son étreinte se relâchant pour la laisser bouger. Elle drapa des bras accueillants autour de son cou et, lorsqu'il se pencha pour lui mordre le cou, elle se décida à entrer en action, son genou remontant brutalement pour frapper son entrejambe. Le souffle coupé, plié en deux, il la libéra complètement.

— Je décide qui me baise, lui dit-elle froidement. Pas toi !

Sur un dernier regard satisfait, elle sortit de la pièce comme une furie, claquant la porte derrière elle et la verrouillant avec un sort qui lui garantissait de le garder à l'intérieur jusqu'à ce qu'elle soit prête à lui faire face à nouveau.

VI

— LE SORT traqueur fonctionne-t-il ? demanda Alain, les yeux brillants d'espoir aux nouvelles de Raymond.

Jean, Raymond et Catherine acquiescèrent tous les trois.

— Donc nous avons juste besoin d'un cheveu d'Orlando afin de pouvoir le trouver, ajouta Raymond. J'ai supposé que tu pourrais entrer dans son appartement pour en ramener un.

— Bien sûr, répondit Alain. Je reviens tout de suite.

Avant que les sorciers puissent ajouter autre chose, il avait disparu. L'appartement d'Orlando – leur appartement – était froid et sombre. Alain refusa de s'y attarder, se rappelant qu'ils seraient bientôt de retour et qu'ils ramèneraient lumière, chaleur et amour dans ces pièces vides.

Il eut un pincement au cœur en entrant dans leur chambre pour récupérer la brosse à cheveux d'Orlando. Les draps étaient en désordre de leurs derniers ébats, ici, dans leur chambre, avant qu'Orlando parte pour parler à Sébastien. Alain n'avait pas demandé au vampire de quoi ils avaient discuté. Quel qu'en soit le sujet, il voulait l'entendre directement de la bouche d'Orlando.

Il savait qu'il devait se dépêcher, mais il prit quand même un moment pour s'asseoir sur le bord du lit, sa main effleurant le renfoncement sur l'oreiller de gauche, celui laissé par la tête d'Orlando. Il le porta à son visage, inhalant l'odeur de son amant sur la taie d'oreiller en coton. Les larmes menaçaient à nouveau, comme elles le faisaient fréquemment depuis la disparition d'Orlando. Cette fois, il les laissa couler. Il avait besoin d'évacuer toute sa peur et son inquiétude avant de retrouver son vampire, il pourrait ainsi se concentrer sur ce dont Orlando aurait besoin une fois qu'il serait sauvé.

Son esprit lui projeta des images d'Orlando en sang et brisé, par les multiples tortures que Serrier lui avait fait subir. Il avait vu des corps avant, quand Serrier en avait fini avec eux, il connaissait l'ampleur de la cruauté dont le sorcier rebelle et ses sbires étaient capables. Il ne savait pas ce que son sang et son amour pouvaient guérir, mais il priait afin que ce soit suffisant. Silencieusement, il pesta contre le ciel pour lui avoir pris Orlando au moment où ils commençaient enfin à faire des progrès dans leur relation, alors qu'Orlando commençait véritablement à guérir des abus dont il avait souffert aux mains de son créateur. Et maintenant, ça…

Personne ne devrait avoir à souffrir comme Orlando l'avait fait avant ou comme c'était le cas actuellement. Le bouclier que Marcel avait exigé qu'Alain érige l'empêchait de sentir ce que Serrier faisait à son amant à ce moment précis, mais il avait senti les éclairs de douleur et l'intense calvaire persistant, et il savait qu'Orlando souffrait de nouveau. Il commença à baisser ses boucliers, voulant savoir, mais il s'arrêta de lui-même. C'était leur lit, leur havre de paix contre le reste du monde. Il voulait pouvoir ramener Orlando ici, dénué de la douleur qu'il ressentait à cet instant, au lieu d'avoir en mémoire ce moment qui les hanterait, même ici. Orlando pourrait sûrement le goûter chaque fois qu'ils seraient ici ensemble, il ne voulait pas entacher leur lit avec des émotions aussi terribles.

Alain souffrait au plus profond de son âme de l'absence d'Orlando. Il avait pleuré quand Henri avait été tué, mais ceci était une perte d'une tout autre ampleur. Il avait l'impression que son âme était déchirée en deux, qu'une partie de lui s'était détachée de son corps, comme une perte aussi tangible que le serait la perte d'un bras ou d'une jambe. Sans Orlando à ses côtés, il était l'ombre de l'homme qu'il avait été, un simple fantôme au lieu d'un être humain vivant.

Il aurait été si facile de sombrer dans la douleur, dans ce sentiment de perte qu'il éprouvait à être seul dans une pièce qu'il avait partagée avec son amant pour un temps trop bref, mais il se rappela avec détermination pourquoi il était là. Ils avaient un plan, enfin, un moyen éprouvé pour trouver Orlando, et il était en train de perdre du temps.

Reposant l'oreiller avec une ultime caresse, comme s'il pouvait en quelque sorte atteindre Orlando en touchant ses affaires, Alain se leva pour récupérer la brosse à cheveux de son amant. Il la trouva dans la salle de bains dans le tiroir sous le lavabo, il récupéra soigneusement quelques cheveux, les glissant dans sa poche. Il s'apprêtait à remettre la brosse en place quand il changea d'avis. Plus ils auraient de cheveux, meilleures seraient les chances que le sort fonctionne. Il jeta le sort de déplacement pour revenir au siège de la Milice, la brosse d'Orlando en main.

— Ils sont dans le bureau du général, l'informa le magicien en service dans la Salle des Cartes quand Alain réapparut. Ils ont dit de les rejoindre là-bas.

Alain hocha la tête, s'empressant de traverser les couloirs jusqu'au bureau de Marcel. Qu'il ne puisse pas être celui qui jetterait le sort qui conduirait à la rescousse d'Orlando lui restait en travers de la gorge, mais pouvoir récupérer Orlando était beaucoup plus important que son orgueil.

— As-tu trouvé quelque chose ? demanda Jean dès qu'Alain passa la porte.

Alain tendit simplement la brosse.

— Je me suis dit que plus nous aurions de cheveux, plus il serait facile de le trouver, expliqua-t-il, la posant sur le bureau de Marcel.

— Ça ne peut certainement pas faire de mal, admit Marcel. Thierry et Sébastien dirigeaient une patrouille quand nous avons reçu un rapport d'attaque. Tu peux l'attendre si tu veux, ou Raymond peut lancer le sort. Je suis convoqué au Parlement sans quoi je resterais pour aider.

Alain releva la tête vers le magicien brun, flanqué de la présence protectrice du chef de la Cour. Orlando était aussi important pour Jean qu'il l'était pour Alain, quoique d'une manière très différente et, s'il déchiffrait correctement le langage corporel du couple, Raymond ne voudrait pas plus décevoir Jean qu'Alain n'aurait volontairement voulu décevoir Orlando.

— Il n'y a aucune raison d'attendre, dit-il. J'ai confiance en Raymond pour faire le sort.

C'étaient des mots que Raymond ne s'était pas attendu à entendre un jour.

— Bon, déclara Marcel avec un sourire. Je ne peux pas m'attarder plus longtemps, mais faites-moi savoir comment il va quand vous le ramènerez à la maison.

— Je le ferai, promit Alain tandis que Marcel disparaissait.

— Alors, retrouvons-le et ramenons-le chez lui, proposa Raymond, encore intérieurement émerveillé par la déclaration de confiance d'Alain.

Il résista à l'envie de jeter un coup d'œil à Jean pour s'assurer qu'il avait bien entendu. Les choses avaient bien changé en un mois, depuis que l'alliance s'était formée !

— Oui, admit Alain, le temps passe.

Raymond se concentra sur la brosse en face de lui et lança le sort traqueur. Il pouvait sentir sa magie se diffuser à la recherche d'Orlando. Il pivota, gardant un œil sur une version plus petite de la carte de localisation de Marcel, pour mesurer au mieux à quelle distance ses sens s'étendaient. De temps à autre, il percevait une zone vide, et il les relevait mentalement pour les référencer plus tard au cas où il s'agirait de bastions supplémentaires des sorciers rebelles. Cependant, la traction familière vers l'objet de la recherche ne se matérialisa pas. Avec un froncement de sourcils, il relança le sort, y canalisant plus de puissance pour qu'il s'étende à une zone plus large. À sa grande joie, le sort renforcé pénétra certaines des zones mortes du premier sort, mais une minute passa sans révéler d'emplacement précis pour Orlando.

— J'ai besoin de plus de puissance, murmura-t-il. Où qu'il soit, Serrier a mis en place des sorts et ma magie seule ne peut passer à travers aucun d'eux.

— Je ne pense pas que ça puisse marcher si j'ajoute la mienne au sort, répondit Alain frustré. Je peux aller voir qui d'autre est dans les parages.

— Ou je peux te mordre, proposa Jean. Ça a fonctionné au cours du Piège-Pouvoir. Il n'y a aucune raison que ça ne puisse pas être efficace ici aussi.

Alain ne dit rien, refusant de mettre la moindre pression sur l'un des deux hommes, mais il se souvenait de l'incroyable vague de pouvoir qu'il avait ressenti quand Orlando s'était nourri de lui au cours du Piège-Pouvoir, elle était beaucoup plus puissante que la magie combinée de deux magiciens ne pourrait jamais l'être.

— Ça vaut la peine d'essayer, admit Raymond.

— Veux-tu que je sorte ? proposa Alain, ne voulant pas s'imposer dans un moment intime.

Certes, ils avaient été au même endroit pendant le Piège-Pouvoir, mais de l'autre côté du lac, assez loin, il pouvait à peine voir les autres couples. Le bureau de Marcel était loin d'être aussi spacieux que la caverne souterraine.

Raymond souhaitait répondre oui, étant donné la récente intimité incroyable qui s'était créée entre Jean et lui, mais il ne pouvait guère demander au magicien d'être absent pendant qu'ils recherchaient son amant disparu.

— Ça ira, tu peux rester.

Il ne fut pas sans remarquer le soupir de soulagement d'Alain à sa réponse. Se tournant vers Jean, il hésita, son sens de la bienséance le poussait à offrir son poignet alors que le reste de son être voulait offrir son cou. Jean prit la décision pour lui, se postant derrière lui et l'incitant à faire face au bureau de nouveau. Les yeux de Raymond se fermèrent instinctivement alors qu'il se penchait au contact de Jean, les crocs de son amant sur son cou déclenchant une flambée de désir et de puissance à travers son corps. Se forçant à se concentrer, il canalisa toute l'intensité accumulée dans le sort traqueur. Elle déferla hors de lui, effaçant les quelques poches restantes des sorts de Serrier dans la ville, mais alors que sa magie se répandait dans les banlieues, des zones mortes commencèrent à apparaître à nouveau. Pas beaucoup – et Raymond prit bonne note de chacune d'elles –, mais, soit la distance, soit la force des sorts, l'empêchait de pénétrer, même avec l'aide de Jean.

Et malgré tout, il ne percevait aucune résonance avec Orlando.

Il poussa ses sens pour les étendre aussi loin qu'ils pouvaient aller, il atteignit les bords de l'Île-de-France et il alla même au-delà, en Bourgogne, en Picardie, en Normandie, en Champagne et en Touraine, mais finalement il atteignit ses limites, même avec sa puissance amplifiée. S'effondrant dans les bras de Jean, il mit fin au sort.

— Je suis désolé. Je n'arrive pas à le trouver.

Le visage d'Alain se décomposa, la déception était visible dans chaque tension de son corps.

— Qu'est-ce qui s'est passé ?

— Je suis passé à travers les sorts dans la ville, mais il y avait quelques endroits plus loin que je ne pouvais pas percer. Soit la distance a joué un rôle soit ils sont protégés beaucoup plus sérieusement que dans la zone à l'intérieur du périphérique, expliqua Raymond. Je pouvais sentir le vide magique, mais je ne pouvais pas le briser.

— Mais cela nous dit au moins où chercher, s'écria Alain, ses yeux perdant un peu leur lueur hantée. Si nous cherchons là où tu ne pouvais rien percevoir, nous finirons par le trouver.

Il abaissa les boucliers qu'il avait gardés en place depuis le début de son service, s'assurant qu'il pouvait encore sentir la présence d'Orlando. Comme toujours, les émotions de son amant déferlèrent en lui, la force et l'intensité de son amour étaient un baume pour l'âme d'Alain, et un aiguillon pour sa culpabilité.

— Je vais marquer les emplacements, décida Raymond, mais s'ils sont aussi fortement protégés par des sorts, cela ne sera pas une tâche aisée et rapide. Il y en a environ une douzaine, et c'est en supposant qu'il n'a pas été plus loin que là où j'ai cherché. J'ai atteint les limites de mon pouvoir pour le sort traqueur à environ deux cents kilomètres.

— Cela représente bien plus que ce que nous aurions réussi à couvrir sans le sort, lui rappela Jean. Et cela réduit d'autant notre recherche. Maintenant, nous devons explorer les endroits que tu as identifiés.

— Mireille n'a-t-elle pas dit que monsieur Lombard pourrait être de retour ce soir ? demanda Raymond, changeant légèrement de sujet tout en commençant à repérer les emplacements sur la carte. Ça pourrait être intéressant de faire un détour par chez lui pour voir s'il a d'autres idées, quelque chose qui pourrait accélérer encore plus la recherche.

Jean hocha la tête.

— Bien entendu, nous pouvons y aller. Même s'il n'a pas de suggestion, il voudra être informé de ce qui se passe. Alain, peux-tu commencer à chercher avec ta patrouille pendant que Raymond et moi nous rendons sur place ? Nous pourrons te rejoindre quand nous reviendrons, ou essayer d'autres endroits en même temps pour accélérer le processus.

— Ça marche, convint Alain, en regardant la carte et en planifiant mentalement par où commencer. Je marquerai les endroits sur la carte au fur et à mesure que nous les découvrirons, et tu pourras voir où je suis avec mon repère.

— Voilà, ils sont tous là, déclara Raymond en s'éloignant de la carte. Allons-y, Jean. Plus vite nous arriverons chez monsieur Lombard, plus vite nous serons en mesure d'aider, d'une manière ou d'une autre.

Les deux hommes laissèrent Alain seul avec les plans et remontaient le couloir en direction de la sortie quand Adèle, furieuse, surgit en coup de vent de son bureau, claquant la porte derrière elle.

— Putain de bâtard ! cracha-t-elle en verrouillant la porte. S'imaginer qu'il est un don de Dieu pour les femmes et que nous devrions toutes simplement ouvrir les jambes pour lui, quand il le veut. Stupide connard !

— Tu dévorerais vivant un homme moins irascible, ma belle, commenta Jean, attirant son attention et sa colère.

— Tu as sans doute d'accord avec lui, gronda-t-elle. Je devrais le laisser faire ce qu'il veut, me traiter comme une pute, me baiser, sans égard pour mon plaisir, simplement parce qu'il est un homme et que je n'en suis pas un, c'est ça ?

— Ce n'est pas du tout ce que j'ai dit, répondit froidement Jean, mais je ne suis pas aveugle non plus. Dis ce que tu veux, mais je doute sérieusement que toute la couleur sur tes joues soit due à ta colère ou même à une indignation justifiée.

Il attrapa son bras, la plaquant contre le mur avec son corps.

— Tu peux le haïr – tu peux même avoir raison de le haïr –, mais il est exactement le genre d'homme qu'il faut pour t'exciter.

Ses mains se déplacèrent brutalement sur son corps, arrachant un gémissement à ses lèvres. S'écartant, il les laissa retomber contre ses flancs.

— C'est ce que je disais.

Adèle resta bouche bée quelques instants avant que ses yeux se plissent et que sa baguette se lève, un sort venant spontanément sur ses lèvres. Raymond le bloqua d'un geste de la main.

— Il a raison, Adèle, et tu le sais. Nous le savons tous.

Il avait étouffé la brusque montée de jalousie à la vue des mains de Jean sur quelqu'un d'autre, en particulier Adèle, car elle avait été une pomme de discorde entre eux au début de l'alliance. Son partenaire prouvait un fait, rien de plus.

— Cela ne donne pas à Jude le droit de me sauter dessus quand il le décide, souligna-t-elle.

— Non, effectivement, admit Jean. Il est dans ton bureau, je présume.

Elle hocha la tête.

— Laissez-le là pour l'instant. Nous allons nous occuper de cette question une fois pour toutes quand Marcel reviendra. Pendant ce temps, reste dehors et loin de lui. Tu n'arrangeras pas ta situation dans le cas contraire.

Adèle s'apprêtait à protester, à dire qu'elle pouvait mener ses propres batailles, mais elle ravala ses mots. La question avait désormais attiré l'attention des dirigeants de l'alliance. Elle n'avait plus la maîtrise de la situation. Elle ignora délibérément la petite voix qui murmurait qu'elle regretterait le frisson de la bagarre.

Mettant Adèle et ses ennuis de côté, Jean sortit du siège de la Milice dans la nuit tombante.

— Ce sera bientôt l'hiver, songea-t-il à voix haute alors que les dernières feuilles d'automne bruissaient autour de leurs pieds. Je me demande s'il neigera cette année.

— Si ce n'est pas le cas, nous devrons aller quelque part où il y en a, déclara impulsivement Raymond. Maintenant que tu n'es plus contraint par la lumière du jour, et avec un peu de magie, nous pourrons faire ce genre de choses.

L'expression de Jean s'adoucit.

— J'aimerais ça, répondit-il, se retenant de prendre la main du magicien.

Il ne voulait pas effrayer l'homme en y accordant plus d'importance que celui-ci n'était prêt à en donner.

Côte à côte, ils empruntèrent le métro vers l'île St-Louis. Le temps qu'ils atteignent la maison de monsieur Lombard, la nuit était complètement tombée. Jean sonna et attendit, mais la maison resta silencieuse.

Il sonna une seconde fois, ses doigts tapotant impatiemment contre sa cuisse alors que les secondes passaient. Raymond attrapa les doigts agités, les maintenant doucement immobiles entre les siens.

— Mireille a dit qu'il pourrait n'être de retour que demain soir, rappela-t-il à Jean. D'ici là, nous l'aurons probablement retrouvé et ça ne sera plus important. Rentrons.

— Ça te dérange si nous passons par Notre-Dame sur le chemin ? demanda Jean à mi-voix. Je... Je voudrais prendre une minute pour prier.

— Cela ne me dérange pas du tout, affirma Raymond. Parfois, j'oublie que tu étais séminariste. N'hésite pas à me le rappeler.

— Mon manque de dévotion quotidienne épouvanterait mes mentors, répondit Jean avec un petit rire, alors qu'ils traversaient le pont Saint-Louis jusqu'à l'île de la Cité et remontait la rue du Cloître Notre-Dame vers l'entrée de la cathédrale. Mais je trouve encore du réconfort dans la prière pendant les périodes de stress, et c'est définitivement son objectif.

— Prends le temps dont tu as besoin, insista Raymond, restant respectueusement à l'arrière de l'église dont il ne partageait pas la foi.

Il n'en avait pas besoin, cependant, pour apprécier la majesté du bâtiment ou pour sentir la source de la puissance sacrée sur laquelle la chapelle avait été construite. Avec un sourire, il pensa de nouveau, comme il le faisait souvent, que chaque foi faisait appel à la même énergie mystique, donnant à chacun sa propre interprétation d'une vérité qui défiait l'entendement.

Jean fit une génuflexion et remonta l'allée centrale jusqu'à la balustrade de l'autel, il s'agenouilla, le chapelet à la main, commençant à prier pour la sécurité d'Orlando et son sauvetage rapide. Ses lèvres remuaient dans une supplication silencieuse, tandis qu'il adressait sa requête, l'envoyant vers le ciel avec le parfum de l'encens et la fumée des cierges offerts en signe de foi. Les images de son ami, tel qu'il l'avait vu la première fois, brisé, sanglant, sur le point de s'autodétruire, revenaient le hanter. Orlando connaissait les profondeurs de la cruauté humaine – ou vampirique – d'une manière que peu d'autres avaient connue. À plus d'une occasion, il avait entendu le jeune vampire jurer qu'il sortirait à la lumière du soleil plutôt que d'être soumis à de telles tortures à nouveau. La pensée qu'Orlando puisse en arriver à ce stade, avant qu'il ne parvienne à le sauver, effrayait Jean comme rien d'autre ne l'avait fait au cours de sa longue existence.

Toutefois, c'était avant Alain. L'arrivée du magicien dans l'existence d'Orlando, l'Aveu de Sang qui les unissait dans ce monde – et certains disaient aussi dans le prochain –, donnerait sûrement à Orlando l'espoir dont il avait besoin pour résister aux genres de découragements qu'il avait connus lors de sa captivité précédente. Alain disait qu'il continuait à sentir Orlando, qu'il pouvait percevoir ses émotions et, même si le magicien était préoccupé par l'état physique d'Orlando, il n'avait exprimé aucune inquiétude sur son état émotionnel. Orlando n'avait pas une once de duplicité dans le corps. S'il était de nouveau désespéré à ce point, Alain le saurait sûrement, peu importe à quel point le vampire essayait de le cacher.

Jean s'accrochait à ces pensées tout en continuant à prier, les prenant partiellement en compte dans ses prières. Le retour d'Orlando répondrait au reste.

VII

RAYMOND ATTENDAIT patiemment à l'arrière de l'église, scrutant nerveusement les alentours. Trop de choses étaient arrivées au cours des derniers jours pour qu'il soit complètement à l'aise dans un espace aussi ouvert que celui-ci. Apercevant un bénitier avec de l'eau, il le regagna avec un soupir de soulagement. Au moins, avec de l'eau sous les doigts, il était susceptible de percevoir un avertissement quelconque en cas d'approche magique. Le liquide concentré canalisait le pouvoir intrinsèque de la cathédrale avec encore plus de puissance, pour lui, que s'il était sur une île au milieu d'une rivière. La sensation le plongeait dans une transe légère comme s'il communiait avec la magie élémentaire, il laissa la tension des jours précédents s'effacer et la connexion rétablir sa force.

Une ondulation soudaine, et une perturbation extérieure le sortirent de sa transe méditative. Sourcils froncés, il se concentra sur l'eau du récipient, utilisant consciemment la puissance de l'endroit pour étirer ses sens tout comme il l'avait fait avec le sort traqueur, mais avec une perspective plus large.

Il retint un juron, conscient d'être sur un sol sacré, et attrapa son téléphone portable afin d'appeler le siège de la Milice pour obtenir du soutien. Il venait juste d'avancer dans l'allée pour récupérer Jean et essayer de sortir par l'une des portes latérales lorsque le premier sort secoua le toit au-dessus d'eux.

— Nous devons sortir d'ici, cria-t-il à Jean, sans plus se soucier de respecter le caractère sacré de l'église, leur sécurité passant en premier. Des sorciers rebelles… ils sont sur le parvis et au nord, mais ils n'ont pas encore fait le tour jusqu'à la porte sud.

— Non, protesta immédiatement Jean.

La pensée que quoi que ce soit menace n'importe quelle église, et cette église en particulier, déchirait son âme.

— Si nous partons, dit-il, ils vont détruire la cathédrale à coup sûr.

— Si nous restons, ils pourraient très bien nous détruire nous, lui rappela Raymond. Je suis bon, mais ça ne fait qu'un seul magicien contre au moins une vingtaine. J'ai appelé de l'aide. Une patrouille sera ici dès que possible.

— Alors, nous devons tenir jusqu'à ce qu'ils arrivent.

Il ne laisserait pas la perversion de Serrier profaner une terre sacrée.

— Non contredit Raymond. Nous devons sortir d'ici. Ils s'en chargeront quand ils arriveront.

— Vas-y, dit Jean.

Ses yeux scrutaient déjà les recoins sombres alors qu'il déterminait de quelle façon il pourrait se glisser derrière les sorciers pour les prendre l'un après l'autre.

Il détestait l'idée d'user de violence ici, mais l'autre option était encore plus impensable.

— Je sais qu'ils ont mis ta tête à prix. Je ferai ce que je peux comme dommages jusqu'à ce que la patrouille arrive.

— Comme si j'allais partir et te laisser les affronter seul, s'écria Raymond. Si tu ne veux pas venir avec moi, je resterai avec toi en espérant que les renforts seront ici rapidement. Allons-y.

Il tira Jean vers la porte sud. Au moins là, ils auraient des murs sur trois côtés, limitant la direction par où leurs assaillants pourraient venir jusqu'à eux. Lorsque le premier magicien apparut par le portail nord, il jeta un *Abattoir*. Il n'aurait qu'une seule chance avec chacun d'eux, et personne d'autre pour le relayer, il devrait les abattre au premier coup, sinon il retournerait sa magie contre lui-même. Mourir de sa propre main était préférable aux tortures que Serrier lui ferait subir. Immédiatement, un cri d'alerte retentit.

— Ils savent que nous sommes ici, prévint-il Jean. Fais de ton mieux pour bloquer la porte derrière nous. Ainsi, je n'aurais besoin de m'occuper que de celles en face de nous.

Jean se dirigea vers la porte alors que plusieurs sorciers déboulaient en face d'eux. Il se retourna, tiraillé entre faire ce que Raymond demandait et rester aux côtés de son partenaire pour le protéger du mieux qu'il pouvait. Ses instincts protecteurs l'emportèrent. Au moment où il rejoignait Raymond, deux magiciens jetèrent simultanément un sort. Raymond bloqua le premier, mais ne put arrêter le second. Il se prépara à la douleur qui briserait son corps, mais elle ne vint jamais.

Après avoir contorsionner son corps dans un saut délicat qui lui permit d'atterrir juste à côté de Raymond, Jean le bouscula avant que le sort puisse le frapper. La magie destinée à Raymond heurta le vampire à sa place, le jetant à genoux, provoquant des nausées tandis que son estomac faisait des nœuds.

— Merde, jura Raymond, soulevant Jean sur son épaule en se repliant dans un coin.

Déposant Jean à ses pieds, il se baissa derrière la statue de Jeanne d'Arc, laissant les sorts rebondir sans risque sur la pierre pendant qu'il faisait de son mieux pour soulager Jean. Le sort pourrait se dissiper en quelques minutes, sauf que l'antidote magique était inutile s'il provenait de la baguette de Raymond.

— Ce n'est pas réel, pas vrai ? haleta Jean sous la souffrance du coup.

— C'est juste de la douleur, il n'y a pas de vrais dégâts, confirma Raymond.

— Alors, arrête-les.

Sa colère grandit alors qu'il regardait Jean lutter contre la douleur, Raymond reporta son attention au-delà de la statue, attendant patiemment l'occasion de frapper celui qui avait osé attaquer son partenaire. Il se faufila lentement vers l'avant, restant dans l'ombre, espérant échapper à toute détection un peu plus longtemps. Ils savaient qu'il était là, évidemment, et à moins que le sorcier ayant jeté le sort qui avait frappé Jean n'ait pas pris la peine de regarder qui il frappait, ils savaient qu'il n'était pas celui qui avait été blessé. Il pouvait cependant espérer que son absence de représailles immédiates les avait convaincus qu'il avait abandonné.

Tournant au coin vers la galerie, il s'esquiva dans la première chapelle, utilisant l'autel pour se couvrir tout en cherchant une cible. Un mouvement attira son regard de l'autre côté de la nef et il lança un sort, le sorcier eut à peine le temps de pivoter avant de tomber.

Raymond résista à l'envie de jeter un œil à sa montre pour estimer le temps qu'il faudrait aux renforts pour arriver. Il ne pouvait pas compter là-dessus. Il ne pouvait compter que sur son intelligence et sur celle de Jean, si le vampire récupérait suffisamment rapidement du sort douloureux.

Entendant des pas s'approcher de sa cachette, il murmura un sort de déplacement, réapparaissant derrière la galerie qui entourait le chœur de l'église. Souhaitant que Thierry puisse être là pour renforcer les pierres, il jeta malgré tout un sort consolidant, espérant conserver le bâtiment intact un peu plus longtemps parce qu'il était visiblement d'une importance capitale pour Jean. Même avec son aide, la cathédrale frémit néanmoins autour de lui comme si les pierres elles-mêmes se rebellaient pour protester contre la violation de cet endroit sacré.

Il était prêt à abandonner le combat, car même un lieu sacré tel que celui-ci ne valait pas leurs vies, quand il entendit les cris des magiciens de la Milice appelant les sorciers rebelles à lâcher leurs baguettes et à se rendre. Poussant un soupir de soulagement, il rebroussa chemin vers l'endroit où il avait laissé Jean, espérant que son partenaire avait eu la bonne idée de garder la tête baissée jusqu'à ce que le sort ait perdu son emprise sur lui.

À son grand soulagement, il trouva Jean exactement où il l'avait laissé, derrière la statue de Jeanne d'Arc. Le vampire s'était redressé pour s'asseoir, son torse et sa tête étaient protégés par la base en pierre, seuls ses pieds dépassaient.

— Allez, fit-il en attrapant le bras de Jean. La cavalerie est ici. Nous pouvons t'emmener à l'infirmerie.

Jean secoua la tête.

— Ce n'est pas de médecine magique dont j'ai besoin. J'ai besoin de savoir que la cathédrale est en sécurité, et j'ai besoin de me nourrir.

— Peux-tu te lever ? demanda Raymond.

Jean hocha la tête et se remit péniblement sur ses pieds, s'appuyant lourdement sur le bras de Raymond en avançant de quelques pas précautionneux. Des cris continuaient à retentir à travers toute l'église, des sorts de toutes sortes volaient, entamant la pierre et éparpillant les meubles, mais Raymond avait l'impression que la Milice prenait lentement le dessus.

Les sens en alerte, Raymond aida Jean à marcher lentement vers la nef. Ne voyant plus de sorciers rebelles, il redressa l'une des chaises à dossier et y installa Jean.

— Reste ici pendant que je vais voir ce qui se passe. Si d'autres combats éclatent, couche-toi. Ne prends aucun risque.

Jean hocha la tête, mais ses instincts protestèrent à l'idée de se cacher, impuissant, alors que d'autres se battaient. Il les repoussa, sachant que la douleur dans son ventre l'empêcherait d'être efficace et peut-être l'amènerait à être encore plus sérieusement blessé. Il refusa de s'attarder sur le fait que les sorciers de Serrier savaient qu'ils devaient utiliser des sorts de douleur, plutôt que des sorts mortels, parce qu'ils les avaient testés sur Orlando. Il avait assez de soucis pour le moment sans en ajouter.

Malgré tout, il garda un œil attentif sur Raymond, pendant qu'il remontait la nef vers l'entrée principale, s'arrêtant parfois pour déplacer une chaise ou un prie-Dieu sur son chemin. Jean n'avait pas la moindre idée de ce qu'il pourrait faire si quelqu'un l'attaquait, mais il savait qu'il essaierait. Heureusement, aucune attaque ne survint. Quelques instants plus tard, Thierry et Sébastien étaient en vue, détaillant Raymond, puis jetant un œil vers Jean.

Le vampire se leva péniblement sur ses pieds, les rejoignant au milieu de la longue nef.

— Ils sont partis, déclara Thierry à Jean, mais l'église est très sérieusement endommagée. Je peux voir des fissures dans les arcs-boutants et les murs. Nous devons évacuer tout le monde, afin que je puisse essayer de les réparer suffisamment afin que nous n'ayons pas à nous inquiéter qu'ils puissent s'effondrer jusqu'à ce que des tailleurs de pierre viennent les consolider correctement.

Jean fronça les sourcils en évaluant la taille de l'église.

— C'est un travail d'envergure pour un seul magicien, surtout si elle est aussi endommagée comme tu le dis.

— Ça l'est, convint Thierry, mais je suis le seul présent à avoir une affinité avec la terre. Je ferai ce que je peux en espérant que ce sera suffisant.

— Laisse Sébastien te mordre pendant que tu lances les sorts, suggéra Raymond. Quand Jean se nourrissait de moi alors que je cherchais Orlando, j'étais capable d'étendre la recherche pour couvrir facilement quatre fois plus de surface, sans perte en clarté. Si Sébastien peut augmenter ta puissance, même d'une fraction de cela, tu pourras rendre ton travail plus sûr et efficace.

Thierry hocha la tête.

— C'est une bonne idée. En supposant que Sébastien soit d'accord.

La lumière taquine dans ses yeux amena un sourire sur le visage de Sébastien qui était tout disposé à accepter.

— Soyez prudent, les avertit Jean. Ce sera beaucoup plus difficile que de chercher Orlando. Tu ne voudrais pas…

Il se tut comme s'il se souvenait de sa promesse de ne pas parler à Sébastien de ce qui avait failli arriver dans le parc de La Courneuve.

— Ne voudrais pas quoi ? demanda brusquement Sébastien. Y a-t-il un problème que je dois connaître ?

— Désolé, s'excusa Jean auprès de Thierry. Ça m'a échappé.

Thierry haussa les épaules.

— Il y a toujours un risque à traiter avec les éléments qui sont en résonance avec nous. Si nous ne faisons pas attention, nous pouvons nous fondre dans l'élément comme je l'ai fait avec la magie élémentaire lors du Rite d'équilibrage.

— Sauf que si tu es attiré trop profondément dans ton élément, tu te mélanges avec lui, ajouta Raymond, voulant faire en sorte que Sébastien comprenne le danger. Dans le cas de Thierry, il pourrait se transformer en pierre s'il s'intègre trop profondément dans le sien sans personne pour le ramener en arrière.

— Comment es-tu au courant, Jean ? questionna Sébastien, ignorant momentanément Thierry. Quelque chose est-il arrivé à Raymond ?

D'un coup d'œil, Jean chercha de l'aide auprès de Thierry, mais le magicien blond refusa de croiser son regard.

— Pas à Raymond. À Thierry. Lorsque nous cherchions Orlando, il a essayé d'utiliser sa connexion pour trouver où ils avaient emmené Orlando. Il donnait l'impression d'être en train de changer…

— Et tu ne me l'as pas dit ? rugit Sébastien.

Thierry et Jean tressaillirent tous les deux, même s'il n'était pas évident de savoir auquel des deux la colère du vampire s'adressait.

— C'était passé et il allait bien, répondit Jean, se sentant exactement comme un écolier convoqué au bureau du directeur.

— Et si ça avait été Raymond qui avait failli fondre dans une flaque, n'aurais-tu pas voulu le savoir ? riposta Sébastien.

— Eh bien, oui, mais…

— Pas de mais, l'interrompit sèchement Sébastien. Thierry a dit de vider la cathédrale afin qu'il puisse travailler. Je veux que ce soit fait, alors nous n'en parlerons pas maintenant, mais je ne l'oublierai pas, sois-en sûr.

Le visage de Jean se ferma.

— Tu t'oublies, Noyer.

— Je lui ai demandé de ne pas t'en parler, s'interposa Thierry, essayant de prévenir une confrontation entre les deux vampires. Je savais que tu t'inquiéterais, et je ne voyais aucune raison pour ça, alors que c'était une erreur stupide que je n'avais plus faite depuis que j'ai effectué ma première connexion avec la terre, et que je ne referai pas. Si tu veux te mettre en colère, alors soit en colère contre moi et pas contre Jean.

— Nous discuterons de cela plus tard, promit Sébastien. Pour l'instant, faisons en sorte de stabiliser la cathédrale. Je préférai éviter qu'elle ne tombe sur nos têtes.

— J'ai essayé de la renforcer un peu à l'arrière de la galerie qui entoure le cœur, précisa Raymond à Thierry. Juste pour information. Et je ne sais pas si tu peux puiser dans cette source, mais il y a un puits de magie élémentaire ici. Je me demande si l'église n'a pas été construite sur le site d'un ancien bosquet ; cet espace sacré date de bien avant l'expansion du christianisme. Si tu peux l'atteindre, ça aidera également à stimuler ta puissance. Jean a été frappé par un sort, alors je vais m'occuper de lui. Fais-nous savoir quand tout sera stabilisé ici.

— Nous le ferons, promit Thierry avant de les écarter de son esprit pour déterminer où commencer à lancer son sort.

Après un débat interne de quelques minutes, il se décida pour le pilier le plus proche de l'endroit où la nef et le transept se réunissaient. Il était proche du centre de l'église, ce qui permettrait à son sort de rayonner vers l'extérieur. Posant ses mains sur la pierre, il sentit la résonance décrite par Raymond et l'indignation de l'espace sacré violé par une magie aux intentions dévastatrices. Il avait déjà commencé à répandre l'énergie curative dans la force vive qui investissait le bâtiment quand Sébastien s'avança derrière lui, ses bras passants de chaque côté de son corps, pour venir poser lui aussi ses mains sur la pierre. Les crocs de son amant effleurèrent son cou avant de le percer profondément. La tête de Thierry bascula contre l'épaule du vampire, laissant Sébastien supporter son poids.

Même averti, Thierry fut pris au dépourvu par l'ampleur du pouvoir qui se déversa brusquement à travers lui depuis deux sources distinctes. Avec sa magie stimulée par les crocs de Sébastien, il se connecta aux pierres d'une manière inédite, allant au-delà de la surface, au cœur même de leur constitution. Elles se réjouissaient de sa présence, du contact d'un esprit et de mains qui pouvaient les comprendre, déversant leur histoire dans un flot d'images qui coupèrent le souffle de Thierry alors qu'il luttait pour tout assimiler en continuant à fournir la consolidation dont le bâtiment avait besoin.

Après un moment, il laissa les images s'écouler à travers lui et se contenta d'écouter. La situation n'était pas suffisamment critique pour qu'il soit obligé de réitérer les sorts immédiatement. Il vit les pierres s'éveiller, être extraites de leur lieu de repos sur le haut de la rivière et convoyées jusqu'à leur emplacement actuel, mises en forme pour d'adapter parfaitement les unes aux autres. Il les sentit venir à la vie tandis qu'elles approchaient de la magie inhérente à l'emplacement. À sa grande surprise, tandis qu'elles lui montraient comment elles étaient mises les unes sur les autres, elles révélèrent le secret de l'un des contremaîtres, un magicien du temps de la persécution. Il s'était attardé chaque soir avec l'excuse de préparer le travail pour le lendemain, attendant jusqu'à ce qu'il soit seul pour canaliser sa magie dans le bâtiment, utilisant son don incompris à sa manière, paisiblement, pour ajouter à la gloire du Dieu qu'il adorait avec tout son cœur, même en sachant qu'il serait excommunié, ou pire, s'il était découvert.

L'amusement des pierres au couronnement de Henri V d'Angleterre qui pensait réclamer le trône français en se faisant couronner à Paris, sans réaliser que les Français ne reconnaîtraient jamais un roi couronné ailleurs qu'à Reims, amena un sourire sur le visage de Thierry.

L'amusement se mua en crainte tandis qu'elles racontaient les horreurs qu'elles avaient vues pendant l'occupation nazie, les exécutions sur le parvis, la violation de la sacralité de l'église, une sacralité que les nazis n'avaient jamais reconnue. Elles lui montrèrent des images de gens, attroupés par la peur au pied de l'autel, ou priant avec ferveur devant la statue de Jeanne d'Arc, l'implorant d'être sauvés des monstres qui avaient pris le contrôle de leur vie. Thierry projeta du réconfort en retour, rappelant aux pierres que ces temps étaient révolus, que la démocratie était revenue une fois de plus.

Elles réagirent avec des images de la bataille de la soirée, dirigée non pas contre d'autres personnes, mais contre elles. C'était l'ouverture dont Thierry avait besoin pour mettre en avant le but de sa présence. Il diffusa des vrilles de magie curative, l'offrant au bâtiment vieillissant et souffrant. Les pierres acceptèrent immédiatement son offre, consolidant les fissures et les failles, réparant les dommages de la bataille la plus récente, puis s'étendant plus profondément jusqu'aux fondations mêmes de l'église, renouvelant les liens magiques du premier contremaître jusqu'à ce que l'église soit aussi solide que le jour où elle avait été construite.

Haletant, Thierry se libéra du sort, s'effondrant dans les bras de Sébastien, sa tête tournant de tout ce qu'il avait vu et ressenti.

— Est-ce que tu vas bien ? s'inquiéta instantanément Sébastien.

Thierry prit un moment avant de répondre, pour faire un bilan. À sa grande surprise, il ne ressentait aucune perte magique. Soit Sébastien l'avait renforcé plus que Raymond n'avait suggéré que c'était possible, soit Notre-Dame elle-même l'avait restauré pendant qu'il la restaurait.

— Je vais bien, dit-il finalement, l'étonnement imprégnant sa voix. Je ne sais pas pourquoi je vais bien, mais c'est vrai.

— Es-tu sûr ? insista Sébastien. Je pouvais sentir le drainage de ta magie.

Thierry hocha la tête tout en effectuant un second inventaire de lui-même. Observant l'église qu'il voyait désormais sous un nouveau jour, il songea à voix haute :

— Je crois que nous avons fait une erreur pendant toutes ces années. Nous aurions dû faire les Rites d'équilibrage ici. La terre, l'eau, le vent, le feu… ils sont tous là, et à un carrefour de puissance magique comme j'en ai rarement senti. Marcel doit en être informé.

— Plus tard, grogna Sébastien.

La combinaison du désir qu'il éprouvait pour son partenaire, frémissant toujours juste en dessous de la surface, et la crainte qui le remuait encore à la pensée d'avoir failli perdre son amant sans même le savoir, était assez pour mettre de côté toutes les autres considérations dans son esprit.

— Il y a d'autres choses dont nous devons discuter d'abord ; comme le fait que tu ne m'as pas dit ce qui s'était passé pendant la nuit où tu étais à la recherche d'Orlando la première fois.

VIII

— Au rapport ! exigea Serrier dès que Simon et sa patrouille réapparurent.

— Pour une raison quelconque, Payet était là quand nous sommes arrivés, cracha Simon, avec un vampire, peut-être même Bellaiche, bien que ce soit difficile de dire dans la pénombre. Les sorts ont fonctionné, mais il a réussi à passer un appel pour obtenir de l'aide et nous avons donc dû faire marche arrière avant d'avoir pu faire tomber la cathédrale. C'était étrange, cependant. C'était comme si le bâtiment lui-même résistait à notre magie.

— Ce n'est pas possible, s'écria Serrier, bondissant sur ses pieds à cette nouvelle sans précédent. C'est un bâtiment, de la pierre inanimée. Seul un locus devrait être en mesure de résister à ce genre de magie, et nous l'aurions su s'il y en avait eu un, ici, à Paris.

— Je ne sais pas, mais il ne s'est pas désagrégé comme il aurait dû, répondit Simon sur la défensive. Je sais juste ce que j'ai vu, alors, à moins d'avoir perdu toute capacité à juger de la force de mes sorts, quelque chose d'étrange était à l'œuvre ce soir.

— Il faut que j'y réfléchisse, déclara Serrier, en commençant à arpenter la pièce nerveusement, son esprit envisageant toutes les possibilités. S'il y a un locus juste ici, à Paris, cela change nos plans. À part ça, tu disais que les sorts fonctionnaient sur les vampires ?

Simon hocha la tête.

— Bellaiche, ou quel que soit le vampire, est tombé immédiatement et il est resté à terre tout le temps où nous nous battions. Et je suis sûr d'avoir vu d'autres vampires tomber, une fois que les renforts de la Milice sont arrivés. Soit c'est ça, soit Chavinier a de nouvelles recrues que je ne connais pas.

— Quel sort as-tu utilisé ?

— Le sort de douleur, répondit Simon. Nous ne sommes peut-être pas capables de les tuer, mais nous pouvons assurément les neutraliser, et ça a l'avantage de fonctionner aussi bien sur les magiciens que sur les vampires.

— Bien. Alors il est temps de profiter de notre avantage. Ils ne s'attendront pas à nous voir attaquer à nouveau, pas aussi tôt après que nous nous soyons regroupés après une attaque. Prépare ta patrouille pour ressortir. Frappe au hasard. Il n'est pas nécessaire que ce soit quelque chose *d'important*. Le plus important, c'est de montrer que nous sommes aussi forts que leur alliance, ricana Serrier.

— Et le locus ? Si c'en est un.

— J'enverrai quelqu'un pour vérifier, discrètement, et si c'en est vraiment un, nous adapterons nos plans en conséquence, déclara Serrier, mais jusque-là, rappelons à Paris que nous sommes là. Frappe et disparaît. N'affronte pas la Milice, provoque juste le chaos.

Simon sourit. Il pouvait ne pas avoir l'obsession de Claude pour la torture, mais il n'était pas du tout opposé à l'idée de semer la terreur dans le cœur des habitants de la ville. Ils devaient comprendre à quel point la Milice était finalement impuissante face au pouvoir des sorciers rebelles.

— Nous pouvons le faire.

Il cria pour regrouper sa patrouille et les entraîna dehors dans la nuit.

Dans l'ombre, Éric s'assombrit. Ce n'était pas une complication dont il avait besoin. Haussant les épaules puisqu'il n'y avait rien qu'il puisse faire au sujet de Simon et de ses hommes de main, il se retira vers le sous-sol. Et vers le vampire. Il avait inventé une commission pour écarter Vincent, afin d'avoir une chance de parler avec l'homme seul à seul.

— Que vaut ta vie pour la Milice ? demanda-t-il en passant la porte.

Orlando sortit du semblant de sommeil où il essayait de s'échapper chaque fois que ses ravisseurs le laissaient seul assez longtemps. Son corps entier lui faisait mal, mais pas autant qu'auparavant. Apparemment, la sieste lui avait permis de guérir, du moins en partie.

— Quelle importance ? demanda-t-il mollement.

Il persistait à espérer autant qu'il le pouvait, mais il avait conscience que le temps passait. Il pouvait sentir son corps s'affaiblir, le temps sans nourriture se combinant aux tortures qu'on lui infligeait pour le vider de sa force encore plus rapidement que d'ordinaire.

— Tu n'es pas sur le point de me laisser partir et de mettre ta place ici en danger, et je ne suis pas stupide. Je sais que Serrier trouvera un moyen de me détruire, une fois qu'il en aura fini avec ses expériences sur moi.

— Tu as sans doute raison, admit Éric, l'estomac noué en examinant les possibles répercussions de ce qu'il allait faire.

Si le vampire le trahissait, il mourait, mais vraisemblablement pas de manière aussi rapide ou clémente que celle que Serrier avait réservée à Dominique. Non, si Serrier avait vent de cette conversation, il serait le prochain jouet de Claude. Pourtant, il devait essayer. Il avait promis à Vincent qu'il envisagerait sérieusement leurs options.

— Au moins en ce qui concerne Serrier, mais tu m'as dit qu'Alain et Thierry m'accueilleraient à nouveau si je rechangeais de camp. Était-ce la vérité ? Ou essayais-tu simplement d'obtenir un peu de sympathie ?

— Tu dois vraiment penser que je suis un imbécile, s'exclama Orlando en s'asseyant lentement, son corps protestant vivement contre ces mouvements inutiles. Tu ne peux faire confiance à aucune des réponses que je pourrais fournir à cette question parce que je suis presque sur le point d'avouer qu'il s'agit du dernier, de sorte que, même si je dis le premier, tu aurais à craindre que je mente.

— Mens-tu ? insista Éric.

— Qu'importe ? répéta le vampire, le désespoir le rattrapant alors qu'il faisait face au sorcier imposant.

Il savait qu'Alain continuait toujours à le chercher, mais il pouvait aussi sentir le désespoir croissant de son amant. Il avait survécu à la torture et à l'emprisonnement une fois, mais c'était avant Alain, avant l'Aveu de Sang. Cette promesse lui avait apporté l'espoir d'être sauvé qu'il n'avait pas eu la dernière fois, mais elle avait également drastiquement limité ses ressources. Quand il ne restera plus rien de son dernier repas, son temps sera écoulé, sa force de vie magique arrivera à son terme.

— Parce que, selon le vampire favori de Serrier, quelque part, là dehors, une personne porte ta marque, répondit Éric honnêtement.

Il prit une profonde inspiration pour lutter contre les souvenirs qui l'assaillaient.

— Je sais ce que ça fait de perdre tous ceux qui nous sont chers d'un seul coup. Tu en appelles à Alain, et tu te battais à ses côtés lorsque nous t'avons pris. Tu as parlé de lui comme si tu le connaissais bien. Peut-être que je voudrais avoir encore une chance d'agir correctement envers un vieil ami.

— Peut-être que tu veux une chance de me blesser davantage parce que tu blâmes Alain pour ce qui est arrivé à ta famille, rétorqua Orlando avec franchise, voyant le piège tel qu'il était. Vous les sorciers, vous pensez que vous êtes subtils, mais les vampires ont eu des siècles pour perfectionner cet art. Tu ne me piégeras pas en me faisant dire quelque chose que je ne veux pas révéler.

Éric était sûr qu'Alain n'aurait pas mentionné, en toute insouciance, son rôle dans la mort de la famille d'Éric à une simple connaissance. Même aveuglé par la colère et le chagrin, il avait vu combien Alain s'en voulait. Cela n'avait rien changé, mais il l'avait su. Il ne voulait pas s'en vanter maintenant.

— Il ne t'aurait pas parlé de ça si tu ne signifiais rien pour lui, conclut-il à haute voix. Je ne suis pas Morgane, quoi qu'il puisse croire.

Orlando fronça les sourcils, un instant confus par l'apparente incohérence. Ensuite, il comprit, se souvenant d'une conversation qu'il avait eue avec Alain, quand son amant lui avait finalement tout raconté au sujet de ce qui était arrivé avec Éric, sur le code qu'ils avaient développé avec Thierry en utilisant les noms des grands sorciers du passé. S'il se souvenait bien, Morgane était le nom du traître. Et si c'était le cas, cela signifiait…

— Merlin sait ce que tu pourrais être d'autre, répondit-il avec hésitation, incertain d'assembler tous les éléments dans l'ordre.

Cependant, s'il avait raison, il venait peut-être de trouver un allié. Et si ce n'était pas le cas, il pouvait encore le tourner à son avantage.

— Merci seigneur ! soupira Éric, malgré la réponse approximative – puisque l'ensemble était loin d'être correct –, mais bien suffisante pour lui assurer que le vampire était bien dans la confidence d'Alain ou de Thierry. Je n'étais pas sûr qu'il t'en aurait parlé, même avec tout le reste. Pourquoi l'aurait-il fait, après tout ? J'ai changé de camp.

— Tu as pris un sacré risque, commenta Orlando.

Son estomac était encore agité à la pensée de tout ce qu'il venait d'apprendre. Si, en définitive, le magicien lui disait bel et bien la vérité.

— Alors que va-t-il se passer maintenant ? questionna-t-il.

— Maintenant, je cherche un moyen pour te libérer, répondit Éric honnêtement, mais ça n'arrivera pas ce soir, je le crains. Serrier est déterminé à rappeler au monde qu'il existe et qu'il est puissant. Des sorciers vont circuler toute la nuit. Il n'y a aucune chance que je puisse te faire sortir discrètement. Ce qui signifie qu'il va falloir attendre jusqu'à demain soir, au moins.

— Je peux tenir jusqu'à demain soir, lui assura Orlando en faisant, une fois de plus, un bilan de son état physique, à présent qu'il avait un véritable espoir d'évasion. Je ne peux pas le certifier au-delà.

Il ne voyait pas d'inconvénient à révéler ce que le Déviant leur avait déjà dit. Cependant, ses instincts, développés par le jeu des Cours, le mettaient en garde, tout cela paraissait trop simple, aussi mit-il également un plan de rechange en œuvre.

— Si, malgré tout, tu ne peux pas me faire sortir, si Serrier trouve un moyen de me détruire, pourrais-tu ramener ça à Alain ?

Il glissa une main dans sa poche et en sortit sa chevalière.

— Apporte-lui au moins cette paix.

Sa main tremblait tandis qu'il remettait à un étranger son seul lien physique avec Alain. Son cœur protesta contre cette perte, mais si le magicien emportait l'anneau quand il partirait pour retourner chez lui, cela apparaîtrait sur la carte de localisation, en supposant que quelqu'un soit là pour le voir. Et s'ils le voyaient, quelqu'un viendrait et, soit il capturerait Simonet, soit il le suivrait jusqu'ici, quoi qu'il en soit, l'un comme l'autre aiderait la Milice à le trouver.

Éric prit l'anneau en or et l'examina attentivement.

— Ce n'est pas une bague ordinaire, commenta-t-il.

— Non, effectivement, reconnut Orlando, songeant à tout ce que ce simple ornement avait signifié au fil du temps depuis qu'il avait été créé.

Il avait été le symbole de sa torture, puis de sa libération et, finalement, aujourd'hui, de son amour. Il n'avait pas passé un jour sans lui, depuis le jour où Thurloe avait été détruit. Il espérait seulement qu'il allait le revoir un jour.

— C'est l'anneau que nous avons utilisé pour nous lier l'un à l'autre. Si quelque chose m'arrive, je veux qu'il l'ait.

— Si l'on en arrive là, je ferai en sorte qu'il le récupère, promit Éric.

Son esprit était en effervescence avec les détails de son projet, maintenant qu'il s'était engagé dans cette voie.

— Mais je préférerais de beaucoup te livrer à lui plutôt que l'anneau.

Orlando sourit. Avec son repère dans la main, Éric était susceptible de faire les deux.

LES PROTECTIONS autour du bâtiment apparemment abandonné étaient les plus complexes qu'Alain ait jamais vues en dehors du siège de la Milice. Même avec les conseils que Raymond lui avait donnés, il lui fallut un temps incroyablement long pour les désactiver. Il espérait que cela signifiait qu'ils protégeaient quelque chose d'important, mais c'était la troisième zone morte que lui et sa patrouille examinaient, sans succès jusqu'ici. Ils avaient rencontré beaucoup de résistance, mais aucun signe d'Orlando et, à chaque fois, quand il devenait clair qu'ils auraient le dessus, les sorciers rebelles disparaissaient tout simplement, les laissant s'occuper des pièges et des mines magiques. Cependant, ils n'avaient pas osé quitter un immeuble sans le fouiller, au cas où il y aurait la moindre indication de l'endroit où les sorciers rebelles avaient disparu ou de l'endroit où ils retenaient Orlando en captivité.

Les sorts tombèrent finalement sous la détermination d'Alain. La patrouille se prépara à la contre-attaque prévisible, mais rien ne vint.

— Attendez, fit Alain quand un de ses magiciens commença à avancer, la situation dans son ensemble lui semblant particulièrement inquiétante.

— Qu'est-ce qu'il y a, Alain ? demanda le lieutenant Fouquet, ayant depuis longtemps appris à faire confiance à l'instinct de son capitaine quand il y avait du danger.

— Je ne sais pas, répondit honnêtement Alain, mais quelque chose ne va pas. S'ils sont là, pourquoi n'attaquent-ils pas ? Et s'ils n'y sont pas, pourquoi était-ce si lourdement protégé ? Ce n'est pas comme si notre présence était passée inaperçue ce soir.

Jetant un œil autour de lui, il trouva un gros caillou et le jeta dans le bâtiment.

Il ne se passa rien.

À sa gauche, Maurice Quenaud leva les yeux au ciel. Il ne savait pas pourquoi ils faisaient ça. C'était des recherches vaines de toute façon. Ils perdaient du temps et des ressources pour un vampire alors qu'ils pourraient être dehors pour s'en prendre directement à Serrier. Lorsque le caillou n'entraîna aucun grand cataclysme, il secoua la tête et lança :

— Allons-y. Le temps passe.

Il fit deux pas en avant, ignorant l'avertissement hurlé par Alain.

Ce fut le dernier son qu'il entendit alors que l'entrepôt s'enflammait dans une explosion.

— C'est quoi ce bordel ? s'écria le lieutenant Fouquet tandis qu'ils bondissaient tous en arrière, relevant leurs bras pour se protéger le visage de l'incendie.

Alain ne répondit pas immédiatement, un flot de jurons s'échappant de sa bouche à la place. Il ne connaissait pas bien le magicien décédé, mais il avait l'impression de se souvenir que Marcel avait dit qu'il s'était récemment mis en ménage. Pourquoi le général laissait-il des gamins combattre ? C'était au-delà de la compréhension d'Alain, mais c'était relativement habituel quand il s'agissait de Marcel. En principe, Alain ne comprenait pas la moitié de ce que le vieux renard rusé faisait.

— Éteignez-le, aboya-t-il.

Il se concentra avant tout sur la nécessité de contenir les risques. Il s'inquiéterait du reste plus tard, y compris du fait d'avoir à annoncer à Marcel la mort de Maurice.

Sa patrouille s'éparpilla pour lancer des sorts d'aspersion sur les flammes et des sorts répulsifs sur les bâtiments voisins afin d'éviter que le feu se propage.

Tout en travaillant aux côtés de sa patrouille, Alain se sentait déchiré. Il savait qu'ils devaient rester et s'assurer que le feu était maîtrisé, mais il s'irritait de cette obligation. Heureusement, Orlando n'était pas dans l'incendie – il pouvait encore sentir le contact de son esprit – ce qui signifiait que son amant était ailleurs, quelque part où Alain n'était pas. Intérieurement, il regrettait l'impétuosité de Maurice. Avec un peu plus de temps, Alain aurait découvert le sort et ils auraient pu, soit l'annuler, soit poser des protections autour afin que personne ne puisse tomber dessus, au lieu de perdre du temps à s'occuper des conséquences de son activation.

Du temps qu'ils auraient pu utiliser à rechercher Orlando.

Avec un grognement de frustration, il sortit son téléphone portable de sa ceinture quand celui-ci commença à vibrer.

— Magnier, dit-il sèchement.

— Alain, tu dois ramener ta patrouille ici. Nous avons des rapports d'attaques dans toute la ville. Nous avons besoin de tous ceux qui ne sont pas complètement épuisés, lui annonça Marcel à regret. Je suis désolé.

— Putain ! jura Alain. Nous avons un problème ici, mais je les renvoie dès que nous l'aurons résolu.

— Alain… avertit Marcel.

— Ne m'ordonne pas de revenir avec eux, l'interrompit Alain. Je détesterai avoir à désobéir à un ordre direct.

— Tu ne l'aideras pas en te faisant tuer, rappela Marcel au jeune sorcier.

— Je ne vais pas me faire tuer, promit Alain, mais je dois le faire. Même avec mes boucliers relevés, je peux sentir sa douleur à présent. Je ne vais pas le laisser dans leurs mains un instant de plus que ce que je le dois. Si cela signifie que je dois déserter de mon poste de travail, il en sera ainsi.

Marcel soupira.

— Tu me connais mieux que ça, mon garçon. Continue. Fais ce que tu as à faire, mais je dois récupérer ta patrouille.

— Laisse-nous éteindre ces feux et je te les envoie, accorda Alain.

La colère bouillonnait en lui quand il mit fin à l'appel. La frustration, l'impuissance, la culpabilité et le chagrin se combinaient en un mélange malsain dont la force l'étouffait. Il voulait hurler de rage contre la nuit, jurer, crier, tempêter et tout saccager, mais rien de tout cela n'aiderait Orlando. Pas plus que cela ne l'aiderait à se sentir mieux. Il se souvenait trop bien la dernière fois qu'il a perdu le contrôle de cette façon, laissant sa rage s'extérioriser sur le magicien qui avait tué sa femme et son fils. Et qu'il avait tué la famille d'Éric dans le processus.

Il avait besoin de garder le contrôle, concentrer tout ce qu'il pouvait sur la recherche d'Orlando. Une fois que son amant serait en sécurité, il pourrait libérer ses émotions et la tempête de feu magique que cela provoquerait sûrement. Ou il pourrait laisser Orlando le baiser sans retenue. Il retint un mélange de rire et de sanglot à cette pensée. Silencieusement, il supplia tous les dieux et toutes les déesses, des plus anciens aux plus modernes du christianisme, de lui permettre de retrouver son amant avant qu'il ne soit trop tard.

Il n'avait jamais été un homme particulièrement pieux, mais pour la sécurité d'Orlando, il était prêt à faire n'importe quel serment, n'importe quelle offrande. Même sa propre vie, même s'il imaginait que son amant n'apprécierait pas vraiment ce geste. Peu importait, il considérerait que c'était un petit prix à payer pour savoir qu'Orlando était libéré des tortures de Serrier.

Il fallut quinze minutes pour éteindre les feux, quinze minutes qui semblèrent une éternité à Alain, irrité par tout ce qui l'empêchait de passer à l'emplacement suivant où Orlando pourrait être retenu. Lorsque l'incendie fut finalement contenu, il appela le lieutenant Fouquet et lui expliqua les ordres de Marcel.

— Penses-tu que cette explosion en fait partie ? demanda le lieutenant Fouquet. Ou penses-tu qu'il a compris ce que nous faisions ?

Alain haussa les épaules.

— Ça pourrait être l'un comme l'autre. Ou les deux. Ça n'a pas d'importance. Tu dois ramener la patrouille au siège et aider Marcel autant que tu peux.

— Tu ne viens pas avec nous ?

Alain secoua la tête.

— Je ne peux pas abandonner Orlando. Et si Serrier réalise que nous sommes activement à sa recherche, il se retranchera encore plus, aussi loin qu'il le pourra. Plus je tarde, moins nous aurons de chances de trouver Orlando, encore moins avant qu'ils ne le tuent.

Le lieutenant Fouquet hocha la tête.

— Je ne suis pas toujours d'accord avec toi, mais je ne veux pas être à la tête de la patrouille dans ces circonstances. Je ne veux pas qu'il t'arrive quelque chose. Es-tu sûr que tu ne veux pas prendre quelqu'un d'autre avec toi ?

Les lèvres d'Alain s'étirèrent en un demi-sourire.

— Merci, mais Marcel a été très clair, même s'il accepte que je fasse ce que j'ai à faire, il a besoin de tout le monde sur d'autres interventions. Je ne veux pas que quelqu'un ait des problèmes à cause de moi.

Les sourcils de lieutenant Fouquet se soulevèrent d'amusement.

— Chaque homme et chaque femme de cette patrouille choisiraient de t'aider indépendamment des *problèmes* si tu le demandais.

— C'est pourquoi je ne demande pas.

Fouquet secoua la tête.

— Alors tu es un homme meilleur que moi. Bonne chance, et n'hésite pas à appeler pour du soutien si tu es dépassé. Nous reviendrons même si le général n'envoyait personne d'autre.

Alain regarda sa patrouille rassemblée. Il laissa le lieutenant Fouquet leur donner leurs ordres, rendant sa propre position claire par son silence. À sa grande surprise, chaque membre le salua avant de retourner au siège de la Milice, le laissant seul dans la rue vide.

IX

Sur le parvis extérieur, Jean se retourna pour regarder la cathédrale une fois de plus.

— Es-tu sûr que nous devrions partir ?

— Je ne peux pas aider Thierry dans ce qu'il fait, répondit Raymond. Pas vraiment en tout cas, et Sébastien sera beaucoup plus à l'aise sans nous. En outre, nous devons trouver un endroit tranquille afin que tu puisses te nourrir. Je sais combien ce sort fait souffrir.

— Il n'est plus aussi mauvais maintenant, soutint Jean. Ta magie dans mon sang est déjà en train de le combattre. Nous devons nous occuper d'Adèle et de Jude. Je ne veux avoir personne dans ma Cour qui abuse de sa position au sein de l'alliance.

— Je doute sérieusement qu'il soit le seul à avoir dépassé les bornes, commenta Raymond en marchant vers la station de métro pour qu'ils puissent retourner au siège de la Milice. Je serais prêt à parier qu'Adèle a aussi sa part de responsabilité.

Jean haussa les épaules.

— Elle l'a peut-être, mais je ne pense pas que ce soit elle qui ait commencé. Rappelle-toi la façon dont elle se comportait le matin après le Rite d'équilibrage, quand la magie sauvage était encore errante ? Elle ne voulait pas ce qui est arrivé entre eux, quand bien même cela a pu l'exciter, et c'est là le problème en fin de compte. Et même si elle le veut à un certain niveau, la rancœur entre eux est mauvaise pour l'alliance. Nous devons nous en occuper avant qu'elle ne se propage.

Raymond pouvait difficilement le contredire.

— Préviens-moi quand même si la douleur empire, pria-t-il. Nous pourrons aller dans mon bureau si tu as besoin de te nourrir avant que nous soyons de retour à ton appartement.

— Je le ferai, accorda Jean alors qu'ils descendaient dans le métro.

Il n'y avait que quelques passagers attendant le métro tardif, mais Jean et Raymond laissèrent leur conversation s'éteindre pour le moment, ne voulant pas risquer que quelqu'un surprenne quelque chose d'important. Alors que le métro s'ébranlait dans la station, Raymond laissa sa main se poser dans le dos de Jean, ayant besoin de cette connexion supplémentaire avec son amant. Une fois de plus, ils avaient tenu tête aux forces de Serrier et en avaient réchappé ; mais ils n'étaient pas complètement indemnes, et cela dérangeait énormément Raymond. Il aurait dû protéger Jean. Ce sort aurait dû le frapper lui, pas le vampire. Il savait que son partenaire contesterait cette position, et en toute objectivité, il aurait raison de le faire. Avec Raymond hors course, Jean aurait été sans défense contre l'attaque des sorciers, alors que Raymond avait été capable d'en cueillir quelques-uns et d'éviter que la cathédrale ne tombe avant l'arrivée des renforts. Le savoir ne rendait pas son échec à protéger son partenaire plus facile à accepter.

— Arrête de ruminer, murmura Jean, ses lèvres contre l'oreille de Raymond. Je me sens de mieux en mieux, un fait que j'attribue directement à mon alimentation avant que nous allions à l'église.

Raymond frissonna à la caresse du souffle de Jean contre sa peau, il bousculait les extrémités de ses cheveux courts et sombres. Il continuait à devoir s'habituer à l'idée que Jean était réellement son amant, et plus uniquement son partenaire – un concept assez nouveau à vrai dire. Le rappel inattendu provoqua une onde de désir palpitante le long de sa colonne. Ils n'avaient pas fait l'amour depuis plusieurs jours, les exigences de la guerre, l'angoisse de Jean pour Orlando et son chagrin pour la femme morte – Karine, se rappela-t-il – les empêchaient de voler plus que quelques bribes de sommeil ici et là. Raymond décida que ce soir serait différent. Il pouvait sentir ses propres réserves s'approcher de l'épuisement et il aurait besoin de toutes ses forces pour nourrir Jean, aussi bien que pour combattre, si la patrouille d'Alain réussissait à localiser Orlando.

Arrivés à leur arrêt, ils sortirent du métro et retournèrent au siège de la Milice. La main de Jean trouva celle de Raymond tandis qu'ils marchaient, leurs doigts s'entrelaçant en une promesse muette.

Ils entrèrent dans le bâtiment pour trouver un chaos total.

— Qu'est-ce qui se passe ? demanda Raymond au premier magicien qui passait.

— Serrier fait des raids partout dans la ville, fut la réponse, jetée par-dessus une épaule, tandis que le sorcier courait dans le couloir vers la Salle des Cartes.

— Merde, jura Raymond. J'espérais que l'attaque à Notre-Dame était tout pour ce soir.

— Allons voir Marcel, suggéra Jean. Il saura ce qui se passe et ce que nous pouvons faire pour aider.

Raymond secoua la tête.

— Ce que nous allons faire pour aider c'est de te ramener à la maison et de faire en sorte que tu sois totalement guéri. Et ne discute pas. Si tu n'étais pas le chef de la Cour, cela n'aurait pas autant d'importance, mais tu dois être fort et visible aux côtés de Marcel quand il s'occupera des retombées de tout ça. Et tu ne peux pas le faire si tu souffres toujours du sort qui t'a frappé.

Les mots étaient beaucoup trop enflammés pour n'être que les sentiments d'un allié, ce qui amena un sourire sur le visage de Jean. Il avait espéré gagner l'affection de Raymond, mais il ne s'attendait pas à ce que cela se produise si tôt. Peut-être avait-il été trop prudent dans ses estimations.

— Très bien, convint-il, même si, en vérité, la douleur avait presque disparu. Mais commençons par faire le point avec Marcel.

Apaisé, Raymond accepta le compromis et suivit Jean jusqu'au bureau de Marcel. Ce dernier était au téléphone, sa tête blanche hochant parfois en réponse à ce que la personne à l'autre bout lui disait. Il leva les yeux quand Raymond et Jean entrèrent, mais il secoua la tête en indiquant le téléphone puis, d'un geste, les incita à repartir.

Raymond griffonna une note disant que Jean était blessé et qu'ils seraient dans son bureau. Marcel releva les yeux sur Jean qui haussa un sourcil pour rassurer le général, il n'était pas sérieusement blessé. Marcel acquiesça de nouveau et reporta son attention sur sa conversation et la carte de localisation plus petite sur le mur derrière sa table de travail.

— Il sait où nous allons, déclara Raymond à Jean en commençant à descendre au sous-sol où se trouvait son bureau. Il appellera s'il a besoin de nous.

Jean le suivit volontiers. Ils devaient encore faire face à Adèle et Jude, mais cela nécessitait autant sa présence que celle de Marcel, et le général était visiblement occupé avec d'autres affaires... probablement liées à la brusque explosion des attaques de Serrier si le regard inquiet sur son visage et la dispersion des noms partout sur la carte était une indication.

Sachant qu'il ne pouvait rien faire pour le moment concernant les préoccupations qu'il avait à l'esprit, il se détendit avec la certitude de ce qui se passerait une fois qu'ils seraient seuls dans le bureau de Raymond. Son partenaire insisterait pour qu'il s'alimente, même si ce n'était pas aussi urgent que cela l'avait été à la cathédrale, le sang de Raymond ayant activé sa magie très efficacement, même sans un coup de pouce supplémentaire. Mais parce que l'évocation de l'alimentation avait éveillé le même désir décomplexé qu'il provoquait toujours, le vampire espérait vraiment que son partenaire serait volontaire pour assouvir également ce besoin.

Raymond déverrouilla son bureau, sa main sur le bas du dos de Jean, l'incitant à pénétrer dans l'espace minuscule. Le vampire entra et sourit, comme à chaque fois, devant le fouillis de livres et de journaux partout sur le bureau et le plancher. Décidé à encourager un peu les choses, il feignit de chanceler en avançant de deux pas, la main de Raymond attrapant son coude pour le stabiliser.

— Je pense que je devrais m'asseoir, dit-il à son amant.

Immédiatement, Raymond transforma une pile de livres en un canapé comme il l'avait déjà fait une fois, il accompagna Jean avec des mains attentionnées et l'aida à prendre place sur la surface moelleuse. Il ôta son manteau et déboutonna rapidement une paire de boutons sur le haut de sa chemise, offrant son cou à Jean. Celui-ci secoua la tête et défit quelques boutons supplémentaires, baissant la tête sur la courbe du pectoral de Raymond, à quelques centimètres au-dessus du mamelon.

— Ton cou est déjà tellement abîmé, dit-il en guise d'explication, même si la pensée que sa revendication soit visible aux yeux de tous était un aphrodisiaque incroyable.

Cela lui donnait toutefois une excuse afin que Raymond se déshabille beaucoup plus.

— Je n'ai rien à cacher, affirma Raymond.

Mais c'était toute l'étendue de sa protestation puisque son corps s'arquait de lui-même vers la pression séduisante des crocs de Jean.

Jean sourit quand le sang chaud frappa sa bouche, autant pour le commentaire de Raymond que pour la saveur aux abonnés absents de sa peur. Apparemment, tout ce qu'il fallait pour éviter que son amant ne redoute sa morsure c'était de l'effrayer avec autre chose avant. Mettant cette pensée de côté, il se concentra sur le magicien, percevant sa fatigue. La dernière chose qu'il souhaitait était de l'assécher dangereusement, aussi but-il délicatement, gardant un contact léger lorsqu'il se pencha sur le corps de l'homme.

Les crocs de Jean eurent leur effet habituel sur Raymond, son sexe s'épanouit dans son pantalon. Toute la peur des heures précédentes revint en flèche, lui rappelant à quel point il était passé près de perdre son partenaire. Ses mains emmêlées dans les cheveux sombres de Jean le retenaient fermement. Il essaya de se contenir, sachant que Jean était toujours blessé, encore en deuil, mais chaque pression des crocs de son amant réduisait sa résistance.

Relevant brièvement la tête, Jean croisa le regard de Raymond. Le désir qu'il goûtait dans le sang de son amant, qu'il voyait sur le visage de Raymond, déferla en lui et soigna les tourments de son cœur.

— Je te veux aussi, déclara-t-il. C'est normal d'être reconnaissant pour avoir tous les deux survécu. C'est normal de le célébrer.

Une partie de Raymond voulait prendre les mots de Jean au pied de la lettre, mais il gardait en tête l'expression sur le visage du vampire quand ils avaient déposé Karine en terre, cela le retint.

— Qu'en est-il de Karine ?

— Elle ne méritait pas ce qu'on lui a fait à cause de moi, mais je lui ai fait mes adieux, répondit honnêtement Jean. Elle était mon passé, même avant sa mort. Tu es mon présent et mon avenir.

Les mots suffirent pour calmer la principale préoccupation de Raymond. Il exprima l'autre en murmurant :

— Je ne conserve pas de lubrifiant ici.

— Alors je suppose que tu seras l'actif, répondit Jean avec un sourire.

S'il insistait, il était sûr que Raymond pourrait changer quelque chose d'utilisable en lubrifiant, mais cela signifierait de s'arrêter pour chercher, et aucun d'eux n'avait suffisamment de patience à cet instant.

— Je récupérerai beaucoup plus rapidement que tu le ferais, d'autant plus que je viens de me nourrir.

— Il n'est pas question que je te fasse mal ! protesta Raymond.

— Avec simplement de la salive comme lubrifiant, ça va faire un peu mal, peu importe à quel point tu seras prudent, lui rappela Jean, mais ça en vaudra la peine.

Il redressa à genoux et commença à se déshabiller.

— Allez, Raymond, l'exhorta-t-il. Je pouvais goûter le désespoir dans ton sang. Arrête d'être aussi chevaleresque et baise-moi maintenant.

Le contrôle de Raymond se brisa net.

Il plaqua Jean sur le canapé, écrasant son amant sur les coussins moelleux, attaquant la bouche du vampire avec la sienne, suçant sa lèvre inférieure sans se soucier des crocs acérés. Ses mains achevèrent la tâche que Jean avait entreprise, le mettant à nu. Levant sa main à sa propre bouche, Raymond suça deux doigts jusqu'à ce qu'ils luisent de salive. Il les descendit entre les jambes de Jean en s'exhortant à garder le contrôle… une tentative vouée à l'échec dès l'instant où son amant poussa contre lui, prenant les deux doigts sans même une grimace de douleur. Ses doigts effectuèrent un va-et-vient dans l'ouverture étroite, l'étirant autant que sa patience le permettait.

Il n'avait jamais connu ce genre de folie, ce besoin possessif, cette volonté farouche de revendiquer. Le sexe était censé être amusant. Un divertissement intense, mais amusant. Ça, c'était quelque chose de différent, quelque chose de sombre, d'impétueux, de sauvage et de trop libre pour être 'amusant'. Pendant un moment de folie, il souhaita avoir des crocs comme Jean afin de pouvoir perforer son amant de la même manière dont il avait été marqué, pour laisser une marque afin que tous puissent voir que Jean était *sien* ! Il s'attela à aspirer fortement la chair pâle du cou de son vampire, augmentant la marque d'un amant presque comme pour rappeler les marques de morsure qui ornaient sa propre peau. Ses doigts poursuivaient leur travail, préparant Jean pour lui, mais il ne fallut que quelques instants pour que son contrôle faiblisse et que son corps – et celui de Jean – demande à prendre les commandes. Il se cambra suffisamment pour ouvrir brutalement son pantalon et cracher dans sa paume, enduisant son sexe comme il le pouvait avant de recouvrir le vampire à nouveau, la pointe de son érection trouvant l'entrée impatiente de son amant.

— Mien, grogna-t-il à l'oreille de Jean, même s'il s'attendait à ce que l'homme le réfute.

Ce soir, il avait vu le vampire encaisser un sort à sa place, avait senti la peur jusqu'à sa moelle à l'idée de perdre un amant qu'il commençait tout juste à découvrir, et tout son être avait crié en signe de protestation. Des instincts qu'il n'avait pas imaginé posséder relevaient leur tête, demandant à être reconnus et apaisés de la manière la plus primitive.

Jean s'agita sous lui, mais ne fit aucun effort pour le repousser, basculant la tête en arrière dans une attitude de soumission qui prit Raymond au dépourvu tout en enflammant son sang. Sa bouche revint à la marque pâle, aspirant plus fort, l'assombrissant davantage. Le vampire venait au-devant de sa bouche, donnant à Raymond un sentiment de puissance différent de tout ce qu'il avait connu à ce jour. Il se demandait si c'était ce que Jean ressentait chaque fois qu'il se nourrissait. Si oui, c'était un miracle que le vampire n'ait pas été constamment à la gorge de quelqu'un. Cette pensée déclencha une telle vague de jalousie que Raymond mordit plus durement, s'enfonçant presque brutalement dans le corps de son amant. Jean était *à lui*, à personne d'autre !

Jean gémit sous l'attaque soudaine, espérant que c'était ce que Raymond avait ressenti l'autre soir quand il avait perdu le contrôle et que ses instincts dominateurs avaient pris le dessus après l'échec des recherches pour trouver Édouard.

— À toi, accorda-t-il à mi-voix tandis que Raymond s'enfonçait de plus en plus profondément en lui.

D'une certaine manière, le manque de lubrifiant rendait seulement l'expérience encore plus intense, ajoutait au désespoir qu'il avait goûté dans le sang de son amant et régissait ses actes à cet instant. Il en avait besoin autant que Raymond, et la légère pointe de douleur ne faisait qu'alimenter son désir.

Ses mains tâtonnaient dans le dos du magicien, à la recherche d'une prise sur les épaules recouvertes de tissu. La barrière entre eux devint soudain intolérable, il déchira le tissu, le rejetant au loin pour pouvoir atteindre la peau humide de sueur. Raymond ne marqua même pas une pause dans son saccage avide, le sort de sa chemise étant sans intérêt en comparaison du besoin féroce, presque douloureux, de laisser sa marque si profondément sur le corps et l'âme de Jean, que le vampire n'envisagerait jamais de regarder ailleurs tant qu'il serait vivant.

Approchant de la peau nue, Jean mordit à nouveau, sans se soucier d'être subtil comme lorsqu'il s'était nourri précédemment, sans s'inquiéter non plus de la quantité qu'il avait déjà prélevée sur l'homme qui le surplombait. Jean s'était déjà demandé si la résonance magique qui permettait à la magie de Raymond de le protéger de la lumière du soleil ne pourrait pas également empêcher ses alimentations de le blesser, mais il n'avait pas trouvé le temps d'en discuter avec son partenaire. Ce n'était certainement pas le moment de le faire, mais la vitalité qu'il sentait dans le sang de son amant, l'absence totale d'affaiblissement qu'il goûtait d'ordinaire quand il drainait quelqu'un à sec pour le transformer, semblait vouloir corroborer sa théorie. Ses lèvres prélevaient au rythme des hanches de Raymond, aspirant à chaque coup de reins de son amant, les unissant aussi complètement qu'il le pouvait. La sensation de légitimité, d'une destinée qui les avait amenés à cet instant était si puissante qu'elle lui donnait le tournis.

Puis son orgasme le percuta, sa tête tourna pour une raison complètement différente, son sexe se déversa entre leurs corps sans avoir nécessité le moindre contact, tandis que Raymond continuait à le marteler. Le bras du canapé meurtrissait son dos, une soudaine sensation de froid picotait sa chair collante et le muscle à sa cuisse menaçait d'avoir une crampe. Mais Jean ignorait toutes ces tendres indignités inhérentes aux ébats. À la place, il se délectait de la connexion avec son amant, du regard de sombre convoitise qui croisait le sien, de l'expression d'extase qui tordit le visage de Raymond, des halètements, grognements et gémissements de passion qui sortaient de la bouche du magicien tandis qu'il plongeait dans le corps de Jean.

Son pouce effleura ses mamelons érigés, désireux de procurer le même plaisir à son amant que Raymond avait su lui en donner. Au geste tendre, les hanches de son magicien cahotèrent contre les siennes, un gémissement plus profond lui échappant. Jean abandonna le tendre bourgeon, attirant la tête de Raymond vers la sienne pour un baiser. Juste avant que leurs lèvres se touchent, il murmura :

— À toi.

Ces deux mots expédièrent Raymond vers une jouissance extatique, son corps convulsa violemment contre celui du vampire, son sexe dégorgeant son hommage crémeux profondément à l'intérieur du corps de Jean, la soudaine lubrification facilitant la pénétration des poussées continues, alors que Raymond prolongeait les dernières sensations à la fois pour lui-même et pour son amant.

— Jean, je…

Le vampire retint les mots, quels qu'ils aient pu être, avec un baiser.

— Ne dis rien. Nous sommes tous les deux épuisés, surmenés et à bout de force. Nous avons été ensemble si souvent, si complètement, qu'aucun de nous ne sait ce que nous pensons ou ressentons vraiment. Lorsque la guerre sera finie, quand Orlando sera en sécurité et que Serrier sera enchaîné, alors nous aurons le temps d'examiner ce qui existe entre nous et de décider ensemble où nous voulons aller.

— Et si ce jour n'arrive pas, pour l'un d'entre nous ou même les deux ? le pressa Raymond.

— Alors, nous nous consolerons en sachant que nous avons pris soin l'un de l'autre du mieux que nous le pouvions durant le temps que nous aurons eu, promit Jean.

— Faible consolation, renifla le magicien.

— C'est mieux que rien, lui rappela Jean.

— Serait-il préférable que je retourne dans mon appartement jusqu'à ce que la guerre soit finie ?

Raymond ne souhaitait pas faire cette proposition, il ne voulait pas retourner dans le grenier froid qu'il appelait maison, pas quand son autre option était les magnifiques pièces de Jean, mais les paroles du vampire avaient secoué sa confiance.

— Non ! s'exclama Jean. Seigneur Jésus, non !

Ses bras se resserrèrent comme pour empêcher son amant de fuir.

— Ce n'est pas ce que je voulais dire. Simplement, je ne veux pas que nous disions des choses que nous pourrions regretter plus tard. Je te veux à mes côtés, dans les combats, dans les réunions, et encore plus dans un lit, mais tout est trop stressant pour nous actuellement pour que nous prenions des décisions au-delà de la prochaine bataille ou de la prochaine avancée au Parlement. Notre temps viendra.

— Je te le rappellerai, assura Raymond.

— N'hésite pas, répondit Jean, reprenant les lèvres de son amant pour sceller leur promesse.

X

ADÈLE SE balançait d'un pied sur l'autre, essayant de trouver le courage de frapper à la porte du bureau de Marcel. Elle avait reçu une injonction, et elle n'était pas pressée d'assister à l'entrevue à venir. Décidant finalement qu'elle ne gagnerait rien à la repousser davantage, elle frappa et attendit qu'on lui réponde.

Le sourire de Marcel était chaud quand elle entra, la laissant encore plus confuse qu'avant. S'il ne l'avait pas appelée au sujet de Jude, alors elle n'avait aucune idée de ce qu'il voulait.

— Comment vas-tu ce soir, Adèle ? demanda le général.

— Assez bien, répondit-elle.

— Ton partenaire n'est pas encore arrivé ?

— Il est ici. Il est dans mon bureau, répondit-elle.

— Pourquoi ne pas lui demander de venir avec toi ? s'étonna Marcel.

Adèle hésita, se demandant ce qu'elle voulait vraiment révéler. Apparemment, Jean n'avait pas encore discuté avec Marcel, lui donnant l'occasion de raconter sa version de l'histoire en premier – même si cela ne rendait pas la situation moins merdique.

— Il n'est pas simplement dans mon bureau, commença-t-elle. Il est *enfermé* dans mon bureau.

Marcel fronça les sourcils.

— Assieds-toi, pria-t-il. J'ai le sentiment que cela va être une longue conversation.

Docilement, Adèle se laissa tomber sur l'une des chaises devant le bureau en face de lui, son estomac s'agitait nerveusement tandis qu'elle réfléchissait à la manière de s'expliquer.

— Il est un pur produit de son époque, commença-t-elle diplomatiquement, tout comme je le suis de la nôtre et nos idées au sujet des femmes et de leur... place dans la société entrent fortement en conflit.

Marcel hocha la tête avec bienveillance.

— J'ai conscience que c'est un problème. D'autant plus pour quelqu'un d'aussi indépendant que toi.

— Il pense que, parce que je fais mon travail, parce que je ne suis pas une petite chose discrète et timide, alors je dois être une sorte de prostituée, laissa-t-elle échapper, et qu'il peut donc me traiter comme il l'entend.

— Est-ce qu'il t'a malmené ? demanda sévèrement Marcel.

— Il y prend plaisir, répondit Adèle immédiatement. Chaque fois qu'il le peut.

— Pourquoi n'as-tu rien dit ? s'écria Marcel. J'aurais pu lui en toucher deux mots. Ou Jean aurait pu le faire. Le fait qu'il est ton partenaire ne lui donne aucune raison d'abuser de toi, de quelques façons que ce soit !

Adèle rougit.

— Ce n'est pas aussi simple que ça.

Marcel leva un sourcil de surprise, se demandant ce qu'il y avait de compliqué dans le fait d'être malmené.

— Alors que faisons-nous à ce sujet ? demanda-t-il.

— Que veux-tu dire ? répondit-elle.

— Je veux dire que je ne peux pas accepter de voir un membre de la Milice en blesser délibérément un autre. Cela dure depuis combien de temps ? Sûrement pas depuis le début.

— Pas vraiment aussi longtemps, admit Adèle. Depuis le Rite d'équilibrage qui a mal tourné. Tu sais, quand la magie sauvage nous a frappés. Depuis, nous ne pouvons pas être seuls ensemble sans que le sexe pointe le bout de son nez et, entre nous, ça ne peut que dégénérer.

Marcel se renfrogna.

— Tu aurais dû en parler.

Adèle rougit en songeant aux feux d'artifice entre elle et Jude.

— Je pensais que je pouvais m'en charger. Je pensais que je pouvais séparer le sexe de tout le reste.

Marcel secoua la tête.

— Ce n'est pas une faiblesse de demander de l'aide quand tu en as besoin, mon petit, lui rappela-t-il. D'ailleurs, c'est un signe de faiblesse de ne pas la demander.

Honteuse, elle baissa la tête sous le doux reproche comme aucune récrimination ou accusation hurlée n'aurait jamais pu le faire.

— J'ai besoin d'aide, avoua-t-elle.

— Ce n'est pas quelque chose que je peux gérer seul, puisque Jude est un vampire et non un magicien. Nous devrons attendre que Jean et Raymond reviennent. Jean a été blessé à la bataille de Notre-Dame, Raymond est allé s'assurer qu'on s'occuperait correctement de lui.

Adèle se demandait ce que les médecins seraient en mesure de faire pour un vampire, mais avant qu'elle ne puisse l'interroger, un coup à la porte les interrompit.

— Entrez, répondit Marcel.

Jean et Raymond entrèrent, le vampire avait l'air beaucoup mieux que la dernière fois que Marcel l'avait vu, mais c'était le regard béat sur le visage de Raymond qui attira l'attention de Marcel. Visiblement, il n'avait pas prêté assez attention au couple en face de lui. Avec les problèmes qu'Adèle avait soulevés, il songeait qu'une autre conversation avec les deux arrivants pourrait être à l'ordre du jour. Mais avant cela, ils devaient s'occuper de Jude.

— Adèle demande de l'aide pour gérer son partenaire, déclara-t-il à Jean.

Le chef de la Cour regarda Adèle bizarrement, s'interrogeant sur ce qu'elle avait dit exactement au général.

— Oui, je pensais qu'elle le ferait, se contenta-t-il de répondre. Je l'ai croisée plus tôt, après leur dernière altercation, et je lui ai dit que nous nous en occuperions quand tu serais revenu de ta réunion.

— As-tu une suggestion ? demanda Marcel, ne voulant pas empiéter sur les affaires de la Cour si Jean avait une façon de rappeler le vampire à l'ordre.

— Malheureusement, la loi vampire ne considère pas ce qu'il fait comme étant mal, s'excusa Jean. Immoral, sans doute, mais pas illégal. Parce que nous avons mis à l'écart depuis très longtemps, nos lois ont tendance à ne régir que nos interactions les uns avec les autres, pas avec ceux n'appartenant pas à notre communauté. Je peux proférer des menaces, mais la plupart d'entre elles seront creuses.

Marcel émit un murmure indistinct.

— Nous avons fondé l'alliance sur les liens qui se forment entre les partenaires et sur le fait qu'un sorcier peut jeter un sort à proximité de son partenaire sans lui faire de mal et, en vérité, tout cela nous donne une flexibilité que nous n'aurions pas eue autrement. Nous avions compris les avantages à travailler ensemble avant de connaître les effets protecteurs de notre sang, songea-t-il à haute voix. Le reste de l'organisation de l'alliance, le fait que les partenaires patrouillent ensemble, a découlé de la volonté de la plupart des vampires et des magiciens de rester à proximité de leurs partenaires, pas d'une réelle nécessité stratégique.

— À certains égards, avoir des partenaires qui patrouillent ensemble complique effectivement les choses, souligna Raymond. Puisque notre magie ne fonctionne pas sur nos vampires, nous devons compter sur un autre magicien pour le moindre déplacement magique, une considération qui nous ralentit parfois dans un combat.

— Donc, y a-t-il une raison pour laquelle Adèle et Jude devraient travailler ensemble malgré tout ? demanda Marcel aux personnes présentes dans la pièce.

— Ma seule préoccupation concerne ce qui se passerait s'il se retrouvait bloqué à l'extérieur après le lever du jour, lors d'une bataille, déclara Jean.

Marcel hocha la tête.

— Il existe des sorts, généralement utilisés par le système juridique, qui empêchent une personne de s'approcher à une certaine distance d'une autre. Je pourrais sans doute adapter l'un d'eux de manière à ce que Jude puisse encore se nourrir, à condition d'être sous surveillance, mais qui, le reste du temps, ne lui permettrait pas d'approcher Adèle.

— Le sort fonctionnerait-il dans les deux sens ? interrogea Jean.

Il pouvait facilement deviner ce qui s'était produit entre eux après le Piège-Pouvoir, étant donné ses propres sentiments à l'époque.

— Habituellement, ce n'est pas nécessaire, répondit Marcel. Il est utilisé comme une injonction, lorsqu'un parti veut généralement ne plus avoir affaire avec l'autre, alors que la seconde ne souhaite pas laisser le premier tranquille. Ceci dit, il n'y a aucune raison pour que je ne puisse pas le lancer sur les deux.

— Je n'ai pas besoin d'un sort pour me tenir loin de lui, déclara Adèle. Je ne veux rien avoir à faire avec ce bâtard.

Jean ne répliqua pas, il se contenta de hausser un sourcil. Raymond intervint cependant :

— Tu dis ça et, pour l'instant, tu le penses très certainement, mais qu'en sera-t-il lorsque le lien du partenariat commencera à tirer et que la magie élémentaire tentera de te pousser vers lui ? Certes, tu auras toujours le choix. Même avec la magie sauvage, après le rite d'équilibrage, il était possible de résister, mais Jean avait raison tout à l'heure. Tu peux détester Jude pour la façon dont il te traite, cependant il te correspond parfaitement sur un certain plan. Tu ne fais qu'une bouchée des hommes trop doux.

Adèle ravala la réplique qui jaillit spontanément sur ses lèvres. Ce n'était pas une conversation qu'elle avait envie d'avoir en présence de Marcel, surtout pas quand Jean s'était déjà montré si efficacement disposé à prouver ce fait, physiquement.

— Très bien, lancez le sort deux fois si ça peut vous rendre heureux.

— Adèle, la réprimanda doucement Marcel, rien de tout cela ne nous rend heureux, mais cela semble être devenu nécessaire. Nous ne pouvons pas nous permettre d'avoir des tensions au sein de la Milice. Il y a assez de pression sur nous à l'extérieur, sans en créer à l'intérieur, d'autant plus ce soir, avec Serrier qui, pour une raison quelconque, saccage tout sur son passage.

— Ce n'est pas terminé, intervint Raymond, mais nous pourrons nous en occuper quand nous aurons fini ici. Puis-je aller chercher Jude ?

Marcel hocha la tête.

— Je viens avec toi, déclara Jean.

Ses instincts protecteurs s'agitaient à l'idée que Raymond se retrouve seul face à un Jude en colère. Intellectuellement, il savait que la magie de son partenaire serait une défense suffisante, mais la rationalité n'avait rien à voir avec sa réaction.

Les cris du vampire étaient audibles depuis le bout du couloir menant au bureau d'Adèle tandis que Jean et Raymond s'en approchaient, la variété des insultes dont il la couvrait suffisait pour surprendre même un chef de la Cour blasé. Dès que Raymond eut annulé le sort scellant la porte, Jude bondit à l'extérieur en hurlant des invectives.

— Assez ! rugit Jean.

Le volume de sa voix surprit Raymond qui s'était habitué à la personnalité affable de son partenaire. L'intensité suffit à faire sursauter Jude et à le réduire au silence pendant un instant.

— Je ne sais pas ce que tu pensais être sur le point de faire, mais ça se termine immédiatement, poursuivit le chef de la Cour, l'aura d'autorité palpable autour de lui, même s'il ne portait aucun des emblèmes de son rang. Tu ne menaceras pas la stabilité de cette alliance, et encore moins notre première chance d'avoir une véritable égalité de droit parce que tu ne disposes pas d'assez de bon sens pour garder ton pantalon fermé. Et ne dis pas un mot sur ses manières provocantes. Nous ne sommes pas au XVIe siècle et tu n'es pas non plus dans l'Angleterre élisabéthaine. Passe à autre chose. Nous allons retourner à l'étage, et tu vas garder ta bouche fermée et accepter les conséquences de tes actes.

— Ou quoi ? répliqua Jude maussade.

— Ou tu sortiras de l'alliance, répondit Jean. En l'état actuel, tu pourras toujours te nourrir d'Adèle, tu auras donc la protection de son sang, mais si tu te révoltes, je t'éloignerai avant que tu nous mettes tous en difficulté.

— Je devrais y réfléchir, murmura Jude.

— Ne t'en prive pas, rétorqua Jean. Tu as causé plus de problèmes que tu n'en vaux. La seule raison pour laquelle je suis intervenu pour toi, c'est parce que je connais le genre d'Adèle aussi bien que je connais le tien. Elle prend son pied dans la lutte de pouvoir entre vous exactement de la même manière que toi. Malheureusement, il y a une guerre en cours et votre comportement – le comportement de chacun de vous – compromet l'intégrité de cette alliance. C'est inadmissible.

— Tu en as après moi depuis que je suis arrivé d'Angleterre, accusa Jude.

Jean renifla.

— Si c'était vrai, je t'aurais congédié depuis longtemps, Jude. Je ne t'apprécie pas beaucoup, mais cela ne change pas le fait que tu es un vampire de ma cour. Je ferai ce que je peux pour te protéger, mais cette fois, tu as dépassé une limite que je ne peux pas modifier. Si cela peut t'aider à te sentir mieux – même si tu ne mérites pas franchement de te sentir mieux – Adèle fait face aux mêmes conséquences que toi. Allons-y. Marcel attend.

Encadré par Jean et Raymond, ils retournèrent tous les trois au bureau de Marcel. Jude resta silencieux, même quand ils entrèrent dans la pièce et qu'il se retrouva devant Adèle, mais son expression se durcit dans un mélange de colère et de convoitise que personne dans la salle n'avait de difficultés à déchiffrer. Les lèvres de Marcel se réduisirent à une ligne quand il réalisa la véritable profondeur de l'animosité entre les partenaires. Il avait laissé la camaraderie facile des équipes qu'il côtoyait le plus souvent lui donner l'impression que tous les partenariats fonctionnaient aussi bien. Il savait que Raymond et Jean avaient connu un début difficile, mais ils avaient dépassé cela assez rapidement et avaient progressé vers ce qui était clairement une relation positive à présent. Il parlerait à Raymond et à Jean après cette affaire, et verrait s'ils estimaient qu'un examen plus approfondi des autres paires était nécessaire. Il ne pouvait pas se permettre de laisser des tensions s'envenimer au sein de l'alliance sans réagir, surtout pas maintenant.

— Il est venu à notre attention qu'Adèle et toi aviez des difficultés à interagir de manière appropriée, commença Marcel.

Jude renifla, mais tint sa langue devant le regard acéré de Jean.

— Pour éviter tout problème, continua Marcel, Jean et moi avons convenu que vous ne serez plus autorisés à être ensemble dans la même pièce, à moins d'être surveillés, et seulement quand tu en auras besoin pour te nourrir afin d'être protégé du soleil pendant ton service.

— Cela pourrait être un peu compliqué à appliquer, commenta Jude ironique.

Marcel rit sans humour.

— Tu oublies à qui tu parles, mon garçon.

Jude se hérissa sous l'affront, mais la main de Jean se referma sur son épaule, le retenant. Il aurait peut-être aimé repousser le vampire, mais il n'était pas vraiment prêt pour ce genre de rébellion ouverte.

— Qui appelles-tu, *garçon* ? le défia-t-il néanmoins. J'existe depuis des siècles.

— Lorsque tu arrêteras d'agir comme un enfant gâté privé de son jouet préféré, je cesserai de t'appeler comme ça, répondit Marcel avec beaucoup de dignité. Un ordre de restriction modifié te permettra de te nourrir d'Adèle en ma présence ou en celle de Jean, mais le reste du temps, vous ne serez pas capable de rester dans la même pièce l'un avec l'autre ni de travailler dans la même patrouille. Je ferai en sorte qu'elle soit informée de tes horaires de service, afin qu'elle soit disponible si tu as besoin de te nourrir. Mais, en dehors de ce contexte, aucun de vous ne devra faire la moindre tentative pour voir ou communiquer avec l'autre. Est-ce clair ?

Adèle hocha immédiatement la tête, désirant ardemment mettre un terme à cette réunion afin de pouvoir retourner à son travail. Elle pouvait sentir le regard de Jude sur elle comme une chape de plomb. Elle savait qu'il lui reprochait tout ça, elle était prête à admettre un certain degré de responsabilité, mais il en était tout aussi responsable et elle refusait d'assumer seule le blâme.

Jude lança des regards furieux encore un moment, inconfortablement conscient d'être confronté à une autorité qu'il ne pouvait pas ignorer ou bafouer. Il faisait porter le blâme de toute cette humiliation sur les épaules d'Adèle et était résolu à trouver un moyen de contourner les restrictions magiques – mais il le ferait calmement, quand il n'y aurait pas autant de gens autour. En attendant, il hocha la tête lentement, laissant son regard détailler familièrement le corps d'Adèle une fois de plus. Il n'était peut-être pas autorisé à la toucher pour le moment, mais il connaîtrait à nouveau le plaisir de la voir se tordre sous lui un jour. Il devait juste trouver comment.

— Jean, Raymond, vous êtes témoins de leur acceptation pour le sort, déclara formellement Marcel.

Les deux hommes acquiescèrent.

— Très bien, nous allons commencer.

Marcel jeta le sort initial, il était assez puissant pour obliger Jude et Adèle à lutter pour rester où ils étaient alors qu'il les incitait à s'écarter l'un de l'autre. Marcel ajouta rapidement la modification de sorte qu'ils puissent être dans la même pièce quand ils seraient supervisés par Jean ou par lui-même. La pression visant à les séparer disparut dès que la deuxième partie du sort s'activa.

— Quand t'es-tu alimenté pour la dernière fois ? demanda Marcel une fois que ce fut fait.

— Il y a quelques jours, répondit le vampire.

Intérieurement, Adèle perdit courage. Elle ne pouvait pas le faire pendant que les autres la regardaient. Elle était encore trop sur les nerfs à cause de leur confrontation précédente. Si Jude s'alimentait sur elle maintenant, elle risquait de jouir simplement au contact de ses crocs, comme la prostituée qu'il l'accusait d'être.

— Notre service se termine bien avant le lever du soleil, protesta-t-elle. Il n'a pas besoin de se nourrir ce soir.

Le sourire de Jude devint carnassier quand il tourna son regard sur elle.

— Pourquoi pas, minette ? Effrayée que ça puisse te plaire et que tu montres au vieil homme que tu n'es pas le doux ange innocent qu'il imagine que tu es ?

— Connard, rétorqua-t-elle, oubliant son auditoire sous la colère provoquée par son partenaire. La seule partie de toi que j'aime voir c'est ton cul, quand tu tombes dessus parce que tu penses avec ta bite au lieu de ton cerveau.

Marcel soupira.

— Les enfants, interrompit-il, si vous pouviez oublier vos mesquineries pendant quelques instants, nous autres avons du travail à faire. Adèle, donne-lui ton poignet et laisse-le se nourrir. Nous tournerons la tête si tu veux.

Cela ne ferait pas de différence, songea Adèle résignée. Elle n'avait jamais été capable de se taire quand elle jouissait. Tendant la main, elle détourna la tête, se concentrant sur le visage paternel de Marcel pendant que Jude orientait son poignet vers le haut et la mordait rapidement. Elle était silencieusement reconnaissante qu'il semble aussi intéressé qu'elle à en finir au plus vite. Les trois autres hommes regardaient respectueusement ailleurs, offrant autant d'illusion d'intimité qu'ils le pouvaient. Adèle ne savait pas si elle leur en était reconnaissante ou non. À sa grande surprise, elle ne ressentait pas le même élan de passion qui la saisissait généralement lorsque Jude la mordait, que ce soit à cause de son humiliation, de la présence d'autres personnes dans la pièce, ou de quelque chose inhérent au sort lui-même, elle n'en savait rien.

Jude s'alimenta rapidement, sachant que Jean, en particulier, saurait exactement combien de temps cela devrait prendre. Quand les autres regardèrent ailleurs, il vit sa chance de tester les limites de ce nouveau sort. Une main tenant toujours le poignet de sa partenaire, il laissa l'autre errer de son bras vers sa poitrine. Il parvint jusqu'à son coude, mais ne put aller plus loin. Ses yeux se portèrent immédiatement sur le visage de Marcel, captant le scintillement entendu dans les yeux du vieil homme.

Adèle sentit le contact intrusif, le sentit s'arrêter et, baissant les yeux sur Jude, surprit son expression, réalisant ce que Marcel devait avoir fait. L'honnêteté l'obligea à admettre en elle-même qu'elle ne savait pas si elle était soulagée ou déçue. Si la guerre n'était pas en cours... Elle stoppa le fil de sa pensée avant qu'il ne puisse s'épanouir. La guerre *était* en cours, et tout le reste passait en second.

Ça devait passer en second.

XI

QUAND JUDE eut terminé et que les partenaires récalcitrants eurent été affectés à des patrouilles séparées, Marcel s'affala dans son fauteuil, faisant courir ses mains dans ses cheveux blancs dans une rare manifestation d'abattement.

— Avons-nous fait une erreur en encourageant les partenariats ? demanda-t-il à Jean et à Raymond.

— Non ! répondirent-ils tous les deux immédiatement.

Puis Raymond ajouta :

— L'erreur, si c'en est une, était de sous-estimer l'importance de leurs effets.

— J'aurais dû le prévoir quand j'ai vu comment Orlando réagissait à Alain, admit Jean. Il ne s'est jamais pris d'affection pour quelqu'un comme il l'a fait avec son Avoué, mais j'étais si heureux de le voir enfin s'affranchir de son passé que je ne me suis pas posé de question, me contentant de m'assurer de son bien-être.

— Monsieur Lombard supposait qu'aussi étranges que semblent les appariements, ils étaient légitimes à un certain niveau, continua Raymond. Notre problème, c'est qu'il ne s'agit pas toujours d'un niveau qui en fait de bons partenaires dans une situation militaire. Adèle peut tempêter tout ce qu'elle veut à propos de la façon dont Jude la traite – et il se comporte vraiment comme un salaud avec elle –, mais elle écraserait un homme avec une attitude différente. Elle peut le haïr, mais elle est également attirée par lui. Sur un plan sexuel, il est exactement ce dont elle a besoin.

— Malheureusement, ce n'est pas à ce niveau que nous avons besoin qu'ils soient connectés, répondit Marcel en grinçant.

— Du moins, ce n'est pas le seul niveau auquel nous avons besoin que les gens se connectent, rectifia Raymond. La magie du sexe est comme la magie du sang et beaucoup de sorciers ne sont pas à l'aise avec ça, mais elle est aussi incroyablement puissante. Les liens que nous créons actuellement ont un potentiel incroyable pour après la guerre, à un niveau magique aussi bien qu'à un niveau personnel.

Marcel soupira.

— Ce n'est pas une boîte de Pandore que je souhaite ouvrir dès aujourd'hui. Ce soir, Serrier attaque partout dans la ville et nous avons failli perdre Notre-Dame par sa faute. Sans oublier la quasi-désertion d'Alain qui continue à chercher Orlando. Oui, je sais, ajouta-t-il, anticipant les protestations de Jean, il faut que nous le trouvions et Alain a les meilleures chances d'y parvenir, mais c'est encore une chose que le Conseil des ministres ne parviendra pas à comprendre.

— Que le Conseil des ministres aille se faire foutre, cracha Jean.

— Je préférerais éviter, répondit Marcel sardonique. Ils ne sont pas vraiment mon genre.

La réponse était tellement hors de propos de la part du général de la Milice qu'il arracha un rire à Jean. Raymond quant à lui ne semblait pas du tout surpris, incitant Jean à se demander ce que le vieil homme cachait d'autre sous sa façade maîtrisée et affable.

— Quel est ton type ? questionna audacieusement Jean.

— Ah, si seulement j'avais vingt ans de moins, plaisanta Marcel, je te disputerais l'attention de Raymond, jeune homme.

Jean rit encore plus fort.

— Si l'un de nous est vieux, c'est moi, Général, le taquina-t-il en retour. Alors, vérifie qui tu traites de jeune.

Marcel rit, la tension qui nouait ses tripes s'assouplissant légèrement.

— Je dois me présenter à l'Élysée d'ici une heure environ, leur dit-il. Le président veut un rapport de ce qui se passe et savoir pourquoi l'équilibre des forces semble soudain s'inverser en notre défaveur.

— Ce n'est pas le cas ! protesta Raymond. Tout ceci n'est qu'un signe de désespoir de Serrier, pas sa victoire. Même maintenant, alors qu'ils commencent à comprendre quels sorts utiliser contre les vampires, nous avons quand même pu les battre facilement à Notre-Dame. Et avec la défection de Monique, nous avons réduit encore davantage les endroits où il peut se cacher. C'est juste une question de temps avant que sa rébellion s'effondre.

— Un temps qu'Orlando n'a pas, murmura Jean.

— Je sais que c'est ton ami, s'excusa Marcel, et je sais ce qu'il représente pour Alain. Moi-même, j'aime ce garçon, mais il ne représente toujours qu'une seule personne. Je suis chargé de la protection de l'ensemble de la ville, du pays tout entier. Je suis désolé, je ne peux pas engager davantage de ressources pour le retrouver.

— Je sais, répondit amèrement Jean. Le bien du nombre doit l'emporter sur le bien d'un seul individu. Cela ne signifie pas que je dois aimer ça.

— *Je* n'aime pas ça non plus, lui assura Marcel, mais c'est le choix que je dois faire.

Changeant résolument de sujet, Jean demanda :

— Veux-tu que je vienne avec toi ce soir ? Est-ce que ça pourrait aider ton cas auprès du président, et de quiconque sera là, de voir que nous offrons un front uni ?

— Ça ne peut certainement pas faire de mal, répondit Marcel reconnaissant. La dernière chose que nous souhaitons, c'est que le président commence à se poser des questions sur l'alliance.

— Les vampires tiendront parole, mais ça va bien au-delà maintenant, répondit Jean avec obstination. Serrier est devenu une affaire personnelle maintenant, un fait que nous ne sommes pas près d'oublier de sitôt.

— S'il était intelligent, il n'aurait pas ciblé les vampires, convint Raymond, mais là encore, s'il était intelligent, il aurait trouvé une autre façon d'amener le changement qu'il désire.

— S'il voulait un vrai changement, nous aurions pu en discuter, souscrit Marcel, mais il n'y a pas de place dans notre société pour le genre d'intolérance ou de contrôle oligarchique qu'il veut. Le fait que les sorciers puissent faire de la magie ne peut pas – ne devrait pas – nous procurer des droits supplémentaires. Des responsabilités supplémentaires, peut-être, mais pas des droits supplémentaires.

— Tout comme être vampire ne doit pas être une raison de nous les refuser, convint Jean.

— Vous prêchez tous les deux en chœur, s'esclaffa Raymond. Gardez ces arguments pour les sceptiques qui ont besoin d'être convaincus, pas pour moi. Je suis déjà de votre côté.

— Raymond a dit que tu étais blessé, Jean, remarqua Marcel. Les médecins se sont-ils occupés de toi ?

Jean sourit en regardant Raymond, la chaleur de ses souvenirs brièvement visibles dans son regard.

— Ils n'auraient pas été en mesure de faire quelque chose pour moi, mais Raymond s'est assuré de me fournir tout ce dont j'avais besoin. Je vais bien maintenant.

Raymond rougit légèrement au subtil rappel de tout ce qui s'était passé entre eux dans son bureau, mais entendre que Jean avait eu besoin de leur interlude aussi désespérément que lui, lui réchauffait le cœur.

— C'était le moins que je pouvais faire, objecta-t-il.

— Il y a une autre chose sur laquelle nous devons nous pencher, même si j'hésite à la soulever, avança doucement Marcel. Y a-t-il d'autres partenaires, là, dehors, ayant des problèmes comme ceux d'Adèle et de Jude ? Et si oui, y a-t-il un moyen de les séparer avant qu'ils ne soient complètement hors de contrôle, comme c'est le cas entre eux ?

Jean et Raymond se regardèrent l'un l'autre pendant un moment avant que Raymond réponde, pesant ses mots avec soin pendant qu'il parlait :

— Nous ne savions pas dans quoi nous nous engagions quand nous avons commencé les partenariats. Je sais que je ne cesse de le dire, mais le fait est que tout le monde a obtenu plus que ce pour quoi il avait signé. Si nous avions su, si nous avions réalisé que la relation d'Alain et Orlando préfigurait des choses à venir – au lieu du hasard que nous avons imaginé qu'elle représentait – nous aurions prévenu les gens d'être sur leurs gardes. On peut résister à l'impulsion magique, mais il faut y résister consciemment. Et très peu d'entre nous l'ont fait activement lorsque l'alliance s'est initialement formée.

— Et maintenant ? demanda Marcel. Devons-nous prévenir les gens aujourd'hui ?

— Je ne pense pas, répondit Jean. Je sais que c'est différent de mon opinion précédente, mais à l'exception d'Adèle, et éventuellement d'Angélique, je n'ai vu aucun signe de mécontentement chez les vampires au sujet de leur nouvelle relation. Et beaucoup d'entre eux sont plus heureux que je ne les aie jamais vus. Orlando, évidemment, mais il n'est pas le seul. Et Angélique, au moins, semble traiter avec son partenaire d'une manière civilisée, même s'il y a une certaine tension de ce côté-là.

— En dehors d'Adèle, as-tu entendu l'un des magiciens se plaindre ? demanda Raymond.

— Non, mais je ne sais pas s'ils me diraient quelque chose. Même Adèle ne l'a pas fait jusqu'à ce qu'elle y soit forcée, souligna Marcel.

— Alors le mieux à faire est peut-être de parler aux différents capitaines pour savoir si l'un d'entre eux a détecté des problèmes dans son équipe, suggéra Raymond. Même si personne n'en parle ouvertement, ils verront le genre de comportement destructeur que nous avons remarqué entre Adèle et Jude. Je ne voudrais pas créer des problèmes là où il n'y en a pas, mais je sais comment le genre de poison que ces deux-là crachaient peut s'envenimer. Nous devons être unis.

Marcel rit doucement, mais il n'y avait pas d'humour dans ce son.

— Je leur parlerai quand ils rentreront. C'est comme si tout semblait soudain hors de contrôle. Alain part de son côté parce que son partenaire a disparu. Adèle et son partenaire ne peuvent plus se trouver ensemble dans la même pièce. Et je n'ai pas revu Thierry depuis que je l'ai envoyé sauver Notre-Dame.

— Il est resté avec Sébastien pour stabiliser la cathédrale, rappela Raymond à Marcel. Je faisais ce que je pouvais, mais sans l'affinité de Thierry, c'était limité.

— Après tout ce que tu as fait plus tôt pour la recherche d'Orlando, et ensuite pour repousser l'attaque jusqu'à ce que la patrouille de Thierry puisse arriver, je pense que tu peux être excusé de ne pas pouvoir contenir tout seul l'effondrement de la cathédrale, protesta vivement Jean.

— Personne ne le blâme, tempéra Marcel. Je suis tout à fait conscient de la contribution de Raymond à l'effort de guerre.

— Désolé, s'excusa Jean. Je suis simplement fatigué que tout le monde le rabaisse, y compris lui-même.

Il dévisagea son amant pendant un moment.

— Nous devrons le débarrasser de cette habitude, convint Marcel avec un sourire paternel. Mais je suis attendu à l'Élysée, il faudra patienter jusqu'à notre retour. Raymond, tu viens avec nous ?

Le magicien brun s'apprêtait à secouer la tête au moment où il vit l'expression sur le visage de Jean. Il se contenta de répondre :

— Si tu veux également de moi.

ENFIN SEUL avec Thierry, après avoir fait leur rapport dans la Salle des Cartes et avoir appris que Marcel était déjà parti, Sébastien plaqua son amant contre un mur avec un grognement sourd.

— À quoi pensais-tu, en me taisant ce qui est arrivé, ce qui *aurait pu* se passer ? questionna-t-il sévèrement. J'aurais pu te perdre avant même de t'avoir eu, et je ne le savais même pas !

— Quel intérêt cela aurait-il eu après coup ? répliqua Thierry, en surveillant de près son impulsivité. C'était fini, une erreur de débutant que je n'aurais pas faite sans le désespoir lié à la situation.

— Et la situation est moins désespérée maintenant ? demanda Sébastien, d'une voix toujours dure. Le risque est-il, d'une manière quelconque, moins important qu'il l'était alors ?

— Non, admit Thierry, mais ça m'a rappelé de faire attention, de garder un œil sur la façon dont je m'investis entièrement chaque fois que je communie avec les éléments. Cela dit, si l'exploit que nous avons réalisé ce soir à Notre-Dame est une indication, aussi longtemps que tu te nourris de moi, je n'aurai pas à m'en soucier. La connexion de ce soir était bien plus intense que ce que j'ai jamais réalisé auparavant… et, au final, il n'y a pas eu le moindre problème, aucune sensation d'affaiblissement.

— C'est une bonne chose, je suppose, accorda Sébastien, mais cela ne change toujours pas le fait que tu m'as caché ce qu'il t'était arrivé.

— Je ne voulais pas t'inquiéter, insista Thierry. Je savais que tu réagirais de cette façon et que cela ne servirait à rien, hormis à démarrer une dispute.

Sébastien soupira et passa une main dans ses longs cheveux.

— Je me soucie de ce qu'il t'arrive. Est-ce une raison suffisante pour ne pas me parler ?

Thierry haussa les épaules.

— Ça fait si longtemps que je n'ai eu personne pour s'inquiéter de moi à ce point. J'ai simplement pensé éviter une dispute. Je ne le referai pas, je te le promets.

— Je m'assurerai que tu ne le fasses plus, avertit Sébastien, en baissant la tête et en embrassant gentiment Thierry.

Cependant, le baiser s'enflamma rapidement, le stress de la nuit et le désespoir qui semblait régner sur la vie de chacun en ce moment ajoutaient à l'intensité de leur échange.

— J'ai besoin de toi, haleta Thierry, sa tête retombant contre le mur, son cou exposé en une offrande silencieuse.

Sébastien baissa la tête, suçant la peau meurtrie du cou de Thierry, mais sans la mordre. Le sang qu'il avait prélevé à la cathédrale le contenterait pendant un certain temps, et il ne voulait pas affaiblir inutilement Thierry ; pas alors qu'ils ignoraient ce que les prochaines heures et les jours leur apporteraient. À la place, il lécha les blessures en voie de guérison, laissant sa salive opérer sa magie curative sur les cicatrices. Son amant se frottait contre lui, attirant l'attention de Sébastien vers d'autres appétits. Ses mains glissèrent autour des hanches de Thierry, les doigts évasés sur les fesses du blond, d'abord en une douce pression, puis avec plus de force quand Thierry gémit et se colla plus étroitement contre lui.

L'une des mains continua son exploration, Sébastien utilisa l'autre pour ouvrir le pantalon de Thierry, le repoussant sur le haut de ses cuisses avant de se glisser à l'intérieur de son boxer pour en sortir un sexe déjà raide. Il se demandait si Thierry était raide comme ça depuis qu'ils avaient quitté Notre-Dame. La pensée l'amusa suffisamment pour qu'il relève la tête et l'interroge.

La question amena du rouge sur les joues de Thierry.

— Tout ce que tu as à faire c'est de me toucher et je durcis, avoua-t-il.

— Ce n'est pas une réponse, le taquina Sébastien, caressant la chair ferme.

Il doutait que Thierry ait pensé à stocker du lubrifiant dans le bureau, ce qui impliquait d'improviser. Le liquide qui commençait à s'échapper de la queue du blond suffirait bien. Il avait donc juste à s'arranger pour en obtenir assez pour faire le travail. Dans un sens, il pensait que Thierry ne s'en plaindrait pas.

Ce que Thierry avait envisagé de répondre, quoi que ce soit se perdit dans la bouche de Sébastien quand il embrassa de nouveau son magicien, sa main s'activant de haut en bas sur la longueur rigide, récoltant de plus en plus de fluide sur son extrémité. Les hanches de Thierry remuaient en rythme, baisant le poing de Sébastien avec urgence, la tension de la journée emportant son contrôle.

— Peux pas… haleta Thierry, en arrachant ses lèvres à celles de Sébastien.

— Ne te retiens pas, l'exhorta Sébastien, sa prise se resserrant tandis qu'il s'activait pour amener son homme à l'orgasme.

Se sentant toujours égoïste malgré les mots de Sébastien, Thierry essaya d'atteindre son vampire, pour lui rendre un peu du plaisir qu'il vivait, mais Sébastien immobilisa ses mains.

— Jouis pour moi, chuchota-t-il, son souffle chatouillant l'oreille de Thierry.

Le son de cette voix profonde et rauque à son oreille fit basculer Thierry, sa libération jaillissant sur la main en attente de Sébastien. Son souffle rauque entrait et sortait de ses poumons menaçant de cesser de fonctionner, toutes ses pensées, toute son énergie le désertant avec sa semence.

Sébastien soutint le poids de Thierry avec sa jambe, utilisant sa main propre pour ouvrir son pantalon.

— Peux-tu te débarrasser de ton pantalon ou préfères-tu te retourner ? demanda-t-il, en serrant à nouveau les fesses de Thierry. J'ai besoin d'être en toi.

Les mains encore tremblantes, Thierry repoussa son jean, coinça le talon d'une chaussure pour libérer son pied, laissant le tissu s'amasser autour de l'autre pied. Il accrocha sa cheville à l'arrière des genoux de Sébastien, s'ouvrant au contact du vampire. Il supposait qu'il aurait pu faire disparaître ses vêtements avec un sort, mais il n'avait pas besoin d'être complètement nu – seulement assez pour que Sébastien puisse le prendre. Il y avait quelque chose d'indiciblement érotique dans ces tâtonnements à demi vêtus, comme si leur besoin d'être uni était si primordial qu'ils ne pouvaient même pas prendre le temps de se déshabiller entièrement.

— Prends-moi.

— Oh, je vais le faire, promit Sébastien, remontant la cheville de Thierry plus haut sur sa jambe, mais pas encore. Je te veux à nouveau raide et douloureux pour moi d'abord.

Il n'en faudrait pas beaucoup, réalisa Thierry, son sexe reprenant déjà de l'ampleur.

— Contente-toi de me toucher, plaida-t-il.

Sébastien obéit, étalant la crème sur ses doigts avant de les glisser entre les jambes écartées de Thierry et de trouver l'ouverture étroite qui se resserrait encore automatiquement contre son intrusion.

— Détends-toi, Thierry, laisse-moi entrer, l'exhorta le vampire, frottant ses doigts d'avant en arrière sur la petite rosette.

Consciemment, Thierry assouplit le muscle crispé, s'ouvrant à la caresse de Sébastien. L'épaisseur d'un doigt fit son chemin à l'intérieur, la brûlure était plus intense cette fois sans un vrai lubrifiant, mais Thierry s'obligea à ne pas se refermer autour de lui. À chaque passage tentateur, il devenait plus facile de l'accepter. Puis le doigt de Sébastien trouva sa prostate, la massant délibérément, et tout le corps de Thierry bondit en avant, son sexe se gonflant sous la stimulation persistante.

— Putain, gémit-il.

Sébastien prit le juron comme une invitation à ajouter un deuxième doigt, étirant Thierry aussi rapidement qu'il l'osait, son propre contrôle devenant précaire après la frustration de la journée et l'excitation de voir son magicien s'abandonner à son contact.

— Maintenant pria Thierry.

Il commença à redescendre sa jambe pour pouvoir se retourner, mais Sébastien l'arrêta, attrapant ses hanches et soulevant ses jambes pour que Thierry puisse s'enrouler autour de sa taille.

— Je veux voir ton visage quand je te revendique, exigea Sébastien, enduisant son propre fluide sur son sexe avant de positionner la pointe contre l'entrée de Thierry. Je veux savoir si c'est aussi bon pour toi que ça l'est pour moi.

Thierry gémit quand le sexe dur se fraya un passage en lui, s'enfonçant plus profondément avec son poids, jusqu'à ce qu'il ne puisse aller plus loin. Sa tête retomba contre le mur avec un bruit sourd pendant que Sébastien commençait à bouger en lui, des mains chaudes et fortes le soutenaient de sorte que tout ce qu'il avait à faire était de vivre l'instant.

— Touche-toi, ordonna Sébastien, ses propres mains étant occupées à soutenir son magicien en place. Fais-toi jouir pour moi.

Thierry obéit avec diligence, sa main se calant sur les gestes que Sébastien avait utilisés auparavant, coulissant de haut en bas sur sa queue collante en rythme avec le mouvement des hanches de Sébastien. Il sentait que les coups du vampire devenaient de plus en plus erratiques.

— Vas-y, pria-t-il d'une voix rauque. Je te suis.

Sébastien captura les lèvres de Thierry dans un baiser passionné, les reliant par tous les moyens possibles, son orgasme le prenant subitement par surprise. Il s'enfonça une dernière fois, les jambes sciées par sa jouissance. Il glissa lentement sur ses genoux, entraînant Thierry avec lui, les laissant tous les deux à genoux sur la moquette, en grande partie encore habillés, couverts de sueur et de sperme.

— Personne d'autre que toi ne m'a fait me sentir comme ça depuis la mort de Thibaut, murmura Sébastien contre les lèvres de Thierry.

EN TREMBLANT, Alain referma son manteau plus étroitement autour de lui, souhaitant avoir pensé à prendre ses gants. Ses doigts étaient engourdis, ce qui rendait la tenue de sa baguette presque impossible. Il pourrait lancer un sort sans elle, mais épuisé comme il l'était, la brandir pour se concentrer devenait de plus en plus nécessaire. Il jeta un œil à la carte que Raymond lui avait donnée avec les marques des zones protégées. Il faisait des progrès, mais trop lentement. Il en avait rayé seulement deux depuis que Marcel avait rappelé sa patrouille, et il y en avait encore huit à découvrir. Blotti dans le renfoncement d'une porte pour se mettre à l'abri du vent pendant quelques minutes, il ferma les yeux et se concentra sur les émotions d'Orlando. Il avait besoin de l'assurance que son contact apporterait, mais alors qu'il pouvait encore sentir son amant, il ne reçut aucune onde d'amour et de désir en réponse. Il se dit que le vampire devait tout simplement se reposer pendant qu'il le pouvait, mais même cette exigence ne pouvait effacer complètement les doutes qui l'assaillaient. Orlando avait-il renoncé à lui ? Avait-il perdu espoir ? S'affaissant à genoux, il essaya de rassembler assez de force pour le déplacement suivant, la recherche suivante, espérant, contre tout espoir, que ce serait la bonne, celle qui lui permettrait de rejoindre Orlando.

XII

LORSQUE THIERRY et Sébastien eurent récupéré un peu et réajusté leurs vêtements, Sébastien ramena le sujet qui avait démarré leur dispute, et aboutit à leurs ébats.

— Comment puis-je savoir si tu te connectes trop profondément avec les pierres, et comment puis-je te ramener si tu le fais ?

Thierry secoua la tête.

— Tu n'as que ça à l'esprit.

Sébastien haussa les épaules.

— Je veux simplement qu'il ne t'arrive rien. Depuis que je te connais, je t'ai presque perdu deux fois avec la magie élémentaire. Je préfère savoir ce qu'il faut faire pour t'aider plutôt que d'être pris au dépourvu si cela t'arrive de nouveau.

— Jean m'a giflé lorsque m'appeler par mon nom n'a pas eu d'effet, admit Thierry. Avec la magie sauvage, au cours du rite d'équilibrage, Alain et Raymond ont jeté un sort pour rompre la connexion. Je ne sais pas s'il y a quelque chose que tu aurais pu faire dans cette situation. Mais étant donné ce qui est arrivé à la cathédrale ce soir, en admettant que ce ne soit pas un hasard dû à l'endroit, me mordre serait efficace. Ça stimule mon pouvoir à tel point que je suis moins susceptible de m'y fondre. Ça me procure également une connexion avec notre monde plutôt qu'avec celui de la magie.

— C'est loin d'être une corvée, reconnut Sébastien en souriant.

Thierry roula des yeux.

— Nous devrions aller voir si Marcel est de retour. Je dois lui dire ce qui s'est passé. Je ne comprends pas pourquoi nous ne savions pas qu'il y avait un locus ici, à Paris, à moins que ce soit parce que, historiquement, nous n'avons rien à voir avec l'Église à cause de leur intolérance envers nous, toutefois, même si nous ne pouvons pas l'utiliser à notre avantage, nous devons nous assurer que Serrier n'en prend pas possession. Nous ne parviendrons plus jamais à le renverser, s'il le fait.

— C'est si puissant ?

— Le seul endroit où je me suis senti comme ça c'est à Stonehenge, répondit Thierry. Et on dit que c'était le siège du pouvoir de Merlin.

— Alors, à qui était ce siège de pouvoir ?

— Je n'en ai aucune idée, répondit Thierry. Je ne sais pas si c'est le magicien qui fait l'endroit, ou le lieu qui fait le magicien. Je ne sais pas non plus si c'est important. Ce qui importe, c'est ce que nous faisons de cette nouvelle information.

— Allons voir si Marcel est dans les parages pour lui en parler, alors, admit Sébastien. As-tu laissé des sorts en place pour protéger l'église ?

Thierry secoua la tête.

— J'ai essayé, mais elle a résisté, comme si sa magie était trop grande pour être contenu par ma force chétive.

Sébastien leva un sourcil.

— Chétive ?

— Peut-être pas en la comparant à celle d'autres sorciers et, avec ton aide, j'étais beaucoup plus fort que d'habitude... mais par rapport au puits de pouvoir contenu dans l'église, oui, chétive, répéta Thierry en se dirigeant dans le couloir vers le bureau de Marcel. Je te l'ai dit, je n'avais jamais ressenti quelque chose comme ça.

— Alors, comment pouvons-nous empêcher Serrier de se servir d'elle, dans ce cas ? demanda Sébastien.

— Je ne sais pas, répondit Thierry. Une coalition, peut-être. Ou peut-être sans apposer de protection, mais en mettant tout simplement une sentinelle en faction sur place en permanence pour prévenir toute attaque. Nous avons été chanceux que Jean et Raymond soient là ce soir, mais, nous ne pouvons pas compter sur ce genre de coïncidences. De la stratégie, pas de la chance, c'est comme ça que nous gagnerons cette guerre.

Ils rencontrèrent Marcel, Jean, et Raymond dans le couloir à l'extérieur du bureau du général. La fatigue sur le visage de Marcel choqua profondément Thierry. Depuis le début de la guerre, à aucun moment il n'avait vu le vieil homme paraître aussi épuisé. Ses yeux s'allumèrent cependant un peu en découvrant Thierry et Sébastien.

— Dis-moi que tu as de bonnes nouvelles, pria Marcel. N'importe quel genre de bonnes nouvelles.

Thierry sourit.

— Je pourrais bien avoir quelque chose pour toi. Allons dans ton bureau. En fait, je pense que Raymond t'en a déjà parlé.

— Au sujet de la cathédrale ? demanda Raymond en s'assurant que la porte du bureau de Marcel était bien fermée derrière eux cinq. Non, nous avions d'autres choses à régler en premier. Je suppose que tu penses toi aussi que c'est un locus.

— Un locus ? répéta Marcel, ses yeux s'écarquillant. Ici, à Paris ?

— Oui, répondit Raymond, et Thierry confirma. Je voulais t'en parler plus tôt, ajouta Raymond, mais avec Adèle et Jude à gérer et ensuite, la réunion avec le président, ça a été mis de côté. Notre-Dame est très probablement un locus.

— Pas probablement, corrigea Thierry. C'*est* un locus. Si puissant, en fait, que les pierres étaient... sensibles, je pense que c'est le mot qui convient. J'ai vu toute l'histoire de la cathédrale de son point de vue à elle.

— Cela devait être une sacrée expérience, s'amusa Marcel.

— Tu serais surpris, admit Thierry. L'un des contremaîtres était un magicien, mais je ne pense pas que ce soit de là que vienne le pouvoir. Je pense qu'il est beaucoup plus ancien que ça.

— Il y avait probablement un bosquet à cet endroit, avant que l'église ne soit construite, ajouta Raymond. Elle dégage la même impression d'ancien pouvoir que j'ai ressenti à Stonehenge, dans les pyramides ou au Machu Picchu. J'ai toujours supposé qu'il devrait en exister un quatrième, pour correspondre aux quatre éléments, mais je n'avais jamais trouvé de référence à un autre endroit.

— Alors, comment avons-nous pu ignorer qu'il était ici ? demanda Marcel de manière rhétorique. Il y a des magiciens dans Paris depuis des milliers d'années.

— Les anciens le savaient probablement, même s'ils pouvaient ne pas avoir réalisé que c'était un locus, répondit Raymond. Mais les premiers chrétiens avaient pris l'habitude de construire leurs églises sur des sites sacrés aux yeux des gens du pays, je suis sûr que c'est pour ça qu'il a été perdu.

— Il y avait une cathédrale à cet endroit avant Notre-Dame, commenta Jean. Dédiée à Saint-Étienne. Avant ça, je ne sais pas. L'ancienne cathédrale était déjà là quand je suis né. Monsieur Lombard pourrait savoir ce qui se trouvait sur place avant elle. Il a presque mille ans de plus que moi.

— Ça n'a pas d'importance, décida Marcel. Nous devons juste faire en sorte que Serrier ne l'apprenne pas.

— Ses magiciens étaient là ce soir, y compris Aguiraud, l'avertit Raymond. Je doute qu'il l'ait raté.

— Tout particulièrement quand certains de ses sorts auraient fait tomber un bâtiment moins important, convint Thierry. En plus, je ne suis pas parvenu à protéger la cathédrale. J'ai essayé, mais elle était trop forte.

Marcel fronça les sourcils.

— Cela complique les choses. J'ai à peine assez de magiciens pour tout le monde, avec Serrier qui utilise cette technique de frappe et de fuite, et maintenant, je me retrouve à devoir mettre aussi une patrouille à la cathédrale.

— Pas nécessairement toute une patrouille, contredit Thierry. Une sentinelle ou deux, assez pour tenir à distance des attaquants jusqu'à l'arrivée des secours.

— Je me demande si nous ne pourrions pas utiliser la magie inhérente pour créer une protection, réfléchit Raymond à haute voix. Pour convaincre le locus lui-même de prendre notre parti.

Marcel pinça les lèvres.

— Thierry, tu as eu plus de contacts avec elle. Qu'en penses-tu ?

Thierry soupesa la question un moment avant de répondre lentement :

— C'est possible. Les pierres ont été horrifiées par la brutalité nazie dont elles ont été témoins, et par la violence ce soir dans l'église. La question est de savoir si elles peuvent distinguer les mauvaises intentions. Nous le savons parce que nous savons qui est dans quel camp, mais il s'agit là de magie élémentaire. Peut-elle faire cette distinction ?

— Nous n'avons rien à perdre à essayer, non ? demanda Sébastien. Même si tout ce que nous réussissons à faire c'est de convaincre le locus de se protéger contre toute magie, nous ne serons pas plus mal lotis que nous ne l'étions quand nous ne savions pas qu'il était là et, en tout cas, bien mieux que nous le serons si Serrier en prend le contrôle.

— La seule façon de le savoir est d'essayer, dit tranquillement Marcel. Mais je pense que nous devrions garder cela pour nous pour le moment. Entre nous trois, avec l'aide de vos partenaires, nous devons être assez forts pour faire tout ce qui peut être fait. Je sais que nous sommes tous épuisés, mais nous ne pouvons pas nous permettre d'attendre. Thierry, Raymond, êtes-vous prêt à essayer ?

Les deux magiciens acquiescèrent.

— Je ne peux pas me nourrir de nouveau ce soir, les avertit Jean. Même si Raymond pouvait le supporter, je suis déjà rassasié. Davantage et je risque d'être malade.

— Pareil pour moi, admit Sébastien.

— Merde, jura Marcel à mi-voix. Eh bien, nous devrons travailler à l'ancienne, alors, simplement entre sorciers.

— Jean et Sébastien devraient quand même venir avec nous, insista Raymond. Ils peuvent rester pour observer, à la fois au cas où Serrier reviendrait et pour s'assurer que nous ne nous laissons pas entraîner trop profondément.

— Ça, c'est une bonne idée, convint Marcel. Bien que je pense que puisque nous n'aurons pas l'aide des vampires, ce serait une bonne idée que les quatre éléments soient représentés. Nous avons la terre et l'eau, donc nous avons besoin de l'air et du feu.

— Alain ne viendra pas, déclara Thierry instantanément. Je ne sais pas où il est, mais je sais qu'il n'abandonnera pas la recherche d'Orlando, pas même pour ça.

— Je sais, répondit tristement Marcel. Je pense que Caroline serait un bon choix pour l'air et David pour le feu.

— Pas Adèle ? demanda Thierry, surpris.

— Adèle et son partenaire ne sont plus en bons termes, répondit brièvement Marcel. Ils patrouilleront séparément, mais ils ne seront plus disponibles pour tout ce qui nécessite un partenariat. Si nous sommes chanceux, les partenaires de Caroline et de David ne se seront pas alimentés récemment et nous pourrons ainsi avoir une certaine participation des vampires. Je pense que c'est important, et pas uniquement pour la force que cela ajoute à notre magie.

Thierry et Sébastien échangèrent des regards surpris aux commentaires concernant Adèle et Jude, mais ils ne cherchèrent pas à en savoir plus pour l'instant.

— Envoie-les à la cathédrale aussi rapidement que possible, demanda Thierry à la place. Je ne peux pas me débarrasser d'un sentiment d'urgence.

Marcel hocha la tête.

— Je vais les appeler et leur dire de nous retrouver là-bas. Tous les quatre, vous pouvez partir en avant si vous voulez, je vous rejoins dès que j'ai contacté Caroline et David.

— J'emmène Jean si tu emmènes Sébastien, offrit Thierry, ses instincts lui hurlant de revenir à la cathédrale aussi rapidement que possible.

Raymond donna son accord d'un geste de la main. Thierry prit le bras de Jean et l'étreignit, réapparaissant à l'extérieur de la cathédrale. Un instant plus tard, Sébastien et Raymond apparurent à leurs côtés. Se laissant tomber à genoux, Thierry se connecta à la pierre, à la recherche du moindre changement depuis qu'il était parti quelques heures plus tôt. Tout était exactement comme il l'avait laissé, à son grand soulagement. Rompant la connexion, il se releva, frottant ses mains.

— Allons à l'intérieur. Il fait froid ici.

Il eut une pensée pour Alain, seul, dans la nuit. Il espérait seulement qu'il leur amènerait quelque chose, parce qu'il ne savait pas combien de temps son ami pourrait continuer comme ça.

— Alors, c'est quoi l'histoire avec Adèle ? demanda Thierry quand ils furent à l'intérieur.

Jean et Raymond échangèrent un regard de frustration. Raymond fit signe à Jean d'avancer. Rapidement, il exposa la situation en secouant la tête quand il termina en expliquant l'ordonnance restrictive.

Thierry leva les yeux au ciel.

— J'adore cette femme, je l'apprécie vraiment. C'est une sacrée magicienne, et elle ne connaît pas le sens du mot peur lors d'un combat, mais parfois elle peut être très puérile.

— Jude ne vaut pas mieux, je t'assure, avoua Jean à regret. Il a presque cinq cents ans et il se comporte toujours comme il le faisait le jour où il a été transformé. Il est toujours resté du bon côté de la loi des vampires, aussi n'avons-nous jamais eu la moindre raison de le discipliner, mais il est quand même du style à donner une mauvaise réputation au reste d'entre nous.

— Le pire dans tout ça, c'est qu'il pousse Marcel à s'interroger sur le fonctionnement de l'alliance, ajouta Raymond. Pas concernant son existence, mais sur le fait que nous aurions fait une erreur en la structurant comme nous l'avons fait.

Thierry et Sébastien échangèrent des regards résignés.

— Ne condamnez pas toute l'alliance parce que deux personnes sont trop immatures pour y faire face.

— C'est ce que nous lui avons dit, leur assura Raymond. Heureusement, il y a beaucoup plus de partenariats réussis que de dysfonctionnements.

Marcel arriva à ce moment, interrompant leur conversation. Il jeta un regard autour de lui sur l'édifice, comme s'il ne l'avait jamais vu auparavant.

— Je suis venu ici plus de fois que je ne peux en compter, lors de voyages scolaires quand j'étais enfant, lors de funérailles nationales en tant que président de l'ANS [1], avec des amis en visite qui venaient d'ailleurs et souhaitaient faire le tour des sites touristiques de Paris, mais c'était toujours un simple bâtiment, juste une autre église. Particulièrement impressionnante certes, mais seulement une église.

---

1   ANS : Association Nationale de Sorcellerie.

— Touche la pierre, l'incita doucement Thierry. L'as-tu déjà fait ? Je ne l'avais jamais fait avant, pas avec une intention précise en tout cas. Je ne l'aurais pas fait aujourd'hui non plus, si Raymond n'avait pas dit que le bâtiment était endommagé. Je pensais juste consolider un peu les murs en attendant que les tailleurs de pierre puissent venir la réparer.

Marcel posa sa main sur la colonne la plus proche de lui, ses yeux se fermant alors qu'il se connectait à la magie inhérente de l'endroit. Un instant plus tard, il les rouvrit, leur bleu profond flamboyant de pouvoir. Thierry fit instinctivement un pas en arrière, même s'il savait que Marcel ne serait jamais une menace pour lui. Malgré tout, le déferlement de pouvoir rendait le visage habituellement affable clairement intimidant.

— C'est vraiment le magicien en vie le plus puissant, n'est-ce pas ? murmura Jean au côté de Raymond.

— Oh, et de loin, admit Raymond. Nous devrions être reconnaissants qu'il soit de notre côté ou nous n'aurions aucun espoir de gagner cette guerre. Si nous parvenions à acculer suffisamment Serrier pour qu'il participe à un combat, Marcel l'éliminerait. C'est le mettre au pied du mur qui pose problème. Chaque fois que nous pensons savoir où il est, il disparaît, tout comme il l'a fait avec Orlando.

— Je ne suis même pas sûr de savoir pourquoi nous sommes aussi nombreux ici, ajouta Thierry à mi-voix. Il est plus puissant tout seul que nous quatre additionnés.

— Imaginez ce qu'il serait avec un partenaire pour accroître sa puissance.

Les yeux de Thierry s'élargirent.

— Je n'arrive même pas à en imaginer l'ampleur.

— Moi je peux, déclara Raymond doucement. Il éclairerait la nuit. Il brille déjà avec ça.

Caroline et Mireille arrivèrent, suivies presque immédiatement par Angélique et David, brisant la concentration de Marcel. Il rompit la connexion, mais la rémanence du pouvoir persistait dans ses yeux.

— Qu'est-ce qui se passe ? demanda David.

— Connecte-toi au feu des bougies, commanda simplement Marcel, et dis-moi ce que tu ressens.

David obéit comme demandé, il bondit en arrière presque instantanément comme s'il s'était brûlé.

— Mon Dieu, souffla-t-il avec révérence, tant de pouvoir.

L'expression sur le visage de David et le ton de sa voix intriguèrent Caroline. Levant les yeux au ciel, elle convoqua une brise à travers les hautes voûtes, retenant son souffle quand son petit sort lui revint multiplié par cent voire plus.

— C'est incroyable !

— Oui, ça l'est, admit Marcel, et maintenant nous allons essayer de persuader cette source de pouvoir magique qu'elle veut se joindre à nous ou, au moins, rester complètement en dehors de la guerre.

Les yeux de Caroline et de David s'écarquillèrent.

— Que veux-tu que nous fassions ? demanda Caroline, après un moment.

— Canaliser vos forces dans Thierry, un peu comme nous le ferions pour un Rite d'équilibrage, expliqua Marcel. Il nous guidera pour la suite. Et si vos partenaires veulent bien rendre service et vous mordre pendant que vous travaillez, cela augmentera de manière significative notre intensité magique.

Choquées et surprises, Angélique et Mireille se tournèrent vers Jean. Il fallut un instant au chef de la Cour pour réaliser qu'aucun des deux partenariats n'avait été présent lors des discussions concernant la capacité des vampires à augmenter les aptitudes magiques de leurs partenaires. Il expliqua rapidement, leur assurant que personne ne leur jetterait de regard désapprobateur parce qu'ils s'alimentaient de leurs partenaires en public.

Maladroitement, Mireille se posta aux côtés de Caroline. Elle n'était pas habituée à se nourrir dans une position debout ni à le faire en public, mais elle voulait aider et Jean affirmait que c'était convenable.

— Comment faisons-nous ? demanda-t-elle discrètement à Caroline.

— Tiens-toi derrière moi afin que je garde les mains libres, suggéra la magicienne blonde. Peux-tu me mordre sous cet angle ?

Mireille secoua la tête, frustrée par sa taille réduite.

— Je suis trop petite.

Entendant l'auto-dévalorisation dans la voix de la vampire, Caroline se retourna et captura le visage de son amante entre ses mains.

— Tu es parfaite. Nous devrons simplement essayer autrement.

— Monte sur un prie-Dieu, suggéra Sébastien, en attrapant l'un de ceux en osier se trouvant devant un reliquaire. Cela devrait te donner les quelques centimètres supplémentaires dont tu as besoin.

Montant dessus, Mireille réalisa que Sébastien avait raison. Elle lui adressa un sourire reconnaissant en enroulant ses bras autour de Caroline, attirant sa magicienne dans une tendre étreinte, ses lèvres s'abaissant sur la courbe élégante du cou de son amante. L'assistance du vampire et son acceptation détendue furent plus utiles que des mots pour supprimer les dernières hésitations de Mireille. Quand bien même ce qu'ils faisaient allait à l'encontre des tabous avec lesquels elle vivait en tant que vampire, elle faisait ce qui était bien en participant à cette alliance, à ce rituel et à cette relation. Elle était à sa place, ici, maintenant, dans cet endroit.

Tout en se blottissant contre la peau soyeuse, elle regardait les autres, curieuse de savoir comment ils s'organisaient. À sa grande surprise, ni Sébastien ni Jean ne s'approchèrent de leur partenaire. Ses sourcils se froncèrent alors qu'Angélique posait la question au même moment.

— Sébastien et moi nous sommes déjà nourris aujourd'hui pour aider l'alliance, expliqua Jean. Nous n'osons pas surcharger nos partenaires ou nous suralimenter.

Acceptant cette réponse, Mireille attendit qu'Angélique choisisse où se positionner avant de mordre Caroline. Il ne s'agissait pas simplement de s'alimenter, mais d'une partie d'un rituel plus important, et il semblait approprié d'attendre pour commencer.

Sans prendre la peine d'essayer d'utiliser un prie-Dieu, Angélique s'avança aux côtés de David, glissant sous son bras et repoussant le col de sa chemise boutonnée pour révéler un bout de peau indemne juste en dessous de la clavicule. Mireille enviait l'audace de la vampire, mais elle n'aurait pas eu le courage de l'imiter.

— Tu es parfaite telle que tu es, murmura à nouveau Caroline comme si elle pouvait deviner les pensées de Mireille. Je n'ai aucun désir de nous donner en spectacle ou d'exposer notre relation. Tu pourras me mordre où tu veux plus tard, quand nous serons seules.

— Promis ? demanda Mireille d'une voix rauque.

— Absolument, répondit Caroline, serrant les mains qui entouraient sa taille.

Elle laissa l'une de ses mains enlacer celle de Mireille, attendant que Marcel donne le signal de départ. Quand il le fit, elle ferma les yeux, se concentrant pour canaliser sa magie vers Thierry.

Entendant le chant débuter, Mireille scella ses lèvres sur l'endroit qu'elle avait choisi sur le cou de Caroline, mordant délicatement tout en savourant les riches épices du sang de son amante. La perception de la magie de Caroline était beaucoup plus forte qu'elle ne l'avait jamais été auparavant, imprégnant Mireille de sa puissance. Sa prise se resserra sur la main tenant toujours la sienne, l'ancrant pendant qu'elle sentait l'esprit de Caroline s'envoler avec la brise qui tourbillonnait à travers l'église à ses ordres.

Thierry se prépara à l'afflux de magie des autres magiciens. Il avait été le point central de rituels auparavant, mais la quantité d'énergie provenant des quatre sorciers dépassait de loin ce qu'il avait canalisé avec davantage de participants lors de précédentes occasions. Il avait du mal à imaginer ce que cela aurait donné si Sébastien et Jean avaient participé. Il doutait que l'un d'entre eux puisse imaginer ce que ce serait si Marcel avait également trouvé un partenaire.

Quand il sentit qu'il pouvait contrôler la magie qui courait en lui, Thierry étendit ses sens aux pierres de l'église, sentant la connexion qui l'avait tellement impressionné précédemment. Avec la magie supplémentaire à sa disposition, il se sentait plus à l'aise cette fois, guidant la communion avec les pierres plutôt que de se laisser contrôler par elle. D'ailleurs, grâce à la présence des autres éléments, il découvrait toute l'ampleur de la puissance du locus. Rassemblant ses souvenirs récents de la bataille, il les projeta à l'extérieur avec son – leur – horreur à l'idée qu'une telle violence soit perpétrée sur un sol sacré. Le lieu répondit, la magie élémentaire résonnant avec fureur à l'irrespect. Thierry ajouta d'autres images : la fois où les forces de Serrier attaquaient les vampires place Pigalle ; celles du saccage que les sorciers rebelles semaient sur la ville, puis celles des efforts de la Milice pour réduire ces ravages. Pour finir, il fit appel à une dernière image, celle de Serrier revenant à la cathédrale et essayant de plier le lieu à sa volonté. La réaction de l'église en retour fut si puissante qu'elle faillit jeter Thierry à genoux. Seuls les bras de Sébastien l'empêchèrent de tomber.

Sur les conseils de Marcel, Thierry projeta l'image supplémentaire d'un magicien de la Milice en faction, protégeant le lieu de tels abus. Cette fois, le déferlement qu'il reçut exprimait une approbation. Sortant du locus, Thierry détacha son esprit des éléments, puis des sorciers.

— Je ne pense pas que nous ayons à nous inquiéter que Serrier prenne le contrôle du locus, dit-il lentement, quand les yeux de chacun eurent retrouvé leur attention habituelle et que les vampires eurent abandonné leur prise sur leur partenaire. En fait, j'espère qu'il essayera. Si j'analyse bien la situation, les répercussions magiques pourraient sérieusement l'affaiblir.

— Ça a marché, alors ? le questionna Raymond.

— Tu ne l'as pas senti ?

Raymond secoua la tête.

— Mon élément est le plus faible ici, la rivière dehors était mon seul lien tangible. Je pouvais sentir que tu établissais une connexion, mais je ne pouvais pas la déchiffrer.

— Moi je le pouvais, intervint Marcel, et je dirais que l'estimation de Thierry est exacte. Nous allons laisser une sentinelle en faction ici pour le cas où, mais je ne pense pas que nous ayons quelque chose à craindre. Que tout le monde aille se reposer. Vous avez tous fait plus que votre devoir ce soir. Je vous verrai demain au quartier général.

Avec reconnaissance, Thierry et Raymond s'appuyèrent contre leurs partenaires.

— Veux-tu bien nous rendre service, Marcel ? demanda Raymond, l'épuisement clairement audible dans sa voix.

— Nous aussi, firent trois autres voix en écho.

Marcel sourit et envoya chacune des paires dans son foyer respectif.

— CE N'EST pas tout à fait l'endroit où j'envisageais d'atterrir, déclara Raymond avec un sourire fatigué en jetant un œil sur son grenier encombré.

— Nous sommes ensemble, déclara Jean. C'est tout ce qui compte. Tu devrais aller te reposer. Tu dors debout.

Les yeux de Raymond pétillèrent malgré sa fatigue.

— Tu dis ça juste afin que je me retrouve au lit, c'est tout.

Le sourire de Jean se fit plus canaille.

— Si c'était ce que je voulais, tu y serais déjà, mais je vais avoir un peu mal à te recevoir pendant un jour ou deux. Tu m'as aimé trop parfaitement plus tôt dans la soirée.

— Je suis…

— Si tu dis 'désolé', je te donnerai une raison de l'être, l'avertit Jean. Je ne m'en plaignais pas plus tôt et je ne me plains pas non plus maintenant. Je voulais que tu me prennes et j'irai bien dans un jour ou deux. Va au lit et laissez-moi te tenir pendant que tu dors.

DE L'AUTRE côté de la ville, Angélique profita de la magie de Marcel pour avoir l'occasion de jeter son premier coup d'œil à l'appartement de David. C'était une garçonnière, sans aucun doute, mais agréable, avec un salon-salle à manger séparé de la cuisine et de la chambre.

— J'aurais dû savoir que tu avais une affinité avec le feu, avec ces cheveux, dit-elle, cogitant encore à tout ce qu'elle avait vu et ressenti cette nuit, ainsi qu'aux tendres attentions de David pour elle la veille.

David rougit et passa timidement sa main dans ses cheveux blonds vénitiens.

— Le fléau de mon existence, admit-il. Tout au long de ma scolarité, j'aurais voulu être le blond sexy ou le brun fringant et, à la place, j'étais ce roux comique à la peau pâle et aux taches de rousseur.

— Tu n'es peut-être pas blond ou brun, répliqua Angélique, mais tu es sexy et fringant jusqu'au bout des doigts.

— Tu n'as pas besoin d'être sympa avec moi. Je sais comment les femmes me voient.

Angélique leva un sourcil.

— Mon œil ! rétorqua-t-elle. Ou, si tu as raison, alors elles sont aveugles et tu as rencontré les mauvaises femmes. Tu n'es peut-être pas le plus bel homme de l'alliance, mais tu es certainement le plus honorable. La plupart des hommes auraient été collés à moi comme des mouches sur du miel la nuit dernière. Je n'aurais pas dit non, mais au matin, je n'aurais pas ressenti à leur égard, ce que j'ai ressenti pour toi. Tu aurais pu profiter de moi la nuit dernière, mais tu ne l'as pas fait, et cela te rend beaucoup plus séduisant que n'importe quelle couleur de cheveux ou de peau ne pourrait le faire.

David comprit parfaitement ce qu'il en coûtait à Angélique de faire cet aveu. Tranquillement, il la prit dans ses bras et posa son menton sur le haut de sa tête, profitant de cette proximité sans exigence.

— Lorsque ce sera le bon moment, nous le saurons tous les deux. Jusque-là...

— Jusque-là, nous allons profiter de l'attente, termina Angélique, entraînant David dans la chambre et s'allongeant à côté de lui.

Elle sourit quand ses bras se refermèrent autour d'elle, l'attirant plus près et l'installant contre lui. Peut-être qu'ils pourraient faire ce travail après tout.

XIII

— CAPITAINE DUMONT ! Capitaine Dumont !

Les épaules de Thierry s'affaissèrent. Il était si près de la fin de son service et de la possibilité de partir d'ici. Et maintenant ça, quoi que ce puisse être. Il pouvait sentir Sébastien se hérisser de manière protectrice à côté de lui, le vampire étant tout aussi conscient que lui de l'énergie qu'il avait dépensée durant les douze dernières heures.

— Oui ?

— Le repère d'Orlando… il est apparu sur la carte de localisation dans la Salle des Cartes !

Toute fatigue oubliée, Thierry se retourna.

— Eh bien, qu'est-ce que tu attends ? Note l'emplacement afin que nous puissions y aller !

Le lieutenant remit à Thierry un bout de papier avec une adresse écrite dessus.

— J'allais le dire au général, mais je vous ai vu.

— Je m'en occupe, assura Thierry, tirant son téléphone portable de sa poche pour appeler Alain.

Il espérait que son ami n'était pas au milieu d'un combat, mais même s'il l'était, ce serait des nouvelles bienvenues.

— Thierry ?

Thierry grimaça au désespoir et au découragement qu'il entendit dans la voix d'Alain quand il décrocha à la première sonnerie.

— Où es-tu ?

— Quelque part au nord de la ville.

— Peu importe, décréta Thierry. Retrouve-moi… fit-il avant de faire une pause pour regarder le papier, au coin de la rue du Hameau et de la rue de Cadix. Le repère d'Orlando est apparu sur la carte.

La pause à l'autre bout de la ligne était palpable.

— Thierry, c'est…

— Ouais, je sais, répondit-Thierry. Il n'y a rien que nous puissions y faire, sauf aller voir ce qu'il en est.

— Je vous retrouve là-bas.

— Donne-moi cinq minutes afin que je trouve quelqu'un pour permettre à Sébastien de venir avec moi. Attends-moi, Alain. Ne l'affronte pas seul.

Le silence fut sa seule réponse avant que la ligne soit coupée.

— Putain de merde, cracha Thierry. S'il se fait tuer, je jure que je hanterai sa tombe, et je le ferai.

95

— Qu'est-ce qui se passe ? demanda Sébastien en suivant Thierry dans les profondeurs du siège de la Milice. Qu'y a-t-il de si spécial à propos de cette adresse ?

Thierry secoua la tête tout en accélérant l'allure à chaque pas.

— Je t'expliquerai plus tard. Nous devons nous y rendre immédiatement, car Alain ne va pas m'attendre et qu'il est encore plus épuisé que moi. Il ne peut pas affronter Simonet seul.

Sébastien nota le nom dans un coin de sa tête avec la ferme intention d'obtenir une explication plus tard, à un moment plus opportun. Pour l'instant toutefois, il se contenta de suivre l'allure de Thierry.

— Est-ce que le repère est toujours sur la carte ? demanda-t-il quand ils atteignirent la Salle des Cartes.

— Oui, monsieur, répondit le lieutenant.

— Bien. Envoies-y mon partenaire, s'il te plaît.

Dès que le jeune homme hocha la tête, Thierry lança son propre sort, arrivant au coin d'une rue éclairée qui avait été autrefois aussi familier que les rues autour de sa maison. Sébastien apparut à côté de lui un instant plus tard.

— Où est Alain ?

— Probablement déjà à l'intérieur, fulmina Thierry, même si je ne l'entends pas crier.

Alain apparut juste à ce moment, tombant à genoux quand il perdit l'équilibre. Thierry retint un juron en découvrant le visage de son ami. Ses yeux rouges étaient soulignés par des cernes sombres, semblables à des ecchymoses, enfoncés, surmontant des joues grisâtres. Mais le plus inquiétant, cependant, c'était le regard hanté, presque mort dans les orbes bleus habituellement scintillants. Thierry réalisa brusquement à quel point il avait pris l'habitude de voir Alain sourire au cours des dernières semaines, malgré les difficultés de la guerre et de l'alliance. Aucun sourire n'ornait le visage du magicien à cet instant, aucune lumière ne brillait dans ses yeux. Seuls les mouvements de ses membres donnaient encore une quelconque indication de vie. Alain se remit lentement, péniblement, sur ses pieds, tout en repoussant la main secourable de Thierry.

— Je vais bien.

— Mais bien sûr, murmura Thierry, cependant, il laissa couler. Comment veux-tu qu'on s'y prenne ?

Alain le fixa simplement comme s'il parlait chinois et se dirigea vers les appartements, tenant sa baguette entre ses doigts. Il n'eut même pas un regard en arrière pour voir si Thierry et Sébastien le suivaient. Il ne savait, et ne se préoccupait que d'une seule chose : Orlando était à l'intérieur de ce bâtiment.

— Il va tous nous faire tuer à entrer là-bas comme ça, prévint Sébastien à sa voix basse en marchant aux côtés de son magicien.

— Pas si je peux l'aider, assura Thierry à son partenaire en sortant sa propre baguette.

Malgré tout, voir Alain aussi profondément découragé et épuisé qu'il pouvait à peine parler l'inquiétait plus qu'il voulait le reconnaître. Alors qu'Alain prenait d'assaut la porte de l'immeuble, Thierry lança un sort calfeutrant pour éviter que des sorciers rebelles viennent aider Simonet. Ils avaient déjà assez de soucis sans y ajouter d'autres personnes.

Alain gravit les marches deux par deux, l'idée que chaque marche le rapprochait un peu plus de son amant monopolisait toute son attention, hormis celle qui lui était nécessaire pour courir durant tout le temps qu'il lui fallut pour atteindre le palier. Il avait vaguement conscience que Thierry et Sébastien étaient seulement un pas derrière lui, mais sa concentration était entièrement focalisée sur l'appartement au-dessus, celui où il avait été le bienvenu autrefois. Son visage se ferma alors qu'il passait en revue les scénarios pour faire face à Éric de nouveau. Il voulait croire qu'une partie de son vieil ami était restée ensevelie sous la façade cruelle, un côté à demi oublié, auquel il pourrait faire appel pour libérer Orlando. Mais il savait – aussi sûrement qu'il connût son propre nom – qu'il tuerait Éric si c'était la seule façon de sauver Orlando. Il ne voulait pas laisser son amant aux mains des sorciers rebelles, pas même une minute de plus, peu importe ce que cela exigerait.

— Il n'a pas changé les sorts, s'étonna Thierry alors qu'ils passaient à travers les premières couches de la défense d'Éric. Pourquoi n'a-t-il pas changé les sorts ? Alain, attends !

Alain ne marqua pas la moindre pause, trop absorbé par la nécessité de parvenir jusqu'à Orlando pour se soucier de quoi que ce soit d'autre.

— Je n'aime pas ça, murmura Thierry, en commençant à chanter doucement pour projeter sa magie vers l'avant, se préparant à n'importe quelle attaque surprise. Il aurait dû modifier les sorts dès le moment où il a changé de camp afin que nous ne puissions pas nous en prendre à lui.

— Peut-être voulait-il que tu le poursuives, murmura Sébastien aux côtés de Thierry, la seconde couche de sort le retenant. Mais il est évident qu'il ne voulait pas que je sois après lui, ajouta-t-il bizarrement alors qu'il attendait que Thierry lance le sort qui lui permettrait de passer.

Ces quelques précieuses secondes suffirent à Alain pour atteindre la porte, la déverrouiller d'un coup de baguette et poursuivre son chemin dans l'appartement.

— Orlando !

Silence.

— Orlando ! cria encore Alain. Où es-tu ?

Jurant suffisamment pour que sa magie crépite autour de lui, Thierry courut derrière Alain, baguette à la main, cherchant Éric ou n'importe quelle autre menace. Toute cette situation le rendait nerveux. C'était trop facile, aussi soupçonnait-il un piège, mais aucune attaque ne se matérialisa.

— Orlando !

La voix d'Alain devenait plus frénétique à chaque nouvel appel du nom de son amant. Il parcourut l'appartement, cherchant dans chaque pièce avec un désespoir grandissant. La cuisine, la salle de bains, les chambres, les placards... Mais Orlando n'était nulle part. Arrivé au bout du couloir devant la chambre principale, il repoussa violemment la porte, certain que Simonet retenait Orlando prisonnier ici, mais elle aussi était vide. Ses jambes cédèrent sous lui tandis que l'espoir qui l'avait soutenu jusqu'ici s'évanouissait comme un brouillard à la lumière du soleil. Un sanglot étouffé lui échappa.

— Je ne comprends pas, dit-il d'une voix rauque.

— Qu'est-ce que ça veut dire ? murmura Thierry, ouvrant son téléphone portable et appelant le siège de la Milice. Depuis combien de temps le repère a-t-il disparu ? interrogea-t-il quand l'officier de service répondit.

— Il est toujours là, monsieur, répondit le magicien. Nous commencions à nous réjouir. Il vous montre juste à côté de lui.

— La chambre est vide ! Comment le repère peut-il être encore visible ? demanda Thierry.

— Son repère est lié à sa bague, pas à lui, répondit sourdement Alain. Si Simonet a pris la bague et l'a amenée ici, elle apparaît, même sans Orlando.

Il s'obligea à se remettre debout et commença à chercher dans la pièce. Il ne lui fallut que quelques instants. Là, sur le dessus de la commode d'Éric, se trouvait la bague qui correspondait parfaitement à l'empreinte sur son cou. Fermant les yeux, Alain leva l'anneau d'or à ses lèvres, comme si, en l'embrassant, il pourrait envoyer ce baiser directement à Orlando.

— Qu'est-ce qui pourrait l'avoir poussé à s'en séparer ? demanda-t-il, sans vouloir affronter la réponse. Il n'y aurait pas renoncé volontairement. Pas seulement parce que c'est son repère, mais parce qu'il l'a utilisé pour effectuer notre Aveu de Sang.

Sa voix devenait de plus en plus paniquée tandis qu'il parlait, son esprit faisant surgir des images du corps sans vie d'Orlando, de l'anneau arraché à son doigt par son meurtrier et conservé comme une sorte de trophée écœurant.

— Alain, arrête, intervint Sébastien, en saisissant les épaules du magicien et en le secouant fermement. Tu n'as pas besoin du repère pour savoir si Orlando est vivant. Tout ce que tu as à faire c'est de fermer les yeux et de le sentir. Peut-être qu'il ne l'a pas abandonnée de son plein gré, mais cela ne signifie pas qu'il est parti.

Alain lutta pour se concentrer sur le lien qui le rattachait à Orlando, une vague d'amour l'envahit dès qu'il se détendit assez pour la laisser entrer. Le déferlement d'émotions donnait raison aux mots de Sébastien, mais ne réduisait en rien l'abattement d'Alain.

— Mais maintenant, nous n'avons même plus ce lien pour localiser son emplacement.

— Nous ne l'avions pas avant non plus, lui rappela Thierry. Manifestement, Serrier a compris comment conjurer les Repères. Nous savions déjà qu'il essayait, ce n'est donc pas une surprise qu'il a réussi. Nous devons juste continuer à chercher. Nous allons le trouver. Allez, sortons d'ici, pour que tu ailles te reposer un peu.

— Le temps est compté, contredit Alain en secouant la tête. Ça fait déjà presque trois jours, et il ne peut pas rester beaucoup plus longtemps sans se nourrir. Je peux le sentir s'affaiblir, Thierry, et ça ne peut qu'empirer. Je me reposerai quand il sera à nouveau en sécurité.

Thierry envisagea sérieusement de recourir à un autre sort de sommeil, mais il avait déjà abusé de la confiance d'Alain auparavant. Son ami lui avait pardonné la dernière fois, mais Thierry n'espérait pas continuer à être encore aussi chanceux.

— Alors, allons-y, dit-il. Où allons-nous maintenant ?

Alain secoua la tête.

— Tu ne peux pas aller avec moi. Marcel a rappelé tout le monde.

— J'ai fini mon service il y a une demi-heure, l'informa Thierry, en regardant sa montre. Ce que je fais dans mon temps libre me regarde.

— Sauf si cela affecte ta capacité à faire ton travail quand tu reprends ton service, rétorqua Alain.

Le visage grave, il fixa Sébastien.

— Je ne suis pas sûr d'être assez fort pour me déplacer avec Sébastien.

— Nous nous déplacerons donc à l'ancienne, répondit Thierry avec un haussement d'épaules. C'est plus lent, mais c'est mieux que de te voir y aller seul. Tu es si pâle, on dirait un fantôme.

Sébastien était entièrement d'accord avec cette description, mais il n'était pas certain que Thierry fut beaucoup plus fort, après la bataille de Notre-Dame, puis le rituel destiné à consolider le bâtiment. Au moins s'ils prenaient le métro pour se rendre d'un endroit à un autre, ils ne dépenseraient pas l'énergie magique qui leur restait, sauf dans la recherche proprement dite et le sauvetage d'Orlando. Résolu à garder son partenaire à l'œil – il avait assez de bon sens pour savoir qu'aucun d'eux n'aurait une quelconque influence sur Alain –, il indiqua la porte de la tête.

— Allons-y alors, avant que l'occupant rentre chez lui. Je suppose qu'il y a des sorts qui l'ont averti que quelqu'un est venu ici.

— On pourrait le penser, admit Thierry alors qu'ils quittaient l'appartement d'Éric, mais on aurait aussi pu croire qu'il aurait modifié les sorts quand il a changé de camp.

— Alors, raconte-moi ce qui s'est passé, suggéra Sébastien tandis qu'ils suivaient Alain qui retournait dans la rue, puis se dirigeait vers la station de métro la plus proche.

De façon inquiétante, les mouvements d'Alain semblaient plus appropriés à un automate qu'à un être vivant. Il marchait comme dans un état second, les yeux fixés devant lui sur le trottoir sans jamais dévier vers le haut, le bas, sur la gauche ou la droite.

— Il y a visiblement beaucoup plus dans cette histoire que le simple changement de camp d'un sorcier.

— Simonet – Éric – était comme notre petit frère, déclara Thierry à mi-voix pour ne pas bouleverser Alain avec ces souvenirs. Quand nous étions enfants, il était ennuyeux la plupart du temps, comme le sont toujours les pots de colle, mais quand nous avons grandi, nous sommes devenus inséparables. Les trois Mousquetaires, c'est comme ça que les gens nous appelaient.

— Alors que s'est-il passé ?

— La guerre commençait et il y a eu une attaque dans la maison d'Alain. Son ex-femme et son fils ont été tués. La femme et les enfants d'Éric se cachaient dans un placard. Edwige avait réussi à les cacher avant que les sorciers rebelles ne fassent irruption. Quoi qu'il en soit, nous ne savions pas qu'ils étaient là et l'un des sorts d'Alain s'est emballé pendant que nous essayions de nous défendre et de descendre le sorcier qui avait tué Edwige et Henri, expliqua Thierry. Nous ne savions même pas qu'ils étaient là jusqu'à ce que nous les trouvions morts. La magie d'Alain les a tués et Éric ne pouvait pas lui pardonner. C'était déjà assez horrible, mais en plus, Éric est l'un des deux magiciens qui ont capturé Orlando place Pigalle.

— Et Dieu seul ce qu'il a pu lui faire depuis, cracha Alain alors qu'ils attendaient l'arrivée de la rame sur le quai du métro.

— Tu ne sais pas s'il est responsable de l'une des choses qu'a subies Orlando, contredit Thierry.

— Et tu ne sais pas s'il ne l'est pas, répliqua Alain. Il est tout aussi mauvais que les autres rebelles. J'aimerais qu'il ne le soit pas, mais je ne vois pas comment nous pourrions le nier plus longtemps. Il a lancé le sort qui a kidnappé Orlando et il avait l'anneau d'Orlando. Cela signifie qu'il était assez proche pour le lui prendre et, comme je ne peux imaginer Orlando y renoncer volontairement, ça signifie qu'il l'a obtenu par la force.

— Il est terriblement difficile de prendre quoi que ce soit à un vampire par la force, observa doucement Sébastien, ne voulant pas se mettre entre les deux amis, mais ressentant néanmoins le besoin de défendre Thierry. Orlando est intelligent. Il l'a peut-être donnée au magicien en espérant que ça te conduirait à lui.

— Même si tel était le cas, répondit Alain froidement, alors que l'espoir réchauffait son cœur à l'idée qu'Orlando puisse tenter une telle manœuvre. Cela signifie toujours que Simonet était assez proche d'Orlando pour le lui donner, et je sais à quel point je souffre à cause de lui. S'il croise mon chemin, Simonet est un homme mort.

Les yeux de Thierry s'écarquillèrent. Ils avaient su qu'ils pourraient en arriver là s'ils se retrouvaient face à Éric dans une bataille, mais, d'une manière ou d'une autre, ils avaient toujours échappé à cette éventualité. À cet instant, Alain ne parlait toutefois pas d'une rencontre fortuite. Thierry reconnaissait l'intonation de son ami, et elle était de mauvais augure pour toutes les personnes impliquées.

— Alain, le réprimanda Thierry. Tu sais que nous ne pouvons pas faire ça.

— Il ne sait rien de tel, interrompit Sébastien à l'arrivée du métro.

Ils montèrent et la conversation continua sans relâche.

— Pas plus que ne le ferait Orlando si la situation était inversée. Il n'y a rien de rationnel à ce qu'il ressent, Thierry, et il n'y aura rien jusqu'à ce qu'Orlando soit en sécurité dans ses bras. L'Aveu de Sang ne laisse pas de place pour la pensée rationnelle lorsque ton Avoué est en danger.

La gratitude flamboya un instant dans les yeux d'Alain avant de mourir à nouveau, ne laissant qu'un calme froid et une rage glaciale. Son expression était encore plus cruelle après la lumière d'humanité qu'il avait momentanément montrée à travers son chagrin et sa colère. Une fois de plus, Thierry réalisait à quel point l'absence d'Orlando tourmentait Alain.

— Bon, alors où allons-nous maintenant ? demanda-t-il en changeant de sujet.

— Au nord, répondit Alain avec lassitude. Tous les sites restants, parmi ceux que Raymond n'a pas pu pénétrer lors de son sort de recherche, sont au nord de la ville. À St-Denis et au-delà.

— Combien en reste-t-il ? demanda Thierry.

— Trois, déclara Alain d'une voix tremblante. J'espère seulement qu'il est dans l'un d'entre eux, parce que sinon je ne sais pas où je pourrai continuer à chercher.

— S'il n'y est pas, nous essayerons de refaire un sort de recherche, avec plus de monde cette fois, afin de pouvoir chercher plus loin, lui assura Thierry. Nous ne renoncerons pas, je te le promets.

Alain essaya de répondre par un sourire, mais une secousse de douleur provenant d'Orlando en stoppa l'apparition avant qu'il ne puisse s'épanouir.

— Nous devons nous dépêcher, fit-il les yeux rendus fous de désespoir quand il sentit une autre vague de douleur. Ils le torturent.

— Allez-y, les incita Sébastien, même s'il détestait l'idée que Thierry aille au-devant du danger sans lui. Utilisez votre magie et allez-y. Je vais rentrer au siège de la Milice pour vous y attendre.

— Tu es sûr ? s'inquiéta Thierry.

— Vas-y, sinon il va y aller tout seul, insista Sébastien. Fais attention à toi.

Thierry observa le visage de Sébastien une seconde de plus, puis il se retourna vers Alain.

— Donne-moi l'adresse suivante.

Alain la répéta de mémoire, jetant le sort de déplacement presque avant d'avoir fini de prononcer les derniers mots. Une seconde plus tard, Thierry le suivait, laissant Sébastien seul dans la rame de métro en train d'examiner le plan et de chercher comment retourner au siège de la Milice.

En arrivant à leur destination, Alain n'attendit même pas assez longtemps pour s'assurer que Thierry était bien à ses côtés. Il faisait confiance à l'autre sorcier pour y être, mais plus que tout, il ne pouvait pas laisser Orlando entre les mains des sorciers rebelles plus longtemps. Priant pour ce soit le bon emplacement, il le prit d'assaut, sans plus se soucier de quoi que ce soit, hormis de trouver Orlando. Derrière lui, il pouvait entendre Thierry jurer contre sa témérité, mais même les avertissements de son ami ne pouvaient le retenir davantage. Il trébucha alors qu'il courait, atterrissant sur ses mains et ses genoux, l'épuisement l'accablant, mais il se remit debout, repartant en avant alors que Thierry le rattrapait.

— Tu vas nous faire tuer, le mit en garde Thierry, saisissant son bras pour le ralentir.

Il ne pouvait pas s'empêcher d'être étonné par le regain de vigueur dans les mouvements d'Alain. Il était toujours visiblement épuisé, mais en même temps, il semblait avoir perdu l'attitude d'automate qui avait tant troublé Thierry lorsqu'il l'avait retrouvé plus tôt dans l'appartement d'Éric. C'était peut-être le fait d'avoir quelqu'un à ses côtés. C'était peut-être de savoir qu'Éric avait été suffisamment près d'Orlando pour lui prendre la bague. Quoi qu'il en soit, Thierry espérait que la poussée émotionnelle pourrait surmonter l'épuisement physique pour encore quelques heures.

— Et ça n'apportera rien de bon à Orlando, acheva-t-il.

— Rien à foutre ! cracha Alain. Si nous leur laissons une chance de se reprendre de notre attaque initiale, nous n'arriverons jamais à entrer.

Thierry soupira.

— Très bien, allons-y. J'espère juste que nous survivrons.

XIV

— JE NE sais pas s'il peut nous dire quoi que ce soit d'autre, déclara sérieusement Éric à Serrier. Nous pouvons continuer à essayer différents sorts, mais nous arrivons à un point où nous pouvons prédire quels sont ceux qui vont fonctionner et ceux qui ne le feront pas, donc à ce stade, c'est vraiment une perte de temps. Sans compter qu'il est tellement mal qu'il est difficile d'évaluer l'efficacité des nouveaux sorts. Si nous pouvions le laisser récupérer pendant quelques jours, ce serait différent, mais ce n'est pas non plus une option.

— Alors qu'est-ce que tu suggères ? demanda Serrier.

— Laisse-moi disposer de lui, proposa Éric, l'estomac noué alors qu'il tentait sa première approche. Il est inutile pour nous désormais, il prend juste de la place. Je l'abandonnerai quelque part au soleil afin qu'il ne soit pas retrouvé. Et ce soir avec Vincent, nous pourrons essayer d'attraper un autre vampire, en espérant que nous pourrons le garder un peu plus longtemps cette fois.

— Et nous priver du plaisir de le voir tomber en cendres ? refusa Serrier en secouant la tête. Je ne crois pas, non. Nous le planterons dehors demain, si Claude est fatigué de lui d'ici là.

— Si tu veux avoir le *plaisir* de le regarder brûler, ne le donne pas à Claude, l'avertit Éric. Je doute qu'il soit assez fort pour résister à ce genre de torture, même de nuit.

— Et depuis quand es-tu un expert en vampires ? contesta Serrier.

— Je n'en suis pas un, répondit Éric, bien conscient du champ de mines où il naviguait, mais même un aveugle peut voir à quel point ses réactions ont changé au cours de la journée, depuis que nous avons essayé de le nourrir de force. Il a cessé de se battre comme il le faisait avant, a arrêté d'essayer de s'échapper chaque fois que l'un de nous tourne le dos. Il a abandonné, ce qui me fait dire qu'il est trop faible pour résister à la torture de Claude.

Les yeux de Serrier se plissèrent.

— Je n'en suis pas si sûr. Il n'a pas crié une seule fois depuis la première nuit. Pour moi, cela ne ressemble pas à quelqu'un qui est faible en dépit de la douleur. Certes, nous pouvons faire réagir son corps, mais nous ne l'avons pas brisé.

— En avons-nous besoin ? demanda Éric.

Serrier rit, le son cruel irritant désagréablement les nerfs d'Éric.

— Tu prends des gants avec moi, Simonet, gronda-t-il. Fais attention, je pourrais commencer à me demander où va réellement ta loyauté.

— Là où elle a toujours été, assura Éric au sorcier rebelle, mais cela ne signifie pas que je cautionne la cruauté pour le plaisir d'être cruel. Si je pensais que nous pouvions encore apprendre quelque chose du vampire, ce serait différent, mais le donner à Claude est inutile.

— Je ne t'ai pas entendu te plaindre lorsqu'il s'agissait de la femme, fit remarquer Serrier. Ni concernant l'une des filles que nous avons données à notre vampire préféré. Alors qu'est-ce qui rend ce vampire si différent ?

— Rien, se hâta de répondre Éric. J'ai juste pensé…

— Tu crois peut-être que c'est le bon moment pour tester ma détermination ? demanda Serrier. Il n'y a jamais de bon moment pour ça.

Avant qu'Éric puisse se préparer, un sort de douleur le frappa de plein fouet, le pliant en deux. Il retint un cri, déterminé à ne pas manifester plus de réactions qu'Orlando ne l'avait fait. Usant d'une astuce qu'il avait apprise il y a des années, il ferma les yeux, évoquant une vision de sa première nuit avec Vincent. À ce souvenir, à la fois puissant et chéri, ses endorphines s'activèrent, repoussant la douleur sans avoir à utiliser une magie extérieure que Serrier aurait détectée.

Le deuxième sort le frappa et le blessa plus durement exigeant une plus grande concentration pour la repousser, mais il y parvint après quelques douloureuses secondes. Le troisième sort, cependant, brisa sa transe, l'envoyant se tordre sur le sol. Il ne sut pas combien de temps il resta là, mais des mains fortes soulevant sa tête et un verre d'eau contre ses lèvres le tirèrent finalement de sa torpeur.

— Ça ne s'est pas bien passé, on dirait, observa Vincent à mi-voix tout en aidant Éric à s'asseoir.

Éric secoua la tête, grimaçant quand le mouvement ébranla de nouveau ses nerfs. Le fait même que Vincent mentionne leur plan lui permettait de savoir que son amant avait pris des mesures pour s'assurer qu'ils ne seraient pas entendus.

— Je pense qu'il était plus en colère que soupçonneux, puisqu'il ne m'a pas purement et simplement tué. Il m'a juste torturé un peu. S'il s'était vraiment douté de quelque chose, je serais mort.

— Ce n'est pas particulièrement rassurant.

Éric haussa les épaules.

— C'était un risque calculé. Ils vont tuer Orlando dans la matinée. Nous devons le faire sortir d'ici maintenant.

— Nous ne pouvons pas, répondit Vincent. Claude s'occupe déjà de lui… et bien que ça ne me dérangerait pas de tuer ce salaud, tu n'es pas encore en état d'aider dans un combat, et je ne peux pas le faire tout seul. Il tiendra bien pendant quelques heures, le temps que tu récupères.

Éric aurait voulu le contredire. L'idée que l'homme qui subissait les sorts de Claude était l'amant d'Alain était suffisant pour qu'il repousse ses limites. Toutefois, quand il réalisa qu'il ne pouvait même pas se tenir debout sans l'aide de Vincent, il dut admettre sa défaite.

— J'espère que tu as raison.

— Serrier ne laissera pas Blanchet le tuer. Il veut le regarder brûler au soleil, affirma Vincent avec dégoût. Nous reviendrons avant la tombée de la nuit et nous verrons comment les choses se présentent. Sortons d'ici afin que tu puisses te reposer.

Éric hocha la tête avec précaution.

— Il va falloir m'aider. Je ne pense pas que je peux y arriver tout seul pour le moment.

— Il t'a blessé à ce point ? interrogea Vincent.

— Ouais, ça fait suffisamment mal pour que je ne sois pas sûr d'être capable de me concentrer pour lancer un sort avec précision. Je préfère ne pas essayer.

Il nota l'inquiétude sur le visage de Vincent.

— Oui, c'est un risque, mais pas autant que de rester ici. Emmène-moi chez toi.

Le visage de Vincent se ferma tandis qu'il jetait le sort de déplacement pour les transporter tous les deux dans son appartement.

Déposant délicatement Éric sur le lit, il fit courir ses mains le long de ses membres.

— Où as-tu mal ?

— Partout, haleta Éric, mais je ne pense pas que ce soit quelque chose de tangible. Je ne l'ai entendu jeter que des sorts de douleur.

— Allonge-toi et laisse-moi vérifier quand même, insista Vincent.

Éric s'étendit sur le lit. C'était trop bon de s'allonger pour qu'il proteste avec la moindre crédibilité. Il ignora les contractions de ses muscles endoloris et de ses nerfs maltraités, attendant que les spasmes passent. Vincent le manœuvra doucement pour retirer ses vêtements, examinant soigneusement son corps, mais Éric savait déjà ce que l'autre homme trouverait.

— Aucun saignement, rien de cassé, conclut Vincent avec un soulagement évident dans la voix. Nous avons juste à attendre que les effets s'estompent.

Il poussa la hanche d'Éric.

— Pousse-toi un peu que je puisse m'allonger avec toi. Tu as besoin de dormir, mais j'imagine que ça va prendre un certain temps avant que tu y arrives. Peut-être que nous pouvons réfléchir au moyen de libérer notre vampire en attendant que la douleur diminue suffisamment pour te permettre de dormir.

Éric se déplaça, se lovant dans les bras de Vincent autant que ses membres endoloris le permettaient. Ils restèrent ainsi pendant quelques minutes, les tremblements d'Éric continuant tandis que la magie ravageait son corps.

— Je peux essayer un contre-sort, proposa Vincent après qu'une nouvelle secousse eut agité Éric. Je n'y suis pas particulièrement doué, mais ça pourrait aider un peu.

— Ça vaut la peine d'essayer, admit Éric.

Vincent attrapa sa baguette sur la table de chevet, lançant un sort de guérison sur la silhouette tremblante de son amant. La douleur ne disparut pas complètement, mais suffisamment pour qu'Éric puisse rester allongé relativement tranquillement.

— Merci, murmura-t-il, ses yeux commençant à se fermer maintenant qu'il ne souffrait plus autant.

Soulagé, d'avoir pu aider, Vincent laissa Éric s'endormir. Il conserva toutefois sa baguette fermement dans sa main. Il ne savait pas si quelqu'un risquait de partir à leur recherche, mais il avait l'intention d'être prêt si c'était le cas. Son esprit tournait à plein régime pendant qu'il était là, aux côtés de son amant, échafaudant un scénario après l'autre, essayant de décider celui qui serait le plus susceptible de parvenir à sauver le vampire tout en leur permettant de s'échapper indemne.

Quand Éric finit par s'agiter à nouveau quelques heures plus tard, Vincent était arrivé à une conclusion angoissante. Seuls, ils avaient très peu de chances de succès.

— Tu te sens mieux ? demanda-t-il, se forçant à garder une voix égale.

— Un peu, affirma Éric. Merci.

Vincent haussa les épaules.

— Tu aurais fait la même chose pour moi.

Éric sourit et embrassa doucement le sorcier.

— Quelle heure est-il ?

— Presque la nuit, répondit Vincent. J'ai réfléchi et je n'aime pas la conclusion à laquelle je suis arrivé.

— Qui est ? demanda Éric, se relevant sur un coude pour voir le visage de Vincent.

— Je ne pense pas que nous pouvons faire ça tout seul, mais je ne sais pas à qui d'autre faire confiance.

Les yeux d'Éric se dilatèrent, se demandant si c'était l'ouverture qu'il avait attendue. Prenant une profonde inspiration, il considéra ses options, prit une autre profonde respiration, et se lança :

— Moi je sais.

Vincent cligna des yeux de surprise, ses sourcils se soulevèrent en une question silencieuse.

— La Milice.

— As-tu perdu la tête ? demanda Vincent en s'asseyant et en saisissant les épaules d'Éric. Pourquoi nous croiraient-ils ? Même si le vampire est aussi important pour eux que tu le penses, pourquoi nous aideraient-ils ? Si nous leur donnons les informations dont ils ont besoin, ils se contenteront de le sauver eux-mêmes et nous laisseront en plan.

— Cela serait probablement vrai, si tu appelais, avoua Éric, même s'il supposait que Marcel écouterait quand même. Moi, ils me croiront. Je leur ai fourni des informations depuis le moment où j'ai changé de camp.

— Tu es l'espion ?

Vincent ne pouvait pas réellement réaliser l'ampleur de la révélation. Il savait que le sorcier avait autrefois combattu auprès de Chavinier, mais durant tout le temps où ils avaient été amis, il n'avait jamais eu le moindre soupçon de conflit de loyauté jusqu'à très récemment, et encore, seulement après que Vincent avait eu l'idée de changer de camp. Son ventre se noua alors qu'il se demandait combien d'informations il lui avait fournies par inadvertance au cours des deux dernières années.

— L'un d'entre eux, en tout cas, admit Éric. Je ne sais pas si Monique ou Dominique en étaient, mais je sais que Marcel a de multiples sources de renseignements.

— Alors que faisons-nous ? Nous décrochons le téléphone et nous les appelons ?

— Plus ou moins, répondit Éric. Je connais un numéro qui donne dans le bureau de Marcel. Quand j'ai des informations, je l'appelle. S'il répond, je les transmets. Sinon, je rappelle plus tard. Je ne l'appelle jamais deux fois du même téléphone et jamais plus d'une fois par semaine, sauf si l'information est primordiale.

— Combien lui en as-tu dit ? demanda Vincent, secouant la tête pour se débarrasser du choc de la révélation d'Éric. Et pourquoi diable ne me l'as-tu pas dit plus tôt ?

— L'aurais-tu fait à ma place ? répliqua Éric calmement, même si une partie de lui craignait la réaction de Vincent.

Il ne voulait pas perdre son amant, mais il craignait que ce soit le moment où cela se produirait.

— Je ne connais pas l'identité des autres espions de Marcel, mais je suis sûr d'être celui qui est le plus haut placé. Je ne pouvais pas me permettre de compromettre ça. Et jusqu'à très récemment, je ne savais pas que te le dire serait sans danger. Je suis désolé si cela te blesse – ce n'était pas du tout mon intention –, mais gagner cette guerre est ma priorité.

Sans se soucier des blessures qu'Éric avait subies plus tôt ce jour-là, Vincent écrasa le grand homme sous lui avec un grognement.

— Rien à foutre de tout ça, gronda-t-il. Rien à foutre de la guerre, de la Milice, de Serrier et de tout le reste en dehors de cette chambre. Je suis ta priorité et tu es la mienne.

Éric se disait qu'il devrait contester cette déclaration, mais les mots l'avaient déserté au moment où le poids de Vincent avait pesé sur lui. Lorsque son amant l'écrasait sous lui, toute pensée cohérente s'évaporait, le laissant juste capable de gémir et de céder à la revendication de Vincent.

Submergé par l'intensité de la soumission d'Éric, Vincent déchira ses vêtements, retirant chaque couche de tissu qui les séparait jusqu'à ce qu'ils reposent peau contre peau une fois de plus. Les mains d'Éric sillonnaient son corps, exhortant Vincent, ajoutant au sentiment grisant de domination. Vincent était persuadé qu'il n'en ferait pas souvent l'expérience, aussi chérit-il ce moment, se délectant de la liberté de pouvoir faire à Éric ce qu'il lui plaisait, pour la simple raison qu'Éric était prêt à le laisser faire.

Le grand corps était ferme sous lui, poussant vers le haut pour répondre à chaque poussée vers le bas des hanches de Vincent tandis qu'il écrasait leurs queues l'une contre l'autre, les rendant tous les deux douloureusement durs.

— Quels secrets gardes-tu encore ? demanda-t-il.

— Aucun, jura immédiatement Éric. Ou du moins, pas intentionnellement. Interroge-moi. Demande ce que tu veux et je te répondrai en toute honnêteté.

— Ce n'est pas suffisant, grogna Vincent. Je veux toute la vérité, pas juste une partie.

— Demande, répéta Éric, allongé, parfaitement immobile sous Vincent dans une rare manifestation de soumission.

Il venait de mettre sa vie entre les mains de cet homme. Il devait convaincre Vincent de sa sincérité.

— À quel point ce que tu as dit à Serrier était-il vrai ? demanda Vincent sévèrement.

— Tout, répondit honnêtement Éric. La mort de Danielle, ma colère contre Alain, même ma frustration à la façon dont ça a été pris en charge. Tout était vrai, mais je l'ai exagéré, prétendant que ça perdurait beaucoup plus que ça n'a été le cas. Je savais que c'était un accident de la part d'Alain, même au plus profond de mon chagrin. Je lui en voulais, mais une fois le pire de la douleur passée, j'ai vu qu'il souffrait autant que moi. Marcel m'a convaincu d'utiliser ma perte et ma colère comme une excuse pour changer de camp, disant que Serrier ne croirait jamais rien de moins cataclysmique.

— Donc, tu as fait passer des informations depuis le début ?

Éric hocha la tête.

— Juste des trucs mineurs au démarrage. C'était tout ce que je pouvais trouver, mais les instructions de Marcel étaient claires : faire tout ce qu'il fallait pour grimper dans les rangs de Serrier afin d'avoir accès aux informations plus essentielles. C'est ce que j'ai fait.

— Et ça, c'est pareil ? demanda Vincent, tout à coup glacial. Un autre exemple de ce qu'il faut faire ?

— Non ! s'exclama Éric qui luttait maintenant pour libérer ses mains. Seigneur, non ! Tu es la seule chose positive de ces deux années infernales.

Parvenant enfin à se libérer de la prise de Vincent, Éric prit le visage de son amant en coupe dans ses paumes.

— S'il n'y avait pas eu ton amitié, je serais devenu fou en quelques semaines, à tenter de comprendre comment m'adapter tout en essayant de faire face aux vestiges de la douleur et à tout le reste. Ça…

Il fit un geste entre eux pour les désigner successivement.

—… quoi que ce soit n'était pas prévu. C'est juste arrivé, et je remercie Merlin que ça se soit produit. Je pensais mourir pendant cet espionnage – honnêtement, je m'y attends encore – parce que, franchement, comment Serrier pourrait-il ne pas me démasquer ? Et qui s'en soucierait quand il l'aurait fait ? Et puis tu es arrivé et tu m'as donné une raison de continuer à me battre, de rester en vie avec l'espoir qu'il y aurait une vie après cette guerre. Quelles que soient les émotions que j'ai feintes au service de Serrier, notre relation, elle, est réelle.

Quelque peu radouci, Vincent se détendit, son indignation s'atténuant face aux aveux d'Éric. Il se demandait si le sorcier avait eu l'intention d'en révéler autant qu'il l'avait fait, mais Vincent était particulièrement heureux d'entendre que l'attirance d'Éric pour lui était authentique et que son amant en était même arrivé au point de vouloir – et de croire – à une vie ensemble.

— Nous allons survivre, promit Vincent. Peu importe qui nous devons appeler, nous allons survivre.

Il n'attendit pas la réponse d'Éric, baissant la tête pour reprendre le baiser que ses questions avaient interrompu. Éric lui retourna son étreinte avec ardeur, inclinant sa tête, ses lèvres s'ouvrant pour accueillir la langue de Vincent.

Vincent s'empara de la bouche de son amant, voulant lui vider la tête de toute pensée qui n'impliquerait pas lui-même et ce lit. Il reprit la friction sensuelle, sentant leurs queues reprendre de l'ampleur entre eux, gonfler avec leur désir renouvelé. Rapidement cependant, cela ne fut plus suffisant pour aucun d'eux. Éric gémit doucement, un bruit tellement en contradiction avec sa large stature et sa silhouette très masculine que cela amena un sourire sur le visage de Vincent.

— De quoi as-tu besoin, mon cœur ? le taquina-t-il doucement.

— De toi, répondit Éric simplement. En moi, sur moi, autour de moi, sous moi, ça m'est égal. J'ai seulement besoin de toi.

— Tu m'as, promit Vincent.

XV

ALAIN FIT un pas vers leur cible, la suivante des dernières de la liste de Raymond, et tomba à genoux. Il essaya de se lever, mais ses jambes ne pouvaient tout simplement plus le soutenir. Son expression tourna au désespoir, il rampa un mètre de plus avant que ses bras n'abandonnent également. Il gisait face contre terre dans la boue, les larmes aux yeux, sans autre choix que de reconnaître son incapacité à continuer.

— Tu es épuisé, gronda Thierry pour ce qui semblait être la centième fois ce jour-là, en aidant Alain à se redresser sur ses genoux. Tu ne peux même pas lever ta baguette. Comment crois-tu pouvoir combattre des sorciers rebelles, et encore plus, aider Orlando ?

— Je ne peux pas arrêter maintenant, Thierry, plaida Alain d'une voix affaiblie par la fatigue.

Il savait que son meilleur ami avait raison, mais l'admettre signifiait reconnaître qu'il avait laissé tomber Orlando. Encore une fois.

— Il ne reste plus que deux endroits à fouiller. Je dois continuer.

— Comment ? interrogea le blond. Tu ne peux même pas te tenir debout, encore moins combattre. Peux-tu encore jeter un sort ?

Alain essaya, mais sa magie ne répondit pas à son appel. Les larmes qu'il avait combattues depuis des jours tombèrent enfin, il acceptait la défaite.

— Ramène-moi à la maison, demanda-t-il d'une voix éteinte, pleine de désespoir. Assomme-moi afin que je puisse dormir pendant quelques heures. Nous continuerons à chercher après.

— J'ai une meilleure idée, déclara Thierry, un sourire apparaissant lentement sur son visage. Au lieu de rentrer à la maison, nous allons aller à Notre-Dame. Tu pourras récupérer plus rapidement que partout ailleurs, hormis dans les bras d'Orlando.

— Notre-Dame ? répéta Alain, confus. Pourquoi ?

— C'est vrai, tu as été à l'écart durant toute la journée, s'écria Thierry avec un hochement de tête. Nous avons fait une *petite* découverte la nuit dernière.

Il expliqua rapidement tout en aidant Alain à se mettre debout.

— Le pouvoir de l'église te remettra en état beaucoup plus rapidement que si tu te contentais de dormir. Et en plus, tu seras en sécurité là-bas.

— Si tu le dis, répondit Alain sceptique.

Il faisait cependant confiance à Thierry, il laissa donc son ami jeter un sort pour les emmener sur le parvis. Immédiatement, Thierry ressentit l'appel accueillant des pierres.

— Est-ce que tu le sens ? demanda-t-il à Alain à mi-voix.

Alain secoua la tête, trop faible pour parvenir à étirer ses sens.

— Ça n'a pas d'importance. Je suis si fatigué, je pourrais dormir n'importe où. Aide-moi simplement à entrer et assomme-moi.

La léthargie dans la voix d'Alain dérangeait Thierry plus que tout ce qu'il avait vu ou entendu depuis ses retrouvailles avec son ami ce matin à l'appartement d'Éric. Accompagnant le sorcier à l'intérieur, il guida Alain vers l'une des chapelles latérales possédant un tapis au pied de l'autel.

— Allonge-toi, lui indiqua-t-il. Tu seras en sécurité ici pendant que tu te reposeras.

Alain s'effondra sur les poils rugueux du tapis, fermant déjà les yeux alors qu'il luttait contre le sommeil.

— Viens me chercher s'il se passe quelque chose, pria-t-il. Je dois être là si… quand nous trouverons Orlando.

— Dors, ordonna Thierry, le commentaire ne s'adressant pas à Alain.

Il comprenait le désir de son ami, mais à cet instant, c'était vraiment un débat stérile. Son besoin mis à part, Alain n'avait tout simplement plus de force. Un petit sort lui fit perdre conscience, permettant à Thierry de réfléchir à ce qu'il fallait faire ensuite. Après avoir sollicité la chapelle pour s'assurer qu'Alain ne serait pas dérangé, il jeta un sort de déplacement qui le ramena au siège de la Milice.

Il courait dans les rues derrière la femme. Son visage ne lui était pas familier, mais il lui faisait implicitement confiance tandis qu'elle le conduisait à travers des passages souterrains et des tunnels cachés, s'arrêtant ponctuellement pour murmurer un mot de passe magique, leur permettant de franchir les écueils et les pièges sains et saufs sur le chemin menant à Orlando. Il ne l'aurait pas suivie seul comme cela pour n'importe qui d'autre, mais pour Orlando, il était prêt à prendre tous les risques, toutes les options, si elles permettaient de sauver son amant avant qu'il ne meure de faim, d'épuisement, ou de maltraitance.

Il avait depuis longtemps perdu la notion de l'endroit où ils étaient. Seule la certitude de pouvoir utiliser un sort de déplacement pour s'échapper, si elle se jouait de lui, l'empêchait de partir. À gauche, à droite, en haut et en bas d'escaliers, dans des ruelles biscornues et des labyrinthes impossibles, il la suivait, la gardant toujours en vue. Enfin, ils sortirent à l'air libre, sur le sommet d'une colline, surplombant une vallée avec une énorme enceinte au centre.

— Ici, lui dit-elle à mi-voix. C'est là que Serrier le retient.

— Et comment allons-nous là-bas ? demanda-t-il.

— C'est la partie compliquée, admit-elle. Je pourrais t'amener là-bas sans risque, mais une fois que nous traverserons les sorts, il saura que tu es là. Il s'agit donc de savoir qui sera le plus rapide… nous à rejoindre Orlando, ou lui à nous intercepter.

— Je n'ai pas le choix, lui rappela Alain. Je ne peux pas laisser Orlando ici plus longtemps. Je peux à peine le sentir désormais.

La femme hocha la tête.

— Alors, allons-y.

Alain se raidit pour le déplacement alors qu'elle les transportait tous les deux au bord de l'enceinte. Comme elle l'avait fait pour chacune des protections précédentes, elle commença à chanter doucement jusqu'à ce que le sort s'effondre et les laisse passer. Cette fois, cependant, quand il passa à travers, juste derrière elle, des alarmes se mirent en route.

— Dépêche-toi, ordonna-t-elle, se mettant à courir en le conduisant plus profondément dans le dédale des bâtiments.

Alain courut derrière elle, juste sur ses talons. Il sortit sa baguette pour être prêt en cas de combat, mais elle semblait avoir un don pour éviter les sorciers rebelles. Enfin, elle le conduisit dans une sorte de garage de mécanique, équipé de divers outils et accessoires. À y regarder de plus près, cependant, il révélait le sinistre usage de la salle. Ce n'était pas des outils ordinaires, mais plutôt des instruments de torture. Des instruments qui avaient été utilisés sur son amant, Alain en était sûr.

— Où est-il ? questionna-t-il.

La femme désigna une boîte bizarre en forme d'œuf de l'autre côté de la pièce, le plastique blanc opaque dissimulait son contenu. Les yeux d'Alain s'écarquillèrent tandis qu'il le détaillait, réalisant qu'Orlando avait dû se recroqueviller en position fœtale pour parvenir à entrer dedans. Sa colère prenant des proportions cosmiques, Alain traversa la pièce, s'attaquant aux écrous d'ouverture qui maintenaient les deux côtés de la boîte fermée. À l'intérieur, il pouvait entendre un gémissement, un mélange de peur et de douleur, ce qui lui déchirait le cœur.

— C'est moi, Orlando, appela-t-il en libérant le premier écrou et s'activant déjà sur le deuxième. C'est Alain.

Les sons de détresse s'accrurent simplement, l'incitant à accélérer. Ses ongles se brisèrent dans sa hâte, mais il remarqua à peine la douleur. Il n'avait plus qu'une pensée désormais : atteindre Orlando. Le deuxième écrou céda et, finalement, il l'arracha. Le couvercle tomba sur le côté révélant la silhouette meurtrie de son amant. Les yeux d'Orlando étaient vides, il se recula contre la paroi du fond de sa prison.

— Orlando, l'amadoua Alain. C'est moi. Viens, sortons d'ici.

Orlando secoua violemment la tête.

— Tu n'es qu'un autre piège, cracha-t-il. Tu me feras du mal, comme tous les autres. Va-t'en et laissez-moi mourir.

Un sanglot s'étrangla dans sa gorge, Alain tendit les bras à l'intérieur, enveloppant Orlando dans une tendre étreinte. À son grand soulagement, les yeux sombres se portèrent lentement sur lui et une main couverte de sang se leva vers sa joue.

— *Alain ?*

La voix d'Orlando tremblait, geignarde.

— *C'est moi, mon ange, l'apaisa Alain. Je suis là. Nous allons te sortir d'ici maintenant. Je te le promets.*

Il se retourna vers son guide au moment où les portes s'ouvraient brusquement et où des sorciers rebelles entraient de toutes parts. Le bon sens lui dictait de foutre le camp de là, mais il ne pouvait pas l'emmener avec lui et il ne laisserait pas son amant seul. Postant son corps entre Orlando et le danger, il jeta un Abattoir sur le magicien le plus proche. Avant qu'il ne puisse en jeter un second, la femme lança un sort de déplacement sur lui et Orlando, les envoyant dans un endroit sûr.

Soulagé, il étreignit son amant, embrassant tendrement la silhouette martyrisée. Sous la sueur et le sang, il pouvait encore sentir la douce odeur d'Orlando. Tendrement, il caressa ses longs cheveux, ignorant le sang qui y était mêlé. Il y aurait du temps pour le nettoyer, du temps pour qu'Orlando guérisse. Pour l'instant, Alain avait juste besoin de tenir son vampire contre lui. Orlando se cramponnait à lui comme un homme qui se noie s'accroche à une bouée de sauvetage, son contact apaisant ses craintes, profondément enracinées en Alain, que la torture qu'il avait subie puisse empêcher le vampire de profiter à nouveau d'un réconfort physique. Prenant une profonde inspiration, il releva le menton de son amant, il avait besoin de l'embrasser avant d'offrir son cou à son amant pour le nourrir. Il baissa la tête, ne rencontrant que du vide au lieu des lèvres douces qu'il aimait.

— *Orlando !*

Le son de sa propre voix sortit Alain de son rêve et de son sommeil, un sanglot silencieux s'échappa de ses lèvres quand il réalisa où il se trouvait. Il ne savait pas pourquoi il s'était réveillé, puisqu'il pouvait clairement se souvenir du sort que Thierry avait lancé pour l'assommer. Son rêve devait avoir été particulièrement puissant, assez réel pour troubler cette magie.

Il ne voulait rien de plus que de replonger dans son rêve, afin de pouvoir retrouver Orlando et le tenir, l'embrasser, le nourrir, même si c'était uniquement dans son esprit… mais le sommeil s'avéra insaisissable, la dernière image d'Orlando lui échappant, encore trop présente pour qu'il l'ignore. Avec une soudaine panique, il réalisa qu'il ne pouvait plus sentir la présence d'Orlando en arrière-plan de son esprit, comme il avait toujours pu le faire, il abaissa complètement ses boucliers. Luttant contre la bile qui remontait dans sa gorge, il tenta de concentrer ses sens, se rappelant qu'il avait épuisé ses ressources magiques pour rien et que c'était sans doute la raison pour laquelle il ne parvenait pas à percevoir instantanément le contact d'Orlando.

Oublieux de l'endroit où il se trouvait, un long gémissement de lamentation lui échappa tandis que les secondes s'écoulaient sans aucune trace d'Orlando. Le cœur battant, l'esprit s'affolant en imaginant les pires scénarios, il combattit la nausée qui menaçait de le submerger. Orlando ne pouvait pas être parti. Cela ne faisait pas encore quatre jours. Sébastien avait dit qu'Orlando pourrait tenir quatre jours sans s'alimenter et, même si la magie de Serrier pouvait nuire à Orlando, elle ne devrait pas être en mesure de le détruire. S'ils l'avaient exposé au soleil ou l'avaient fait brûler, il l'aurait certainement senti, même s'il n'avait pu l'empêcher. À moins que ce ne soit la raison de son rêve ? Il se recroquevilla sur lui-même, plongeant plus profondément, n'usant pas uniquement de ses ressources personnelles, mais de celles du locus autour de lui jusqu'à ce qu'il le sente enfin à nouveau, une minuscule étincelle de contact qui lui assura qu'Orlando continuait à exister.

S'accrochant à cette petite flamme de toutes ses forces, il essaya de renforcer le lien, pour rétablir la connexion qui le maintenait sain d'esprit. Lentement, trop lentement pour sa tranquillité d'esprit, il revint à la vie, jusqu'à ce qu'il puisse sentir Orlando sans se concentrer. Puis la vive douleur d'une entaille le percuta, lui coupant le souffle et le laissant tremblant.

C'était différent cette fois. Ce fut la première chose dont il eut conscience quand il parvint à juguler la nausée fulgurante qui l'avait frappé sous la douleur d'Orlando. Il était incapable de dire en quoi c'était différent ni comment il le savait, mais il savait que ça l'était, et cela ne fit qu'ajouter à l'inquiétude qui le secouait.

Thierry avait dit que Notre-Dame était le site d'un locus, et Alain pouvait sentir le pouvoir chanter dans l'air maintenant qu'il était moins fatigué. Il se demanda s'il pouvait puiser en lui pour renforcer son lien avec Orlando, peut-être même au point de détecter son emplacement. Il ne restait plus que deux endroits sur la liste que Raymond lui avait donnée – même si Serrier pouvait avoir déplacé Orlando depuis la veille, une tactique qu'il avait utilisée dans le passé –, mais il voulait plus de certitude. Il avait besoin que son amant soit à ses côtés à nouveau. Maintenant.

Prenant une profonde inspiration, il se concentra sur l'énergie dans l'air, canalisant son pouvoir tandis qu'il commençait à chercher.

TRÉBUCHANT À genoux quand ses gardes le libérèrent, Orlando resta où il se trouvait jusqu'à ce qu'il entende la porte de sa cellule se refermer derrière eux. Une fois certain d'être seul, il rampa vers le lit, se laissant tomber sur la surface bosselée, essayant de trouver une position qui ne le ferait pas souffrir. La torture n'avait pas été magique cette fois, mais physique. Son dos le piquait vicieusement en raison du fouet que son tortionnaire avait utilisé, ramenant à sa mémoire des souvenirs précis des jours où il avait été à la merci de son créateur. Au moins, ça avait été uniquement physique, pas sexuel cette fois. Pour Alain, il pourrait tenir, supporter les coups et tout ce que le sorcier rebelle infligeait à son corps, mais il ne savait pas si la pensée de son amant suffirait à le soutenir si on le violait à nouveau.

Parvenu à s'installer aussi confortablement que possible avec son dos en feu et aucune possibilité de le soigner, il laissa dériver son esprit vers les souvenirs des jours et des nuits passées au côté d'Alain au cours des dernières semaines. Il n'avait jamais imaginé qu'il pourrait trouver un amant, n'avait jamais osé espérer en avoir un. Il avait son amitié avec Jean et il s'était convaincu que cela serait suffisant. Jusqu'à ce qu'Alain apparaisse dans son horizon, jusqu'à ce qu'il réalise tout ce qu'il ratait, tout ce qu'il pouvait ressentir.

Fermant les yeux, il laissa sa main glisser sur sa poitrine, imaginant que c'était Alain qui le touchait, le réconfortait, le guérissait. Il savait que la magie de son amant ne fonctionnerait pas sur lui, bien sûr, mais la simple sensation des doigts d'Alain sur son corps pourrait guérir quelque chose de beaucoup plus important que les lacérations sur son dos. Au fil du temps, ils étaient devenus amants, Alain avait commencé à guérir son cœur.

Ses doigts trouvèrent ses mamelons, pour le moment encore indemnes, bien qu'Orlando ne sache pas combien de temps cela durerait, et tourna doucement autour. Son créateur avait découvert dès le début à quel point ils étaient sensibles et s'était souvent concentré sur eux lors de ses tortures. Il choisit cependant de ne pas s'attarder sur ces souvenirs, se focalisant plutôt sur le rappel des mains et de la bouche d'Alain qui les taquinaient pour les rendre durs, prodiguant une tendresse affectueuse aux bourgeons endoloris.

Le doux, bienveillant Alain qui se contenait patiemment, peu importe ce que cela lui coûtait, afin qu'Orlando puisse faire un minuscule pas en avant jusqu'à ce qu'il parvienne à faire confiance à nouveau. Orlando ravala un sanglot pour tout ce qu'il leur avait refusé avec sa peur. Il pourrait blâmer son inexpérience avec attendrissement, mais à la base de tout, il y avait son refus d'abandonner le contrôle à qui que ce soit, même à quelqu'un qui n'en abuserait jamais.

Il lui avait fallu être de nouveau entre les mains d'un monstre pour prendre vraiment en compte l'ampleur de la différence. De nouveau confronté à la folie sadique, il se souvenait des signaux, des petits tics qui trahissaient les intentions du sorcier rebelle, autant qu'ils avaient trahi le créateur d'Orlando une centaine d'années plus tôt. Un maniérisme qui était totalement absent du comportement d'Alain. Qu'il ait pu confondre les deux était désormais incompréhensible pour lui, mais ses craintes avaient semblé si parfaitement raisonnables à l'époque. Il ne savait pas combien de temps il pourrait encore survivre, mais s'il parvenait à s'échapper, ou si Alain le sauvait, il ne referait pas la même erreur.

Laissant sa main dériver plus bas, il se concentra pour faire abstraction de la douleur que son corps continuait à ressentir, songeant à des souvenirs plus heureux, à des sensations plus douces. Il imaginait les mains d'Alain sur lui, caressant son ventre, jusqu'à son sexe. Il laissait rarement son amant le toucher de cette façon, mais le souvenir de ces quelques fois réchauffait à présent le vampire. Il s'attarda sur l'amour qui avait toujours imprégné les caresses d'Alain, avant même qu'ils n'aient prononcé ce mot. Leurs vies avaient été liées, semblait-il, depuis le moment où ils s'étaient rencontrés, l'affinité entre eux avait été physique, émotionnelle et magique. Rien d'autre que la mort d'Alain ne pourrait briser ces liens, mais Orlando se demanda brièvement s'ils pouvaient aussi faire reconnaître leurs vœux légalement. Reportant cette question à plus tard – lorsqu'ils seraient réunis –

Orlando se concentra sur ce qu'il ressentait, sur la projection de ces sentiments à l'extérieur de sorte que, même s'il ne revoyait jamais Alain, son amant puisse savoir que ses dernières pensées avaient été pour lui.

Affamé de douceur après trois jours de violence magique et désormais physique, le corps d'Orlando s'éveilla rapidement au contact doux, des souvenirs incendiaires enflammèrent le sang du vampire et embrassèrent ses reins. Il se caressa plus rapidement, se procurant activement le plaisir physique qui s'accordait à ses souvenirs, utilisant cette barrière entre lui et les tortures que les sorciers rebelles lui avaient infligées.

Une partie de lui le mit en garde contre la perte du peu de force qu'il possédait pour obtenir ce plaisir égoïste, mais Orlando avait besoin de cet ultime lien pour sa santé mentale, pour son amour, pour un instant dans un monde dénué de douleur et de solitude. Si cela signifiait que sa fin arriverait plus vite, au moins il l'accueillerait avec un sourire sur les lèvres et avec la certitude d'avoir aimé et d'avoir été aimé. Il ne voulait pas qu'Alain souffre de sa perte, mais cela semblait inévitable à présent. Bien qu'Orlando ait essayé de garder espoir, il savait qu'il ne pourrait pas durer beaucoup plus longtemps, surtout s'il continuait à perdre du sang. Peut-être qu'il disparaîtrait tout simplement quand il jouirait. Un sourire naquit furtivement sur ses lèvres à cette pensée. S'il devait abandonner Alain, il ne pouvait pas imaginer une meilleure façon de le faire.

Son corps trembla quand il trouva sa libération, mais son dos continua à le faire souffrir, ses poumons continuèrent à s'activer et, une fois qu'il fut redescendu des cimes extatiques, son esprit continua à fonctionner, son lien avec Alain s'accentuant encore plus nettement. S'accrochant à ce contact, il projeta ses émotions vers son amant, espérant qu'Alain percevrait ses pensées.

La vague de force et d'amour qui se déversa en retour laissa Orlando pantelant. La douleur, le désespoir, la fatigue s'évanouirent dans son sillage. Il tendit une main dans son dos, ses doigts cherchant les traces laissées par le fouet du sorcier rebelle. Elles étaient toujours là, mais moins béantes, comme s'il s'était alimenté au lieu de se masturber. À sa grande surprise, il se sentait également plus fort. Il n'avait aucune explication pour ce qu'il ressentait, mais il savait que c'était indéniablement réel.

— Merci, chuchota-t-il à la salle vide, espérant qu'Alain réaliserait que son contact l'avait aidé.

Même si ce n'était pas le cas, Orlando ne pouvait qu'aimer davantage son magicien.

116

XVI

— FAITES VENIR tout le monde, ordonna Serrier en arpentant la pièce comme un lion en cage. Quiconque ne sera pas ici dans une heure, sera viré. Je ne sais pas comment la Milice a découvert l'emplacement de nos bases les plus secrètes. Payet ne savait rien à leur sujet. Monique n'en savait rien non plus, et je doute sérieusement que ce garçon empoté ait su quoi que ce soit à leur sujet. Malgré tout, Chavinier est au courant, et il s'approche trop pour notre confort. Nous allons nous regrouper quelque part où ils ne penseront jamais à chercher.

— Où ? demanda Vincent.

Il évita délibérément de croiser le regard d'Éric tout en réfléchissant en quoi ces nouvelles pourraient modifier leurs plans. Ils n'avaient pas réussi à joindre Chavinier après leurs ébats frénétiques, mais Éric lui avait assuré que le vieil homme serait de retour dans son bureau dans la soirée. Ils avaient prévu de rappeler, mais maintenant Vincent se demandait s'ils seraient en mesure de sortir.

— Vous le saurez quand nous y arriverons, répondit Serrier. Jusqu'à ce que je découvre comment fait Chavinier, je ne dirai rien à personne. Et une fois que nous nous serons déplacés, personne ne partira jusqu'à ce que les attaques cessent. Je ne laisserai pas tomber maintenant tout ce pour quoi j'ai travaillé !

Un murmure inquiet traversa la salle, mais personne n'exprima ses préoccupations à voix haute.

— Qu'en est-il du vampire ? demanda Simon.

— Nous l'amenons avec nous. Nous pourrons le mettre dehors tout aussi bien là où nous allons que nous le pouvons ici, répondit Serrier. Je ne veux pas le laisser ici et que la Milice le trouve.

— Il y a beaucoup plus de chance qu'ils relâchent un peu leur poursuite s'ils le récupèrent, hasarda Éric, prenant le risque calculé de parler tout haut.

— Ce serait admettre la défaite ! rugit Serrier. Je ne vais pas donner à Chavinier ce qu'il veut.

Une autre vague de murmures fit le tour de la salle, un peu plus fort cette fois alors que les indices de la folie de Serrier commençaient à être visibles, mais pas un seul des sorciers assemblés n'osa le défier, aucun d'eux n'étant certain que les autres le soutiendraient, ou même simplement le laisseraient se battre.

— Allons y, aboya Simon, brisant la tension dans la pièce. Contactez tous ceux à qui vous pouvez penser. Vous avez une heure.

La foule se dispersa. Vincent croisa le regard de son amant au-dessus des têtes des magiciens qui partaient, mais Éric secoua légèrement la tête. Quoi qu'il arrive ensuite, il semblait qu'ils seraient tout seuls finalement. Ils devraient simplement rester vigilants et profiter de la moindre occasion qui se présenterait.

— VA TE reposer, dit Jean à Raymond. Mireille dit que monsieur Lombard sera de retour ce soir. Je vais l'attendre. Si j'apprends quoi que ce soit, je viendrai immédiatement.

— Tu vas te contenter de rester assis devant sa porte ? interrogea Raymond.

— C'est exactement ce que je compte faire, admit Jean. Nous sommes à court d'options et à court de temps. Notre seul espoir réside dans les mystérieuses connaissances accumulées dans la tête de Lombard ou dans sa bibliothèque, et je ne veux pas attendre une minute de plus que nécessaire une fois qu'il sera de retour.

Raymond fronça les sourcils, mais il ne pouvait guère contredire l'affirmation de Jean selon laquelle ils étaient à court d'options. Les recherches d'Alain n'avaient rien apporté, le laissant épuisé, mais pas plus proche de trouver Orlando. Les attaques fulgurantes et sauvages autour de la ville avaient cessé, laissant un calme étrange et aucune indication sur la position de Serrier. Sébastien n'avait pas de nouvelles idées, même avec sa connaissance plus intime du lien qu'Alain et Orlando partageaient. S'ils voulaient sauver le vampire capturé avant que sa force l'abandonne ou avant que Serrier se soit lassé de le torturer, ils avaient besoin d'un nouveau plan.

— Très bien, mais, emmène ça avec toi, décréta Raymond en attrapant son manteau sur le crochet. Il est ensorcelé pour rester chaud, peu importe à quel point il fait froid dehors. Je sais que tu n'es pas aussi sensible à la température que moi, mais je ne veux pas que tu puisses souffrir du moindre inconfort en restant exposé.

Jean sourit avec reconnaissance et enfila le manteau, ressentant immédiatement sa chaleur comme une tendre étreinte.

— Je reviendrai dès que je saurai s'il est au courant de quelque chose, répéta-t-il.

— Sois prudent, conseilla Raymond, boutonnant le manteau puis prenant les joues de Jean en coupe entre ses mains. Je ne sais pas ce que Serrier manigance, mais je n'ai aucune confiance en cette soudaine accalmie. Il s'en est déjà pris aux vampires une fois. Il pourrait recommencer.

— Je ne recherche pas un combat, lui assura Jean. Je veux juste trouver Orlando.

Raymond grogna, incrédule.

— Raconte-moi autre chose. Tu ne le recherches peut-être pas activement, mais je sais que tu veux te venger, pour Karine, et pour Orlando, alors ne me fais pas croire que tu vas rester en dehors d'un combat s'il te tombe dessus.

— Je resterai à l'abri, je te le promets, affirma Jean, touché par l'inquiétude de Raymond. Oui, je veux ma vengeance, mais j'ai une raison de survivre à cette guerre... et elle est encore plus importante que la vengeance.

Raymond sourit doucement.

— C'est bon à savoir.

Il embrassa tendrement Jean, à peine un effleurement de ses lèvres, mais le vampire avait d'autres idées, il emprisonna la bouche de son amant et la ravagea profondément avant de se décider à s'écarter.

— Repose-toi un peu. Si ça se passe comme je l'espère, tu en auras besoin avant que la nuit ne s'achève.

Laisser Jean passer la porte seul était l'une des choses les plus difficiles que Raymond ait jamais faites, mais son amant avait raison, il avait besoin de se reposer. L'ensemble de la Milice était surmené, mais, Alain, Thierry et lui avaient effectué beaucoup plus que leur part de travail : Alain en raison de son besoin désespéré de trouver Orlando, Thierry parce qu'il ne voulait pas laisser Alain combattre seul, et Raymond parce que son expérience passée auprès de Serrier lui donnait une vision des choses que les autres ne possédaient pas. Si Jean avait raison et que monsieur Lombard pouvait les aider à trouver Orlando, ils auraient besoin de tous les avantages qu'ils possédaient pour affronter le lion dans sa tanière. Raymond ne voulait pas être celui qui les ralentirait. S'écroulant sur le canapé, il réprima un sourire, alors que dans sa tête, la voix de Jean le grondait pour qu'il le transforme en un vrai lit afin de pouvoir dormir correctement.

Dans l'air froid de l'hiver, Jean sentait la chaleur du manteau de Raymond – de sa magie – autour de lui, semblable à l'étreinte d'un amant, le protégeant du froid et du vent comme le magicien l'avait promis. Il remonta le col contre la bruine légère, regrettant que le manteau n'ait pas de capuche. Il devrait se blottir contre l'entrée et espérer que la pluie ne se renforcerait pas, sans quoi avec un manteau ou pas, il serait trempé sous peu.

Le trajet jusqu'à la maison de son mentor prit plus longtemps que prévu, une grève dans le métro menaçant les lignes de bus et les rues. Jean fut tenté de sortir et de s'y rendre en marchant, sachant qu'avec sa vitesse surnaturelle, il arriverait plus vite que les transports publics ou le taxi qu'il avait hélé dans l'espoir de gagner du temps, mais le soleil commençait à peine à descendre. Il ne voulait pas attirer l'attention sur lui avant qu'il ne fasse totalement sombre, au cas où l'un des sbires de Serrier l'observerait.

La maison de monsieur Lombard était encore sombre quand il y arriva finalement, mais ce n'était pas très surprenant. Le vieux vampire évitait toujours l'électricité, il préférait la lumière chaude d'un feu ou de lampes à pétrole à la froideur artificielle des ampoules. La nuit était complètement tombée quand il s'avança à travers les rues étroites de l'île Saint-Louis vers sa destination, il frappa avec espoir à la porte, mais personne ne répondit. Heureusement, la pluie s'était calmée. La nuit était toujours froide et brumeuse, mais le manteau de Raymond suffisait à le protéger, le rendant d'autant plus heureux d'avoir un magicien pour amant, partenaire et ami.

Jean secoua la tête en pensant à lui. Ils étaient parvenus si loin, dans un temps si court. Cela lui donnait de l'espoir pour l'avenir, pour l'alliance et au-delà. Si deux individus aussi disparates, aussi solitaires que Raymond et lui-même pouvaient se mettre ensemble et forger un partenariat qui fonctionnait au point de commencer à construire une vie ensemble, d'autres pourraient sûrement faire de même. Avec l'expansion de cette compréhension, la tolérance se propagerait au-delà des magiciens, à l'ensemble de la société. Il n'était pas naïf. Il savait que cela ne se ferait pas du jour au lendemain, mais il était un homme patient. Même s'il devait patienter le temps d'une vie d'un homme mortel, il vivrait assez pour voir le changement.

Marcel l'avait informé plus tôt dans la soirée des progrès du projet de loi sur l'égalité des droits, assurant qu'il passerait devant le Parlement dans un jour ou deux pour le vote qu'il avait demandé. Les nouvelles l'avaient réjoui autant que possible étant donné la situation actuelle. Quoique l'alliance ait réussi ou échoué à faire, il aurait atteint son but en assurant une égalité juridique à son espèce. Il savait que faire adopter la loi était, à bien des égards, la première étape plutôt que la dernière, mais c'était un énorme pas en avant, celui qui donnerait aux vampires le coup de pouce pour exiger le respect que méritait leur âge et leur expérience. Avec des magiciens comme Marcel, Raymond, Thierry et, avec de la chance, Alain à leur côté, ils gagneraient aussi cette bataille, en son temps. Mais d'abord, ils devaient vaincre Serrier ou tout le reste serait vain. Si le sorcier rebelle gagnait, les lois adoptées au Parlement vaudraient moins que le papier sur lequel elles étaient écrites ou l'encre utilisée pour les imprimer. Le comportement de Serrier avait déjà prouvé qu'il se croyait au-dessus de la loi, et le fait que les vampires – la plupart d'entre eux, en tout cas – avaient activement pris parti pour la Milice ferait d'eux la cible de la vengeance des sorciers rebelles s'ils gagnaient la guerre. Jean ne croyait pas que cela puisse encore se produire. Cela avait été une réelle préoccupation quand ils avaient formé l'Alliance, mais les effets à long terme du lien des partenariats avaient fait beaucoup plus pour aider leurs efforts que d'ajouter simplement quelques combattants supplémentaires dans les rues. Il avait senti la puissance que Raymond avait invoquée et canalisée au cours du Piège-Pouvoir et également quand il cherchait Orlando. Serrier aurait besoin d'être particulièrement puissant pour résister ne serait-ce qu'à l'une de ses unions et, bien plus encore, pour faire face à l'ensemble de celles de la Milice.

Si seulement ils pouvaient le trouver.

— QU'ALLONS-NOUS FAIRE ? souffla Vincent en attirant Éric dans un couloir vide dès qu'ils furent assez loin pour ne pas être entendus.

— Je ne sais pas, murmura Éric. Je ne peux pas sortir pour contacter notre ami et même si je le pouvais, je ne sais pas où nous allons et donc je ne peux pas lui donner d'emplacement.

— Alors nous allons avec lui ?

Éric haussa les épaules, impuissant.

— As-tu une meilleure idée ? Je n'ose insister pour l'instant, pas après ce que j'ai dit. Il ne me fait pas confiance en ce moment, et si nous ne faisons pas attention, il va cesser de te faire confiance par association.

— Je me fous qu'il puisse avoir confiance en moi, répliqua Vincent. Je veux juste récupérer le vampire et foutre le camp loin de lui.

Éric hocha la tête, l'esprit en ébullition.

— Essaye d'être celui qui déplacera Orlando, le moment venu. Lorsque Serrier en donnera l'ordre, jette ton sort et part. Emmenez-le au siège de la Milice, tu sais où ils sont. Tu n'auras pas besoin de moi. Le vampire sera suffisant pour te permettre de rentrer et d'être protégé. Je te rejoindrai quand je le pourrai.

— Putain, pas question ! protesta Vincent d'une voix puissante en dépit de son murmure. Je ne vais pas te laisser faire face à la colère de Serrier quand il réalisera qu'il a perdu son trophée. Tu l'as dit toi-même, il te soupçonne déjà. Si le vampire manque à l'appel, il va te tuer, même si tu es resté avec lui.

— C'est le risque que j'ai pris quand j'ai accepté de faire ça, répondit Éric, repoussant négligemment cette préoccupation.

— Ce n'est pas un risque que moi j'ai accepté, le contra Vincent. Nous nous chargeons de ça ensemble, ou pas du tout. Je ne vais pas te laisser payer le prix de ma défection.

— Ça vaudrait la peine de savoir que tu es en sécurité, avoua Éric doucement.

— Je préfère mourir avec toi à mes côtés que vivre sans toi, protesta Vincent. Nous agissons ensemble ou pas du tout.

Pas du tout n'était plus une option dans la tête d'Éric. Ses sorts avaient détecté la présence d'Alain et de Thierry, seulement quelques minutes après qu'il soit parti. Quand il était revenu dans son appartement plus tard, l'anneau du vampire avait disparu, confortant sa détermination à réunir les deux hommes qu'il avait involontairement séparés. Il se souvenait encore trop clairement de son chagrin à avoir perdu Danielle. Il ne condamnerait pas Alain à ça, s'il avait d'autres choix.

— Alors je suppose que nous devrons le faire ensemble.

— Nous pourrions le faire maintenant, suggéra Vincent. Il suffit de le récupérer et de disparaître.

— Nous ne passerions jamais les sorts, répondit Éric. Ne sens-tu pas que Serrier les a renforcés ? Ils continuent à laisser les gens entrer, mais jusqu'à ce qu'il soit prêt à partir, ils ne laisseront personne sortir. Quoi qu'il ait prévu, c'est son dernier coup de poker, un lancer de dés qui lui offrira la victoire ou lui fera complètement perdre la guerre.

— Est-ce que tu as des doutes ? demanda prudemment Vincent.

Éric grogna.

— Sûrement pas. Si Serrier gagne, les tortures de Blanchet deviendront la norme. Je ne pourrais plus me regarder dans une glace si je laisse cela se produire.

Vincent sourit.

— Bien. Alors, allons chercher le vampire. Nous pourrons utiliser ta première suggestion – ensemble – lorsque Serrier lèvera les sorts.

LA NUIT se refroidit alors que Jean attendait, il se leva pour faire quelques pas avant de retourner à sa veille sur le perron de monsieur Lombard. Son estomac s'agitait désagréablement chaque fois qu'il songeait au passage du temps, il avait conscience de se rapprocher de l'échéance envisagée par Sébastien concernant la survie d'Orlando et cela pesait lourdement sur ses pensées. Si Serrier pensait qu'Orlando n'était plus d'aucune utilité, le sorcier rebelle chercherait certainement à se débarrasser de lui. Désormais, il savait que la plupart des choses ne pouvaient pas lui faire du mal, le sorcier rebelle devrait donc se résoudre à se tourner vers des méthodes qui avaient fait leur preuve pour mettre fin à l'existence d'un vampire. La lumière du soleil et le feu. Jean avait révélé ces méthodes lui-même, sans jamais penser que ses mots se retourneraient contre son meilleur ami.

Il espérait qu'Orlando serait inconscient d'ici là, s'il en arrivait là. Jean avait déjà vu des vampires brûlés par le soleil. Pas souvent, heureusement, mais les souvenirs restaient gravés dans sa mémoire, la souffrance qu'ils enduraient quand ils n'étaient pas détruits immédiatement et que leurs corps se réduisaient en cendres, douloureusement, centimètre par centimètre. L'idée qu'un tel tourment soit infligé à Orlando déchirait son âme. Il avait déjà sauvé le jeune vampire une fois de la torture, seulement pour le faire souffrir à nouveau… et cette fois, Jean était impuissant à l'arrêter.

— Jean ?

La voix de Lombard jaillit à travers l'air glacial.

— Qu'est-ce que tu fais là ?

Se mettant debout avec raideur, Jean fit face à son mentor et prédécesseur.

— Je suis venu implorer ta pitié. Les sorciers de Serrier ont enlevé Orlando il y a trois jours et nous n'arrivons pas à le retrouver.

XVII

ÉRIC ET Vincent arrivèrent à la cellule d'Orlando pour découvrir que Simon les avait devancés.

— Allez à l'étage, ordonna celui-ci. Pascal sera bientôt prêt à partir et vous ne voulez pas être abandonnés en arrière. Il a décidé de déplacer tout le monde lui-même afin de ne pas avoir à se soucier que quiconque puisse se perdre en cours de route.

Vincent avait attrapé sa baguette, de toute évidence avec l'intention de se débarrasser de Simon, mais Éric secoua la tête.

— Merci de nous avoir avertis, dit-il simplement, inclinant la tête pour indiquer à Vincent de le suivre.

— Nous aurions pu l'éliminer, souffla Vincent quand ils furent seuls.

— Oui, nous aurions pu, admit Éric, mais quand nous serions remontés à l'étage avec le vampire, Serrier aurait exigé une explication que je préfère ne pas avoir à donner, même s'il ne nous avait pas entendus nous battre et n'était pas venu jeter un œil. Il est à peine minuit. Nous avons plusieurs heures avant l'aube. Nous trouverons une solution une fois que nous serons arrivés, où que nous allions.

Vincent n'avait pas l'air convaincu, mais il laissa Éric le ramener dans la grande salle où tout le monde était réuni pour la dernière folie de Serrier. Quelques instants plus tard, Simon entra, le vampire jeté sur son épaule, visiblement immobilisé par un sort.

Comme si c'était le signal qu'il attendait, Serrier commença à jeter un sort après l'autre, le premier scellant les portes menant dans la salle afin que personne ne puisse entrer ou sortir. Le deuxième sort créa des flammes qui vinrent lécher les murs et se répandirent vers l'extérieur, pour le moment, car Éric savait qu'elles finiraient par dévorer également cette salle. Le troisième sort attacha les sorciers rebelles ensemble aussi sûrement que le sort de Simon avait immobilisé Orlando, nouant l'estomac d'Éric. Incapable de se saisir de leurs baguettes, ils ne seraient pas en mesure de faire quoi que ce soit pour s'opposer à Serrier s'il faisait quelque chose qu'ils n'appréciaient pas ni de s'échapper s'il décidait de les laisser ici, à la merci des flammes. Éric espérait que le sorcier rebelle n'était pas encore fou au point de tuer ses disciples de cette façon, mais en toute honnêteté, ça ne l'étonnerait pas de la part de Serrier.

Un dernier sort s'enroula autour de toutes les personnes présentes dans la salle, les déplaçant sur l'ordre de Serrier, hors du bâtiment qui s'écroulait lentement, vers leur destination encore inconnue. Lorsque les sorts qui les retenaient se dissipèrent enfin, Éric jeta un œil autour de lui sur leur nouveau siège, essayant de le situer parmi la multitude de bases que Serrier avait utilisée au cours des deux dernières années qu'il avait passées aux côtés du sorcier rebelle.

Toutefois, il ne voyait rien qui lui donnait une indication sur leur emplacement, ce qui l'énerva légèrement. Il était beaucoup plus difficile de lancer un sort de déplacement depuis un lieu inconnu.

— Où sommes-nous ? murmura-t-il à Vincent, espérant que son amant serait capable de reconnaître le bâtiment puisqu'il était avec Serrier depuis le début.

— Juste au nord de la Seine, près de Beaubourg, répondit Vincent tout aussi discrètement. C'était l'une de nos premières bases, et l'une des premières à être abandonnée.

Avant qu'il ne puisse en dire plus, Serrier commença à crier des ordres pour renforcer les sorts, pour se préparer au combat et pour l'exécution du prisonnier.

— Enfermez-le dans une pièce quelque part jusqu'à ce qu'il commence à faire jour. Nous nous occuperons de lui à ce moment-là. Dans l'intervalle, nous avons d'autres choses à faire.

Vincent et Éric traînaient derrière Simon quand il trouva un endroit pour déposer Orlando. Il y avait trop de gens autour pour qu'ils puissent faire quoi que ce soit pour le moment, mais ils prirent note de l'emplacement. Au moins, ils savaient désormais où trouver le vampire quand – si – l'occasion de le sauver se présentait.

En attendant, afin de ne pas éveiller les soupçons, ils s'activèrent à rendre le bâtiment aussi sécurisé que possible contre les menaces extérieures. S'ils savaient exactement comment les sorts avaient été jetés, ils sauraient exactement comment les briser quand le moment serait venu de sauver Orlando. Sans compter que s'ils échouaient dans leur tentative de sauvetage, les sorts devraient résister contre toutes les attaques qui surviendraient quand la Milice réaliserait ce qui était arrivé à leur agent. Et Éric ne doutait nullement que Serrier s'arrangerait pour qu'ils le sachent. Il était juste assez dingue pour les provoquer de cette façon.

— Je pense que tu ferais mieux d'entrer, déclara monsieur Lombard en fronçant les sourcils à l'annonce de Jean. Et commence par le commencement.

Hochant la tête, Jean suivit l'ancien vampire à l'intérieur, attendant avec une impatience à peine déguisée que monsieur Lombard enlève son manteau et son écharpe pour les accrocher avec sa minutie coutumière sur leurs crochets dans l'armoire. Il proposa de ranger également le manteau de Jean, mais le chef de la Cour refusa, ne voulant pas se séparer de ce lien avec son partenaire.

Après avoir mené Jean dans la bibliothèque, monsieur Lombard alluma le feu dans la cheminée, attendant que le bois prenne avant de se retourner vers le vampire.

— Maintenant, raconte-moi ce qui se passe.

— Il y a trois jours, nous avons été informés d'une attaque dirigée contre la Cour, ciblant le secteur de la place Pigalle, raconta Jean. Nous avons pris des mesures pour protéger autant de monde que nous le pouvions, bien sûr, puis nous avons affronté les forces de Serrier dans un combat. Nous les avons vaincues, mais vers la fin de la bataille, deux des sorciers rebelles ont jeté un sort sur Orlando et ils ont disparu avec lui. Nous sommes à sa recherche depuis, en vain.

— Il n'a pas été détruit ? s'assura monsieur Lombard.

— Non, Dieu merci, répondit Jean. Son Avoué peut encore sentir son existence, mais pas son emplacement. Serrier doit avoir trouvé un moyen de bloquer les dispositifs de repérage magiques qu'utilise la Milice, car ils ne fonctionnent pas, pas plus que les différents sorts de recherche des magiciens. J'ai passé en revue chaque livre de ma bibliothèque, et ceux de mon partenaire, mais nous n'avons rien trouvé d'utile ou susceptible de nous aider. Il doit pourtant y avoir quelque chose. Nous ne pouvons pas le perdre !

Monsieur Lombard examina Jean pendant un long moment, le regard fixé sur le visage tourmenté du chef de la Cour, mais ses pensées étaient ailleurs, dans un autre temps, un autre lieu, cherchant désespérément un autre homme kidnappé.

Sans succès.

À l'époque cependant, c'était le mortel qui avait été pris et le vampire qui avait tenté de le chercher en vain, jusqu'à ce que les sorciers rebelles qui avaient attaqué Reims tuent leur otage en se retirant, plutôt que de le laisser derrière eux pour qu'il soit sauvé. Fermant les yeux, monsieur Lombard lutta contre les souvenirs de la découverte du corps brisé et sans vie de son Avoué, au milieu des ruines du camp alaman, rendant leur victoire creuse et mettant fin prématurément à une relation qui aurait pu durer encore des décennies. Sentant sa colère revenir comme si sa perte avait eu lieu la veille, il rouvrit les yeux.

— Qui veut trouver ce garçon ? questionna-t-il. Toi et son Avoué, ou la Milice dans son ensemble ?

— Si nous savions avec certitude où chercher, Chavinier engagerait sûrement la Milice dans l'action, lui assura Jean. D'autant plus que là où nous trouverons Orlando, nous sommes sûrs de trouver également un grand nombre de sorciers rebelles, et peut-être même Serrier lui-même.

— Sans parler du Déviant, ajouta monsieur Lombard.

— Sans parler de lui, admit Jean. Il est désormais *extorris* donc il ne va pas survivre bien longtemps, indépendamment de l'aval de Serrier. Il a tué une femme sous ma protection et, de ce fait, il a perdu l'impunité de la Cour.

— Ce sont les affaires de la Cour, décréta monsieur Lombard, et tu les géreras comme tel. L'enlèvement du garçon, c'est plus personnel. Je refuse de voir l'histoire se répéter.

Jean hocha la tête en affirmant :

— Faire l'expérience de la torture une fois, c'est déjà plus que quiconque devrait avoir à endurer. Subir cette souffrance une seconde fois, c'est tout bonnement inacceptable.

Ce n'était pas à cette histoire que monsieur Lombard avait eu l'intention de se référer, mais Jean n'avait pas encore été transformé à l'époque où il avait perdu son Avoué, il n'y avait donc aucune raison pour que le vampire soit au courant des circonstances de sa disparition. Pas plus qu'il n'avait envie d'en parler à présent.

— Nous avons besoin de l'Avoué et des sorciers que Chavinier sera disposé à nous envoyer pour son sauvetage.

— Alors, allons au siège de la Milice, dit Jean, surpris que monsieur Lombard se porte volontaire pour participer. Marcel sera là-bas et pourra rassembler un escadron et, s'il n'est pas sur place, il saura où se trouve Alain.

Récupérant son manteau, monsieur Lombard fit signe à Jean de le précéder.

— Montre-moi le chemin.

ORLANDO FAISAIT les cent pas dans la pièce où il avait été enfermé après le bond depuis sa prison précédente. Il ne savait pas plus où il se trouvait maintenant qu'il ne l'avait su avant, seulement qu'il était passé d'une cellule à une autre. Le sort qui l'avait immobilisé pendant le déplacement avait figé son corps, mais n'avait pas émoussé ses sens, le laissant capable d'entendre tout ce que disait Serrier... aussi savait-il ce que le sorcier rebelle lui réservait une fois l'aube venue. Il se battrait, évidemment, mais s'ils utilisaient un sort contre lui, il serait impuissant face à leurs ignobles intentions. Il gardait encore un faible espoir qu'Alain le découvre ou qu'Éric trouve un moyen de le sauver, mais l'espoir diminuait à chaque minute qui passait. Conscient, en son for intérieur, du cycle du soleil, il savait exactement combien de temps il lui restait avant que ses rayons éclairent l'horizon à nouveau. Et une fois que cela arriverait, son existence serait écourtée et son lien avec Alain détruit à jamais.

La pièce dans laquelle il se trouvait avait visiblement été une sorte de bureau dans le passé, avec des papiers éparpillés sur un vieux bureau. Orlando s'évertua à dénicher un stylo pour écrire une lettre à Alain dans l'espoir qu'Éric serait en mesure de la lui remettre, si finalement il ne parvenait pas à sauver Orlando. Toutefois, quand il s'assit pour l'écrire, il constata qu'il ne parvenait pas à empêcher sa main de trembler suffisamment longtemps pour tracer le moindre mot sur le papier.

Abandonnant cette idée improductive, il imagina à la place qu'Alain était là, avec lui, bien qu'incapable de changer son destin. S'il exprimait ses sentiments par des mots, peut-être qu'ils se traduiraient d'une certaine manière à travers le lien, permettant à Alain de comprendre que, même s'il n'accueillait pas de bon cœur sa fin, il l'avait accepté.

— Adieu, mon amour, chuchota-t-il à la pièce vide, fermant les yeux pour pouvoir s'imaginer face à Alain. Je suis désolé que nous ne disposions pas de plus de temps ensemble, mais je ne regrette pas le lien que nous avons créé. Je ne regrette pas de t'avoir connu et aimé. Tu m'as montré ce que signifiait vraiment l'amour, et pour cela, mon âme te sera éternellement reconnaissante.

Je sais qu'il y a des choses que nous n'avons pas énoncées, que nous n'avons pas faites, et je souhaiterais à présent ne pas m'être retenu si longtemps, ne pas avoir été gouverné par mes craintes. Cela n'apporte rien de l'avouer maintenant, alors que l'aube n'est qu'à quelques heures, mais ces craintes, je les ai toutes dépassées. Je veux chacune des caresses que tu pourrais me procurer et tout ce que je nous ai refusé. Si seulement nous avions plus de temps, je te laisserais me montrer à quel point il est bon de se donner à son amant. Je nous laisserais l'occasion de découvrir à quel point cela peut être puissant de faire l'amour pendant que je me nourris. Je te couvrirai de preuves de ma passion, de petites morsures d'amour partout où tu le voudrais…

Sa voix se brisa sur un sanglot, la gorge nouée de larmes qui ne pouvaient pas sortir. Il enfouit sa tête dans ses mains, essayant de rester fort, de projeter son amour, et non pas sa crainte, à travers le lien, mais visiblement, il n'était pas aussi optimiste sur son sort qu'il aurait voulu l'être.

— Dépêche-toi, Alain, pria-t-il. Je ne veux pas faire face au soleil sans toi à mes côtés. Je ne suis pas prêt à être séparé de toi. Oh, seigneur, s'il vous plaît, ne me faites pas ça. Ne lui faites pas ça. Il a déjà perdu tout le monde une fois. Ne l'obligez pas à endurer cette perte à nouveau.

Le cliquetis de la serrure l'incita au silence, ses yeux se dilatant largement tandis qu'il attendait que la porte s'ouvre. *C'est trop tôt !* hurla sa conscience. *Ce n'est pas encore l'aube. Ne me faites pas attendre les premières lueurs à l'extérieur. Laissez-moi ici jusqu'à ce que vous puissiez me mettre dehors et que je puisse être détruit instantanément. Mon Dieu, je ne suis pas prêt !*

ALAIN ARPENTAIT la chapelle dans la nef de Notre-Dame, le mélange d'émotions étrange provenant d'Orlando le laissait plus qu'un peu perplexe. De la douleur intense à l'euphorie sexuelle jusqu'au plus profond des désespoirs, les émotions de son amant avaient fluctué, incitant Alain à s'interroger sur ce qu'il ressentait. Le lien avait-il été altéré d'une manière ou d'une autre ? Cela était-il même possible ?

Il ne savait pas, pas plus qu'il ne savait à qui il pourrait le demander, même Sébastien serait incapable de répondre avec certitude. Aucun vampire en vie n'avait créé un Aveu de Sang avec un magicien, et ils avaient déjà eu un aperçu de la portée des conséquences de la simple interaction d'un sorcier et d'un vampire sans la magie supplémentaire de l'Aveu de Sang.

Alain espérait que la douleur avait en quelque sorte été faussée par leur lien, mais il craignait qu'elle ne soit, en fait, la plus précise des sensations qu'il percevait de son amant. Il n'avait pas d'explication pour l'orgasme qu'il croyait avoir senti, même si la flambée d'amour qui l'accompagnait était indéniable. Il avait tenté de retourner cet amour, mais il n'avait aucun moyen de déterminer ce qu'Orlando pouvait sentir.

Cependant, c'était le désespoir qui l'effrayait le plus. Les blessures qui avaient provoqué la douleur pourraient être guéries, mais si Orlando renonçait, si quelque chose était parvenu à lui faire croire qu'il ne survivrait pas, Alain le perdrait. Il pouvait guérir beaucoup de choses, mais pas la mort. Il avait éprouvé une terreur comme il ne l'avait jamais connue lorsque le lien s'était rompu un instant, certain que Serrier avait enfin trouvé un moyen de détruire son amant. Son hurlement avait été assez puissant pour ébranler les fenêtres de la cathédrale, l'air vibrant intensément sous la force de son chagrin que sa magie amalgamait autour de lui en réponse à l'importante fluctuation de ses émotions.

Quelques secondes plus tard, cependant, le lien se remettait en place, incitant Alain à s'interroger sur ce qui s'était passé. Le désespoir avait furieusement suivi le retour de leur lien, l'empêchant de se concentrer sur une inquiétude pour l'orienter sur une autre. Il avait ressenti une multitude d'émotions avant ce moment, mais rien de tel que cette malheureuse résignation. Quoi qu'il soit arrivé, Orlando avait cessé de croire qu'il serait sauvé. Cela l'effrayait plus que tout. Si son amant était convaincu que sa destruction était imminente, Alain était à court de temps.

— Où es-tu, Orlando ? sanglota-t-il frustré.

Les mots s'évanouirent dans un cri douloureux quand la panique s'imposa à travers le désespoir. Et ensuite, plus rien.

Frénétiquement, Alain fit appel à la magie élémentaire, l'attirant à lui, étirant ses sens de plus en plus loin, la puissance combinée perçant un sort après l'autre tandis qu'il cherchait son amant. Il se sentait devenir de plus en plus faible alors qu'il propageait sa magie à travers les éléments. Ignorant les sonnettes d'alarme, il s'enfonça plus profondément dans sa liaison avec l'air, le vent fouettant autour de lui dans la cathédrale habituellement calme, avant de s'élever en spirale vers l'extérieur à travers la ville, ciblant les deux lieux restants de la liste de Raymond. Les sorts s'effritèrent sous sa détermination, mais il ne trouva pas Orlando. L'un des bâtiments était vide, l'autre avait été détruit par les flammes et ne portait aucune trace de son bien-aimé.

— Non ! rugit-il, le tourbillon de son chagrin et de sa colère renversant des statues et fracassant des fenêtres. Vous ne pouvez pas me le prendre !

—Alain !

La voix tranchante d'autorité de Thierry attira l'attention du magicien.

— Ne fais pas ça. Nous savons comment le trouver.

— QUE M'AS-TU fait ? accusa Orlando dès qu'il découvrit le magicien à la porte. Pourquoi est-ce que je ne peux plus sentir Alain ?

— Chut, l'apaisa Éric. Nous allons te sortir d'ici, mais je n'ai aucune idée du genre de sort de traçage que Serrier pourrait avoir placé sur toi et nous ne pouvons pas prendre le risque de l'alerter. J'ai utilisé un simple sort de *Vide* qui empêche la magie de passer. Dès que je le retirerai, tous les sorts reprendront leur place.

— Ce n'est pas un sort, contredit Orlando, tout en se dirigeant vers la porte, plus que prêt à être de nouveau libre. C'est beaucoup plus profond que ça.

— Si c'est de nature magique, le *Vide* continuera à le bloquer, assura Éric. Allons-y. Vincent surveille le couloir.

Orlando hocha la tête et sortit dans le couloir, espérant que ses jours de détention étaient vraiment derrière lui cette fois.

— Où sommes-nous ?

— Près de Beaubourg, répondit Éric.

L'esprit d'Orlando se mit en branle, réfléchissant aux endroits où il pourrait aller si proche de l'aube et où il pourrait être en sécurité. La magie d'Alain avait depuis longtemps disparu, le laissant aussi sensible à la lumière du soleil que tout autre vampire. Il pourrait aller vers l'ouest en direction de l'appartement de Jean et espérer que son ami serait présent. Ou il pourrait aller à la maison de monsieur Lombard sur l'île St-Louis. Le vieux vampire avait plus de chance d'être chez lui que le chef de la Cour, mais était moins susceptible de répondre à sa porte à la lumière du jour, n'ayant pas la protection d'un partenaire.

— Et où m'emmenez-vous ?

— Où tu voudras, répondit Éric, tant que c'est loin d'ici et protégé par la Milice.

Son appartement était le premier réflexe d'Orlando, mais il doutait qu'Alain y soit et, même s'il y était, Orlando ne voulait pas conduire ses poursuivants à son domicile. Le siège de la Milice était l'endroit le plus sûr, mais il ne savait pas comment il pourrait faire passer les deux sorciers à travers les sorts de Marcel.

— Hé ! cria une voix derrière eux.

— Ne t'arrête pas, souffla Vincent dans un murmure. Continue et ne regarde pas en arrière. Nous te rejoignons si nous le pouvons, mais sors, parce que Serrier te tuera si tu ne le fais pas.

— Qui a-t-il, Blanchet ? exigea de savoir Éric avec impatience se retournant pour faire face au magicien sadique. Nous sommes un peu occupés pour le moment.

— J'étais supposé l'emmener à l'extérieur, se plaignit Claude.

— Ouais, eh bien, les plans ont changé, répliqua Vincent. *Abattoir* !

Les sourcils d'Éric s'élevèrent brusquement quand le sort mortel frappa le magicien qui avait torturé tant d'âmes innocentes, mais il ne dit pas un mot alors qu'ils pivotaient pour suivre Orlando hors de l'immeuble.

— Un parasite de moins à se soucier, expliqua Vincent en prenant un virage.

La porte extérieure était ouverte, leur donnant l'espoir qu'Orlando s'était échappé, mais un magicien leur bloqua le chemin. Ils échangèrent un rapide regard, soulevèrent leurs baguettes et s'apprêtèrent à combattre.

XVIII

— COMMENT ? EXIGEA de savoir Alain en se tournant vers Thierry. Nous devons nous dépêcher. Je ne parviens plus à le sentir.

— Alors, donne-moi ton poignet, ordonna monsieur Lombard en s'avançant, sa présence ne tolérant aucune résistance.

— Mais… hésita Alain, ses yeux se portant sur Jean et Sébastien debout à côté de ce vampire inconnu. Mais qu'en est-il de l'Aveu de Sang ?

— C'est comme ça que nous serons en mesure de le retrouver, lui assura Jean. Monsieur Lombard ne va pas se nourrir. Il a juste besoin de ta saveur afin de pouvoir nous conduire jusqu'à Orlando.

Terriblement mal à l'aise avec ce qu'il considérait comme une infidélité, Alain remonta sa manche et offrit sa main à monsieur Lombard. Avec un immense respect, le vampire se pencha dessus, approchant ses ongles acérés du poignet d'Alain. Il pouvait sentir l'agitation du magicien, son besoin incontrôlable de retrouver son amant, mais monsieur Lombard comptait bien respecter le vœu du magicien de ne pas laisser un autre vampire que son Avoué se nourrir de lui. Entamant la peau avec ses ongles, il retourna le poignet du magicien, le pressant doucement pour obtenir quelques gouttes de sang sur sa paume.

— Certaines choses sont sacrées, déclara-t-il avant de lécher le sang sur sa main.

Cela prit un moment, ses yeux se fermant tandis qu'il se concentrait. Puis il se tourna vers les autres.

— Allons-y.

Prenant vers le nord en sortant de Notre-Dame, ils se précipitèrent dans les rues, poussés par l'urgence et par la conscience de l'approche de l'aube que les vampires percevaient. Ceux qui avaient pu se nourrir avant de quitter le siège de la Milice avaient la préférence de Jean, mais beaucoup d'autres qui s'étaient joints à eux n'avaient pas de partenaire. Ils avaient malgré tout insisté pour venir. Ils avaient affirmé qu'ils se battraient jusqu'à ce que la lumière du jour les oblige à se mettre à l'abri, mais ils ne pouvaient pas laisser quiconque blesser l'un des leurs.

Jean avait envisagé de leur ordonner de rester en arrière, mais il doutait qu'ils eussent obéi de toute façon. Si leurs positions étaient inversées, il ne serait pas resté à l'écart non plus. Il avait été étonné de la rapidité avec laquelle Marcel avait convoqué la Milice une fois qu'il avait entendu les informations de monsieur Lombard. Les deux hommes s'étaient observés l'un l'autre pendant un long moment stressant, avant d'organiser les sorciers et les vampires comme s'ils avaient travaillé de concert depuis des années.

À cet instant, alors qu'ils dévalaient la rue d'Arcole et traversaient le fleuve, Marcel se déplaçait presque aussi rapidement que monsieur Lombard, Jean se demandait si l'ancien vampire avait enfin rencontré son égal. Partout autour de lui, il entendait des magiciens lancer des sorts pour parvenir à suivre la vitesse des vampires. Un coup d'œil rapide lui révéla que Raymond s'accordait parfaitement à son allure, foulée après foulée. Cela aurait dû être impossible, mais il avait appris beaucoup sur la magie au cours du dernier mois… assez pour savoir qu'impossible était un terme tout relatif.

Passé le pont d'Arcole, ils se répandirent au nord, une terrible vague silencieuse de magiciens et de vampires, tous réunis pour le même objectif : sauver Orlando, et punir ceux qui le blessaient. La circulation matinale de la rue du Renard s'écarta devant eux, les chauffeurs retrouvaient brusquement leurs voitures sur les trottoirs sans aucune explication pour comprendre comment ou pourquoi. Les klaxons retentissaient sauvagement derrière eux, mais ils les ignoraient, se déplaçant sans relâche le long du boulevard jusqu'à dépasser le Centre Georges Pompidou. Monsieur Lombard prit un virage serré à droite dans la rue Rambuteau et presque immédiatement à gauche dans la Cité Noël.

L'étroit cul-de-sac ne possédait que quelques bâtiments et, au bout, Alain découvrit la plus belle vision qu'il pouvait imaginer. Orlando titubant en descendant des marches, tombant à genoux en atteignant la rue. Devançant tous les autres en puisant dans ses dernières forces, le magicien courut aux côtés de son amant, le cueillant dans une étreinte ardente, sans se préoccuper des vêtements déchirés, du sang sur son visage et sur ses bras, des lacérations suintantes dans son dos.

— Tu es vivant.

Orlando sourit faiblement, sentant déjà les effets de la lumière du soleil levant, même si aucun rayon n'avait encore dépassé les bâtiments environnants.

— Éric… m'a laissé… partir, haleta-t-il en essayant de garder les yeux ouverts.

Toutefois, sa vision se voilait, tout se limitait à la vision tant espérée du visage de son amant. Puis l'obscurité s'abattit sur lui.

Le soleil perça à l'horizon.

— Mettez-le à l'intérieur, ordonna Jean. Cela fait trop longtemps qu'il ne s'est pas nourri pour qu'il puisse rester dehors.

— Thierry ! cria Alain.

Immédiatement, son meilleur ami était à ses côtés.

— Envoie-nous dans l'appartement d'Orlando.

Thierry secoua la tête.

— Retourne à Notre-Dame. Laisse la magie du lieu vous aider tous les deux.

— Alors, envoie-nous là-bas, s'écria Alain, observant la couleur cendrée de la peau d'Orlando avec inquiétude. Il ne pourra pas rester beaucoup plus longtemps à l'extérieur. Et ne tuez pas Éric. Il a aidé Orlando à s'échapper. Capturez-le et nous réglerons ça plus tard.

Thierry hocha la tête et jeta le sort, Alain et Orlando disparurent instantanément.

— Il n'est pas le seul vampire qui ne durera pas beaucoup plus longtemps, avertit Thierry à l'intention de Jean avant de se tourner pour passer le mot au sujet d'Éric.

— Dans ce cas, entrons et occupons-nous de mettre un terme à cette affaire.

La voix du chef de la Cour était glaciale, voir son jeune ami si grièvement blessé était suffisant pour balayer les dernières parcelles de son contrôle. Il trouverait les salauds qui avaient agressé Orlando et ils feraient face à la justice des vampires.

— Général Chavinier, lança monsieur Lombard en tendant la main, si vous voulez bien me faire l'honneur ?

Marcel sourit et tendit son bras, paume vers le haut, afin que l'ancien gouvernant puisse se nourrir. Le vieux vampire ne s'attarda pas, prenant ce dont il avait besoin avant de relâcher le bras du magicien. La magie du général déferla en lui, le fortifiant et mettant fin à la sensation de picotement provoquée par les premiers rayons du soleil.

— Maintenant, assurons-nous que justice sera faite.

— Il est grand temps, approuva Marcel, mobilisant ses troupes et les conduisant vers le bâtiment qu'Orlando venait de quitter.

L'un des sorciers à la porte tomba sous un sort lancé depuis l'intérieur au moment où la Milice atteignait le perron. Alors qu'ils se précipitaient tous dedans, Éric se plaça devant Vincent, balayant frénétiquement le groupe du regard pour trouver quelqu'un qu'il connaissait. Apercevant Marcel, il se détendit et fit un pas en avant, avant d'être retenu par la poigne implacable du vieil homme qui se tenait à ses côtés.

— As-tu trouvé Orlando ? demanda Éric, sans chercher à se débattre.

Il ne voulait pas que quelqu'un puisse se méprendre sur ses mouvements et imagine qu'il cherche à nuire à quelqu'un, en particulier à Marcel.

— Nous l'avons trouvé, confirma Marcel. Il est en sécurité avec Alain maintenant.

Éric poussa un soupir de soulagement.

— Vincent m'a aidé à le faire sortir. Il est de notre côté.

— De *notre* côté ? répéta David mettant en doute le choix du déterminant. Depuis quand est-ce que c'est *notre* côté ?

— Depuis toujours, intervint Marcel. Éric me fournit des informations depuis le début.

Il se tourna vers Vincent.

— Bien que j'aie confiance dans la parole d'Éric, je crains de devoir vous mettre tous les deux en détention provisoire jusqu'à ce que nous puissions examiner cette affaire.

Vincent hocha la tête, pointant prudemment sa baguette vers le sol.

— Faites ce que vous avez à faire.

Marcel jeta un rapide sort d'entrave, puis envoya les deux sorciers dans une cellule de détention au siège de la Milice. Ils y seraient en sécurité jusqu'à ce que la bataille soit terminée. Enjambant le cadavre du sorcier rebelle, Marcel donna l'ordre aux membres de l'escadron de se déployer et de se frayer un chemin à travers le bâtiment en essayant si possible de capturer ceux qu'ils rencontreraient ou de les tuer si c'était nécessaire.

— Ça se termine aujourd'hui, ajouta-t-il.

Faisant en sorte que les vampires non appariés soient parmi les premiers à entrer, Jean leur murmura au passage :

— *Extorris.*

Il leur rappelait ainsi que le Déviant lui appartenait s'ils venaient à le découvrir à l'intérieur du bâtiment. Ceux qui auraient contesté l'ostracisme au seul nom de Karine restaient désormais silencieux, après avoir vu la façon dont Orlando avait été maltraité. Même Luc Cabalet, le chef de la Cour d'Amiens qui avait été appelé avec son partenaire, acceptait cette proclamation. Si le Déviant était bien là, il avait cautionné la façon dont Orlando avait été traité en ne s'y opposant pas, même s'il n'y avait pas pris part activement.

Ils se dispersèrent à travers le bâtiment, sécurisant une pièce après l'autre, Marcel et monsieur Lombard à la tête d'un groupe, Thierry et Sébastien menaient un second et Jean et Raymond, un troisième. Thierry n'avait jamais rencontré une résistance aussi farouche de la part des sorciers rebelles, leur mode opératoire habituel était plutôt de faire des ravages et de s'enfuir.

— Ils savent que c'est leur dernier combat, murmura-t-il à Sébastien alors qu'ils prenaient d'assaut une petite pièce où deux sorciers s'étaient enfermés.

— Donc ils se battent plus férocement à cause de ça, admit Sébastien, exécutant une roulade élégante sur le côté pour laisser un sort grésiller sans conséquence sur le plâtre derrière lui. Craignent-ils à ce point d'être capturés qu'ils choisiraient de mourir plutôt que de se rendre ?

— Je pense que Serrier a réussi à les convaincre que Marcel les torturera, ou pire encore, comme lui-même le ferait en cas d'échec, que la mort semble une meilleure option expliqua Thierry avant de repousser la volée de sorts qui arrivait dans sa direction. C'est ridicule. Nous ne pouvons pas entrer et ils ne peuvent pas sortir. Nous allons être coincés ici pendant des heures à ce rythme.

— Je peux y aller, se proposa Sébastien. Leurs sorts ne fonctionnent pas sur moi.

— Leurs sorts mortels ne fonctionneront pas, le contredit Thierry. Les autres sorts si, et désormais, ils le savent.

— Tu devras donc t'assurer qu'ils ne me frappent pas, dans ce cas, n'est-ce pas ? le défia Sébastien, bandant ses muscles en prévision de son assaut.

— Merde ! jura Thierry tandis que Sébastien s'élançait.

Il entra et roula, utilisant tous les avantages de sa vitesse et de sa souplesse surnaturelle pour éviter la cascade d'incantations.

Thierry lançait des sorts aussi vite qu'il le pouvait, essayant de neutraliser tout ce que les sorciers rebelles pourraient envoyer sur son partenaire. L'un glissa sous sa garde, frappant Sébastien à la poitrine. Le vampire aux cheveux noirs trébucha à genoux, mais finalement se releva. Les grommellements de Thierry empirèrent tandis qu'il menaçait son courageux amant de toutes sortes de représailles. Mais d'abord, il devait s'occuper des sorciers rebelles.

La douleur dans sa poitrine secoua momentanément Sébastien, mais il se souvint que ce n'était que de la magie et pas une véritable blessure et que finalement, cela ne pourrait pas lui causer de dommages durables. La repoussant, il poursuivit sa progression inexorable dans la salle, il s'abrita derrière une somptueuse chaise avec un grand dossier pour échapper à une autre rafale de sorts des sorciers rebelles. Calculant son moment, il s'élança sur le magicien le plus proche, le plaquant au sol et éjectant la baguette de sa main. Il entendit Thierry hurler à l'autre magicien de se rendre. Les cris simultanés d'un *Abattoir* suivirent, lui coupant le souffle jusqu'à ce qu'il entende à nouveau la voix de Thierry, lancer un sort d'entrave sur le magicien se trouvant sous lui.

— Tu m'as fait peur ! accusa-t-il, en se levant.

— *Je* t'ai fait peur ? répliqua Thierry, en saisissant les épaules de Sébastien pour le secouer brutalement. Je ne suis pas celui qui a plongé la tête la première au milieu d'une bataille de sorts, sans protection !

— J'avais toute la protection dont j'avais besoin, lui assura Sébastien, embrassant brièvement son magicien. Je savais que tu ne permettrais pas qu'il m'arrive quelque chose.

— Mais tu as été touché, le contredit Thierry. J'ai vu ce sort te frapper.

— Soit ce n'était pas un sort très puissant, soit il ne fonctionne pas aussi bien sur les vampires qu'ils le pensaient, parce que la douleur diminue déjà, répondit Sébastien.

— Le magicien qui l'a jeté est mort, expliqua Thierry. Ce genre de sort ne persiste pas longtemps si son instigateur meurt. D'autres si, alors soit plus prudent la prochaine fois.

Sébastien se contenta de sourire, laissant Thierry interpréter ça comme il le voulait. La mine renfrognée de son magicien l'informa que Thierry ne croyait pas qu'il avait l'intention d'agir différemment si la situation se reproduisait.

— Allons-y. Nous avons le reste de cet étage à sécuriser et ensuite l'étage supérieur, déclara Thierry après un moment. Nous n'avons pas le temps de rester plantés là.

Sébastien attrapa les épaules de Thierry, l'embrassa une fois de plus, avant de le laisser aller pour conduire sa patrouille plus loin dans le couloir.

Plus ils avançaient dans le bâtiment, plus ils trouvaient de pièces vides. Celles qui contenaient des gens en revanche étaient pleines, comme si les sorciers rebelles espéraient qu'en se regroupant, ils pourraient vaincre leurs attaquants.

— Nous n'arriverons pas à les extirper, déclara à haute voix le capitaine Dumont, l'un des subordonnés de Thierry, inquiet quand ils trouvèrent une pièce avec une trentaine de magiciens à l'intérieur. Ils sont plus nombreux que nous.

134

Thierry considéra plusieurs tactiques, mais finalement, aucune d'entre elles ne valait les risques.

— Scellez la salle, ordonna-t-il à la place. S'ils essaient de sortir par la porte, nous pourrons les cueillir au fur et à mesure. Dans le cas contraire, nous nous en occuperons plus tard, quand le reste de l'immeuble sera sécurisé.

David acquiesça et jeta un sort interdisant à tous ceux qui étaient à l'intérieur d'utiliser un sort de déplacement pour échapper aux quatre murs qui les retenaient. Seule la porte leur offrait désormais une chance d'évasion.

Thierry laissa quatre magiciens et deux vampires pour la garder tout en garantissant qu'ils seraient en nombre suffisant pour empêcher quiconque de fuir. Puis il ordonna au reste de la patrouille de continuer à avancer. Bien qu'il ne l'avoue pas à voix haute, il espérait qu'ils trouveraient Serrier pendant leur recherche. Il voulait sa part du sorcier rebelle, pour toutes les vies perdues, mais surtout pour l'angoisse qu'avait subie Alain ces derniers jours. Cependant, cela ne semblait pas être au programme pour lui. Même s'il trouva plusieurs groupes de sorciers partout dans le bâtiment, Serrier restait insaisissable. Il espérait seulement que les autres patrouilles avaient plus de chance. Ils devaient faire tomber Serrier ou il trouverait un moyen de réorganiser ses forces et de relancer le conflit.

Il perdit le compte du nombre de sorciers qu'ils avaient combattus et capturés, plus encore de ceux qu'ils avaient tués, avant d'avoir fini de sécuriser l'aile du bâtiment qui leur incombait. Il aurait préféré en prendre plus vivants, mais il savait à quoi ressemblait la justice sous les ordres de Serrier et il comprenait que beaucoup d'entre eux puissent préférer la mort à la torture. Il ne savait pas pourquoi ils ne se déplaçaient pas loin des combats, mais il n'avait pas le temps de s'en préoccuper pour le moment. Que Marcel soit incapable de se résoudre à de telles extrémités était au-delà de leur compréhension ou, tout simplement, ne leur était pas venu à l'esprit, parce qu'ils combattaient jusqu'à la mort, sauf quand l'un des vampires parvenait à les désarmer, les laissant vulnérables à un sort d'entrave.

Le respect de Thierry pour les vampires, qu'ils soient appariés ou non, augmentait de façon exponentielle tandis qu'ils continuaient à se battre à travers le bâtiment. Ils se jetaient dans la bataille avec abnégation sans se soucier de leur propre bien-être, encaissant des sorts qui auraient abattu un mortel et se relevant pour continuer à se battre, faisant confiance aux magiciens pour les protéger au mieux de leur capacité et à leur nature de non-vivants pour gérer le reste. Les sorciers rebelles qu'ils parvenaient à capturer étaient à mettre au profit de la bravoure de leurs alliés, et Thierry avait bien l'intention de faire en sorte que le public l'apprenne. Il prêtait peu d'attention à l'aspect politique de la Milice, mais il connaissait les plans de Marcel et des petits détails comme ceux-là pourraient faire des merveilles pour la réputation des vampires.

La main de Sébastien sur l'épaule de Thierry ramena son attention sur le moment présent.

— Il y a un autre groupe droit devant, l'avertit-il. Ils semblent essayer de rejoindre la sortie.

— Pourquoi ne pas simplement utiliser un sort de déplacement ? demanda Thierry à voix haute. S'ils sont prêts à courir plutôt qu'à se battre alors pourquoi ne se contentent-ils pas tout simplement de disparaître ?

— Je ne sais pas, répondit Sébastien, mais ils avaient l'air assez désespéré pour utiliser la plupart de leurs options et ne semblent pas apprécier celles qui restent.

Thierry fronça les sourcils. Cela n'était pas de bon augure pour tous les magiciens qui essayeraient de les capturer. Il n'y avait rien de pire qu'un animal effrayé et acculé, mais ils n'avaient pas le choix. Marcel avait été clair. « *Cela se terminait aujourd'hui* », avait déclaré le général, et cela signifiait sécuriser tout le bâtiment aussi rapidement que possible afin que l'insurrection ne puisse continuer.

— Pouvons-nous faire en sorte d'avoir quelqu'un derrière eux ? demanda-t-il. Si nous leur bloquons le chemin et s'ils se rendent compte qu'ils sont encerclés, peut-être qu'ils se rendront.

— Je ne sais pas si nous le pouvons ou pas, répondit Sébastien. Les couloirs de cet endroit sont dingues. Je n'ai plus aucun sens de l'orientation à ce stade. Je peux essayer de prendre quelques personnes pour faire le tour si tu veux, mais je pense que nous prendrions plus de risque à nous séparer que nous en prendrions à avancer sur un seul front.

— Oui, tu as probablement raison, admit Thierry après un instant.

Jetant un regard derrière lui pour s'assurer que tout le monde était prêt, il cria :

— Milice ! Jetez vos baguettes et personne ne sera blessé.

Une reprise prévisible de sorts répondit à sa déclaration. Sa patrouille s'accroupit, laissant la magie voler au-dessus de leurs têtes, attendant le bon moment pour exercer des représailles.

— Des sorts d'entrave en priorité, ordonna Thierry à mi-voix. Essayons de les prendre vivants. J'ai quelques questions pour eux.

Sa patrouille marqua sa compréhension, déboulant de l'angle comme un seul homme, leurs baguettes projetant des sorts d'entrave. Les vampires couraient en avant avec Sébastien en tête, attaquant et désarmant autant de magiciens qu'ils le pouvaient.

Quand la poussière retomba quelques minutes plus tard, ils avaient fait tomber l'ensemble du groupe, que ce soit physiquement ou par magie. Toutefois, Thierry se rembrunit en constatant qu'un certain nombre de personnes de sa propre patrouille était également au sol.

Tous respiraient encore, ce qui était un signe encourageant, mais il était évident qu'ils ne seraient pas en mesure de continuer à combattre.

— Peux-tu ramener tout le monde à l'infirmerie, David ? demanda-t-il.

— Je pense que oui, répondit l'interpellé.

136

— Vous signerez votre propre arrêt de mort si vous le faites, ricana l'un des sorciers rebelles. Cet endroit est si parfaitement protégé que vous tomberez en morceaux si vous essayez de partir par magie.

Ce qui répondait à la question précédente de Thierry, mais ne l'aidait pas à cet instant… et certains de ses hommes avaient absolument besoin de soins médicaux.

— Putain, jura-t-il à mi-voix. Très bien, Hugues, prends deux vampires et avec David, Stéphanie et Jérôme sortez-les d'ici et retournez à la base. Rejoignez-nous si vous le pouvez, mais il faut les emmener se faire soigner, c'est le plus important. Avec les autres, nous allons finir ici. Repartez par où nous sommes arrivés. Le chemin devrait être sécurisé.

— Je viens avec vous, proposa rapidement Sébastien, et Angélique voudra sûrement suivre son partenaire.

Il ne voulait pas laisser Thierry, mais les vampires non appariés étaient désormais susceptibles d'être exposés à la lumière du soleil, ce qui signifiait que seuls les vampires jumelés seraient capables d'apporter leur aide.

— Je serai de retour avant que tu t'en rendes compte, promit-il à Thierry qui semblait sur le point de protester. Surveille tes arrières.

Thierry lui lança un regard noir, mais il ne pouvait pas vraiment ordonner à son partenaire de rester.

— Dépêche-toi, dit-il simplement avant de reporter son attention sur les sorciers capturés.

L'un d'eux avait également besoin de soins médicaux, mais Thierry n'était pas prêt à risquer sa patrouille en diminuant davantage leur nombre. Le sorcier devrait attendre jusqu'à ce que le bâtiment soit sécurisé et les sorts annulés.

Avec l'aide du reste de sa patrouille, ils regroupèrent les derniers sorciers capturés dans une pièce, verrouillant la porte derrière eux afin que leurs prisonniers soient toujours là quand ils repasseraient.

— Il reste deux autres pièces à cet étage, puis nous monterons, dit Thierry à sa patrouille en retenant un gémissement.

Il pouvait sentir ses réserves magiques s'amenuiser à chacun des sorts qu'il jetait, et il doutait que les autres soient en meilleure forme. Ils devaient toutefois continuer. C'était une chance qu'ils ne pouvaient pas gaspiller.

XIX

ATTERRISSANT MALADROITEMENT dans le vestibule de Notre-Dame, juste derrière les portes principales, à l'intérieur, Alain tomba à genoux plutôt que de laisser échapper son précieux fardeau. Se relevant, il se précipita vers la chapelle où il s'était reposé plus tôt, les traits relâchés d'Orlando et sa respiration peu profonde l'incitant à trouver au plus vite un endroit pour installer son amant afin de prendre soin de lui. Atteignant la chapelle, il posa doucement Orlando sur le tapis, remontant sa manche et grattant les croûtes de la plaie à peine cicatrisée, là où l'ancien vampire l'avait griffé plus tôt pour trouver Orlando.

La culpabilité l'assaillit tandis qu'il regardait le sang remonter lentement à la surface. Il priait de n'avoir pas rompu leur lien en permettant à un autre vampire de goûter son sang, même si cela n'avait pas impliqué une vraie morsure. Il aurait à l'expliquer à Orlando quand il se réveillerait et il espérait que son amant comprendrait que c'était le seul moyen. Même avec Éric qui l'avait aidé à s'évader, la lumière du soleil aurait détruit Orlando avant qu'il ne puisse atteindre un endroit sûr puisqu'Éric ne l'avait pas suivi à l'extérieur pour le transporter par magie quelque part à l'abri du soleil.

Obtenant enfin assez de sang pour qu'il coule dans la bouche d'Orlando, Alain retourna son poignet et l'appuya sur ses lèvres molles. Il massa la peau de chaque côté de la bouche du vampire, essayant de faire en sorte que le sang afflue plus rapidement jusqu'à ce qu'Orlando en ait pris assez pour se réveiller et commence à se nourrir de lui-même.

Les secondes s'écoulèrent, puis une minute passa, sans réaction de la part d'Orlando, pas de succion sur son poignet, pas d'allongement de ses crocs, pas de déglutition réflexe. Fronçant les sourcils, Alain posa son autre main sur la poitrine du vampire, cherchant la pulsation familière, le mouvement rassurant de montée et de descente, mais le corps sous ses mains était complètement immobile.

— Non ! hurla-t-il, sa voix se répercutant sur les hautes voûtes.

Il attira le corps d'Orlando dans ses bras, berçant la silhouette bien-aimée contre lui, se balançant d'avant en arrière sur ses talons en sanglotant de désespoir. Après tout ce qu'ils avaient traversé, après tous les risques qu'ils avaient pris, il était arrivé quelques secondes trop tard. Les larmes coulaient sur son visage, mouillant les joues flasques d'Orlando, trempant ses cils de gouttelettes que les yeux sombres ne pouvaient plus produire, même avant qu'Alain le laisse tomber.

— Tu ne peux pas nous faire ça, fit-il avec rage. Tu ne peux pas me faire ça !

Ses cris s'élevaient dans le silence relatif de la cathédrale, incitant un prêtre à proximité à accourir à ses côtés.

— Que se passe-t-il ? demanda le prêtre. Avez-vous besoin d'aide ?

Le visage d'Alain s'affaissa alors qu'il continuait à bercer la silhouette immobile d'Orlando.

— Non, répondit-il d'une voix brisée. Laissez-nous tranquilles.

— Je peux appeler le SAMU, proposa le prêtre.

— Ça ne servirait à rien, répondit Alain. C'est un vampire. Ils ne peuvent pas l'aider. J'aurais dû pouvoir, mais il était trop tard.

Le prêtre fit instinctivement un pas en arrière en entendant le mot vampire... l'homme sur le tapis était désormais inoffensif, indépendamment du danger qu'il avait pu représenter autrefois, et celui qui le tenait avait besoin d'un réconfort humain, quelque chose que le prêtre pouvait fournir.

— Alors son âme est dans les mains de Dieu à présent, dit-il doucement en venant se mettre à genoux à côté d'Alain. Nous devons prier pour qu'il trouve la paix.

— Il disait toujours qu'il était damné, sanglota Alain, mais c'était un ange pour moi, il apportait la lumière dans mes ténèbres.

Il leva ses yeux remplis de larmes pour regarder le prêtre.

— Cela comptera forcément pour quelque chose, n'est-ce pas ? C'était un homme bon. Devenir vampire n'a pas changé ça. Il a combattu pour ce qu'il croyait. Il n'a jamais blessé personne, même quand il avait des raisons de le faire.

Sa voix se brisa et il enfouit son visage dans le cou d'Orlando, les larmes tombant librement tandis qu'il pleurait la mort de son amant.

— Cela compte, promit le prêtre. Dieu voit tout, prend tout en considération et pardonne tout. S'il était l'homme que vous décrivez, je suis sûr qu'il fait déjà partie de l'armée céleste.

Il vint à l'esprit de l'homme d'Église que les deux hommes devant lui étaient soit des frères soit des amants, pour que le blond exprime un tel désespoir et, compte tenu de l'absence totale de ressemblance, il songea que c'était plutôt la seconde probabilité. Beaucoup de ses collègues trouveraient à redire à ce sujet, mais ce n'était pas le rôle du prêtre de juger. L'homme en deuil était visiblement dévoué au défunt, ce qui, en ce qui le concernait, était beaucoup plus important qu'une question de genre. Le blond avait perdu un être cher et avait besoin de l'assurance qu'il était auprès de Dieu, un réconfort que le prêtre était plus que disposé à lui offrir.

— Que lui est-il arrivé ?

— Les maudits sorciers de Serrier l'ont torturé jusqu'à ce qu'il soit trop faible pour en réchapper, cracha Alain, oublieux de son langage sous le coup de la douleur. Je pensais que tout ce dont il avait besoin c'était de se nourrir, mais il ne veut pas avaler.

Sa voix se serra de nouveau alors qu'il faisait face à la perte d'Orlando.

— Il ne peut pas être parti. Il ne peut tout simplement pas l'être.

— Il vit dans votre cœur et dans votre esprit, lui rappela le prêtre. Je sais que c'est difficile à entendre maintenant, mais son âme survit et, aussi longtemps que vous vous souviendrez de lui et que vous l'aimerez, il sera une partie de vous. Et quand viendra votre heure, vous serez réunis dans la grâce de Dieu.

Alain essaya de trouver du réconfort dans ces mots, mais l'idée de devoir vivre sans Orlando à ses côtés, après seulement quelques semaines à être ensemble, était trop lourde à porter.

— Je dois y aller. Je dois aider à mettre fin aux massacres de Serrier une fois pour toutes, déclara-t-il.

Il allait combattre les sorciers rebelles autant qu'il le pouvait et s'il était tué dans le processus, il rejoindrait Orlando beaucoup plus rapidement.

— Pouvez… pouvez-vous rester avec lui jusqu'à ce que quelqu'un vienne pour lui ?

Le prêtre fronça les sourcils.

— Je resterai avec lui jusqu'à ce que vous reveniez, mon fils. Vous devez revenir et vous occuper correctement de lui. Il mérite un meilleur hommage que votre mort.

— Je suis un magicien, répondit sourdement Alain. Ma place est avec la Milice. Il ne voudrait pas que je néglige mon devoir. Je peux presque l'entendre me dire qu'il n'y a rien que je puisse faire pour lui maintenant, mais je peux empêcher Serrier et ses sbires de blesser quelqu'un d'autre. Resterez-vous avec lui ?

— Si vous insistez pour le laisser, alors oui, je resterai avec lui jusqu'à ce que quelqu'un vienne, mais je ne suis pas un magicien. Je ne serai pas capable de le protéger, avertit le prêtre.

— La cathédrale elle-même saura le protéger, assura Alain à l'autre homme. La magie élémentaire est plus forte ici que partout ailleurs sur le continent. Les sorciers rebelles ne peuvent pas pénétrer à l'intérieur, pas maintenant que le locus a été mis en garde.

Les sourcils du prêtre s'élevèrent sous la surprise, mais il accepta la déclaration sans discuter. Il avait prié depuis qu'il était enfant pour être assigné ici, à Notre-Dame, la percevant en quelque sorte comme le siège le plus intense de la foi, malgré le mercantilisme provoqué par l'afflux journalier massif de touristes. Il avait lu et vu assez de choses dans sa vie pour savoir qu'il y avait bien plus dans le ciel et sur la terre que ne pouvait en exprimer la philosophie de sa foi. Ce courant de pensée pouvait lui valoir d'être vilipendé, comme l'étaient tous ceux qui remettaient en doute l'Église, mais ses horizons étaient plus étendus que cela, sa compréhension plus profonde, et cette affirmation que Notre-Dame était le siège d'un pouvoir intrinsèque semblait tout à fait appropriée.

— Alors, je vais rester avec lui et prier pour lui pendant que vous faites ce que vous pensez devoir faire. Mais vous devez promettre de revenir pour lui vous-même, parce que je ne le remettrai à personne d'autre.

— Et comment empêcheriez-vous un autre sorcier ou un vampire de le prendre ? Vous avez dit que vous ne seriez pas capable de le protéger, le défia Alain.

— Et vous avez affirmé que la cathédrale saurait le protéger, répondit le prêtre. Elle ne connaît que vous, alors comment saurait-elle qui laisser approcher de lui ?

— N'importe quel magicien pourrait communiquer avec la magie élémentaire, pourrait lui expliquer ses intentions, commença Alain.

Le prêtre secoua la tête.

— Faites ce que vous avez à faire, mais *vous* devrez revenir pour lui.

Décidant qu'argumenter ne conduirait nulle part, Alain hocha la tête.

— Cela pourrait prendre un certain temps, si la bataille tourne mal.

— J'ai le temps, assura le prêtre. Allez-y maintenant et revenez sain et sauf.

Baissant les yeux sur Orlando une dernière fois, Alain céda à l'envie d'embrasser ses lèvres, sachant que ce serait la dernière fois. Elles étaient encore douces, souples, comme si Orlando était simplement endormi, mais aucun souffle ne glissait entre ses lèvres, aucun mouvement, rien hormis ce silence de mort.

— Je t'aime, mon ange, murmura-t-il. Je suis désolé d'être arrivé trop tard.

Il attendit, comme s'il s'attendait à ce que les yeux sombres s'ouvrent pour croiser son regard miroitant de larmes, mais ils restèrent fermés, les cils noirs soulignant les cernes livides sous ses yeux. Ravalant un autre sanglot, Alain se releva, serrant sa baguette dans sa main alors qu'il retournait à l'endroit qu'il venait de quitter.

— ALAIN !

Se retournant, le magicien vit Sébastien dehors, devant la base de Serrier avec David, Angélique, Mathieu, Jérôme et Stéphanie.

— Où est Thierry ? demanda-t-il immédiatement.

— À l'intérieur, il continue de se battre. Je me suis proposé pour aider à ramener les blessés au siège de la Milice, expliqua Sébastien. Où est Orlando ?

— Parti, gémit Alain. Nous sommes arrivés trop tard. J'ai essayé de le nourrir, mais il n'a pas avalé, il ne s'est pas réveillé.

— Où est-il maintenant ? questionna Sébastien avec brusquerie.

— À Notre-Dame.

— Protégé du soleil ?

Alain hocha la tête.

— Alors, va trouver Jean. Il y a peut-être un moyen d'aider Orlando si quelqu'un de sa lignée existe encore. Tu dois juste t'assurer que son corps survit jusqu'à ce que le bon sang puisse le ranimer, expliqua Sébastien. Je ne connais pas l'histoire d'Orlando, mais Jean, si. Il conserve des dossiers sur tous les vampires de Paris. Cela fait partie de son rôle.

— Sébastien, nous devons y aller, l'interrompit Angélique avec urgence, de plus en plus préoccupée alors que David fléchissait contre elle.

141

— Trouve Jean, répéta Sébastien en se retournant vers les autres. Allons-y.

Le lieutenant Fouquet jeta le sort et le petit groupe disparut, laissant Alain encore plus abasourdi que lorsqu'il était arrivé. L'espoir luttait contre le doute dans son cœur. Sébastien semblait penser qu'il y avait un moyen d'aider Orlando, mais Alain avait peur d'espérer à nouveau. Perdre son bien-aimé une fois était suffisamment dur. Retrouver l'espoir pour le voir s'évaporer encore le détruirait totalement. Il hésitait entre retourner s'assurer qu'Orlando était à l'abri de toute lumière et trouver Jean aussi rapidement que possible. L'indécision le déchirait, le laissant anormalement immobile. Il savait que le créateur d'Orlando avait été détruit lorsque Jean avait sauvé le jeune vampire de l'enfer, mais il ne connaissait que peu de détails sur le passé de son amant. Il voulait croire qu'il existait une possibilité, mais avec la disparition de Thurloe, il y avait peu de chances. Un cri de douleur attira son attention, il mit ses pensées de côté pour se concentrer sur le combat à proximité.

S'élançant à l'intérieur, ses yeux cherchèrent frénétiquement le moindre signe pouvant lui indiquer dans quelle direction Jean avait pu aller. Pourtant, alors qu'il pouvait voir des sorciers rebelles immobilisés – morts ou entravés – où qu'il regarde, rien ne lui indiquait une direction plutôt qu'une autre. Il lui faudrait simplement quadriller le bâtiment méthodiquement jusqu'à ce que quelque chose lui donne la direction à suivre. Prenant le couloir à sa droite, il passa d'une pièce à l'autre, les portes protégées par la magie de la Milice, mais chaque fois avec la signature d'un magicien différent. Alors que certains faisaient partie de la patrouille habituelle de Thierry, d'autres non, compliquant le chemin qu'Alain avait espéré pouvoir suivre. Il était sûr que s'il pouvait trouver la magie de Raymond, il trouverait Jean aux côtés de son partenaire. Cependant, la signature de Raymond était la grande absente.

Parvenu au bout de ce couloir, il regarda à droite et à gauche, essayant de décider où aller. Il pouvait sentir encore plus de magie de Thierry sur la droite. Il pouvait rejoindre son meilleur ami, se battre comme ils avaient toujours affirmé qu'ils le feraient, et trouver Jean lorsque la situation s'éclaircirait ou, il pouvait aller dans la direction opposée, là où il ne percevait aucune magie de la Milice et espérer qu'il s'élancerait vers des visages amicaux avant de rencontrer plus d'ennemis qu'il ne pouvait en gérer seul. L'instinct de préservation l'emporta et il tourna à droite, se retrouvant face à un groupe de magiciens et de vampires qui montaient la garde devant une porte ensorcelée.

— Que ce passe-t-il ? demanda-t-il.

— Il y a trop de sorciers rebelles à l'intérieur pour que nous puissions prendre la salle d'assaut, répondit le lieutenant Raynaud de Lage.

Elle ne mentionna pas son partenaire, mais l'absence notable du vampire aux côtés d'Alain en disait long, et son cœur se serrait pour lui, incapable d'imaginer ce qu'elle ressentirait si elle perdait Justin.

— Le capitaine Dumont nous a ordonné de surveiller la porte et de les cueillir s'ils sortaient. Il a dit que nous pourrions nous occuper d'eux à la fin si c'était nécessaire.

— Est-ce que Raymond et Jean étaient avec vous ? questionna Alain, comprenant la logique de la décision de Thierry.

Il ignora la lueur de sympathie qui envahit son visage, ne voulant pas traiter les émotions qu'il avait refoulées. Tenter d'expliquer ce qui s'était produit, ce que Sébastien avait suggéré, ne ferait que remuer le tout à nouveau et le laisserait incapable de bouger.

Elle secoua la tête.

— Non, ils menaient un groupe différent, pendant que Marcel et l'ancien vampire – je n'ai pas saisi son nom – menaient un troisième groupe.

— Lombard, intervint Justin. C'est monsieur Lombard.

— Je dois trouver Jean, affirma Alain avec persévérance, déjà impatient de continuer. Sais-tu par où ils sont allés ?

Catherine secoua la tête.

— Désolé, Alain. Nous sommes partis en premier et je n'ai pas vu dans quelle direction les deux autres patrouilles sont allées.

Alain hocha la tête.

— Je vais continuer à chercher dans ce cas.

— Ne t'éloigne pas tout seul, le sermonna Catherine. Trouve Thierry et demande au moins quelqu'un pour t'accompagner. Il y a des sorciers rebelles partout et, en général, ils ne sont pas seuls.

Alain acquiesça, craignant encore de croire que Sébastien pourrait avoir raison – ou qu'ils pourraient trouver quelqu'un de la lignée d'Orlando – pour se soucier de quoi que ce soit d'autre que de trouver Jean et de faire de son mieux pour mettre fin au règne de terreur de Serrier une fois pour toutes. Il ne voulait pas prendre de risques inutiles, juste au cas où Orlando pourrait être sauvé – si Orlando lui revenait, il voulait être en vie et en bonne santé pour en profiter –, mais même si le temps était sans conséquence pour Orlando, il pesait lourdement sur Alain, l'incitant à se dépêcher tandis qu'il continuait dans le couloir, cherchant jusqu'à ce qu'il trouve Thierry et sa patrouille.

— Alain, que fais-tu ici ? s'écria Thierry. Où est Orlando ?

— À Notre-Dame, déclara Alain brièvement. Je dois trouver Jean.

— Il est dans une autre partie du bâtiment, mais actuellement j'ignore où. Pourquoi as-tu besoin de lui ? demanda Thierry, percevant la détresse d'Alain.

Il ne savait pas ce qui avait poussé son ami à revenir dans la mêlée au lieu de rester aux côtés d'Orlando, mais quoi que ce soit, cela ne pouvait pas être bon.

— Est-ce qu'Orlando va bien ?

Alain secoua la tête.

— Je pensais qu'il était perdu, mais Sébastien dit qu'il pourrait y avoir un moyen de le ramener. Je dois trouver Jean pour le savoir avec certitude.

Thierry jeta un regard vers les deux dernières portes du couloir qu'il était en train de sécuriser. Il ne réfléchit même pas à la conduite à tenir. Orlando avait besoin d'aide. Alain aimait Orlando. Par conséquent, Thierry ferait tout ce qui était nécessaire pour qu'Orlando obtienne l'aide dont il avait besoin, et cela signifiait trouver Jean. Maintenant.

— Sceller les pièces, ordonna-t-il à sa patrouille. Nous reviendrons nous charger des occupants après avoir trouvé Jean.

Immédiatement, les membres de la patrouille de Thierry lancèrent des sorts, scellant les deux salles afin que personne ne puisse s'en échapper pendant qu'ils étaient ailleurs.

— Allons-y, guida Thierry, indiquant à Alain de repartir dans la direction d'où ils étaient arrivés. Jean et Raymond ont pris l'aile ouest du bâtiment, nous allons donc retourner à l'entrée et nous diriger vers là jusqu'à ce que nous les trouvions.

Dans le cœur d'Alain, l'espoir qu'il redoutait tant d'admettre s'épanouit un peu plus. Avec Thierry à ses côtés, tous deux travaillant de concert, ils ne pouvaient tout simplement pas échouer. Maintenant, il restait à découvrir si Jean pourrait leur fournir les réponses dont ils avaient besoin pour sauver à nouveau Orlando.

XX

— Nous descendons, décida Marcel tandis que les trois patrouilles se séparaient.

Il étudiait les manières d'agir de Serrier depuis assez longtemps pour connaître ses habitudes et, dans chacun des bâtiments qu'ils avaient découverts et fouillés, ils avaient toujours trouvé un refuge, une pièce sûre dans le sous-sol de la structure, protégée plus sérieusement encore par des sorts que le reste du bâtiment. La plupart du temps, ils ne pouvaient même pas y pénétrer, même si Marcel pensait avoir finalement maîtrisé la technique au cours des derniers mois. S'il existait une telle pièce ici, Serrier serait à l'intérieur.

Et Marcel avait bien l'intention d'être celui qui l'affronterait. Dans le feu de l'action, les vampires ne seraient pas en mesure de se nourrir pour renforcer leurs partenaires, Marcel était donc le sorcier le plus puissant de la Milice, ce qui signifiait qu'il était le plus susceptible de vaincre le chef des rebelles. La guerre n'avait déjà que trop duré. Elle prendrait fin ce matin.

Les marches et les couloirs étroits menant au sous-sol forçaient les magiciens et les vampires à marcher à deux de front au maximum, souvent ils devaient même avancer sur une seule ligne. Ils progressaient méthodiquement, désactivant tous les pièges qu'ils trouvaient sur leur passage. Marcel laissa ses subordonnés faire le travail, sachant qu'il aurait besoin de toutes ses forces et de son ingéniosité quand viendrait le moment d'affronter Serrier.

Ils rencontrèrent étonnamment peu de résistance humaine, mais la liste mentale des sorts qu'ils avaient contrée sur leur chemin en s'enfonçant dans les entrailles de l'édifice suggérait que c'était parce Serrier faisait totalement confiance aux pièges pour maintenir les imprudents à distance. Une attaque moins organisée, moins disciplinée leur aurait coûté cher. Marcel remerciait les dieux et les déesses que Raymond ait si volontiers partagé sa connaissance des sorts les plus tordus de Serrier, ce qui leur permettait maintenant de savoir comment les contrer.

Cependant, malgré leur prudence, un cri de douleur ralentit leur progression. Marcel se retourna pour voir qui avait été blessé, son regard tombant sur Georges Pantin, le magicien se retrouvant allongé au sol sous la douleur.

— Marie, fais-le sortir d'ici, ordonna immédiatement Marcel. Lorsque tu auras contré le sort, envoie-le avec son partenaire à l'infirmerie. Puis reviens ici aussi vite que tu le pourras.

— Qu'est-ce qui l'a frappé ? demanda Marie, sachant que les médecins voudraient des informations détaillées pour commencer à traiter Georges aussi rapidement que possible.

Marcel jeta un bref sort de diagnostic.

— Hémorragie interne, murmura-t-il.

Derrière eux, Fabienne blêmit en pensant à la blessure de son partenaire. Mathieu avait insisté pour qu'elle se joigne à la bataille, même s'il était incapable de l'accompagner.

— André, mords-le maintenant au lieu d'attendre. Ça aidera à ralentir la progression de la magie noire, même si ça ne permet pas de résorber tous les dégâts. Les médecins sont persuadés que nous aurions perdu Mathieu si je ne l'avais pas fait quand il a été blessé.

— Ici ? répéta André, les yeux écarquillés.

Il avait entendu des rumeurs au sujet de certains tabous qui avaient été levés en raison de l'alliance, mais il n'avait pas songé à cette éventualité.

— Tu es un vampire, intervint monsieur Lombard. Ton partenaire a besoin de toi. Qu'est-ce que tu attends ?

Marcel avait l'air surpris de l'intervention de l'ancien vampire, d'autant que, quelques heures plus tôt, il ne faisait pas partie de l'alliance ou des partenariats qui en résultaient. Pourtant, cela ne semblait plus avoir d'importance à présent. Quelle que soit la façon dont Lombard avait eu vent de ces informations, il possédait suffisamment d'influence pour impressionner André. Le vampire baissa immédiatement la tête sur le cou de son partenaire, aspirant le sang et la magie noire dans sa bouche.

— Peux-tu le porter et te nourrir en même temps ? demanda Marie. Nous ne pouvons pas lancer un sort de déplacement au milieu des protections de Serrier.

André leva les yeux vers elle, ses lèvres s'activant toujours sur la gorge de son partenaire. Avec précaution, il rééquilibra Georges dans ses bras jusqu'à ce qu'il puisse se relever. Marie le stabilisa d'une main sur son coude, mais André s'écarta, l'incitant d'un geste à lui montrer la voie. Geneviève, la partenaire de Marie, se posta de l'autre côté, nullement décidée à perdre Marie de vue, même pour un court laps de temps.

Marcel les observa jusqu'à ce qu'ils disparaissent à l'angle du couloir.

— Allons-y, ordonna-t-il. Elles nous rattraperont si elles le peuvent.

Au coin suivant, ils se trouvèrent devant un bouclier magique bloquant complètement le chemin. Caroline s'avança pour le contrer, mais au moment où la protection perçut sa magie, elle explosa. Caroline leva les mains pour couvrir son visage, trop tard. Déclenché, le piège projeta des éclats de verre en l'air, entaillant ses mains, s'incrustant dans son visage, ses yeux.

— Caroline ! cria Mireille en rattrapant sa partenaire alors qu'elle tombait.

Marcel jura dans sa barbe.

— Partez ! ordonna-t-il. Rattrape Marie. Dis-lui de rester à l'extérieur pour qu'elle puisse assurer le transport en urgence de tous ceux qui devront retourner à la base.

Hochant la tête, Mireille souleva sa partenaire dans ses bras, se mettant à courir.

Lançant un bouclier protecteur sur lui-même, Marcel ordonna à tout le monde de reculer pendant qu'il commençait à démêler le sort complexe. Il détecta l'œuvre de Serrier dans les méandres cruels de la magie, chaque série pouvant provoquer une nouvelle attaque dévastatrice. Pendant un instant, il souhaita que Raymond puisse être avec lui, pour pouvoir faire appel à son expertise, mais il comprenait le désir de Jean de retrouver le Déviant, et il avait assez de bon sens pour savoir qu'il valait mieux éviter de séparer les partenaires dans un moment comme celui-là, hormis dans de désastreuses circonstances. Fermant les yeux pour se concentrer, il laissa sa magie s'enrouler autour du piège du sorcier rebelle, sentant ses nœuds et ses entrelacs, jusqu'à ce qu'il puisse trouver l'endroit où il démarrait. Il commença à les séparer lentement, laissant ses sens magiques le guider, au lieu de se fier à sa vue qui pouvait être dupée par des illusions astucieuses.

Derrière lui, tous les magiciens retenaient leur souffle, attendant de voir si la magie de Marcel était assez puissante, assez habile pour s'occuper du piège. Une couche vicieuse après l'autre, Marcel détruisit le mur qui entravait leur progression. Un sort d'étranglement échappa à son emprise, mais son bouclier l'arrêta avant qu'il ne puisse blesser quelqu'un, au grand soulagement de Marcel. Le coup, évité de justesse, l'amena à se rembrunir, l'incitant à ralentir davantage ses tentatives, déterminé à ne pas laisser échapper quelque chose d'autre susceptible de blesser les magiciens derrière lui.

Pas totalement certain de vouloir attirer l'attention du vampire le plus ancien dont il avait jamais entendu parler, et encore moins rencontré, Jude ravala ses appréhensions à plusieurs reprises avant d'avoir le culot d'approcher monsieur Lombard.

— Le général est votre partenaire, n'est-ce pas ? demanda-t-il avec hésitation.

Monsieur Lombard acquiesça.

— Si vous vous nourrissez de lui maintenant, pendant qu'il utilise sa magie, vous le rendrez encore plus fort qu'il ne l'est déjà, expliqua Jude. Je ne sais pas combien de temps les effets persistent, mais même si cela permet seulement de l'empêcher de s'épuiser tout de suite, nous serions tous plus en sécurité.

Monsieur Lombard leva un sourcil dubitatif.

— Il dit la vérité, renchérit Fabienne. Comme pour tout le reste, nous ne savons pas pourquoi ça marche… mais ça fonctionne vraiment.

Jude chercha à masquer son air renfrogné à l'idée de tous les avantages de son partenariat qui lui étaient refusés parce que sa partenaire ne pouvait pas admettre qu'elle aimait la violence de leurs affrontements sexuels. Son sang racontait une autre histoire, la faisant passer pour une hypocrite et une allumeuse à ses yeux. Dans cette assemblée, il doutait que ces sentiments soient bien reçus. Il était furieux qu'elle ait accepté le sort de restriction que Chavinier leur avait jeté, qu'elle ait accepté d'être séparée de lui à un moment où être ensemble avait renforcé tous les autres partenariats. Son acceptation à être affectée à la patrouille de Jean était une trahison de plus, une preuve supplémentaire qu'elle n'était bonne à rien, hormis baiser.

— Général ?

Stabilisant sa magie pendant un moment, Marcel se retourna pour regarder le vampire.

— Je pense que je pourrais être d'une certaine utilité, expliqua doucement monsieur Lombard.

Acquiesçant, Marcel pencha la tête sur le côté, voulant garder ses deux mains libres au cas où il y aurait une autre attaque. Il sursauta légèrement en sentant les crocs glisser sous sa peau tannée, puis haleta alors que la puissance de leur partenariat s'installait, le gorgeant de magie. Les couches restantes du sort de Serrier lui semblaient désormais être un jeu d'enfant, même la complexité des sorts ne résistait pas à la puissance décuplée de Marcel. Le sortilège se désagrégea sous son assaut, libérant la voie pour leur permettre de continuer.

À regret, monsieur Lombard releva la tête.

— En avant, général, dit-il avec un geste de la main. Je serai juste un pas derrière vous.

Pour la première fois depuis le début de la guerre, Marcel était totalement convaincu de sa capacité à vaincre Serrier. Avec son partenaire dans son dos, rien ne pourrait les battre.

Il ne fallut que deux pas supplémentaires avant qu'ils ne rencontrent un autre sortilège très semblable à celui qu'il venait de démanteler. Au-delà, grâce à sa magie toujours amplifiée par l'alimentation de son partenaire, il pouvait sentir le refuge qu'ils cherchaient. Il se retourna pour faire face à la patrouille.

— La salle sécurisée de Serrier est juste au bout du couloir, les prévint-il. Cependant, l'espace est trop étroit pour que nous puissions tous lui faire face avec efficacité. Vous risquez tous d'être frappés par un sort égaré si vous restez. Monsieur Lombard continuera avec moi, bien évidemment, et j'aimerais que Magalie et son partenaire nous suivent aussi, pour le cas où nous aurions besoin d'un soutien, je veux que les autres aillent retrouver Raymond ou Thierry pour se joindre à eux. Ça a toujours été un combat entre Serrier et moi. Je ne veux pas que quelqu'un d'autre soit pris dans un feu croisé.

— Nous restons, évidemment, répondit immédiatement Magalie.

— Cependant, ne t'attends pas à ce que le reste d'entre nous s'en aille, protesta Charlotte. Que se passera-t-il si tu tombes ? Veux-tu que Magalie se retrouve seule face à lui ?

— Il ne tombera pas, contredit monsieur Lombard. Vous n'avez aucune idée de sa puissance réelle ni de celle qu'il avait avant même que je le morde. Et il est encore plus redoutable maintenant.

— Et si le Déviant est avec Serrier ? Il s'est peut-être même nourri pour le renforcer lui aussi ? insista Charlotte.

— Penses-tu vraiment qu'il aurait laissé un vampire l'approcher suffisamment pour lui laisser l'opportunité de le mordre ? se moqua Magalie.

— Et même s'il le faisait, ajouta Luc, la puissance d'un vampire est directement liée à son âge. Aucun vampire ne pourrait tenir longtemps face à monsieur Lombard, aussi je doute que Couthon soit d'une aide aussi importante à Serrier que l'est monsieur Lombard pour le général.

— Serrier ne partagerait son refuge avec personne, assura Marcel. Je doute que Raymond et Thierry soient aussi susceptibles de rencontrer des magiciens isolés et je préférerais ne perdre personne si nous pouvons les y aider. Vous m'avez fait confiance jusqu'ici. Croyez encore en moi un peu plus longtemps. Je connais ma force, et j'ai conscience de ce que mon partenaire y a ajouté.

Sous son regard implacable, les autres se dispersèrent lentement, rebroussant chemin dans les escaliers et dans les étages supérieurs à la recherche des autres patrouilles. Charlotte fut la dernière à partir, mais finalement, elle aussi céda, laissant Marcel, Magalie, Luc et monsieur Lombard face au sortilège et à la salle sécurisée.

— Puis-je abuser de nouveau de votre gentillesse ? demanda Marcel à son partenaire en indiquant d'un geste à Luc et Magalie de reculer dans le coin afin qu'ils soient à l'abri de toute répercussion s'il ne parvenait pas à contenir une partie du sort.

— Bien sûr, répondit monsieur Lombard, en reprenant sa place juste derrière Marcel, ses crocs trouvant les marques qu'ils avaient laissées quelques instants plus tôt.

Tout le reste passa au second plan, alors que Marcel sentait la puissante vague de pouvoir le submerger. Même les pierres autour de lui vinrent à son aide tandis qu'il luttait contre la deuxième ligne de défense, la magie de Serrier cédant lentement sous l'assaut intraitable de Marcel.

Il grimaçait chaque fois qu'une nouvelle couche révélait ses vicieux secrets, Marcel était heureux d'avoir renvoyé tout le monde loin du danger. Chacun des sorts aurait pu mutiler sa patrouille en un battement de cœur, et la plupart d'entre eux auraient pu faire bien pire que cela. Son dégoût grandissait au même rythme que sa détermination à en finir avec Serrier une fois pour toutes.

Enfin, la barrière se désagrégea tout comme la première l'avait fait, ne laissant que la salle sécurisée de Serrier entre eux et la victoire. Dès que la seconde défense fut tombée, monsieur Lombard libéra le cou de Marcel, faisant respectueusement un pas en arrière.

— Et maintenant ? demanda-t-il.

— Maintenant, nous dérangeons le lion dans sa tanière.

Ils ne purent faire qu'un pas avant que le premier sort ne traverse la porte fermée pour les atteindre. Marcel le contra négligemment d'un geste de la main.

— Il va falloir faire mieux que ça si tu comptes nous abattre, l'aiguillonna-t-il.

149

— Tu penses que deux vieillards suffiront pour me battre ? railla Serrier, alors que sa voix semblait venir de partout et de nulle part à la fois.

— Non, répondit Marcel. Je pense qu'un seul homme, même vieux, sera plus que suffisant.

Il jeta un sort à son tour, les étincelles de magie crépitant sans faire de mal sur les sorts de Serrier. Le sorcier rebelle ricana de nouveau, mais Marcel sourit. Son sort avait fait exactement ce qu'il voulait qu'il fasse, révélant le caractère des protections magiques. Indiquant d'un geste à Lombard de s'écarter pendant un moment, Marcel commença à murmurer un chant, attirant à lui une couche d'énergie après l'autre. D'un mouvement du poignet, il les extirpa au bâtiment lui-même, dissolvant les murs de la pièce où Serrier se cachait, faisant confiance aux pierres pour le garder en sécurité.

— *Abattoir* ! cria immédiatement Serrier.

Sa panique projeta son sort n'importe où, l'envoyant frapper le plafond au-dessus de la tête de Marcel. De petits éclats de plâtre se mirent à pleuvoir, parsemant de blanc les épaules de Marcel ainsi que ses cheveux, mais ne provoquant par ailleurs aucun dégât.

— Il va falloir apprendre à viser mieux que ça si tu veux avoir une chance de me vaincre, déclara calmement Marcel, la puissance qui continuait à pulser en lui cherchant une issue.

Sans même énoncer un sort à voix haute, il laissa la magie pure s'écouler hors de lui, cherchant à ligoter Serrier pour pouvoir le faire comparaître devant une cour.

Le sorcier rebelle bondit sur le côté à la dernière seconde, percevant le flot inhabituel de magie.

— Et maintenant, qui a besoin d'apprendre à viser ? railla Serrier, en retombant sur ses pieds.

Derrière Marcel, monsieur Lombard se rembrunit. Il avait goûté la puissance de son partenaire et il n'imaginait pas que Serrier résisterait encore longtemps contre elle, mais, sa force mise à part, il suffirait d'un sort bien placé et même Marcel pourrait tomber, d'autant plus que Lombard pouvait voir combien la lutte était physiquement exigeante pour le général. Il pouvait être beaucoup plus alerte que la majorité des hommes de son âge, il n'avait plus trente ans – probablement plus soixante non plus – et c'était assez pour inciter Lombard à entrer en action. Le premier *Abattoir* avait raté son objectif, mais cela ne signifiait pas que le prochain serait aussi mal ciblé. Avançant discrètement sur le côté, il garda un œil prudent sur Serrier, s'assurant que l'attention du sorcier rebelle restait fixée sur Marcel.

Comme il l'avait prévu, le sorcier rebelle ne le considérait pas comme une menace, ne voyant que l'âge apparent d'un corps qui avait été transformé vers la fin d'une vie de mortelle, sans prendre en compte la résistance ou l'agilité que possédaient tous les vampires, indépendamment de l'âge qu'affichait leur apparence physique. L'existence et la longue expérience de Lombard n'avaient fait qu'accentuer ces caractéristiques, le rendant encore plus redoutable. Tandis que les sorts crépitaient d'un côté à l'autre de la pièce, il poursuivit son chemin pour contourner le sorcier rebelle. Il pouvait deviner, d'après les sorts que Marcel lançait, qu'il voulait prendre le sorcier vivant, mais Lombard était trop conscient du temps qui s'écoulait pour laisser la bataille continuer indéfiniment.

Il se souvenait avec une troublante netteté de la manière dont les sorciers avaient rejeté les vampires – comme s'ils ne valaient rien – la dernière fois qu'ils avaient interféré dans une guerre entre mortels. À l'époque, Clovis les avait envoyés à la bataille aux côtés de ses soldats, sacrifiant leur existence aussi négligemment qu'il le faisait avec la vie de ses hommes. Ils avaient combattu aussi férocement que possible, contre la magie et contre l'acier, mais n'ayant que de simples mortels pour les protéger, ils ne s'en étaient pas bien sortis. Clovis avait finalement gagné la guerre, s'assurant la place de premier roi de France, mais les stigmates de sa victoire avaient mis du temps à s'estomper dans la mémoire des vampires qui avaient survécu aux affrontements. Lombard avait souffert bien davantage que la plupart, non seulement il avait perdu des amis ce jour-là, mais il avait aussi perdu son Avoué, un soldat qui avait un regard suffisamment perspicace pour voir au-delà du physique âgé de Lombard, il avait su voir l'homme vif, dynamique qui résidait en lui. Les années qu'ils avaient passées ensemble avaient été beaucoup trop brèves, elles auraient sans doute été trop brèves, même sans la mort prématurée d'Auberon, mais son exécution par les sorciers alamans avait suffi à hanter Lombard pendant de nombreuses années. Le magicien qui se battait aujourd'hui pour leur avenir n'était pas son Avoué, il était à peine son partenaire, mais Lombard refusait de perdre la chance de découvrir où cette connexion pourrait le mener.

Patientant jusqu'à ce qu'il soit certain que l'attention de Serrier était focalisée sur Marcel, Lombard bondit en avant avec la vitesse et l'agilité qui caractérisaient les vampires, ses mains se refermant autour du poignet de Serrier tandis qu'il luttait avec le magicien, espérant parvenir à le désarmer. La baguette tomba rapidement de la prise du sorcier rebelle, mais cela ne mit pas fin au sort dirigé cette fois vers Lombard au lieu de Marcel. L'ancien vampire sentit la vague de magie noire, sentit l'ombre de la douleur qu'elle aurait pu engendrer, mais la combinaison de son pouvoir intrinsèque et de la magie qui coulait en lui par Marcel était suffisante pour neutraliser le sort de Serrier, avant qu'il ne puisse faire le moindre mal.

Le pouls de Marcel s'emballa alors qu'il regardait les deux hommes engagés dans leur corps-à-corps. Le premier sort de Serrier ne semblait pas avoir eu le résultat escompté, mais il n'y avait pas de garantie qu'un autre ne le ferait pas.

— Tu ne peux pas nous vaincre tous les deux, Serrier. Rends-toi maintenant tant que tu le peux encore.

— Va te faire foutre ! jura Serrier.

Il cracha un autre sort en direction de Marcel. Celui-ci fit mouche, en dépit du contre-sort de Marcel, le sang jaillit de son nez et de ses oreilles, là où l'incantation avait endommagé les capillaires.

151

— Vous n'auriez pas dû nous sous-estimer, gronda Lombard, voyant la folie galopante dans le regard du sorcier rebelle. Vous avez perdu toutes vos chances de gagner cette guerre au moment où la Milice a sollicité notre aide.

— Et que crois-tu pouvoir faire contre ma magie, vieil homme ? ricana Serrier. Les vampires ont certes des faiblesses différentes des mortels, mais vous en avez quand même. Votre misérable petit morveux nous l'a prouvé avant que nous l'ayons détruit. Tout ce que j'ai à faire c'est de t'emmener à l'extérieur et tu mourras.

— Je suis mort il y a longtemps, contredit Lombard, déterminé à inciter Serrier à lui parler et à se concentrer sur lui plutôt que sur Marcel. Aussi longtemps que nous nous battons aux côtés de la Milice, nous n'avons rien à craindre, pas même la lumière du jour.

Alors que Lombard parlait, Magalie bondit en avant, mettant visiblement en œuvre un sort de guérison, car les saignements de Marcel ralentirent puis s'arrêtèrent.

— Mais, même aujourd'hui, je suis beaucoup plus humain que vous ne le serez jamais.

La réalité combattait la folie, et une ombre de pitié apparut brièvement sur le visage de Lombard quand il comprit que, quels que soient les démons qui hantaient Serrier, il ne serait jamais rien d'autre que ce qu'il était actuellement. Ses mains se déplacèrent, presque trop vite pour des yeux humains, il attrapa le menton de Serrier d'une main, la barbe noire grattant sa paume, son cou de l'autre et, imposant une brusque torsion, il lui brisa le cou.

— Je voulais le prendre vivant, protesta Marcel, s'écartant des soins accaparant de Magalie au moment où le corps du chef rebelle retombait sans vie de la prise de monsieur Lombard. Nous avions besoin de faire son procès pour montrer au monde que la guerre était finie.

— On ne fait pas un procès à un chien enragé, général. On l'abat, contredit Lombard.

XXI

EN OBSERVANT les gens prêts à les suivre, Jean et lui, Raymond en vint à la pénible conclusion qu'il leur faudrait se contenter de sceller les pièces sur leur passage et espérer qu'ils ne rencontreraient pas un gros contingent de sorciers rebelles. Adèle et lui ne pourraient pas faire face seuls à un trop grand nombre d'adversaires à la fois, même avec tous les vampires non appariés qui avaient insisté pour rester à proximité de Jean.

— Nous nous battons seulement en cas d'attaque, déclara-t-il à la patrouille. Notre objectif, c'est l'*extorris*. Adèle et moi allons sceller les portes derrière nous afin que toute personne qui se trouve à l'intérieur reste dedans, jusqu'à ce que nous soyons prêts à nous occuper d'eux. En dehors de ça, nous nous concentrons sur le Déviant.

— Est-ce une bonne idée ? demanda doucement Adèle à Raymond.

Ce dernier haussa les épaules.

— Ça n'a pas d'importance. Tu as vu Orlando. Jean ne sera pas en mesure de faire quoi que ce soit d'autre tant que le Déviant ne sera pas sous la garde de la Cour.

— Mais nous ne sommes que deux ?

Les lèvres de Raymond s'étirèrent.

— Ce sera un sacré test de nos capacités. Honnêtement, je ne suis pas inquiet concernant les sorciers rebelles parce qu'ils ne verront que notre nombre, pas que toi et moi sommes les seuls sorciers présents. Je suis plus préoccupé par les pièges que Serrier a sûrement mis en place. Jean n'a pas vraiment les idées claires pour le moment.

— Est-ce qu'il nous laisserait passer devant pour nous laisser nous occuper des pièges ? demanda Adèle.

— Probablement pas, il y a un trop grand nombre de vampires n'appartenant pas à l'alliance avec nous, il doit tenir sa place, mais il pourrait accepter de nous laisser l'encadrer, répondit Raymond.

— Ça n'aidera en rien contre le Déviant, si Jean se fait avoir par un des pièges de Serrier, souligna rationnellement Adèle.

— Il s'agit de sauver la face, expliqua Raymond. Il est le chef de la Cour et donc il ne devrait pas avoir besoin de l'aide de qui que ce soit.

— C'est n'importe quoi.

— C'est exactement ce que je lui ai dit, affirma Raymond en riant. Je dois avouer qu'il était loin d'être impressionné.

— Vous avez fini tous les deux ? intervint Jean sarcastique. Nous avons un Déviant à attraper.

Raymond se contenta de sourire à son incorrigible partenaire.

— Ne pars pas en avant, ordonna-t-il. Cela n'apportera rien à personne si tu déclenches les pièges de Serrier avant qu'Adèle et moi ayons pu les neutraliser. Tu ne pourras pas te battre contre le Déviant si tu es blessé, et je ne serais pas en mesure de t'aider sauf si tu souhaites te nourrir devant la moitié de la Cour.

Jean se rembrunit, mais adapta sa vitesse afin que les magiciens puissent le suivre, faisant confiance à Raymond pour soit sécuriser le couloir sur leur passage, soit l'arrêter s'ils avaient besoin de plus de temps.

Raymond blêmit quand il identifia certains des sorts apposés sur les murs et les portes. Il voulait prendre son temps et contrer chacun d'eux, mais il savait que Jean ne souffrirait jamais ce genre de retard, pas après avoir vu dans quel état était Orlando quand ils l'avaient trouvé. Il se contenta de s'appliquer à les recouvrir d'une couche de protection magique afin que, même si quelqu'un les effleurait accidentellement, ils ne se déclenchent pas. La majorité d'entre eux était des illusions, mais pas tous, et il n'y avait pas besoin de beaucoup de réflexion pour en comprendre la logique. Frappé par un sort qui embrouillait les sens, un magicien avait plus de chance de tomber sur un autre sortilège, puis encore un autre, jusqu'à ce qu'il soit finalement atteint par celui qui occasionnerait réellement des blessures graves. Que la majorité de la patrouille derrière lui soit constituée de vampires n'offrait aucune consolation, parce que Raymond doutait que leur nature de non-vivants leur offre une quelconque protection contre cette batterie d'enchantements. Il détestait laisser le travail à moitié achevé – cela allait à l'encontre même de sa nature –, mais il comprenait l'empressement de Jean et savait qu'aucun autre compromis ne pourrait convaincre son partenaire d'attendre plus longtemps.

La colère de Jean s'accrut au fil de leur progression au sein du bâtiment, s'agaçant des restrictions à devoir patienter pour que son partenaire et Adèle sécurisent chaque tronçon de couloir avant qu'ils le parcourent. L'image d'Orlando s'effondrant aux pieds d'Alain le hantait, alimentant son désir de vengeance. Il voulait Édouard, mais il se contenterait de trouver Serrier à la place, ou même ce salopard de Blanchet à qui Raymond avait attribué la plupart des tortures que Karine avait subies, avant de mourir aux mains du Déviant. Il était devenu suffisamment sensible à la magie de Raymond pour percevoir la quantité d'énergie que son partenaire dépensait pour parvenir à avancer à cette vitesse, mais les instincts de Jean n'avaient jamais été influencés par ce genre de considérations. Ils le poussaient à trouver l'*extorris*, et rien d'autre n'avait d'importance.

Un mouvement dans le couloir, devant lui, attira l'attention de Jean.

— Là, souffla-t-il à Raymond. Peux-tu bloquer le couloir afin qu'il ne puisse pas s'enfuir ?

Raymond fronça les sourcils.

— Je peux essayer, mais sans savoir quel genre de sorts Serrier a mis en place dans ce couloir, je pourrais déclencher une réaction en chaîne et tous nous faire tuer.

Jean se rembrunit.

— Alors, nous devons aller plus vite.

Raymond hocha la tête.

— Dis à tout le monde de ne pas toucher les murs, quelle qu'en soit la raison. Si nous pouvons nous concentrer uniquement sur le sol et les sorts qui bloquent le chemin, nous pourrons aller plus vite.

Jean donna l'ordre, établissant clairement les conséquences possibles à ne pas suivre ces consignes. Les vampires se rapprochèrent les uns des autres pour diminuer la probabilité de se frotter accidentellement contre les murs et de déclencher un sort.

— S'il est dans ce couloir, tu ne penses pas qu'il est sans danger d'aller plus vite ? demanda Adèle à mi-voix à Raymond.

Le magicien hésita.

— Probablement, admit-il après un moment, mais si je me trompe, si Serrier a donné au Déviant un moyen d'éviter ses sorts, nous pourrions nous diriger dans un piège.

— Que les pièges soient maudits, cracha Jean. Restez à mon niveau ou rattrapez-moi, mais je lui cours après maintenant.

Avant que Raymond puisse tenter de l'arrêter ou de demander à Adèle de le faire, Jean avait tourné dans le couloir où ils avaient vu du mouvement.

— Couthon ! hurla Jean. Abandonne et rends-toi à la Cour ou fais face à la colère de la Cour et de la Milice réunies.

— Pourquoi le devrais-je ? répondit une voix railleuse, sans que Jean puisse en découvrir l'origine. Qu'est-ce que la Cour ou la Milice n'a jamais fait pour moi ? Lorsque Serrier gagnera cette guerre…

— Serrier ne gagnera jamais cette guerre, contredit Jean, se déplaçant furtivement vers le son de la voix. Il est dépassé en nombre, en qualité et en stratégie. Et tu es *extorris*.

Il se précipita au croisement, s'attendant de trouver sa cible, mais Édouard n'était nulle part en vue.

— Et tu es le dernier, le faible résidu d'une société mourante, cracha Édouard de plus loin dans le couloir.

Le ridicule de cette affirmation arracha un rire à la gorge de Jean.

— Alors, explique-moi pourquoi la Cour me suit plutôt que de se tourner vers Serrier, répliqua-t-il, poursuivant vers l'endroit où il avait entendu la voix du Déviant en dernier.

Derrière Jean, Raymond détourna les pires des pièges qu'il dépassait, son besoin d'être aux côtés de Jean surpassant sa prudence fondamentale. Heureusement, Adèle semblait avoir compris sans qu'il ait eu besoin de lui dire quoi que ce soit, s'attardant un peu pour faire face aux sorts qu'il avait contournés.

155

— Jean, attends ! cria Raymond alors que le chef de la Cour s'apprêtait à faire un pas dans l'un des pièges les plus sournois de Serrier.

Que Jean ne l'ait pas entendu, ou que sa mise en garde soit arrivée trop tard, Raymond n'aurait su le dire, mais son partenaire déclencha le sortilège, tombant sur le sol, ses mains couvrant ses oreilles tandis qu'il se tordait sous un hurlement assourdissant qui semblait perforer ses tympans à chaque battement de cœur. Il essaya de se déplacer, dans l'espoir de s'éloigner du bruit, mais la magie s'accrochait à lui, le son provenant de l'intérieur de sa tête de sorte qu'aucune distance ne pouvait l'amoindrir.

— Adèle ! cria Raymond, courant aux côtés de Jean pour le maintenir en place afin qu'il ne déclenche pas d'autres mines magiques. J'ai besoin d'aide !

— Qu'est-ce qui se passe ? demanda la magicienne en déboulant au coin.

— Un *Assourdi*, répondit Raymond, essayant d'amener son poignet à la bouche de Jean afin que son partenaire puisse se nourrir. Il ne peut même pas m'entendre pour comprendre que je veux qu'il se nourrisse pour réparer les dégâts.

Adèle fronça les sourcils.

— Laisse-moi voir si je peux rompre le charme. Au moins, si le bruit disparaît, il sera assez attentif pour suivre tes gestes.

Raymond hocha la tête pour autoriser Adèle à lancer le sort.

— Quelle misérable excuse pour un leader, ricana Édouard, apparaissant devant leurs yeux.

Sans même lever les yeux de son corps-à-corps avec Jean, Raymond jeta un sort contraignant, mais le Déviant s'écarta de la trajectoire avec l'insupportable vitesse et la grâce que tous les vampires possédaient. Même s'il détestait l'admettre, Raymond redoutait que Jean doive affronter le Déviant seul. Même en travaillant en équipe, il doutait qu'Adèle et lui soient assez rapides.

Son attention se reporta sur le vampire dans ses bras alors que les contorsions de son partenaire s'atténuaient. Caressant le front de Jean pour attirer son attention et l'encourager à ouvrir les yeux, Raymond attendit jusqu'à ce qu'il soit sûr que Jean était avec eux pour ensuite présenter de nouveau son poignet aux lèvres de son partenaire.

Jean hocha la tête et mordit dans la peau soyeuse, le sang aux effets curatifs afflua dans sa bouche, soulageant la douleur dans sa tête et restaurant son audition.

— Que ce que c'était ? demanda-t-il quand il relâcha la main de son amant.

— Un *Assourdi*, répondit Raymond. Il te rend sourd et, s'il n'est pas interrompu rapidement, il peut causer assez de dommages au cerveau pour te tuer. Quoique, peut-être pas sur toi, mais il est susceptible de tuer un magicien qui est sous son emprise depuis trop longtemps.

Jean frémit au souvenir de la douleur cuisante dans ses oreilles et dans sa tête.

— Je pense que si rien n'est fait, il pourrait rapidement conduire beaucoup d'entre nous à rechercher la lumière du soleil plutôt que de souffrir plus longtemps.

— Peux-tu continuer ? demanda Raymond avec sollicitude. Nous pouvons envoyer les autres s'occuper du Déviant et te le ramener.

Jean secoua la tête.

— Non, je dois le faire. Je suis chef de la Cour et c'est ma responsabilité de m'en occuper.

Précautionneusement, il fit un bilan de son état physique en bougeant précautionneusement, puis il se leva.

— Je pense que je vais bien, mais je vais peut-être rester un peu plus près de toi cette fois.

Raymond sourit malgré la situation tendue.

— Cela pourrait être sage. Il est allé par là. Si je me souviens bien, ça mène à une assez grande salle du sous-sol. Et si je me souviens toujours correctement, il n'y a qu'une seule autre entrée par où y pénétrer. Si Adèle prend la moitié de la patrouille et la bloque de ce côté, nous pourrons arriver par l'autre et le coincer entre nous.

Jean hocha la tête et divisa les vampires en deux groupes, envoyant une partie avec Adèle tandis que le reste le suivait le long d'un autre couloir avec Raymond. Comme le magicien l'avait prédit, le passage conduisait à une porte qui ouvrait sur une grande pièce ressemblant à une salle de gym. Baguette à la main, Raymond l'ouvrit précautionneusement, se retrouvant face à face avec le Déviant.

— Ne bouge pas, ordonna-t-il, faisant appel à sa magie d'un geste de la main, mais le Déviant l'ignora, bondissant hors de portée avec la grâce d'un combattant d'arts martiaux et la vitesse d'un non-vivant.

— Laisse-moi m'en charger, grogna Jean.

— Es-tu assez fort pour avoir le dessus ? interrogea Raymond, l'inquiétude amplifiant sa voix.

— Je vais devoir l'être, répondit Jean. Ne le laisse pas fuir, mais pour le reste, n'interfère pas.

Regarder Jean s'avancer seul dans la salle caverneuse s'inscrivait en haut de la liste des choses les plus difficiles que Raymond ait jamais faites. Seul trouver le courage d'aborder Marcel, après avoir quitté Serrier, avait été plus difficile. Son partenaire se déplaça avec la même grâce mortelle que le vampire avait montrée, mais sans sa théâtralité. Raymond songeait que cela le rendait encore plus menaçant, la puissance, contenue dans son silence, parfaitement évidente aux yeux du magicien.

— Il n'y a aucun moyen de sortir, *extorris*, lança Jean au Déviant en atteignant le centre de la pièce. Entre les membres de la Cour et les membres de la Milice qui gardent les portes, tu n'as pas d'autre choix que de m'affronter. Tu peux le faire volontairement ou je peux t'obliger à te présenter devant les juges.

— Je n'ai enfreint aucune loi de la Cour, fit Édouard d'une voix traînante. En dépit de tes vantardises, tu n'as pas réussi à forcer la Cour à rendre illégal le fait d'assécher nos proies.

— Ce n'est pas la raison pour laquelle tu es *extorris*, répondit Jean. Je n'ai pas aimé que tu tues des gens dans les rues, mais je ne t'ai pas poursuivi avant que tu choisisses la mauvaise victime.

— Et quelle victime cela peut-il bien être ? le défia Édouard.

— Celle que tu as laissée sur le seuil de *Sang Froid*, répliqua Jean. Celle vers laquelle tu as conduit les sorciers rebelles. Celle que tu as violée, sodomisée et torturée avant de la laisser là où tu savais que je la trouverais parce que tu savais que sa mort me blesserait.

— Je ne sais pas de quoi tu parles, bluffa Édouard.

— Menteur ! cria Jean, son calme cédant tandis qu'il bondissait sur le Déviant.

Édouard esquiva, mais il était devenu paresseux à force de traiter avec des mortels et il avait sous-estimé la vitesse de Jean. Leurs corps s'écrasèrent l'un contre l'autre, Édouard utilisant l'élan de Jean pour le faire pivoter et le jeter au loin.

— Prouve-le, répliqua Édouard. Tu ne peux pas prouver que j'ai fait quoi que ce soit.

— Un vampire a vendu Karine aux sorciers rebelles, crachat Jean.

Il s'élança à nouveau, ses mains et ses pieds s'envolant tandis qu'il l'attaquait sérieusement désormais, les mots dédaigneux du Déviant suffisant à enflammer sa colère.

Édouard retournait coup pour coup, bloquant chaque attaque avec l'aisance d'années de pratique, virevoltant et bondissant avec une grâce surnaturelle qui laissait Adèle et Raymond les yeux écarquillés et la mâchoire béante.

— Et un vampire l'a tuée, continua Jean, son souffle devenant haletant alors qu'il combattait la faiblesse consécutive à l'*Assourdi* autant que le vampire en face de lui. Et même si tu pouvais me convaincre que quelqu'un d'autre l'a fait, Serrier gardait un vampire en détention et tu n'as rien fait pour l'aider. Et ça, *extorris*, c'est un crime que tu ne peux pas nier.

— Tu donnes l'impression que je l'ai torturé moi-même, ricana Édouard. Je n'ai pas touché au morveux pleurnichard. Il a récolté ce qu'il avait semé en se liant à un faible mortel et étant incapable de se nourrir pour récupérer des sorts de Serrier. Dommage qu'il n'ait pas pensé à le raconter à Serrier avant qu'il ne verse le sang de quelqu'un d'autre dans sa stupide gorge. Pas que je me plaigne, bien sûr. Comme il ne l'a pas finie, j'ai eu ce plaisir.

L'estomac de Jean s'agitait à l'idée de la douleur qu'Orlando avait dû endurer, et pas uniquement sous la torture en elle-même, mais de s'être vu imposer un poison sous la forme du sang d'une pauvre femme.

— Tu n'as aucune idée de la force qu'il tire de ce lien, riposta le chef de la Cour. La force suffisante pour faire face à l'aube et y survivre, mais toi... tu as perdu cette occasion quand tu as choisi le camp de Serrier. Le lever du soleil de ce matin était le dernier que tu n'auras jamais.

Il s'élança à nouveau, parvenant à trouver une prise sur le bras d'Édouard. Le Déviant se débattit, utilisant toutes les astuces qu'il avait apprises au cours de ses années de survie pour tenter de s'échapper, mais il avait sous-estimé la force de Jean, la puissance qui provenaient de son âge, de sa position et, surtout, de son partenariat. En quelques instants, Jean l'avait soumis, épinglant les bras d'Édouard derrière son dos et commençant à le conduire vers la sortie où Raymond montait la garde.

— Tu ne peux rien me faire maintenant, l'aiguillonna Édouard. Tu es aussi prisonnier de la lumière du jour que je le suis.

Jean se contenta de rire, même si le son rauque ne dénotait aucun amusement.

— Tu sais si peu de choses, *extorris*. Mais ça se termine aujourd'hui.

— Jean, ne fais pas ça, murmura Raymond. Ne t'abaisse pas à son niveau.

— Tu as vu Karine, répondit simplement Jean à mi-voix. Tu as vu ce qu'il lui a fait, et tu as vu Orlando ce matin. Il a commis des crimes inadmissibles.

— Je ne dis pas que tu as tort, assura Raymond, juste que tu n'aides pas votre cause en agissant comme ça. Tu m'as dit que les vampires avaient les moyens de s'occuper de ces problèmes, mais tu ne les suis pas. La loi contre la discrimination n'est pas encore passée. Si tu fais ça et que les choses viennent à se savoir, tu auras juste prouvé aux opposants qu'ils avaient raison, en leur montrant que tu ne peux même pas respecter vos propres lois.

— Que dit la Cour ? interrogea Jean, se tournant vers les vampires qui avaient afflué dans la salle après qu'Édouard eut été maîtrisé. Quel sort est-ce qu'il mérite ?

— Ce n'est pas ainsi que fonctionne un *judicium*, intervint monsieur Lombard depuis le couloir.

La foule de vampires se sépara pour le laisser passer. Les yeux de Jean s'abaissèrent comme ceux d'un enfant pris en faute.

— Ton dévouement envers ton ami te fait honneur, mais tu ne gagneras rien en contournant nos lois, poursuivit l'ancien vampire. Tu l'as sous ta garde et tu as les moyens, grâce à ton partenaire, de le garder en détention jusqu'à ce que la Cour puisse être convoquée formellement et qu'un vrai *judicium* puisse avoir lieu. Le résultat sera le même, mais l'impact de ta demande pour l'égalité sera beaucoup plus important de cette façon.

— Tu peux le mettre dans l'une des cellules de détention du siège de la Milice, proposa Marcel, arrivant aux côtés de Lombard. Ce sont toutes des pièces aveugles, ainsi tu n'auras pas à t'inquiéter de la lumière du jour. Et je peux essayer d'activer les choses pour te trouver un lieu formel dans lequel tu pourras tenir le *judicium*, afin que cela ajoute une note de formalité aux yeux de la population.

— Accepte, cela offrira de la dignité à la mort de ton amie et de la légitimité à ton autorité, pria Raymond à mi-voix.

Incapable de leur tenir tête à tous, Jean hocha lentement la tête.

— Je vais avoir besoin de quelqu'un pour être *accusator* à ma place parce que je ne peux pas être à la fois juge et partie plaignante.

159

— Il y aura certainement, quelqu'un qui se portera volontaire lui assura, Marcel alors que le reste des patrouilles arrivait. Il n'y a pas pénurie de vampires ici.

Jean se rembrunit, même si Marcel avait probablement raison, le chef de la Cour ne voulait pas confier ce rôle à n'importe qui. Il voulait qu'il n'y ait aucun doute quant à l'issue du procès.

— Me laisserais-tu prendre ta place ? demanda Sébastien avec déférence.

Jean regarda fixement le vampire, ses sentiments mitigés au sujet de Sébastien tourbillonnant en lui ; mais alors que Thierry rejoignait son partenaire, Jean réalisa que les liens de l'attachement – de Sébastien pour Thierry, de Thierry pour Alain, d'Alain pour Orlando – feraient de Sébastien le vampire le plus légitime pour que justice soit faite, exception faite de Jean lui-même.

— Je ne peux penser à personne d'autre en qui je pourrais avoir plus confiance, déclara-t-il sérieusement en offrant sa main en signe de paix, destiné à mettre le passé de côté une fois pour toutes.

Sébastien sourit et saisit la main tendue.

XXII

— Jean !

Une agitation dans la foule attira l'attention de ceux qui s'étaient rassemblés autour du Déviant captif.

— Où est Jean ? Je dois trouver Jean !

— Alain ? Que fais-tu ici ? demanda Jean quand le magicien blond se fraya un chemin à travers la foule.

Il s'attendait à passer des heures, voire des jours, sans revoir Alain.

— Où est Orlando ? s'inquiéta-t-il.

— À…

La voix d'Alain se brisa.

— Il a passé trop de temps sans s'alimenter, intervint Sébastien.

— J'ai essayé, ajouta Alain, tenant son poignet, lacéré par ses ongles alors qu'il se débattait pour obtenir suffisamment de sang pour tenter Orlando. Mais il ne s'est pas réveillé, n'a pas avalé. Le sang a juste coulé hors de sa bouche. Il ne respirait plus non plus. J'ai essayé, Jean.

— Ainsi, tu es celui qui a pris ce misérable fou au piège, ricana Édouard. Tu l'as condamné, tu sais, le laisser se faire capturer comme ça. S'il avait été assez intelligent pour te résister, il aurait été en mesure de se nourrir ces derniers jours, et il ne serait pas perdu aujourd'hui.

Édouard recula sous le coup de Sébastien, sa puissance l'aurait sans doute envoyé au sol si le chef de la Cour n'avait pas été debout juste derrière lui.

— Ferme ta sale gueule, grogna Sébastien. Tu n'as pas la moindre idée de ce dont tu parles.

— Oblige-moi, l'aiguillonna Édouard.

Sébastien s'avança avec l'intention de faire physiquement taire le Déviant, quand trois sorts silencieux différents frappèrent le vampire de trois directions différentes. Raymond haussa un sourcil.

— Cela devrait le tenir tranquille pour un moment.

— Sébastien avait raison ? demanda Alain, ramenant la conversation sur le seul sujet dont il se souciait vraiment à cet instant. Peux-tu aider Orlando ?

— Je ne sais pas, admit Jean.

Son cerveau s'activa pour tenter de se souvenir de chaque bribe d'information qu'il aurait pu lire sur la manière de ranimer un vampire qui avait passé trop de temps sans se nourrir. Si lui-même – ou l'un des vampires présents – avait créé Orlando, ce ne serait pas un problème, mais le créateur d'Orlando avait été détruit depuis une centaine d'années.

— Sébastien a raison, il y a un moyen de l'aider, mais je ne sais pas qui a transformé le créateur d'Orlando et, sans cette information, il n'y a rien que je puisse faire.

— Qu'en est-il des généalogies ? demanda monsieur Lombard. Tu les as conservées, n'est-ce pas ?

— Bien sûr que je les ai ! protesta Jean. Mais Orlando ne savait rien de l'histoire de son créateur hormis son nom et je n'ai pas pris le temps de poser des questions après avoir vu dans quel état Orlando se trouvait. Nous avons rendu la justice et ça a été la fin de ce pervers. Peut-être que l'un des vampires britanniques le connaît. Beaucoup d'entre eux sont venus ici en même temps que Thurloe parce que son comportement en Angleterre avait rendu leur vie là-bas compliquée pour tout le monde.

— Quoi que vous décidiez de faire, interrompit Marcel, vous ne pouvez pas le faire ici. Serrier est mort et tu as le Déviant sous ta garde, mais il y a encore des sorciers rebelles dans les parages, certains d'entre eux sont encore en liberté. Nous avons besoin de sécuriser le bâtiment, de nous occuper des prisonniers et d'informer le président.

— Certains vampires ne peuvent pas partir, rappela monsieur Lombard au général de la Milice.

— Il y a suffisamment de magiciens pour les transporter par magie partout où nous le désirons, lui assura Marcel. Et beaucoup d'endroits au siège de la Milice où ils seront en sécurité, jusqu'à ce que Jean ait obtenu toutes les informations dont il a besoin pour que nous puissions les renvoyer chez eux.

— Je dois retourner auprès d'Orlando, intervint Alain, se sentant comme un lion en cage.

— Ramène-le également au siège de la Milice, suggéra Jean. Si le vampire dont nous avons besoin n'est pas ici, à Paris, cela peut prendre un certain temps pour le ou la faire venir. Il sera plus en sécurité là-bas, ou peut-être chez lui, que dans une église ouverte.

— Combien de temps a-t-il ? interrogea Alain, l'inquiétude clairement perceptible sur son visage et dans sa voix.

— Tant que son corps est protégé des rayons du soleil, il n'y a aucune limite de temps, le rassura Jean.

— Vas-y, dit Thierry, en observant l'expression sur le visage d'Alain. Retourne auprès de lui. Je te rejoins dès que nous nous serons occupés des vampires afin de t'aider à amener Orlando là où tu voudras aller.

Alain hocha la tête et commença à murmurer le sort de déplacement.

— Pas d'ici, l'avertit immédiatement Thierry. Tu ne peux pas passer à travers les sorts.

Alain interrompit sa magie et courut vers la porte, le besoin d'être à nouveau auprès d'Orlando devenant irrépressible.

162

— Je suppose que nous devons supprimer les sorts externes de Serrier avant de déplacer quiconque depuis l'intérieur du bâtiment, commenta Raymond en projetant un sort de recherche dans les murs. Oui, il est conçu pour garder les gens dedans, ou dehors, et, une fois qu'il sera retiré, les sorciers rebelles qui ne sont pas déjà enfermés seront également en mesure de partir. Je peux le faire quand vous voulez, mais je veux simplement que vous soyez conscient des conséquences si je le fais.

— Avec les trois patrouilles, nous avons assez bien quadrillé le bâtiment, commença Marcel.

Raymond secoua négativement la tête.

— Nous n'avons rien fait, à part neutraliser suffisamment les pièges de Serrier pour poursuivre le Déviant, expliqua-t-il. Nous n'avons rencontré aucune résistance humaine, mais nous n'avons pas vérifié les pièces devant lesquelles nous passions. Elles pourraient toutes être pleines pour ce que j'en sais.

— Alors, nous devons commencer par ça, déclara Marcel, ses yeux exprimant ses excuses à Jean. Nous avons travaillé trop dur pour laisser un nombre incalculable de sorciers rebelles s'échapper. Même avec Serrier mort, nous devons achever cette histoire proprement, sans quoi la guerre pourrait encore traîner pendant des semaines ou des mois.

Jean ravala ses protestations. Tant qu'Orlando était protégé du soleil, son corps pourrait récupérer dès qu'ils auraient trouvé le bon vampire pour lui offrir son sang, et Alain savait qu'il ne devait pas laisser la lumière du soleil l'approcher. Malgré son besoin urgent d'aider son ami, ils avaient réellement les moyens de faire les choses correctement.

— Répartissez-vous, ordonna-t-il aux vampires. La moitié avec Marcel et monsieur Lombard, la moitié avec Thierry, Sébastien, Raymond et moi. Plus vite, nous sécurisons le bâtiment, plus vite, nous serons en mesure d'aider Orlando et de rentrer tous chez nous.

Les vampires se déplacèrent rapidement pour rejoindre l'une ou l'autre patrouille. L'armée s'éparpilla de nouveau pour terminer le travail qu'ils avaient entamé.

De l'autre côté de la ville, Alain réapparut sur le parvis de Notre-Dame, pas vraiment sûr de pouvoir se déplacer directement à l'intérieur de la cathédrale. De toute façon, même s'il le pouvait, il avait trop de respect pour le caractère sacré de l'emplacement pour apparaître ainsi. Baguette toujours en main, bien qu'avec une prise lâche et pointée vers le sol, il retourna à l'intérieur, s'empressant de rejoindre la petite chapelle latérale où il avait laissé Orlando. Le prêtre était toujours agenouillé au même endroit, exactement comme il l'avait promis, les mains posées sur la tête d'Orlando comme pour le bénir, tandis qu'il priait pour la sécurité d'Alain et son retour rapide.

— Merci, mon père, murmura Alain en se mettant à genoux à côté du prêtre et en attirant Orlando dans ses bras. Je vais rester avec lui maintenant.

Le prêtre l'étudia d'un œil attentif.

— Vous semblez plus calme que lorsque vous l'avez quitté. Avez-vous réussi ?

— Serrier est mort, la rébellion a pris fin, et les responsables des tortures d'Orlando sont en garde à vue, répondit Alain. Tout ce qui reste à faire, c'est que les vampires trouvent un moyen de l'aider.

— Il n'est donc pas mort ?

Alain rit doucement, frottant les cheveux d'Orlando avec son visage.

— Il est mort, et même s'ils peuvent l'aider, il sera toujours mort, mais ils pensent qu'ils peuvent le réveiller, lui rendre son état habituel, celui qu'il avait avant que Serrier le capture.

— Voilà de bonnes nouvelles, admit le prêtre. Est-ce que ça va aller si je vous laisse seul avec lui à présent ? Si je retourne à mes devoirs ?

— Oui, mon père, ça ira. Mon ami viendra très bientôt et nous pourrons vous rendre à votre chapelle.

Le prêtre haussa les épaules.

— Vous êtes les bienvenus ici, dans la maison du Seigneur, aussi longtemps que vous aurez besoin d'y rester. Ce n'est pas à moi qu'il revient de refuser à quiconque l'hospitalité de ce lieu quand il cherche protection, secours, repos ou consolation, déclara-t-il en se levant. Que Dieu vous bénisse tous les deux, mon fils.

Alain sourit au visage d'Orlando alors que le bruit des pas du prêtre s'estompait.

— Il l'a déjà fait, murmura Alain, le jour où tu es entré dans ma vie. Maintenant, nous avons juste à t'y garder.

Il déposa un tendre baiser sur le front d'Orlando, voulant embrasser les lèvres de son amant, même si elles étaient molles, mais il ne désirait pas profaner un lieu sacré par un geste déplacé.

— Tu vas te rétablir, promit-il. Jean va trouver un vampire de ta lignée et nous l'amener – ou nous t'amènerons à lui – et nous obtiendrons le sang dont tu as besoin. Et ensuite, nous ne serons plus jamais séparés. La guerre est finie. Enfin, presque terminée. Jean a capturé le Déviant et Marcel a tué Serrier. Tout ce qu'il reste à faire, c'est nettoyer les pots cassés et, ensuite, nous pourrons aller de l'avant, ensemble. Nous aurons toute la vie devant nous. Nous avons juste besoin de décider quoi en faire. Que voudrais-tu faire ? Y a-t-il un endroit où tu voudrais aller ? Nous le pourrons. Partout où nous voulons. Où voudrais-tu aller ? Cite un lieu et nous y allons.

Le silence que rencontrèrent ses questions, bien que prévisible, déchirait quand même le cœur d'Alain. La zone dans son esprit où il avait été en mesure de sentir Orlando était désormais vide, aussi froide et sans vie que le corps dans ses bras. Il s'accrochait à l'espoir – celui qu'il pensait avoir perdu lorsqu'Edwige et Henri étaient morts – à la promesse de Jean de rechercher un vampire capable d'aider Orlando. Il savait que les chances d'identifier le créateur de Thurloe étaient minces, plus encore de le trouver, mais l'alternative – perdre Orlando – était impensable. Il devait y avoir un moyen. Il ne pouvait envisager aucun autre avenir.

Il leva les yeux vers l'avancée des reflets dansants des vitraux de la cathédrale sur le mur d'en face, se demandant ce qui prenait si longtemps à Thierry. Cela aurait dû être le travail d'à peine quelques minutes de renvoyer les vampires non appariés au siège de la Milice.

Alors qu'il attendait, son esprit divagua vers divers scénarios capables d'expliquer l'absence persistante de son ami. Ils devaient supprimer les sorts de Serrier avant de pouvoir déplacer les vampires, mais Raymond était présent. Un tel sort n'aurait pas dû lui prendre plus de cinq minutes. Alain l'avait vu retirer des sorts beaucoup plus complexes sans aide et en moins de temps que cela. Était-ce un problème avec les vampires eux-mêmes ? Quelque chose qui empêchait le charme de déplacement de fonctionner sur eux ? Ou avaient-ils rencontré des résistances après qu'Alain était parti ? Se battaient-ils encore, assiégés par un groupe non retenu de sorciers rebelles ?

Incapable de rester sans bouger, il se leva, arpentant la petite chapelle tandis qu'il attendait l'arrivée de Thierry, sa préoccupation augmentant à chaque minute qui passait jusqu'à ce qu'elle se transforme en inquiétude, puis en panique. Il avait presque atteint le point où il envisageait de quitter à nouveau Orlando pour retourner à la base de Serrier, quand il aperçut Thierry à l'arrière de l'église. Il sortit dans la nef afin que le magicien puisse le trouver sans avoir à l'appeler.

— Qu'est-ce qui a pris si longtemps ? demanda-t-il quand Thierry le rejoignit.

— Nous ne pouvions pas retirer les sorts, expliqua celui-ci. Nous ne voulions pas que tout notre dur travail soit annulé en laissant tout le monde s'échapper. Nous devions sécuriser tous les groupes de prisonniers et nous assurer que nous n'avions pas manqué quelqu'un avant que Raymond annule le sortilège. Mais c'est fait maintenant. Tout le monde est soit de retour au siège de la Milice, soit sur le point d'y arriver, en dehors de toi et d'Orlando. Alors, où allons-nous ? Au siège de la Milice ou à ton appartement ?

Alain avait passé une partie de son attente, pendant qu'il arpentait, à soupeser les possibilités. Alors qu'il avait une préférence pour l'intimité de leur appartement, où il pourrait prendre soin paisiblement d'Orlando quand Jean aurait trouvé le vampire qui l'aiderait, il lui serait plus facile de garder un œil sur les progrès de la recherche concernant ledit vampire s'il était au siège de la Milice. Il pourrait toujours compter sur Thierry ou quelqu'un d'autre pour les renvoyer dans leur appartement une fois qu'Orlando serait réveillé.

— Le siège de la Milice, du moins pour l'instant.

Thierry hocha la tête et attendit qu'Alain soulève Orlando dans ses bras. Quand il vit qu'Alain était prêt, il jeta le sort les ramenant tous les trois dans le bureau qu'il partageait avec Alain.

— Mets-le sur le canapé, suggéra Thierry. Il sera à l'aise et en sécurité avec les volets fermés jusqu'à ce que nous trouvions un moyen de l'aider.

Précautionneusement, Alain déposa Orlando sur la couchette, étirant ses membres dans une position aussi confortable que possible. S'il faisait abstraction du sang qui tachait les vêtements de son amant et l'immobilité inhabituelle de son corps, il pourrait presque croire qu'Orlando était tout simplement en train de dormir. Il repoussa volontairement la pensée qu'il se trouvait dans un sommeil dont il pourrait bien ne jamais se réveiller.

— Je ne veux pas le quitter, avoua Alain. Même en sachant qu'il n'y a rien que je puisse faire jusqu'à ce que Jean découvre l'identité du vampire dont nous avons besoin, j'ai l'impression que je dois rester ici.

— Alors, reste, répondit Thierry. Je peux aller faire le point avec Jean pour toi, je te ferai savoir où en sont ses progrès. Ou je peux lui demander de venir s'occuper de la rencontre avec les vampires ici, plutôt que dans le bureau de Raymond. Ainsi, tu pourrais entendre exactement où il en est.

— Je ne veux pas qu'ils viennent tous déambuler ici, qu'ils dévisagent Orlando, décida Alain après un moment. S'il a besoin de moi, tu peux m'appeler pour que je le rejoigne. Dans le cas contraire, je te laisserai m'apporter régulièrement des nouvelles.

— Dans ce cas, je vais aller voir où ils en sont, proposa Thierry. Veux-tu que Sébastien te tienne compagnie ? De nous tous, c'est lui qui a le plus de chance de comprendre ce que tu ressens.

— Ce serait bien, merci, répondit Alain. S'il n'est pas occupé.

Thierry sourit.

— Il ne le sera pas. Pas si tu as besoin de lui.

Toutefois, il ne savait pas si Alain l'avait réellement entendu, parce que son ami était retourné aux côtés d'Orlando, sa main caressant ses membres immobiles de haut en bas, comme s'il pouvait, d'une certaine manière, ranimer le vampire par la dévotion de son contact. Secouant la tête, Thierry les laissa seuls et partit à la recherche de son amant, puis de Jean. Il trouva Sébastien à l'extérieur du bureau de Raymond, visiblement aussi soucieux qu'Alain d'avoir des informations.

— Des nouvelles ? demanda-t-il.

Sébastien secoua la tête.

— Pas encore, mais il a seulement parlé à quelques vampires, dont la plupart sont franchement trop jeunes pour avoir connaissance des informations dont nous avons besoin. Thurloe vivait au milieu du XVIIe siècle. Il n'y a pas beaucoup de vampires existant déjà à cette époque, du moins, pas à Paris.

— Alors, qui pourrait l'être ? demanda Thierry.

Sébastien secoua la tête.

— Honnêtement, je ne sais pas. Je suis resté loin de la Cour trop longtemps. Je suppose que Jean devra prendre contact avec son homologue à Londres et qu'il nous faudra espérer qu'ils ont des dossiers sur cette époque-là, en dépit de l'agitation causée par Thurloe qui a conduit, il y a de cela une centaine d'années, à une migration de masse.

— Qui puis-je aller chercher pour, au moins, essayer d'aider Jean ? demanda Thierry. Jude, et qui d'autre ? À moins que Jean ait déjà parlé à Jude.

— Non, Jude n'est pas encore passé, répondit Sébastien. Et que suis-je censé faire pendant que tu pars à la chasse des vampires susceptibles d'apprendre quelque chose à Jean ?

— T'assurer qu'Alain reste sain d'esprit, répondit sérieusement Thierry. Il est dans mon bureau avec Orlando et, pour l'instant, il tient le coup, mais je continue de m'attendre à le voir s'effondrer d'un moment à l'autre maintenant. Il n'était même pas aussi mal après la mort de Henri, et je pensais alors qu'il ne pourrait pas être plus malheureux sans en devenir fou.

Sébastien sourit tristement.

— Je n'ai jamais eu d'enfant, aussi je ne peux pas imaginer ce que, c'est d'en perdre un, et encore plus de savoir qu'il a été assassiné, mais je sais ce qu'Alain subira si nous ne pouvons pas aider Orlando. Je vais aller m'asseoir à ses côtés. Je suis presque sûr que Jude est plus ancien que Thurloe ne l'aurait été. S'il ne connaît pas la réponse, il aura sans doute des idées sur qui pourrait l'avoir.

Thierry hocha la tête.

— Je vais voir si je peux le trouver.

— À mon avis, tu as toutes les chances de le trouver juste à l'extérieur de la pièce – quelle qu'elle soit – où se trouve Adèle. Il ne peut pas être auprès d'elle, mais il ne semble pas pouvoir résister à l'attrait de sa présence malgré tout.

— C'est tellement merdique, commenta Thierry avec un hochement de tête.

— Tu t'occupes de Jude, déclara Sébastien en embrassant rapidement Thierry. Je vais rester avec Alain. Donne-moi des nouvelles dès que tu en as.

Thierry regarda Sébastien s'en aller et partit ensuite à la recherche de Jude. Il le trouva quelques minutes plus tard, comme Sébastien l'avait prédit, guettant depuis l'extérieur, juste à la limite imposée par l'Ordre de restriction.

— Tu dois venir discuter avec Jean, dit-il fermement.

— Pourquoi ? interrogea Jude. À cause de lui, je ne peux même plus me nourrir de ma partenaire en privé. Je ne veux plus rien avoir à faire avec lui.

— Ce n'était pas une suggestion, répliqua Thierry en saisissant le bras de Jude. Tu es probablement le plus à même d'aider Orlando.

— Et pourquoi voudrais-je faire ça ? grommela Jude. C'est un gamin qui n'a pas eu assez de bon sens pour rester en dehors d'une situation qui risquait de l'entraîner loin de son Avoué.

— Parce que si tu ne le fais pas, gronda Thierry, je ferai modifier l'Ordre de restriction afin que tu ne puisses plus du tout t'approcher d'elle. La guerre est pratiquement terminée. Tu ne nous ne manquerais pas à ce point. Et je serais prêt à parier que si Jean découvre que tu as refusé d'aider, il te fera passer en jugement, de la même manière qu'il a l'intention de le faire avec le Déviant qui a aidé Serrier. Il a été très clair quand il a déclaré que, pour lui, ne pas aider un vampire revenait au même que de le blesser activement.

— Tu n'oserais pas ! protesta Jude.

— En es-tu suffisamment sûr pour vouloir me tester ? le défia Thierry.

— Enfoiré, cracha Jude, mais il suivit néanmoins Thierry jusqu'au bureau de Raymond. Tu m'as appelé ? railla-t-il en découvrant Jean assis au bureau avec son partenaire, dans le placard à balais encombré qui passait pour être le bureau de Raymond.

Un autre jour, il se serait amusé de l'incongruité de voir le chef de la Cour mener ses affaires dans un environnement aussi quelconque.

— Sébastien a suggéré qu'il était de l'époque adéquate pour connaître quelque chose d'utile, expliqua Thierry avec un haussement d'épaules. J'ai pensé qu'en l'amenant ici, tu pourrais lui poser des questions.

— Alors, que suis-je supposé savoir exactement qui pourrait sauver votre précieux Orlando ? questionna Jude d'une voix traînante.

— L'identité de celui qui a transformé son créateur, expliqua Jean.

— Et son créateur était ?

Jean fixa le vampire insolent.

— Thurloe. C'était le maître-espion de Cromwell.

Jude haussa un sourcil.

— Eh bien, c'est un nom que je ne pensais pas réentendre un jour.

— Tu le connais ? demanda Jean, se penchant en avant avec animation.

— J'ai ce déplorable honneur. C'est le seul vampire que j'ai toujours regretté d'avoir transformé.

XXIII

— Pourquoi n'avoir rien dit plus tôt ? s'écria Jean. Tu savais que nous recherchions un vampire de la lignée d'Orlando !

— J'ai laissé tomber Thurloe dès que je compris ce qu'il était, se défendit Jude. Je n'ai pas gardé la trace de tous les bâtards qu'il a engendrés. Il les transformait comme des riens. La plupart d'entre eux n'ont pas survécu. D'ailleurs, de nombreux vampires sans aucun rapport avec lui n'ont pas survécu à cause de sa cruauté. Victoria a ordonné une purge des vampires sur le sol britannique à cause de lui, et ceux qui n'ont pas pu fuir assez vite ont été capturés et exécutés. Je supposais que tous ceux qu'il avait conçus avaient disparu avec lui.

— Il n'a pas été détruit en Angleterre, rectifia Jean. Il a émigré en France et s'est caché ici pendant probablement une trentaine d'années, avant que je découvre Orlando et que je mette un terme à Thurloe pour de bon.

Jude haussa les épaules.

— Je n'étais pas encore à Paris. Je suis resté à Rouen jusqu'à la fin de la Première Guerre mondiale. Alors, où est le pauvre garçon ? Je suppose que vous l'avez planqué dans un endroit sûr.

Thierry serra les poings pour se retenir d'envoyer un direct dans la bouche insolente de Jude.

— Ferme ta gueule, Jude, grogna Jean. Tu n'impressionnes personne avec tes insultes.

— Oh, mais c'est tellement amusant de vous voir tous postillonner et fulminer, susurra Jude. Penses-tu être capable Jean de supporter de m'être redevable afin que ton ami recouvre la santé ?

— Méfie-toi, Jude, avertit Jean. Refuser l'aide à un vampire dans le besoin pourrait te valoir de te retrouver devant la Cour. Avec l'émotion soulevée à cause de l'*extorris*, je doute que tu t'en sortes bien.

— Donc, tu me menaces, pour que je me soumette ? répliqua Jude. Tu risques gros, chef de la Cour.

— C'est un risque que je choisis de prendre. Alors, quelle est ta décision, Leighton ? L'aideras-tu ou vas-tu faire face à la Cour ?

— Je vais l'aider, céda Jude, mais je veux que l'Ordre de restriction soit levé.

— Ce n'est pas quelque chose que je peux accorder, lui rappela Jean. Je ne suis pas un magicien.

— Peut-être pas, mais ton partenaire l'est. Et l'Avoué du gamin aussi. Fais-le révoquer. La guerre est finie. La bienséance n'a plus d'importance.

169

— La guerre n'est pas vraiment terminée, se moqua Thierry. Nous devrons traquer le reste des forces de Serrier pendant des mois.

— Vous n'avez pas besoin de moi pour ça.

— Si nous n'avons pas besoin de toi, alors tu n'auras pas besoin d'Adèle, répliqua Thierry. Et si tu n'as pas besoin d'elle, alors l'Ordre de restriction est hors de propos. Il ne t'empêche pas de te nourrir de quelqu'un d'autre, seulement d'abuser d'elle.

—Abuser ? renifla Jude. Elle en a aimé chaque minute.

— Ce n'est pas la version qu'elle a donnée.

— Une salope menteuse.

— C'est ridicule, intervint Jean. Aide Orlando. J'en parlerai à Marcel et à Adèle et je verrai s'ils sont d'accord, mais je ne vais pas te laisser prendre l'avenir d'Orlando en otage. Si tu l'aides, je ferai ce que je peux en guise de remerciement, mais je ne t'offre aucune garantie, et tu commenceras par l'aider. Sinon considère-toi comme convoqué au *judicium*.

— Si tu n'assumes pas la part du marché, je ferai en sorte que tu sois déchu, l'avertit Jude. Où est-il ?

— Dans mon bureau, répondit Thierry. Alain et Sébastien sont avec lui.

Jude roula des yeux.

— Eh bien, allons-y. Il ne faudrait pas le faire attendre.

Ils remontèrent le couloir vers le bureau d'Alain et Thierry. Ce dernier insista pour frapper avant d'entrer en expliquant :

— Tu apportes de l'espoir et de l'aide, mais Alain le veille. C'est simplement de la politesse de l'avertir avant d'entrer.

— Le gamin n'est pas un putain de membre de la famille royale, gronda Jude. C'est juste un fou puéril et transi d'amour qui s'est lié à un magicien trop faible pour le protéger.

C'était plus que Thierry ne pouvait en supporter. Il pivota et tendit la main vers le col de Jude, sa magie crépitant autour de lui sous l'effet de sa fureur, mais Jean lui coupa l'herbe sous le pied, projetant violemment Jude contre le mur.

— Un mot de plus, siffla Jean. Un seul mot de plus et je te retirerai la protection de la Cour. Tu devras te débrouiller seul, quoi qu'il t'arrive. Hors de l'alliance, hors de la ville.

— Fais ça, et ton ami restera dans les limbes pour l'éternité. Je suis l'aîné de ma ligne.

— Je peux le faire taire, proposa Thierry, sa baguette pointée sur le visage de Jude. Ça ne lui fera pas mal. Cela mettra juste fin à son bavardage.

— Nous n'avons pas besoin de prévenir Marcel que j'ai utilisé un *Forçage* pour m'assurer de sa coopération, ajouta Raymond. Il suffit d'un mot.

— Jude ? demanda Jean.

— Va te faire foutre, cracha Jude en poussant la porte. Alors, où est-il ? demanda-t-il sans s'adresser à quelqu'un en particulier.

Alain se rembrunit en voyant qui avait envahi son sanctuaire, mais puisque Jean, Raymond et Thierry étaient avec lui, Alain imaginait que Jude devait être celui qui aiderait Orlando.

— Sur le canapé.

— Tu peux rester, déclara Jude à Alain. Il pourrait avoir besoin de toi quand il se réveillera. Les autres, attendez dehors. Je n'ai pas besoin d'un public.

— Et comment saurons-nous que tu vas tenir ta promesse ? le défia Thierry.

— Le gamin va se réveiller. Ensuite, nous verrons si le chef de la Cour a autant de paroles.

Exaspéré par les insultes constantes de Jude, Raymond jeta tranquillement un *Forçage*, le sort secoua les membres de Jude jusqu'à ce qu'il se retrouve à genoux.

— C'est ainsi que je te laisserai si tu ne fermes pas ta bouche et que tu n'aides pas Orlando, avertit-il Jude. Je suis certain qu'Adèle pourra songer à bien des choses à te faire pendant que tu seras à genoux à ses pieds.

Maintenant le sort encore un moment, il obligea le front de Jude à s'incliner vers le sol simulant un léchage de bottes. Le libérant du sort, il ignora les crachotements de Jude.

— Laissons-le faire son travail.

Lorsque les quatre autres eurent quitté la pièce, Jude se rendit à l'endroit où se trouvait Orlando, couché sur le canapé.

— Es-tu sûr de vouloir que je fasse ça ? demanda-t-il dans une feinte préoccupation.

— Bien sûr ! s'écria Alain. J'ai remué ciel et terre pour le récupérer.

— Ah, mais tu supposes que tu vas le récupérer, le mit en garde Jude. Je vais le recréer. Il pourrait n'avoir conservé aucun de ses souvenirs. L'Aveu de Sang pourrait être complètement brisé. Il pourrait ne plus être l'Orlando qu'il était avant. Pourras-tu vivre avec ça ? Es-tu prêt à prendre le risque qu'il ne te reconnaisse pas ? Qu'il ne t'aime plus également ?

— Sébastien a dit qu'il s'agissait juste de le réveiller, soutint Alain.

Jude haussa les épaules.

— Il a peut-être raison. Mais qu'en est-il si ce n'est pas le cas ?

— Au moins, il sera réveillé, affirma Alain, un soupçon de désespoir teintant sa voix. J'ai gagné sa confiance et son amour une fois. Je peux le refaire si je le dois.

Jude sourit.

— Si tu le dis.

— Que sais-tu ? questionna Alain. Pourquoi cherches-tu à me faire changer d'avis ?

— Ce n'est pas ce que je fais.

Jude revint aux côtés d'Alain, posant une main réconfortante sur son épaule.

— Je veux juste que tu sois prêt à toute éventualité. Tu es tellement sûr que cela fonctionnera et j'espère vraiment que ce sera le cas, mentit-il, mais j'aurais

171

l'impression de te rendre un mauvais service si je ne t'avertissais pas de ce qui pourrait mal tourner.

Alain hésita. Jean n'avait pas mentionné de risque. Il avait parlé de réveiller Orlando, comme s'il s'agissait d'une chose sans risque, à compter du moment où ils pourraient trouver le bon vampire. Jude ne serait pas ici, surtout à la demande de Jean, s'il n'était pas le bon vampire. Ce qui signifiait que, soit Jean avait résumé hâtivement la situation, soit Jude se jouait de lui. Il n'avait aucun doute que Jude pourrait s'abaisser à cela, mais il pouvait également imaginer que Jean dissimulerait les détails dans sa tentative de sauver Orlando, de sauver un vampire. Le regard d'Alain dériva vers Orlando allongé sur le canapé. Son ange noir. Orlando avait su ranimer son cœur brisé, raviver sa foi en l'avenir, lui avait rendu ses rêves d'une vie après la guerre. Il avait un moyen de ranimer l'existence d'Orlando. Même si cela signifiait perdre son amant, il ne pouvait tout simplement pas laisser le vampire dans cet état.

— Fais-le.

— Comme tu veux, fit Jude en haussant les épaules, après avoir savouré sa subtile vengeance, la seule qu'il pouvait se permettre de prendre sur Alain pour sa disgrâce.

Retournant auprès d'Orlando, il souleva son propre poignet jusqu'à sa bouche, ses crocs déchirant la peau. Quand le sang commença à couler, il le plaça contre les lèvres d'Orlando, le laissant glisser dans la gorge du brun.

Après un moment, les mains d'Orlando se déplacèrent subitement, saisissant la source de sa force renouvelée, la maintenant fermement contre sa bouche. Jude s'écarta sans délicatesse.

— Ce n'est pas de mon sang dont tu as besoin, gamin. C'est du sang d'un mortel.

Il se tourna vers Alain et lui fit signe d'avancer.

— Espérons que l'Aveu de Sang est toujours en place, sinon il va te sécher sans remords.

Sur ce, il tourna les talons et sortit.

Alain tomba à genoux à côté d'Orlando, basculant la tête en arrière en offrande. Aveuglément, voracement, Orlando se jeta sur lui, ses crocs s'enfonçant profondément dans son cou alors qu'il entraînait le magicien sous lui, aspirant, encore et encore, l'élixir pourvoyeur de vie.

Le détachement avec lequel Orlando agissait effraya Alain. Le vampire ne s'était jamais montré aussi indifférent, aussi brutal avec lui. Jude avait-il raison ? La réanimation d'Orlando l'avait-elle fondamentalement changé ? Se concentrant sur l'amour qu'il ressentait pour l'homme qui le surplombait, il s'allongea et laissa Orlando se nourrir sans interférer. Si l'Aveu de Sang était toujours là, Orlando ne pouvait pas lui faire de mal et l'amour d'Alain saurait le calmer. S'il n'existait plus, dans ce cas, Alain mourrait dans les bras de l'homme qu'il aimait.

Orlando se cramponnait au corps sous lui comme un homme qui serait en train de se noyer, la faim féroce de son nouvel éveil brûlait en lui tandis qu'il se régalait du sang chaud. Quand la bête en lui fut calmée, apaisée par la satiété, les émotions commencèrent à s'insinuer dans l'esprit d'Orlando. D'abord des sensations physiques : les brûlures dans son dos ; les douleurs dans les articulations de ses membres qui avaient été abusivement étirés ; la chaleur du corps sous lui ; la tendresse des doigts caressant ses cheveux. Puis les sentiments : l'amour et le désir qu'il goûtait dans le sang de l'homme ; la peur et le désespoir qui s'effaçait lentement. Son esprit filtrait paresseusement la brume qui voilait ses souvenirs, jusqu'à ce qu'un nom devienne clair.

— Alain.

Les larmes jaillirent des yeux d'Alain à l'énoncé de son nom par la voix aimée. Ses bras se resserrèrent.

— Tu te souviens.

Lentement, Orlando hocha la tête.

— Je me souviens de toi.

Sa main se déplaça avec révérence vers la marque sur le cou d'Alain.

— Tu m'aimes, chuchota-t-il.

— Oui, assura Alain. Je t'aimerai toujours.

D'autres souvenirs remontèrent à la surface, mélange de rappels récents et anciens, de personnes et de lieux depuis longtemps disparus et d'autres d'Alain.

— Tu m'as sauvé.

Alain secoua la tête.

— Je n'ai pas pu. J'ai cherché et cherché encore, mais je ne parvenais pas à te trouver. Monsieur Lombard a été obligé de le faire.

Orlando fit taire le flot de mots avec un baiser.

— Tu m'as sauvé. Éric m'a libéré à cause de toi. Tu m'as sauvé.

Alain recommença à protester, sachant qu'il aurait à s'expliquer sur les marques sur son poignet, mais cela pouvait attendre. Pour l'instant, il se satisfaisait de tenir Orlando, de l'embrasser.

— J'ai encore faim, avoua Orlando en s'excusant.

— Prends tout ce dont tu as besoin, offrit Alain, sa tête basculant encore une fois.

Il haleta quand les crocs d'Orlando se connectèrent à sa peau mal rasée. La passion rugit dans ses veines, chaude et fulgurante. Il la combattit un moment avant d'abandonner cet effort futile. Depuis la première gorgée au cimetière du Père-Lachaise, il n'avait jamais été capable de s'opposer à l'attrait irrésistible des crocs d'Orlando. Il rit de joie à l'idée d'avoir Orlando dans ses bras, l'avenir s'ouvrait devant eux dans toute sa gloire. Orlando se souvenait de lui, l'aimait, le désirait encore. Fermant les yeux, il laissa son désir s'épanouir jusqu'à ce qu'il explose dans sa tête, dans son cœur, dans sa poitrine, s'exprimant hors de lui par un liquide crémeux, un gémissement joyeux, par la douce agitation dans l'air autour d'eux, dans la salle et au-delà.

— Je t'aime, répéta-t-il à mi-voix.

La litanie des mots, la riche promesse dans l'intonation d'Alain, l'intensité de la passion dans son sang repoussèrent le brouillard des souvenirs d'Orlando jusqu'à ce que chaque moment devienne aussi clair, dans sa tête et dans son cœur, que s'ils venaient de se produire. Sentant sa faim momentanément apaisée, il releva la tête, les yeux plongeant dans ceux incroyablement bleus d'Alain.

— La dernière chose dont je me souviens, c'est que je te disais qu'Éric m'avait sauvé, déclara Orlando. Je ne sais pas combien de temps s'est écoulé depuis ni ce qui s'est produit ensuite.

— Serrier est mort, le Déviant est en garde à vue et la guerre est plus ou moins terminée, résuma Alain. C'était…

Il jeta un coup d'œil à l'horloge sur le mur.

— … il y a huit heures.

— Donc, je me réveille dans un tout nouveau monde, songea Orlando à voix haute.

Alain hocha la tête.

— Un que nous pourrons façonner comme nous le voulons.

— Comment m'as-tu trouvé ? Ou était-ce juste un coup de chance ?

Alain s'écarta franchement.

— Non, monsieur Lombard connaissait un moyen. Je suis désolé, mais il n'y avait pas d'autre possibilité.

La soudaine absence de chaleur dans la voix d'Alain inquiéta Orlando.

— Pourquoi es-tu désolé ?

— Il a dit que la seule façon de trouver où tu étais se trouvait dans mon sang. Je… je l'ai laissé goûter afin qu'il puisse nous conduire à toi. Je suis désolé.

Les instincts possessifs d'Orlando hurlèrent de protestation à la pensée qu'un autre vampire avait touché son Avoué.

— Où t'a-t-il mordu ?

— Il ne l'a pas fait, répondit immédiatement Alain. Il a entamé ma peau et a laissé tomber un peu de sang dans sa paume. Je n'avais pas vraiment envie de le laisser faire, mais je pouvais sentir que tu t'affaiblissais et que ta souffrance ne cessait d'augmenter. Le temps passait et Sébastien disait qu'il ne te restait que quelques heures. Je ne savais pas quoi faire d'autre, expliqua désespérément Alain.

La panique menaçait alors qu'il affrontait la possibilité d'avoir retrouvé Orlando pour le perdre en ayant brisé la promesse de leur Aveu de Sang. Le vampire ne pourrait pas se nourrir ailleurs, mais il pouvait lui retirer sa confiance, son amour, et ce serait un coup presque aussi cruel que s'il avait dû le perdre par sa mort.

Prenant une profonde inspiration, Orlando s'obligea à laisser de côté sa réaction instinctive et à examiner la situation de manière aussi rationnelle que possible. Monsieur Lombard, le plus vieux des vampires et un ancien chef de Cour, ne se serait pas approché de son Avoué à moins qu'il n'y ait pas eu d'autre solution. Orlando avait senti les recherches d'Alain, avait senti le désespoir croissant alors que les pistes étaient abandonnées les unes après les autres. S'ils avaient déclaré que c'était le seul moyen, alors il vivrait avec cette infidélité.

— Tu as fait ce que tu avais à faire.

— Je ne voulais pas briser ma promesse, jura Alain. J'ai commencé par refuser, parce que je ne pouvais pas lui donner ce qui n'appartenait qu'à toi. Mais c'était ça ou te laisser disparaître, et je ne pouvais pas faire ça. Je ne pouvais pas te perdre.

Orlando le comprenait. Savoir qu'Alain était mortel ne le quittait jamais complètement. Il ferait tous les sacrifices et briserait tous les interdits pour retarder un peu plus longtemps le moment de la séparation.

C'était toutefois une préoccupation pour un autre jour.

— Si monsieur Lombard a affirmé que c'était le seul moyen, alors c'était certainement la seule solution, dit-il fermement.

Le martèlement soudain de la porte attira leur attention.

— Ce doit être Jean, supposa Alain. Il était presque aussi inquiet que moi.

— Je me suis assez alimenté pour le moment, décida Orlando. Allons le rassurer. Ensuite, je veux rentrer à la maison, prendre un bain, et dormir dans notre lit.

— Je ne vois pas ce que je pourrais désirer davantage, avoua Alain avec enthousiasme.

Orlando sourit malicieusement.

— Pas même faire l'amour avec mes crocs profondément enfouis dans ton cou ?

Les yeux d'Alain s'assombrirent et son corps durcit à cette seule idée.

— Qu'est-ce qu'on attend ?

— Entrez, appela Orlando, se redressant en position assise et attirant Alain pour le ramener à ses côtés.

La porte s'ouvrit brusquement, Jean la poussant trop énergiquement dans son empressement à voir Orlando rétabli.

— Est-ce que tu vas bien ?

— Pas totalement, répondit honnêtement Orlando. Il faudra plus d'une alimentation pour guérir tous les dégâts que Serrier a faits avec sa magie et ses fouets, mais ça viendra. Les dégâts sont exclusivement physiques. Du temps et le sang d'Alain remettront tout en place.

Jean étudia le visage d'Orlando, voyant les rides de douleur et d'épuisement autour de ses lèvres et de ses yeux, mais les ombres dans son regard s'étaient estompées plus que Jean ne se souvenait de les avoir vues s'effacer. Quoi qu'ait pu faire Serrier, il n'avait pas réussi à briser Orlando. Tout le reste pourra être arrangé avec du temps.

— Très bien. Je t'embrasserais volontiers, mais franchement, tu pues.

— Cela n'a pas retenu Alain, le taquina amicalement Orlando.

Jean leva les yeux au ciel.

— Rentre chez toi. Prends une douche et repose-toi. Je ne veux pas te voir avant le coucher du soleil demain. Tu devras comparaître au *judicium* pour l'*extorris*, quand nous aurons décidé où nous le tiendrons, mais d'ici là, tu n'es plus en service jusqu'à ce que tu ailles mieux.

— Qu'en est-il d'Alain ?

— Marcel l'a relevé de ses fonctions aussi longtemps que tu as besoin de lui, répondit Thierry. Maintenant que Serrier est mort, les combats devraient diminuer et finir progressivement par cesser complètement. Nous pouvons le remplacer aussi longtemps qu'il te sera nécessaire pour guérir.

— Comment allez-vous faire ? questionna Alain, l'inquiétude pour ses amis refaisant surface maintenant que sa préoccupation pour Orlando s'atténuait. Mathieu, David et...

— Rentre chez toi, Alain, l'interrompit Thierry. Je promets de venir demain et de répondre à toutes tes questions ; malgré les heures que tu as passées à Notre-Dame la nuit dernière, tu es presque aussi épuisé qu'Orlando. Il n'y a rien qui ne peut attendre jusqu'à demain.

— Je ne suis pas en état d'être vu en public, affirma Orlando, en jetant un œil à ses vêtements déchirés et ensanglantés. Peux-tu nous envoyer à la maison ? demanda-t-il à Thierry. Je promets de m'assurer qu'il se repose.

— Rappelle-toi mon conseil, ajouta Sébastien avant que Thierry ne lance le sort. Maintenant plus que jamais.

Orlando sourit, les yeux brillants tandis qu'il attrapait la main d'Alain.

— Je le ferai. Dès que Thierry nous aura envoyés à la maison.

Voyant une invitation dans ces mots, Thierry jeta le sort.

— Quels conseils ? demanda Jean avec curiosité, le changement dans l'attitude d'Orlando étant suffisamment marqué pour qu'il s'interroge sur ce qui se passait entre les deux vampires.

— De se nourrir de son Avoué chaque fois qu'ils feront l'amour.

XXIV

— JE CROIS que j'ai finalement pris le coup de main, plaisanta Orlando alors qu'il réapparaissait avec Alain dans leur chambre à coucher. Je n'ai même pas trébuché cette fois.

Alain sourit au commentaire, mais ses pensées restaient focalisées sur son échange avec Sébastien.

— De quels conseils Sébastien parlait-il ?

— Je te le dirais, promit Orlando, mais j'ai d'abord besoin d'un bain. Jean ne plaisantait pas quand il disait que je puais.

Il regarda Alain à travers ses cils.

— Tu veux te joindre à moi ?

Le sourire d'Alain s'agrandit. Il n'était pas complètement sûr de vouloir découvrir ce qu'on avait fait à Orlando, mais il refusait de se voiler la face. Voir que sa douleur était reconnue aiderait Orlando à guérir et, peut-être, empêcherait Alain de commettre les mêmes types d'erreurs qu'il avait faites auparavant en ne sachant pas ce qui allait raviver de mauvais souvenirs.

— Absolument, murmura-t-il, embrassant doucement Orlando.

Le vampire ouvrit la voie en traversant la chambre vers la salle de bains. Fermant la porte derrière eux, il ouvrit l'eau chaude à fond, laissant la baignoire commencer à se remplir. Bien que son corps ait commencé à guérir, l'eau chaude piquerait certainement sur les dernières blessures. Il avait toutefois besoin de se baigner, de tenir Alain dans ses bras et de laisser toutes les atrocités des quatre derniers jours disparaître.

Rapidement, Alain se déshabilla, ses vêtements tombant n'importe où sur le sol. Son regard ne quittait pas Orlando, suivant des yeux chacun de ses gestes, notant la raideur avec laquelle son amant remuait. Lorsqu'Orlando se redressa, le magicien fit un pas en avant pour embrasser le vampire par-derrière. Orlando se raidit un instant, mais avant qu'Alain ne puisse reculer, il tourna la tête et l'embrassa.

— Je doute que même la magie puisse les nettoyer, déclara Orlando, en désignant ses vêtements en lambeaux.

Alain vint immédiatement l'aider, leurs mains s'effleurant tandis qu'ils défaisaient les boutons et retiraient le vêtement. Alain étouffa un cri de désespoir en découvrant la masse sanglante des zébrures entrecroisées sur le dos d'Orlando.

— Je vais le tuer, grogna-t-il.

— Éric et son ami l'ont déjà fait, répondit Orlando d'un ton apaisant. Ça va guérir. Après quelques alimentations, il n'en restera rien, à part quelques cicatrices

177

et dans quelques semaines, elles auront elles aussi entièrement disparu. Crois-moi. Je le sais.

Alain savait que c'était la stricte vérité, même si cela le rendait furieux de songer combien son amant avait souffert.

— Alain, tenta de l'amadouer Orlando, ses mains encadrant les joues de son amant l'obligeant à croiser son regard. Oui, je suis blessé, mais cela n'est rien comparé à ce que Thurloe me faisait. Je vais guérir et ce sera juste un mauvais souvenir.

Alain espérait qu'Orlando disait vrai, que les cicatrices émotionnelles se dissiperaient dans sa mémoire de la même manière que les blessures physiques.

— Je t'aime, dit-il, impuissant, ne sachant pas quoi dire d'autre.

Orlando sourit.

— Je sais que tu m'aimes. Ça m'a empêché de devenir dingue tant que Serrier me retenait. Rien de ce qu'il disait, rien de ce qu'il faisait ne pouvait briser ce lien et, aussi longtemps que je pouvais te sentir, je savais que nous irions bien. Allez. Le bain m'appelle.

Il laissa alors tomber son jean sur le sol et entra dans la baignoire, sifflant lorsque l'eau chaude toucha sa peau meurtrie et à vif.

— Tu es sûr que c'est une bonne idée ? demanda Alain, grimpant dans la baignoire derrière Orlando.

Sa mâchoire se serra à la vue des zébrures qui continuaient vers le bas, sur les fesses et le haut des cuisses d'Orlando.

— Absolument sûr, répondit le vampire. Je ne suis pas encore très stable sur mes pieds. Je veux simplement m'allonger dans tes bras et tremper jusqu'à ce que le sang et la crasse se volatilisent.

— Peut-être pourrais-tu me laisser te laver afin que je t'aide à les faire disparaître ? proposa Alain avec hésitation.

Il ne savait pas jusqu'où, le temps qu'Orlando avait passé avec Serrier, avait pu le faire revenir en arrière en ce qui concernait l'intimité.

— Essaye juste d'être doux, répondit Orlando, remettant le gant de toilette à Alain. Certaines des coupures ne sont pas encore refermées.

Alain savonna le gant, exhortant Orlando à se pencher en arrière dans ses bras. Lorsque son amant se détendit contre lui, Alain laissa courir ses mains sur la peau lisse de la poitrine d'Orlando, fronçant les sourcils aux remous noirs et rouilles qui tourbillonnaient loin de sa peau, la saleté et le sang du vampire abandonnant leur prise sous les tendres ablutions d'Alain.

— Ça fait du bien, murmura Orlando. La nuit dernière, quand je pensais que je ne vivrais pas au-delà du lever du soleil, j'étais allongé sur le lit dans ma cellule et je me touchais, m'imaginant que c'était toi. Même si c'était bon, rien n'est comparable à tes mains sur moi.

— Je l'ai senti, répondit Alain, rinçant le gant et recommençant, essayant de ne pas tressaillir à chaque nouvelle blessure qu'il découvrait. Je pensais que je rêvais, comment aurais-tu pu ressentir du plaisir après tant de douleur ?

— J'ai souhaité avoir essayé plus tôt, confia Orlando. La douleur a diminué quand je l'ai fait, comme si la connexion combattait la magie noire et me fortifiait. Pas autant que si je m'étais nourri, mais beaucoup plus que de me contenter de me reposer.

— Tu peux t'alimenter autant que tu as besoin, assura Alain, mais si le plaisir t'aide aussi à guérir, alors nous allons devoir faire en sorte que tu ne ressentes rien d'autre à partir de maintenant.

Avec hésitation, il frotta ses doigts, sans le gant, sur les mamelons d'Orlando. Ils pointèrent sous son contact, un halètement s'échappant de la gorge du vampire tandis que sa queue bondissait dans l'eau.

— Continue comme ça et nous ne finirons pas mon bain, l'avertit Orlando.

— Nous pourrons toujours en prendre un autre.

Orlando rit.

— Nettoie mon dos pendant que je m'occupe de mes jambes. Le reste peut attendre plus tard.

Hochant la tête, Alain lava le dos d'Orlando aussi vite qu'il l'osa, le visage fermé devant les marques livides sur la chair de son amant ; deux d'entre elles s'ouvrirent sous le tissu et du sang frais dégoulina dans l'eau. Il aurait à ravaler sa fierté et à remercier Éric d'avoir tué le monstre qui avait fait ça.

Orlando frotta grossièrement ses pieds et ses jambes, la peau était sale, mais relativement épargnée par son épreuve. Il passa une main savonneuse sur sa verge et ses bourses. Il avait à nouveau besoin de se nourrir, mais l'alimentation ne serait pas suffisante après sa crainte des derniers jours. Il avait besoin d'Alain offert et se tordant sous lui, leurs corps réunis tout autant que leurs cœurs, réaffirmant la force de leur lien, leur amour, et il refusait de permettre au moindre reste de saleté de Serrier de toucher ce qu'ils allaient partager. Se mettant debout sur ses pieds, il se tourna vers Alain, déjà à moitié en érection à la pensée de ce que la nuit apporterait.

— Je te veux.

Alain se leva aussitôt, l'eau luisant sur sa peau alors qu'il sortait de la baignoire et tendait la main vers une serviette.

— Non l'arrêta Orlando en le rejoignant sur le tapis. Laisse-moi faire.

Alain haussa un sourcil sous la surprise, mais attendit de voir ce qu'Orlando lui réservait. Il ne s'attendait pas au frôlement chaud de la langue de son amant sur son épaule, repoussant au loin les gouttes d'eau sur sa poitrine. Il ne s'attendait pas non plus au pincement bref des crocs du vampire, perçant à peine la peau au passage, laissant Alain dur et douloureux de désir. Les mots de Sébastien et le sourire d'Orlando en réponse lui revinrent à l'esprit.

— Qu'est-ce que Sébastien t'a dit de faire ? demanda-t-il d'une voix rauque.

Orlando ne répondit pas, glissant à genoux au pied d'Alain et mordant profondément juste au-dessus de l'os de la hanche du magicien alors que ses doigts s'enroulaient autour du sexe raide. Il avait déjà goûté le désir dans le sang d'Alain, avait même goûté la jouissance de son amant à plus d'une occasion, mais cela n'avait jamais été comme ça, jamais été une partie de leurs ébats amoureux. Le sang d'Alain était aussi riche, aussi savoureux qu'il l'avait toujours été, et à cela s'ajoutait la conscience qu'il n'aurait pas à se retirer cette fois. Il pouvait laisser ses crocs où ils étaient ou mordre Alain à une douzaine d'autres endroits, le dégustant, le dévorant, jusqu'à ce qu'ils jouissent tous les deux sous la sensation. Il goûta la prise de conscience de cette réalité dans le sang d'Alain, une flèche de pur désir, si intense qu'elle faillit presque emporter Orlando dans l'instant. Cependant, il résista, il voulait tout ce qu'il leur avait refusé jusqu'à présent. Ses crocs soutenant leurs désirs passionnés, Orlando collecta le liquide qui fuyait déjà au sommet du sexe d'Alain, enduisant suffisamment ses doigts pour pouvoir commencer à préparer son amant à le recevoir de nouveau. Il avait vraiment l'intention de profiter de leur lit, d'allonger Alain sur les draps soyeux et de le couvrir de morsures d'amour, mais ce serait pour plus tard. Pour l'instant, il voulait sentir Alain se désagréger sous ses mains et ses crocs comme il l'avait fait avant la funeste bataille de la place Pigalle.

Alain haleta alors qu'Orlando le mordait à nouveau, le contact concernant visiblement le plaisir autant, si ce n'est plus, que la faim d'Orlando. Il frissonna de plaisir en le réalisant, tâtonnant aveuglément après le lavabo derrière lui, certain qu'il aurait besoin d'un soutien. Avant que la nuit ne soit terminée, il saurait vraiment ce que cela voulait dire d'être aimé par un vampire. Déjà, sa tête tournait sous les sensations, la main d'Orlando sur son sexe, ses doigts sondant son entrée, mais surtout, ses crocs plongés profondément dans son ventre le marquant, pas seulement comme son Avoué, mais comme son amant. Quel que soit le nombre de fois où ils l'avaient fait, quel que soit le nombre de fois où ils avaient murmuré des déclarations sincères, Alain ne s'était jamais senti aussi chéri.

— Orlando, haleta-t-il, le nom de son amant étant la seule pensée qu'il pouvait formuler alors qu'il était submergé par l'amour et le désir.

Orlando ne répondit pas, se contentant d'intensifier toutes ses caresses, déterminé à goûter et à sentir la jouissance d'Alain, la première d'une longue série à venir au cours de cette nuit, s'il avait son mot à dire. Il savait qu'il avait été proche de ne jamais se réveiller. Si Jude n'avait pas coopéré… Cela ne servait à rien d'imaginer les conséquences. Alain et lui étaient réunis à présent. Rien d'autre ne comptait, hormis de le prouver de la manière la plus primitive qui soit.

Trouvant la prostate de son amant, il la massa délibérément, désireux de voir Alain s'abandonner sous ses doigts. Il ne broncha même pas lorsque les mains du magicien se glissèrent dans ses cheveux, les tirant doucement. Libérant la chair de son amant de l'emprise de ses crocs, il leva les yeux vers le regard fou de convoitise, l'interrogeant silencieusement. Alain se décala dans sa prise, son sexe venant cogner contre les lèvres d'Orlando en une prière muette.

— Mes crocs, prévint Orlando. Je ne veux pas te faire de mal.

— Tu ne le feras pas, répondit Alain avec une confiance totale. S'il te plaît. J'ai besoin…

Il n'osa pas mettre en mots ce dont il avait vraiment besoin – Orlando sous lui, s'agitant sur le sexe d'Alain –, mais ils avaient déjà fait cela avant, son sexe dans la bouche d'Orlando. Il faisait confiance à Orlando pour ne pas le mordre, mais il soupçonnait que même si son amant le marquait, il ne protesterait pas contre le rappel de la nature surnaturelle de son amour.

Se rappelant que Sébastien lui avait assuré qu'il ne pouvait pas blesser son Avoué, même s'il essayait, Orlando glissa ses lèvres de part et d'autre du gland soyeux, sa langue sondant la fente dégoulinante alors qu'il tentait de faire remonter ses crocs. Il ne s'attendait pas à réussir, étant donné la façon dont il avait faim de sang, mais les canines acérées se rétractèrent docilement, laissant Orlando libre de le sucer aussi intensément et énergiquement qu'il le désirait. Activant ses doigts profondément dans le passage d'Alain, il synchronisa ses poussées sur la prostate d'Alain avec les mouvements de sa bouche sur l'érection de son amant.

— Orlando !

Le cri était autant une prière qu'un avertissement, laissant juste le temps à Orlando de prendre une profonde inspiration avant que le sexe d'Alain se vide dans sa gorge accueillante. Il le retint, le léchant et le suçant jusqu'à ce que les frémissements du magicien cessent, son corps entièrement soutenu par la main d'Orlando sur sa hanche et par le lavabo derrière lui.

— Prêt à aller au lit ? ronronna Orlando quand il libéra finalement le sexe de son amant. J'ai encore faim.

Alain hocha la tête d'un air hébété, son corps bourdonnant de satiété. La voix d'Orlando trahissait cependant son besoin toujours d'actualité.

— Je suis à toi, promit-il. Prends tout ce dont tu as besoin.

Orlando sourit, se remettant lentement sur ses pieds, songeant qu'il pouvait déjà sentir la différence rien qu'avec cette petite quantité de sang et leurs ébats. Il semblait que Sébastien avait raison. Il connaissait l'effet de l'alimentation sur ses blessures, du moins les plus physiques, et il avait découvert l'effet du plaisir sexuel, mais la synergie de la combinaison l'avait renforcée beaucoup plus qu'il n'aurait pu le prévoir. L'affirmation selon laquelle il lui faudrait des semaines pour récupérer semblait soudain complètement, ridiculement, pessimiste.

— Je le ferai, affirma-t-il, aussi longtemps que je pourrai te donner ce dont tu as besoin en même temps.

— Tout ce dont j'ai besoin c'est de toi, en sécurité dans mes bras, jura Alain, attirant Orlando dans une forte étreinte, oubliant les blessures à vif dans le dos du vampire.

Orlando ne s'écarta pas, cependant. Il avait besoin de ce contact autant qu'Alain. Sans laisser le moindre espace se créer entre eux, il les entraîna dans une sorte de valse jusqu'au lit, y allongeant tendrement Alain. Immédiatement, les jambes du magicien se séparèrent pour faire une place à Orlando, sa tête basculant pour offrir son cou.

Orlando lécha les plaies qui guérissaient déjà sur le cou d'Alain, mais il ne mordit pas immédiatement. Maintenant qu'il s'était libéré de ses craintes, il commençait à voir le corps sous le sien comme une toile vierge sur laquelle peindre l'image de son dévouement. Il finirait par se nourrir à la veine qui pulsait quand il se serait glissé chez lui, dans son Avoué, mais d'abord il voulait régaler ses sens avec les autres délices exposés à sa convoitise.

Se redressant sur ses coudes, il se glissa au plus près d'Alain, se frottant sur autant de surface qu'il le pouvait, voulant que son magicien redevienne aussi excité qu'il l'était précédemment, avant de décider de réunir leurs corps. Ses lèvres cherchèrent aveuglément celles d'Alain, passant sur le chaume de plusieurs jours – preuve de la détermination avec laquelle Alain l'avait recherché – jusqu'à ce qu'il trouve sa cible, embrassant son amant passionnément, désespérément. Les lèvres d'Alain s'ouvrirent pour lui, l'invitant à entrer, une tentation à laquelle Orlando n'avait aucun espoir ou l'intention de résister. Il s'attarda cependant, savourant chaque contact, chaque caresse comme si c'était la première fois. S'il n'avait rien appris d'autre de sa captivité, elle lui avait au moins rappelé à quel point la vie pouvait être éphémère, même pour un vampire, et il était décidé à chérir chaque moment qui lui était donné d'être avec Alain. Tandis que leurs lèvres se rencontraient, s'accrochaient, se séparaient pour mieux se réunir à nouveau, le monde s'estompa jusqu'à ce que plus rien n'existe en dehors de la réunion de leurs cœurs, de leurs esprits et de leurs âmes, les rendant vivants dans la jonction de leurs bouches. Ils tiraient leur souffle de l'autre, complètement perdu dans la communion de leur vie, les tendres indignités des dents qui se heurtaient, des nez qui se cognaient passant inaperçus alors que le baiser se poursuivait sans relâche.

Finalement cependant, des besoins plus puissants se firent sentir. Haletant, Orlando s'écarta, souriant face à l'érection revigorée qu'il sentait contre son ventre. Il déposa un autre baiser rapide sur les lèvres d'Alain avant de se redresser sur ses genoux, regardant le bas du corps de son amant, réfléchissant où diriger son attention en premier. Comme s'il lisait dans son esprit, Alain replia un genou, s'ouvrant plus pleinement au regard d'Orlando, au contact d'Orlando, à la morsure d'Orlando.

La faim se rua soudain en lui, Orlando attrapa rapidement le lubrifiant, enduisant ses doigts tout en baissant la tête à l'intérieur de la cuisse d'Alain. Ses crocs pénétrèrent dans le muscle dur en même temps que ses doigts cherchaient la gaine étroite, commençant à l'étirer sérieusement désormais. Abstraction faite de leur jeu précédent, il savait qu'il aurait peu ou pas de contrôle quand il se déciderait à plonger à l'intérieur d'Alain et il ne voulait pas prendre le risque de blesser son Avoué.

Alain hurla de joie quand il sentit les crocs d'Orlando s'engager de nouveau dans sa chair, le pincement n'était rien en comparaison de la certitude réjouissante qu'Orlando avait mis de côté ses craintes. Il souhaitait presque que ce soit l'été afin qu'il puisse porter uniquement un short, et ainsi permettre à tout le monde de voir comment son vampire l'avait soigneusement réclamé.

Orlando pouvait goûter la brusque flambée de désir d'Alain dans le sang délicieux qui remplissait sa bouche alors qu'il se nourrissait, chaque frottement de ses doigts sur la prostate de son amant lui renvoyait une secousse de passion. Silencieusement, Orlando se réprimanda pour leur avoir refusé ce plaisir auparavant, mais il repoussa ces sentiments de côté, se concentrant sur la satisfaction d'Alain, sur cet instant où ils devenaient véritablement un.

Avec ses perceptions accrues du plaisir d'Alain, Orlando avait l'intention de conduire son amant si haut qu'il ne pourrait plus jamais redescendre, trouvant les caresses, le rythme qui plaisait le plus au magicien sans jamais le laisser atteindre le summum du ravissement qui pourrait retarder leur communion. Sébastien lui avait dit une fois qu'il trouverait que faire l'amour à son Avoué serait presque aussi addictif que l'alimentation en elle-même. Orlando soupçonnait qu'ils étaient, en fait, une seule et même chose. Certes, la nourriture qu'il recevait était nécessaire à son corps, mais la connexion était devenue nécessaire à son âme. Il ne pouvait imaginer ce dont il aurait envie dans quelques minutes quand ils ajouteraient une autre dimension à cette connexion.

Alain se tordait sur le lit, pris entre les doigts d'Orlando et ses crocs, submergé de plaisir, si dur que cela en devenait douloureux de la meilleure manière possible. À cet instant, Orlando avait satisfait tous les désirs d'Alain, ceux avoués et ceux inexprimés. Tout ce qui lui manquait, c'était le plaisir de son vampire.

— S'il te plaît, haleta Alain. Fais-moi l'amour.

— Je croyais que c'était ce que je faisais, le taquina Orlando en relâchant sa morsure sur la jambe d'Alain, léchant légèrement la plaie pour stopper le saignement.

— Je te veux en moi, précisa Alain, tendant les bras vers Orlando se redressant afin que leurs lèvres puissent se retrouver. Ton sexe au fond de mon cul et tes crocs profondément dans mon cou.

Son contrôle brisé par les mots incendiaires, Orlando accéda immédiatement à sa demande. Son sexe glissant dans la gaine soyeuse comme si elle était faite pour l'accueillir, ses crocs trouvèrent l'emplacement qui marquait sa première revendication sans même y réfléchir, complétant le cercle de leur vie et de leur amour. Alain jouit presque immédiatement, la double sensation provoquant une surcharge ingérable dans ses synapses.

— Encore, insista Orlando, en libérant momentanément le cou d'Alain. Jouis pour moi.

Alain aurait voulu dire que c'était impossible, mais alors les crocs d'Orlando retournèrent à son cou, le sexe d'Orlando se déplaça dans son canal et son corps répondit, l'enserrant de nouveau tandis qu'Orlando l'entraînait de plus en plus haut. Il sanglotait sous la puissance de leur fusion, ses doigts se perdant dans les cheveux d'Orlando alors qu'il essayait de se retenir de saisir les épaules de son vampire, sachant à quel point elles étaient abîmées.

Orlando voulait faire traîner leurs ébats, pour que leurs retrouvailles durent des heures, mais son corps avait subi trop d'abus durant les derniers jours pour permettre ce genre de contrôle. Sentant Alain se contracter autour de lui à nouveau, il céda à son propre besoin, poussant plus fort et plus rapidement jusqu'à ce qu'il jouisse profondément à l'intérieur du corps de son amant. Ses crocs déchirèrent légèrement la peau du cou d'Alain, arrachant un sifflement au magicien.

Orlando s'écarta, prêt à s'excuser, quand il aperçut l'expression de béatitude absolue sur le visage d'Alain. Il ne détruirait pas ce plaisir en présentant des excuses pour tout ce qui avait causé un tel bonheur. À la place, il rebaissa la tête, léchant tendrement la chair déchirée jusqu'à ce que le saignement s'arrête et que la plaie commence à se refermer.

— Je n'aurai jamais imaginé ça, déclara lentement Alain, ses yeux s'ouvrant pour se poser sur la tête sombre de son amant.

Orlando leva les yeux, rencontrant le regard d'Alain.

— Moi non plus. Je ne t'ai pas fait mal, n'est-ce pas ?

Alain secoua la tête.

— Je ne me suis jamais senti aussi admirablement possédé que je le suis en ce moment. Et toi ? Est-ce que tu vas bien ?

— Je me sens mieux chaque minute, assura Orlando.

Et c'était vrai, réalisa-t-il en roulant sur le côté. Tendant son cou, il regarda par-dessus son épaule, essayant de voir les blessures dans son dos. Quand, à sa satisfaction, il ne put les voir, il se tourna dans l'autre sens, présentant son dos à Alain.

— Elles ne font plus aussi mal. Ont-elles l'air mieux ?

Les yeux d'Alain s'écarquillèrent alors qu'il fixait l'étendue de peau. Alors qu'avant, les marques de fouet formaient à peine des croûtes, certaines d'entre elles continuant même à saigner un peu, à présent chacune était fermée et plusieurs d'entre elles étaient à peine plus que de simples boursouflures.

— C'est comme si plusieurs jours étaient passés. Comment est-ce possible ?

— Tu m'aimes, répondit simplement Orlando. Tu me donnes ton sang, ta magie et ton cœur. Je pense que, pour nous, rien n'est impossible.

Alain sourit, son expression fut rapidement modifiée par un bâillement tandis que son énergie, soutenue par l'adrénaline des quatre derniers jours, le désertait, le manque de sommeil le rattrapa, le laissant les paupières lourdes et le corps mou.

— Dors, recommanda immédiatement Orlando. Je serai toujours là au matin.

— Ne me fais pas attendre aussi longtemps, pria Alain avec un autre bâillement. Je vais avoir besoin de toi bien avant ça.

Orlando sourit et embrassa tendrement Alain.

— Dors, répéta-t-il. Je veillerai sur tes rêves.

XXV

— JE DOIS aller jeter un œil aux blessés, dit Thierry quand Alain et Orlando eurent disparu. Il y en a plusieurs de ma patrouille et je suis sûr qu'il y en a d'autres aussi. Avec Alain hors service et Marcel à l'Élysée, je suis l'officier le plus haut gradé en service.

— Je viens avec toi, proposa immédiatement Sébastien, ne voulant pas quitter Thierry des yeux.

Il imaginait que ce sentiment s'estomperait un jour, lorsque le danger serait bel et bien passé, mais pour l'instant, l'idée que Thierry puisse être plus loin qu'une longueur de bras faisait hurler tous ses instincts.

— Je devrais aussi aller voir si des vampires ont également été blessés, décida Jean.

Maintenant qu'Orlando était réveillé et en sécurité dans les bras d'Alain, et que l'*extorris* était emprisonné en attente de son jugement, toutes ses autres responsabilités se rappelaient à Jean. Il jeta un regard sur Raymond en demandant :

— Si tu n'es pas trop fatigué ?

— Ça ira très bien pendant encore quelques heures, assura Raymond à son amant, mais il pouvait sentir la fatigue tirer sur ses membres.

— Espérons que ça ne prendra pas des heures, répondit Jean rapidement, désirant retrouver Raymond dans son lit, même si c'était uniquement pour dormir.

— Ça ne le devrait pas, admit Thierry, ouvrant la voie vers l'infirmerie. À moins que quelqu'un ait été plus sévèrement blessé que je n'en ai eu conscience. Mais même dans ce cas, nous ne pourrons pas faire beaucoup plus que les médecins n'auront déjà fait. C'est plus une question d'agir sur le moral que sur l'aspect médical.

— Il pourrait être utile de faire connaître aux médecins les avantages que procure l'alimentation des vampires sur leurs partenaires blessés, songea Raymond alors qu'ils approchaient de la salle des soins. Même si ça ne fait que soulager la douleur que les magiciens ressentent, cela peut faire une énorme différence dans l'état d'esprit du patient.

— Tant qu'il n'y a pas déjà des pertes de sang importantes, approuva Thierry. Sinon, le risque pourrait l'emporter sur le bénéfice.

— Vu combien la plupart des vampires se sont nourris souvent et abondamment de leurs partenaires durant les derniers jours, je me demande s'il n'y a pas quelque chose dans le lien qui vous protège, réfléchit Jean à haute voix. Pas au point d'un Aveu de Sang, mais je sais que je ne devrais pas avoir été en mesure de me nourrir de Raymond comme je le fais… pourtant, il ne semble pas en souffrir.

— Encore une autre de ces questions pour laquelle nous ne disposons pas de réponses, commenta Thierry avec un hochement de tête. Nous n'aurons probablement pas à nous en soucier, cependant, puisque le nombre de batailles devrait diminuer régulièrement à mesure que nous pourchasserons et supprimerons les forces restantes de Serrier. Nous devrons interroger les sorciers capturés pour savoir exactement de quelle quantité nous parlons, mais avec la mort de Serrier et, compte tenu du nombre de personnes que nous avons attrapé aujourd'hui, je n'imagine tout simplement pas qu'il puisse s'agir de plus qu'un nettoyage à ce stade.

— La fin de la guerre nous donne l'occasion d'explorer les implications de nos partenariats, approuva Sébastien, mais je ne crois pas que beaucoup de vampires vont s'éloigner de leurs partenaires uniquement parce que la guerre est finie. Même si ça fait à peine plus d'un mois, les effets de l'alliance vont avoir une plus grande portée que cette brève durée devrait le suggérer.

— Pourrais-tu vraiment t'éloigner ? demanda sérieusement Raymond à Thierry. Pourrais-tu dire 'merci, ça m'a fait plaisir' et laisser Sébastien sortir de ta vie pour de bon ?

— Pourrais-tu t'éloigner de Jean ? répliqua Thierry.

Raymond secoua la tête.

— Ça fait mal rien que d'y penser.

— Pourrais-tu ? l'interrogea Sébastien, soudain nerveux par l'absence de réponse de son partenaire.

— Non, admit Thierry. Non, sauf si quelque chose changeait radicalement, maintenant que nos partenariats ne sont plus absolument nécessaires pour la magie.

— Qu'est-ce qui te fait dire qu'ils ne le sont pas ? demanda Raymond. Nous savons déjà qu'ils contribuent à l'équilibre magique. Ils renforcent les magiciens impliqués. Ils donnent aux vampires une liberté auparavant inconnue. Cela revient-il à dire que ces choses ne sont pas aussi nécessaires pour la magie que de gagner la guerre ? Oui, nous pourrions revenir à l'ancienne manière de faire les choses, effectuer un rite d'équilibrage chaque fois que nous sentons un déséquilibre. Ou nous pouvons aller de l'avant avec les partenariats, explorer tout leur potentiel, et découvrir quel genre de monde nouveau nous pouvons créer. Ce n'est pas la révolution de Serrier, mais ça pourrait bien être la nôtre.

— Je ne savais pas que tu étais un tel idéaliste.

— Je ne le suis pas, se défendit Raymond. Je suis un historien. Mais, parfois, ça me donne une perspective plus large sur les événements. Nous sommes à un carrefour. La vision de Serrier d'un nouveau régime était viciée à la base, mais cela ne signifie pas non plus que nous vivons dans un monde parfait actuellement. L'opinion publique va fortement balancer en notre faveur avec la cessation des hostilités, et nous pouvons l'utiliser pour construire un avenir différent plutôt que simplement, plus ou moins, continuer le même. Marcel l'a déjà amorcé avec la loi sur l'égalité qui va sûrement passer aux votes dans quelques jours, voire d'ici quelques heures, maintenant que les vampires ont fait leurs preuves en tant qu'alliés compétents. La question est maintenant de savoir ce que nous devons changer d'autre, à quel point nous devons transformer la société afin que nous puissions garantir un meilleur avenir pour chacun d'entre nous.

Cessant de regarder Thierry pendant un instant, Raymond resta interdit par l'expression affamée sur le visage de Jean.

— Désolé, dit-il en s'agitant un peu. J'ai tendance à me laisser emporter.

Jean ne jeta même pas un regard à Thierry ou à Sébastien, il se contenta de s'excuser auprès d'eux et attira son partenaire à travers le couloir jusqu'à une pièce vide.

Sébastien éclata de rire.

— Ça m'amuse toujours de découvrir ce qui excite les autres.

— Et qu'est-ce qui t'excite, toi ? demanda Thierry, plaisantant à moitié.

— T'observer quand tu travailles, répondit immédiatement Sébastien. Allons rendre visite aux blessés et ensuite j'aurais un projet te concernant.

Thierry déglutit avec difficulté, tout d'un coup dur à la pensée de ce que Sébastien avait en réserve pour lui. Si Sébastien n'avait pas précisé vouloir le regarder travailler, Thierry aurait envoyé au diable les blessés et entraîné son vampire dans son bureau où ils pourraient verrouiller la porte et avoir un peu d'intimité, mais son sens du devoir et la déclaration de l'intérêt de Sébastien l'empêchèrent de céder à la tentation. Quoi qu'il en soit, il pourrait profiter de la compagnie de Sébastien plus tard, avec l'esprit libre, et il pourrait aller directement à l'appartement d'Alain et d'Orlando le lendemain pour prendre des nouvelles, au lieu d'avoir à retourner au siège de la Milice en premier.

Façonnant son visage pour cacher son désir, Thierry poussa la porte de l'infirmerie et conduisit Sébastien à l'intérieur. Beaucoup trop de lits étaient occupés pour la paix de son esprit, mais la plupart de ceux qu'il pouvait voir étaient conscients, beaucoup d'entre eux étaient même assis, en particulier ceux ayant un vampire par leurs côtés.

— Capitaine Dumont, salua le médecin en chef avec un hochement de tête. Vous ne paraissez pas blessé.

— Je ne le suis pas, assura Thierry. Je voulais juste voir comment allaient les blessés.

— Nous avons été occupés, répondit honnêtement le docteur Périssé, mais je pense que tout le monde est désormais stabilisé. Les vampires ont été d'une grande aide, à la fois en prenant soin de leurs propres partenaires et en tendant une main secourable là où c'était nécessaire.

— Jean sera heureux de l'apprendre, affirma Sébastien. Je sais qu'il avait aussi l'intention de venir à un moment, mais il devait s'occuper d'autre chose d'abord.

Thierry réprima un rire au choix des mots de Sébastien, absolument persuadé qu'il savait à quel point Jean était occupé par une portion bien précise de Raymond.

— Je déduis d'après votre commentaire que quelqu'un vous a informé de l'effet de l'alimentation d'un vampire sur son ou sa partenaire ? demanda-t-il, préférant ne pas s'appesantir sur la vie sexuelle de Jean et Raymond.

Le docteur Périssé hocha la tête.

— J'aurais perdu quelques magiciens sans cela, admit-il ouvertement. Il semble que l'alliance a profité à la magie beaucoup plus intensément que tout ce qui était à la disposition des praticiens les plus expérimentés. Si seulement tous les magiciens blessés avaient un partenaire… Heureusement, ceux qui n'avaient pas de partenaire avaient des blessures que j'ai pu guérir à temps. Ce ne sera pas rapide, et dans quelques cas, ce ne sera pas joli, mais je pense que tout le monde va finalement récupérer.

— Puis-je voir David ? demanda Thierry. C'est celui qui a été blessé le plus gravement dans ma patrouille.

— Bien sûr, répondit le médecin. Il est à l'arrière avec sa partenaire. Le dernier lit sur la gauche.

Thierry et Sébastien remontèrent l'allée jusqu'à la zone garnie de rideaux que le médecin leur avait indiquée.

— Toc, toc, lança Thierry en agitant le rideau sans l'écarter.

Il ne savait pas à quel genre de détente David et sa partenaire étaient occupés, et il ne voulait certainement pas s'immiscer dans quelque chose de personnel, même si Angélique était simplement en train de se nourrir.

— Entrez, répondit la vampire.

Thierry repoussa le rideau et fit un geste pour que Sébastien le précède.

— Comment va David ? demanda-t-il quand le rideau retomba derrière eux.

— Il s'est enfin endormi, répondit Angélique à mi-voix. Le médecin a dit que c'est ce qu'il y a de mieux pour lui actuellement.

— A-t-il dit quel genre de sort avait frappé David ? interrogea Thierry. Je n'ai pas vu dans le chaos.

— Il avait une hémorragie interne, expliqua-t-elle. Le médecin a eu peur qu'il ne s'en sorte pas, mais il semble être tiré d'affaire.

— Tu t'es nourrie, n'est-ce pas ? demanda Sébastien.

Angélique hocha la tête.

— Le docteur Périssé a dit que ça pouvait l'aider à guérir plus vite.

— Aussi étrange que cela puisse paraître, ça semble être vrai, du moins quand il est question d'une blessure magique, admit Thierry. Combien de temps veulent-ils encore le garder ?

— S'il continue à guérir aussi vite qu'actuellement, ils disent qu'il pourrait rentrer à la maison dans un jour ou deux, à condition d'être sous surveillance.

— Sous surveillance, ça semble sinistre, déclara Sébastien.

Angélique secoua la tête.

— Je vais l'emmener à *Sang Froid* et ne pas le quitter des yeux, répondit-elle. Je peux lui procurer n'importe quel soin non magique dont il pourrait avoir besoin.

S'il a besoin de quelque chose que je ne peux pas lui donner, je ferai appeler les médecins pour qu'ils viennent le voir, ou je le ramènerai ici.

— Avec toi pour prendre bien soin de lui, il ira mieux en un rien de temps, j'en suis sûr, commenta Thierry avec un sourire. Nous devons prendre des nouvelles des autres, mais si tu as besoin de quelque chose, n'hésite pas à le demander aux médecins. S'ils ne peuvent pas l'obtenir pour toi, ils me le feront savoir et je m'arrangerai pour te le fournir.

— Je vais devoir aller parler à mon gérant à un moment, répondit Angélique. Il a besoin de savoir ce qui se passe, mais je doute qu'il sache où se trouve le siège de la Milice et, même s'il le savait, il ne pourrait pas entrer.

— À quel moment est-il à *Sang Froid* ? Nous pouvons lui envoyer une escorte, proposa Thierry.

— Il travaille habituellement durant le jour, parce qu'il s'occupe de l'aspect commercial – la paperasse et le reste – et non des clients, en général, répondit Angélique. Son nom est François Roche.

Thierry hocha la tête.

— Je vais envoyer quelqu'un dès que nous aurons fini ici. Y a-t-il quelque chose que tu voudrais qu'il t'amène ? Des vêtements de rechange ou autre chose ?

— Des vêtements de rechange seraient bien, avoua Angélique, en regardant sa tenue de combat déchirée. Je donne l'impression d'être dans un sale état pour le moment.

Thierry jeta un œil à son propre costume sale.

— Tu es loin d'être la seule. Je ne crois pas avoir vu quelqu'un dans un meilleur état depuis que nous sommes rentrés. Je suppose que même ceux d'entre nous qui pourraient utiliser la magie pour améliorer leurs apparences sont trop fatigués pour s'en préoccuper.

— Ce n'est pas particulièrement important, admit Angélique. À un moment, je voudrais certainement prendre une douche… mais ça peut attendre encore un peu, quand je serai sûre que David ne risquera pas de se réveiller pendant que je serai partie.

— Je suis sûr que l'un des garçons de salle pourrait attendre auprès de lui pendant que tu irais te nettoyer, proposa Thierry. Les choses semblent être redevenues calmes pour le moment.

Angélique sourit.

— Je demanderai à l'un d'eux plus tard après avoir parlé à François, et lorsque David se sera réveillé au moins une fois. Je ne veux pas que la première personne qu'il voit soit quelqu'un d'autre que moi.

— Vous avez réglé vos problèmes, alors ? interrogea Thierry.

La demande de Jude, pour que l'Ordre de restriction soit levé était un rappel que tous les partenariats n'avaient pas évolué comme cela avait été le cas pour lui et Sébastien.

— Nous faisons des progrès, répondit Angélique après un moment de réflexion. Bien plus que je l'aurais cru possible il y a quelques semaines.

Thierry sourit.

— Bien. Je suis heureux de l'entendre. Nous devons jeter un œil sur les autres, mais nous allons envoyer quelqu'un pour ton gérant. Entre temps, n'hésite pas à faire savoir à quelqu'un s'il y a autre chose dont tu as besoin pendant que tu le veilles.

— Je le ferai. Comment va Orlando ? demanda rapidement Angélique, réalisant que Thierry était sur le point de partir. Ont-ils eu un peu de chance ?

Le sourire de Thierry devint radieux.

— Je les ai envoyés chez eux juste avant de nous rendre à l'infirmerie, assura-t-il à Angélique. Il était réveillé, parlait et était même capable de plaisanter. Je suppose qu'il a du chemin à faire, comme tous ceux qui ont souffert des sorts de Serrier, mais il semblait aller bien.

— Ah, voilà d'excellentes nouvelles ! s'exclama Angélique. Dites-lui que j'ai pris de ses nouvelles la prochaine fois que vous le verrez, parce que vous le verrez certainement avant moi. Sauf si Alain l'amène ici.

— Tout ce dont il a besoin c'est du sang d'Alain, fit Sébastien en riant. Je ne vois pas l'un d'entre eux aller quelque part, hormis dans un lit, jusqu'à ce qu'Orlando ait à comparaître au *judicium*.

— Alors Jean a attrapé l'*extorris*, releva Angélique avec un hochement de tête. Bien. Nous allons tous être plus sereins en sachant qu'il n'est plus dans les rues.

— Ils doivent encore décider quand ils siégeront, répondit Sébastien, mais je ne vois pas comment ça pourrait être autre chose qu'une formalité, étant donné l'ampleur des blessures d'Orlando.

Angélique hocha la tête, plus qu'heureuse de savoir que l'individu, coupable des tortures qui avaient été infligées à la femme laissée devant sa porte se retrouverait rapidement devant la justice. David s'agita sur le lit, attirant son attention.

Notant la direction du regard d'Angélique, Thierry prit congé avec Sébastien, la laissant seule avec son partenaire. Alors qu'ils reprenaient l'allée de l'infirmerie, ils remarquèrent Mireille, assise à l'extérieur d'une cabine, la tête dans les mains.

— Mireille ? interrogea Sébastien. Qu'est-ce qui ne va pas ?

— C'est Caroline, répondit la vampire. Elle a été frappée par un sort. Ils ont réussi à enlever les morceaux de verre de ses yeux et à stopper l'hémorragie, mais ils ne sont pas sûrs de parvenir à réparer les dégâts. Il est possible qu'elle ne revoie jamais.

— T'es-tu nourri d'elle ? demanda immédiatement Sébastien.

— Pas encore, répondit Mireille. Ils ont dit que ça pouvait l'aider, mais il y avait tellement de sang. Je crains d'en prendre encore. Elle soutient que je me tracasse pour rien, que ses yeux iront bien dans une paire de jours, mais, d'après moi, le médecin ne semble pas du tout aussi optimiste.

— Tu dois absolument te nourrir dès qu'elle se réveillera la prochaine fois, conseilla Thierry. Pour une raison quelconque, ça semble aidé à accélérer la guérison.

Mireille se rembrunit.

— C'est ce que le médecin a dit, mais je ne le crois pas. Je veux dire, qu'en est-il de Laurent ? Blair s'est nourri de lui presque immédiatement après qu'il a été touché et ça ne l'a pas aidé. Il est mort quand même.

Thierry haussa les épaules, impuissant.

— Je ne sais pas ce qui a fait la différence. Honnêtement, je doute que quiconque le sache. Nous pataugeons dans le noir quand les partenariats sont concernés. Peut-être que le lien était trop récent. Peut-être que le dommage était trop important. Peut-être que c'est parce que Blair essayait, avant tout, de le transformer. Je ne sais pas, mais Caroline n'est pas en danger de mort, n'est-ce pas ?

Mireille secoua la tête.

— Alors qu'est-ce que tu as à perdre à essayer ? poursuivit Sébastien. Tu devras te nourrir d'une façon ou d'une autre et je ne pense pas que tu as envie de retourner chasser alors que tu sais que Caroline serait absolument ravie que tu prennes ce dont tu as besoin. Si cela l'aide, tout sera pour le mieux, mais, même si ce n'est pas le cas, tu n'auras rien perdu. Tu auras seulement renforcé votre lien, tu continueras à prendre soin d'elle et de toi-même. Et, après tout, elle a peut-être raison pour ses yeux.

Mireille soupira.

— Je ne veux pas risquer de dire quoi que ce soit qui pourrait la décourager. Je sais combien c'est important pour elle de garder le moral, mais ça me donne l'impression qu'elle se raccroche au moindre espoir plutôt que de faire face à la réalité de sa blessure, et je redoute ce qu'il va se passer quand elle se rendra compte que les médecins avaient raison, contrairement à elle.

— Premièrement, tu ne sais pas si les médecins ont raison, lui rappela Thierry. Même si les médecins d'ici ne peuvent rien faire pour elle parce que sa blessure est physique et pas magique, il y a des spécialistes de toutes sortes dans la ville qui pourraient être en mesure de l'aider. Et même s'ils ont raison, cela ne signifie pas qu'elle ne peut pas mener une vie riche et épanouissante. Elle va devoir réapprendre à utiliser certains de ses sens, mais c'est une magicienne. Elle n'est pas sans ressources. L'ANS a toutes sortes de programmes de réinsertion pour les magiciens qui doivent changer d'orientation professionnelle en raison de leur invalidité. Et avec la fin de la guerre, nous serons en mesure de consacrer de nouveau du temps et des ressources à ce genre de préoccupations civiles.

Mireille prit une profonde inspiration, se remotivant visiblement.

— Je sais tout cela. C'est juste un choc. Je dois être forte pour elle parce que je ne veux pas lui faire perdre son attitude positive, même si elle a tort au sujet de ses yeux, mais il me fallait quelques minutes pour y faire face moi-même.

— Tu n'es pas toute seule pour le gérer, promit Thierry. N'ayez pas peur de demander de l'aide. L'une comme l'autre.

— J'ai déjà pensé à lui demander si elle voulait venir vivre avec moi dans la maison de monsieur Lombard, avoua Mireille. Cela signifierait une autre paire d'yeux pour la garder à l'œil pendant qu'elle apprend à se débrouiller sans voir, et quelqu'un d'autre avec qui parler pendant qu'elle se rétablit.

— Cela semble une bonne idée, admit Sébastien, ayant acquis un nouveau respect pour l'ancien vampire depuis la veille. Même si elle peut préférer être chez elle pendant un certain temps, juste parce que ça lui semblerait plus familier.

— Vous n'avez pas à prendre des décisions dès aujourd'hui, ajouta Thierry. Quoi que vous décidiez, vous pourrez toujours compter sur notre aide.

— Merci, fit Mireille en affichant un sourire.

— N'abandonne pas espoir, répéta Sébastien. Orlando avait disparu. Il était inanimé par la faim. Mais nous avons réussi à le ramener. Caroline est loin d'être aussi mal lotie que ça.

Un bruissement de l'autre côté du rideau attira l'attention de Mireille.

— Je crois qu'elle se réveille. Je lui ferai savoir que vous êtes venu. Et, quand vous le verrez, dites à Orlando que je suis contente qu'il soit en sécurité.

Sans attendre leur réaction, elle disparut dans la cabine et ils purent entendre sa voix saluer joyeusement Caroline.

Sébastien prit la main de Thierry et l'entraîna vers la sortie. Quand ils furent dans le couloir, il serra la main de Thierry avant de le relâcher.

— Elles iront bien. Mireille est plus forte qu'elle n'y paraît.

Thierry hocha la tête.

— Tout comme Caroline. Nous devrons simplement faire en sorte qu'elles reçoivent l'aide dont elles ont besoin, surtout si Caroline est définitivement aveugle.

Il s'appuya contre le mur en poussant un soupir.

— As-tu accompli ton travail ? demanda sérieusement Sébastien. Tu as l'air presque aussi mal en point que certains patients là-dedans. Tu as besoin de repos.

Bien qu'il ait plaisanté sur l'excitation provoquée par le fait de voir Thierry faire son travail, le magicien était visiblement épuisé et cela avait la préséance sur le désir de Sébastien. Ils avaient toute la vie devant eux. Ils pouvaient attendre jusqu'au matin pour faire l'amour.

— Je dois manger, déclara Thierry. Pour dire la vérité, je ne sais pas à quand remonte la dernière fois où j'ai avalé quelque chose. Mon estomac ne sait même plus à quoi ressemble la nourriture.

— Veux-tu trouver quelque chose à proximité ou rentrer à la maison pour chercher quelque chose là-bas ? demanda Sébastien.

— Rentrons à la maison, déclara Thierry. Je pense qu'il y a des trucs dans le réfrigérateur qui ne sont pas encore périmés, et même si ce n'est pas le cas, je ne peux pas sortir habillé comme ça. Je vais devoir me nettoyer.

— Nous allons commander une pizza, décida Sébastien. De cette façon, tu n'auras pas à ressortir. Tu pourras te reposer et je te réveillerai quand elle arrivera.

— Une fois que je serai endormi, je ne suis pas susceptible de me réveiller avant au moins une bonne dizaine d'heures, avertit Thierry.

Sébastien ne répondit pas, mais il soupçonnait que c'était une estimation modeste.

— Allons-y. Dans tous les cas, nous perdons notre temps à rester debout ici.

Thierry s'écarta du mur et se dirigea vers l'entrée principale. Il avait hâte d'être à la maison, d'être propre et rassasié, et de pouvoir enfin dormir d'un sommeil serein.

XXVI

— JEAN ! PROTESTA Raymond en riant, alors que le vampire le poussait dans une pièce vide. Je pensais que tu voulais aller voir les blessés.

— C'était le cas, ronronna Jean, enfouissant son nez dans le cou attrayant de Raymond. Jusqu'à ce que tu deviennes tout sérieux à parler de l'avenir. Du coup, ça m'a donné des idées.

— Comme quoi ? le taquina Raymond, se détendant sous la caresse de son partenaire.

Il le savait, bien sûr – ou du moins, il était à peu près sûr de le savoir –, mais il voulait entendre Jean le dire.

— Comme te molester, répondit Jean d'une voix traînante, ses mains se déplaçant librement, rapidement, sur le corps de Raymond, empaumant ses fesses, enveloppant son sexe. Ça ne te dérange pas, n'est-ce pas ?

— Me déranger ? répéta stupidement Raymond, son corps se cambrant sous le contact exigeant. Rien de ce que tu fais ne me dérange. Tu devrais le savoir à présent.

Jean sourit, se penchant pour l'embrasser avant d'ajouter :

— Ça ne fait jamais de mal de l'entendre.

Il n'offrit pas l'occasion à Raymond de répondre, reprenant la bouche de son amant avec une tendre vigueur.

Raymond retourna le baiser avec enthousiasme, la peur et le danger des dernières vingt-quatre heures accentuant son désir. Ils étaient en sécurité maintenant. Serrier était mort. L'*extorris* avait été attrapé. Pour la première fois en deux ans, Raymond pourrait dormir tranquille, sachant que le prix mis sur sa tête avait été annulé avec la disparition du sorcier rebelle. Ses doigts s'enfouirent dans les cheveux sombres de Jean, il unit leurs lèvres, accroché à son amant comme si ce contact pourrait prolonger son existence. L'instant d'après, les mains de Jean imitaient les siennes, animées du même désespoir de le réclamer.

— Nous avons besoin de rentrer à la maison, dit Raymond d'une voix rauque, en relevant légèrement la tête. J'ai besoin de plus qu'une simple culbute rapide dans mon bureau.

— C'est un trajet en métro terriblement long, raisonna Jean, ses mains se déplaçant de manière à déconcentrer Raymond.

Il sous-estimait son partenaire.

— Il y a toujours un magicien en service dans la Salle des Cartes, répondit Raymond avec détermination. Nous pouvons être à la maison en quelques minutes.

Abandonnant avec un rire, Jean libéra Raymond de son emprise, se contentant de lui prendre la main à la place.

— Très bien, mais tu te charges d'expliquer à l'officier de permanence la raison de notre empressement.

— Je suis trop fatigué pour entreprendre le long chemin jusqu'à la maison, mais je ne veux pas que tu sois tout seul dans le métro, pourriez-vous s'il vous plaît l'envoyer à l'endroit où je me rends, dit Raymond comme si c'était l'explication la plus logique du monde.

— Si je n'avais pas goûté la passion sous la surface, je pourrais même avaler ça, reconnut Jean en se mettant à rire alors qu'ils se dirigeaient vers la Salle des Cartes. La question est de savoir si le magicien de service le fera.

Raymond haussa les épaules.

— Est-ce important qu'il me croie ? Je ne me soucie pas de ce qu'il pense, tant qu'il t'envoie à moi. Ce n'est pas comme si je devais vraiment me soucier à ce point de ma respectabilité. Thierry dirait le contraire, mais la guerre est pratiquement terminée.

Jean devait admettre que Raymond marquait un point.

— Qu'en est-il de ma respectabilité ? demanda-t-il, accélérant tout en entraînant Raymond derrière lui.

— Je doute qu'il y ait des vampires qui traînent dans la Salle des Cartes maintenant qu'Orlando est en sécurité et que la Milice se regroupe pour décider quoi faire ensuite, lui rappela Raymond alors qu'ils entraient dans la vaste pièce.

Raymond avait raison. Le seul occupant était le magicien de service qui se remit avec lassitude sur ses pieds en voyant les deux hommes.

— Peux-tu envoyer mon partenaire chez lui derrière moi si je garde mon repère ? demanda simplement Raymond, sans fournir la moindre explication.

— Bien sûr, répondit le magicien.

Raymond regarda Jean qui hocha la tête, puis il jeta le sort de déplacement sur lui-même se rendant à l'appartement de son vampire. Quelques instants plus tard, Jean apparut à ses côtés.

Raymond fit un pas en avant, avec l'intention de poursuivre l'étreinte qu'ils avaient débutée au siège de la Milice, mais l'effort de ce dernier sort avait volé le peu d'énergie qu'il lui restait encore après la bataille. Il trébucha, reconnaissant que les réflexes de Jean soient assez rapides pour l'empêcher de tomber.

— Que se passe-t-il ? s'inquiéta immédiatement Jean, soulevant Raymond dans ses bras pour le porter dans la chambre. Tu allais bien au siège.

— J'ai utilisé plus que mon quota de magie au cours de la journée, expliqua Raymond, enchanté par la réaction de Jean.

Une petite voix lui disait qu'il aurait dû être mal à l'aise avec l'image qu'il donnait, mais il l'ignora, trop fatigué et suffisamment soulagé par l'issue de la nuit pour laisser tomber les murs qu'il avait l'habitude de maintenir relevés autour de son cœur.

— J'irai bien, après un peu de repos.

Le désir agitait encore Jean après avoir écouté le discours sérieux de Raymond, il détailla l'homme dans ses bras. Il soupçonnait que Raymond lutterait pour rester éveillé s'il ranimait son désir, mais il pouvait voir l'épuisement sur le visage de son partenaire : les cernes qui soulignaient ses yeux noisette, les rides habituellement imperceptibles autour de sa bouche qui paraissaient plus profondément marquées. Jean s'était montré égoïste plus d'une fois dans sa vie, mais il ne pouvait pas se résoudre à l'être ce soir.

— Peux-tu rester réveillé assez longtemps afin que je te nettoie un peu ? demanda-t-il avec compassion.

— Je peux essayer, répondit Raymond quand Jean le remit sur ses pieds, le débarrassant des couches de vêtements sales et pleins de sueur.

Quand il se retrouva en sous-vêtement, Jean repoussa les couvertures sur le lit et l'invita à s'asseoir.

— Laisse-moi te laver un peu. Tu dormiras mieux.

Raymond rit doucement alors que Jean se précipitait dans la salle de bains. Comme s'il pouvait y avoir un doute sur la qualité de son sommeil ce soir ! Cependant, il ne protesta pas. Le gant chaud sur sa peau faisait du bien, le débarrassant de la poussière de la journée et de la sensation de crasse que Raymond ressentait toujours après avoir été en contact avec la magie de Serrier.

— Merci, dit-il à mi-voix, après quelques instants. Certains jours, je pense que je ne parviendrai jamais à me débarrasser de sa souillure.

— Il est mort, affirma Jean, mettant de côté le gant de toilette et prenant le visage de Raymond en coupe dans ses mains. Il ne pourra plus jamais te toucher. D'autant plus que tu t'es débarrassé de tout cela quand tu as changé de camp. Tu n'as pas eu besoin de moi ou de quelqu'un d'autre pour ça.

Raymond sourit.

— Mais j'avais besoin de toi. Peut-être pas pour me libérer de l'influence de Serrier, mais ils ont tous continué à douter de moi, sauf Marcel, jusqu'à ce que tu te portes garant pour moi. Tu as complètement réhabilité mon image depuis que l'alliance a débuté, et je ne doute pas que tu continueras par la suite. Les gens ne verront pas le magicien qui est tombé dans le piège de la propagande de Serrier. Ils verront le partenaire du chef de la Cour. Et c'est effectivement une chose très différente.

Jean détestait l'idée que Raymond se rabaisse de cette façon, mais il savait aussi que c'était dans la nature humaine.

— Tu es bien plus que simplement mon partenaire, soutint-il, et tu peux être sûr que je le dirai à qui veut bien l'entendre.

— Jean, dit doucement Raymond, mettant fin à ce qui menaçait clairement de devenir une remontrance. C'est bon. Je suis parfaitement heureux d'être un professeur d'histoire inconnu avec un amant important. Je ne me soucie pas plus que les gens s'inquiètent de la cicatrice sur mon dos que du bilan de ce que j'ai vraiment accompli durant la guerre. Tu connais la vérité. Marcel connaît la vérité. Je suis désormais en grande partie accepté au sein de la Milice, ce qui signifie que je pourrai compter sur ce soutien quand la guerre sera finie et que je tenterai de reprendre mon travail. Je n'ai pas besoin que la presse ou l'opinion publique tourne en ma faveur. Ça n'a pas d'importance.

Décidant qu'il ne gagnerait rien en débattant ce soir, Jean laissa tomber le sujet, se contentant d'aider Raymond à s'installer dans le lit.

— Laisse-moi me nettoyer rapidement ensuite, nous nous reposerons, promit-il, en se dirigeant vers la salle de bains. Je reviens tout de suite.

Raymond avait les yeux qui se fermaient alors que Jean avait disparu depuis à peine un instant, le son de l'eau qui coulait suffisait à bercer le magicien, presque à l'endormir bien qu'il tente de suivre les mouvements de son partenaire. Quand il entendit les robinets se fermer, il s'obligea à rouvrir les yeux pour pouvoir regarder Jean sortir de la salle de bains. Une robe de soie noire cachait son corps à la vue de Raymond, apportant un léger froncement de sourcils sur le visage du magicien.

— À quoi penses-tu ? demanda Jean.

— Tu portes des vêtements, murmura Raymond irrité.

Le ton était tellement en contradiction avec l'image du partenaire de Jean qu'il sourit.

— De toute façon, tu es trop fatigué pour que je te fasse quoi que ce soit, hormis me blottir à tes côtés et dormir. Tu pourras me l'enlever au matin.

— Je veux sentir ta peau, dit le magicien, ses mots presque entièrement étouffés par un énorme bâillement.

— Allez dors, le réprimanda Jean faisant glisser la robe de chambre de ses épaules et escaladant le lit derrière Raymond.

Il attira son amant plus près, se collant fermement en cuillère contre son dos et veillant sur lui alors que son magicien s'endormait.

PLUSIEURS FOIS pendant que le métro les ramenait vers Versailles, Sébastien se demanda pourquoi Thierry n'avait pas demandé à quelqu'un de le – ou les – renvoyer chez eux, en particulier quand il vit le magicien fermer les yeux et s'appuyer contre la fenêtre de la voiture. Finalement, Sébastien attrapa le blond, incitant le magicien à se pencher sur son épaule afin que sa tête cesse de rebondir contre la vitre. Thierry soupira et se cala dans les bras de Sébastien, laissant le vampire encore plus confus. Il avait entendu son partenaire soutenir auprès de tous ceux qu'ils rencontraient que la guerre n'était pas vraiment terminée et, maintenant, Thierry semblait complètement indifférent à cette perspective. Non pas parce qu'il dormait à cet instant – il avait été en état d'alerte durant quatre jours et n'avait pas dormi plus de vingt-quatre heures –, mais parce qu'il avait baissé sa garde si complètement qu'il avait décidé de prendre le métro. Déterminé à être prudent,

Sébastien scruta la voiture des yeux sans discontinuer, attentif à chaque menace potentielle.

Quand ils atteignirent leur arrêt, Thierry se réveilla un peu, assez pour descendre de la voiture et remonter la rue vers sa maison, mais Sébastien le soupçonnait d'agir machinalement, l'habitude guidant ses pas jusqu'à la porte plutôt que sa pensée consciente. Ses doigts cafouillèrent avec les clés jusqu'à ce que Sébastien se décide à les prendre doucement et ouvre le portail, leur permettant d'entrer. Dès que la porte se referma derrière eux, les protégeant des regards curieux, Sébastien se pencha et souleva Thierry dans ses bras. Son amant marmonna une protestation, mais Sébastien l'ignora. Thierry pourrait le réprimander plus tard, quand il serait capable de garder les yeux ouverts et de formuler une phrase cohérente. Pour l'instant, il avait besoin de dormir.

Soigneusement, ne voulant pas réveiller Thierry en le bousculant, Sébastien déposa son amant sur le lit, retira ses chaussures, ouvrit son col de chemise autant qu'il le pouvait, et lui retira son jean. Il espérait que cela permettrait à Thierry de dormir suffisamment confortablement. Déposant un tendre baiser sur le front de son magicien, il se rendit dans la salle de bain pour prendre une douche.

L'eau chaude faisait du bien sur sa peau fraîche. La météo s'était nettement rafraîchie au cours de la journée, comme si la défaite de Serrier avait tout remis en ordre et que les saisons s'empressaient de reprendre leur cycle et leur place. Fermant les yeux tandis que l'eau coulait sur son visage, Sébastien réfléchit au tourbillon de changements qui avait frappé sa vie au cours du mois écoulé. Il avait su, bien avant que l'alliance se forme, qu'une guerre se déroulait, mais elle semblait n'avoir aucun rapport avec lui, un combat entre deux factions de magiciens, aucune des deux ne se souciant des autres races magiques. Marcel et l'alliance lui avaient spectaculairement prouvé combien il avait tort, et il leur en serait éternellement reconnaissant.

Il avait passé sa vie dans l'ombre, pas simplement en raison de sa sensibilité fondamentale à la lumière, mais aussi en raison de son statut un peu fragile dans la Cour à cause de son histoire avec Jean. L'alliance avait changé tout cela, le ramenant pleinement dans la Cour en plus de lui procurer une immunité inattendue à la lumière du soleil. Elle lui avait apporté beaucoup plus que cela, cependant, pour preuve, sa présence dans cette maison et l'accueil dans le lit et les bras du magicien qui dormait dans la chambre voisine. Il n'était pas à la recherche d'un nouvel amant, d'un nouvel amour, mais le destin avait malgré tout jugé bon d'en trouver un pour lui. Il sourit en attrapant le shampoing – celui de Thierry – et commença à se laver les cheveux.

Il n'avait pas flashé sur qui que ce soit de la façon dont il l'avait fait avec Thierry depuis Thibaut. Son évocation lui serrait toujours le cœur, mais désormais autant en prévision de l'avenir qu'à cause de la douleur de ses souvenirs. Thierry était encore jeune, mais pas aussi jeune que Thibaut l'avait été ; cependant, c'était un magicien et il vivrait plus longtemps que Thibaut n'avait vécu… Ils auraient de très nombreuses années ensemble avant que l'âge ou l'infirmité force Sébastien à chercher sa subsistance ailleurs. Il frissonna. Il était passé par là lorsque Thibaut était mort. La pensée d'aimer et de perdre à nouveau le déchirait, mais c'était ça ou laisser Thierry partir maintenant, et chaque fibre de son être protestait contre ce choix. Il avait survécu à la perte de Thibaut. Il trouverait un moyen de survivre à la perte de Thierry quand le moment serait venu. Et en attendant, il chérirait chaque instant, accumulant des souvenirs pour son inévitable retour à l'ombre.

Écartant ces pensées morbides, alors qu'il devrait célébrer leur victoire, il acheva sa douche et se sécha rapidement, retournant sur la pointe des pieds dans la chambre à coucher pour ne pas déranger son partenaire. Il se glissa dans le lit derrière Thierry, s'installant en cuillère contre la chaleur du magicien. Il se détendait au moment où son amant se retourna dans ses bras et déposa un baiser endormi sur ses lèvres.

— Tu as besoin de repos, se déroba Sébastien.

Thierry marmonna une réponse que le vampire ne saisit pas tout à fait, mais ses mains se déplaçaient délibérément sur la peau nue de Sébastien, éveillant son désir.

— Thierry, dit-il désespérément.

Thierry secoua la tête et ses yeux s'ouvrirent. S'assurant que Sébastien le regardait, il frotta les mamelons du vampire avec ses pouces, les frictionnant jusqu'à ce qu'ils se dressent.

— Fais-moi l'amour.

Sébastien eut le souffle coupé sous les sensations inattendues, puis de nouveau alors que l'une des mains de Thierry s'enroulait autour de son érection, la caressant fermement. Il ne fallut qu'un instant avant que le vampire soit complètement dur. Thierry se retourna une nouvelle fois, appuyant ses fesses contre le membre dur.

— Fais-moi l'amour, répéta-t-il, sa voix, bien qu'ensommeillée, ne tolérant aucun refus.

Se détournant juste assez longtemps pour trouver le lubrifiant, Sébastien se déplaça un peu pour pouvoir glisser sa main entre eux à la recherche de l'ouverture de Thierry. Il glissa son autre main sous le corps de son amant, l'enroulant autour de son torse, caressant chaque endroit qu'il pouvait atteindre : sa poitrine, son ventre, son sexe gonflé.

Paresseusement, Thierry ondulait sous les mains de Sébastien, en avant dans le canal formé par son poing fermé, puis en arrière sur les doigts qui l'étiraient tendrement. Ses yeux se fermèrent à nouveau, accentuant l'obscurité et l'enveloppant dans un cocon de désir. Après quelques instants, le sexe de Sébastien remplaça ses doigts.

— Mords-moi, pria-t-il, regrettant l'absence des sensations que les crocs de Sébastien lui procuraient quand ils faisaient l'amour.

— C'est trop dangereux, protesta Sébastien. J'ai déjà pris beaucoup au cours des derniers jours et tu es déjà épuisé.

— Mords-moi, répéta Thierry.

Rassemblant son contrôle, Sébastien baissa la tête sur l'épaule de Thierry, laissant ses crocs le pénétrer, donnant à son amant la sensation qu'il désirait sans aspirer le sang dans sa bouche. La tentation était forte de puiser en lui, mais il se força à résister, ne souhaitant pas l'affaiblir. Ses hanches remuaient langoureusement contre le dos de Thierry, faisant lentement croître la tension entre eux. Thierry s'agitait de manière aguichante contre lui, mais Sébastien conserva un rythme délibérément lent et sensuel. Il aurait d'autres occasions d'être rapide et vigoureux. Ce soir, il voulait la tendresse de cette chaude étreinte ensommeillée.

Ce traitement semblait également convenir à Thierry, puisqu'en quelques minutes, il jouit dans la main de Sébastien, son passage se resserra, déclenchant l'orgasme du vampire. Retirant ses crocs et léchant les plaies pour les guérir, Sébastien embrassa le cou de Thierry, juste derrière son oreille.

— Dors maintenant, l'exhorta-t-il, son sexe ramollissant progressivement, encore enterré dans le corps de son amant.

Thierry hocha la tête, la connexion entre leurs corps le relaxant suffisamment pour qu'il puisse enfin baisser sa garde et se reposer réellement.

Vincent arpentait les limites de la cellule de détention située dans les profondeurs de siège de la Milice, les incessants croisements et décroisements de ses bras trahissant son agitation plus encore que son incapacité à rester assis.

— La bataille est certainement finie à présent, dit-il finalement, en se tournant vers Éric, le seul autre occupant de la cellule. Pourquoi ne sont-ils pas venus nous voir ?

— Parce que même si la bataille est terminée, nous sommes loin d'être en tête de leurs priorités, répondit calmement Éric. Ils doivent s'occuper des blessés des deux camps, s'occuper des autres sorciers qu'ils ont capturés… ceux qui vont dans de vraies prisons, par opposition à celle-ci, où Marcel peut se charger de nous lui-même. Mais d'abord, il doit rendre compte au président, et probablement au Parlement, au sujet de la bataille et de tout ce qu'il s'est passé là-bas. Je ne pense pas que Serrier les laisserait le prendre vivant, mais quoi qu'il en soit, son sort doit donner lieu à des informations. Ils ne nous ont pas oubliés, je t'assure.

— Facile à dire pour toi, dit Vincent avec inquiétude. Tu travaillais pour eux tout du long. Quand ils viendront s'occuper de nous, tu seras libéré. Mais qu'en est-il de moi ?

Éric se leva et se rendit aux côtés de Vincent.

— Marcel est un homme juste, commença-t-il, son bras s'enroulant autour de l'épaule Vincent et l'attirant vers le lit où il était assis. Il écoutera ce que tu as fait et le prendra en considération. Et je me porterai garant pour toi, quelque chose que je ne ferais pour personne d'autre.

— Ils voudront nous séparer, prédit Vincent.

— C'est probable, accorda Éric, mais s'ils le font, ce sera seulement temporaire. Je ne sais pas quelle influence je peux avoir, mais j'en utiliserai chaque parcelle pour m'assurer que tu sors aussi rapidement que possible. Nous pouvons mettre en place une sorte d'accord de liaison, peut-être, surtout si j'accepte d'être responsable de toi.

— Tu penses que je vais devoir passer en jugement.

Éric haussa les épaules.

— Je ne sais pas, mais je pense que c'est probable. Pas parce que Marcel voudra te voir condamné, mais pour pouvoir t'utiliser – et Monique aussi d'ailleurs – afin d'achever de discréditer complètement Serrier. Si même ses partisans l'ont abandonné, alors c'est qu'il était vraiment fou, pas quelqu'un qui œuvrait pour un véritable changement.

Vincent hocha lentement la tête.

— C'est logique. Je serais prêt à témoigner contre lui si ça peut aider.

— Ça pourrait, admit Éric. Tout ce que nous pouvons faire, c'est en discuter avec Marcel quand il viendra ici, et implorer sa miséricorde.

— Tu n'auras pas besoin de sa miséricorde, rappela Vincent à son amant. Tu étais de leur côté tout du long.

Éric haussa les épaules.

— Je n'aurais peut-être pas besoin de miséricorde, mais j'ai besoin de leur pardon. Peut-être pas celui de Marcel, mais celui de Thierry et d'Alain. Je les ai blessés. En changeant de camp, en combattant contre eux, en prenant l'amant d'Alain.

— Tu ne le savais pas, rappela Vincent au magicien.

— Ça n'a pas fait moins de mal, déclara Éric à mi-voix. Alain ne savait pas ce qu'il avait fait quand il a tué Danielle et les enfants, mais ça n'a pas rendu leur perte moins réelle. Sa crainte n'a pas été moindre quand Orlando était absent, simplement parce que j'ignorais qui j'avais capturé.

— Tu l'as sauvé en fin de compte, lui rappela Vincent. Tu dois juste t'assurer que Magnier le sache.

— Nous l'avons sauvé, rectifia Éric. J'aurais pu le faire sortir tout seul, mais je n'aurais pas réussi à le faire sans toi. Si Blanchet ne m'avait pas descendu, le magicien à la porte l'aurait certainement fait.

Vincent sourit et embrassa doucement Éric.

— Nous formons une bonne équipe. Maintenant, nous devons juste nous assurer que la Milice le comprend.

— Nous y arriverons, promit Éric, en lui retournant le baiser. Je ne les laisserai pas nous séparer trop longtemps.

XXVII

L[E BRUIT]{.smallcaps} de l'ouverture de la porte de la cellule réveilla Éric, alors qu'il somnolait contre l'épaule de Vincent. Même avec un éclairage en contre-jour, il reconnut immédiatement le port élancé et digne de Marcel. Donnant un petit coup de coude à Vincent pour le réveiller, il se leva, attendant de voir ce que le général allait dire.

— Serrier est mort, commença Marcel sans détour. Merci, fils. Nous n'aurions pas pu le faire sans toi.

Éric haussa les épaules, aussi mal à l'aise qu'il l'était chaque fois que Marcel soulignait son rôle dans la guerre.

— Je n'aurai pas pu le faire sans Vincent, dit-il spontanément.

— C'est ce que tu as dit hier, affirma Marcel. Pourrais-tu avoir l'obligeance d'être un peu plus explicite ?

— C'était l'idée de Vincent de sauver Orlando, en espérant que ce serait une preuve de bonne foi suffisante afin que vous acceptiez de nous prendre comme vous l'aviez fait pour Raymond et Monique. Évidemment, il ne savait pas que je travaillais pour toi à ce moment-là, expliqua Éric. J'aurai essayé de le faire de toute façon quand Serrier a décidé de l'exposer à l'extérieur pour le tuer, mais je ne sais pas si j'aurai réussi. Étant donné la façon dont ça a tourné, je serais mort si j'avais essayé de le faire seul.

— Je peux deviner pourquoi tu voulais sauver Orlando, Éric, avoua Marcel avec un sourire, mais pourquoi vouliez-vous le faire, monsieur Jonnet ?

Vincent recula légèrement.

— S'il vous plaît, appelez-moi Vincent, général. Quant à savoir pourquoi je voulais sauver Orlando, il y avait plusieurs raisons. Je me sentais responsable, d'une certaine manière, puisque j'ai contribué à le faire venir. Et mon admiration pour lui s'est développée en voyant qu'il ne flanchait pas malgré les expériences de Serrier. Son corps a réagi, mais il n'a pas cédé. J'étais mécontent de la façon dont Serrier utilisait les prisonniers de toute façon – Éric peut vous le dire. J'avais déjà émis plusieurs critiques concernant Blanchet et ses tortures. Et puis Monique est partie. Et vu comment, la Milice a réagi, j'étais sûr qu'elle avait fourni des informations sur Orlando. Je voulais partir… je voulais que nous partions. Chaque jour Serrier semblait devenir un peu plus fou et je ne voulais pas couler avec son navire. Et Orlando semblait être notre ticket de sortie. Cela semble intéressé, et peut-être que ça l'était, mais c'était la chance que j'attendais. Une façon de sortir et de ne pas être pourchassé comme un chien, que ce soit par Serrier ou par la Milice.

— Il n'y a rien de mal avec le désir de préservation, assura Marcel à l'homme chauve, en particulier lorsque votre préservation a également sauvé un de nos valeureux agents.

— Alors que va-t-il se passer maintenant ? demanda Éric, abordant le sujet qu'ils avaient tous évité.

— Tu es libre de sortir, répondit spontanément Marcel. Tout ce que tu as fait l'a été au nom de la Milice, afin de nous fournir un avantage durant la guerre. Tu pourras être invité à témoigner lors des procès contre les sorciers que nous avons capturés, mais à part ça, ta vie t'appartient de nouveau.

Éric secoua immédiatement la tête, tendant la main vers celle de son amant.

— Je ne pars pas sans Vincent.

Marcel soupira.

— Nous y voilà donc, murmura-t-il, réorganisant une fois de plus ses plans dans sa tête. Aussi noble que cela puisse paraître, cela ne va pas aider Vincent, affirma-t-il à Éric. Indépendamment de votre relation actuelle, quand le procès viendra – eh oui, lui et Monique devront passer en jugement – il aura besoin que tu apparaisses comme quelqu'un d'impartial, afin que tu puisses raconter comment il est venu à toi avec un plan pour sauver Orlando, et pour changer de camp en prenant de préférence un aussi grand nombre de rebelles de Serrier que possible dans le processus. Si tu restes ici avec lui, tu perds toute crédibilité en tant que témoin, et je ne sais pas quand Orlando sera assez remis pour témoigner en faveur de Vincent. J'insisterai pour négocier une réduction de peine, mais ça sera basé sur ton témoignage. Tu ne peux pas avoir l'air partial.

Éric commença à secouer la tête, mais Vincent l'interrompit :

— Il a raison, Éric. Je n'apprécie pas, mais il a raison. Ça ne sera pas pour toujours. Ça ira. Personne ne va me chercher des noises en prison.

Marcel soupçonnait que Vincent ne se trompait pas, mais il avait le moyen de s'en assurer.

— Cela ne devrait même pas être un souci, déclara-t-il. J'en ai déjà discuté avec le Ministre de la Justice au sujet de Monique, et j'estime que cela tombe sous mon autorité d'appliquer tout ce qui se rapporte à elle ainsi qu'à toi. Si tu acceptes, tu resteras ici en tant qu'invité de la Milice, jusqu'au moment de ton procès. Le début de celui de Monique est prévu pour dans environ deux semaines. Je devrais être en mesure d'obtenir que ton dossier passe presque aussi vite. Je vous suggère de limiter vos contacts, mais je ne vois pas pourquoi Éric ne pourrait pas venir rendre visite à un ami de temps en temps.

Éric prit une profonde inspiration.

— Tu sais que ce n'est pas simplement de l'amitié.

Marcel sourit.

— Je ne suis pas aveugle, mon garçon. Mais je sais aussi contre quoi nous nous heurterons dans l'obtention d'une peine allégée ou même d'un pardon pour Vincent et, proclamer votre relation actuelle n'aidera en rien. C'est seulement pour quelques semaines. Vous pouvez certainement vous comporter correctement jusque là. Maintenant, je n'ai pas dormi depuis plus d'heures que je ne pourrais compter, alors je vais jeter un sort sur cette porte pour que tu puisses partir quand tu seras prêt, Éric. Je doute que quiconque vienne s'inquiéter de l'un de vous au cours des prochaines heures, puisque tout le monde est encore plus épuisé que je ne le suis, mais ne traîne pas trop longtemps. Souviens-toi de ce que je disais au sujet des apparences.

D'un mouvement de poignet, Marcel installa le sort et disparut, laissant les deux magiciens de nouveau seuls.

— Penses-tu qu'il a raison ? demanda Vincent. Je veux dire que ça puisse être aussi simple que ça ?

Éric secoua la tête, pas dans le but de le détromper, mais pour exprimer sa surprise.

— Marcel a toujours raison. Cela ne signifie pas que ce sera simple, mais je pense que ça finira par s'arranger. Est-ce que ça ira pour toi ici si je pars, comme Marcel le conseille ?

— Je suis un grand garçon, répondit Vincent en riant. Je serai très bien ici, et il dit que tu pourras venir me rendre visite, même si cela pourrait donner à croire que nous essayons de mettre au point nos déclarations pour le procès. Peut-être que ce serait mieux si tu ne venais pas.

— Je suppose que cela dépendra de ce que les gens au sein de la Milice penseront de nous, déclara Éric lentement. Puisque tu es ici, ce n'est pas comme si le public ou n'importe qui pourrait savoir que je te rends visite. Tant que les magiciens de la Milice suivent l'exemple de Marcel, nous pouvons faire ce que nous voulons ici sans que ce soit un problème. Si tu étais dans une prison publique, ce serait une autre histoire.

— Es-tu inquiet de la manière dont ils vont réagir ? questionna franchement Vincent.

— Pas pour la majorité d'entre eux, répondit honnêtement Éric. La plupart accepteront la parole de Marcel et le suivront. Je suis inquiet vis-à-vis de Thierry et d'Alain. Je leur ai dit des choses épouvantables, dans mon chagrin et, ensuite, quand j'ai commencé ma mascarade. Ils ont toutes les raisons de me haïr, encore plus pour ma participation à l'enlèvement d'Orlando. Dieu, si je l'avais su, je ne l'aurais pas pris.

Vincent étreignit fortement Éric quand sa voix se brisa.

— Nous n'avions pas d'autre choix, rappela son amant. C'était le seul vampire qui s'était éloigné d'un magicien suffisamment longtemps afin que nous puissions l'enlever.

— Nous aurions pu attendre après quelqu'un d'autre, avança Éric faiblement.

Vincent secoua la tête.

— La bataille tournait déjà en leur faveur. Je comprends pourquoi tu te sens ainsi, mais tu sais que nous ne pouvions pas agir différemment, à ce moment-là, sans abandonner ou désobéir aux ordres.

— Peut-être que nous aurions dû.

— Éric, arrête ! ordonna Vincent. Tu as entendu le général. Orlando va récupérer. Lui et Alain sont réunis. Si nous avions désobéi aux ordres, nous serions tous les deux morts et un autre vampire – peut-être même Orlando – aurait été enlevé de toute façon.

Éric savait que c'était vrai, mais il savait aussi ce que cela faisait de perdre les gens qu'on aimait, et il se détestait d'avoir causé un tel chagrin à Alain, même temporairement.

— Parle-leur, conseilla Vincent. Ne laisse pas ce malentendu entre vous.

RAYMOND REPRIT lentement connaissance, l'épuisement des jours précédents effacé par – il regarda l'horloge – douze heures de sommeil. Jean était chaud contre lui, amenant un sourire sur ses lèvres. Il ne savait pas comment il avait pu être aussi chanceux, un sentiment qui l'amusait étant donné sa réaction initiale, à l'idée de l'alliance en général, et de son partenaire en particulier. Tournant la tête, il déposa un baiser sur le front de Jean, souriant quand les yeux noirs s'ouvrirent.

— Bonjour, déclara Raymond, sa voix éraillée du sommeil.

— Bonjour à toi aussi, répondit Jean. Comment te sens-tu ?

— Mieux, affirma Raymond. Moins fatigué. Je pourrais dormir pendant encore douze heures si je ne savais pas que Marcel a besoin de nous aujourd'hui, mais j'ai assez dormi pour affronter la journée. Et toi ?

— Je ne sens pas l'épuisement comme le font les mortels, lui rappela Jean. Aussi longtemps que je suis alimenté, je suis opérationnel à peu près indéfiniment. Et je me suis nourri beaucoup plus au cours des derniers jours que je le fais d'habitude, alors je vais bien.

— Parfait, déclara Raymond, roulant de manière à faire face à Jean. Cela signifie que tu te sens assez bien pour finir ce que nous avons commencé la nuit dernière.

— Et de quoi s'agissait-il ? demanda Jean, la voix emprunte d'amusement.

— Baise-moi, idiot.

Aux mots de Raymond, le désir frappa Jean violemment, mais il secoua la tête.

— Ce n'était pas du tout mon intention la nuit dernière. Maintenant, si tu avais dit te faire l'amour jusqu'à ce que tu hurles, j'aurais été heureux de te rendre service.

Enchanté, Raymond pencha la tête, approchant des lèvres de Jean pour un tendre baiser.

— Je ne vais certainement pas dire non, quelle que soit la manière, murmura-t-il contre la bouche de son amant.

— Nous avons eu trop de baise intense et rapide, incitée par la peur, l'instinct ou la magie, répondit le vampire. Monsieur Lombard t'a dit ce qui arrive quand les vampires sont obnubilés par quelqu'un, mais tu n'as pas encore vraiment senti ça jusqu'à présent. Il est grand temps que tu le fasses.

Raymond frissonna à cette promesse à peine voilée dans les paroles de son amant. Les moments où ils avaient pu être ensemble avaient déjà été hallucinants. Penser que Jean avait quelque chose d'encore plus puissant en réserve pour lui suffisait à le faire panteler avant même qu'ils aient commencé quoi que ce soit.

— Je ne suis pas sûr que ça puisse être meilleur.

Jean rit, le son dévalant la colonne vertébrale de Raymond comme du velours chaud.

— Crois-moi, dit-il d'une voix traînante. Laisse-moi te montrer ce que ça fait vraiment d'avoir un amant vampire.

Raymond hocha la tête, roulant sur son dos et découvrit son cou, mais Jean secoua la tête.

— Pas aujourd'hui. Pour l'instant, tu es encore affaibli et je me suis nourri hier. Je n'ai pas besoin de mes crocs pour t'aduler.

Surpris, Raymond se redressa sur un coude.

— Mais je pensais…

— Que je ne pouvais pas te faire l'amour sans te mordre ? l'interrompit Jean. Certes, je combine souvent les deux plaisirs, mais tout comme je peux me nourrir sans sexe, je peux te faire l'amour sans me nourrir.

— Alors pourquoi, la première fois… ?

— Parce que je ne te percevais pas comme un amant, expliqua Jean. Je n'avais pas la certitude que tu me voulais vraiment. Ton sang m'a donné cette assurance. Et puis, plus tard, ça semblait juste se produire parce que nous le voulions tous les deux. Mais cela ne signifie pas que je ne peux pas me contrôler si nécessaire.

— Je me sens mieux, protesta Raymond. Je suis sûr que tu pourrais…

— Non, déclara Jean fermement. Pas avant ce soir. Il n'y a aucune raison de prendre ce risque.

Il passa une main sur la poitrine lisse de Raymond.

— Je t'assure que je peux te procurer autant de plaisir sans ça.

— Je ne veux pas que tu aies l'impression qu'il te manque quelque chose, expliqua Raymond.

Jean rit.

— Il me semble que tu es le seul à avoir cette impression, pas moi.

Raymond rougit.

— Eh bien, chaque fois que nous avons eu des relations sexuelles, tu m'as mordu.

Et cela disait à Jean tout ce qu'il avait besoin de savoir.

— Ah, mais cette fois, nous n'allons pas avoir *juste* des relations sexuelles. Nous allons faire l'amour.

— Donc, cela signifie que je dois me contenter d'avoir 'juste du sexe' si je veux que tu me mordes ? plaisanta Raymond, mal à l'aise devant le tour soudain sérieux pris par la conversation.

— Raymond, reprocha sérieusement Jean. Je ne compte pas te mordre ce matin, que nous fassions l'amour, que nous ayons des relations sexuelles, ou que nous baisions comme des lapins. Je préfère ne pas me rendre malade, et il en est de même pour toi, surtout au vu du nombre de fois où je t'ai mordu la semaine dernière, je suis complètement saturé. Maintenant, vas-tu me laisser te faire l'amour ou vas-tu continuer à argumenter avec moi ?

Le sourire de Raymond s'épanouit lentement sur son visage.

— Peut-être que je veux te faire l'amour à la place.

Les yeux de Jean s'illuminèrent tandis qu'il bondissait, épinglant les poignets de Raymond sur le lit dans une prise implacable, utilisant le poids de son corps pour s'assurer que le corps de son amant reste en place.

— Tu es l'homme *le plus* exaspérant qui soit, grogna-t-il, son corps réagissant à la proximité de Raymond. Tu n'arriveras pas à tes fins cette fois.

Raymond rit et ondula lentement sous Jean, frottant délibérément leurs érections l'une contre l'autre en assurant :

— Je ne pense pas que je vais me plaindre du résultat. Pas, si cela implique nous deux, nus dans le lit.

Il fit une pause alors que ses mains glissaient dans le dos de Jean pour serrer les muscles tendus de ses fesses.

— Ou sur le canapé. Ou contre un mur. Ou ailleurs, aussi longtemps que nous sommes ensemble.

— Je ne savais pas que tu étais un tel débauché, le taquina Jean, commençant à se frotter contre Raymond.

Ses lèvres se posèrent sur les traits de son amant, traçant chaque ride, chaque surface ciselée, jusqu'à ce qu'il trouve la bouche de Raymond. Il pouvait dire, d'après ses réactions, même sans avoir à goûter son sang, que son partenaire ne se plaindrait pas s'il se contentait de glisser entre ses cuisses massives et de le prendre immédiatement. Ils ne doutaient pas qu'ils en profiteraient tous les deux, mais il s'était fait la promesse de prendre son temps avec Raymond, de chérir son partenaire comme il ne l'avait jamais fait avec Karine, de sorte que Raymond ne puisse jamais douter de sa place dans sa vie, de la dévotion qu'il montrerait chaque jour, même s'il ne l'exprimait pas toujours à voix haute. Ce n'était pas dans ses manières et, surtout, il ne pensait pas que Raymond voudrait l'entendre. Le sentir, oui, mais son amant n'était pas à l'aise avec les émotions exprimées à voix haute.

Jean avait raison, songeait vaguement Raymond, alors qu'il fondait de plus en plus intensément dans leur baiser. Il n'avait vraiment aucune idée de ce que cela signifiait d'être le centre de l'attention d'un vampire. Jusqu'ici. Son amant attisait la passion entre eux avec une habileté consommée, par de tendres caresses entrecoupées de pression occasionnelle plus forte, de doux baisers alternant avec des petites morsures, juste assez pour le garder constamment sur le qui-vive, ne sachant pas ce qui allait suivre.

Sa tête tournait sous la multitude d'assauts sur ses sens. Jean semblait avoir acquis une paire de mains supplémentaire et également de lèvres, car assurément, aucun homme ne pouvait le toucher en autant d'endroits à la fois. Raymond voulait rendre la pareille, mais chaque fois qu'il essayait, le vampire rattrapait ses mains, les plaquant contre le matelas avec ce grondement sourd qui faisait frissonner Raymond de plaisir. Finalement, il accepta la détermination de Jean à s'occuper de lui. Décidant de profiter de l'instant et de retourner la faveur plus tard, le magicien se détendit sur le lit, se déplaçant sous l'incitation de Jean tandis que son amant le cajolait de la tête aux pieds.

Fermant les yeux, Raymond se laissa dériver, chaque contact l'emportant plus loin, chaque baiser réaffirmant sa place au centre de la vie de Jean, tout comme monsieur Lombard l'avait annoncé. Rapidement, il se retrouva à supplier, plaidant pour davantage de contact de la part de Jean, pour davantage de baisers, pour davantage de *lui*. Il s'attendait à ce que le vampire ne lui offre qu'un exaspérant, engageant sourire et refuse, mais apparemment, la dévotion dont monsieur Lombard avait parlé allait au-delà de la surface, conduisant le vampire à satisfaire tous les caprices de son amant. Au moment où les prières de Raymond commencèrent, Jean glissa vers le haut sur le grand corps du magicien, l'apaisant, le rassurant. Le prenant avec une telle tendresse que Raymond en resta le souffle coupé. Jamais un amant ne s'était attardé sur lui de cette façon. Jamais auparavant un amant n'avait mis son plaisir au premier plan de leurs rapports en faisant abstraction de tout le reste. Jamais auparavant un amant n'avait fait de lui le centre de l'univers.

Et Raymond comprit pourquoi monsieur Lombard pouvait lui assurer avec une telle confiance qu'Alain ne se poserait jamais la question de savoir s'il avait pris la bonne décision en acceptant Orlando comme Avoué.

Le cœur battant dans sa poitrine, il retint l'aveu qui ne demandait qu'à jaillir spontanément sur ses lèvres alors que sa jouissance le rattrapait sans prévenir. Haletant de son orgasme, son esprit toujours hyperactif analysait ce nouveau, soudain désir d'être le trésor de Jean, avant de l'étouffer aussi rapidement qu'il avait surgi. Il ne pouvait pas accabler le chef de la Cour avec un obscur sorcier dont la loyauté serait probablement toujours remise en question. L'histoire pourrait finalement décider en sa faveur, mais cela ne ferait aucun bien à Jean maintenant. Malgré la longévité inhabituelle d'un sorcier, il ne s'attendait pas à voir sa propre réhabilitation. Laisser la Cour être au courant pour lui serait déjà assez mauvais, mais avec toutes les nouvelles responsabilités qui découleraient de la loi sur l'égalité des droits et l'intégration plus large des vampires dans la société, la dernière chose dont Jean avait besoin, c'était d'avoir le boulet de la disgrâce de Raymond accroché à son cou. Il serait heureux de vivre dans l'ombre du vampire, de le soutenir tranquillement, de le délester de tous les fardeaux qu'il pourrait et de faire de son mieux pour lui éviter les problèmes résultant de son passé.

Caressant les cheveux de Jean alors que le vampire jouissait en lui, Raymond posa ses lèvres sur son amant en attendant que les yeux noirs s'ouvrent.

— Quoi que puisse nous apporter l'avenir, dit-il doucement, je veux que tu saches dès à présent que je t'appuierai toujours dans ta position en tant que chef de la Cour. Dans le Jeu des Cours, au Parlement, au sein de l'ANS ou dans les médias.

Ce n'était pas une déclaration d'amour, mais c'était une déclaration de dévouement, beaucoup plus que Jean ne s'était attendu à entendre un jour de la part de son partenaire réservé. Il retourna tendrement le baiser.

— Et le chef de la Cour saura toujours te soutenir, répondit-il.

Raymond commença à secouer la tête, mais Jean ignora ses protestations.

— Penses-y simplement comme une autre façon de protéger ma position. Après tout, si quelqu'un dit quelque chose contre toi, cela se répercutera sur moi.

Raymond fronça les sourcils, se demandant si, peut-être, il ne devrait pas couper les ponts entre eux, pour Jean, mais alors même que la pensée lui traversait l'esprit, il savait qu'il ne serait jamais capable de s'éloigner à ce point. Pour le meilleur ou pour le pire, il était lié à Jean d'une façon qui allait beaucoup plus loin qu'aucun d'eux ne comprendrait probablement jamais.

— Soit, accorda-t-il.

XXVIII

THIERRY S'AGITA nerveusement sur le lit, des images de la veille et d'autres batailles hantaient son sommeil. À maintes reprises, il s'était retrouvé face à Éric, tirant sa baguette, lançant le sort qui mettait fin à la vie du sorcier, seulement pour entendre, l'instant suivant, le cri d'Orlando affirmant qu'Éric l'avait sauvé.

Une main sur son épaule le réveilla enfin.

— Thierry, qu'est-ce qui ne va pas ?

Thierry cligna des yeux plusieurs fois, laissant apparaître le visage préoccupé du vampire devant lui.

— Je dois savoir ce qui est arrivé à Éric, dit-il lentement. Je sais que Marcel l'a renvoyé au siège de la Milice, mais hier, avec toute cette bousculade, je ne me suis pas inquiété de savoir ce que Marcel avait décidé de faire de lui.

— L'espion ? s'assura Sébastien.

Thierry hocha la tête.

— Je lui dois des excuses, au minimum, reconnut-il. Je croyais qu'il avait changé de camp. Plus qu'aucun autre au sein de la Milice, j'aurais dû savoir qu'il ne ferait jamais une telle chose, même sous le coup du chagrin, pas sans qu'il y ait une autre raison. Je n'aurais pas dû douter de lui.

— Tu as eu tout un tas d'indices pour attester son revirement, souligna Sébastien, défendant instinctivement son partenaire, y compris contre lui-même. Je ne pense pas que quiconque puisse te blâmer d'avoir cru ce que lui et Marcel voulaient que tu croies.

— Je lui dois quand même des excuses, s'entêta Thierry. Et je ne serai pas capable de me détendre tant que je ne l'aurai pas fait.

— Dans ce cas, déclara Sébastien avec un geste indulgent de la tête, nous allons nous lever et aller au siège de la Milice afin que tu puisses le faire. J'avais d'autres projets, moins raisonnables, pour ce matin, mais je peux attendre.

— Quels projets ? demanda Thierry en sortant du lit, remarquant les résidus collant entre ses jambes pour la première fois.

Le souvenir de leurs ébats endormis de leur fin de soirée resurgit, son sexe tressautant à ce souvenir.

Sébastien sourit alors qu'il regardait le corps de Thierry réagir. Saisissant son amant dans une prise efficace, il fit basculer le magicien sur le lit, caressant fermement l'érection qui s'épanouissait.

— Améliorer mes connaissances là-dessus.

— À quel point peux-tu améliorer tes connaissances ? haleta Thierry.

Le sourire de Sébastien s'élargit.

— Je ne sais toujours pas à quoi ça ressemblerait de t'avoir en moi.

— Putain, gémit Thierry.

L'idée de retourner Sébastien sous lui, de voir Sébastien au-dessus de lui, le chevauchant, s'imposait à son esprit, atténuant son besoin de voir Éric.

— Ne me dis pas des choses comme ça quand mon esprit est censé s'occuper de prendre ses responsabilités.

— C'est à toi de décider, dit Sébastien.

Et il était sérieux. Il comprenait et respectait la nécessité de Thierry de régler les choses avec son ancien ami, de voir si quelque chose pouvait être sauvé de cette relation ou si les années passées les avaient changés au-delà de l'acceptation. Il savait également qu'il obtiendrait beaucoup plus d'attention de Thierry s'ils attendaient que celui-ci ne soit plus distrait. Étant donné le temps qui s'était écoulé depuis la dernière fois que Sébastien avait laissé quelqu'un le prendre, avoir un amant attentif et concentré ne serait pas une mauvaise chose finalement.

Se forçant à s'asseoir, ignorant l'offre tentante de Sébastien, Thierry se frotta le visage avec les mains.

— Je dois aller voir Éric, répéta-t-il, autant pour s'en persuader que pour convaincre Sébastien, mais je ne peux pas y aller comme ça.

Sébastien sourit.

— Il y a d'autres façons de prendre soin de ton problème, au cas où tu l'aurais oublié. Allez, rejoins-moi dans la douche et je vais t'aider à te soulager pendant que nous nous préparons. Ensuite, plus tard, quand tu ne seras plus distrait, nous pourrons nous préoccuper de faire l'amour correctement.

Thierry laissa Sébastien le mener dans la salle de bain et dans la petite cabine qui ne parvenait à les accueillir tous les deux que s'ils se tenaient très, très proches l'un de l'autre. Thierry ne s'en plaignait pas. Sébastien ouvrit l'eau chaude à fond, emportant les résidus de leurs ébats de la veille et des efforts physiques de la journée précédente. Il déposa un peu de savon dans sa main, frottant la poitrine de Thierry, puis descendit pour tourner autour du sexe du magicien. Avec un grognement, Thierry se pencha en arrière contre lui, certain que Sébastien soutiendrait son poids.

Se déplaçant pour pouvoir s'appuyer contre le mur pendant que Thierry se reposait sur lui, Sébastien se frotta de manière provocante contre les fesses de son amant tout en caressant la totalité de l'érection croissante du magicien. Rapidement, Thierry se mit à gémir et poussa fortement en retour contre lui, faisant souhaiter à Sébastien qu'ils aient du temps pour plus qu'une masturbation rapide dans la douche. Alors qu'il lui aurait été assez facile de pousser Thierry contre l'autre mur et de s'enfoncer profondément dans sa chaleur accueillante, son amant n'avait pas donné son accord pour ça, et Sébastien ne voulait pas pousser, sachant combien il était important pour Thierry de faire amende honorable auprès de son ami. Augmentant la pression et la vitesse de ses mouvements, il s'activa sur le sexe de Thierry jusqu'à ce qu'il libère sa charge.

Thierry s'effondra, assouvi, contre le vampire, respirant difficilement et haletant de son orgasme.

— Je jure, je jouis de plus en plus intensément chaque fois que tu me touches, murmura-t-il quand il put parler à nouveau.

Il se retourna lentement dans les bras de Sébastien, réunissant leurs lèvres dans un tendre baiser avant de demander :

— Maintenant, mon cœur, que puis-je faire pour toi ?

Sébastien secoua la tête.

— Ça ira pour moi jusqu'à ce que nous revenions à la maison. Je préfère attendre que tu sois en moi pour jouir.

Il reprit davantage de savon dans sa main, offrant la bouteille à Thierry.

— Maintenant, lavons-nous. Ton ami attend.

Thierry ne savait pas comment Sébastien trouvait la patience d'attendre, sauf si ce n'était par la durée de son existence qui lui avait sûrement enseigné beaucoup de choses.

— Dès que nous reviendrons à la maison, promit Thierry, terminant sa douche et allant s'habiller.

Il imaginait que la promesse du cul de Sébastien serait suffisante pour le faire passer par des hauts et des bas tout au long de la journée. Et il était sûr qu'il y aurait beaucoup de hauts.

Sébastien suivait plus lentement, désireux de voir son érection se calmer. La promesse dans la voix de Thierry le distrayait, et Sébastien se demanda s'il avait fait une erreur en décidant d'attendre. Il ne voulait pas vraiment rencontrer cet Éric pour la première fois avec un piquet de tente dans son pantalon. Quoi qu'il puisse sortir de cette rencontre, ce n'était pas l'image qu'il voulait donner. Cependant, il était trop tard désormais. Sébastien reconnut l'attitude déterminée de Thierry dans la posture de ses épaules. Il n'y aurait aucune possibilité de l'attirer de nouveau au lit avant qu'il n'ait satisfait à son sens du devoir. Enfilant ses vêtements, Sébastien se résigna à contempler son amant et à fantasmer sur les événements à venir, lorsqu'ils pourraient être seuls à nouveau.

Tout en finissant de se préparer, Thierry anticipait la future rencontre dans son esprit. Il avait tant de choses à dire à Éric, tant de choses qu'il avait besoin d'entendre de la part de son ancien ami. Il espérait qu'ils seraient en mesure de laisser de côté les deux dernières années et de reprendre le fil de leur amitié. Jetant un regard par-dessus son épaule vers l'endroit où Sébastien s'habillait en silence, Thierry contempla son partenaire. Son amant. Il ne savait pas comment il allait expliquer le vampire à Éric. Non pas qu'il imaginait qu'Éric désapprouverait. C'était juste… compliqué. Il soupira.

— Tu n'es pas obligé de venir avec moi, annonça-t-il après un moment. Il n'y a aucune raison pour que tu fasses tout le chemin jusqu'au siège de la Milice, seulement pour t'asseoir et te tourner les pouces jusqu'à ce que ma rencontre avec Éric s'achève. Tu peux rester ici et te détendre.

Sébastien leva lentement un sourcil. Il avait envisagé beaucoup de choses concernant cette rencontre, mais pas d'en être entièrement exclu.

— Ça ne me dérange pas d'y aller avec toi, répondit-il simplement. En outre, ça va me permettre de prendre des nouvelles d'Orlando et des vampires. Et j'aimerais rencontrer ton ami.

Thierry haussa les épaules.

— Je ne suis pas sûr que nous soyons toujours amis, avoua-t-il à mi-voix.

— Raison de plus pour que je le rencontre, grogna Sébastien, l'idée que quelqu'un puisse blesser son amant suffisant à lui hérisser le poil. Tu ne devrais pas le voir seul si tu n'es pas sûr de savoir comment il va réagir.

Thierry doutait qu'Éric tente de lui faire du mal. Cela ne l'aiderait guère à confirmer sa déclaration selon laquelle il avait soutenu la Milice tout du long. C'était plus un souci de savoir s'ils avaient encore quelque chose à se dire. Ce qui l'agaçait au plus haut point, cependant, c'était que Sébastien semblait encore douter – après tout ce qu'ils avaient vécu ensemble – qu'il puisse être capable de prendre soin tout seul de lui-même.

— Si tu es déterminé à venir avec moi, alors allons-y, dit-il laconiquement. Cela va nous prendre au moins trente minutes pour aller en ville à cette heure de la journée, peut-être même plus.

Le trajet jusqu'au siège de la Milice se déroula dans un silence tendu, aucun des deux hommes ne souhaitant entamer une dispute en public ni revenir sur leurs positions. Quand ils arrivèrent à la base, Thierry se rendit directement vers les cellules de détention pour savoir où se trouvait Éric.

— Le général l'a libéré au cours de la nuit, l'informa le magicien de service en s'excusant auprès de Thierry. Celui qui était avec lui est toujours là, mais Simonet est parti tôt ce matin. Je ne sais pas où il est allé.

— Je suppose que la conversation devra attendre un autre jour, commenta Sébastien tandis qu'ils repartaient en direction du bureau de Thierry et d'Alain.

Thierry secoua la tête.

— Il n'a pas dû aller bien loin. Dans la situation actuelle, c'est à peine sûr pour lui de simplement se promener. Pourquoi ne vas-tu pas jeter un œil sur les vampires à l'infirmerie pendant que je vois si je peux le trouver ? De cette façon, une fois que j'aurai fini, nous pourrons partir tout de suite. J'ai une promesse à tenir, ajouta-t-il, agitant ses sourcils dans le but d'alléger l'atmosphère entre eux.

La grimace de Sébastien suggéra que cette légèreté n'était pas appréciée. Abandonnant avec un haussement d'épaules, Thierry sortit, se dirigeant vers la Salle des Cartes sans se retourner pour voir si Sébastien le suivait.

Sur place, la magicienne en service fut d'une grande aide.

— Oui, il est passé ici avant de partir. Le général Chavinier a fait dire qu'il pouvait s'en aller, mais de s'assurer qu'il avait un repère au cas où nous aurions besoin de le trouver. Il est…

La magicienne regarda la carte.

— On dirait qu'il est juste au coin de la rue.

Thierry remercia la femme et sortit, ignorant la petite voix qui insistait pour qu'il fasse au moins savoir à Sébastien où il se rendait. Son propre repère le montrerait sur la carte si son partenaire était déterminé à le trouver.

Il trouva Éric dans un petit café à trois pâtés de maisons, une cigarette oubliée entre ses doigts tandis qu'il fixait le vide.

— Cela finira par te tuer. Même la magie ne peut pas guérir le cancer, dit-il en prenant un siège à la table voisine.

Éric grogna, écrasant la cigarette, mais il évita de regarder Thierry dans les yeux.

— C'est la première fois que j'en prends une depuis des mois. La première fois depuis des mois que j'ai l'impression de pouvoir m'asseoir pour en griller une.

— Je connais ce sentiment, accorda Thierry.

Il cherchait un moyen de continuer à plaisanter ou d'aborder le sujet qui flottait entre eux avec toute la subtilité d'un éléphant dans un magasin de porcelaine. Rien ne lui venait à l'esprit, il laissa le silence s'étirer.

Un serveur vint à prendre la commande de Thierry, brisant la tension pendant un moment alors que Thierry commandait un expresso.

— Je suppose que tu veux une explication, commença Éric après le départ du garçon.

— Si tu en as une à me donner, répondit Thierry.

Éric soupira, sachant qu'aussi difficile que cette conversation lui paraisse, ce serait la plus facile des deux qu'il aurait à mener, avant de pouvoir laisser définitivement ces deux dernières années derrière lui.

— Tu te souviens à quoi ça ressemblait quand la guerre a éclaté. La première réaction était qu'il s'agirait d'une affaire de quelques semaines. Et puis ça a soudainement empiré et il semblait que nous pourrions perdre la guerre avant de l'avoir commencée. Raymond n'avait pas encore fait défection et nous ne savions pas qu'il le ferait. Serrier avait des gens débrouillards, vraiment puissants de son côté et nous semblions être incapables de mettre un terme au chaos qui se propageait.

— Je me souviens.

Et c'était vrai.

Après l'incrédulité initiale, généralisée, que Serrier soit capable de tenter un tel coup, le gouvernement avait cafouillé pour rassembler une force d'opposition cohérente face à ce qui était alors, une force beaucoup mieux organisée. Il avait ordonné la formation de la Milice et demandé à Marcel d'en prendre la tête. Celui-ci avait accepté, mais cela avait pris du temps. Temps qui avait permis à Serrier de prendre l'avantage.

— Et puis, Danielle et les enfants sont morts.

Thierry tressaillit.

— Tu sais…

— C'était un accident, l'interrompit Éric. Je sais. Je l'ai toujours su, mais j'étais dévasté. Marcel est venu à moi, a souligné que ma douleur – et mon aptitude à rejeter le blâme sur Alain – me permettrait d'intégrer sans difficulté les rangs de Serrier. Même en tant que simple soldat, j'aurais accès à certaines informations, et n'importe laquelle serait toujours mieux que ce que nous savions alors. J'ai vu là l'occasion de venger leur mort, mais j'ai rechigné malgré tout, parce qu'il me faudrait blâmer Alain pour ce que je faisais. Marcel et moi avons tourné en rond, mais finalement, il m'a convaincu que c'était, le seul moyen pour que Serrier me croie.

— Tu aurais pu nous le dire, réagit Thierry.

— Je voulais, répondit Éric, mais Marcel a été catégorique. Personne ne devait savoir, parce que si vous l'aviez su, vous auriez pu réagir différemment en me rencontrant dans une bataille. Ce qui aurait compromis ma position dans l'armée de Serrier. C'était autant pour ma protection que pour les informations que je pouvais obtenir.

— Nous aurions pu te tuer ! protesta Thierry. Nous l'aurions fait si nous t'avions croisé lors d'une bataille.

— C'était un risque que j'acceptais de prendre. Pour être honnête, je ne pensais pas survivre. Je voulais juste que ma mort serve à quelque chose, avoua Éric. Je n'ai jamais cru qu'il me serait possible de voir la fin de la guerre. Je ne l'aurais probablement pas vue s'il n'y avait pas eu Vincent. J'aurais pu avoir le dessus sur Blanchet quand je tentais de sauver Orlando, mais je n'aurais pas pu me débarrasser du magicien qui gardait la porte tout seul.

— Orlando nous a dit que tu l'avais aidé à s'échapper. As-tu… ?

Thierry se tut, ne sachant pas comment exprimer son interrogation.

— Aguiraud et Serrier ont fait des expériences sur lui, et Blanchet l'a torturé, dit Éric, anticipant la question. J'en ai été témoin plus que je ne l'aurais voulu, mais je n'y ai pas participé autrement qu'en le transportant hors et dans sa cellule une fois que Serrier l'avait entravé. C'est un homme remarquable. Alain est-il heureux avec lui ?

— Plus heureux que je ne l'aie jamais vu depuis que je le connais, répondit spontanément Thierry. Comment es-tu au courant ?

— Orlando me l'a dit. Pas au début, bien sûr, mais une fois qu'il a réalisé qui j'étais, il était déterminé à me convaincre de changer de camp. Il a même sorti un truc de ce code que nous avions élaboré.

Thierry rit.

— Ça ressemble bien à Orlando. Donc je suppose qu'il t'a convaincu.

Éric haussa les épaules évasivement.

— Il a eu de l'aide. Vincent essayait déjà de me convaincre. Non pas que j'avais besoin d'être convaincu au plus profond de moi, mais je ne pouvais pas le faire, jusqu'à ce que ça devienne une question de vie ou de mort pour Orlando, je ne pouvais pas laisser Serrier l'exposer au soleil. A-t-il récupéré sa bague ?

— Alain l'a, répondit Thierry. Je ne sais pas s'il a déjà pensé à la rendre à Orlando ou non. Tu as pris un risque énorme en l'apportant dans ton appartement. Elle est apparue sur la carte de localisation immédiatement. Alain t'aurait tué si tu avais été présent quand nous sommes arrivés.

— J'ai supposé que c'était un repère quand il s'en est séparé si facilement, avoua Éric. C'était un risque calculé de ma part. J'espérais que vous pourriez découvrir que les sorts n'avaient pas été modifiés et que vous devineriez que je n'avais pas réellement changé de camp.

— Si nous avions été capables de réfléchir clairement à ce moment-là, peut-être l'aurions-nous pensé, mais Alain ne pouvait penser qu'à une chose depuis que Serrier avait Orlando : son amant était absent. Et blessé.

Éric fronça les sourcils, visiblement confus.

— Le lien entre eux leur permet de percevoir l'autre, expliqua Thierry. Il sentait chaque sort, chaque coup, comme s'il était celui qui les endurait.

Éric blêmit.

— Je ne savais pas. Seigneur, Thierry, je jure que je ne le savais pas.

— Je ne suis pas celui à qui il te faudra présenter des excuses.

Éric hocha la tête.

— Je le ferai à la première occasion qui se présentera. Je ne pense pas qu'Alain pourra vraiment me pardonner un jour, mais je m'excuserai quand même.

— Il y a deux mois, il ne l'aurait probablement pas fait, admit Thierry, mais sa rencontre avec Orlando a changé beaucoup de choses. Donne-lui du temps. Tu pourrais être surpris de voir combien Orlando peut être persuasif. Il a été le premier d'entre nous à adhérer vraiment à l'alliance, et je ne sais pas ce que nous aurions fait sans son insistance à vouloir que nous arrêtions de nous tourner autour pour commencer à travailler ensemble. En plus, il a déjà de la sympathie pour toi parce que tu l'as aidé à s'échapper.

— Vous m'avez manqué, dit Éric, si doucement que Thierry dut tendre l'oreille pour l'entendre. Tout le reste est devenu plus facile avec le temps, mais pas ça.

— Imbécile, déclara Thierry affectueusement, attirant Éric dans une étreinte serrée. Tu nous as manqué aussi.

Un soudain rugissement de colère sépara les deux hommes dans un sursaut et attira l'attention de tous les clients du café sur la silhouette sombre et floue d'un homme qui s'engouffrait par la porte. Éric tendit automatiquement sa main vers sa baguette absente, mais Thierry secoua la tête en reconnaissant son amant.

— Sébastien, arrête, ordonna-t-il fermement, ne voulant pas faire une scène devant d'Éric.

Son humeur vindicative clairement visible dans ses yeux, Sébastien foudroya du regard l'homme aux cheveux noirs qui avait osé toucher *son* magicien.

— Pourquoi ? Dis-moi pourquoi je ne devrais pas le démembrer ? demanda-t-il.

— Éric, tu nous excuses un instant ? Je dois parler avec Sébastien, en privé.

Éric hocha la tête en silence tandis que Thierry se levait de table et éloignait un Sébastien fulminant vers les toilettes à l'arrière du café. Poussant son amant dans la petite pièce devant lui, Thierry ferma la porte et fixa le vampire.

— Putain, mais c'était quoi, ça ? Tu sais qu'Éric et moi sommes simplement amis. En tout cas, pour le moment.

— Il a mis ses mains sur toi, répliqua Sébastien.

Thierry leva les yeux au ciel.

— Es-tu jaloux ?

— Non, répondit Sébastien sur la défensive.

Thierry renifla.

— Ça y ressemble pour moi. Tu es mon premier amant masculin. Tu le sais. Tu es mon seul amant. Éric n'est pas une menace pour toi. Il ne l'aurait pas été, même s'il n'était pas devenu un espion pour la Milice. Il est le petit frère que je n'ai jamais eu. Et c'est tout.

— Ça ne ressemblait pas à ça pour moi, marmonna Sébastien.

Thierry soupira.

— Je vais aller finir mon café et ma conversation avec mon *ami*. Si mon *amant* souhaite se joindre à nous, je serais heureux de le présenter. Sinon, retourne au siège de la Milice et je t'y rejoindrai quand j'aurai fini.

Pivotant, il ressortit des toilettes, donnant le sentiment à Sébastien d'être un idiot immature. Prenant une profonde inspiration, le vampire s'accorda un moment pour calmer les émotions qui faisaient rage en lui et retourna dans le café pour rencontrer le 'petit frère' de son magicien.

217

XXIX

— Qui était-ce ? demanda Éric à Thierry lorsque le blond revint à la table.

Thierry soupira et secoua la tête.

— C'est Sébastien Noyer, dit-il, comme si cette présentation était une explication suffisante.

Éric haussa un sourcil, attendant la suite.

— Mon partenaire dans l'alliance, continua Thierry.

Éric attendit en silence, sachant qu'il devait y avoir plus pour que l'autre homme ait réagi comme il l'avait fait.

— Mon amant.

Les yeux d'Éric s'élargirent et il cligna des yeux plusieurs fois sous la surprise.

— Ton… ?

— Oui, son amant, l'interrompit Sébastien en posant sa main de manière possessive sur l'épaule de Thierry tandis qu'il rejoignait les deux hommes à la table. Habitue-toi à ça.

— Sébastien, gronda Thierry. Assez. Assieds-toi et agis comme un homme civilisé ou retourne à la maison.

Sébastien se calma, prenant le siège à côté de Thierry, laissant sa main en évidence sur le bras du magicien.

Le regard d'Éric passa d'un homme à l'autre, essayant de donner un sens aux signaux et aux mots et de les concilier avec tout ce qu'il pensait savoir sur Thierry.

— Il y a plus dans l'alliance que simplement des vampires qui combattent aux côtés des magiciens, commença Thierry incertain de savoir comment expliquer les partenariats à quelqu'un complètement extérieur à l'alliance. Nous avons découvert…

À côté de lui, Sébastien renifla.

— Très bien, rectifia Thierry, nous sommes *tombés* sur une résonance magique entre magiciens et vampires. La bonne combinaison crée un partenariat, un lien entre les deux qui protège le vampire de la lumière du soleil, aide à rétablir l'équilibre magique, qui augmente la puissance du magicien et Dieu seul sait quoi d'autre. Chaque fois que nous pensons avoir tout compris, un autre aspect surgit pour nous prendre de court.

— Cela explique l'alliance et les bizarreries que Serrier avait notées une fois que les vampires ont commencé à se battre avec la Milice, mais cela n'explique pas le passage concernant le fait que vous soyez amants, répondit Éric, son esprit s'échauffant tandis qu'il essayait de concilier cette révélation avec tout ce qu'il avait vu – mais pas compris – au cours du dernier mois de la guerre. La dernière fois que nous nous sommes parlé, tu étais hétéro et follement amoureux de ta femme.

— Elle m'a quitté, révéla Thierry, la gorge nouée.

La main de Sébastien se resserra sur son bras en signe de soutien et son regard revint se braquer furieusement sur Éric pour avoir réveillé des souvenirs aussi douloureux.

— Elle a dit qu'elle ne prendrait pas la deuxième place dans ma vie derrière quoi que ce soit, y compris la guerre. Elle est morte dans une attaque à Versailles à la mi-octobre.

— Je suis désolé, réagit spontanément Éric.

Il ne comprenait toujours pas comment le départ et la mort d'Aleth avaient pu le conduire à la situation actuelle, mais le regard intimidant du vampire suggérait qu'il ferait mieux d'accepter simplement la réalité plutôt que d'essayer de creuser davantage. Sans doute pourrait-il le demander à un autre magicien plus tard.

Thierry haussa les épaules.

— Ce qui est fait est fait. Ce qui est important, c'est que nous avons découvert le lien incroyablement puissant qui peut exister entre les magiciens et les vampires. Sébastien est mon partenaire maintenant, tout comme Orlando est celui d'Alain. Tu peux même trouver un partenaire qui te corresponde maintenant que tu es de retour parmi nous.

Éric se rembrunit à la pensée de Vincent, resté confiné dans une cellule de détention du quartier général de la Milice.

— J'ai déjà un partenaire, dit-il démoralisé. Je ne suis pas intéressé par l'idée d'en trouver un autre.

— Je ne crois pas que ce soit toujours une nécessité, commenta Sébastien. Non pas qu'il n'y aurait plus aucun avantage à en tirer, évidemment, mais si un vampire ou un magicien ne veulent pas d'un partenaire, je ne vois pas pourquoi ils seraient obligés d'en avoir un. C'est un engagement plus complexe que nous l'avions imaginé initialement.

Thierry était d'accord avec ça, bien qu'il ne regrette pas de l'avoir fait.

— Ce sera à Marcel et à Jean de prendre une décision, déclara-t-il après un moment.

À ses côtés, il pouvait sentir la tension croissante de Sébastien pendant qu'ils bavardaient. Sautant sur ses pieds, il offrit sa main à Éric.

— C'est bon de te savoir de retour.

Éric serra chaleureusement la main de Thierry.

— C'est bon d'être de retour. J'ai passé les deux dernières années à me sentir sale. C'est agréable de ne plus avoir cette impression.

Sébastien adressa sèchement un hochement de tête au magicien aux cheveux noirs avant de quitter le café avec Thierry. Dès qu'ils furent hors de vue d'Éric, il plaqua Thierry contre le mur, l'embrassant frénétiquement. Thierry frissonna sous l'assaut, laissant Sébastien évacuer sa tension.

Lorsque le vampire releva finalement la tête, Thierry caressa tendrement son visage.

— Tu es parti sans me le dire, l'accusa Sébastien.

— Je devais lui parler seul à seul, répéta Thierry. Je devais lui donner des explications sur l'alliance, les partenariats, même si je n'étais pas parvenu aussi loin avant ton arrivée. J'avais besoin d'entendre son explication pour les deux dernières années. Il ne m'aurait pas parlé aussi ouvertement qu'il l'a fait si tu avais été là tout le temps, et j'avais besoin de savoir.

— Tu l'as enlacé, souligna Sébastien avec fougue.

Thierry roula des yeux.

— Tu m'as vu prendre Alain dans mes bras auparavant, et cela ne t'a jamais dérangé.

— Alain a une marque sur son cou, répondit Sébastien comme si cela expliquait tout. Il n'a d'yeux pour personne, hormis Orlando.

Thierry secoua la tête à la stupidité de cette déclaration.

— Comme si j'avais des yeux pour quiconque, hormis toi, railla-t-il. Tu te nourris de moi depuis un mois, tu partages mon lit depuis les deux dernières semaines. N'as-tu toujours pas compris que je t'aime ?

L'expression bouleversée sur le visage de Sébastien suggérait qu'il ne l'avait pas fait.

— Je crois que nous avons besoin de rentrer à la maison, déclara Thierry. Apparemment, je n'ai pas fait les choses correctement.

— Je ne t'ai pas réellement proposé d'être au-dessus, répondit Sébastien d'une voix rauque.

Sa colère et sa jalousie avaient complètement fondu depuis la déclaration inattendue de Thierry. Sa tête tournait et son cœur battait violemment dans sa poitrine. Thierry l'aimait.

Celui-ci sourit.

— Tout ce qu'il faudra pour te convaincre que je veux être avec toi. Pas avec Éric, pas avec n'importe qui d'autre. Juste toi.

— C'est un putain d'endroit pour dire ce genre de chose, gémit Sébastien, atrocement conscient des voitures passant derrière lui sur la route animée, des piétons qui leur jetaient des coups d'œil avant de tourner la tête et d'accélérer le pas.

— Le siège de la Milice est deux blocs d'ici, répondit Thierry avec un geste de la main, mais sans réellement bouger pour s'écarter. J'ai un bureau vide. Avec un verrou sur la porte.

— Du lubrifiant ? demanda Sébastien avec espoir.

Thierry ne put se retenir, riant si fort qu'il dut se tenir les côtes. Le ridicule de la situation était décidément trop pour lui. Sébastien le fixa, beaucoup moins amusé cependant, il se redressa un peu, donnant un petit coup dans les côtes de son amant.

— Calme-toi, pria-t-il.

Sébastien rattrapa un doigt vagabond, le soulevant à ses lèvres et le pinçant entre elles, ses crocs effleurant à peine la surface.

— Fais attention, avertit-il, le taquinant seulement en partie. Tu cherches la fessée.

Cela ne fit qu'amplifier le fou rire de Thierry. Il s'écarta finalement du mur et saisit la main de Sébastien.

— Allez, mon amour. Nous nous donnons en spectacle.

Sébastien se déplaça juste assez pour permettre à Thierry de s'écarter du mur pour se mettre en marche, assénant une légère claque sur ses fesses en retour. Pas assez forte pour lui faire mal. Juste assez pour démontrer qu'il ne plaisantait qu'à moitié.

Le coup fit sursauter Thierry et amena d'autres rires à ses lèvres, le soulagement de la mort de Serrier, le sauvetage d'Orlando, de même que sa déclaration à Sébastien apportait une légèreté dans son cœur et dans sa tête qu'il n'avait pas connue depuis que la guerre avait commencé. Se saisissant de l'autre main de Sébastien, il reprit sa route dans la rue, entraînant son amant avec lui en direction du siège de la Milice, l'expression sur son visage était un mélange de légèreté et de désir.

Se débarrassant consciemment de sa colère, de sa jalousie, de sa nécessité de marquer Thierry comme sien afin qu'Éric et tous ceux qui le regardaient gardent leurs mains pour eux, Sébastien laissa Thierry le conduire à travers la rue. Au moment où ils atteignaient le siège de la Milice, le seul désir qui restait était le besoin de sentir Thierry s'agiter sous lui, confirmant les paroles qu'il avait dites à la légère à l'extérieur du café.

Une fois qu'ils furent à l'intérieur et dans le bureau de Thierry, Sébastien verrouilla derrière son amant, ses mains s'enfonçant dans les muscles des fesses de Thierry tandis qu'il attirait son magicien étroitement contre lui, se frottant contre la cuisse qui se pressait entre ses jambes.

— Nous avons besoin de quelque chose que nous pourrions utiliser comme lubrifiant, lâcha-t-il. Je ne peux pas te prendre à sec.

— Je devrais vraiment commencer à envisager l'idée d'en avoir toujours dans ma poche, plaisanta Thierry en se frottant lascivement contre Sébastien. Laisse-moi vérifier dans le bureau d'Alain. Peut-être qu'il en a ou, du moins, quelque chose que nous pourrons utiliser. Vu le nombre de fois où nous l'avons surpris ici avec Orlando, je serais prêt à parier qu'il doit y avoir quelque chose.

Sébastien rit, relâchant son emprise sur Thierry assez longtemps pour que le magicien blond puisse chercher dans le bureau d'Alain. Après un moment, Thierry sortit un tube, souriant en le jetant à Sébastien.

— Il est arrivé à expiration, constata Sébastien après un moment.

— Comment ça, à expiration ? demanda Thierry, imaginant déjà la conversation qu'il pourrait avoir avec Alain.

— Quelques mois.

Thierry renifla.

— Ce n'est rien. Je suis sûr que ça ira très bien. Même si j'ai l'intention de sermonner Alain pour garder des produits périmés dans les parages.

Sébastien leva les yeux au ciel face à l'hilarité de son amant, mais sa bonne humeur était contagieuse, relâchant définitivement la tension de la jalousie que le vampire ressentait encore un instant plus tôt.

— Nous devrions l'avertir des conséquences de nuire à un vampire.

— Je crois que, d'une certaine manière, Orlando pourrait avoir des objections si nous le faisions, répliqua Thierry, faisant le tour du bureau et revenant aux côtés de Sébastien. Maintenant, je pense que tu as dit quelque chose au sujet de moi en actif cette fois ?

Sébastien sourit et recula vers le canapé avec le tube serré dans sa main. Quand ses genoux heurtèrent le bord du canapé, il laissa tomber le lubrifiant dessus et commença à retirer ses vêtements, les jetant n'importe où dans son empressement à s'en débarrasser. Thierry lui emboîta immédiatement le pas jusqu'à ce qu'ils se retrouvent tous les deux nus, le magicien attentant toujours que le vampire prenne les devants.

S'allongeant, Sébastien lui remit le tube, caressant son sexe d'une main tandis que l'autre glissait plus bas pour jouer avec ses bourses et descendait encore, alors qu'il attendait que son amant décide quoi faire avec le gel. Thierry le regarda, fasciné, pendant un moment avant de faire gicler assez de lotion transparente sur sa main pour la couvrir complètement.

— La moitié aurait été suffisante, le taquina légèrement Sébastien tandis que Thierry se mettait à genoux sur le canapé, entre ses cuisses.

— Je ne compte pas prendre le moindre risque, répondit Thierry, l'ambiance devenant soudain sérieuse, alors qu'il réalisait ce qu'il allait faire.

Sébastien sourit, attrapa la main de Thierry avec la sienne et la guidant entre ses jambes.

— Je suis tellement dur rien qu'à cette idée que je ne vais pas avoir besoin de beaucoup de préliminaires. Prends ton temps pour m'étirer et je serai prêt à jouir.

Thierry gémit.

— Ne me dis pas des choses comme ça si tu t'attends à me voir conserver le moindre contrôle, avertit-il.

Sébastien était tenté de continuer à taquiner Thierry jusqu'à ce qu'il dépasse ses limites, mais il valait mieux réserver ça pour une autre fois, quand il n'y aurait pas quatre cents ans depuis la dernière fois où il avait été passif avec un amant.

Se rappelant comment Sébastien l'avait préparé, Thierry enfonça un seul doigt dans l'anneau de muscles, haletant de surprise à la façon dont il l'enserrait étroitement.

— Putain, Sébastien, ça fait combien de temps ? demanda-t-il.

Il observa son amant se détendre consciemment à son contact. Même alors, la pression autour de son doigt était impressionnante.

222

— Un moment, répondit Sébastien, ne voulant pas invoquer le fantôme de Thibaut à cet instant, pas alors qu'il célébrait un nouvel amour.

— Quatre cents ans ? hasarda Thierry.

Il s'émerveillait à nouveau de l'intensité des émotions qui liait un vampire et son Avoué. Il l'avait vu avec Alain et Orlando, mais la dévotion de Sébastien avait fait comprendre à Thierry l'incroyable puissance de ce lien. Il pouvait à peine comprendre la puissance du lien qui l'unissait actuellement à Sébastien. L'idée de quelque chose d'encore plus puissant était tout simplement inimaginable.

— Plus ou moins, admit Sébastien, soulevant ses hanches alors que le doigt de Thierry s'enfonçait plus profondément en lui.

Il ne voulait pas parler de Thibaut, surtout pas maintenant.

Thierry abandonna le sujet, son attention attirée par la lascivité de Sébastien. Se concentrant à nouveau, il déplaça son doigt aussi loin qu'il le pouvait, le courbant à la recherche de la prostate de son amant. Un long gémissement lui signala quand il y parvint, amenant un sourire sur son visage et lui donnant l'impression d'être le meilleur amant du monde.

Voulant prendre soin de Sébastien de la même manière que l'avait fait son amant avec lui, Thierry coulissa son doigt d'avant en arrière contre la petite bosse, il s'activa sans relâche jusqu'à ce que Sébastien commence à s'agiter sous lui.

— Assez, gémit le vampire. Ajoute un autre doigt.

Frottant ses doigts ensemble pour assurer qu'ils étaient encore assez lubrifiés, Thierry se retira puis revint à l'intérieur avec deux doigts, en les croisant pour faciliter son chemin dans le passage étroit. Sébastien se tordait sur le canapé, les hanches poussant contre la main de Thierry. Baissant la tête, le magicien attrapa le gland fuyant de son amant dans sa bouche, suçant légèrement comme l'avait fait Sébastien tant de fois pour lui. La saveur légèrement salée le surprit, mais il continua, bougeant ses doigts en ciseaux pour détendre l'entrée étroite tout en engloutissant davantage le membre épais dans sa bouche. Il ne pouvait pas l'avaler aussi profondément que le vampire le faisait, mais il faisait de son mieux, espérant lui procurer autant de plaisir que Sébastien lui en avait toujours donné.

S'il se fiait aux réactions du vampire, il y parvenait.

Le sexe de Sébastien suintait d'un fluide amer, recouvrant la langue de Thierry, le distrayant suffisamment pour qu'il en oublie de garder ses doigts en mouvement dans le corps de son amant. Sébastien ne parvenait pas à décider si Thierry était un amant assez astucieux pour réaliser ce qu'il lui imposait en laissant ses doigts comme cela, enfouis au plus profond du corps du vampire, mais immobile, ou si le magicien était tout simplement tellement perdu dans sa première fellation qu'il n'avait plus conscience de ce qui l'entourait. Quoi qu'il en soit, l'effet se révélait dévastateur, laissant Sébastien tremblant sous la double caresse. Il essaya de rester immobile, de résister au désir de s'enfoncer dans la bouche de Thierry, mais finalement il ne put résister davantage au besoin de se déplacer, ses hanches se soulevant vers la bouche accueillante, son mouvement bousculant les doigts en lui.

Thierry s'étouffa légèrement et dut se reculer quand la poussée de Sébastien conduisit son sexe plus profondément dans sa gorge. Il savait qu'il était possible de le prendre entièrement, mais ce n'était clairement pas quelque chose qu'il pouvait gérer ce soir, à la place, il s'écarta, léchant la fente qui fuyait, puis se déplaça le long de la colonne de chair vers les bourses pleines en dessous. À son grand plaisir, les soubresauts de Sébastien augmentèrent.

— Tu aimes ? demanda-t-il.

— Trop bon, gémit Sébastien. Je vais jouir trop vite si tu continues comme ça.

— Pourquoi trop vite ? le taquina Thierry. Pourquoi ne pas jouir deux fois ? Tu t'es débrouillé pour me faire ça presque toutes les nuits.

— Parce que je ne veux pas attendre aussi longtemps pour te sentir en moi, répondit honnêtement Sébastien.

Il attrapa les épaules de Thierry et attira son amant sur lui. Il fit courir une main appréciatrice sur toute la longueur de l'érection de Thierry.

— Je veux que tu m'emplisses et que tu me prennes complètement et puissamment. Et à la fin, je veux que nous jouissions ensemble.

Thierry haletait sous la main chaude qui enveloppait son sexe. Il tâtonna à la recherche du lubrifiant, sachant qu'il devait s'enduire avant d'essayer de s'enfoncer dans le corps de son amant, mais les attentions de Sébastien rendaient tout compliqué, à part l'idée de jouir sur place.

Sébastien écarta les jambes et s'allongea un peu plus sur le canapé.

— Allez, mon amour, exhorta-t-il. Viens en moi maintenant.

S'exécutant d'une main tremblante sur son sexe, Thierry positionna le bout de sa queue contre l'iris étroit.

— Pousse le gland dedans, encouragea Sébastien d'une voix rauque, sentant la pression agréable. Continue. Tu ne me feras pas mal.

Thierry n'en était pas aussi sûr, mais il se plia aux indications de Sébastien, poussant contre l'entrée fripée jusqu'à ce qu'elle s'ouvre pour lui, le laissant pénétrer dans un brasier étroit.

— Putain, gémit-il. Tu es si bon.

Sébastien haletait sous la brûlure initiale, se délectant de la sensation d'être étiré, d'être empli à nouveau après une si longue période.

— Lentement, dit-il d'une voix rauque. Pousse simplement lentement jusqu'à ce que tu sois entièrement en moi.

Thierry hocha la tête, ses hanches commençant à donner des petits coups à un rythme tranquille.

— Dis-moi si je te fais mal.

Sébastien sourit alors même qu'il haletait encore, le membre plus épais l'étirant désormais.

— Tu ne le feras pas. Continue simplement comme ça.

Thierry ne savait pas combien de temps cela serait possible, la chaleur et la pression du corps de Sébastien suffisaient à le rendre déjà tremblant de désir, et ils avaient à peine commencé. Il serra les dents et se jura qu'il parviendrait à faire jouir Sébastien avant lui, quoi que cela lui demande.

Pour sa part, la joie d'être à nouveau rempli après si longtemps faisait déjà vaciller Sébastien l'amenant proche de l'extase. Il avait préféré se donner ainsi à Thibaut, laissant son Avoué prendre avec son corps tout ce que Sébastien prenait avec ses crocs, mais c'était un cadeau qu'il n'avait pas offert depuis.

Jusqu'à aujourd'hui.

Maintenant que son cœur était engagé une fois de plus, il pouvait savourer de céder le contrôle comme il ne l'avait fait qu'avec son Avoué depuis qu'il avait été créé. Exhortant Thierry à baisser la tête, il captura les lèvres de son amant, sa langue pillant sa bouche au même rythme que le sexe du magicien pillait son corps. Ses mains papillonnant sur le dos et les fesses de Thierry, l'encourageant maintenant que la brûlure initiale de la pénétration était passée.

Thierry jeta sa tête en arrière alors qu'il luttait pour garder le contrôle, ses hanches s'activant rapidement tandis qu'il cherchait à conduire Sébastien vers l'extase. Le mouvement exposa délicieusement son cou, une tentation que Sébastien ne pouvait refuser. Ses crocs s'enfoncèrent profondément. La vague chaude de sang se précipita dans tout son corps et son cœur alors qu'il goûtait – désormais avec une parfaite clarté – l'émotion qu'il avait précédemment eu peur de nommer, par crainte de se tromper. Maintenant, après les répercussions de la guerre et tout ce qui avait eu lieu durant les dernières vingt-quatre heures, l'amour que Thierry avait professé avec une telle désinvolture submergeait Sébastien avec une clarté qu'il n'avait jamais savourée auparavant, comme si les hauts et les bas de la dernière journée avaient effacé toutes les peurs, tous les doutes, toutes les hésitations… tout, sauf la dévotion qui rivalisait avec tout ce que Sébastien avait un jour goûté dans le sang de Thibaut.

Aspirant plus fort, il laissa sa jouissance exploser, l'émotion qu'il partageait maintenant avec Thierry suffisant à le faire basculer. Il ne fallut que la première contraction de son passage autour du sexe du magicien, avant que Thierry le rejoigne dans son orgasme.

Léchant les plaies laissées par ses crocs, Sébastien enveloppa Thierry dans une étreinte ferme, faisant abstraction de la façon dont le cuir collait à sa peau humide de sueur. Lorsque Thierry redressa finalement sa tête, Sébastien prit son visage en coupe entre ses mains.

— Je ne l'ai pas dit plus tôt, mais j'aurais dû le faire, avoua-t-il doucement. Je t'aime aussi.

Thierry sourit.

— Je me doutais que tu ressentais la même chose, puisque tu ne t'es pas enfui en courant.

Sébastien rit et caressa les cheveux de Thierry.

— C'est le cas. Je ne me suis senti comme ça qu'une seule autre fois dans ma vie.

Thierry hocha lentement la tête, les doigts cherchant le contact avec Sébastien.

— Je m'étais fait une promesse après qu'Aleth a été tuée : que je fasse tout ce qu'il fallait pour gagner la guerre. Même si cela signifiait d'avoir une marque comme Alain. À l'époque, je l'ai vue comme un sacrifice.

Il prit une profonde inspiration.

— Je ne le vois plus de cette façon.

Sébastien ferma les yeux avec regret.

— Je ne peux pas te marquer de cette façon. Je suis désolé.

— Pourquoi pas ? demanda Thierry, en essayant de garder l'esprit clair et ne pas laisser s'exprimer la jalousie qui ne demandait qu'à jaillir.

— Parce que la magie de l'Aveu de Sang ne fonctionne qu'une seule fois, expliqua Sébastien. Tu sentirais toute la douleur de la marque sans que l'un de nous puisse en tirer le moindre profit. Je ne pensais pas que cela importerait après la mort de Thibaut parce que je ne pouvais pas imaginer ressentir un jour, pour quiconque, ce que j'avais ressenti pour lui, mais je me suis trompé. Si je le pouvais, si j'étais libre de me lier à nouveau de cette façon, je n'y réfléchirais pas deux fois, mais tout ce que je peux faire c'est de te promettre de vive voix de rester avec toi aussi longtemps que tu voudras de moi.

— Je te veux, jura Thierry.

La déception le déchirait, mais il estimait que la plupart des couples n'avaient jamais l'assurance du genre de lien magique que l'Aveu de Sang représentait. Au moins, il savait que Sébastien était capable de ce genre d'engagement. S'il affirmait qu'il resterait, Thierry s'en satisferait.

— Je te voudrai toujours.

XXX

— NOUS DEVRIONS aller retrouver Marcel, déclara finalement Raymond.

Il était réticent à quitter la chaleur confortable à l'intérieur des lourds rideaux qui entouraient le lit de Jean, où ils s'étaient assoupis après avoir fait l'amour.

— Nous le devrions, admit Jean, ne faisant aucun mouvement pour se lever. Mais il était aussi épuisé que tu l'étais. Ça peut attendre encore un moment.

— J'ai juste l'impression que nous devrions…

Jean arrêta les mots par le plus efficace des moyens, en embrassant tout simplement son magicien jusqu'à ce que Raymond s'affaisse dans les draps sombres. Jean roula sur son coude alors qu'il surplombait son amant, revendiquant sa bouche avec une intensité féroce qui les surprit tous les deux. Haletant fortement, il releva la tête.

— Ça vient d'où ? demanda Raymond. Non pas que je me plaigne. Je veux juste savoir comment obtenir à nouveau ce genre de réaction.

— Tu parlais de partir.

— Pas pour te quitter, souligna Raymond. Pour retourner au travail. Avec toi.

Jean haussa les épaules et se frotta l'arrière du cou d'un air penaud.

— Ça ne semble pas avoir d'importance quand tu es concerné. Mes instincts me hurlent de te garder ici. De façon permanente.

Raymond sourit.

— Cela pourrait rendre les choses un peu compliquées pour diriger la Cour.

— Tu vas devoir faire mieux que ça si tu veux que je te laisse partir, déclara le vampire.

Il retourna Raymond sur le ventre, laissant courir tendrement ses mains sur le dos puissant et de façon plus prolongée sur la cicatrice irrégulière. Il baissa la tête et passa sa langue sur toute la longueur, l'enduisant de salive comme s'il pouvait la soigner comme il guérissait ses marques de morsure. Sous lui, Raymond frissonna délicieusement, rallumant le désir qui couvait juste sous la surface de la façade de contrôle de Jean.

— Je n'ai pas dit ça, contredit immédiatement Raymond, se détendant sous la caresse, étendant légèrement ses jambes quand il sentit les hanches de Jean s'installer contre son dos, le sexe du vampire se calant dans sa raie. Juste que nous allons devoir bouger ensuite.

Jean émit un murmure indistinct dans sa gorge avant de dire de manière plus audible :

— Plus tard. Après que j'ai pu te montrer combien je suis reconnaissant de t'avoir à mes côtés, d'être la voix de la raison quand j'en ai besoin.

Raymond commença à protester, à souligner qu'il avait fallu l'intervention de monsieur Lombard pour dissuader Jean de son désir destructeur de tuer Édouard sur place, mais la bouche de son amant le divertit, se déplaçant le long de sa colonne vertébrale jusqu'à la houle de ses fesses. La pointe des crocs de Jean éraflait sa peau, pas suffisamment pour laisser des traces, mais certainement assez pour provoquer un autre frisson de désir le long des nerfs de Raymond. Il voulait demander à Jean de mordre – là, n'importe où –, mais son amant avait été catégorique ce matin, il ne se nourrirait pas avant la nuit, et il restait encore de nombreuses heures avant d'y être. À la place, il se repoussa contre les lèvres du vampire, souhaitant, ayant besoin, de plus de contact.

Jean aurait souri à l'empressement de Raymond s'il avait été en mesure de se concentrer sur autre chose que l'odeur musquée du désir de son amant. Sur l'instant, il n'avait qu'un seul objectif : obtenir davantage de déhanchements enthousiastes et de murmures délectables de son magicien. Écartant les fesses musclées avec ses pouces, il se blottit entre elles, son pouls s'accélérant alors que ses actions arrachaient un autre gémissement indécent aux lèvres de Raymond. Tournant son attention sur l'étroit anneau qu'il avait si bien pillé à peine quelques heures plus tôt, il passa sa langue sur la peau sensible, souhaitant avoir la capacité de goûter vraiment sa saveur. Il se contenta d'enterrer sa langue plus profondément, suçant avidement la peau plissée tandis que Raymond se tordait sur le lit sous lui.

Raymond sanglota. Même s'il ne l'admettait jamais par la suite, il n'y avait pas d'autre mot pour décrire le son qui s'échappa de ses lèvres quand il sentit la bouche de Jean sur lui. Il n'était pas une vierge rougissante, mais il n'avait pas non plus une longue série d'encoches sur sa tête de lit. Son dévouement pour ses recherches avait chassé les quelques amants de son passé avant qu'ils ne commencent à faire preuve de créativité dans leurs ébats, et c'était donc un plaisir nouveau pour lui.

Avec quelqu'un d'autre, il imaginait qu'il ressentirait particulièrement la vulnérabilité de sa position, mais ce sentiment n'avait pas cours à cet instant. C'était Jean, au-dessus et derrière lui, son affable, déterminé, magistral vampire qui avait déjà prouvé qu'il ne le blesserait jamais et qui, si Raymond lui laisser le champ libre, pouvait vraiment lui retourner la tête. Entre eux, la crainte ne faisait pas partie de l'équation et donc, Raymond pouvait tout simplement s'abandonner au plaisir indescriptible que son amant lui procurait, sans la moindre nervosité qu'il aurait ressentie dans d'autres circonstances.

— Pl… plus, bégaya-t-il, en essayant de remonter ses genoux sous lui afin de pouvoir pousser ses fesses contre la bouche de Jean.

Des mains fortes se déplacèrent vers les hanches de Raymond. Jean l'aida à ajuster sa position jusqu'à ce que ses genoux soient directement sous sa poitrine, les bras tendus sur le lit alors qu'il se balançait d'avant en arrière, en essayant d'inciter la langue de Jean à entrer plus profondément en lui. À présent, des cris sans paroles s'échappaient constamment de ses lèvres, toute cohérence remplacée par les sensations qui l'assaillaient alors que Jean commençait à le baiser activement avec sa langue agile. Dedans et dehors, dedans et dehors, jusqu'à ce que Raymond ne puisse que baisser la tête entre ses coudes, haletant, suppliant et gémissant. Il n'était même plus capable de savoir ce qu'il lui fallait. Il savait juste qu'il avait besoin de quelque chose.

La brusque interruption de la sensation lui arracha un cri de protestation, mais avant que le son n'ait fini de résonner à travers la pièce, le sexe de Jean remplaça sa langue, s'introduisant plus profondément qu'il ne l'avait jamais fait auparavant. Il s'enfonça totalement en lui, brûlant Raymond d'un bout à l'autre, lui donnant l'impression d'être transpercé, brûlé et reconstitué, réclamé de la pointe de ses orteils au sommet de son crâne, jusqu'à ce que son existence ne se résume qu'à un seul objectif : aimer l'homme derrière lui avec chaque fibre de son être.

Ensuite, les crocs de Jean percèrent sa peau en haut de la terrible cicatrice qui courait le long de son dos, et Raymond hurla de délire, tout son corps se contractant sous l'orgasme. Les mouvements de Jean ne faiblissaient pas, entraînant le magicien de plus en plus loin, jusqu'à ce qu'il sanglote pour obtenir sa libération une seconde fois. Son corps affirmait qu'il n'en pouvait plus, mais la connexion magique entre eux claqua en se mettant en place, poussant son esprit au-delà des limites jusqu'à ce que ses sens soient saturés de plaisir, d'amour, de magie et de désir et que tout explose hors de lui dans une vague qui lui vola sa conscience.

Jean sentit Raymond devenir flasque sous lui quand il jouit, le corps de Jean tremblait sous la puissance de son orgasme combinée à la saveur de la jouissance de Raymond dans son sang. Ce fut seulement quand Raymond ne bougea pas sous lui que Jean réalisa que c'était plus qu'une simple satiété qui gardait son amant immobile. Se retirant prudemment, il lécha les plaies sur le dos de Raymond pour les sceller, et bascula son amant sur le côté. Les traits du magicien étaient relâchés, sa respiration était toujours difficile, mais s'apaisait. Jean respira dans le cou de Raymond en attendant que les yeux noisette s'ouvrent. Enfin, lentement, ses paupières s'ouvrirent, l'émotion coupant le souffle de Jean.

Les mots planaient sur ses lèvres, mais ils avaient déjà dit plus tôt tout ce qu'il avait osé dire, alors il se contenta d'embrasser tendrement son amant, laissant ce contact exprimer de ce qu'il ne pouvait pas dire.

— Nous devons aller retrouver Marcel, déclara Raymond après un moment, particulièrement conscient de son inconfort à sentir à quel point ses boucliers étaient inhabituellement bas, et combien ses émotions étaient proches de la surface.

Jean secoua la tête.

— Nous avons besoin de dormir encore un peu. Nous pourrons aller voir Marcel d'ici quelques heures.

Raymond voulait protester, mettre en avant le devoir, mais le lit était chaud, sans danger et Jean était collé contre lui, le tenant comme s'il ne comptait jamais laisser le magicien s'en aller. Insister demanderait trop d'énergie. Avec un soupir, il laissa ses yeux se refermer, obligeant son esprit à s'apaiser, et dériva dans le sommeil.

— Vous avez meilleure allure que la dernière fois que je vous ai vu, commenta Marcel lorsque Raymond et Jean entrèrent dans son bureau quelques heures plus tard.

— Toi aussi, répondit Raymond. C'est incroyable ce que douze heures de sommeil peuvent faire pour nous.

Marcel regarda l'horloge.

— Seulement douze heures ? les taquina-t-il un peu, profitant du rougissement qui montait aux joues de Raymond et du sourire béat sur le visage de Jean.

L'un de ses garçons était pris en charge. Maintenant, il lui suffisait de s'occuper des trois autres, mais s'il analysait correctement la situation entre Éric et Vincent, il s'était déjà pris en charge tout seul.

Raymond envisagea plusieurs réponses différentes à la plaisanterie de Marcel, mais chacune d'entre elles n'aurait fait que l'enfoncer davantage, aussi se contenta-t-il de se tourner vers Jean et d'attendre que le vampire expose la raison de leur visite.

Prenant en pitié le malaise de Raymond, Jean s'adressa à Marcel, attirant ainsi l'attention du général sur lui.

— As-tu eu la possibilité de trouver un lieu pour le *judicium* ? demanda-t-il. Je sais que tu as été très occupé, mais si nous retenons le Déviant trop longtemps, nous devrons trouver un moyen de le nourrir, et je ne sais pas si nous voulons ouvrir cette boîte de Pandore.

— Nous pouvons utiliser l'une des salles d'audience du Palais de Justice demain soir, répondit Marcel. Parle-moi du *judicium*.

— C'est un procès, comme un autre, expliqua Jean, mais à la place d'un jury, la Cour se réunit et rend sa décision sur la base des informations présentées par l'*accusator*. En tant que chef de la Cour, je présiderai et appliquerai la décision de la Cour.

— Et quel genre de décisions la Cour rend-elle habituellement ? demanda Marcel.

— Il n'y a que trois sanctions : le bannissement, l'incarcération, ou l'extermination.

— L'incarcération ? interrogea Marcel. Qu'en est-il de l'alimentation ?

— Aucune alimentation, répondit froidement Jean. Si c'est la sentence, il se retrouvera en dormance, comme Orlando l'a été. Lorsque la sentence arrive à son terme, il est réanimé… s'il existe toujours quelqu'un qui le permet. Je ne connais qu'un seul cas où le coupable a réellement été réanimé.

— Vous ne trouvez pas ça sévère ? demanda Marcel.

— S'ils se retrouvent devant la Cour, c'est de leur faute, pas de la mienne, déclara Jean. Chaque vampire connaît les sanctions en cas de violation de la loi vampire.

— Cela donne cependant une certaine crédibilité aux préoccupations concernant l'intégration des vampires dans notre système juridique, réfléchit Marcel. Nous ne disposons pas de la peine de mort et je ne vois pas le système juridique accepter votre version de l'incarcération, non plus.

— Raison de plus pour procéder au *judicium* aussi rapidement que possible, décréta Jean. L'*extorris* fera face à la loi des vampires et aux conséquences de ses actes. Toute sentence énoncée par un tribunal français serait une goutte d'eau par rapport à la durée de vie d'un vampire, et je ne veux pas le voir retourner dans les rues pour nous menacer.

— Cela marchera maintenant, tant que la loi sur l'égalité des droits n'est pas passée aux votes, accorda Raymond, un peu mal à l'aise avec cet aspect vindicatif de la personnalité de son amant. Mais qu'en sera-t-il après ? Ce sont des questions que nous allons avoir à traiter, et le Conseil des ministres cherchera des réponses auprès de toi et Marcel.

Jean renifla, croisant le regard amusé du général se souvenant de leur dernière conversation au sujet de ce groupe d'illustres responsables politiques.

— Ce n'est pas un problème fréquent, fit-il remarquer. Depuis quatre cents ans que je suis chef de la Cour, c'est seulement la deuxième fois que je dois convoquer un *judicium*.

— Mais que faire de toutes les petites infractions qui pourraient amener quelqu'un dans nos tribunaux, mais n'entraîneraient pas un *judicium* ? demanda Raymond. Nous avions déjà parlé des limites du droit des vampires lorsque le Déviant a commencé ses tueries.

Jean haussa les épaules.

— Je n'ai pas toutes les réponses, reconnut-il, mais pour le moment, je suis surtout préoccupé par cette infraction. Une fois que nous aurons jugé l'*extorris,* je réfléchirai au reste.

Voyant l'inquiétude sur le visage de Raymond, il ajouta :

— Nous nous en occuperons. Nous débattrons de tous les détails de manière logique et cohérente, de sorte que si la question se pose un jour, la Cour et le reste de la société seront tous deux satisfaits par le processus, mais je ne compte pas utiliser le cas de l'*extorris* pour servir de test. Il n'est en aucun cas représentatif de la société des vampires et je ne veux pas qu'il serve d'exemple. Nous nous occuperons de lui au sein de la Cour comme nous l'avons toujours fait.

— De quoi as-tu besoin afin que le *judicium* se mette en place ? demanda Marcel, coupant court à la polémique naissante.

Raymond avait raison, même si Marcel avait déjà eu à traiter avec des hommes obstinés par le passé, chercher à résoudre la question dans l'instant n'aiderait pas les vampires, la Milice, ou qui que ce soit présent dans la salle à cet instant.

— Sébastien devra parler à Orlando, déclara Jean. En tant qu'*accusator*, il sera la seule autorité à présenter la situation à la Cour. Honnêtement, tout ce qu'Orlando a à dire, c'est qu'il a vu Édouard à un moment, alors qu'il était entre les mains de

Serrier. Ne pas venir en aide à un vampire dans le besoin est comparable à blesser un vampire, aux yeux de notre droit.

— Il pourrait prétendre qu'il ne savait pas ce qu'ils faisaient à Orlando, prévint Raymond. Ou qu'il croyait qu'il était dans l'intérêt d'Orlando de changer de camp.

Jean renifla.

— Pas après ce qu'il a dit ouvertement quand nous l'avons capturé. Il n'a pas fait mystère de son opinion concernant Orlando et la situation est parfaitement claire.

— Sébastien devra quand même soulever la question, maintint Raymond.

— C'est la Cour, pas un jury sans aucune expérience dans le Jeu des Cours. Ils verront à travers ses mensonges, s'entêta Jean. Nombre d'entre eux étaient présents quand nous l'avons capturé, assez pour s'assurer que les autres aient appris ce qu'il a dit et comment il se comportait.

Un coup à la porte les interrompit.

— Entrez, lança Marcel.

À la surprise générale, Alain et Orlando entrèrent. Tous deux paraissaient encore un peu blêmes, mais les sourires sur leurs visages et leurs doigts entrelacés racontaient tout ce que Jean avait besoin de savoir.

— Tu m'as dit de venir ce soir pour le *judicium*, rappela Orlando à Jean quand il lut la question muette dans les yeux de son ami.

— Nous l'avons reporté à demain, s'excusa Marcel. Nous finissions juste d'en parler, mais avec tout le monde sur les rotules, nous avions peur que Sébastien n'ait pas le temps de se préparer.

— Sébastien sera ton *accusator* cette fois, expliqua Jean, se souvenant de la dernière fois qu'il avait été convoqué à un *judicium*. Tu auras besoin de lui parler, pour qu'il puisse présenter l'affaire demain soir.

— Que va-t-il arriver au Déviant ? questionna Alain.

La colère était encore très proche de la surface, malgré les presque vingt-quatre heures passées à dormir, faire l'amour et nourrir son vampire. Orlando était en sécurité maintenant, mais Alain voulait que ceux qui l'avaient blessé subissent à leur tour les tortures des damnés. Blanchet était hors de sa portée désormais, toutefois il ferait en sorte que le Déviant paye également le prix fort.

— Ce sera à la Cour de décider, répondit Jean, mais leurs options sont : le bannissement, l'incarcération et l'extermination.

— Voilà qui est trop bien pour lui, rétorqua Alain. Il devrait souffrir comme Orlando a souffert.

Orlando posa une main apaisante sur le bras de son magicien.

— C'est fini, Alain, dit-il doucement. Ils ne peuvent plus me blesser, et torturer Édouard ne m'aidera pas à aller mieux plus vite.

— Ça pourrait m'aider à me sentir mieux, grommela Alain, en repensant aux jours de panique et de chagrin qu'il avait vécus aux côtés d'Orlando par l'intermédiaire de l'intensité de leur lien.

Jean lui adressa un sourire compatissant.

— Il sera exécuté, assura Jean au magicien blond. La majorité de la Cour a entendu les horreurs qu'il crachait hier, mais il suffira d'un regard sur Orlando à ceux qui n'étaient pas là, d'entendre que l'*extorris* n'a rien fait pour l'empêcher et leur décision sera prise. C'est tout vu comme la dernière fois que nous avions réuni le tribunal en session, lorsque nous nous sommes occupés du cas de Thurloe et de ses crimes. Il n'y a qu'une seule punition pour ce genre d'abus.

— Il ne m'a jamais vraiment touché, avertit Orlando à l'intention de Jean. Pas comme le faisait mon salaud de créateur.

— T'a-t-il vu ? répliqua Jean. Savait-il qu'ils te faisaient du mal ?

— Il m'a ri au nez quand ils ont essayé de me faire boire le sang de quelqu'un d'autre et qu'il a réalisé que je devais avoir un Avoué, se souvint Orlando.

Le visage d'Alain et de Jean se fermèrent.

— Cela seul lui vaudra d'être détruit, promit Jean.

— J'espère, je crois que cela m'aiderait à me sentir mieux, avoua Alain. Je ne voudrais pas me sentir aussi vindicatif, mais quand je regarde Orlando et que je me souviens combien il a souffert, j'ai envie de démembrer le Déviant moi-même.

— C'est difficile de croire à la suprématie de la loi lorsque la victime est quelqu'un qu'on aime, admit Marcel, mais c'est la raison pour laquelle nous avons des lois. Afin que des têtes calmes régissent nos cœurs en colère.

— J'ai passé les deux dernières années à me battre pour la suprématie du droit, déclara Alain, mais je suis heureux que les vampires s'occupent de ça, et pas le tribunal français. Je veux voir ce bâtard brûler.

— Il le sera, promit Jean. En tant qu'Avoué d'Orlando, tu pourrais même être autorisé à nous aider à nous en occuper.

Orlando jeta un regard triste à Alain, comprenant trop bien sa colère, mais sachant parfaitement combien cette émotion pourrait le dévorer de l'intérieur. Il secoua la tête.

— Je ne veux pas y participer cette fois-ci, informa-t-il Jean. Cela ne m'a pas aidé de voir Thurloe être réduit en cendres. Cela m'a juste rendu encore plus en colère que sa destruction n'ait pas guéri toutes mes blessures. Cette fois, savoir que l'*extorris* est détruit me suffira. Je ne veux pas de la colère. J'ai trop d'autres choses sur lesquelles me concentrer.

Alain était déchiré. Il voulait regarder le Déviant brûler, pour s'assurer de ses propres yeux que la menace était éliminée. Mais il ne voulait pas décevoir Orlando, et il sentait que son amant voulait aller de l'avant plutôt que de s'attarder sur le passé. Il lui faudrait attendre de voir ce que la nuit suivante apporterait.

XXXI

ALORS QU'ILS quittaient le bureau de Marcel, Orlando glissa sa main dans celle d'Alain.

— Tu sais que je vais bien, Alain, dit-il doucement. Tu peux laisser couler maintenant.

— C'est juste que je déteste qu'ils t'aient blessé, protesta Alain.

Orlando sourit, serrant doucement la main du magicien.

— Ce n'est pas une expérience que je suis impatient de répéter, mais je préfère consacrer mon temps et mon énergie à t'aimer plutôt qu'à les haïr.

— Je souhaite la même chose, avoua Alain. Je sais que la vengeance est vaine. Tuer le magicien qui a assassiné Edwige et Henri ne m'a pas aidé à me sentir mieux. Je me sens tellement impuissant. Je t'ai presque perdu et il a fallu un renégat pour te sauver.

— En es-tu sûr ? questionna Orlando. Non pas qu'il m'ait sauvé, parce qu'il m'a réellement aidé à m'échapper, mais qu'il soit vraiment un traître ?

— Que pouvait-il être ? demanda Alain.

— Un espion de Marcel.

La nouvelle voix qui s'invitait dans leur conversation les surprit tous les deux. L'expression d'Alain se ferma tandis qu'il se tournait vers la voix qui lui était aussi familière que celle de Thierry, et qu'il n'avait pas entendue depuis deux ans.

— Que fais-tu à te déplacer en liberté ?

— Alain, gronda Orlando. Éric m'a sauvé. Donne-lui au moins une chance de s'expliquer.

— Expliquer quoi ? Comment il t'a enlevé et séquestré afin que tu puisses être torturé pendant quatre jours ?

— Ça ne s'est pas passé comme ça, protesta Éric. Je ne savais pas qui il était, ni quoi que ce soit au sujet des partenariats. On m'a donné l'ordre de capturer un vampire. Je devais suivre les ordres ou j'aurais été torturé, peut-être même tué, et Marcel m'avait interdit de laisser une telle chose se produire. Si j'avais su qui il était, je ne l'aurais pas enlevé. Je n'ai jamais eu l'intention de te faire du mal.

— Ce n'est pas ce que tu disais avant ta défection, lui rappela Alain avec colère.

— Après la mort de Danielle et des enfants, je suis devenu fou, se défendit Éric, et quand j'ai commencé à me calmer, Marcel m'a approché, suggérant que j'utilise ce chagrin, cette folie comme un moyen pour que Serrier accepte l'idée que je veuille changer de camp. Tout ce que j'ai fait à partir de ce moment-là, c'est de rester suffisamment dans ses bonnes grâces pour alimenter Marcel en informations.

— Orlando aurait pu être détruit parce que tu voulais rester dans les bonnes grâces de Serrier, cracha Alain.

— Et Éric m'a fait sortir avant que cela n'arrive, intervint Orlando. Pourquoi ne trouverions-nous pas un endroit pour en parler, un qui ne serait pas le milieu d'un couloir où n'importe qui peut arriver ? Et pendant que nous faisons ça, tu peux également te calmer et arrêter d'être sur la défensive.

Aucun des magiciens n'avait quoi que ce soit à répondre à cela, mais Alain prit la direction de son bureau, écoutant la suggestion d'Orlando. Il ne voulait pas vraiment se battre avec Éric. Même si cela lui coûtait beaucoup, le sorcier méritait sa gratitude pour avoir aidé Orlando à la fin, même si, au départ, il était également responsable de sa capture. Il fit une pause devant son bureau, les sons plutôt explicites à l'intérieur immobilisant sa main, alors qu'elle se tendait vers la poignée.

— Peut-être que nous devrions trouver un autre endroit pour discuter, suggéra Orlando, un drôle de sourire aux lèvres. Je doute que Thierry et Sébastien apprécient notre interruption.

Les yeux d'Éric s'élargirent.

— Je n'ai pas envie de les déranger, dit-il rapidement. Une altercation avec ce vampire me suffit pour aujourd'hui !

Orlando rit.

— Nous, vampires, avons tendance à être du genre plutôt possessif quand il s'agit de ceux que nous aimons, reconnut-il. Y a-t-il une autre pièce que nous pourrions utiliser, Alain ?

— Il y a une salle de conférence dans le couloir.

Faisant un geste pour indiquer à Alain d'ouvrir la voie, Orlando se plaça délibérément entre les deux magiciens. Quand ils atteignirent la pièce, il les laissa entrer, mais resta sur le seuil.

— Maintenant, dit-il sévèrement. Je vais sortir et vous laisser mettre les choses au clair entre vous. Je reviendrai dans dix minutes et j'attends de vous que vous cessiez d'agir comme des gamins hargneux.

Les deux magiciens le regardaient en état de choc, mais il recula simplement hors de la salle, les laissant seuls. Aucun d'eux ne parla pendant une longue minute, suivie par une autre. Finalement, Éric rompit le silence en écartant les bras.

— Je te laisse m'en coller une. Tu le mérites bien après tout ce que je t'ai fait subir.

Alain l'observa un instant, songeant à tout ce qu'il avait souffert, en sachant que ses actes avaient mis fin à la vie de trois innocents et en croyant que cela avait incité son meilleur ami à changer de camp. Il songea à l'angoisse qu'il avait ressentie parce qu'Orlando avait disparu. Sa main se referma autour de sa baguette dans sa poche, ses doigts se resserrant par réflexe alors qu'il imaginait toutes les façons dont il pourrait se venger, mais la magie semblait, en quelque sorte, impersonnelle en comparaison de sa douleur incroyablement intime. Relâchant sa baguette, il fit un pas en avant, leva son poing pour lancer un coup qui pourrait faire reculer l'homme imposant, même s'il ne parvenait pas à l'envoyer au sol.

Il commença à prendre de l'élan, toute la colère, la frustration, la douleur, le chagrin l'envahissant à nouveau, cherchant un exutoire. Il pouvait affirmer qu'Éric voyait venir le coup, mais il ne broncha pas, n'essaya pas de l'éviter, et ce fut suffisant pour qu'Alain retienne sa main.

S'effondrant sur une chaise, un air profondément renfrogné sur le visage, il fixa son ancien ami.

— Dis-moi la vérité, pour l'amour de Dieu. Que s'est-il vraiment passé ?

Prenant le siège à côté d'Alain, mais gardant une distance respectable, Éric frotta son visage avec ses paumes.

— Je ne suis pas sûr de savoir par où commencer, admit-il, levant des yeux désolés pour croiser ceux d'Alain. Je veux dire, je t'ai déjà dit l'essentiel. Marcel a entendu les choses stupides que je disais dans mon chagrin et m'a approché avec l'idée d'utiliser ça pour me permettre de m'infiltrer chez Serrier.

— Mais pourquoi ne pas nous en avoir parlé ? demanda Alain. Ça m'a tué ces deux dernières années de croire que, non seulement j'avais commis l'impensable, mais que je t'avais aussi conduit à rejoindre Serrier à cause de ça. Tu aurais pu nous le dire.

Éric secoua la tête.

— Je le voulais. Je l'ai dit à Marcel, je le ferais à une condition… qu'il me laisse vous en parler, à toi et à Thierry. Il a refusé. Il a dit que je ne pouvais pas me permettre de le dire à quiconque parce que vous pourriez faire quelque chose – ou ne pas faire quelque chose – qui me trahirait si vous le saviez. Si je devais prendre ce risque, je voulais durer aussi longtemps que je le pouvais. Si j'étais découvert par Serrier, non seulement il me tuerait et priverait Marcel de cette source d'information, mais il devenait également beaucoup plus méfiant face à de nouveaux espions potentiels.

— Tu es entré là-dedans tout seul. Tu es soit incroyablement courageux, soit stupide.

Éric haussa les épaules.

— J'y suis allé en m'attendant à mourir, malgré les ordres de Marcel pour que je reste en vie. J'espérais juste que je parviendrais à emporter certains d'entre eux avec moi, et à aider Marcel dans le processus.

— Et pourtant, tu es ici, commenta Alain. Que s'est-il passé ?

Éric secoua la tête.

— Vincent est arrivé. Je ne m'y attendais pas du tout et je ne l'ai pas cherché, mais j'ai trouvé quelqu'un pour surveiller mes arrières. Sans son aide, je sais que je n'aurais pas survécu et je ne suis pas sûr qu'Orlando l'aurait pu. J'ai essayé de le mettre à l'abri, mais le temps était compté. Serrier avait déjà décidé de l'exécuter à l'aube, et puis il y a eu le soudain changement de lieu. Lorsque nous avons finalement atteint sa cellule et réussi à le libérer, Blanchet nous a découverts. Si

236

j'avais été seul, il aurait certainement réussi à me descendre avant qu'Orlando puisse s'échapper. Même s'il ne l'avait pas fait, le magicien qui gardait la porte y serait parvenu si j'avais été seul. Je dois ma vie à Vincent, et nous devons probablement la nôtre à Orlando, parce que c'est comme ça qu'il s'est échappé.

Sa colère se dissipant lentement, Alain rit un peu, en regardant vers la porte.

— Je sais qu'il ne faut jamais rien présumer. Ça ne semble pas avoir d'importance, cependant. Quand ça arrive, ça arrive. Parle-moi de Vincent. Je ne le connaissais pas vraiment avant le début de la guerre.

Éric haussa un sourcil.

— Je ne sais pas vraiment comment l'expliquer. Nous nous connaissons depuis le moment où je suis arrivé aux côtés de Serrier. Il a été affecté pour garder un œil sur moi, même si ce n'est pas comme cela qu'il l'appelait. Nous sommes devenus amis, même des partenaires dans l'effort de guerre, menant des attaques ensemble, ce genre de choses, mais c'était ainsi. Et puis il y a environ un mois, peut-être même moins, quelque chose a changé. C'était juste après l'attaque de la Sainte-Chapelle. C'était comme si je le voyais pour la première fois. Nous nous sommes retrouvés ensemble cette nuit-là et tout a été différent. Il a commencé à s'ouvrir, à parler de changer de camp. Et puis Serrier nous a ordonné de ramener un vampire. Nous l'avons fait, mais ça a été la goutte d'eau qui a fait déborder le vase. C'était juste une question de temps pour trouver le bon moment afin que nous puissions le faire sortir et nous échapper.

L'esprit d'Alain fonctionnait à plein régime tandis qu'il comparait les descriptions d'Éric avec ses propres expériences.

— Samhain, dit-il doucement. Lorsque le Rite d'équilibrage a mal tourné et que la magie sauvage s'est échappée. Nous savions que cela avait fait des ravages au sein de l'alliance. Je suppose qu'il est logique que ça ait également touché le camp de Serrier.

— Que veux-tu dire ? questionna Éric, se crispant légèrement.

— La magie élémentaire s'était verrouillée sur Thierry, expliqua Alain. Raymond et moi avons réussi à le libérer, mais nous étions si inquiets pour lui que nous n'avons pas correctement mis un terme au Rite. Un énorme tourbillon de magie sauvage s'est détaché, complètement hors de contrôle, et il s'est accroché à plusieurs des partenaires de l'alliance, d'après ce que nous savons. Entre partenaires, il s'est manifesté sous la forme de magie sexuelle, du sexe agressif dans quelques cas. On dirait qu'il vous a frappé aussi, Vincent et toi.

La pensée que ce qu'il ressentait pour Vincent pourrait être en quelque sorte l'effet secondaire d'un tourbillon magique, et non ses propres émotions heurta Éric au plus profond de son être. Il secoua la tête dans un déni automatique.

— Non, ce n'est pas comme ça. Ce n'est pas une sorte de phénomène magique. Il a risqué sa vie pour m'aider à faire sortir Orlando, pour nous aider à partir.

— Calme-toi, tenta de l'apaiser Alain, la brusquerie de la réponse d'Éric étant plus convaincante de sincérité que n'importe quelle explication argumentée. La magie aurait pu être le catalyseur, mais elle n'a pas pu influencer vos émotions. Tu le sais. Il en est de même avec les partenariats. La magie du sang crée une résonance qui est incroyablement puissante, mais, quel que soit le catalyseur, les réactions des personnes impliquées restent les leurs. Adèle déteste son partenaire, malgré le lien du partenariat.

— Thierry a mentionné une résonance magique entre les vampires et les magiciens, mais il ne l'a pas vraiment expliquée, reconnut lentement Éric, essayant toujours d'assimiler tout ce qu'Alain lui avait dit.

Alain sourit d'un air embarrassé.

— Je ne pense pas qu'aucun d'entre nous puisse l'expliquer, pas vraiment. Je suppose que tout a commencé avec Orlando et moi. Nous avons découvert que mon sang permettait à Orlando de se promener à la lumière du soleil et de ne pas brûler. Mais c'est tellement plus que ça. Nous avons fait une promesse entre nous qui augmente les effets, mais même dans d'autres couples, nous avons vu des effets supplémentaires. Je jure que j'en ai appris plus sur la magie depuis que l'alliance s'est formée que je ne l'ai fait durant tout le temps que j'ai passé à l'apprendre quand j'étais enfant. Et il y a encore tellement de choses que nous ne savons pas.

— Alors, dis-moi ce que tu sais, pria Éric. Si c'est en quelque sorte tourné vers l'extérieur et capable de m'affecter ou même Vincent, je voudrais savoir de quoi nous parlons.

— Je ne pense pas que ce soit le cas, contredit Alain, le besoin de rassurer Éric étouffant le reste de son acrimonie. Ce que tu as ressenti, c'était juste la magie sauvage sans attache, et elle a été contenue à nouveau. Les liens de partenariat sont quelque chose de tout à fait différent. La résonance entre les partenaires peut augmenter la force d'un magicien de façon exponentielle, mais nous ne connaissons pas les limites de celle-ci. Nous savons qu'elle empêche la magie d'un sorcier de fonctionner sur son propre vampire. Mais il pourrait y avoir encore tellement de choses que nous ignorons. Cela dépasse l'entendement. Et je sais que cela m'a apporté un nouvel amour, et un nouvel espoir, alors que j'avais renoncé à retrouver un jour l'un ou l'autre.

— Ça ne te dérange pas d'avoir autant de magie mélangée à tes émotions ? demanda Éric, se rappelant comment il avait abandonné tout espoir après la mort de Danielle seulement pour le retrouver auprès de Vincent. Thierry a mentionné que tu pouvais ressentir les sensations d'Orlando quand il était retenu par Serrier, ajouta-t-il avec remords.

Alain secoua la tête.

— Peut-être que le lien de partenariat a accéléré ma prise de conscience et l'acceptation de ce que je ressens pour Orlando, mais tu sais que la magie ne peut pas influencer nos sentiments. Il n'y a rien qui puisse être comme un philtre d'amour. Si tu ressens quelque chose pour Vincent, peu importe comment cela a commencé, c'est réel. Pour ce qui est de ressentir ses émotions, au moins, cela m'a permis de savoir qu'il n'avait pas été détruit.

Éric était surpris de voir combien Alain choisissait de minimiser ce qu'il avait sûrement dû souffrir pendant qu'Orlando était torturé, mais puisqu'il semblait qu'Alain était disposé à pardonner, Éric ne souhaitait pas insister davantage. Il avait d'autres sujets à propos desquels s'inquiéter. Il savait que le commentaire d'Alain à propos de ses sentiments pour Vincent était vrai, mais loin du désespoir sombre des dernières semaines dans la rébellion de Serrier, il se posait également des questions sur sa capacité à enfin lâcher prise, alors qu'il ne s'était même pas attendu à vouloir aller de l'avant.

— Je pensais mourir en tant qu'espion dans les rangs de Serrier, murmura-t-il. Et maintenant que j'ai tout à coup toute ma vie devant moi à nouveau, elle ne ressemble pas du tout à celle que j'ai laissée derrière moi.

— C'est un nouveau monde, admit Alain. Tout ce que tu dois décider, c'est ce que tu vas en faire.

— Je pense que ça va dépendre du genre d'arrangement que Marcel pourra obtenir pour Vincent, avoua Éric. Je ne peux pas imaginer un avenir sans lui.

Alain sourit.

— Je connais ce sentiment. Crois en Marcel. C'est un vieux renard rusé. Il va trouver un moyen de tout arranger.

— Nous avons fait des choses plutôt horribles, rappela Éric à Alain. Et Vincent n'a pas eu l'excuse de l'avoir fait en pensant qu'il agissait pour aider la Milice. Je pourrais au moins tenter de justifier mes actions comme des moyens pour atteindre un but.

— Et cela fera la différence quand tu te trouveras devant le tribunal, répondit Alain avec une totale confiance. Serrier et ses disciples croyaient vraiment que la fin justifiait les moyens. Le fait que tu n'aies jamais vraiment réussi à le croire, c'est ce qui te différencie d'eux. Raymond a changé de camp pour la même raison, et nous n'aurions pas gagné la guerre sans son aide et sa perspicacité. Ne minimise pas ta contribution – ou celle de Vincent. Je n'aurais pas survécu à la perte d'Orlando, si ça peut te consoler.

— Les dix minutes sont écoulées, intervint Orlando en ouvrant la porte et en revenant à l'intérieur.

Il prit un moment pour examiner attentivement les deux hommes.

— Eh bien, il n'y a pas de sang, donc je suppose que c'est un bon signe.

— Je ne lui ai même pas balancé mon poing dans la gueule, l'informa Alain très satisfait de lui-même. De toute façon, je ne veux pas que quelqu'un s'approche de mon sang en dehors de toi.

Orlando n'essaya même pas de résister à l'envie d'embrasser son amant. Il se pencha, complètement indifférent à leur public, pendant qu'il capturait la bouche d'Alain avec la sienne, perçant légèrement la lèvre inférieure jusqu'à ce qu'il puisse goûter un soupçon de cuivre.

— Il n'a même pas crié après moi, ajouta Éric quand les deux hommes se séparèrent.

Si quelqu'un lui avait dit que Thierry et Alain retrouveraient l'amour, il ne l'aurait jamais cru, encore moins avec des vampires, mais il pouvait difficilement nier la preuve qu'il avait devant les yeux.

— Je vais être en difficulté maintenant, pas vrai ? demanda Orlando. Avec toi, Thierry et Éric capables de tous vous liguer contre moi ?

— Sébastien ne laissera pas Thierry se liguer contre toi, affirma Alain avec la plus grande confiance.

Éric grogna.

— A-t-il vraiment beaucoup d'influence sur notre tête brûlée ?

Orlando rit.

— Je pense qu'ils sont tout autant têtes brûlées, l'un que l'autre, mais Alain a probablement raison. Sébastien ne voudra pas partager l'attention de Thierry avec quelqu'un avant un certain temps.

— Et tu es à l'aise à l'idée de partager celle d'Alain ? questionna Éric, ne sachant pas où se situait la différence.

— Il sait qu'il n'aura jamais à partager longtemps mon attention, expliqua Alain, basculant la tête pour attirer le regard d'Éric sur la marque sur son cou. Les liens qui nous unissent vont beaucoup plus loin que n'importe quel contrat légal ou n'importe quels vœux prononcés. Il ne peut se nourrir de personne en dehors de moi.

— Et qu'est-ce que tu en retires ? demanda Éric.

Le sourire d'Alain aurait pu éclairer la pièce quand il répondit :

— Orlando.

XXXII

— TU ES prêt à y aller ? demanda Angélique à David alors qu'il était assis sur le bord de son lit à l'hôpital, habillé, mais continuant à regarder dans le vide.

Pourtant, les médecins leur avaient assuré à tous les deux qu'il était hors de danger et qu'il guérirait aussi bien à la maison que dans la chambre de l'infirmerie.

— Es-tu sûre que je ne serai pas une gêne ? demanda David pour au moins la dixième fois.

Et pour au moins la dixième fois, Angélique répondit :

— Bien sûr que j'en suis sûre. François a tout préparé pour toi ; tout ce que tu auras à faire, c'est de te reposer et de récupérer jusqu'à ce que tu sois rétabli. Ça fait un certain temps que je n'ai pas eu besoin de cuisiner, mais je n'ai pas oublié comment faire. Et si tu n'aimes pas ce que je prépare, nous nous ferons livrer quelque chose.

— Es-tu… ?

— David, l'interrompit Angélique, d'une voix lourde d'avertissements.

Elle était assise à côté de lui et, enveloppant son visage entre ses mains, l'embrassa.

— Tu as pris soin de moi quand j'en avais besoin, après que l'*extorris* a tué l'amie de Jean. Laisse-moi prendre soin de toi aujourd'hui.

David n'eut pas la chance de répondre avant que le médecin ne revienne avec des instructions de dernière minute et une offre pour les transporter à leur destination. Angélique accepta avant que David puisse protester et donna l'adresse de *Sang Froid*. Après leur avoir répété d'appeler si David découvrait de nouveaux symptômes ou un changement de son état de santé, le médecin sortit sa baguette et lança le sort de déplacement pour les renvoyer chez eux.

Dès qu'ils arrivèrent à *Sang Froid*, Angélique insista pour aider David à se déshabiller et pour le border dans son lit. Quand il fut installé, elle s'activa dans la chambre, s'assurant que tout avait été organisé comme elle le voulait. Elle sourit doucement en voyant quelques-uns des vêtements de David dans ses tiroirs à côté de ses propres affaires. Même en sachant que ce ne serait que temporaire, cela lui procura un petit frisson à l'idée de l'avoir avec elle pour le moment.

— Comment te sens-tu ? demanda-t-elle, se perchant sur le bord du lit, au niveau de sa taille.

Maintenant qu'ils étaient seuls, elle s'autorisa le luxe de le toucher, quelque chose qu'elle avait évité tant qu'ils étaient à l'infirmerie, ne sachant pas comment David aurait réagi si d'autres personnes étaient entrées et les avaient vus. Tandis qu'elle attendait sa réponse, elle laissait ses doigts courir sur son bras nu, s'attardant au niveau du pli de son coude.

— Très bien en ce moment, répondit David, sa voix fléchissant un peu pendant qu'Angélique utilisait ses ruses sur lui.

Il reconnaissait l'intention derrière ses gestes, mais il ne savait pas si elle en avait conscience. Toutefois, son passé avait perdu le pouvoir de le hanter quand il l'avait vue se battre pour lui sauver la vie.

— Bon, ronronna-t-elle, ses doigts remontant lentement de son bras à son épaule nue, redessinant le bord de la couette qui couvrait sa poitrine. J'ai un petit plaisir pour toi, si tu es intéressé.

Le corps de David l'était certainement, son sexe se raidissant et ses mamelons pointant sous la lourde couette.

— Quel genre de petit plaisir ? demanda-t-il d'une voix rauque.

— La dernière fois que je me suis peinte au henné, je l'ai fait pour moi. Ce soir, je veux le faire pour toi.

David retint un gémissement à l'évocation de cette image séduisante.

— Tu n'as pas à faire ça, contredit-il.

Angélique sourit.

— Je sais, mais je le veux. Ensuite, nous dormirons côte à côte ce soir et, au matin, tu pourras les explorer autant que tu veux. Ou simplement t'allonger et admirer, sachant que personne ne verra ces tatouages hormis toi.

Les yeux de David s'obscurcirent, ses pupilles se dilatèrent sous le coup de la convoitise quand il roula sur le côté pour pouvoir mieux l'observer. Elle quitta la pièce pendant une minute, pour revenir avec tout ce dont elle avait besoin pour préparer le henné. Lorsque la pâte fut prête, elle déplaça le miroir à pied de sa place contre le mur, le positionnant pour lui permettre de voir dedans afin de contrôler ses coups de pinceau tout en offrant une vue dégagée à David.

La couette glissa de ses épaules pendant qu'elle s'activait à ses préparatifs. Revenant à son côté, elle la remonta pour qu'il ne prenne pas froid, mais il lui attrapa la main avant qu'elle ne puisse s'écarter, la soulevant à ses lèvres et traçant avec sa langue les marques de henné imprimées de manière définitive sur sa peau. Ses yeux se fermèrent d'anticipation à l'idée de pouvoir effectuer le même genre d'exploration sur d'autres parties de son corps le lendemain matin.

Lorsque David relâcha finalement ses doigts, le ventre d'Angélique bouillonnait de désir. Elle fit quelques pas en arrière, juste assez pour être hors de sa portée et, lentement, commença à se dévêtir, retirant d'abord son écharpe et son chemisier avant d'enlever sa jupe, ses chaussures et ses bas. Quand elle se tint devant lui ne portant rien d'autre qu'un soutien-gorge de dentelle et une culotte, elle se dirigea vers le lit et l'embrassa une nouvelle fois.

— Quand j'étais dans le harem, je n'avais pas la possibilité de choisir pour qui, ils me peignaient, mais ce soir je l'ai. Ce soir, je me peins pour toi.

David était tenté d'envoyer les tatouages au diable et de simplement l'attirer dans le lit et de la posséder sur l'instant, mais après toutes les tensions entre eux – provoquées par ces marques sans prétention – il espérait que cela mettrait définitivement fin à toutes associations négatives. Il se contenta de laisser traîner ses doigts sur le bord de la bretelle de son soutien-gorge, là où la peau et le tissu se rencontraient, son pouce effleurant un mamelon recouvert de dentelle.

— Je ne peux pas attendre.

Angélique recula, un sourire aux lèvres, s'arrêtant lorsqu'elle se tint devant le miroir. Détachant son soutien-gorge, elle le déposa au sol et attrapa le pinceau, le plongeant dans le henné, redessinant par petites touches attentives les tatouages affadis. Elle pouvait sentir ses yeux sur elle, dévorant sa peau nue recouverte de minces lignes brun-vert. Tandis qu'elle redessinait chaque motif, elle pouvait sentir sa peau s'échauffer, le regardant ponctuellement pour s'assurer qu'il observait, qu'il comprenait l'aveu tacite dans la répétition des marques existantes. Ces ornements étaient – avaient toujours été – pour lui.

Les yeux de David restaient attachés à chaque mouvement de séduction de la main de la vampire, son regard une caresse alors qu'il imaginait suivre chaque petit coup de ses doigts, de ses lèvres, de sa langue. Sa température augmentait à chaque plongeon du pinceau dans la pâte épaisse, à chaque passage des poils sur sa peau pâle.

— Tu es belle, murmura-t-il. Absolument parfaite.

L'expression d'Angélique s'adoucit tandis qu'elle levait les yeux de son travail.

— Pas encore, répondit-elle, mais avec ton aide, je le serai bientôt.

Le visage de David exprima sa confusion, mais Angélique secoua simplement la tête, entamant une lente descente vers le bas, sur son ventre vers le haut de sa culotte. Satisfaite de la décoration sur la face avant de son corps, elle trouva une barrette sur sa commode et remonta ses cheveux sur le dessus de sa tête.

— Maintenant, c'est à ton tour, expliqua-t-elle, en revenant vers le lit avec le kit de henné dans la main.

Elle lui tendit le pinceau et lui présenta son dos, une large étendue de peau en offrande.

— Peins-moi comme tu le souhaites.

— Je n'ai jamais fait ça avant, protesta David.

Angélique haussa les épaules.

— Tu n'avais jamais été mordu par un vampire avant le début de l'alliance, non plus. Il n'y a pas de piège, je te le promets. Peins simplement le motif de ton choix avec le henné, pourvu qu'il soit plaisant pour toi. Ça n'a pas à être un modèle traditionnel, ni même un dessin en fait. Lorsque tu peins un amant, c'est l'expérience en elle-même qui importe.

— Est-ce ce que nous sommes ? demanda David, la main légèrement tremblante alors qu'il trempait le pinceau et commençait à s'exécuter, peignant un long trait fin au centre de son dos, sur toute la longueur des vertèbres, jusqu'à ce qu'il atteigne la limite du sous-vêtement. Se sentant audacieux, il le repoussa légèrement pour pouvoir continuer jusqu'au sommet de la raie de ses fesses. La tête d'Angélique pivota, attirant son attention et il se figea, craignant de l'avoir offensée, mais elle se contenta de soutenir son regard, tout en se balançant légèrement, la pointe duveteuse et soyeuse laissa une empreinte plus bas avant qu'elle ne s'écarte

— J'espère que nous le serons, répondit-elle honnêtement, complètement à l'aise dans sa nudité.

Pour le moment, son corps était la toile d'un travail d'art conjoint.

David était une nouvelle fois tenté d'envoyer au diable le henné, l'attente, et de simplement l'attirer au lit avec lui. Mais il était encore affaibli par sa blessure, et il y avait quelque chose d'indiciblement érotique dans le fait d'être celui qui décorait, sachant que c'était pour son propre plaisir. Il souhaita avoir un quelconque talent artistique pour pouvoir rendre justice à sa beauté, mais il se contenta de lui rendre hommage au mieux de ses capacités. Replongeant le pinceau, il déposa ensuite sa pointe sur son épaule, commençant par le bord extérieur et progressa vers le bas de son omoplate, à travers ses côtes, le creux de sa taille, l'arrondi de sa hanche, puis plus bas en travers de la houle de sa fesse. Elle se pencha un peu pour qu'il puisse continuer sur l'arrière de sa cuisse, s'il le voulait, mais l'image qu'elle présenta alors était trop pour son contrôle. Tendant la main vers elle, il l'attira à lui jusqu'à ce qu'il puisse faire courir ses lèvres sur l'autre fesse, encore vierge de décoration.

— Pas ce soir, gronda doucement Angélique, reculant hors de la portée de sa bouche. Ce soir, tu peins. Demain, tu pourras toucher autant que tu veux.

David acquiesça malgré le désir dans sa gorge, déterminé à utiliser le pinceau pour la toucher de toutes les manières qu'elle refusait à ses doigts ce soir. Et puis demain, il suivrait chaque ligne, explorerait chaque coin, chaque recoin et il deviendrait véritablement son amant. À cette fin, il retourna à sa tâche agréable, imitant la ligne qu'il venait de tracer de l'autre côté de son corps, l'incitant à ouvrir légèrement ses jambes afin qu'il puisse suivre le sillon de la fesse entre ses cuisses. Elle sursauta quand ses doigts effleurèrent ses lèvres, mais, comme il ne s'attarda pas, elle ne répéta pas son injonction. Le contact disparut avec le pinceau, revenant sur son épaule, tandis qu'il dessinait des lignes ondulées sur son dos, reliant les lignes qu'il avait déjà tracées.

Angélique ferma les yeux, ses nerfs frémissants en prévision de l'endroit où le prochain contact atterrirait. Elle se força à l'immobilité afin de ne pas ruiner sa création par un sursaut, mais sa peau frissonnait chaque fois que le pinceau la touchait, sensibilisant sa chair jusqu'à ce que même les espaces les plus anodins deviennent des zones érogènes. Elle perdit la notion du temps pendant qu'elle se tenait là, résistant à l'envie de se faire plaisir ou de se retourner, à cheval sur lui, et de les entraîner tous les deux vers la jouissance.

Enfin, il reposa le pinceau sur le côté.

— Et maintenant ? demanda-t-il, la voix enrouée de désir.

— Maintenant, nous le fixons et l'enveloppons jusqu'au matin, répondit Angélique, remettant à David une bouteille de gel en spray.

Elle se tourna pour lui faire face à nouveau, lui indiquant par geste de commencer par son torse et se frayer un chemin vers le bas.

Déglutissant légèrement à la vision tentante de ses seins, David s'affaira comme elle lui indiquait, recouvrant la poitrine et l'estomac avec le fixant. Quand il eut fini, elle se retourna à nouveau afin qu'il puisse pulvériser son dos. Lorsque cela fut fait, elle lui donna un rouleau de gaze fine pour couvrir le henné.

Il enveloppa lentement son corps, les motifs délicats disparaissant sous la couche protectrice. Quand il eut fini, il la dévisagea avec un mélange de convoitise et de désir qui faillit briser sa détermination.

— Allonge-toi et laisse-moi prendre soin de toi, dit-elle en le poussant quand il resta immobile.

David se décala dans le lit pour qu'elle ait une place à ses côtés alors qu'elle soulevait les couvertures et se glissait en dessous, appuyant son corps de tout son long contre lui, de sorte que la gaze frottait contre sa poitrine nue et que son érection, recouverte du tissu de son sous-vêtement, frotte contre les plis de son sexe nu. Un gémissement s'échappa de sa bouche quand ses mains descendirent le long de sa poitrine.

— Détends-toi, l'exhorta-t-elle, baissant la tête et embrassant sa clavicule. Laisse-moi prendre soin de toi.

David la laissa le positionner comme elle le voulait, son corps étant de la pâte à modeler entre ses mains. Il faillit protester quand elle le fit rouler loin d'elle, mais son corps se pressa contre son dos et ses lèvres trouvèrent la courbe de son épaule, ses crocs acérés perçant le muscle ferme. Son dos s'arqua sous la légère sensation de douleur, mais elle s'apaisa lorsque ses mains délicates caressèrent sa poitrine, malaxant ses mamelons avant de se diriger plus bas, se glissant sous la ceinture du seul vêtement qui lui restait. Puis elle le repoussa également, le laissant complètement nu, offert à son contact. Ses hanches tressautèrent instinctivement en avant dans le fourreau créé par ses doigts minces, chaque succion et pression de ses lèvres incitant son sexe à se contracter à nouveau comme si une sorte de lien invisible les reliait. Il savait que les médecins lui avaient conseillé de se nourrir régulièrement de lui pour accélérer sa guérison, mais cet échange ne paraissait pas du tout clinique. Non, quels qu'en soient les avantages secondaires, c'était quelque chose qui les concernait eux, quelque chose au sujet du désir entre eux que rien n'était en mesure d'éteindre, pas même leurs malentendus et leurs préjugés.

Les mains d'Angélique se déplaçaient avec une précision experte, multipliant les sensations sur le corps de David, mais plutôt que d'en être gêné, le magicien pouvait enfin se détendre et profiter des avantages de ses compétences. Son passé était une partie d'elle, mais il avait fini par comprendre que cela ne la définissait pas. Haletant, il roula des hanches contre elle, voulant lui rendre le plaisir qu'il ressentait. Mais, quand il tendit la main vers elle, Angélique l'attrapa pour la ramener sur les draps et l'y maintenir pendant un moment, ce qui exprimait clairement ce qu'elle voulait, sans avoir besoin de relâcher son épaule pour parler.

En quelques instants, le stress accumulé et le désir atteignirent des niveaux incontrôlables et il jouit dans ses bras, ses doigts continuant à s'activer pendant qu'il redescendait des hauteurs orgasmiques. Quand même les répliques eurent disparu, elle retira finalement ses crocs, léchant les plaies pour accélérer leur guérison.

— Tu te sens un peu plus détendu ?

Elle respirait tout contre son cou.

— Oui, répondit-il, se retournant dans son étreinte. Et maintenant, qu'est-ce que je peux faire pour toi ?

— Rien du tout, répondit-elle, en guidant sa main à son sexe humide. Déguster ce que je t'ai fait a suffi à prendre soin de moi.

— Mais… protesta David.

— Mais rien, l'interrompit Angélique. Tu as failli mourir il y a à peine trente-six heures. Oui, je sais, les remèdes magiques fonctionnent plus vite que les traitements habituels, mais tu n'as pas encore complètement récupéré. Dors ce soir et, demain, nous verrons comment tu te sens.

David aurait voulu protester davantage, mais il reconnaissait le ton de sa voix. Il pourrait toujours essayer d'argumenter, elle ne changerait pas d'avis. Décidé à ne pas insister, il laissa ses yeux se fermer, son esprit rempli par les images de ce que le matin apporterait. Il pouvait facilement s'imaginer la dépouiller des bandes de gaze et laver la pâte de henné pour révéler les tatouages en dessous. Angélique serait chaude du bain, ses cheveux frisotteraient en mèches indisciplinées autour de son visage, ses joues rougiraient sous la combinaison de la vapeur et du désir tandis qu'il explorerait chaque centimètre de sa peau colorée, à la fois ceux qu'elle avait peints et ceux qu'il avait ajoutés. Ils finiraient par revenir au lit où ils pourraient terminer ce qu'ils avaient commencé. Sauf qu'il savait déjà que ce ne serait pas la fin. Il ne serait pas capable de lui faire l'amour dans la matinée pour ensuite la laisser s'en aller. Il ne savait pas où cela les mènerait à partir de là. La guerre terminée, il redoutait ce que l'avenir leur réservait. L'alliance ne les relierait plus l'un à l'autre très longtemps, et il craignait que l'inquiétude ressentie par Angélique actuellement ne s'estompe quand ses blessures seraient guéries. Aurait-elle encore envie de lui quand la nécessité politique ne dicterait plus leur partenariat ? Il ne connaissait pas la réponse, mais il voulait désespérément que ce soit oui.

À côté de lui, Angélique partageait ses préoccupations. Elle n'avait aucun doute sur ce que le matin apporterait. Elle l'accueillerait avec bonheur pour pouvoir enfin savoir ce qu'elle ressentirait à faire l'amour avec l'homme qui avait hanté ses fantasmes depuis que l'alliance s'était formée, mais elle ne savait pas ce qui se passerait ensuite. David l'avait méprisée depuis le moment où ils s'étaient rencontrés – à cause de son passé, de ses tatouages, pour le choix de son moyen de subsistance. Il semblait avoir mis cela de côté au cours des derniers jours, mais elle ne savait pas quelle part était de l'opportunisme politique et quelle part était réelle. Elle avait pu goûter plus d'acceptation dans son sang qu'auparavant, et il était évident que son désir pour elle augmentait chaque fois qu'elle se nourrissait, mais cela ne suffisait pas pour leur garantir un avenir ensemble. Elle avait besoin de plus qu'un simple désir pour laisser à nouveau entrer un homme dans sa vie sur une base plus permanente. Elle voulait David, mais seulement s'il pouvait lui retourner pleinement ses sentiments. Elle réprima un soupir, se blottissant un peu plus contre lui, sentant la gaze qui l'empêchait de percevoir sa peau contre la sienne, même si elle savait que le bénéfice final ferait plus que compenser le manque momentané. Elle pourrait être patiente pendant quelques heures de plus. Ses années dans le harem lui avaient enseigné ça.

XXXIII

LE LEVER du soleil perturba le repos d'Angélique, la nécessité instinctive de se cacher l'amenant à l'état de veille, même si le sang de David et les volets fermés lui procuraient tous les deux une parfaite protection. Roulant sur le dos, frissonnant à la perte de la chaleur de David, elle souleva une petite bande de gaze pour contrôler le henné. Il semblait fixé, ne paraissant pas avoir été gâché par ses mouvements durant la nuit. Jetant un regard sur l'homme qui dormait toujours à côté d'elle, Angélique se glissa hors des draps. Alors qu'il avait l'air d'aller mieux que la veille, ses traits étaient encore tirés par la douleur, même dans le sommeil. Elle voulait se doucher pendant qu'il dormait et le réveiller quand ce serait fait pour lui présenter le résultat final de leur travail combiné de la veille.

Au cours de sa longue existence, Angélique s'était apprêtée pour de nombreuses séductions, parfois avec impatience, d'autres fois avec beaucoup d'appréhension, mais elle n'avait jamais éprouvé des sentiments aussi mitigés qu'aujourd'hui, debout dans sa salle de bains, pendant qu'elle retirait la gaze que David avait enroulée autour de son corps la nuit précédente. David avait déjà une place dans sa vie qu'aucun homme n'avait jamais occupée. Même quand elle avait pris des amants par le passé, elle n'avait jamais limité son alimentation à une seule personne et, pourtant, depuis le début de l'alliance, elle ne s'était alimentée que sur une seule autre personne en dehors de David, et encore, uniquement une fois. Y ajouter le don de son corps resserrerait les liens entre eux plus étroitement encore, une étape supplémentaire qu'elle redoutait et désirait tout à la fois. La veille au soir, tout avait semblé clair, le pas en avant évident. Maintenant, dans la froide lumière du jour, sans la présence de David, elle doutait de la sagesse de ce qu'elle avait entrepris.

Agacée après elle-même pour son indécision, Angélique arracha le reste de la gaze et pénétra dans la douche, réglant l'eau aussi chaude que possible. Elle attrapa une brosse de bain et repoussa la pâte qui laissa le henné en place sur sa peau, lui permettant d'évacuer sa frustration avec une certaine véhémence.

Des mains douces retirèrent la brosse loin de sa peau rougie.

— Tu n'as pas besoin de te faire de mal pour l'enlever, gronda doucement David en entrant dans la cabine avec elle. L'eau et le savon devraient suffire.

Il ramassa un gant de toilette, versa du savon dessus et procéda à une démonstration, faisant courir tendrement le tissu sur son corps, emportant le fixateur et la pâte de henné, ne laissant que le colorant sur sa peau comme un rappel de leur présence. La dernière fois que David avait baigné Angélique, il avait conservé un contact aussi clinique que possible, ne voulant pas profiter d'elle alors qu'elle était bouleversée. Cette fois, cependant, il n'avait pas de tels scrupules, ses mains s'attardèrent sur ses seins alors qu'il retirait le henné, avant de finalement laisser tomber le tissu afin que ses paumes la caressent directement. Elle bascula en arrière contre lui, ses bras se levant au-dessus de sa tête, lui ouvrant complètement son corps. Il imaginait qu'elle savait exactement à quel point cette posture mettait son corps en valeur, mais cette pensée avait perdu le pouvoir de le contrarier. Elle s'exposait pour lui. Rien d'autre ne comptait.

Il en profita, se pressant de tout son long contre son dos tandis que ses mains exploraient chaque centimètre de ses seins et de son ventre, jusqu'en bas, vers le triangle de boucles au sommet de ses jambes. Il fut tenté de glisser ses doigts au milieu d'elles, de lui retourner la faveur qu'elle lui avait offerte la veille, mais il voulait achever de révéler les tatouages, ceux qu'il avait peints. La faisant pivoter dans ses bras pour pouvoir atteindre son dos, il ne put retenir son sourire alors qu'elle se frottait de manière provocante contre lui.

— Nous allons y venir, promit-il. Je ne serai pas capable de me contenter de te tenir cette fois, mais je veux d'abord voir notre création.

Angélique hocha la tête, le souffle court tandis que ses mains s'activaient sur son dos. Elle l'avait senti peindre les dessins la veille, mais elle ne les avait pas encore réellement vus et, la pensée que ses marques décoraient son corps agitait son ventre d'une merveilleuse anticipation. Elle laissait sa marque sur lui chaque fois qu'elle s'alimentait. Maintenant, il l'avait marquée à son tour. La sensation de ses mains enveloppant ses fesses pendant qu'il repoussait le henné qu'il y avait appliqué la nuit précédente déclencha de vigoureux frissons dans son corps, l'anticipation augmentant à chaque passage de ses paumes, à chaque pression de ses doigts.

— Dans mon harem, le dos d'une jeune fille devait être aussi minutieusement, et même plus richement décoré que l'avant, lui dit-elle haletante, parce qu'elle accueillait toujours le sultan ou ses invités à genoux avec le front sur le sol et donc, la première vision qu'il avait d'elle c'était son dos et ses fesses, exposés pour son plaisir. S'il aimait ce qu'il voyait, il la choisissait pour la nuit, augmentant ainsi son statut dans le harem. S'il n'aimait pas ce qu'il voyait, il passait devant elle et choisissait quelqu'un d'autre.

Elle sortit de son étreinte et se retourna pour qu'il puisse la voir de dos. Quand elle avait quitté le harem, elle s'était juré de ne plus jamais se remettre à genoux devant un homme, mais cela ne l'empêchait pas de se présenter sur ses pieds.

— Aimes-tu ce que tu vois ?

— Oui, répondit David d'une voix rauque, tendant la main vers elle, mais elle secoua la tête, ferma les robinets et s'écarta.

— Pas ici, dit-elle alors qu'elle sortait de la douche. Nous serons plus à l'aise dans le lit.

Elle lui tendit une serviette, avec l'intention d'en attraper une autre pour elle-même, mais il la ramena contre lui à nouveau, l'enveloppant dans la matière moelleuse et il frictionna sa peau à travers pour essuyer toutes les gouttelettes d'eau.

— Tu me gâtes, chercha-t-elle à le dissuader par taquinerie. Je vais finir par m'attendre à ce genre de traitement tout le temps.

David sourit.

— Peut-être que tu devrais.

Les yeux d'Angélique s'écarquillèrent et elle se retourna pour le fixer d'un air interrogateur.

— Veux-tu suggérer… ?

Elle se tut, ne voulant pas lui mettre des mots dans la bouche.

— Je ne sais pas de quoi demain sera fait, encore moins le mois prochain ou l'année prochaine, déclara David, mais je sais en revanche qu'il n'y a nulle part où je souhaiterais être que là où je me trouve. Je suis prêt à découvrir où cela nous mènera si tu l'es aussi.

— Je suis toujours la propriétaire de *Sang Froid* et, avec la fin de la guerre, je devrai lui accorder toute mon attention à nouveau, avertit-elle.

David hocha la tête.

— Je dois espérer que mon ancien emploi est toujours disponible et si ce n'est pas le cas, je devrai en trouver un nouveau, ce n'est donc pas comme si je serai dans tes jambes toute la journée. Tu m'as rabâché – et Jean également – qu'il n'y a rien d'équivoque dans les services que tu offres. Tu ne m'entendras plus me plaindre de nouveau à ce sujet.

Tout semblait presque trop beau pour être vrai, mais Angélique décida de mettre de côté ses doutes et de faire confiance à la force du lien de partenariat. C'était plus de garanties qu'elle n'en avait jamais eues avec ses précédents amants.

— Alors, emmène-moi au lit et gâte-moi un peu plus.

David rit et laissa tomber la serviette sur le sol. Il glissa ses mains dans ses cheveux, délogeant la barrette qui tenait toujours ses longues mèches au-dessus de ses épaules et de son dos. Elles dégringolèrent pour boucler follement autour d'elle, dansant sur ses clavicules et le sommet de ses seins. David baissa la tête et l'embrassa, l'enlaçant pour l'entraîner vers la chambre à coucher sans jamais séparer leurs lèvres.

Il repoussa les couvertures déjà mises en désordre par la nuit et l'allongea sur le lit. Cependant, au lieu de la rejoindre, il resta tranquillement debout à la contempler pendant un long moment, s'attardant sur chaque courbe voluptueuse et chaque creux de son corps, de la pointe de ses orteils, jusqu'à ses longues cuisses minces, à travers son ventre soyeux et sa taille étroite jusqu'à ses seins, puis finalement sur ses traits élégants. Quand il croisa son regard, elle souriait, visiblement aussi amusée qu'excitée par son observation.

— Tout est à ta convenance ? le taquina-t-elle.

— Je ne sais pas, répondit-il d'une voix rauque. Je n'ai vu qu'un côté.

En riant, Angélique roula sur le ventre, tendant le cou pour regarder dans son dos vers les tatouages. Toutefois, elle n'eut pas beaucoup d'occasions de les examiner, avant que David se penche sur elle, sa langue trouvant la première marque sur la courbe inférieure de ses fesses et les retraça en remontant dans son dos jusqu'à ce qu'il puisse atteindre ses lèvres, l'embrassant avidement, sa langue plongeant profondément pour revendiquer sa bouche.

Elle le laissa faire.

Quand ils finirent par se séparer, le besoin de respirer et la position inconfortable suffisant à mettre un terme à leur baiser, ils haletaient fortement tous les deux. David essaya de la faire rouler, mais Angélique secoua la tête, poussant sur ses mains et les genoux.

— Comme ça, indiqua-t-elle, de sorte que tu puisses voir ce que tu as fait pour moi.

David émit un gémissement profond, son sexe était désireux de se glisser entre ses fesses, en direction de son entrée tandis qu'elle se déplaçait. Jusqu'à ce qu'elle parle, il était persuadé qu'il voulait une longue séance interminable d'ébats amoureux, pour cimenter le lien entre eux de manière permanente, mais il ne put résister à la tentation de se glisser profondément entre ses replis humides quand elle pressa ses fesses contre lui, le prenant entièrement en elle. Stabilisant ses hanches d'une seule main, il tendit l'autre sous elle pour pétrir ses seins, essayant de l'emmener sur des cimes aussi haut que la chaleur humide de son corps l'avait fait.

À sa grande joie, elle recula, à cheval sur ses cuisses pour pouvoir s'empaler sur lui quand il s'enfonçait en elle.

— Regarde, murmura-t-elle en montrant le miroir sur sa commode. Vois à quel point nous avons l'air parfaits ensemble.

Ils étaient totalement en contraste, il devait l'admettre, les yeux fixés sur la vue d'eux ensemble, dans le miroir de l'autre côté de la pièce. Sa peau pâle se détachait vivement contre sa chair légèrement plus foncée, les tatouages au henné ajoutant seulement au contraste. Dans leur nouvelle position, ses deux mains étaient libres de se promener, et elles le firent : sur ses seins, sur son ventre et dans le nid de boucles où se trouvait caché le petit bourgeon qu'il caressa jusqu'à ce qu'elle crie. Avec ses lèvres entrouvertes, ses crocs brillaient à la lumière de la lampe qui repoussait les ombres de la chambre, lui faisant souhaiter qu'ils soient face à face afin qu'elle puisse le mordre. Mais cela pourrait attendre. À la place, il baissa la tête et la mordit légèrement à l'épaule, lui arrachant un autre cri alors que ses lèvres et ses doigts travaillaient de concert pour la faire monter en flèche.

En quelques minutes, elle se tordait et suppliait.

— Laisse-moi sentir que tu jouis autour de moi, lui dit-il en mordillant son lobe d'oreille tout en parlant.

C'était l'encouragement et l'autorisation dont elle avait besoin, sa libération explosant en elle et se répandant, ses contractions suffisant à déclencher également la jouissance de David. Elle frissonna de plaisir quand elle sentit la poussée de son sexe en elle, son fluide chaud et épais, la marquant de l'intérieur. Elle fléchit contre lui, dans son étreinte, le laissant soutenir son poids tandis qu'elle redescendait progressivement de son puissant orgasme.

Sa passion assouvie, David sentit la faiblesse persistante de sa blessure revenir en force. Choisissant de s'allonger au lieu de tomber, il les fit basculer sur le côté, le mouvement séparant leurs corps. Angélique se blottit immédiatement contre lui, se retournant dans ses bras pour que sa tête puisse reposer sur son épaule.

— Je vais devoir prendre contact avec Jean et voir quand le *judicium* aura lieu, mais à part ça, nous n'avons rien d'autre à faire, si ce n'est nous reposer et récupérer. Dors maintenant. Je serai là quand tu te réveilleras.

— Comment vas-tu, Orlando ? demanda Sébastien quand son compagnon vampire le rejoignit dans le bureau qu'Alain et Thierry partageaient.

— Mieux, répondit Orlando, plaquant un sourire sur ses lèvres.

Il comprenait pourquoi cette entrevue était nécessaire, mais être séparé de son Avoué, même simplement le temps de dire à Sébastien ce qu'il avait besoin de savoir pour le *judicium* ce soir, lui mettait les nerfs à vif, l'amenant presque au point de rupture. Cette fois-ci, l'affaire n'était pas aussi claire et tranchée qu'elle l'avait été la dernière fois où il était le témoin principal au procès d'un vampire, et il savait que la présentation de l'affaire par Sébastien serait cruciale. Il souhaitait juste qu'Alain puisse se trouver avec lui.

— Honnêtement, beaucoup mieux que je pensais pouvoir l'être. Je ne sais pas quelle part je dois attribuer au partenariat, et quelle part est due à l'Aveu de sang, mais je n'ai pas récupéré aussi rapidement lorsque j'ai finalement échappé à mon créateur.

— Les tortures n'ont pas duré aussi longtemps cette fois-ci, lui rappela Sébastien.

— Non, admit Orlando, mais mon créateur ne me laissait jamais m'approcher autant du risque de me voir mourir de faim comme je l'ai été cette fois. Quoi qu'il en soit, je me sens assez bien pour être présent ce soir. Je n'ai pas vu Serrier tomber, ce qui est une raison supplémentaire pour laquelle je dois savoir que ce vampire ne pourra plus blesser personne.

— Il ne le pourra pas, répondit Sébastien avec la plus grande confiance. Il s'est fait trop d'ennemis au sein de la Cour. Ne pas intervenir pour te défendre, c'est la goutte d'eau qui fait déborder le vase. Maintenant, peux-tu me raconter ce qu'il a dit ou fait qui suggérerait qu'il savait ce qui t'arrivait ?

Orlando rapporta la confrontation avec Édouard quand Serrier avait essayé de le forcer à se nourrir, y compris le mépris que l'autre vampire avait manifesté pour l'Aveu de Sang, alors que celui-ci l'avait gardé sain d'esprit, même s'il avait également rendu sa captivité beaucoup plus dangereuse.

— Donc, il savait que tu avais été séparé de ton Avoué, reformula Sébastien.

Orlando hocha la tête.

— C'est lui qui leur a dit que je devais certainement avoir un Avoué et ce que cela signifiait, du moins pour ce qui concernait l'aspect alimentation, et de mon inutilité évidente pour eux en l'absence d'Alain. Il était très méprisant.

— Il l'était, confirma Sébastien. Il n'a clairement aucun respect pour nos institutions ou nos traditions, quelles qu'elles soient. Ce qui ne serait pas un problème s'il ne blessait pas les gens autour de lui. Autre chose ?

Orlando secoua la tête.

— Je ne l'ai pas revu après ça, mais Serrier parlait de lui comme de son vampire de compagnie. À une ou deux reprises, il a fait des commentaires pour dire qu'il demanderait au Déviant au sujet de quelque chose liée à la façon dont je réagissais ou ne réagissais pas à ses sorts et, plus tard, à la torture physique de Blanchet. Même s'il n'a pas été témoin de ce qu'ils faisaient, il était au courant.

— Et quand il dit qu'il ne pouvait pas t'approcher pour t'aider ? demanda Sébastien.

— Je n'étais pas surveillé quand j'étais dans la salle où ils me retenaient prisonnier, répondit Orlando. Éric et son ami ont réussi à me sauver quand ils ont pris la décision d'agir. L'*extorris* aurait pu faire la même chose s'il l'avait voulu. Il a choisi de ne pas bouger.

— Et ce sera la dernière erreur qu'il aura jamais faite, déclara Sébastien froidement. Va retrouver Alain. Je peux seulement imaginer à quel point ça doit te tuer d'être loin de lui. Ce soir, Jean va essayer de faire une exception à la règle des 'uniquement vampires' de façon à ce que lui et Marcel puissent être présents pour y assister. En tant qu'Avoué, Alain ne devrait pas poser de problème. Nous verrons comment la Cour réagira à l'introduction de Marcel.

Orlando hocha la tête.

— Merci de faire tout ça. Je pourrais probablement y aller sans Alain, à ce stade, mais je ne veux pas. Je le veux juste derrière moi, afin qu'Alain et moi puissions continuer à avancer et faire des projets d'avenir.

— Encore quelques heures et ce sera terminé, promit Sébastien. En attendant, souviens-toi que tu ne fais pas face à ça seul. Je ne sais pas quel genre de soutien tu avais la dernière fois que tu y as été confronté, mais cette fois tu as toute la Milice et la majorité de la Cour derrière toi. Même plus que cela, tu as Alain. Avec lui à tes côtés, il n'y a rien que tu ne puisses affronter.

— Je sais ça, répondit Orlando. C'est la seule chose qui m'a gardé sain d'esprit au cours de cette semaine. Il m'attend. Je te verrai ce soir.

Sébastien hocha la tête et regarda Orlando partir. Il ne pouvait pas s'empêcher d'admirer l'attitude calme du vampire. Sébastien doutait que beaucoup d'autres vampires auraient enduré ce qu'Orlando avait subi avec la même dignité.

Hors du bureau, Orlando s'avança dans les bras d'Alain.

— Sébastien dit que Jean pense que tu pourras être présent ce soir, dit-il sans préambule. Je sais que ce sera difficile de tout réentendre, mais s'ils te le permettent, viendras-tu avec moi ?

— Bien sûr, répondit Alain immédiatement. Il n'y a nulle part où je préférerais être plutôt qu'à tes côtés, même si c'est au milieu d'un procès de vampires.

— Je dois me nourrir avant que ça commence, annonça Orlando à mi-voix. Je ne pense pas que je peux y faire face sans ce coup de pouce.

Alain soupçonnait qu'il aurait besoin de ce réconfort autant qu'Orlando, étant donné ce qu'il était susceptible d'entendre au cours de la nuit, mais il n'exprima pas ce sentiment à voix haute. Son seul objectif était désormais d'aider Orlando à traverser les prochaines heures. Une fois que le *judicium* serait terminé, et la peine appliquée, il pourrait s'effondrer. Pour l'instant, cependant, il devait être fort pour Orlando.

— Sébastien utilise notre bureau, mais nous pouvons certainement trouver une salle vide. Marcel fonctionne avec un personnel réduit pour le moment, afin de donner à chacun une chance de récupérer de la dernière bataille. Nous pouvons trouver le bureau de quelqu'un qui est en congé maladie.

— Cela ne les dérangera pas ?

— Nous allons chercher quelqu'un qui comprendra, promit Alain, parcourant mentalement la liste des blessés qu'il avait obtenue plus tôt dans la journée par Thierry. Je suis sûr que Caroline est toujours en arrêt. Elle ne nous en voudra pas si nous utilisons son bureau. Nous pouvons aller à l'infirmerie pour vérifier si tu veux. Thierry ne s'attend pas à ce qu'elle soit libérée avant au moins trois ou quatre jours.

— Non, c'est bon, assura Orlando, ne voulant pas perdre de temps. Si tu penses que ça ne la dérangera pas, alors ça me suffit.

Alain guida Orlando jusqu'au bureau de Caroline, prenant note de l'absence des touches féminines, tel que des plantes en pot sur le rebord de la fenêtre, mais son véritable centre d'intérêt restait son partenaire. Orlando semblait du même avis, attirant Alain dès que la porte se referma derrière eux. Le magicien eut la présence d'esprit de tourner le verrou avant que tout le reste, hormis Orlando, soit occulté.

Les lèvres et la langue de son amant préparèrent la peau de son cou.

— Ils vont les voir ce soir, prévint Orlando. Celles-ci n'auront pas le temps de guérir.

— Ça n'a pas d'importance, lui rappela Alain. Je ne m'en suis jamais soucié.

— Ça n'a pas d'importance, d'une façon ou d'une autre, la plupart du temps, mais ce soir je veux qu'ils les voient, admit Orlando. Je veux leur rappeler que le Déviant ne m'a pas simplement menacé, il a menacé le lien le plus sacré qu'un vampire peut faire.

— Alors, marque-moi correctement qu'ils ne puissent pas s'empêcher de les remarquer, proposa Alain, attirant Orlando vers le canapé contre un mur.

Il bascula la tête en arrière après s'être assis, donnant à Orlando un accès total à son cou, ainsi qu'à l'ensemble de son corps si le vampire le voulait. Il ne pourrait jamais rien refuser à son amant.

Orlando n'avait jamais ressenti un besoin aussi fort de marquer quelqu'un, qu'il le faisait avec Alain en ce moment. La marque sur le cou de son amant était juste un début. Il voulait laisser l'étendue de peau si couverte de morsures que quiconque le regarderait connaîtrait sans le moindre doute la place d'Alain dans sa vie. Un mois plus tôt, il aurait combattu cette impulsion avec chaque fibre de son être, mais Alain avait donné sa permission. Même plus que cela, Alain n'avait jamais évité sa morsure, jamais vu cela comme une marque honteuse. Baissant la tête, il mordit profondément, le sang chaud jaillit immédiatement et se précipita dans sa bouche, tapissant son palais avec le riche bouquet de saveurs qui était son unique subsistance. Il détestait la crainte persistante et la colère qu'il pouvait encore goûter, mais seul le temps pourrait effacer ces émotions dans le cœur d'Alain. L'amour et le désir inondèrent cependant ses sens, écrasant les autres saveurs. Léchant les marques pour les fermer, il déplaça sa bouche vers le bas de quelques centimètres et mordit de nouveau, ajoutant d'une deuxième série d'incisions.

Au moment où Alain sentit la seconde morsure, il sut ce qu'Orlando essayait de faire. Il se demanda combien de morsures orneraient son cou. Il supposait qu'il le découvrirait. Chaque pincement des crocs ajoutait une autre vague de sensations à celles qui l'assaillaient déjà. Maintenant qu'Orlando avait finalement abandonné son interdiction de combiner l'alimentation et le sexe, Alain avait du mal à se retenir. Il voulait arracher les vêtements qui les séparaient afin de pouvoir atteindre sa peau nue, pour lui permettre de rendre à Orlando tout le plaisir qu'il lui procurait à cet instant. Cependant, il ne savait pas combien de temps il leur restait avant qu'ils doivent se mettre en route pour le Palais de Justice, et il ne voulait pas être en retard. Il allait devoir se contenter d'une alimentation pour l'instant et faire l'amour plus tard, une fois qu'ils sauraient que le vampire déviant ne pourrait plus jamais menacer quelqu'un de nouveau.

Les crocs d'Orlando dans son cou eurent leur effet prévisible, provoquant l'érection du sexe d'Alain dans son pantalon. Il essaya de l'ignorer, mais Orlando goûtait parfaitement son désir. Bougeant légèrement, le vampire glissa sa main sur le devant de la chemise d'Alain jusqu'à sa ceinture, trouva la fermeture éclair et l'ouvrit afin de pouvoir introduire une main à l'intérieur. Alain cria quand il sentit la main aimée à proximité de son érection, l'attirant à travers la braguette ouverte dans l'air frais de la pièce. Bientôt, les mouvements sur son sexe correspondaient à la traction sur son cou, et Alain savait qu'il ne parviendrait pas à résister très longtemps.

— S'il te plaît, supplia-t-il, incapable de mettre plus clairement ses désirs en mots.

Orlando n'avait pas besoin de mots pour comprendre. Il libéra le cou d'Alain, son corps ayant satisfait sa faim de sang, et baissa la tête sur le membre de son amant, l'avalant profondément de sorte que la semence d'Alain descendit dans sa gorge quand il jouit dans un cri aigu.

— Moins de dégâts de cette façon, le taquina Orlando en levant la tête et en rajustant soigneusement Alain dans son pantalon. Le soleil se couche. La Cour doit commencer à se rassembler. Nous devrions y aller.

— Et toi ? questionna Alain, sa tête tournant avec étonnement au changement d'attitude d'Orlando.

Sa main s'éleva à son cou, sentant la multitude de marques de morsure, proclamant fièrement leur lien à la vue de tous. Sa revendication sur Orlando était moins visible, mais il savait qu'elle était tout aussi réelle.

— Je peux patienter jusqu'à ce soir, lui assura Orlando. Je préfère attendre jusqu'à ce que je puisse être en toi que de me contenter d'une jouissance expéditive maintenant. Allez, mon amour. La Cour attend.

XXXIV

Les lumières à l'intérieur du Palais de Justice donnaient l'illusion de la lumière du jour, mais les participants à la Cour de cassation étaient des créatures de la nuit. Alain connaissait beaucoup d'entre eux grâce à l'alliance et en reconnut d'autres, présents à la bataille près de Beaubourg, mais il en vit au moins autant qu'il ne connaissait pas, lui faisant réaliser tout ce qu'il lui restait encore à apprendre à propos de la Cour et de la culture des vampires.

Autant qu'il pouvait en juger, il était le seul non-vampire dans la pièce. Marcel et Jean avaient discuté des avantages possibles de faire venir des médias sélectionnés pour couvrir le *judicium*, mais finalement, ils avaient renoncé. Les vampires étaient aussi protecteurs envers leurs rituels que l'étaient les sorciers.

Il pouvait sentir les vampires l'observer, certains discrètement, d'autres ouvertement. Il restait simplement à côté d'Orlando, laissant sa proximité remplir les blancs pour les vampires qui ne le connaissaient pas et réaliser qu'Orlando avait formé un Aveu de Sang. Tandis que les minutes passaient, en attendant l'arrivée de Jean et le commencement du procès, Alain remarqua le respect sur un nombre de plus en plus important de visages à mesure que les informations sur ce qu'Orlando avait subi, et auquel il avait survécu, faisaient le tour de la salle. À côté de lui, Orlando semblait inconscient de tout cela, debout sereinement à sa place pendant que la tension montait dans la pièce.

Une porte latérale s'ouvrit. André Perrot et Blair Nichols arrivèrent, l'*extorris* maintenu fermement entre eux, propulsé en avant par leur prise sur ses bras plutôt que par son propre élan. Alain se demanda si le vampire était encore sous les sorts de contrainte qui lui avaient été lancés quand ils l'avaient capturé. Cela servirait de leçon à ce bâtard, pensa-t-il vindicatif. Les deux gardiens laissèrent l'*extorris* debout dans le box des accusés et rejoignirent ensuite le reste de la foule, l'expression acerbe sur leur visage suffisant à indiquer vers qui allait leur sympathie.

Un instant plus tard, une autre porte s'ouvrit et Sébastien pénétra à l'intérieur, saluant Orlando et Alain de la tête tandis qu'il s'installait à la table du procureur. Voir le vampire sans Thierry semblait étrange, permettant à Alain de réaliser une nouvelle fois à quel point l'alliance avait complètement infiltré leur vie. Il se demandait combien de partenariats se poursuivraient une fois que la guerre serait vraiment finie. De toute évidence, son lien avec Orlando survivrait, et il soupçonnait que Thierry et Sébastien, ainsi que Raymond et Jean, continueraient à avancer ensemble également… mais, en dépit de tout ce qu'ils avaient appris sur le fonctionnement des liens de partenariat, il ne savait toujours pas à quel point cette attirance diminuerait maintenant que la nécessité magique était contrôlée. Certaines

257

des relations s'étaient dégradées au point que les liens surnaturels n'auraient plus d'intérêt, mais Alain ne pouvait pas dire combien n'en auraient plus.

Tous les bruits et les mouvements cessèrent lorsque la porte du juge s'ouvrit et que Jean entra. Il était vêtu beaucoup plus formellement qu'Alain ne l'avait jamais vu jusqu'ici, mais il ne portait pas la traditionnelle robe de juge. Les symboles de son rang étaient accrochés autour de son cou, mais, même sans eux, il rayonnait d'une telle puissance, d'une telle autorité, que personne ne pouvait mettre en doute son droit de siéger dans ce fauteuil, même s'il avait été en haillons.

La Cour se leva à son entrée, lui manifestant tout le respect dû à sa position et la gravité de leur démarche actuelle. Jean salua Sébastien et Orlando de la tête, fixa Édouard et commençait à faire des gestes pour indiquer aux autres vampires de s'asseoir lorsque les portes principales à l'arrière de la salle d'audience s'ouvrirent. Chaque vampire se retourna, prêt à en découdre avec quiconque osait les déranger. Cependant, leurs yeux chutèrent rapidement, toutes les têtes s'inclinant à travers la pièce, quand ils réalisèrent qui se tenait sur le seuil.

Monsieur Lombard entra à grands pas, flanqué de Marcel d'un côté et de Raymond de l'autre.

— Je suppose que la présence de mes invités ne te dérange pas, dit-il en s'adressant à Jean, même s'il connaissait déjà l'opinion du chef de la Cour.

— Pas du tout, répondit Jean, magnanime, soulagé au-delà des mots de n'avoir pas à mener cette lutte. Bienvenue, Général Chavinier, monsieur Payet. Et bien sûr, bienvenue à vous aussi, monsieur Lombard.

— Ça ne me viendrait même pas à l'idée de manquer ce *judicium*, affirma monsieur Lombard gravement. C'est de la responsabilité de chaque membre de notre Cour, même des retraités, de voir la justice être rendue.

Et ça, songea Alain, *c'est le glas du Déviant, qu'il le sache ou non.*

— En effet, convint Jean, alors commençons. Monsieur Noyer, en tant qu'*accusator* pour la Cour, veuillez s'il vous plaît énoncer les accusations portées contre l'*extorris*.

Sébastien se leva et se déplaça au centre de la salle d'audience afin que chacun puisse le voir et l'entendre.

— L'*extorris*, Édouard Couthon, est accusé d'avoir conspiré avec les ennemis de la Cour, en particulier Pascal Serrier, et d'avoir capturé l'ancienne compagne du chef de la Cour. Il est également accusé de l'avoir violée et assassinée. En outre, il est accusé d'avoir conspiré avec Serrier pour capturer un vampire et de ne pas avoir apporté son aide à Orlando Saint Clair, quand il a su que le vampire avait été capturé et était torturé. Enfin, il est accusé d'avoir tenté d'empoisonner monsieur Saint Clair avec le sang d'un autre mortel que son Avoué.

Le murmure qui avait commencé à s'élever dans la foule quand Sébastien avait mentionné la conspiration avec Serrier explosa en imprécations de colère lorsque l'*accusator* annonça les dernières charges, amenant Alain à réaliser une fois de plus à quel point l'Aveu de Sang était véritablement sacré pour la communauté des vampires.

Jean laissa le brouhaha mourir tout seul. Quand il régressa enfin, il s'adressa une fois de plus à Sébastien :

— Avez-vous la preuve de ces crimes ?

— Je les ai, monsieur le chef de la Cour, répondit Sébastien se retournant pour s'adresser à la Cour de nouveau. Le corps de Karine Gaudier, ancienne compagne du chef de la Cour, a été trouvé sur le seuil de *Sang Froid*, visiblement torturée, violée et, finalement, tuée par un vampire.

— Cela aurait pu être n'importe quel vampire, interrompit Couthon, intervenant pour la première fois. Comment pouvez-vous prétendre que c'était moi ?

— Tu es le seul vampire connu, de mémoire récente, pour avoir tué quelqu'un dans la ville, répondit froidement Sébastien. Un fait que tu as admis de manière audible devant tous ceux qui ont participé à la bataille que nous avons menée il y a deux jours, et au cours de laquelle tu as été capturé.

— Je ne reconnais pas avoir tué sa pute.

Encore une fois, les murmures s'amplifièrent dans la foule.

— Garde un langage correct, intima Jean, le visage sévère. Tu as le droit de te défendre, mais pas celui d'insulter la Cour avec tes vulgarités.

— Je ne reconnais pas avoir tué sa *compagne*, répéta Édouard.

— Non, mais tu as admis avoir tué la femme utilisée pour empoisonner monsieur Saint Clair, rétorqua Sébastien. Tu as dit, et je te cite, 'Comme il ne l'a pas finie, j'ai eu ce plaisir.' Ne t'embête pas à le nier. Trop d'entre nous l'ont entendu.

— Je ne savais pas qu'il avait un Avoué jusqu'à ce que je voie sa réaction au sang de la femme, claironna le Déviant avec mépris. Je tentais de fournir le peu d'aide que je pouvais à un compagnon vampire.

— En outre, continua Sébastien, en ignorant l'interruption du Déviant et de plusieurs vampires dans la Cour qui faisaient connaître leur incrédulité de manière volubile, monsieur Saint Clair va témoigner sur le fait que tu savais qu'il était détenu et torturé par Serrier, et que tu n'as rien fait pour l'aider.

— Morveux pleurnichard, murmura Édouard.

Monsieur Lombard se leva de son siège, dominant les vampires autour de lui. D'un regard, il demanda à Jean son autorisation avant de s'avancer pour saisir Couthon par son col, hissant le vampire plus léger sur ses pieds afin qu'ils soient face à face.

— Écoute-moi, mon garçon. Tu penses que parce que tu as tué, cela fait de toi un homme. Détrompe-toi. Les morts que tu as provoquées sont simplement la preuve supplémentaire que tu n'es pas suffisamment adulte pour avoir la maîtrise de vie et de mort sur les gens dont tu te nourris. Tu vois notre contrôle comme une faiblesse, mais tu as tort. Il faut beaucoup plus de force, beaucoup plus de maturité, pour contenir nos instincts que pour y céder. Et il faut encore plus de courage pour s'engager dans un Aveu de Sang. S'il y a un petit morveux pleurnichard dans la salle, c'est toi. Orlando a plus que gagné le titre d'homme.

Édouard ouvrit la bouche pour répondre, mais avant qu'il ne le puisse, monsieur Lombard se retourna vers ses deux compagnons.

— L'un de vous pourrait-il le faire taire ? Je suis fatigué d'écouter ses pleurnicheries.

— Je m'en charge, intervint Alain en se levant. Je suis celui qu'il insulte quand il insulte Orlando.

Monsieur Lombard inclina profondément la tête dans sa direction.

— Mes excuses. Je ne t'avais pas vu assis aux côtés de ton Avoué.

Alain regarda dans la direction de Jean, parfaitement conscient qu'ils avaient perturbé l'ordre habituel du *judicium*, mais le chef de la Cour paraissait impassible, aucun signe d'irritation n'altérant son visage. Prenant cela pour une permission, Alain jeta le sort, faisant de nouveau taire Édouard.

— Monsieur Saint Clair, reprit Sébastien quand monsieur Lombard eut repris sa place, voudriez-vous s'il vous plaît raconter à la Cour votre expérience entre les mains de Serrier, en particulier tout ce qui concerne l'*extorris* ?

Serrant la main d'Alain pour se donner du courage, Orlando se leva et marcha jusqu'à la barre des témoins. Les heurts dans sa foulée étaient encore suffisamment visibles pour attester des horreurs que son corps avait subies durant les quatre jours où il avait été retenu prisonnier.

— Dans un premier temps, je ne l'ai pas vu, commença Orlando. Je savais qu'il devait être là, parce que nous avions des informations disant qu'un vampire travaillait avec les forces de Serrier. Le chef des sorciers rebelles me gardait enfermé dans une cellule, donc ce n'était pas comme si je pouvais partir à sa recherche, mais il devait savoir que j'étais là presque dès le début. Serrier avait fait trop grand bruit au sujet de ma capture.

— L'avez-vous vu à un moment ? le questionna Sébastien.

Orlando acquiesça, déglutissant difficilement quand la bile remonta dans sa gorge à ce souvenir.

— C'était probablement vers le deuxième jour de mon épreuve, même si je ne peux pas vraiment l'assurer avec certitude. Il n'y avait pas de fenêtre et, avec la protection du sang de mon Avoué, je ne remarquais plus le lever du soleil comme je le faisais avant. Serrier avait été particulièrement cruel, essayant sur moi un sort après l'autre pour voir ce qui fonctionnait et ce qui n'avait aucun effet. J'étais particulièrement épuisé, souffrant et affamé. Serrier est venu avec une femme et l'a obligée à m'offrir son bras, il disait qu'il savait que j'avais besoin de manger parce qu'il n'en avait pas fini avec moi. J'ai refusé, évidemment, mais il m'a forcé en entamant son poignet et en utilisant un sort sur moi afin que je ne puisse pas échapper au sang qu'elle versait dans ma gorge. Quand j'ai commencé à vomir, Serrier a appelé l'*extorris* pour qu'il vienne expliquer pourquoi j'étais malade.

Serrier a alors expressément affirmé qu'il avait obtenu l'information sur mes besoins en sang de l'accusé.

Alain frémit en se rappelant beaucoup trop précisément la soudaine souffrance, les différents types de douleur qu'il avait ressentis en provenance d'Orlando. La pensée de son amant buvant le sang de quiconque, même en y étant forcé, ramena toute sa rage à la surface, entièrement dirigé contre le vampire de l'autre côté de la pièce. S'il avait pu le faire sans offenser l'ensemble de la Cour, il aurait convoqué du feu et aurait carbonisé le bâtard, il se consolait toutefois en sachant que le Déviant endurerait ce destin dès que le soleil se lèverait.

— L'as-tu revu après cela ? l'encouragea Sébastien.

— Non, répondit Orlando. Il a fait quelques commentaires sarcastiques sur le fait que j'avais un Avoué et puis il est parti. Deux magiciens, des transfuges des rangs de Serrier, m'ont sauvé juste avant l'aube du jour que Serrier avait annoncé comme étant celui du terme de mon existence. Je n'ai pas revu l'*extorris* ensuite, jusqu'à aujourd'hui.

— As-tu vu quoi que ce soit qui suggérerait qu'il était, d'une manière ou d'une autre, prisonnier de Serrier comme tu l'étais toi-même ?

Orlando secoua la tête.

— Il a donné tous les signes d'être du côté de Serrier quand je l'ai vu. Aucun signe de contrainte en tout cas.

— Merci, dit Sébastien, faisant signe à Orlando de se retirer.

Le vampire retourna avec soulagement aux côtés d'Alain, s'affalant dans son siège et reprenant la main de son amant. Alain aurait voulu demander une pause pour ramener Orlando à la maison, le mettre au lit, et lui faire l'amour pendant qu'il s'alimenterait, mais ils devaient aller jusqu'au bout de cette histoire.

— As-tu d'autres preuves à présenter ? demanda Jean à Sébastien.

Celui-ci acquiesça en reprenant la parole :

— Un certain nombre de vampires étaient présents lorsque l'*extorris* a été capturé. Ils reconnaissent unanimement que l'*extorris* n'était en aucune façon limité dans ses déplacements à l'intérieur de la base de Serrier et qu'il s'est opposé violemment à sa capture, indiquant de manière très claire à travers ses paroles qu'il était dans le camp du sorcier rebelle, bien que celui-ci ait délibérément pris pour cible les vampires lors de son attaque à la place Pigalle. En outre, même si les déclarations d'un mortel n'ont aucun poids à la Cour, l'un des espions de la Milice dans les rangs de Serrier corrobore toutes les preuves présentées précédemment, termina Sébastien, y compris celles selon lesquelles Serrier a ciblé la compagne du chef de la Cour sur les conseils de l'accusé et que celui-ci est responsable de sa mort, même s'il ne l'est pas pour la totalité des tortures qu'elle a subies.

— Et qu'en est-il des autres responsables des tortures de cette femme ? Ainsi que de celles d'Orlando ? exigea de savoir un vampire dans la foule.

— Mort, leur assura Marcel depuis son siège. Monsieur Lombard a débarrassé le monde de Serrier. Et mon agent a mis fin à la vie du pire de leurs bourreaux lorsqu'il aidait Orlando à s'évader. Le seul qui reste et nécessite encore que la justice s'en occupe se trouve actuellement devant la Cour.

— Merci, mon Général, déclara Sébastien avec un signe de tête. L'aide de la Milice a grandement facilité le processus dans cette affaire.

— Est-ce que quelqu'un d'autre a quelque chose à ajouter ? demanda Jean, s'adressant au reste de la cour. Des questions, des témoignages ou des contestations ?

Des cris disséminés s'élevèrent, corroborant les déclarations de Sébastien, au milieu des confirmations de vampires ayant été témoins des réactions du Déviant, ainsi que des insultes ironiques jetées dans la direction d'Édouard, mais personne n'eut quelque chose de concret à ajouter.

Jean se tourna vers Alain.

— Si tu mettais fin au sort de silence, il a le droit de se défendre… mais je te préviens maintenant, *extorris,* si tu abuses de la Cour à nouveau, tu n'auras pas de troisième chance.

Édouard fixa Alain pendant que celui-ci annulait le sort.

— Tu m'as déjà condamné, accusa-t-il en s'adressant à Jean avant de se tourner vers la cour. Vous tous m'avez déjà condamné. Je pourrais parler pendant des jours que vous ne voudrez pas entendre un seul de mes mots, alors pourquoi devrais-je perdre mon temps et mon énergie à me défendre ? Vous pensez que vous faites des progrès, mais tout ce que vous faites, c'est de nous condamner à une parodie de ce que nous étions destinés à être. Nous sommes des vampires, pas des animaux dociles destinés à être tenus en laisse par des sorciers.

Chaque vampire impliqué dans la Milice se récria à grand bruit. Jean attendit que le tollé se calme.

— Que dit l'*accusator* ? demanda-t-il quand le silence régna de nouveau dans la pièce.

— Coupable, déclara solennellement Sébastien.

— Que dit le plaignant ?

— Coupable, répéta Orlando fermement.

— Que dit son Avoué ?

Les yeux d'Alain s'agrandirent de surprise. Il ne s'était pas attendu à avoir un mot à dire sur la question, n'étant pas un vampire, mais il n'eut aucune hésitation.

— Coupable.

— Monsieur Lombard ?

— Coupable.

— Que dit la Cour ?

— Coupable.

Le rugissement des voix était assourdissant.

— Est-ce qu'il y a quelqu'un qui veut prendre la défense de l'*extorris* ? demanda Jean. Quelqu'un veut-il en appeler à la clémence ?

Le silence était presque aussi assourdissant que l'avaient été les cris précédents.

— Édouard Couthon, la Cour de Paris te déclare coupable d'avoir violé la loi vampire. Tu vas être condamné et la peine sera effective immédiatement. Quelle peine l'*accusator* réclame-t-il pour les crimes ?

— L'extermination, répondit Sébastien fermement. Le bannissement le laisserait libre de transgresser nos lois dans une autre Cour, et l'incarcération n'est pas assez sévère compte tenu des morts dont il est responsable.

Cette fois, Jean fit l'impasse sur la formalité d'interroger individuellement chaque membre de la Cour, sachant combien cela avait été difficile pour Orlando de requérir l'extermination de Thurloe la dernière fois que la Cour avait siégé dans un *judicium,* bien qu'à l'époque l'affaire ait été beaucoup plus grave que celle-ci. Pas plus qu'il n'était sûr qu'Orlando avait besoin d'entendre Alain en faire la demande. Au lieu de cela, il demanda simplement :

— Que dit la Cour ?

— Extermination, décrétèrent-ils d'une seule voix.

— Quelqu'un veut-il réclamer une peine plus légère ?

Jean devait le demander, même s'il espérait que personne ne se manifesterait pour y répondre. Personne ne prit la parole.

— Édouard Couthon, tu as été condamné à être exécuté au lever du soleil, déclara Jean. Ta victime décidera de sa mise en œuvre.

Orlando tressaillit. Même en sachant que ces mots viendraient, il tressaillit. La dernière fois qu'il avait prononcé la peine, il se remettait d'une centaine d'années de tortures cruelles, infligées par le vampire qu'il condamnait, et il s'était délecté de choisir la méthode d'exécution la plus cruelle à laquelle il avait pu penser. Aujourd'hui, il était un homme différent.

— Que ce soit fait aussi rapidement que possible, dit-il simplement, se levant de sa chaise en sentant la bile remonter dans sa gorge. Je ne veux plus de souffrances.

Jean hocha la tête et fit signe à Alain d'emmener Orlando dehors. Particulièrement alarmé par la brusque pâleur qui avait saisi Orlando, Alain prit la main de son amant et le conduisit dans le couloir.

— Est-ce que tu vas bien ?

Orlando frissonna.

— Je ne veux plus jamais revivre ça. Une fois, c'était déjà trop. Deux fois, c'est juste insupportable. Emmène-moi à la maison. S'il te plaît.

Dans la salle d'audience, Jean se leva.

— La peine a été prononcée. L'*extorris* sera exécuté à l'aube, aussi rapidement que cela nous est possible. Tous ceux qui souhaitent rester en tant que témoins peuvent le faire. Les autres sont libres de partir avec mes remerciements et mon souhait sincère qu'il se passera de très nombreuses années avant que nous ayons besoin de nous rassembler pour un problème de ce genre. Bien que, si le général Chavinier arrive à ses fins, nous pourrions ne plus avoir besoin de nos propres tribunaux. Il m'a demandé de profiter de la fin de ce *judicium* pour vous annoncer que nos efforts ont porté leurs fruits, nos espoirs sont récompensés. La loi sur

263

l'égalité des droits sera présentée au Parlement demain matin, et le gouvernement engagera sa responsabilité en faisant appel à l'Article 49-3. Nous saurons dès demain si une motion de censure a été déposée.

— Elle ne sera pas demandée, assura Marcel. Les contributions de la Cour à l'effort de guerre sont irréfutables, un fait que j'ai mis – et continuerai à mettre – en avant devant les estimés membres du Parlement, ainsi que devant le Conseil des Ministres. Le Premier Ministre, monsieur Pequignot, m'a promis d'assister lui-même aux débats et de défendre notre cause. Nous avons une conférence de presse prévue à la première heure, avant le début des débats, mais nous avons estimé que nous devions vous en parler nous-mêmes, puisque vous étiez déjà rassemblés.

Une acclamation monta lorsque Marcel eut fini de parler.

Les vampires se mirent à déambuler, André et Blair ramenèrent Couthon dans sa cellule de détention tandis que d'autres commençaient à commenter le procès, l'exécution, la loi. Marcel fit un signe à son partenaire et les deux hommes se retirèrent, laissant la Cour à leurs conversations. Raymond secoua négativement la tête quand ils firent mine de l'attendre. Il avait besoin d'être auprès de Jean. Il doutait que quelqu'un d'autre puisse le remarquer, mais Raymond pouvait voir le coût que le *judicium* avait exigé à son amant. Ils avaient parlé de la probabilité de ce résultat et de ce que cela signifierait pour Jean. En tant que chef de la Cour, il aurait pu déléguer la responsabilité de l'exécution proprement dite, mais il refusait de demander à quelqu'un de faire ce qu'il ne pourrait pas faire lui-même. Raymond souhaitait pouvoir s'en charger à la place de son partenaire, mais la Cour n'accepterait jamais qu'un magicien applique la justice de la Cour, même une sentence décidée par cette même Cour. Il devrait se contenter de rester aux côtés de Jean, d'être le soutien silencieux qu'il avait juré d'être.

XXXV

— *TU AS commis la plus impardonnable des offenses de notre espèce. Tu es condamné à l'extermination.*

La voix de Jean était ferme, mais froide. Il avait rassemblé la Cour dans les heures suivant la découverte d'Orlando, les convoquant dans la maison de Thurloe pour porter un jugement sur le maître-espion. Il aurait préféré qu'il en soit autrement, aurait préféré ne pas avoir à prononcer un tel jugement sur un vampire, mais cette loi-ci était inviolable et, il était de la responsabilité de Jean de la faire respecter.

— *Ta victime va décider de sa mise en œuvre.*

Dans un premier temps, le choc avait secoué la silhouette d'Orlando, suivi par la colère et ensuite la jubilation. Le choc et la colère, Jean pouvait les comprendre. La joie le troublait, mais il ne dit rien. C'était le droit d'Orlando et il n'interférerait pas. Plus tard, peut-être, si le jeune vampire parvenait à faire confiance à quelqu'un de leur espèce, il essayerait d'influencer le garçon sur des chemins plus… positifs.

Thurloe n'avait toutefois pas eu de tels scrupules. Il s'était précipité sur Orlando, avec l'intention de bousculer et d'écarter le jeune et faible vampire pour s'enfuir dans la nuit. Habitué comme il l'était à contrôler physiquement Orlando, il n'avait pas pris Jean en compte dans sa tentative de fuite. Le vampire plus ancien s'était déplacé pour intercepter le criminel et les deux êtres puissants s'étaient affrontés violemment, la peur de Thurloe ajoutant de la puissance à sa lutte. Les autres vampires convoqués au judicium regardaient sans intervenir, sachant qu'il valait mieux ne pas s'interposer, à moins que Jean n'ait besoin d'aide.

Cependant, finalement, Jean l'emporta, forçant le condamné à se mettre à genoux.

— *Quelle est ta décision ? demanda-t-il à Orlando.*

— *Je veux qu'il souffre, répondit Orlando, de la façon dont il m'a fait souffrir. Je veux que la fin de sa vie soit aussi douloureuse, aussi misérable que l'a été la mienne. Je veux qu'il soit exposé lentement au soleil, afin qu'il meure petit à petit, brûlé par ses rayons.*

Jean tressaillit, mais hocha la tête.

— *Il sera fait comme tu le demandes.*

Thurloe recommença à se débattre, mais Jean le soumit, bloquant ses bras contre son corps.

— *Trouve quelque chose pour l'attacher, dit-il à Orlando.*

265

C'était facile. Orlando savait, à sa grande consternation, ce que contenait chaque tiroir et placard. Il récupéra une paire de menottes en argent d'un des tiroirs et les apporta à Jean.

— Attache-le, indiqua Jean.

Thurloe siffla, menaçant, mais Orlando refusa de se recroqueviller de nouveau devant lui. Il attacha les bracelets sur son créateur et attendit.

— Y a-t-il une fenêtre quelque part dans la maison ? demanda Jean.

Orlando secoua la tête.

— Je ne sais pas. Je ne connais que cette pièce et ma prison. Cependant, il doit sûrement y en avoir une quelque part.

Jean hocha la tête.

— Nous allons en trouver une, ou nous le garderons jusqu'à ce qu'il puisse être emmené ailleurs pour être exécuté.

Une recherche rapide des lieux révéla une fenêtre solitaire, orientée à l'est, dans l'une des chambres à l'étage. Malgré les hurlements de protestation de Thurloe, Jean l'arrima au sol, les pieds vers le mur afin qu'ils soient brûlés en premier, quand le soleil se lèverait et commencerait sa course. Aucun des autres vampires n'était resté pour assister à l'exécution, faisant confiance à Jean pour s'en occuper parce qu'il était le chef de la Cour.

Les premiers rayons de lumière de l'aube provoquèrent un frisson de peur et de répulsion chez les trois vampires, mais seuls Jean et Orlando reculèrent pour éviter le danger. Thurloe n'avait pas ce genre de possibilité. Alors que les minutes passaient et que la lumière mortelle s'accentuait et se rapprochait, ses protestations se transformèrent en supplices, mais les oreilles qui les entendaient étaient aussi sourdes à celles-ci qu'il l'avait toujours été à celles de ses victimes.

Lorsque les supplices se transformèrent en cris de douleurs, Jean regarda ailleurs. S'il avait été seul, il serait parti, mais les yeux d'Orlando ne se détournèrent jamais et Jean ne pouvait pas faire moins que de rester à ses côtés.

La partie du cœur d'Orlando – celle qui avait conservé une certaine idée de ce qu'était la compassion – hurla de protestation contre cette mort lente et cruelle, mais il se rappela à plusieurs reprises que la créature qui se tordait sur le sol s'était exposée elle-même à cette fin. Jamais, durant toutes les années qu'Orlando avait passées avec lui, Thurloe n'avait montré la moindre once de bonté, de décence ou de compassion. Il méritait de mourir et Orlando pouvait sentir le poids de son esclavage disparaître pendant que son maître se désintégrait lentement en tombant en cendres.

Lorsque les cris s'arrêtèrent finalement, Jean se tourna vers Orlando.

— Nous devons rester ici jusqu'à ce que le soleil se couche, ensuite tu seras libre d'aller où tu veux. As-tu une idée de ce que tu vas faire maintenant ?

Orlando réfléchit à la question.

— Aucune, répondit-il. Je ne connais personne ici, et rien de la ville dans laquelle je me trouve. Je n'ai que des compétences de soldat, mais je ne peux plus combattre maintenant que je suis un vampire. Je... Peut-être que ce serait mieux si je mettais simplement fin à tout ça maintenant.

— Ne dis pas ça, gronda Jean. Il y a toujours des options, un chemin à suivre. Viens chez moi quelques jours, si tu veux, jusqu'à ce que tu trouves ta voie.

— Je ne vais pas troquer un maître contre un autre, siffla Orlando.

— Pas plus que je ne souhaite le faire, lui assura Jean. Tu ne me dois rien de plus qu'un simple merci. Après cela, tu seras libre. Je te propose simplement mon aide. Le choix t'appartient.

Orlando prit le temps d'y réfléchir. Serait-ce si terrible d'accepter de l'aide ? Serait-il si terrible de laisser ce vampire le guider dans son nouveau monde ? Après tout, Jean lui avait déjà offert plus de choix que Thurloe ne l'avait jamais fait. Il pouvait accepter l'aide de Jean pour un temps, jusqu'à ce qu'il retombe sur ses pieds, même s'il ne laisserait plus jamais quelqu'un lui donner des ordres. Lui, et lui seul, contrôlerait sa vie à partir de maintenant.

— Merci, dit-il. J'accepte ton offre généreuse.

Le premier ordre du jour, en ce qui concernait Jean, était les blessures qui parsemaient le corps du vampire. Même s'ils n'avaient pas déjà vidé les cachots de Thurloe, il ne trouverait aucune aide là-bas. Personne dans les cachots n'offrirait volontiers son sang à un vampire après ce que Thurloe leur avait fait – Jean pouvait difficilement le leur reprocher – et il ne voulait pas qu'Orlando démarre sa nouvelle existence avec le goût de la peur dans sa bouche.

Il doutait également qu'Orlando ait l'habileté nécessaire pour trouver sa propre proie, puisqu'il avait été à la merci de Thurloe depuis sa création. Il lui faudrait apprendre, mais cela pouvait attendre. Il avait besoin de sang pour guérir, ce qui signifiait une visite à Angélique et à Sang Froid. La fille du harem devenue chef d'entreprise aurait ce dont ils avaient besoin.

Les heures passaient lentement, aucun des deux vampires n'était à l'aise dans l'antre de Thurloe, mais pour des raisons très différentes. En attendant que la Cour se rassemble, Jean avait suffisamment exploré les lieux pour trouver quelques vêtements qui pourraient aller à Orlando. Ils n'étaient pas de grande qualité ni très à la mode, mais ils avaient permis au jeune vampire de faire face à la Cour avec une certaine dignité et leur permettraient de se déplacer à travers la ville sans attirer l'attention, jusqu'à ce que Jean puisse trouver des habits plus appropriés à son nouveau protégé.

Finalement, le soleil se coucha.

— Viens, mon jeune ami, lança Jean avec une petite révérence. Viens découvrir les délices de ton pays.

Orlando marqua une pause sur le seuil de sa prison. Il avait été emprisonné depuis si longtemps qu'il se trouvait à présent dépassé par les événements, maintenant qu'il avait de nouveau le choix.

— Je ne sais même pas par où commencer, admit-il doucement.

Jean sourit tristement. Un vampire avec la moindre expérience n'aurait jamais fait un tel aveu, sachant qu'il perdrait du terrain dans le jeu des Cours. Que celui-ci – ayant déjà plus d'un siècle d'existence – n'ait pas de tels scrupules en disait autant au chef de la Cour sur les privations endurées par Orlando, que le faisaient les marques sur son corps. Il s'assurerait que le jeune homme obtienne la subsistance dont il avait besoin pour guérir et, ensuite, il ferait de son mieux pour lui apporter l'expérience dont il avait besoin pour s'élever puisqu'il se trouvait au bas de l'échelle.

— Commençons par le début, suggéra-t-il, entraînant Orlando loin du site de son cauchemar en direction de Montmartre où les vampires se rassemblaient. Tu as besoin de te nourrir afin de guérir. Comme je ne pense pas que tu sois assez en forme pour chasser, nous allons rendre visite à madame Bouaddi, elle s'est spécialisée dans la recherche de donneurs volontaires pour les vampires qui n'ont pas le désir d'en chercher un par eux-mêmes.

— Je n'ai pas... commença Orlando.

— Tu as tout ce qui appartenait à Thurloe, corrigea Jean. Il t'a créé. Tu es son héritier.

— Je ne veux rien de lui, cracha le jeune vampire.

— Alors, vends tout et utilise les profits pour acheter de nouvelles choses, répondit Jean en haussant les épaules. Ce sera plus que suffisant pour subvenir à tes besoins. La maison à elle seule vaut une petite fortune. En attendant, ce soir, c'est moi qui offre ; un cadeau de bienvenue à Paris et dans ma Cour en quelque sorte.

Orlando fronça les sourcils au terme inconnu, mais il avait déjà trop clairement conscience de son manque d'expérience pour demander des éclaircissements. Jean appela un fiacre comme si cela était parfaitement normal, comme si les conducteurs ramassaient des vampires toutes les nuits.

— Ils voient deux jeunes mâles en vadrouille pour la nuit dans la ville, murmura Jean quand le fiacre partit en direction du, très récemment ouvert, Moulin Rouge. Et étant donné notre destination, ils imaginent que nous sommes à la recherche des plaisirs de la chair. Ils n'ont pas tout à fait tort.

Orlando frissonna.

— Je ne veux pas... Je ne peux pas...

— Angélique est très particulière, confia Jean. Elle n'emploie personne contre sa volonté. Je suppose que tu connais bien le goût de la peur, si je dois me fier à ce que j'ai vu dans les cachots de Thurloe. Tu n'auras jamais à goûter ça avec ses employés. Elle se soucie d'eux et en prend soin.

La voiture ralentit et s'arrêta.

— Viens, je vais te présenter.

— Jean, hésita Orlando. Je ne suis pas sûr que ce soit une bonne idée. Je ne sais pas comment faire ce genre de choses.

— *Tu dois avant tout te nourrir afin de guérir*, insista Jean, en descendant de la voiture. *Si tu veux, je resterai avec toi, mais peut-être que tu préférerais être seul pour un échange aussi intime.*

Orlando renifla, suivant Jean hors du fiacre.

— *Crois-tu que Thurloe m'ait un jour offert la moindre intimité ?*

— *Allons à l'intérieur et discutons avec Angélique*, suggéra Jean. *À nous tous, nous trouverons quelqu'un qui te plaira.*

En lui-même, Orlando doutait que quiconque puisse un jour lui plaire à nouveau. Thurloe l'avait si profondément traumatisé qu'il n'avait aucun intérêt à, ne serait-ce qu'envisager, une telle relation. Il avait cependant besoin de sang pour survivre, alors il apprendrait ce qu'il pouvait de Jean, vendrait la propriété de Thurloe et deviendrait un client régulier de Sang Froid.

À l'intérieur, Jean s'entretint avec Angélique, discutant de qui serait le plus apte à aider Orlando. Ils s'étaient décidés pour une fille ayant l'âge que le vampire avait quand il avait été transformé, mais Orlando rejeta immédiatement l'idée. Il en connaissait assez peu sur les filles avant qu'il ait été changé et ses expériences sous le joug de Thurloe avaient seulement ajouté à son malaise.

— *Un jeune, alors*, suggéra Angélique.

— *Non*, contredit Jean sur une intuition en observant le visage abattu d'Orlando. *Un homme, quelqu'un avec de l'expérience, et assez de sensibilité pour guider un innocent. Raoul, je pense.*

Angélique sourit.

— *Je pense que tu as raison. Emmène Orlando à l'étage. Je vais chercher Raoul et je vous rejoins.*

Orlando laissa Jean le mener à un boudoir au deuxième étage de l'immeuble. À l'intérieur se trouvaient un canapé, une chaise longue et un lit. Immédiatement, Orlando commença à secouer la tête.

— *Tu n'as pas à le toucher, sauf pour te nourrir de lui*, assura Jean au vampire nerveux. *Tu n'as pas à le laisser te toucher non plus, si tu ne le veux pas. Rien ne se passera ici qui ne sera pas consensuel.*

Un petit coup à la porte les interrompit.

— *Ce doit être Raoul et Angélique.*

La patronne entra, suivie par un bel homme aux cheveux noirs, mi-longs, encadrant avec élégance son visage. Orlando détourna les yeux de la vaste étendue de la peau sur sa poitrine que révélait le col ouvert de la chemise de l'homme.

— *C'est Orlando*, présenta Angélique. *Orlando, voici Raoul. Nous allons vous laisser seul.*

La panique était clairement visible sur le visage d'Orlando quand les deux vampires aînés se retirèrent.

— *Détends-toi*, conseilla Raoul en s'asseyant sur le canapé. *Angélique m'a un peu parlé. Je ne vais pas te toucher. Viens juste t'asseoir à côté de moi.*

Lentement, Orlando fit ce que l'homme suggérait. Raoul se tourna de façon à reposer sur le haut dossier du canapé et étendit son bras vers le vampire.

— Si cela te met plus à l'aise, tu peux te nourrir à mon poignet.

Orlando fixa le membre proposé comme s'il s'agissait d'un serpent prêt à le mordre. Raoul attendit patiemment jusqu'à ce que finalement le vampire prenne sa main.

— Tu vois les veines là, juste à la base de ma paume ? Mors-moi là. Tu obtiendras plus de sang et j'aurai plus de plaisir.

— Plaisir ? grinça Orlando. Cela ne va-t-il pas te faire du mal ?

— Pas du tout, lui assura Raoul. Goûte et tu verras.

— Je... hésita Orlando.

— Détends-toi, l'exhorta à nouveau l'homme. Lèche ma peau. Laisse ta salive préparer mon poignet.

Orlando regarda l'homme, dubitatif, mais il fit comme son compagnon le suggérait, léchant la zone de peau que l'homme lui avait indiquée avant de mordre avec hésitation.

— Laisse tes crocs s'enfoncer davantage, le guida Raoul. Tu ne me blesseras pas, et tu auras plus de sang de cette façon.

Orlando ferma les yeux et laissa ses crocs plonger entièrement jusqu'à la racine. Un sang, comme il n'en avait jamais goûté avant, se précipita dans sa bouche. Cela lui prit quand même un moment pour identifier la différence. Raoul ne ressentait aucune douleur, aucune crainte et cette absence adoucissait le sang de l'homme. Il déglutit et se mit à sucer, laissant une gorgée après l'autre couler dans son corps. Alors qu'il buvait, une nouvelle saveur colora le sang. Surpris, Orlando leva les yeux pour voir le visage de l'homme se détendre sous le plaisir.

— Tu devrais t'arrêter maintenant, dit-il finalement. Si tu as besoin de plus, tu devras le prendre sur quelqu'un d'autre.

— Je suis désolé, s'excusa Orlando, s'écartant immédiatement. Je ne voulais pas abuser.

— Tu ne l'as pas fait, promit Raoul, mais tu n'es pas le premier vampire à me rendre visite ce soir, et je connais mes propres limites.

Il tendit à nouveau son poignet.

— Ferme les plaies avec ta langue, et ensuite je te ramènerai à madame Bouaddi.

— Merci, dit Orlando avec ferveur quand il eut fait ce qu'il pouvait pour guérir les marques qu'il avait laissées sur le poignet de Raoul. Je ne savais pas.

L'homme se pencha en avant, avec l'intention d'embrasser le vampire, mais la main d'Orlando sur sa poitrine l'arrêta.

— Ne fais pas ça, plaida-t-il, sentant ce que l'homme espérait du goût qui s'attardait sur sa langue. Je ne peux pas... ce que tu veux... je ne peux pas te le donner. Pas maintenant.

270

Peut-être jamais, pensa-t-il, mais il ne voulait pas gâcher cette première nuit où il avait pu s'alimenter sans crainte, en l'exprimant à haute voix. Pas alors qu'il savait qu'il devrait revenir une autre fois quand il aurait besoin de se nourrir à nouveau.

Raoul hocha tristement la tête, mais s'immobilisa.

— Tu es le bienvenu ici n'importe quand.

Un acquiescement silencieux fut la seule réponse d'Orlando.

Quand il se réveilla, il fallut un moment à Orlando pour prendre conscience de ce qui l'entourait et identifier la chaleur dans le lit à côté de lui. Quand il y parvint, il poussa un soupir de soulagement. Il aurait dû savoir que le *judicium* allait ramener des souvenirs du procès et de l'exécution de Thurloe, mais il ne s'attendait pas à ce qu'ils soient si clairs ni qu'ils incluraient sa première nuit en tant que vampire libre. Il sourit doucement alors qu'il se remémorait Raoul. Il avait régulièrement rendu visite à l'homme pendant quelques années après cette nuit, jusqu'à ce que Raoul prenne sa retraite. À cette époque, Orlando avait appris à chasser et avait cessé d'utiliser les services d'Angélique.

Il avait de bons souvenirs de Raoul. L'homme avait aidé Orlando à voir qu'il pouvait se nourrir sans blesser, sans éveiller la peur, sans tuer. Il avait goûté le désir dans le sang de l'homme pour la première fois, et pour cela, pour la capacité à le reconnaître dans le sang d'Alain quand il avait rencontré son magicien, il serait éternellement reconnaissant à Raoul.

Les émotions, qu'avait éveillées son ancien ami à l'époque, ne ressemblaient cependant en rien à ce qu'Orlando ressentait pour l'homme qui partageait actuellement son lit. Il caressa doucement les cheveux blonds d'Alain, ne voulant pas le réveiller après la tension de la nuit précédente. Son amant avait été son rocher durant le procès, mais il était encore visiblement épuisé par les quatre jours de recherche durant lesquels il avait à peine dormi. L'Aveu de Sang protégeait son corps des exigences de l'alimentation d'Orlando, mais rien, hormis du temps et du repos, ne pouvait aider pour les autres exigences. Orlando espérait qu'avec la fin du *judicium* et avec la loi sur l'égalité des droits sur le point d'être votée, Alain aurait enfin l'occasion de se reposer, pas seulement pour quelques heures par-ci par-là, mais pour la durée dont il avait besoin pour reconstituer complètement ses forces.

— Pourquoi ne dors-tu pas ? marmonna Alain, inclinant la tête sous la main caressante d'Orlando.

— Un rêve m'a réveillé, répondit honnêtement Orlando.

— Thurloe ? demanda Alain.

— Oui, admit Orlando, et le premier ami humain que j'aie jamais eu en tant que vampire. Je l'ai rencontré la nuit après le… l'exécution de Thurloe.

Cela lui coûtait d'utiliser le nom de son créateur, après tant d'années à refuser de le prononcer, mais c'était également libérateur, comme s'il se défaisait finalement de la dernière chaîne que son créateur lui avait imposée. En refusant de dire son

271

nom, il avait continué à lui donner une importance que Thurloe ne méritait pas. Le temps était venu de se débarrasser de ses démons une bonne fois pour toutes. Il roula sur son dos et attira Alain au-dessus de lui, embrassant tendrement son amant.

— Fais-moi l'amour.

XXXVI

— Chaque fois que tu le voudras, répondit immédiatement Alain, ses mains glissant dans les cheveux d'Orlando tandis qu'il basculait sa tête en arrière.

— Quelle que soit la façon dont je le veux ? insista Orlando.

— Bien sûr, lui assura Alain. Dis-moi juste comment tu me veux.

Orlando secoua la tête.

— Pas cette fois. Cette fois, je veux que tu *me* dises comment *tu* me veux, moi.

— Je ne veux pas te mettre mal à l'aise, hésita Alain.

— Putain, Alain. Vas-tu m'obliger à le dire à voix haute ? questionna Orlando avec un rire. Je veux savoir ce que ça fait de t'avoir en moi cette fois.

Les lèvres d'Alain s'agitèrent, mais aucun son n'en sortit alors qu'il tentait d'assimiler la demande. Il avait assurément espéré que ce jour viendrait, mais il avait fini par accepter qu'il puisse ne jamais se produire. Se le voir proposer maintenant, et de façon si inattendue, le laissait tremblant de désir.

— Es-tu sûr ?

Le sourire d'Orlando était radieux.

— Oui. Fais-moi l'amour. Je veux savoir à quoi ça ressemble.

La main d'Alain tremblait tandis qu'il caressait la joue lisse d'Orlando, l'esprit en effervescence alors qu'il réfléchissait à la meilleure façon de répondre à l'invitation d'Orlando.

— Ce n'est pourtant pas une demande très compliquée, si ? le taquina Orlando.

Alain rougit.

— Je veux que ce soit parfait. Après tout ce que tu as traversé, j'ai peur de…

— Ne le sois pas, l'interrompit Orlando. Tu ne m'as jamais fait de mal et tu ne commenceras pas aujourd'hui, mais au-delà de ça, je suis parfaitement capable de te dire si tu fais quelque chose que je n'aime pas. Fais-moi confiance pour le faire et je te ferai confiance pour me montrer ce que j'ai raté.

Alain acquiesça et baissa la tête, embrassant tendrement Orlando, leurs langues s'enroulant ensemble langoureusement quand le baiser s'approfondit et les mains d'Alain commencèrent à se déplacer. Son corps était déjà affamé de son amant, mais il repoussa ce besoin. Sa préoccupation principale devait être le plaisir d'Orlando. Cela pourrait être sa seule et unique chance de convaincre Orlando que sa confiance était bien placée, et il n'avait pas l'intention de la gaspiller.

Roulant sur le côté afin qu'Orlando ne se sente pas immobilisé par son poids, Alain laissa ses mains s'égarer vers le bas du torse d'Orlando, il réprimait un frisson chaque fois que ses doigts rencontraient une marque de cicatrisation. Orlando ne semblait toutefois pas le remarquer, complètement absorbé par le baiser, ignorant tout le reste. Conservant un contact léger, Alain se focalisa sur le baiser, explorant chaque coin et recoin de la chaude cavité. Les lèvres, les dents, le palais, la langue. L'intérieur de la joue d'Orlando, où il découvrit une petite croûte, une autre blessure à ajouter au compte de Serrier. Il s'obligea à ne pas s'arrêter sur la vision d'Orlando se mordant l'intérieur de la joue pour ne pas crier pendant qu'on le torturait. Ils avaient déjà suffisamment de fantômes dans leur lit. Ils n'avaient pas besoin d'en ajouter un de plus.

À la place, il s'écarta un peu, mordillant la lèvre inférieure d'Orlando jusqu'à ce que les yeux du vampire s'ouvrent. Alain avait l'impression de se noyer dans le doux regard rêveur de son amant. C'était lui qui avait créé cette émotion dans les yeux d'Orlando. Personne d'autre. Cette pensée lui donna le courage d'intensifier ses autres caresses, ses doigts trouvèrent les mamelons d'Orlando, taquinant un côté, puis l'autre, d'avant en arrière jusqu'à ce qu'Orlando se torde contre lui.

Orlando s'était attendu à être nerveux, le souvenir de la douleur des viols de Thurloe le dissuadant fortement de laisser quelqu'un le toucher à nouveau de cette façon, mais c'était Alain qui se trouvait dans son lit. Son amant. Son amour. Son Avoué. Alain ne lui ferait pas de mal intentionnellement, et s'il lui arrivait de le faire accidentellement, un seul mot l'arrêterait. Cette assurance était suffisamment forte pour remplacer tout le reste et lui permettre de s'abandonner complètement aux mains, visiblement compétentes, d'Alain. Les marques de coups sur son corps, presque guéri après ses amples alimentations, étaient à peine sensibles quand les mains de son magicien les effleuraient, ces marques étant vides de sens sur sa peau par rapport à la profondeur de ses émotions et de son désir. Les mains d'Alain trouvaient les moindres points sensibles, les ayant découverts lentement au fils du temps où ils avaient été amants, il les exploita sans relâche jusqu'à ce qu'Orlando ne soit plus qu'un corps à vif, vibrant et bouillonnant de désir.

Ensuite, le magicien recommença avec sa bouche. Orlando frissonna de plaisir alors que les lèvres d'Alain se déplaçaient le long de son cou pour butiner sa clavicule, redécouvrant chaque ligne de l'os et du muscle, rendant sensible chaque centimètre de peau. Un gémissement s'échappa de ses lèvres, incitant Alain à faire une pause et à regarder vers lui. Orlando sourit du mieux qu'il put, ses mains caressant les cheveux d'Alain en guise d'encouragement. Rassuré, Alain retourna à ses explorations, sa bouche se refermant sur un mamelon pointant, le suçant doucement. Orlando s'agitait sur le lit, essayant d'attirer Alain plus près, de fusionner leurs corps dans une nouvelle création, afin qu'il ne forme plus qu'un seul être, tout comme leurs cœurs et leurs esprits qui n'étaient qu'un.

Il pouvait sentir Alain maintenant, en arrière-plan de ses pensées, d'une manière dont il n'était pas capable auparavant, comme si leur épreuve du feu avait forgé un lien si fort qu'il en avait conscience même quand ils étaient ensemble. Il pouvait sentir l'inquiétude persistante d'Alain sous sa passion naissante. Orlando s'appliqua, autant qu'il lui était possible alors que la bouche d'Alain faisait des choses délicieuses sur sa poitrine, et projeta une vague d'amour et de confiance en direction de son Avoué. Sous ses mains, il sentit Alain se détendre légèrement, comme s'il acceptait la vérité du désir d'Orlando.

— Mords-moi, murmura Orlando. Pas fort, mais laisse-moi sentir tes dents.

— Tu es sûr ? questionna Alain, surpris.

Cela avait été l'un des premiers et des plus incontournables tabous d'Orlando.

— Je suis sûr, affirma Orlando. Je refuse de le laisser m'empêcher de vivre quelque chose à tout jamais. J'ai presque perdu ma chance de le faire. Je ne vais pas en perdre une autre.

Orlando craignait qu'Alain puisse continuer à refuser, mais le magicien hocha simplement la tête, retournant à ses attentions précédentes, ses lèvres et sa langue s'occupant d'un mamelon jusqu'à ce qu'il se raidisse en une petite pointe. Orlando était sur le point de réitérer sa demande, pensant qu'Alain ignorait sa requête, lorsque le bout des dents d'Alain érafla sa chair, pas assez fort pour lui faire mal, mais certainement suffisamment fort pour faire jaillir des étincelles à partir de ce point de contact. En son for intérieur, Orlando maudit les occasions manquées, les fois où il avait refusé quelque chose à Alain à cause de sa peur.

À sa surprise, Alain réalisa qu'il pouvait sentir dans son esprit la réaction d'Orlando à sa morsure, aussi bien que sur son corps. Pour s'en assurer, il mordit à nouveau, en se concentrant pour voir si l'effet se reproduisait. Comme ce fut le cas, il laissa ses impressions guider ses actes, l'aider à savoir où s'attarder et où ne pas insister. La ligne des côtes d'Orlando, même si elle n'était nullement désagréable, ne créa aucune étincelle particulière. Le creux en dessous du nombril d'Orlando, cependant, provoqua une telle secousse à travers leur connexion qu'Alain s'y attarda pendant de longues minutes, léchant, suçant, mordillant jusqu'à l'apparition d'une ecchymose sombre à la surface. Elle aurait disparu dans quelques heures, mais pendant ce court laps de temps, Orlando serait marqué comme Alain l'était.

— Tu pourras l'assombrir de nouveau chaque fois que tu le voudras, offrit Orlando, sentant la satisfaction d'Alain à voir la marque de leur passion sur sa peau. Je ne me plaindrai pas des marques que tu laisses sur mon corps.

— Ce n'est pas comme si quelqu'un allait la voir en dehors de nous, souligna Alain avec philosophie.

— Alors, marque-moi quelque part où les gens pourront le voir.

S'il avait été debout, Alain serait tombé, ses genoux flanchant complètement à l'idée de laisser des marques sur Orlando pour correspondre à celles qui décoraient si souvent son cou. Accordant une dernière caresse au ventre d'Orlando, il s'empressa de remonter vers le haut du lit pour atteindre le cou de son amant.

— Dis-moi si tu veux que je m'arrête.

— Je le ferai, promit Orlando alors que les lèvres d'Alain retrouvaient sa peau.

La dernière fois qu'Alain avait mordu son cou, Orlando avait mal réagi, les souvenirs ravivés par la morsure ayant suffi à lui faire perdre la tête. Pas ce matin, se jura Orlando. Et plus jamais. Il ne fuirait plus jamais Alain, ne laisserait plus jamais des souvenirs l'empêcher de nouveau de juger une expérience sur la façon dont il se sentait sur le moment plutôt que sur la façon dont il l'avait perçu dans le passé. Le magicien se contenta de sucer la peau tendre dans un premier temps, ses lèvres attirant de la chaleur à la surface. Finalement, cependant, il la pinça légèrement, hésitant, cherchant à évaluer la réaction d'Orlando.

— Je vais bien, assura le vampire à son amant. Tu peux mordre plus fort.

Alain accentua un peu la pression, provoquant un frisson qui se répandit dans le dos d'Orlando tandis que les dents d'Alain s'activaient sur sa peau. Il pouvait sentir une ecchymose se former et se délectait de la pensée que tout le monde la verrait et saurait qu'il avait été désiré.

— Encore une fois, dit-il. Je veux que tout le monde voie et sache combien je t'aime.

Les dents d'Alain s'occupèrent d'un endroit puis d'un autre, encore et encore jusqu'à ce qu'Orlando halète et frissonne.

— À quoi est-ce que ça ressemble ? demanda-t-il.

— À une marque de morsure, déclara Alain avec un rire doux.

— Trouve un miroir, demanda Orlando. Je veux voir ça.

Alain se leva du lit, sans se soucier de sa nudité, et se dirigea vers la commode où Orlando gardait un ancien miroir à main. Le ramenant au lit, il l'offrit à son amant, essayant de retenir son amusement tandis qu'Orlando se rengorgeait, tournant la tête dans tous les sens pour vérifier la façon dont on pouvait voir les contusions sous différents angles.

Reposant le miroir sur le côté, Orlando adressa un sourire radieux à Alain.

— Ça ne peut pas être une marque aussi permanente que celles que j'ai laissées sur toi, mais cela signifie autant pour moi. Je suis à toi aussi pleinement que l'Aveu de Sang te fait mien. Ou je le serai ce matin quand nous en aurons fini.

— Tu n'es pas obligé de le faire, précisa Alain. Je ne veux pas que tu le fasses parce que tu penses que je le veux aussi.

Orlando couvrit les lèvres d'Alain avec ses doigts, arrêtant ses mots.

— Ferme les yeux et concentre-toi. Tu sais ce que je ressens. Je veux ça parce que je ne veux plus me retenir désormais. Je veux savoir ce qu'on ressent. Je te veux pour savoir à quoi ça ressemble. Même si c'est juste une fois, même si nous décidons de revenir à la façon dont les choses étaient avant, je veux pouvoir prendre une décision rationnelle, pas une qui serait basée sur la peur ou un conditionnement. Tu n'es pas Thurloe et je ne suis plus l'homme que j'étais alors.

La vérité des paroles d'Orlando résonnait entre eux à travers le lien. Une telle assurance, une telle confiance remplissait l'esprit d'Alain qu'il cessa de s'interroger et accepta que c'était ce que désirait Orlando. Se tournant vers la table de nuit, il récupéra le lubrifiant et le posa sur le lit à côté de lui pour plus tard. La vue de celui-ci ne changea rien à l'expression d'Orlando ni aux émotions qu'Alain pouvait percevoir. Avec un soupir de soulagement et un sourire impatient, il se pencha de nouveau sur Orlando, l'entraînant contre le lit pour l'embrasser goulûment. Orlando répondit d'une manière aussi extravagante qu'Alain aurait pu le vouloir.

Ses mains se déplaçant désormais librement, à présent que tous ses doutes avaient été apaisés, Alain caressa le flanc d'Orlando, son dos, la courbe de ses fesses, le dos de ses cuisses, attirant l'une des jambes de son amant sur ses hanches. Immédiatement, Orlando la souleva, s'offrant de manière flagrante, si hardie, qu'Alain en aurait presque oublié à quel point c'était un pas important pour Orlando. S'obligeant à prendre son temps et à garder le contrôle, Alain attrapa le lubrifiant avec des mains tremblantes. Il devait préparer Orlando correctement, et il ne savait pas combien de temps il serait en mesure de se retenir.

Il se redressa sur un coude pour pouvoir dévisager Orlando en dessous de lui.

— Regarde-moi, pria-t-il doucement. Je veux voir tes yeux, pour savoir si je ne suis pas en train de te blesser ou te bousculer.

Les yeux d'Orlando s'ouvrirent, lumineux sous l'amour et le désir, capables de couper le souffle d'Alain. Lentement, avec révérence, il glissa ses doigts tremblants vers leur destination, plongeant entre les fesses soyeuses à la recherche du portail étroit qu'il n'imaginait pas avoir le droit de toucher un jour. Orlando remonta une jambe vers sa poitrine, s'ouvrant pour faciliter la tâche d'Alain et rappelant à son amant qu'il le voulait vraiment.

Pendant quelques secondes, Alain envisagea de suggérer à Orlando de se retourner afin qu'il puisse préparer le vampire plus aisément, mais il abandonna cette idée presque aussitôt qu'elle était venue. Il avait besoin de voir le visage de son amant, avait besoin de l'intimité de pouvoir regarder profondément dans les yeux bruns et de savoir que son contact procurait du plaisir à l'homme qui partageait sa vie. Les doigts lubrifiés trouvèrent l'ouverture plissée, massant fermement la peau autour. Les paupières d'Orlando papillonnèrent un instant, mais son expression ne changea pas ; son corps ne se crispa pas sous la peur ou le rejet. Remué au-delà des mots par cette confiance implicite, Alain pressa un doigt contre la rosette, attendant que le muscle cède à sa demande silencieuse.

Orlando s'était attendu à devoir combattre ses réactions instinctives à ces nouveaux contacts, plus intimes, étant donné la façon dont cela avait déjà été difficile pour lui de s'adapter à l'idée d'avoir un amant, mais apparemment son amour pour Alain était si puissant que son corps ne cherchait même pas à assimiler ces caresses amoureuses avec les abus vicieux de Thurloe. Il ne ressentait pas le besoin instinctif de s'écarter, de se protéger, uniquement le désir croissant de voir Alain continuer, de sentir les doigts de son amant, puis son sexe à l'intérieur de lui, le revendiquant. Rien d'autre ne comptait. Plus maintenant. Plus jamais.

— Ajoutes-en un autre, demanda-t-il d'une voix rauque.

Alain obéit immédiatement, glissant un second doigt à l'intérieur du passage étroit, à côté du premier. Orlando se tortilla, mais un rapide coup d'œil à son visage rassura Alain : son amant ne cherchait pas à s'écarter, juste à se mettre plus à l'aise sur le lit. Passant ses doigts le long des parois du canal qu'il pillait, Alain cherchait le faisceau de nerfs qui, espérait-il, procurerait autant de plaisir à son amant qu'il le faisait pour lui. Quand il le trouva, Orlando laissa échapper un cri puissant, ses doigts s'enfonçant profondément dans les biceps d'Alain.

— Oh, merde, fais-le à nouveau ! plaida le vampire.

Alain sourit et entreprit de jouer, ses doigts massant impitoyablement la prostate d'Orlando, entraînant son amant de plus en plus loin jusqu'à ce que le vampire tremble, supplie et implore. Sans cesser d'exciter consciencieusement la petite glande, Alain baissa la tête et captura dans sa bouche la pointe du sexe d'Orlando qui fuyait, la suçant légèrement alors que son amant s'agitait sous lui.

Orlando pensait avoir trouvé le paradis. Les doigts d'Alain le tourmentaient d'un plaisir qu'il n'avait jamais imaginé possible. Et quand il sentit la chaleur humide de la bouche de son amant sur son sexe douloureux, il perdit tout semblant de contrôle, son corps brusquement secoué par une jouissance qui tétanisa chaque muscle alors qu'il se répandait en longs spasmes intenses dans la gorge d'Alain.

Lorsque le sexe d'Orlando cessa finalement de pulser, Alain releva la tête et sourit à son amant, attendant de voir les yeux sombres se rouvrir. Dès qu'ils le firent, il tordit ses doigts une fois de plus, renouvelant ses attentions sur le centre du plaisir d'Orlando.

— Nous n'avons pas encore fini, ronronna-t-il, retirant suffisamment ses doigts pour ajouter plus de lubrifiant et un troisième doigt en revenant à l'intérieur, étirant le muscle désormais largement détendu.

— Certainement pas, admit Orlando, sa voix se brisant sur un halètement alors que les doigts d'Alain le taquinaient de nouveau. Tu ne m'as pas encore fait l'amour.

— Je ne suis pas encore en toi, corrigea Alain. Je t'ai fait l'amour chaque fois que nous nous sommes touchés, depuis le premier jour que j'ai passé dans ce lit.

— Alors, viens en moi et achève ce qui s'est développé entre nous depuis cette première nuit au cimetière du Père-Lachaise, offrit Orlando, en rapprochant ses hanches d'Alain afin de l'attirer entre ses cuisses massives. Fais que nous soyons un dans tous les sens.

Alain baissa les yeux sur la vision de l'homme sous lui dans ce lit, émerveillé par la réalité étonnante de cet amant, cet amour, ce moment. Puis la main d'Orlando se ferma autour de son sexe, guidant la pointe sur son entrée que ses doigts continuaient machinalement à étirer.

— Viens en moi, répéta le vampire.

Alain retira ses doigts avec précaution et poussa contre l'ouverture qui se refermait. Elle se détendit à nouveau pour lui, le laissant entrer, l'enveloppant dans sa chaleur soyeuse et étroite. Alain se mordit la lèvre, essayant de ne pas s'enfoncer de toutes ses forces dans le fourreau serré. Cependant, il ne pouvait pas rester complètement immobile, la tentation du corps magnifique d'Orlando étant trop irrésistible. La main qui avait guidé son sexe se déplaça sur ses hanches, imposant le rythme, donnant une indication à Alain sur la meilleure façon de faire l'amour à son vampire.

Il ondulait lentement ses hanches, s'enfonçant plus profondément à chaque mouvement jusqu'à ce qu'il soit finalement totalement en place dans le corps de son amant. Le cul vierge de son amant. Il savait qu'Orlando protesterait, étant donné les inclinations de Thurloe, mais c'était la première fois qu'Orlando se donnait lui-même volontairement. D'après Alain, ça le rendait aussi intact, aussi innocent que n'importe quel garçon avec son premier amant. Humblement, il baissa la tête, réunissant leurs lèvres, déversant tout son amour dans leur baiser.

Orlando le rendit, mais finalement, il en voulut plus. Il repoussa la mâchoire d'Alain jusqu'à ce que son magicien soulève le menton, révélant la courbe de son cou, couvert de morsures en voie de guérison. Il lécha la marque qui ne s'estomperait jamais, savourant le frisson de plaisir qui courut le long du dos d'Alain et incita son sexe à s'enfoncer encore plus en lui. Plaçant soigneusement ses crocs là où il voulait, il mordit profondément, perçant la marque avec ses dents. Le sang se précipita dans sa bouche alors qu'Alain perdait tout semblant de contrôle, son corps ruant sauvagement tandis qu'il revenait à plusieurs reprises dans Orlando.

La combinaison du soudain martèlement sans retenue, et de la montée en flèche du plaisir qui flamba dans le sang d'Alain, amena de nouveau Orlando au bord du précipice, son corps réclamant une seconde jouissance. Alain semblait déterminé à la lui fournir, son sexe frappant sa prostate à chaque passage, l'aiguillonnant sans relâche. Une main se referma sur l'érection résurgente d'Orlando, le caressant aux mêmes rythmes que ses poussées énergiques. L'autre main saisit grossièrement les fesses d'Orlando, ses jointures blanchissant sous la force de son emprise. Orlando ne protesta pas à cette couche supplémentaire de sensations, pas quand il pouvait goûter à quel point Alain était hors de contrôle. Jamais auparavant son amant n'avait été aussi effréné, aussi sauvage dans la passion. Savoir qu'il l'avait inspirée provoqua un frisson supplémentaire chez Orlando, assez pour briser son contrôle et être emporté par un second orgasme. Son passage se contracta, entraînant celui d'Alain, la sensation du flot chaud rappelant avec bonheur à Orlando combien tout avait changé. Combien Alain avait tout changé.

Léchant amoureusement les nouvelles marques de morsures, Orlando retira soigneusement ses crocs. Quand il sentit Alain commencer à se retirer aussi, il enveloppa les hanches de son amant avec ses chevilles, le retenant en place.

— Reste ici, pria-t-il. Je veux te sentir, sentir ton poids, un peu plus longtemps.

— Nous allons rester collés, avertit Alain, mais son corps démentait sa réticence apparente, se détendant immédiatement contre celui d'Orlando.

Orlando haussa les épaules en demandant :

— Et en quoi ce serait différent de d'habitude ?

Alain se contenta d'en rire avant de déclarer :

— Très bien. Comme tu veux.

Orlando embrassa la bouche qui riait.

— Je le veux.

XXXVII

— Réveille-toi, Alain, dit Orlando, en secouant doucement son amant. C'est sur le point de commencer.

Alain cligna des yeux à plusieurs reprises avant de s'asseoir. Il était aussi collant qu'il l'avait prédit, mais il se trouvait que ça ne le dérangeait pas le moins du monde.

— Quoi ? demanda-t-il, son cerveau encore embrouillé par le sommeil.

— La retransmission télévisée des débats à l'Assemblée, lui rappela Orlando. C'est sur le point de commencer.

— As-tu déjà vu Thierry ? Ou qui que ce soit d'autre de sa patrouille ? demanda Alain. Ont-ils convaincu la gendarmerie de les laisser renforcer la sécurité, juste au cas où ?

— Je ne sais pas, répondit Orlando. Je n'ai vu personne que je connais, mais cela ne signifie pas qu'ils ne les ont pas laissés entrer. Les médias ne sont guère intéressés par quelques spectateurs disséminés, et tu sais que c'est tout ce qu'ils vont voir.

— Tout ce que Thierry souhaite leur faire voir, admit Alain.

Une fois qu'Éric et lui avaient arrangé les choses entre eux, ils avaient retrouvé Thierry et, tous les trois, avaient passé des heures à comparer la liste des sorciers rebelles capturés et tués avec les sorciers qui avaient combattu pour Serrier, d'après les souvenirs d'Éric, durant le temps qu'il avait passé à espionner pour Marcel. Il y avait étonnamment peu de combattants portés manquants, mais l'absence de l'un d'eux était particulièrement inquiétante. Quelle qu'en soit la raison, malgré l'assurance d'Éric selon laquelle Aguiraud avait été présent à la base juste avant la bataille finale, il n'avait pas été capturé et son corps n'avait pas été retrouvé. Ils avaient débattu longuement pour savoir si le sorcier rebelle pourrait rassembler les ressources des rangs décimés de Serrier, pour tenter une attaque afin d'empêcher le vote sur l'égalité des droits. Parce qu'ils n'avaient pas réussi à se mettre d'accord sur ce point, ils avaient convenu qu'il avait l'ingéniosité pour le faire, et cela avait suffi pour que Thierry insiste sur l'ajout d'un groupe complet de magiciens et de vampires afin de défendre les députés si jamais une attaque se matérialisait.

— Tu te rends compte que tu es probablement en train de t'inquiéter pour rien, déclara Orlando alors qu'ils s'installaient pour regarder la retransmission. Cela ne fait que trois jours. Aguiraud ne peut pas avoir récupéré aussi vite.

— Nous ne pouvons pas nous permettre de le présumer, le contra Alain. Il était le seul sorcier aux côtés de Serrier que j'aurais été inquiet de rencontrer dans une bataille. Je n'aurais pas voulu devoir me battre contre Éric, mais si c'était arrivé, je ne me serais pas inquiété de savoir si j'allais être capable de gagner. Aguiraud est un peu comme Raymond, mais sans ses valeurs morales. Même si c'est un geste purement symbolique, si le vote se passe sans aucune interférence de la part des forces restantes de Serrier, cela signera leur défaite. Et, s'il est toujours vivant, je ne vois pas Aguiraud laisser cela se produire.

— Auraient-ils pu manquer son corps ? interrogea Orlando.

— Peut-être, répondit Alain, et s'il a été blessé et s'est échappé, il pourrait également avoir succombé à ses blessures. Si je me souviens bien, il n'était pas très bon guérisseur. Il n'y a vraiment aucun moyen de le savoir tant qu'il reste caché.

— Alors, nous espérons que l'occasion de pouvoir frapper d'un coup l'Assemblée, le chef de la Milice et le chef de la Cour sera suffisante pour le faire sortir, commenta Orlando. C'est l'avantage d'avoir tout le monde là-bas, n'est-ce pas ?

— Ouais, admit Alain en s'asseyant sur le canapé et en attirant Orlando dans ses bras alors qu'ils attendaient que le débat commence.

Exactement comme prévu, le président de l'Assemblée énonça l'ordre du jour de la session, déposant la proposition de loi devant les députés réunis en leur rappelant la procédure pour le vote du jour. Ils auraient un peu de temps pour un débat suivi d'un vote, un rejet par l'Assemblée pouvant conduire à la dissolution du gouvernement actuel. Un murmure parcourut la foule alors qu'ils considéraient la portée à la fois de la loi et de leur vote.

— C'est parti, commenta Alain à mi-voix alors qu'il attendait que Marcel commence son discours.

Comme prévu, Marcel se leva et monta au perchoir, attendant que les murmures s'amenuisent avant de parler.

— Je sais qu'il y a des sceptiques dans la salle aujourd'hui qui se demandent pourquoi ce projet de loi est si important qu'il en vient à être proposé au vote de cette manière. D'autres se demandent probablement également pourquoi je me soucie d'une question qui n'a pas d'impact direct sur les magiciens.

Alain et Orlando reniflèrent tous les deux d'incrédulité face à ce commentaire. Leur vie ne pourrait pas être plus étroitement liée. Tout ce qui affectait les vampires toucherait directement tous les magiciens ayant un partenaire.

— La réponse à ces deux préoccupations est simple. Sans l'aide des vampires, nous serions encore en guerre contre les sorciers rebelles. Au lieu de cela, grâce aux vampires, Serrier est mort et la rébellion est terminée. Nous ne sommes pas naïfs au point de penser qu'il n'y aura pas de représailles, les forces restantes de Serrier essaieront de se regrouper, mais nous avons attrapé pratiquement une cinquantaine de combattants connus lors de la bataille décisive il y a trois jours, celle qui s'est achevée avec la mort de Serrier aux mains d'un vampire, et qui a vu la capture du vampire déviant qui a, depuis, été jugé et condamné. Après deux ans de combat, l'alliance a mis fin à la guerre en six semaines… grâce à la puissance des partenariats formés entre magiciens et vampires.

Une autre rumeur, plus forte cette fois, parcourut les législateurs présents. Dans le salon d'Orlando, le vampire frémit en songeant au procès et à ses conséquences.

— C'est fini, l'apaisa immédiatement Alain, resserrant son bras autour des épaules d'Orlando. Il est parti. Nous pouvons laisser ça derrière nous et aller de l'avant.

Sur l'écran, Marcel fit signe à quelqu'un pour qu'il le rejoigne. Les caméras élargirent leur champ sur le côté, juste à temps, pour montrer Jean qui se levait. Le chef de la Cour prit place aux côtés de Marcel. Nulle fatigue de la veille n'était visible sur son visage, mais Orlando espérait que son ami avait pu avoir au moins quelques instants seul avec son partenaire entre l'exécution à l'aube et le début du débat.

— Je suis sûr que vous reconnaissez tous monsieur Bellaiche, dit Marcel en guise d'introduction, mais pour ceux d'entre vous qui ne le connaissent pas, il est le chef de la Cour parisienne, le chef des vampires de la capitale. Il a jugé bon d'être ici aujourd'hui, puisque votre décision l'affectera, lui et la plupart de ses gens.

— Comment peut-il être ici ? lança l'un des députés. Nous sommes en plein jour.

— C'est magique, vous voyez, fit Jean d'une voix traînante en réponse, suscitant le rire des agents de la Milice présents dans la pièce et de certains des législateurs.

Orlando et Alain riaient ainsi, Orlando tournant la tête pour embrasser légèrement Alain avant de reporter son attention sur l'écran du téléviseur.

— L'un des avantages supplémentaires pour les vampires impliqués dans la Milice est la protection contre la lumière du soleil, ajouta-t-il. Nous, le général et moi-même, ainsi que tous les magiciens et vampires de la Milice, espérons grandement que notre collaboration militaire touche à sa fin, mais l'Alliance a mis beaucoup de choses en lumière concernant les relations possibles entre les vampires et les magiciens. Les partenariats, ainsi que les amitiés que nous avons formés depuis le commencement de l'alliance ne disparaîtront pas simplement parce que la rébellion a été éliminée. Nous sommes sur le point de faire de grandes découvertes ayant des implications magiques qui vont bien au-delà des individus impliqués. Les efforts de cette assemblée vont reconnaître légalement cette réalité et nous permettre d'aller de l'avant en tant que partenaires égaux dans cette entreprise.

Une poignée d'applaudissements ponctua le discours de Jean.

— Ils ne l'obtiendront pas, n'est-ce pas ? questionna Orlando à Alain quand Jean retourna à sa place.

Il fut soulagé de saisir un aperçu de Raymond dans le siège à côté de Jean. Au moins, le magicien était là pour soutenir son partenaire.

— Marcel fera de son mieux, mais même si la loi échoue, les magiciens n'abandonneront pas. L'ANS va continuer à travailler pour le compte des vampires jusqu'à ce qu'elle passe, promit Alain. Marcel ne lâchera pas l'affaire.

Orlando sourit, serrant la main d'Alain.

— Je sais. Et même si elle ne passe jamais, les choses ne seront plus comme elles étaient, parce que les partenariats ne les laisseront pas être comme avant.

— Non, les choses ne redeviendront jamais ce qu'elles étaient, reconnut Alain.

Pour prouver son point, il se pencha et embrassa Orlando avec ardeur, sa main s'égarant dans les longs cheveux de son amant, puis dans son dos.

Le président de l'Assemblée venait de se lever pour ouvrir le débat au reste des députés lorsque des hurlements rompirent le calme relatif de la salle.

Les cris alarmés des commentateurs surprirent Orlando et Alain mettant fin à leur baiser.

— Qu'est-ce qui se passe ? interrogea Orlando.

Alain fronça les sourcils.

— Aguiraud. Je serais prêt à parier sur lui.

— Est-ce qu'ils vont s'en sortir ?

— Thierry est là-bas avec une patrouille, prêt pour ce genre d'éventualité, lui rappela Alain. En plus, Marcel et Raymond ne sont pas exactement impuissants. Regarde. Ils ont déjà mis en place un filet de protection.

Orlando se concentra sur l'écran, mais il ne pouvait pas voir ce qui avait rassuré Alain.

— Comment peux-tu le dire ?

— Je peux entendre le sort qu'ils diffusent, expliqua Alain. Ils entourent les membres de l'Assemblée de sorte qu'ils seront protégés si quelqu'un parvient à passer Thierry et les autres.

Justin apparut soudainement à côté du commentateur, l'exhortant à reculer dans le couloir.

— Il y a une patrouille à l'extérieur, mais plus vous serez éloigné de la porte, plus vous serez en sécurité, insista-t-il calmement.

— Donc, l'attaque était attendue ? s'enquit immédiatement le commentateur.

— Le travail de la Milice est d'être prêt, vampires comme magiciens, quelle que soit la menace, répondit simplement Justin. Nous prenons nos responsabilités très au sérieux.

Orlando ne put contenir le rire qui lui échappa au commentaire acerbe de Justin.

— Il ne va pas laisser quiconque nous oublier, pas vrai ?

— Aucun d'entre nous ne le permettra, répondit Alain, mais ses yeux ne quittèrent jamais l'écran tandis qu'il cherchait des signes de la progression de la bataille. Avec les médias confinés auprès des députés, ils ne voyaient et n'entendaient que des spéculations et des cris inquiets.

— Qu'est-ce qui prend autant de temps ? demanda Orlando après un petit moment. N'aurions-nous pas dû entendre quelque chose maintenant ?

Alain haussa les épaules.

— Cela dépend du nombre qu'ils sont, et des plans qu'ils avaient, répondit-il.

Ses pensées tournant à plein régime, il repassa mentalement les préparatifs qu'ils avaient mis en place, visualisant où chaque magicien et vampire était posté, comment ils pouvaient réagir face à la menace. Il espérait que les gendarmes étaient restés en arrière. Ils n'avaient aucune défense contre une attaque magique.

Finalement, après plusieurs minutes interminables, les caméras se focalisèrent de nouveau sur Marcel, Raymond et Jean, Thierry et Sébastien se joignirent à eux. Ils étaient trop loin pour que leur conversation puisse être captée par les micros, mais le simple fait de voir ses amis encore debout rassura Alain. Le langage corporel de Thierry était serein, ce qui fit comprendre à Alain que la menace était contenue. Ils devraient simplement attendre et voir combien de sorciers rebelles restants en liberté avaient été capturés ou tués et, plus important encore, s'ils avaient capturé Aguiraud.

Après avoir discuté pendant quelques instants, Thierry et Sébastien repartirent, sans doute pour reprendre leur patrouille à l'extérieur, tandis que Marcel, Raymond et Jean retournaient à leurs places.

— Tout est en ordre, Général ? demanda le président de l'Assemblée quand ils retournèrent à l'intérieur.

— Tout à fait, confirma Marcel fermement. Nous soupçonnions que Simon Aguiraud pourrait tenter de perturber le vote, un dernier soubresaut avant que la rébellion ne meure pour de bon. Les meneurs sont maintenant tous capturés ou ont été tués. Il ne reste que quelques arrestations à effectuer à partir des informations que nous avons recueillies au cours des interrogatoires précédents, ensuite la rébellion sera vraiment terminée.

— Donc, nous pouvons poursuivre notre débat tranquillement ?

— Vous pouvez, monsieur le Président, répondit Marcel avec beaucoup de solennité.

— Dieu merci, soupira Alain. J'espère que nous n'avons pas eu de victimes, mais nous devrons attendre d'avoir fait le point au siège pour le savoir.

— Thierry ne semblait pas bouleversé, lui rappela Orlando. Si nous avions perdu quelqu'un ou eu des blessés graves, il n'aurait pas été si calme.

Alain n'en était pas si sûr, mais il laissa les mots d'Orlando l'apaiser pour l'instant.

Le président ouvrit le débat. Le député de Marseille, faisant partie de la délégation du Front National, se leva le premier. Alain leva les yeux au ciel.

— À quel point imagines-tu qu'il puisse être xénophobe ? demanda-t-il de manière rhétorique.

Orlando ne répondit pas. Il n'en avait pas besoin. Ils connaissaient tous les deux la réponse. Cependant, l'homme avait le droit de s'exprimer, même si beaucoup de ses opinions rétrogrades étaient exaspérantes.

— Monsieur le Président, commença le député avec une respectueuse petite inclination de la tête, Général Chavinier, monsieur Bellaiche, estimables collègues, je suis sûr que le Premier Ministre a proposé la loi actuelle avec les meilleures intentions, mais je redoute que ce soit irresponsable de notre part de la valider, sans tenir compte de toutes les questions qu'elle soulève. Nous ne sommes pas une institution créée pour entériner l'agenda de n'importe quelle organisation, pas même celui de notre propre gouvernement. Nous n'avons que la parole du général Chavinier pour corroborer la contribution des vampires dans l'effort de guerre…

— Conneries ! explosa Alain.

Orlando attrapa sa taille avant qu'il ne puisse se mettre debout, comme si crier devant l'écran pouvait modifier l'attitude de l'homme.

— … mais, même s'il nous a dit la vérité sans l'enjoliver, nous devons considérer l'impact que cette loi aura sur notre société, poursuivit le député. Les vampires ne vivent pas comme le reste d'entre nous. Ils rôdent dans l'ombre… (la toux de Jean l'interrompit). Très bien, ils avaient l'habitude de rôder dans l'ombre, incapables de travailler de manière respectable, ne contribuant pas à la société d'une quelconque façon et se nourrissant de ceux qui les entourent. Alors, donner de la légitimité à ce genre de comportement… Nous ne pouvons tout simplement pas, en toute bonne foi, faire une telle chose à nos citoyens.

Quelques législateurs applaudirent, mais la plupart restaient assis dans un silence stoïque. Visiblement furieux, Raymond se leva.

— Puis-je répondre aux préoccupations du député ? demanda-t-il.

— Oh, ça va être leur fête, murmura Alain.

Il avait entendu Raymond s'exprimer en public avant le début de la guerre et il connaissait la passion que le magicien manifestait quand il croyait aux idées qu'il défendait. L'Assemblée était sur le point d'en prendre pour son grade.

— Ceci est très inhabituel, hésita le président de l'Assemblée.

— Tout comme l'est la situation, lui rappela Raymond.

Le Président hocha la tête pour marquer son accord et lui accorda la permission demandée.

— Vous n'avez pas besoin de croire sur parole le général pour quoi que ce soit, commença Raymond, se tournant vers les autres membres de l'Assemblée. Vous êtes tous resté assis ici tout à l'heure, à l'abri de l'attaque grâce à une patrouille mixte. Levez les yeux sur les balcons. Chacun d'eux est gardé par un vampire, et vous noterez que personne n'a pénétré par aucun d'entre eux. Quant à la manière dont vivent les vampires, je peux vous assurer en me basant sur mon expérience personnelle qu'ils contribuent à la société de manière constante. Ils possèdent et font tourner des entreprises, dont certaines s'adressent principalement aux vampires, mais beaucoup d'entre elles accueillent aussi des clients humains. Je suis allé dans des clubs, des cafés traditionnels, des cafés internet, et d'autres encore. Certes, les propriétaires ne peuvent sortir qu'après la tombée du jour, mais de nombreux propriétaires d'établissement emploient des gestionnaires non-vampires pour s'occuper des aspects diurnes de l'entreprise. Indépendamment du moment où ils sont présents, leurs entreprises paient des impôts, payent des loyers, payent leurs employés, achètent des fournitures auprès d'autres entreprises, et participent à toutes les autres contributions économiques comme n'importe quelles entreprises. Hormis quelques rares cas exceptionnels durant ces derniers siècles – pas au cours de quelques décennies, mais de *siècles,* mesdames et messieurs –, les vampires ne se sont nourris que de partenaires consentants, et l'échange de sang ne fait pas mal le moins du monde au donneur de sang. Si c'était le cas, je ne serais pas ici aujourd'hui en train de vous parler. En outre, en participant au partenariat avec des magiciens comme ils l'ont fait, les vampires nous ont apporté une nouvelle façon, plus efficace, de résoudre le déséquilibre magique. Sauf si vous prévoyez de les chasser complètement, *nos citoyens* sont déjà habitués à leur comportement et à en tirer profit, même s'ils ne le réalisent pas toujours.

Le discours de Raymond provoqua les applaudissements de la part des vampires postés sur les balcons et de la plupart des législateurs.

— Putain, il est bon, observa Alain avec admiration. Il perd son temps comme historien et chercheur.

Raymond commença à se rasseoir, mais le président l'arrêta.

— Peut-on savoir à quoi se réfère cette histoire de déséquilibre magique, monsieur Payet ? Si ça n'est pas une information classée secrète.

Raymond regarda Marcel qui donna sa permission d'un geste.

— L'alliance ne se limite pas à une question de vampires se battant à nos côtés. Nous avons formé des partenariats, un vampire avec un magicien qui travaillent ensemble, et ces partenariats ont divers impacts. L'un d'eux est que l'échange de sang entre les partenaires protège le vampire des rayons du soleil. Cet échange permet également de rétablir et de maintenir l'équilibre de la magie élémentaire. Grâce à un acte aussi simple qu'une alimentation sur la bonne personne, les vampires peuvent contribuer à la sécurité du monde entier.

— Je vous remercie, monsieur Payet, dit le président avant de désigner un autre député qui voulait prendre la parole.

Alain poussa un soupir de soulagement quand il reconnut l'un des députés parisiens du Parti Socialiste qui avait été l'une des plus ardentes partisanes de Marcel depuis le début de la guerre.

— La situation semble simple pour moi, commença la femme. Nous avons un groupe de personnes qui ont visiblement contribué à l'effort de guerre, qui font déjà partie du tissu de notre société, et qui sont maintenant présentées comme contribuant à un effort bien plus grand encore. Le projet de loi proposé devant nous aujourd'hui ne fait rien de plus – et rien de moins – que de leur reconnaître le droit d'exister et de faire les choses qu'ils font déjà. Nier cela, c'est en quelque sorte prétendre qu'ils n'existent pas. Je suis sûr que certains d'entre vous préféreraient probablement que ce ne soit pas le cas, mais nous ne sommes pas ici pour légiférer sur leur existence. J'ai entendu certains de mes collègues faire allusion au fait que les vampires sont ingouvernables, mais hier soir, ils se gouvernaient parfaitement, traduisant en justice l'un des leurs qui avaient violé leurs lois. J'ai donc une question pour le chef de la Cour qui nous a rejoints aujourd'hui. Monsieur Bellaiche, si cette loi est adoptée, les vampires se conformeront-ils au droit français ?

— Nous le faisons déjà, madame, répondit Jean avec beaucoup de dignité, parce que si nous ne le faisons pas, nous nous retrouvons persécutés. La seule différence que cette loi apportera à cet égard est que nous serons protégés contre ce genre de persécution si nous n'avons enfreint aucune règle.

— Alors je ne vois pas quel est le problème, poursuivit-elle, se tournant vers le reste des législateurs. La seule chose que les vampires récoltent c'est une protection, et nous gagnons leur aide de toutes les façons qui nous ont été énumérées. Leur dénier cette protection est aussi fondamentalement mauvais que refuser la protection à quelqu'un en raison de la couleur de sa peau, de ses croyances religieuses, de son sexe ou parce qu'il a immigré d'un autre pays. Nous ne permettons pas la discrimination pour l'une de ces raisons. Pourquoi devrions-nous permettre une autre forme de discrimination ?

— Mesdames et messieurs, déclara le président de l'Assemblée quand elle eut fini, nous avons eu un aperçu des avis des deux côtés, de ceux qui seront touchés par le projet de loi et de ceux qui ont contribué à le proposer. Alors que nous pourrions certainement en débattre pendant des jours, peut-être même plus, le Premier Ministre invoque l'article 49, alinéa 3 de la Constitution. Le temps est venu de voter.

L'un après l'autre, le tableau lumineux affichait le décompte des votes au fur et à mesure. Les premiers votes vinrent des opposants au projet de loi.

— Ils ne peuvent pas être sérieux, murmura Alain alors que les votes pour le 'non' augmentaient.

— Regarde donc les votes qui indiquent les 'pour', conseilla doucement Orlando. Donne-leur du temps. Il ne restera pas comme ça.

Puis la vague commença à s'inverser, de plus en plus de députés votèrent pour le 'oui' jusqu'à ce que finalement, il obtienne la majorité. Quand le président de l'Assemblée déclara le projet de loi adopté, Alain se tourna vers Orlando et le serra dans ses bras.

— On l'a fait !

Orlando sourit et embrassa profondément Alain. Quand ils se séparèrent, son visage était radieux.

— Je savais que nous y arriverions. Dès le moment où tu m'as dit que Marcel nous aiderait, je savais que ça allait marcher.

XXXVIII

— ÇA FAIT quatre jours, Chef de la Cour, aboya Jude lorsque Jean, Raymond, et Marcel retournèrent au siège de la Milice. Quatre jours depuis la dernière fois que j'ai vu ma partenaire. Quatre jours que j'ai obtenu la protection de son sang pour la dernière fois.

— Il s'est passé certaines choses au cours de ces quelques jours, répondit sèchement Jean.

— C'est vrai, admit Jude, mais le *judicium* est terminé et la loi sur l'égalité des droits a été adoptée. Je crois que tu as un arrangement à honorer.

— Marcel, puis-je abuser d'une minute supplémentaire de ton temps ? demanda Jean avec un soupir agacé. Leighton a quelques préoccupations.

— Bien sûr, répondit Marcel, conduisant tout le monde dans son bureau. Qui se passe-t-il ?

— Leighton est le vampire qui a ranimé Orlando, expliqua Jean, et il semble croire que ça mérite que l'ordre de restriction soit levé.

— Naturellement, nous apprécions ce que tu as fait, admit Marcel, mais cela n'excuse en rien ton comportement précédent.

— L'alliance se termine. Tu l'as dit toi-même ce matin à l'Assemblée. Et sans l'alliance, les questions militaires que tu as avancées pour mettre en place l'ordre de restriction ne sont plus applicables, contra Jude.

— C'est peut-être vrai, répondit Marcel, mais la loi civile est encore moins indulgente que la Milice pour le genre de comportement que tu as manifesté envers Adèle. Je peux lever l'ordre de restriction, mais si tu continues à agir comme tu l'as fait, tu pourrais bien te retrouver devant un tribunal français face à des accusations graves. Et, bien que je puisse lever l'ordre de restriction sur toi assez facilement, je ne peux libérer celui sur Adèle sans sa permission. Tu t'attends à ce qu'elle la donne ?

— Cela n'a pas d'importance qu'elle le fasse ou non, insista Jude. Je veux qu'il me soit retiré.

— Comme tu le souhaites, fit Marcel lançant le contre-sort sans autre discussion. Tu découvriras cependant que le sort qui reste sur Adèle te tiendra à l'écart aussi efficacement que si tu y étais toujours soumis, avertit-il. Tu n'auras pas plus de chances de l'approcher aujourd'hui, sans être supervisé, que tu n'en avais avant.

— Je ne suis pas le seul qui pourrait finir par se retrouver devant les tribunaux, menaça Jude. Je crois que je pourrais porter plainte contre toi pour m'empêcher illégalement d'approcher de ma partenaire.

Marcel se contenta d'en rire.

— J'en parlerai à Adèle, mais c'est le mieux que je peux faire pour toi. Si tu veux que l'ordre de restriction soit levé, commence par reconsidérer ton propre comportement.

— Nous ne sommes plus au seizième siècle, rappela Jean au vampire. Si tu as le moindre espoir d'un quelconque partenariat avec Adèle, tu vas devoir réviser ton attitude. Avec la fin de l'alliance, la nécessité militaire des partenariats va disparaître et si elle choisit de ne pas continuer à te voir, ce sera son choix.

— Elle va continuer, déclara Jude avec une confiance totale. Elle est aussi impliquée que moi dans tout ça.

Jean était sceptique, mais il le laissa partir. Jude découvrirait la vérité au bout du compte. Et si Jude avait vraiment raison, Adèle et lui auraient à mettre les choses au clair entre eux.

— Ne la sous-estime pas, conseilla Marcel alors que Jude s'apprêtait à sortir. Elle est plus qu'une simple magicienne de la Milice. Elle fait partie de la gendarmerie du Morvan et elle a été détachée à la Milice. Elle sait comment se défendre, et elle connaît les protections auxquelles elle a droit en vertu de la loi.

— Et tu pourrais considérer que la loi française sera beaucoup plus restrictive sur toi que la loi des vampires, mentionna sournoisement Raymond. Un certain nombre d'années en prison, même pour un vampire, ne serait pas une expérience agréable. En particulier parce que tu n'aurais pas accès à ta partenaire pendant que tu serais détenu.

— Oui, mais elle ne pourrait pas avoir accès à moi non plus, rétorqua Jude.

— Et pourtant, tu es le seul ici à exiger que l'ordre de restriction soit levé, pas elle, lui rappela Jean. Tu as obtenu ce que tu voulais. Maintenant, pars.

Lorsque la porte se referma derrière Jude, Jean secoua la tête.

— Son arrogance ne manquera jamais de me surprendre. On pourrait croire qu'après tout ce temps, je devrais au moins m'y attendre, mais je suppose que c'est le triomphe de l'espoir sur la raison. Je continue d'espérer qu'il va apprendre.

— Peut-être qu'Adèle sera celle qui lui permettra d'apprendre, suggéra Raymond. Les partenariats ont entraîné des changements chez d'autres. Regarde Orlando. Regarde-nous.

Jean rit et tendit la main à Raymond, feignant de ne pas voir le regard indulgent de Marcel.

— Son intérêt personnel pourrait être suffisant pour le motiver à tempérer son comportement, même s'il ne change pas vraiment son attitude, réfléchit-il à voix haute. Jude a visiblement un intérêt très personnel.

— Il est également exact que je ne peux pas vraiment maintenir l'ordre de restriction au-delà de la fin de leur participation à la Milice, observa Marcel. Cela donne à Adèle peu de temps pour décider ce qu'elle veut faire, mais la Milice n'a jamais été destinée à être une institution permanente. Avec la guerre pratiquement terminée, cela ne sera pas long avant que la Milice soit mise hors service. Et quand cela arrivera, je perdrai tous les motifs juridiques pour maintenir le sort.

— Sauf si elle dépose une plainte formelle entre maintenant et ce moment-là, reconnut Raymond. La question est : le fera-t-elle ?

Jean secoua la tête.

— La question est de savoir ce qu'elle veut vraiment, contredit-il. Aussi inappropriées que semblent être leurs interactions pour nous, elle est aussi attirée par lui qu'il l'est par elle. Elle peut le haïr, mais il la fait jouir. Ils doivent juste trouver l'équilibre qui leur donne, à tous les deux, ce qu'ils veulent.

— Espérer quelque chose de difficile, pourquoi pas ? plaisanta Raymond.

— Honnêtement, cela ne nous concerne même plus, admit Marcel. Je m'inquiète simplement à son sujet.

— C'est une femme adulte. Dis-lui ce qui se passe et ensuite laisse-la prendre sa propre décision, conseilla Raymond. Il n'y a rien que tu puisses faire.

— Je sais, soupira Marcel, mais pour moi, c'est une pilule amère à avaler. Ça l'a toujours été.

Et ça, songea Raymond, *c'était ce qui faisait que Marcel était le pivot central de l'ANS et ce qui lui avait permis de réussir dans la guerre contre Serrier. Il n'acceptait jamais d'être incapable d'aider.*

— Si tu veux bien nous excuser, Marcel, ça a été une longue nuit et une longue matinée, déclara Jean. J'apprécierais un peu de repos.

— Si tu rentres chez toi, laisse-moi t'y envoyer afin que tu ne sois pas obligé d'utiliser le métro après toute la publicité que nous avons eue ce matin, offrit Marcel.

— Merci, répondit Jean avec reconnaissance. La maison, ce serait merveilleux.

— Je te rejoins dans une minute, affirma Raymond avant d'indiquer à Marcel qu'il pouvait lancer le sort.

Le vieux magicien envoya Jean chez lui, visiblement curieux de découvrir pourquoi Raymond s'attardait.

— Que puis-je faire pour toi, mon garçon ? demanda-t-il quand ils furent seuls.

— Suis-je naïf de croire que je peux faire ma vie avec le chef de la Cour ? demanda Raymond après un moment.

— Voilà une question intéressante, commenta Marcel. Pourquoi ne me demandes-tu pas plutôt si tu pourrais faire ta vie avec Jean ?

— Parce que je sais que je peux faire ma vie avec Jean, répondit Raymond avec assurance. C'est le côté public des choses qui me préoccupe.

— Alors, je suis sur le point de rendre les choses encore plus compliquées pour toi, s'excusa Marcel. Ou peut-être que cela va rendre les choses plus faciles. Qui sait ?

— De quoi parles-tu ?

— Je suis un vieil homme, Raymond. Je suis prêt à prendre ma retraite et à vivre mes vieux jours en paix, expliqua Marcel.

— Tu l'as plus que méritée, répondit Raymond spontanément, mais qu'est-ce que cela a à voir avec moi ?

— La Milice cessera bientôt d'exister, mais l'ANS aura besoin d'une nouvelle personne à sa tête. Je veux que ce soit toi.

— Moi ? s'exclama Raymond. Marcel, je ne pourrais pas !

— Pourquoi pas ? demanda calmement Marcel. Tu as prouvé toi-même aujourd'hui à quel point tu es un habile orateur, même si je n'avais pas besoin d'entendre ton discours à l'Assemblée pour avoir une preuve de tes capacités.

— Que fais-tu du problème que représente le fait que j'ai pris le parti de Serrier au début de la guerre ? Lui rappela Raymond.

— Que fais-tu du fait que, sans tes connaissances des cachettes et des sorts de Serrier, nous ne l'aurions jamais vaincu ? contra Marcel.

— Que fais-tu du fait que mon partenaire est le chef de la Cour de Paris ? Je ne suis pas exactement impartial.

— Aucun membre de la Milice ne sera impartial, lui rappela Marcel. À ce stade, même moi je ne suis pas impartial étant donné que j'ai découvert mon partenaire en monsieur Lombard. Cela ne signifie pas que tu es inapte à diriger. Au contraire, cela fait de toi un meilleur meneur pour une organisation dont la portée est sur le point de s'élargir considérablement. Au lieu de représenter simplement des magiciens, à partir de maintenant, la mission de l'ANS doit s'étendre pour représenter l'ensemble des communautés magique, et le partenaire du chef de la Cour est la personne idéale pour prendre en charge ces nouvelles attributions.

— Tu ne me ferais pas ça, plaida Raymond.

— Qui d'autre peut le faire ? demanda Marcel. Thierry et Alain sont des capitaines merveilleux, mais aucun d'entre eux n'a la subtilité pour un poste public. Ils vont te soutenir et je serai là pour te guider au début, bien que je soupçonne que Jean sera également un guide plus que compétent, étant donné la complexité de la société vampire. Aie confiance en toi, Raymond. Nous, nous avons confiance en toi.

Raymond toussa pour couvrir la brusque montée d'émotion qui le rendait muet. Marcel attendit simplement qu'il se reprenne.

— Retourne auprès de Jean, lui conseilla le général. Parle-lui. Aime-le. Et fais-moi savoir ce que tu décides. Je ne peux pas te l'imposer de force, mais j'espère que tu y réfléchiras sérieusement.

— Je vais y réfléchir, admit Raymond, mais accepter ça… cela n'affectera pas que moi désormais.

— Je sais, répondit Marcel, ce qui est une chose vraiment merveilleuse. Rentre à la maison. Je te verrai demain.

Raymond jeta son sort de déplacement, laissant Marcel seul dans son bureau. Avec un soupir, le général prit son téléphone et appela Adèle, lui demandant de venir dans les plus brefs délais.

Quelques instants plus tard, elle apparut dans son bureau.

291

— Félicitations, dit-elle dès qu'elle passa la porte. J'ai vu les nouvelles au sujet de la loi.

— Ce sont de bonnes nouvelles, reconnut Marcel. As-tu récupéré de la dernière bataille ?

— Je me sens parfaitement reposée, répondit Adèle. Et toi, as-*tu* pris le temps de te reposer ?

— Un peu, assura Marcel. Et maintenant que la loi a été adoptée, je devrais disposer d'un peu plus de temps, avant le début des grands procès.

Il fit signe pour qu'elle prenne une chaise.

— Il faut qu'on parle. Ton partenaire est sorti d'ici il y a quelques instants. Il a exigé que je retire l'ordre de restriction. Je peux temporiser, mais avec la guerre qui s'achève, je ne serai pas en mesure de refuser purement et simplement pendant très longtemps. J'ai déjà retiré le sien.

Adèle hocha la tête, essayant de digérer l'information.

— Tu as fait ce qui était le mieux pour l'alliance, pour la Milice, et j'apprécie. Je vais devoir surveiller mes arrières à partir de maintenant.

— Tu n'as pas à le supporter, Adèle, lui rappela Marcel. La loi a été adoptée. Il est soumis aux mêmes règles que nous à présent. Si tu dis non et qu'il n'écoute pas, c'est du viol.

Et là résidait le problème, Adèle le savait, parce que dire non à Jude était presque impossible. Elle pouvait le combattre, l'insulter, piquer son tempérament et le rendre dingue, mais elle avait très rarement réussi à prononcer le mot non.

— Je sais, dit-elle simplement. Je peux prendre soin de moi. Je l'ai fait pendant très, très longtemps.

— Ne retourne pas furtivement à Château-Chinon en pensant que tu es désormais seule, avertit Marcel. Tout d'abord, la Milice n'a pas encore été dissoute, de sorte que tu es toujours un de mes soldats jusqu'à ce que cela arrive. Et même une fois que tu seras rentrée chez toi, Paris est seulement à un petit sort de distance. Ne t'exile pas à la campagne juste pour l'éviter.

— Je ne voudrais pas… commença Adèle, pour se rendre compte qu'elle n'aurait probablement pas fait appel à Marcel. Je ne veux pas créer de problèmes pour l'ANS, ou pour Jean et la Cour. C'est simplement mieux pour moi de rentrer tranquillement à la maison et de laisser Jude m'oublier.

L'oublier lui serait beaucoup plus difficile.

Marcel fronça les sourcils.

— Je ne pourrai pas t'ordonner de faire quelque chose, une fois que la Milice sera dissoute, mais je déteste l'idée que tu puisses être incapable de venir en visiter sans te sentir sur tes gardes.

Adèle sourit doucement.

— Annule le sort, Marcel. Je gérerai tout ce qui se passera à partir de maintenant.

— Es-tu sûre ?

Elle n'était pas complètement certaine, mais elle afficha son sourire le plus confiant.

— Bien sûr. C'est juste un vampire avec la maturité d'un enfant de cinq ans. Je me suis occupé de pire que lui, tous les jours, dans les forces de l'ordre.

— Très bien.

Marcel lança le contre-sort malgré ses réticences, mais il ne savait pas ce qu'il pouvait faire d'autre alors qu'Adèle lui avait demandé de le retirer.

— Merci, Marcel. Pour tout, déclara Adèle doucement en se levant et en serrant le vieux sorcier dans ses bras. Ça va aller. Tu verras.

Quittant son bureau, Adèle marchait lentement à travers les couloirs du siège de la Milice, le ventre noué alors qu'elle s'attendait à moitié à entendre la voix traînante, familière, lancer un 'Bonjour, minette' depuis l'une des salles de conférence vides ou d'un bureau, mais elle parvint à son bureau sans rencontrer son partenaire.

Elle ne parvenait pas à décider si elle était déçue ou soulagée d'avoir échappé à son attention cette fois. Elle était sûre qu'il était quelque part dans les entrailles du siège, à moins que l'un des autres magiciens n'ait eu pitié de lui et l'ait renvoyé à la maison. Cependant, elle ne pouvait pas vérifier sans révéler son intérêt et elle n'était pas prête à l'admettre. Elle méprisait son attitude, mais elle ne pouvait nier – du moins pas à elle-même – qu'il la faisait réagir comme personne d'autre. Le moindre contact et son corps s'embrasait. Une morsure et elle en voulait de plus en plus jusqu'à ce que le désir la dévore et qu'elle cède, à contrecœur, afin d'obtenir davantage de ces sensations que lui seul pouvait lui procurer. Cela ne semblait guère avoir d'importance qu'elle le déteste. Cela ne semblait pas non plus en avoir qu'elle se déteste elle-même quand c'était terminé. Au moment où il la touchait, son corps était à lui.

La chose la plus logique à faire serait de se retirer à la campagne et de l'oublier. Sauf qu'elle avait le sentiment qu'il n'y aurait rien de simple à ce sujet. Les quatre derniers jours étaient passés dans un mélange de soulagement, en sachant qu'il ne pouvait pas l'approcher à son insu sans qu'elle le sache, et de frustration à l'absence du frisson de toujours s'inquiéter de savoir quand il la trouverait la prochaine fois. Rien dans son existence sage à Château-Chinon ne pourrait même tenter de remplacer cette petite part d'excitation. Avant de venir à Paris, avant de connaître le frisson tordu de rivaliser avec lui, elle avait été satisfaite de sa situation. Elle avait gagné le respect de ses pairs, même d'hommes plus âgés relativement conservateurs. Elle avait une maison qu'elle aimait et un emploi qu'elle adorait.

Ensuite, elle avait rencontré Jude.

Elle le repoussa résolument hors de son esprit. Il resterait à Paris quand elle retournerait chez elle, et ce serait tout. Maintenant, si seulement elle parvenait à y croire.

Elle effleura distraitement la manche de son chandail, sa forme ajustée cachée par son manteau. Il aurait certainement quelque chose à redire à ce sujet s'il était ici, soutenant qu'elle l'avait choisi parce qu'elle était une salope déterminée à attirer le regard des hommes.

Non, il était certainement préférable qu'elle parte. Rien à son sujet ne lui conviendrait jamais, quelle qu'en soit la nature. Mieux valait tout simplement disparaître que de vivre dans une lutte constante. Un bruit de pas attira son attention. Elle jeta un regard vers la porte. Elle s'ouvrit, une ombre trop familière apparut sur le mur, avant même qu'elle ne puisse voir qui était là.

Elle savait que c'était lâche, mais elle ne pouvait pas lui faire face. Pas maintenant, pas comme ça, pas quand elle était déjà bouleversée. Chuchotant rapidement, elle jeta le sort de déplacement au moment où il entrait.

— Adèle.

Elle n'était déjà plus là pour répondre.

XXXIX

— IL EST temps de rentrer à la maison. Tu ne peux pas rester ici plus longtemps, déclara Mireille à Caroline. Tu n'as plus besoin de traitements médicaux.

— Je peux difficilement rentrer à la maison comme ça, protesta amèrement Caroline. Je ne peux même pas m'habiller seule, encore moins faire autre chose. Comment suis-je censée rentrer à la maison toute seule ?

— Qui a dit quelque chose au sujet d'aller où que ce soit toute seule ? demanda Mireille. Tu vas venir avec moi. J'en ai parlé à monsieur Lombard et il est d'accord. À nous deux, nous pourrons t'aider à t'habituer à prendre soin de toi à nouveau.

Caroline se rembrunit, détestant l'idée d'être un fardeau pour quelqu'un, encore plus pour Mireille et son employeur.

— Tu ne devrais pas avoir à faire du baby-sitting pour une invalide, râla-t-elle.

— Tu n'es pas invalide, contredit Mireille en remettant un tee-shirt à Caroline.

La blonde le passa automatiquement par-dessus sa tête.

— Tu as perdu la vue, pas ta capacité à vivre ta vie, et les médecins disent même qu'elle pourrait revenir avec le temps, au moins partiellement. Et regarde, tu viens de mettre ton tee-shirt correctement sans mon aide.

— Seulement après que tu me l'as donné, rappela Caroline à la vampire. Si tu n'étais pas ici, je serais encore assise ici uniquement vêtue de mes sous-vêtements.

— Cesse de te plaindre et mets ton pantalon, ordonna Mireille, le jetant au visage de Caroline. Un des médecins attend pour nous envoyer à la maison, afin de pouvoir nettoyer cette salle.

Caroline s'embrouilla un peu avant de parvenir à mettre le bon pied dans la jambe de pantalon, mais Mireille refusa de l'assister, restant debout, les bras croisés devant sa partenaire, pendant que Caroline luttait avec le vêtement récalcitrant. Cependant, elle finit par comprendre et se leva triomphalement.

— Je t'ai dit que tu pouvais le faire, constata Mireille quand Caroline eut fini. Et ce sera plus facile à chaque tentative.

— Je vais quand même devoir tout réapprendre, se plaignit Caroline.

Mireille haussa les épaules.

— Eh bien, tu réapprendras. Cela ne signifie pas que tu ne seras pas en mesure de vivre normalement. Tu dois juste t'accorder du temps.

— Je ne suis pas une très bonne malade, avertit Caroline, en enfilant les chaussures que Mireille lui donnait. Je vais probablement te rendre folle.

Tendant une main devant elle, Caroline fit un pas en avant. Mireille l'attrapa et la nicha dans le creux de son bras, guidant sa partenaire hors de la chambre et dans le couloir d'entrée de l'infirmerie.

— Vous êtes prêtes à partir, constata le médecin, juste avant de lancer le sort de déplacement pour elles.

Quand elles réapparurent dans le hall de la maison de monsieur Lombard, Caroline avait les larmes aux yeux.

— Quel est le problème ? demanda immédiatement Mireille.

— Ne suis-je plus autorisée à faire de la magie non plus ? demanda Caroline brisée. Je sais que je ne peux pas voir, mais j'aurai sûrement pu jeter mon propre sort de déplacement. Je n'ai pas besoin de voir pour savoir où je vais.

— Tes yeux n'ont rien à voir avec ça, gronda doucement Mireille, attirant Caroline dans une tendre étreinte. Il a dit que tu ne devrais pas faire de magie pendant encore une semaine, parce que tu es toujours trop faible avec le sang que tu as perdu. Une fois que tu auras récupéré physiquement, tu devrais être capable de faire de la magie comme tu l'as toujours fait. Tu dois seulement laisser ton corps guérir.

Caroline se laissa étreindre. Elle avait essayé si dur de garder le moral après s'être réveillée avec des bandages sur les yeux, mais cette tentative était vouée à l'échec. Personne n'avait de pronostic vraiment positif pour elle et cela la mettait en colère, la rendait amère, et plus qu'un peu déprimée. Mireille avait été le seul point positif dans sa vie depuis lors, refusant de la laisser s'apitoyer sur elle, mais Caroline se demandait combien de temps cela durerait avant que Mireille se lasse de son baby-sitting.

Le carillon de la porte les interrompit. Mireille songea à l'ignorer, mais monsieur Lombard ne pouvait pas répondre lui-même et cela pourrait être important.

— Que faites-vous ici, Général ? demanda-t-elle quand elle ouvrit la porte et découvrit Marcel debout sur le perron.

— Je suis les ordres du médecin, déclara amèrement Caroline avant que Marcel puisse répondre. Je ne ferais pas de magie pendant encore une semaine. Tu n'avais pas besoin de venir me contrôler.

Marcel et Mireille échangèrent des regards de connivence.

— Je ne savais même pas que tu étais ici, répondit-il honnêtement. Contrairement à ce que tu pourrais penser, le monde ne tourne pas autour de toi. *Mon* partenaire vit également ici, et je dois encore trouver l'occasion de parler avec lui de ce que cela pourrait signifier. Cependant, puisque je suis ici, je vais mentionner que je viens de recevoir le numéro d'une bonne ergothérapeute, une qui s'est spécialisée dans le travail avec des magiciens, pour qu'ils apprennent à utiliser leur magie afin de faire face à leur handicap.

Il appuya sur un morceau de papier dans sa main.

— Je te suggère de la contacter immédiatement afin que tu puisses commencer à te remettre sur pieds. Tu auras un certain temps pour t'adapter à ton handicap, mais la CAF ne peut pas s'occuper de tes tâches indéfiniment. Ils ont une charge de travail trop élevée pour cela.

— Je ne savais pas que tu étais assistante sociale, réagit Mireille pleine d'admiration. Raison de plus pour te remettre sur pieds aussi rapidement que possible.

Caroline hocha la tête, incertaine de vouloir commencer à espérer, surtout avec le risque de voir ces espoirs à nouveau déçus.

— Je travaillais pour la caisse d'allocations familiales, pour essayer d'aider les gens à obtenir ce dont ils avaient besoin.

— Non, tu *travailles* pour eux, à moins que tu n'aies donné ta démission sans me le dire, contredit Marcel. Appelle l'ergothérapeute. Tu seras de retour au travail d'ici peu. Et maintenant, Mireille, si ça ne te dérange pas de faire savoir à monsieur Lombard que je suis ici, je voudrais obtenir quelques minutes pour discuter avec mon partenaire.

— Bien sûr, répondit Mireille.

Un rougissement embrasa ses joues quand elle réalisa qu'ils étaient encore debout dans le hall d'entrée. Elle aida Caroline à s'asseoir sur un siège contre le mur et alla trouver monsieur Lombard.

De retour quelques instants plus tard, elle escorta Marcel dans la bibliothèque où son employeur attendait. Après s'être assuré qu'aucun d'eux ne voulait quelque chose, elle retourna dans l'entrée pour récupérer Caroline.

— Viens à l'étage, exhorta-t-elle en posant à nouveau la main de Caroline sur son coude. Je vais t'aider à t'installer.

Caroline se laissa guider jusqu'aux escaliers menant au grenier. Dans son esprit, elle imaginait les pièces qu'elle avait vues une seule fois auparavant, elle compta le nombre de marches qui composait l'escalier, le nombre de pas dans le couloir.

— Combien y a-t-il de portes ? demanda-t-elle soudain.

— Cinq, répondit Mireille. Les quatre premières sont encore utilisées pour du stockage. La dernière est la mienne. Les ouvriers ont comblé les autres quand ils ont aménagé mes quartiers, il n'y a donc qu'une seule porte pour entrer.

Caroline enregistra cette information dans sa mémoire. Dans le pire des cas, une main sur le mur pourrait la guider si elle parvenait à revenir à cet étage de la maison. Elles ne s'arrêtèrent pas dans le salon cette fois, Mireille menant directement Caroline dans la chambre. Elle commença cependant à protester quand Mireille ouvrit le bouton de son pantalon.

— J'ai déjà passé toute la semaine dernière dans un lit, gémit Caroline. La dernière chose que je veux est de retourner encore m'allonger.

Mireille rit, un son de basse sensuelle qui se répandit le long des nerfs de Caroline comme du velours chaud.

— Mais tu as passé la semaine dernière seule dans le lit, rappela-t-elle à la magicienne. Tu ne seras pas seule cette fois.

— Mais…

— Mais rien, l'interrompit Mireille. Tu n'as pas besoin de tes yeux pour que nous puissions faire l'amour. Ou veux-tu essayer de me dire que tu n'as jamais laissé un amant te bander les yeux ? Jamais fait l'amour dans le noir avec seulement ton sens du toucher pour guider tes mains ?

— Oui, mais…

— Pas de mais, insista Mireille. Mon lit est juste derrière toi. Je veux monter dessus avec toi et ne pas en redescendre avant des heures. Je veux te rappeler que nous sommes toutes les deux ici, en sécurité et que quoique nous réserve demain, nous y ferons face ensemble. Je veux faire en sorte que tu te sentes si bien que tu en oublies tes yeux, la Milice et tout le reste, tout sauf moi. Maintenant, vas-tu collaborer ?

La tête tournant de surprise et de désir, Caroline acquiesça en silence. Les mains de Mireille étaient fermes tandis qu'elle la guidait deux pas en arrière, l'aidait à s'étendre en travers du lit. Caroline sentit le matelas se creuser quand la rousse monta sur le lit à côté d'elle. Son corps se tendit alors qu'elle essayait de prévoir où Mireille allait la toucher en premier.

Elle avait été tellement effrayée à l'idée que sa cécité puisse marquer la fin de sa relation avec sa partenaire. Elle avait craint que Mireille se prête au jeu afin de continuer à s'alimenter, mais que le reste de leurs interactions en souffre. Le zèle avec lequel Mireille l'embrassa – le premier contact qu'elle avait anticipé – prouva à quel point sa peur était sans fondement. Mireille ne pourrait l'embrasser de cette façon sans le vouloir vraiment.

Caroline tendit instinctivement les mains vers les épaules de Mireille, trouvant le tissu qui recouvrait encore la peau de son amante. Sans séparer leurs lèvres, Caroline fit glisser ses mains entre elles, espérant trouver les attaches de la chemise de Mireille afin de pouvoir les enlever. N'en trouvant aucun, elle glissa ses mains vers le bas jusqu'à ce qu'elle trouve l'ourlet du vêtement incriminé, l'entraînant vers le haut et l'en débarrassant. Leurs lèvres se rejoignirent de nouveau, attirées comme des aimants alors que les mains de Caroline se déplaçaient dans le dos de Mireille jusqu'au fermoir de son soutien-gorge.

— Tu ne sembles pas avoir de mal à me déshabiller, la taquina Mireille alors que Caroline repoussait le satin loin de sa poitrine.

Elle abaissa son torse contre celui de partenaire frottant les tendres monticules ensemble.

— C'est juste une question de motivation, ajouta-t-elle

— Avec toi comme récompense, je pourrais probablement comprendre à peu près tout, admit Caroline.

— Ah, mais je *suis* ta récompense, lui rappela Mireille. Tu n'es pas seule face à ton rétablissement. Je serai là à chaque étape du chemin, et tu auras ta récompense pour chaque nouveau pas.

— Et pour quel pas suis-je récompensée ce soir ?

— Ce soir, tu es récompensée pour être toi, répondit Mireille. Ou as-tu pensé que je ne voudrais plus faire l'amour avec toi ?

— Je ne savais pas, admit Caroline relevant la tête à la chercher des lèvres de Mireille.

Elle trouva la colonne soyeuse de son cou à la place.

— Stupide gamine, gronda Mireille, ses doigts retraçant tendrement les traits de Caroline. Bien sûr que je veux encore de toi. Laisse-moi te montrer à quel point.

Caroline aurait pu en vouloir à quelqu'un d'autre pour s'être fait appeler ainsi, mais Mireille était une vampire. Même si elle était relativement jeune, elle était toujours beaucoup plus vieille que Caroline. Ensuite, les doigts de Mireille s'attardèrent le long de la face inférieure de la poitrine de Caroline et elle oublia tout sauf la façon dont son amante s'y entendait pour la faire se sentir bien.

Mireille lui fit l'amour si intensément, de manière si convaincante que Caroline oublia sa cécité, oublia la guerre, oublia tout sauf le besoin d'essayer de faire en sorte que Mireille se sente tout aussi bien. Les crocs de la vampire percèrent le cou de Caroline, la clouant sur place alors que ses mains conduisaient la magicienne à la jouissance et même au-delà. Quand elles se retrouvèrent finalement allongées l'une contre l'autre, repues et souriante, Caroline déposa un tendre baiser sur l'épaule de Mireille.

— Peut-être que je peux le faire après tout.

Mireille rit.

— Je sais que tu peux.

— Je suis désolée d'avoir été si négative, s'excusa Caroline d'une voix endormie.

— Nous avons tous de mauvais jours, assura Mireille. Je te remonterai le moral quand tu seras déprimée et tu feras la même chose pour moi. Repose-toi, maintenant. Nous nous occuperons de demain quand il viendra.

Caroline hocha la tête et bâilla de nouveau, ses paupières se fermèrent, l'obscurité étrange de ses yeux aveugles cédant la place à l'obscurité familière qui précédait le sommeil. Plus d'une fois, la nuit, elle avait cherché son chemin dans son appartement uniquement par le toucher plutôt que d'allumer les lumières. Elle aurait juste à apprendre comment le faire aussi dans le reste de sa vie. Ensuite, le sommeil la rattrapa, calmant toutes ses pensées et ses inquiétudes pour un moment.

— TA VISITE est plutôt présomptueuse, tu ne trouves pas ? lança monsieur Lombard depuis l'obscurité relative de la bibliothèque. Je ne me souviens pas de t'avoir invité chez moi.

— Tu n'avais pas d'obligation à me recevoir, répondit Marcel tranquillement. Mais nous n'avons pas eu la chance de parler en privé et je pensais que peut-être nous le devrions.

— J'ai choisi, il y a plusieurs centaines d'années, de vivre en retrait. Je ne veux pas revenir sur cette décision maintenant, l'informa Christophe. Certainement pas pour être le partenaire du Général Chavinier et du président de l'ANS.

— Je comprends parfaitement ce sentiment, assura Marcel au vampire. Je ne veux pas être l'une de ces choses non plus. La Milice est déjà en train d'être démantelée, et j'ai choisi un successeur pour mon poste à l'ANS. Dans quelques semaines, je serai de nouveau un simple citoyen, rien de plus.

— Cela ne me dit pas pourquoi tu es ici, insista Christophe. Maintenant que Serrier est vaincu, il n'y a pas plus de raison pour moi de me nourrir de toi. J'ai vécu si longtemps en tant que vampire que j'ai vraiment perdu le désir de voir la lumière du jour. L'aperçu de l'autre jour me l'a confirmé.

— Peut-être que je cherche simplement une compagnie intéressante, suggéra Marcel. Ce n'est pas souvent qu'on a la chance de parler avec un vampire de ton âge.

— Je ne suis pas une bizarrerie à étudier sur un coup de tête, grogna Christophe, se redressant de toute sa hauteur.

— Je ne suis pas non plus un scientifique susceptible de t'étudier, répliqua Marcel. Je suis dans la vie publique depuis trop longtemps. Tout le monde veut quelque chose de moi. J'espérais que, peut-être, je pourrais trouver en toi quelqu'un qui se contenterait de m'accepter sans penser aux programmes politiques pour savoir si je peux l'aider à progresser ou quelle faveur je peux lui obtenir. Retiré comme tu l'es, tout ce que tu pourrais rêver de moi, c'est mon sang.

— Et pourtant, ça aussi, serait une arrière-pensée, souligna Christophe.

— Mais une honnête expliqua Marcel. Une qui ne me demandera pas de faire ou d'être quelque chose de spécial. Ou penses-tu que j'ai une sorte d'arrière-pensée en venant à ta rencontre ?

— Ce ne serait pas la première fois, admit Christophe.

— Alors, découvre-le à coup sûr, le défia Marcel en tendant son poignet.

Christophe leva un sourcil élégant.

— Pourquoi devrais-je le découvrir de cette façon quand il est tellement plus intéressant d'apprendre à connaître une personne de façon traditionnelle ?

Il regarda l'horloge.

— Il fera sombre dans deux heures. Si ce que tu veux vraiment c'est un ami — rien de plus, rien de moins –, retrouve-moi au restaurant *Le Saulnier* une demi-heure après la nuit tombée. Nous verrons ce qui se passe à partir de là.

Marcel hocha la tête. Il était plus qu'un peu surpris que Lombard puisse vouloir se détourner du lien de partenariat si facilement. Après avoir vu l'impulsion de rapprochement entre les magiciens et les vampires appariés, même Adèle et Jude qui se haïssaient l'un l'autre, il s'était attendu à voir la même influence œuvrer sur eux. Certes, l'explosion du pouvoir entre eux, quand le vampire aîné s'était nourri pendant la bataille avec Serrier, avait conduit Marcel à croire que le reste des liens de partenariat se révélerait vrai pour eux aussi. Il semblait cependant qu'avec le grand âge et la puissance venait également la capacité à résister. Ou peut-être qu'avec la fin de la guerre et l'équilibre actuel dans la magie élémentaire, l'obligation de créer de nouveaux liens avait diminué. Cela l'incita à se demander si Adèle et Jude, ou même quelques-uns des autres qui n'avaient pas approfondi leurs relations aussi intensément que Raymond et Jean sentiraient une diminution de cette nécessité maintenant que l'urgence de la situation était passée. Il n'avait pas de réponse à ces questions. Seul le temps y répondrait.

— Je te verrai dans quelques heures dans ce cas. Je trouverai la sortie tout seul. Je ne veux pas déranger Mireille et Caroline.

— Je suis sûr qu'elles apprécieront, déclara Christophe avec humour tandis que la porte se refermait derrière Marcel.

En lui-même, il pouvait admettre qu'il avait apprécié l'échange plutôt acéré. Il était si rare que quelqu'un ose lui répondre de cette manière. Il constata que l'absence d'admiration servile de Marcel était rafraîchissante. Il n'avait aucun intérêt pour la plupart des avantages que les partenariats avaient apportés aux autres vampires et magiciens impliqués dans l'alliance. Il avait atteint un plan d'existence où même les plaisirs sensuels avaient perdu la plupart de leur intérêt et, bien que le sang de Marcel ait été incroyablement riche, Christophe avait connu assez de pertes dans son existence pour ne pas s'exposer à d'autres. Cependant, il pensait qu'il pourrait être agréable d'avoir à nouveau un ami, aussi longtemps que cela durerait.

XL

— Je vous remercie d'avoir accepté de venir nous rencontrer, monsieur le Général, déclara Marcel en offrant sa main au directeur de la Gendarmerie Nationale. Avec la Milice de la Sorcellerie qui devrait être dissoute d'ici quelques semaines, je voulais m'assurer que le transfert d'autorité se passe sans à-coups.

— Assurément, convint Guy Sarraute. Il y a eu, comme vous l'aviez prédit, un arrêt presque complet des hostilités depuis la mort de Serrier.

— Et nous ne pensons pas que cela changera, glissa Adèle. En travaillant avec l'un de nos agents infiltrés, et plusieurs autres sorciers rebelles qui étaient prêts à échanger des informations pour des peines plus légères, nous avons dressé une liste des agents connus pour avoir fait partie des forces de Serrier. En recoupant cette liste avec celle des victimes et des prisonniers en attente de jugement, nous comptabilisons environ vingt-cinq magiciens toujours en fuite.

— Avez-vous des pistes pour les localiser ? questionna Sarraute.

— Nous savons qu'ils ne sont plus à Paris, répondit Marcel. Je préférais ne pas envoyer mes gens plus loin pour ne pas empiéter sur la juridiction de quelqu'un d'autre. Nous avons la liste des fugitifs ainsi que leurs régions d'origines et leurs fréquentations connues. Je crois que vous et votre institution serez plus adaptés pour gérer les arrestations à ce stade des recherches.

— Nous apprécions votre confiance, Général, affirma Sarraute.

— Peut-être que vous pourriez accepter l'aide du lieutenant Rougier, ajouta Marcel. Elle nous a été déléguée par la gendarmerie. Même si je me doute qu'elle manquera beaucoup à sa compagnie dans le Morvan, je crois que son expérience dans la Milice pourrait en faire une excellente candidate pour conduire cette enquête.

Adèle s'apprêtait à secouer la tête, pour nier toute volonté de rester à Paris, mais elle retint sa protestation. Elle était une magicienne. Elle pourrait travailler à Paris pendant la journée et rentrer à la maison à Château-Chinon pour la nuit, évitant ainsi le contact avec son ancien partenaire, aussi sûrement que si elle avait travaillé à la campagne. Elle ne l'avait pas vu durant la semaine depuis que Marcel avait annulé l'ordre de restriction, mais elle ne savait pas combien de temps cela durerait. L'envie de partir à sa recherche la rattrapait à des heures variables. Jusqu'à présent, elle était parvenue à résister.

— Êtes-vous intéressée par une promotion, lieutenant ? demanda Sarraute.

Adèle sentit ses yeux la détailler, mais il semblait beaucoup plus intéressé par son curriculum vitae que par son corps, une attitude rafraîchissante après le traitement de son bâtard de partenaire au cours des six dernières semaines. Cela lui assurait, comme peu de chose aurait pu le faire, que ce serait un poste qu'elle pouvait accepter avec sérénité.

— Pas à titre permanent objecta Adèle, mais je serais honorée de servir durant cette enquête. Cependant, à la fin, je souhaiterais retourner chez moi.

— Très bien. Quand pouvez-vous la libérer pour moi, Général ?

— Immédiatement, si vous êtes prêt à commencer, répondit Marcel. Elle a tous les renseignements que nous avons pour le moment, et nous lui communiquerons toutes nouvelles informations que nous pourrions obtenir.

— Bien, déclara Sarraute. Lieutenant, prenez votre journée pour mettre vos affaires en ordre, ici à la Milice. Nous vous attendons au siège, rue St Didier, demain matin.

— Je vous remercie, monsieur, dit Adèle. J'ai hâte de travailler avec vous.

— Quelqu'un va vous raccompagner, monsieur Sarraute, dit Marcel, escortant le gendarme jusqu'à la porte.

Il héla un magicien qui passait pour reconduire l'homme jusqu'à sa voiture. Revenant à l'intérieur, il sourit à Adèle.

— Eh bien, ma chère, voilà qui est réglé. Es-tu satisfaite ?

— Je pense que oui, répondit honnêtement Adèle. Ce sera un défi très différent de mon village endormi, mais peut-être que c'est ce dont j'ai besoin pour quelque temps encore. Je peux faire la navette entre ici et la maison pour commencer cette transition, avant de retourner à mon ancienne vie.

— Simplement, ne te conduis pas comme une étrangère, insista Marcel. Nous voulons te revoir de temps en temps.

— Je le promets, assura Adèle en venant prendre Marcel dans ses bras.

Elle ne savait pas ce qui allait arriver, ni comment les choses allaient finalement se résoudre avec Jude, mais elle ne voulait pas que cette incertitude lui coûte les amis qu'elle s'était faits lors de son séjour à Paris.

ÉRIC S'ASSIT nerveusement à l'arrière de la salle d'audience en attendant que le procès de Vincent débute. Comme d'habitude, Marcel avait tenu parole au cours des deux dernières semaines, il avait laissé Éric rendre visite à Vincent aussi souvent qu'il le voulait. Cependant, cela n'avait rassuré aucun d'entre eux lorsque le verdict du procès de Monique était revenu. Au lieu de la peine déjà purgée et de libération conditionnelle que la défense avait demandée dans le cadre de son aménagement de peine, elle avait obtenu un an de prison. Cela ne représentait pas tant que cela, dans l'ensemble, mais cela avait été suffisant pour rendre Éric nerveux. Vincent avait été placé plus haut dans l'organisation de Serrier, rendant la liste de ses crimes plus importants et plus graves que ceux dont Monique avait été accusée. La scène tendre à la fin de son procès – la majorité avait eu lieu la nuit de sorte qu'Antonio, le partenaire de Monique, puisse y assister – lui avait transpercé le cœur. Ils s'étaient embrassés, la magicienne et le vampire, Antonio promettant avec ferveur d'attendre sa libération, une année n'étant rien dans l'existence d'un vampire. Éric pourrait facilement faire la même promesse à Vincent, mais les regarder avait souligné le risque très réel d'une séparation.

L'huissier amena Vincent à l'intérieur, offrant à Éric le premier aperçu de son amant depuis deux jours. Il était vêtu de façon conventionnelle, mais rien ne pouvait dissimuler l'ampleur de ses épaules ou de la puissance de son corps. Éric souhaitait aller vers lui, pour l'étreindre et l'embrasser, pour s'assurer que son amant allait bien. Il retint l'impulsion, ne voulant pas faire pencher la balance en leur défaveur en donnant une impression de partialité à son témoignage. Le sort de Vincent reposait sur le jury qui devait être convaincu par le compte rendu d'Éric concernant la défection de Vincent.

Un instant plus tard, le procureur entra suivi par le juge. Tout le monde se leva, prêt à commencer le procès.

Le procureur parla en premier, décrivant la liste des crimes retenus contre Vincent. Éric tressaillit en écoutant la liste des charges : utilisation illégale de la magie ; enlèvement ; torture ; assassinat ; trahison. Il ne savait pas comment ils pourraient parvenir à faire en sorte que tout cela soit couvert par un sursis et une libération conditionnelle, mais Marcel semblait croire que c'était possible.

— Comment plaide le défendeur ? demanda le juge.

— L'accusé a choisi une négociation de peine, expliqua l'avocat de la défense. En plus de travailler avec l'un des agents secrets de la Milice, il a contribué à l'évasion d'un agent capturé et a depuis fourni des informations menant à l'arrestation d'un certain nombre d'autres sorciers rebelles. À la lumière de ses contributions à la défaite finale de Serrier, nous avons demandé que les notions de trahison, d'assassinat et les accusations de torture soient abandonnées.

— Est-ce que l'accusation accepte le plaidoyer ? demanda le juge.

— Nous l'acceptons, répondit le procureur. L'information du défendeur a été essentielle dans l'affaire que nous sommes en train de monter.

— Cela laisse l'utilisation illégale de la magie et l'enlèvement, déclara le juge.

Éric tressaillit quand il songea à la personne qu'ils avaient enlevée. Il pouvait voir Alain et Orlando à l'avant de la salle d'audience. Lui et Alain avaient fait la paix, mais il doutait que l'acceptation puisse un jour s'étendre à Vincent. Il savait que l'avocat de la défense avait l'intention de faire témoigner Orlando en faveur de Vincent, de mettre en avant le fait que celui-ci l'avait aidé à s'échapper, mais Éric craignait que le rôle initial de Vincent dans l'enlèvement d'Orlando pèse lourdement contre lui. Qu'ils n'aient fait que suivre les ordres de Serrier importait peu en comparaison de tout ce qu'avait souffert Orlando.

Le premier jour du procès impliquait les arguments d'ouverture et plusieurs longs discours par les deux parties au sujet de leurs points de vue sur la valeur du changement de camp de Vincent à la fin. Éric fit de son mieux pour ne pas rouler des yeux de frustration. Vincent avait attendu jusqu'à la fin pour changer de côté uniquement pour pouvoir faire en sorte de sauver Orlando dans le processus.

Malheureusement, cela serait considéré comme du ouï-dire puisqu'Éric était le seul témoin. Il ne s'en souciait pas. Dès qu'il serait appelé à la barre, il avait l'intention de faire prendre pleinement conscience au jury que le sauvetage d'Orlando – comme un moyen d'échapper au contrôle de Serrier – était l'idée de Vincent.

Il fallut trois jours d'audition de témoins, décrivant toutes les choses terribles que Vincent était réputé avoir faites, avant qu'Éric ne soit finalement appelé à la barre. Il énonça son nom pour le dossier et attendit que l'interrogatoire commence.

— Depuis combien de temps connaissez-vous l'accusé ? demanda le procureur.

— Deux ans.

— Dans quel contexte l'avez-vous rencontré ?

— Je l'ai rencontré peu de temps après être entré secrètement dans le camp de Serrier pour le compte de la Milice, répondit Éric. Je me suis lié d'amitié avec lui dans l'espoir de faire mon chemin dans les rangs de Serrier afin de pouvoir fournir plus d'informations au général Chavinier.

— Donc, il était un membre des rebelles de Serrier.

— Un fait qu'il n'a pas pris la peine de nier, souligna Éric. Le point le plus important, c'est qu'il a changé de camp. Et pas seulement lors de la bataille finale. Pendant plusieurs semaines avant cela, il a essayé de me convaincre de changer de camp. Évidemment, j'ai résisté parce que j'avais une mission à remplir, mais cela ne renie pas ses intentions.

— Alors, pourquoi attendre la dernière minute ? le défia le procureur.

— Il était de plus en plus évident que Serrier devenait fou, expliqua Éric. Il avait capturé un élément de la Milice, un vampire, et il le torturait pour le seul plaisir à ce stade. Serrier avait l'intention d'exécuter le vampire à l'aube, le matin qui a fini par être le jour de sa disparition, mais nous ne le savions pas. Nous savions juste que nous devions sauver Orlando… le vampire. Nous avions vu trop de morts en restant les bras croisés et à ne rien faire, pour ne pas vouloir en empêcher une autre.

— Pourquoi avez-vous choisi de sauver cet agent et pas les autres ? demanda le procureur.

— Je vous l'ai déjà dit, déclara Éric. Serrier était clairement en train de craquer et nous avions peur que si nous ne sortions pas – aussi bien Orlando que nous-mêmes – nous n'ayons pas d'autre occasion. Le général Chavinier m'a envoyé pour espionner, mais il ne m'a pas envoyé pour mourir, même si je savais que c'était un risque non négligeable. Serrier avait commencé à soupçonner tout le monde, donc je n'aurai pas été en mesure de faire beaucoup plus pour la Milice de toute façon. Vincent voulait sortir. Orlando était mourant. Ça semblait l'occasion parfaite. Ni Orlando ni moi n'aurions survécu sans l'aide de Vincent. Je me rendais compte que ma vie n'avait peut-être pas beaucoup d'importance, mais la Milice avait investi énormément de ressources pour retrouver et sauver Orlando, de sorte que sa vie signifiait certainement quelque chose.

— Pas d'autres questions, Votre Honneur.

Éric poussa un soupir de soulagement quand l'avocat de la défense se leva pour poser ses propres questions.

— Vous dites que sauver monsieur Saint Clair était l'idée de la partie défenderesse. À quel moment vous en a-t-il fait part pour la première fois ?

— Moins d'un jour après l'enlèvement d'Orlando, répondit Éric, faisant attention à ne pas rappeler indûment au jury sa participation et celle de Vincent dans ce malheureux événement. Un autre agent de Serrier avait changé de camp et il était évident qu'elle était sous la protection de la Milice. Et d'après les actions ultérieures de la Milice, il était évident pour nous que la Milice était activement à la recherche d'Orlando. Mais alors qu'il n'aurait pas été possible de penser à sauver Orlando avant cela, ce n'était pas la première fois que Vincent mentionnait son souhait d'autres options. Vous devez comprendre que Serrier ne tolérait pas la moindre forme d'opposition, et il n'hésitait pas à torturer les gens qui lui désobéissaient. Il ne suffisait pas simplement de vouloir partir. Partir signifiait aller en prison – ou être tué si Serrier vous trouvait le premier –, sauf si Vincent pouvait trouver un moyen de convaincre la Milice de lui offrir leur protection. Il ne savait pas que je pouvais partir à tout moment. Il essayait de trouver un moyen de nous faire sortir tous les deux en toute sécurité. La situation d'Orlando fournissait certes le moyen, mais pas le désir.

— Donc, vous dites que le défendeur était désabusé par le discours et les méthodes de Serrier, un certain temps avant qu'il ne fasse défection ? demanda l'avocat de la défense.

— Objection. Le témoin est dirigé.

— Je ne faisais que paraphraser les déclarations du témoin.

— Accordée.

L'avocat de la défense lança un regard furieux à son adversaire avant de se retourner vers Éric.

— Quand avez-vous soupçonné pour la première fois que le défendeur commençait à être désabusé par le discours et les méthodes de Serrier ?

— Ce n'est pas quelque chose dont nous avons parlé, mais avant même que l'alliance avec les vampires soit formée, j'avais remarqué que Vincent avait cessé de se porter volontaire pour des missions. Il suivait toujours les ordres quand ils étaient donnés, mais il n'allait plus au-delà. Et plus d'une fois, il s'est prononcé contre les plans les plus violents de Serrier. La première fois qu'il m'a réellement dit quelque chose, c'était un jour ou deux après Samhain, mais il n'a fait que confirmer ce que je soupçonnais déjà à propos de ses sentiments sur la question.

Éric faisait de son mieux pour ne pas laisser ses émotions s'afficher sur son visage alors qu'il repensait à tout ce qui avait changé depuis cette nuit. La nuit où ils étaient devenus amants. Soudain, au lieu de faire face à un avenir sombre, sans espoir, sans vie, il avait eu la possibilité d'avoir de nouveau un véritable partenaire dans sa vie, quelqu'un à aimer et à soutenir, comme il serait aimé et soutenu. Ils devaient juste dépasser ce procès et la peine que la cour lui infligerait, quelle qu'elle soit.

— Et qu'est-ce qu'il vous a dit à cette occasion ?

— Il m'a demandé si j'avais un jour pensé à partir, répondit Éric. Je lui ai répondu que je ne voyais pas de moyen de sortir sans que Serrier nous traque, mais que si j'avais la certitude que nous pourrions être en sécurité, je reconsidérerais la question. À l'époque, les choses n'étaient pas encore aussi mauvaises qu'elles le furent vers la fin. Je pensais que je pouvais encore poursuivre mon travail en tant qu'espion, aussi n'ai-je pas révélé ma loyauté cachée à ce moment-là. Malgré tout, Vincent a pris ma réponse comme une invitation à trouver un moyen de sortir. Et il l'a fait.

— Vous avez également mentionné que ni vous ni l'autre agent de la Milice n'auriez survécu sans son aide. Pourriez-vous développer cette déclaration, s'il vous plaît ?

Éric hocha la tête en se souvenant de la nuit et du matin stressant qui avaient précédé le sauvetage d'Orlando.

— La Milice se rapprochait des cachettes restantes de Serrier. Il a rappelé tout le monde au siège et nous a tous transporté à l'emplacement de la bataille finale, y compris Orlando. Vincent et moi avons profité de la confusion à notre arrivée pour libérer Orlando de sa cellule, mais Blanchet, l'un des sorciers rebelles, nous est tombé dessus. Vincent a empêché qu'il me tue et mette fin à la fuite d'Orlando. Nous avons combattu ensemble pour réussir à sortir. J'aurais éventuellement pu descendre Blanchet, mais je n'aurais pas pu sortir vivant avec Orlando sans son aide.

— Merci, monsieur Simonet, dit l'avocat de la défense.

Éric retourna à son siège, en espérant qu'il n'avait pas fait trop de dégâts à la cause de Vincent avec son témoignage. Son estomac s'agitait nerveusement tandis que les avocats appelaient Orlando à la barre.

— Monsieur Saint Clair, commença le procureur, quand avez-vous vu le défendeur pour la première fois ?

Orlando se rembrunit, mais il avait juré de dire la vérité.

— C'était l'un des deux magiciens qui m'ont enlevé sur la place Pigalle lors de la bataille visant les vampires.

— Donc c'est lui qui vous a amené à Serrier ? pressa le procureur.

— Oui, admit Orlando.

L'estomac d'Éric tomba à ces mots.

— Et l'avez-vous revu après qu'il vous ait déplacé dans la base de Serrier ? insista le procureur.

— Quelques fois, répondit Orlando. Il était parfois envoyé pour me conduire dans la pièce où Serrier m'interrogeait ou pour me ramener à ma cellule.

— Donc, il utilisait de la magie sur vous ?

— Seulement des sorts de contrainte, répondit rapidement Orlando. Il n'a jamais participé activement à aucune des séances d'interrogatoire de Serrier ni aux séances de torture ultérieures de Blanchet. Et puis je l'ai revu quand il m'a aidé à m'échapper, le matin où Serrier avait l'intention de me faire brûler au soleil. Les liens de partenariat me protègent pendant un certain temps, mais la magie de mon partenaire avait depuis longtemps disparu. Je n'aurais pas survécu à ça. Si je peux témoigner ici aujourd'hui, c'est uniquement parce qu'Éric et lui m'ont libéré.

— Et pourtant, c'est à cause de lui que vous étiez entre les mains de Serrier au départ, lui rappela le procureur.

— Il suivait les ordres, s'entêta Orlando, et j'ai vu ce que Serrier faisait aux gens qui le contrariaient. Je n'étais pas arrivé depuis dix minutes qu'il exécutait déjà un sorcier qui avait admis espionner pour Marcel. Et dans le même temps, il a torturé une autre sorcière qui lui était, à ce moment-là, toujours fidèle, simplement pour le motif qu'il la soupçonnait également d'être une espionne.

— Donc, vous dites que vous ne le blâmez pas pour ce qui vous est arrivé ? interrogea l'homme incrédule.

— C'est très exactement ce que je dis, répondit Orlando fermement.

— Pas d'autres questions, Votre Honneur.

— De tous ceux qui ont témoigné contre l'accusé, déclara l'avocat de la défense en se levant, vous semblez avoir le plus de raisons de vouloir qu'il soit puni, mais vous semblez ne pas lui faire de reproche.

— Je suis un vampire, dit Orlando comme si cela expliquait tout. Je tends à avoir une vision plus étendue des choses. Force est de reconnaître que je n'aurais pas eu d'avenir du tout si Vincent avait choisi de ne pas changer de camp quand il l'a fait.

— Et à vos yeux, cela minimise ce qu'il a fait ?

— Oui.

— Pas d'autres questions.

Éric observa Orlando retourner aux côtés d'Alain avec une sereine jalousie, leurs doigts se nouant ensemble dans une communion silencieuse. Éric aurait voulu être en mesure de rejoindre Vincent et de lui offrir son soutien silencieux, mais ils devraient attendre jusqu'à ce que Vincent soit libéré, quel que soit le temps que cela prendrait, avant qu'il ne puisse laisser quelqu'un voir la vérité sur leur relation.

Une autre journée se passa en plaidoiries avant que le jury se retire pour délibérer sur le sort de Vincent. Éric essaya d'entrer pour voir son amant ce soir-là, pour lui promettre que, peu importe ce qui arriverait, il serait là à attendre lorsque Vincent sortirait, mais même Marcel ne pouvait organiser une visite à ce stade.

Enfin, le jury était revenu. À ce moment-là, Éric était assis à l'avant, à portée de main de Vincent pour espérer obtenir un dernier contact si le verdict se révélait être contre eux. La reconnaissance de culpabilité avait déjà été validée, donc la seule délibération du jury consistait à décider de la peine de Vincent.

— Le jury a-t-il rendu un verdict ? demanda le juge.

— Oui, Votre Honneur, répondit le juré principal.

— Et qu'avez-vous décidé ?

— Cinq ans de libération conditionnelle, annonça le juré.

Éric s'effondra sous le soulagement, son regard se portant sur son amant, le buvant des yeux avec bonheur. Il y aurait encore de la paperasse à remplir, mais Vincent revenait à la maison.

XLI

ORLANDO REGARDA Alain, en secouant la tête alors que son amant se tenait devant la porte de son bureau, regardant fixement l'espace comme s'il risquait, comme par magie, de disparaître ou de se transformer.

— Que ce soit notre dernier jour de service officiel ne signifie pas que nous ne pouvons pas revenir pour récupérer les affaires qui sont ici, lui rappela Orlando. Ton bureau sera toujours là plus tard. Je te le promets. Allez. Tu es fatigué et nous avons tous les deux besoin d'une douche.

Cela amena un sourire sur le visage d'Alain.

— Franchement, nous puons ? demanda-t-il avec une touche taquine dans la voix.

— Tout à fait, répondit Orlando. Crois-tu que quelqu'un est toujours en service pour nous envoyer à la maison ?

— J'en doute, répondit Alain, mais nous pouvons vérifier. Si ce n'est pas le cas, l'appartement n'est pas si loin en métro.

Orlando ne pouvait guère prétendre le contraire, même s'il était désireux d'être à la maison plus rapidement que ce que permettrait le moyen, pourtant efficace, proposé par le métro parisien. Alain avait raison. La Salle des Cartes était vide quand ils vérifièrent, et la carte de localisation était noire. Orlando ne savait pas quand la prochaine patrouille arriverait ni même si une autre patrouille prendrait son service, mais il ne voulait pas rester là à attendre.

— Ce sera donc le métro, déclara-t-il.

Main dans la main, ils marchèrent dans les couloirs silencieux jusqu'à ce qu'ils atteignent la sortie. Après avoir jeté un dernier coup d'œil à l'intérieur, Alain laissa Orlando le conduire à travers les rues vers la station de métro, l'inverse de la première fois où ils étaient venus au siège de la Milice ensemble. Quel chemin, ils avaient parcouru depuis !

— Peux-tu croire que tout est fini ? demanda Orlando alors qu'ils descendaient dans les tunnels pour prendre le métro qui les mènerait à leur destination.

Alain secoua la tête.

— Ce n'est pas fini. Ça ne fait que commencer.

— La guerre, je voulais dire, précisa Orlando.

— Non, je ne peux pas y croire, reconnut Alain. Cela fait plus de deux ans. Je n'ai eu le temps pour rien d'autre. Ce sera étrange de ne plus être en patrouille tout le temps.

— Alors, que feras-tu ? Voulut savoir Orlando.

Alain haussa les épaules.

— J'ai encore un emploi à l'ANS. Je suppose que je vais retourner travailler pour Marcel, juste à une affectation différente de celle que j'ai eue au cours des deux dernières années. Qu'en penses-tu ? Maintenant que tu as la liberté de te déplacer à la lumière du jour, tes options sont à peu près illimitées.

— Je n'ai même pas réfléchi au-delà de la fin de la guerre, reconnut tristement Orlando. Jusqu'à il y a quelques semaines, pour moi, il n'y avait pas toutes ces options de toute façon. Je n'ai pas besoin d'un emploi. L'héritage de Thurloe m'est revenu quand il a été détruit ; aussi longtemps que je me montre relativement économe, je n'ai pas besoin d'un revenu plus élevé que ce que je gagne avec les intérêts de ses investissements. L'appartement est payé depuis longtemps de sorte que ce n'est pas un problème.

— Je ne pensais pas vraiment à ça, je me demandais comment tu comptais occuper tes heures pendant que je serais au travail, expliqua Alain. Je n'aime pas l'idée de toi seul à la maison à ne rien faire pendant que je suis loin. Sauf si tu veux également venir travailler pour l'ANS.

— Je suis sûr que je peux trouver quelque chose pour me tenir occupé, le taquina Orlando. Tous les endroits que je n'ai jamais pu visiter, sauf la nuit. Toutes les œuvres d'art que je n'ai jamais été en mesure de voir, hormis dans les livres. Tous les magasins qui étaient toujours fermés pour moi. Mais j'aime l'idée de travailler pour améliorer les choses.

— Je pense que j'ai créé un monstre, ironisa Alain affectueusement.

Orlando rit, comme Alain l'avait prévu, illuminant son visage d'une joie intérieure si radieuse, si tentante qu'Alain ne put se retenir de se pencher pour embrasser son amant. Il ignora les banlieusards, ne se préoccupant pas de l'agitation des conversations autour de lui. Son seul centre d'intérêt était le vampire qui lui retournait actuellement son baiser avec une séduisante ardeur.

— Ce métro ne peut-il pas aller plus vite ? murmura-t-il à bout de souffle en mettant fin au baiser.

— Il ne reste que quelques minutes, assura Orlando alors que le métro approchait de l'arrêt du Père-Lachaise.

Pour apaiser les tensions entre eux, il prit la main d'Alain, caressant légèrement ses doigts tout en changeant de sujet.

— Que faisais-tu de ton temps libre avant, quand tu en avais ?

— J'avais tendance à faire des travaux dans et autour de la maison, répondit Alain. Des petites réparations, ce genre de chose. Henri et moi avions l'habitude d'évoquer l'idée d'acheter une vielle maison à la campagne et de la retaper nous-mêmes pendant le week-end. C'était vraiment un rêve de gamin. Un que nous n'avons jamais réalisé.

— Ce ne serait pas avec Henri, mais il n'y a aucune raison pour que nous ne puissions pas le faire maintenant, proposa doucement Orlando. Une grande maison ancienne avec une immense cour. Nous pourrions travailler dessus petit à petit. Je sais que tu dis que notre appartement est très bien, et il l'était jusqu'à présent, mais

311

je pense qu'il va commencer à paraître bondé avec nous deux. Une maison nous offrirait plus d'espace, nous permettrait de recevoir des amis maintenant que j'ai enfin des gens à inviter.

La voiture ralentit avant de s'immobiliser à leur arrêt. Ils sortirent machinalement de la station de métro, prêtant à peine attention à leur environnement pendant qu'ils discutaient de leur avenir.

— Je ne sais pas, hésita Alain. Je ne suis pas sûr de pouvoir le faire maintenant, sans Henri. Ça a toujours été notre rêve.

— Je comprends, répondit immédiatement Orlando. Nous n'avons pas besoin de nous précipiter dans quoi que ce soit. Penses-y, c'est tout. Si à un moment tu décides que c'est quelque chose que tu veux à nouveau, sache que je serai intéressé.

Alain hocha la tête, ne sachant pas comment ces rêves, soudain ravivés, pouvaient s'intégrer dans son psychisme encore en cours de cicatrisation. Le fait qu'Éric soit revenu au bercail aidait avec certains sentiments de perte, mais rien ne pouvait remplacer son fils. Peut-être que s'il était tombé amoureux d'une autre femme après la mort d'Edwige, il l'aurait vécu différemment, mais Orlando, un mâle et un vampire, ne pouvait certainement pas lui donner un enfant avec qui renouveler ces rêves.

— Nous pourrons y réfléchir, accepta-t-il finalement.

Ils arrivèrent à l'entrée de l'immeuble d'Orlando et montèrent les marches avec plus d'urgence maintenant que le désir qu'ils avaient réprimé dans le métro revenait au premier plan. S'empressant d'entrer, ils fermèrent la porte derrière eux, s'enfermant dans l'intimité et la sécurité de leur domicile. Alain ferait ce qu'il avait dit, il réfléchirait à la possibilité d'acquérir une maison de campagne – il devait admettre que l'idée le séduisait encore –, mais il doutait de pouvoir un jour se résoudre à abandonner également leur appartement. Pas alors que c'était là où ils avaient fait l'amour pour la première fois, où ils étaient tombés amoureux. Avec ce qu'il avait économisé, il avait de quoi faire un apport important pour l'achat d'une maison et son salaire à l'ANS couvrirait facilement un prêt bancaire, sans qu'il soit nécessaire de puiser dans le revenu d'Orlando. Ils pourraient en utiliser une partie pour acheter des outils et des matériaux s'ils décidaient d'investir dans une maison ayant besoin d'une restauration.

— Un centime pour tes pensées, murmura Orlando, enfouissant son nez dans le cou d'Alain.

— Je pensais juste que cet appartement serait toujours spécial pour moi, même si nous finissons par acheter également un autre endroit, expliqua Alain. Tant de choses se sont passées ici. La première fois que nous nous sommes embrassés, la première fois que tu t'es exposé à la lumière du soleil, la première fois que tu t'es réellement nourri de moi. La première fois que nous avons fait l'amour.

— La première fois que tu m'as fait l'amour, ajouta Orlando avec un clin d'œil. Je vois ce que tu veux dire quand tu dis ne pas vouloir laisser ces souvenirs disparaître, mais tu sais qu'ils resteront une partie de nous, même si nous vivons ailleurs.

— Je sais, admit Alain. La suite de ma pensée était que, puisque tu n'as pas de crédit sur cet appartement, nous pouvons nous permettre d'avoir un deuxième logement sans avoir à vendre celui-ci. Marcel me paye plutôt bien. Certainement assez pour permettre de payer les remboursements d'un prêt de maison.

— C'est bon à savoir, le taquina Orlando. Sinon, je pourrais penser que tu me voulais pour mon argent.

Alain se mit à rire.

— Je ne savais même pas que tu avais de l'argent jusqu'à ce que tu le mentionnes tout à l'heure. Difficile de te vouloir pour quelque chose que je ne savais même pas que tu possédais.

— Je ne suis pas de nature à en faire étalage, compte tenu de mon manque de chance par le passé, souligna Orlando. Et je l'oublie, la plupart du temps. Je ne fais rien. L'argent est investi et tous les dividendes sont automatiquement déposés sur mon compte bancaire. Tout ce que je fais, c'est de dépenser ce dont j'ai besoin. Et je n'ai pas besoin de beaucoup. Juste d'un toit au-dessus de ma tête et de sang pour boire.

— Tu t'es occupé du toit sur ta tête, mais je serai heureux de te fournir tout le sang que tu veux, répondit immédiatement Alain en tendant son poignet.

— Ce n'est pas ainsi que je le veux, contra Orlando, repoussant le menton d'Alain vers le haut pour pouvoir atteindre la peau rasée de son cou. Je préfère te mordre ici.

— Je me moque de l'endroit où tu me mords, aussi longtemps que tu le fais, répondit Alain en retenant son souffle.

Orlando sourit.

— Alors, nous ne sommes pas dans la bonne pièce, parce qu'il n'est pas question que je me nourrisse sans te faire l'amour en même temps.

— Dieu merci, soupira Alain, se fondant dans l'étreinte d'Orlando.

Orlando conduisit Alain dans la chambre, leurs lèvres se rejoignant à plusieurs reprises tandis qu'ils se déplaçaient dans la pièce sombre. Orlando tendit la main vers la lampe.

— Je veux te voir, fit-il alors qu'Alain commençait à se déshabiller.

Il attrapa les mains du magicien, les replaçant sur ses hanches.

— Je veux le faire, expliqua le vampire.

— Tout ce que tu veux, accorda Alain.

Il laissa ses mains là où Orlando les avait placées et regarda son amant déboutonner lentement sa chemise, embrassant chaque centimètre de peau qu'il dévoilait, insistant sur les mamelons sombres. Le dos d'Alain se cambrait sous les petits pincements, mais les crocs d'Orlando restèrent prudemment à l'écart de la chair sensible.

313

Les mains d'Alain vinrent envelopper la tête d'Orlando, ses doigts s'emmêlant dans les longues mèches sombres du vampire.

— Tu peux me mordre, murmura-t-il.

— Oh, je vais le faire, promit Orlando, mais pas encore. Il y a d'autres choses que je veux te faire d'abord, et une fois que j'aurai eu un avant-goût de ton sang, je ne serai plus en mesure de m'arrêter.

— J'aime entendre ça, murmura Alain alors que les mains d'Orlando achevaient de déboutonner sa chemise et la repoussaient hors de ses épaules.

— J'aime ta poitrine, commenta Orlando tandis que ses lèvres poursuivaient leurs pérégrinations.

Il tirait légèrement sur les poils disséminés le long des muscles puissants, profitant de la texture sous ses doigts.

Alain rougit, un mélange de désir et d'embarras colorant ses joues, mais il accepta le compliment, avec la ferme intention de le lui retourner au moment approprié. Puis les lèvres d'Orlando aspirèrent fermement la peau en dessous de son nombril et le fil de pensée d'Alain se rompit complètement.

— Plus fort, pria-t-il.

Orlando tomba à genoux et fit ce qu'Alain demandait, suçant plus fort jusqu'à faire apparaître une légère ecchymose à la surface. Pendant que ses lèvres et ses dents s'occupaient de la peau sensible, ses mains s'attaquaient à sa ceinture, au bouton et à la fermeture éclair du pantalon d'Alain, l'ouvrant pour offrir un accès à son véritable objectif : le sexe de son amant.

Il jaillit librement dès qu'Orlando repoussa le boxer vers le bas, dur, long et déjà fuyant. Orlando prit toute la longueur dans sa bouche, le sentant cogner à l'arrière de sa gorge en le faisant. Il léchait avidement la totalité du membre, voulant procurer à Alain autant de plaisir que possible.

Les yeux d'Alain se révulsèrent tandis qu'il luttait pour maintenir son équilibre contre l'attaque ciblée de ses sens. Ses cuisses tremblaient, un signal Orlando perçut immédiatement.

— Allonge-toi, suggéra le vampire. Je veux que tu sois beau et humide. Tu as un peu de rattrapage à faire.

Alain secoua la tête alors qu'il se déplaçait vers le lit.

— Nous ne marquons pas les points, rappela-t-il à Orlando. Je ne me lasserai jamais du sentiment que tu me perces de toutes les manières possibles, alors oublie cette pensée. Ce soir, je te veux en moi, comme tu l'étais la première fois où nous avons fait l'amour.

— Est-ce que c'est ce que nous faisons ce soir ? le taquina Orlando. Nous recréons la première fois où nous avons fait l'amour ?

Alain secoua la tête.

— Aussi précieux que soit ce souvenir, il n'est pas complet. Tu ne m'as pas mordu à l'époque et je ne veux pas renoncer à ce plaisir ce soir.

— Moi non plus, admit Orlando, reconnaissant une fois de plus de l'acceptation volontaire d'Alain de tous les aspects de la nature vampire de son amant.

— Viens me faire l'amour, appela Alain.

Orlando se mit à genoux entre les jambes écartées de son amant, lui sourit et revint prodiguer son attention au sexe d'Alain. Il avait l'intention d'accéder à la demande de son amant… au moment qu'il choisirait et au rythme qu'il déciderait.

Alain s'étoffa dans la chaleur accueillante de la bouche d'Orlando, révélant à quel point ils avaient fait du chemin depuis ce premier après-midi ensemble où ils avaient hésité sur chaque caresse. Orlando pouvait s'attarder maintenant, car il le faisait par désir, pas par peur, un aphrodisiaque plus puissant que n'importe quelle drogue. Il haleta quand Orlando lécha le sommet de son érection, taquinant de la langue le prépuce et le méat dégoulinant. Il voulait supplier, implorer son amant de se dépêcher, mais aucun mot ne sortit. Seul un long gémissement lui échappa. Orlando leva des yeux pétillants de plaisir vers lui et se mit à lécher un chemin vers la base de son sexe, puis plus bas, suçant les bourses lourdes, sa main remplaçant ses lèvres sur le membre dur.

Alain haletait lourdement tout en écartant les jambes plus largement, s'ouvrant pour tout ce qu'Orlando choisirait de lui faire. Il envisagea de demander à Orlando de lui faire un anulingus, mais il ne savait pas comment son amant prendrait cette requête, même s'il parvenait à faire fonctionner sa gorge pour donner de la voix à cette pensée. Puis des doigts froids enduits de lubrifiant trouvèrent son entrée et tracèrent leur chemin en lui, l'étirant. Alain mit la pensée de côté pour une autre fois, pour un moment où il aurait la chance d'aborder le sujet avec son vampire dans un contexte moins intense.

Immanquablement, Orlando trouva la prostate d'Alain, ses doigts taquinant la bosse sensible jusqu'à ce qu'Alain se torde sur le lit, un bredouillage sortant de ses lèvres. Il voulait plus, il désirait que le sexe de son amant l'étire à la place, mais il ne parvenait pas à formuler cette demande, pas plus qu'il ne pouvait en énoncer une autre. Orlando semblait cependant savoir ce qu'il lui fallait, libérant ses doigts et guidant son sexe entre les fesses d'Alain, le taquinant un peu avant de s'enfoncer dans le fourreau chaud du magicien.

Alain gémit désespérément, affamé de pouvoir sentir la première connexion entre eux, le claquement de sa mise en place. Fermant les yeux, il laissa le lien émotionnel passer également au premier plan. À présent, il ne manquait plus que les crocs d'Orlando.

Comme si elles n'attendaient que cela, les lèvres d'Orlando se posèrent sur son cou, trouvant la marque, la léchant une fois avant de percer la peau d'Alain avec ses canines.

— Orlando !

Le désespoir dans la voix d'Alain correspondait à la nécessité dans son sang, appelant une réponse comparable dans les reins d'Orlando. Cependant, il se força à rester lent et même à maintenir un rythme mesuré, ne voulant pas précipiter leurs ébats amoureux. C'était encore trop nouveau, trop innovant, pour se dépêcher, quand bien même il pouvait goûter le désir d'Alain dans son sang. Ses mains immobilisèrent les hanches d'Alain, le condamnant au même rythme lent.

— S'il te plaît, supplia Alain, mais Orlando conserva ses mouvements lents et sensuels.

Il unissait leur corps de la même manière qu'ils avaient uni leurs vies : totalement, complètement et de toutes les manières possibles. Alain sursautait et se tordait sous lui, ses mouvements conduisant les crocs d'Orlando plus profondément à chaque poussée au point que le vampire pensait pouvoir se fondre dans la chair d'Alain pour vraiment ne plus faire qu'un. Il n'avait jamais connu un sentiment de connexion aussi intense avec un autre être, vampire ou mortel, et il savait que rien ne pouvait se comparer à ça. La prise de conscience de la mortalité d'Alain pesa lourdement sur lui, mais il la repoussa, se concentrant sur l'instant présent, se délectant de chaque sensation afin qu'il ne puisse interférer avec ce moment, avec la perfection de ces minutes hors du temps. Il conserverait ces souvenirs en lui pour toujours, gravé dans son cœur aussi sûrement que l'empreinte de son anneau était gravée dans le cou d'Alain.

— S'il te plaît, haletait Alain à nouveau.

Cette fois, Orlando céda, ses hanches s'activèrent plus fortement pour les conduire désormais à leur jouissance, le plaisir les poussant en avant. Leurs corps se débattaient pour une libération, mais elle planait juste hors de portée.

Brisant le baiser du vampire, Orlando leva la tête pour pouvoir croiser le regard céruléen d'Alain.

— Je t'aime, dit-il fermement avant de sceller les lèvres de son amant avec les siennes.

Ce fut le contact dont ils avaient besoin, les mots, le baiser d'amant, cela suffit à propulser leur orgasme, leur jouissance débordant entre eux pour enduire le canal d'Alain et leurs ventres. Orlando s'effondra sur son magicien, ignorant la viscosité entre eux tandis qu'ils continuaient à s'embrasser, tendrement, lentement, plus amoureusement maintenant que le désir de leurs corps était rassasié. Ils savaient tous les deux que leurs âmes ne le seraient jamais.

— Chaque fois c'est encore mieux que la fois précédente, murmura Alain, et pourtant, chaque fois, je pense que nous avons atteint la perfection.

Orlando sourit, cachant la douleur amère de la perte inévitable. Alain était un sorcier. Il devrait facilement vivre encore quatre-vingts ou quatre-vingt-dix ans, peut-être plus, cependant c'était un battement d'ailes à l'échelle d'un vampire, et déjà Orlando redoutait le retour à la solitude qu'il avait subie pendant tant d'années.

— Nous sommes ensemble. Pour moi, c'est la définition de la perfection, dit-il.

Alain embrassa Orlando, les faisant rouler sur le côté afin qu'ils soient installés plus confortablement.

— Donc, une maison à la campagne, dit-il après un moment. Veux-tu vraiment réparer une vieille maison délabrée juste pour nous ?

— Ce serait quelque chose de différent, répondit Orlando. Je faisais un peu de menuiserie avant de devenir soldat. J'en ai probablement oublié la moitié, voire plus, mais ça pourrait être un défi. Quelque chose pour nous tenir occupés.

Alain se mit à rire.

— Tu penses que nous aurons besoin de quelque chose pour nous tenir occupés ? Je dirais que nous sommes plus susceptibles d'avoir besoin d'une excuse pour échapper à tout le travail que Jean et Marcel vont nous trouver à faire, maintenant que la guerre est finie.

— Je pensais que la guerre était le travail, riposta Orlando.

Alain secoua la tête.

— C'était le travail, mais maintenant nous avons une nouvelle série de défis à relever, nous devons essayer d'intégrer les vampires au reste de la société. Sans parler de toutes les questions sur les partenariats et de leurs autres effets. Nous n'avons aucune idée de l'envergure qu'ils vont prendre, même pour les partenaires sans Aveu de Sang. Et pour nous deux… les possibilités sont infinies.

Si seulement cela était vrai, songea amèrement Orlando.

— Hé, le cajola Alain quand Orlando ne répondit pas comme il l'avait espéré. Nous sommes censés faire la fête. Nous sommes enfin libres de vivre notre vie sans nous soucier de Serrier, de la guerre ou de toutes autres choses. Nous sommes censés être heureux.

— Je suis heureux, assura résolument Orlando. Plus heureux que je ne l'aie jamais été. C'est juste que…

Il détourna les yeux, incapable de répondre au regard d'Alain, refusant de laisser ses pensées déprimantes s'exprimer à voix haute.

— Rien ne nous séparera jamais, jura doucement Alain, devinant la raison du silence d'Orlando. Oui, je suis mortel et rien ne peut changer ça, mais même la mort ne parviendra pas à te sortir de mon cœur. Je t'aimerais toujours.

— Je t'aimerai tout aussi longtemps, jura Orlando.

Alain resserra son étreinte.

— Nous avons des années avant que nous ayons besoin de nous soucier de voir quelque chose nous séparer. Repose-toi maintenant. Je veillerai sur tes rêves.

XLII

— Mesdames et Messieurs, c'est avec beaucoup d'émotion que je me tiens aujourd'hui devant vous pour la dernière fois en tant que général de la Milice de la Sorcellerie, annonça Marcel d'une voix rauque alors qu'il regardait les attachés de presse qu'il avait affrontés tant de fois. Alors que nous parlons, la Milice est officiellement démantelée et ses agents retournent à la vie civile. À ceux qui ont servi avec moi ces deux dernières années, je vous dis merci. Nous devons la survie de notre société à votre dévouement et à vos sacrifices. À ceux qui les accueilleront de nouveau dans leurs bureaux et dans leurs vies, qu'ils se souviennent de ce qu'ils ont vécu et qu'ils se montrent patients avec eux. Beaucoup d'entre eux ont été blessés physiquement et moralement. La majorité a subi de grandes pertes. Et certains d'entre eux ont également accueilli des vampires dans leur vie, formant des partenariats qui se poursuivront par-delà la Milice et qui les affectent d'une manière que nous commençons à peine à comprendre. Ces hommes et ces femmes ont souffert et ont aussi fait des sacrifices, et ils méritent votre respect et votre ouverture d'esprit. Je ne peux pas vous ordonner de les accepter, mais je voudrais que vous leur donniez la même chance que vous offririez à toute nouvelle personne importante dans la vie de vos amis ou de vos collègues. Ils ont au moins mérité ce droit.

« Alors que je retourne moi aussi à la vie civile, je réalise que le poids de l'âge se fait sentir, continua Marcel. Contrairement à la plupart des magiciens que je commandais pendant la guerre, je ne suis plus un jeune homme. J'ai passé les soixante dernières années dans la fonction publique à servir la communauté des sorciers et la France. Je suis fatigué, Mesdames et Messieurs. Aussi, une fois que la Milice sera complètement démobilisée, je prendrai également ma retraite dans mes autres fonctions publiques. L'ANS passera dans les mains habiles de la jeune génération au moment où nous nous engageons dans cette nouvelle réalité où les vampires sont une part reconnue et estimée de la communauté magique, et de la société dans son ensemble. C'est avec un immense plaisir que je vous présente le nouveau chef de l'ANS, dont l'expérience, l'ingéniosité et le dévouement permettront l'avènement d'une nouvelle ère dans le monde de la magie : Raymond Payet.

Alors qu'il attendait que Raymond le rejoigne, Marcel étouffa un regain d'impatience. Il était à peine midi, et il lui faudrait attendre le coucher du soleil avant de pouvoir retourner au restaurant *Le Saulnier* pour continuer sa conversation de la veille avec Christophe. Après la séance d'aujourd'hui, il pourrait rester aussi tard que le propriétaire du café accepterait de les laisser s'attarder, et il pourrait dormir durant les heures de clarté afin d'être éveillé le soir venu. Il avait craint d'avoir du mal à trouver des sujets de conversation avec l'ancien vampire, mais leur conversation n'avait connu aucun temps mort. Il espérait qu'il n'y en aurait jamais.

Dans les coulisses, Raymond jeta un coup d'œil à Jean pour se rassurer une dernière fois avant de monter sur l'estrade et de rejoindre Marcel sur le podium. Lorsque les applaudissements polis diminuèrent, Raymond se concentra sur les caméras, sachant que son vrai public n'était pas les journalistes rassemblés en face de lui, mais les gens qui le regardaient depuis chez eux, et ceux qui liraient ce sujet dans le journal du lendemain.

— Merci, pour votre aimable présentation, Marcel, commença-t-il.

Il se racla la gorge afin d'attirer l'attention de manière plus efficace. Jean et lui avaient passé des heures à préparer ce moment, à écrire et réécrire son discours, à examiner chaque nuance pour être sûrs qu'il dirait exactement ce qu'il voulait dire, rien de plus, rien de moins.

— Mesdames et messieurs, concitoyens, c'est plein d'humilité que je me tiens devant vous aujourd'hui face aux responsabilités placées sur mes épaules par l'un des plus grands magiciens, et certainement l'un des plus grands hommes, vivant à notre époque, continua Raymond. Aucun de nous ne serait ici pour célébrer la fin de la guerre aujourd'hui, et à espérer un avenir meilleur, s'il n'y avait pas eu Marcel Chavinier et les sacrifices auxquels il a consenti au cours de ces deux dernières années.

Des applaudissements fournis accueillirent ses mots, amenant un sourire sur le visage de Raymond et des larmes dans les yeux de Marcel.

Quand le silence revint dans la salle, Raymond poursuivit :

— Aujourd'hui est un nouveau départ pour l'ANS, pour de multiples raisons. Depuis quelques années, l'Association Nationale de Sorcellerie est devenue synonyme de magiciens dans beaucoup d'esprits. Et bien que nous relevions de toute évidence de la compétence de l'ANS, nous ne représentons qu'une petite partie du royaume magique. Nous sommes des façonneurs de magie, nous faisons appel à une capacité intrinsèque pour créer des effets extrinsèques, mais nous sommes loin d'être la représentation unique des créatures magiques. L'ANS doit devenir plus qu'une simple société de magiciens. Nous devons devenir la voix de tous les êtres magiques, mortels, immortels, vivants ou non-vivants. Nous devons entrer dans une nouvelle ère d'égalité qui reconnaît et célèbre nos similitudes et nos différences.

Certains d'entre vous, que ce soit ici ou chez vous, vous vous demandez en ce moment ce que vous pourriez éventuellement avoir en commun avec une créature de la nuit, un métamorphe, une fée, un gobelin ou un troll. La réponse varie d'une personne à l'autre, d'une race à l'autre, mais tous ceux qui se sont un jour mariés, en promettant d'aimer leur conjoint jusqu'à ce que la mort les sépare, ont quelque chose en commun avec un vampire qui veut avoir un seul partenaire, un seul amant, une seule source de sang, aussi longtemps que celui-ci reste en vie. Tous ceux qui ont perdu un conjoint ont quelque chose en commun avec un autre vampire qui a enterré son Avoué il y a quatre cents ans et pleure encore sa perte, ou avec le plus ancien vampire de Paris qui pleure toujours son Avoué mille cinq cents années plus tard. Tous ceux qui se sont occupés de l'enfant qu'ils aimaient en le prenant dans leurs bras ont quelque chose en commun avec les loups-garous qui célèbrent chaque nouvelle naissance parce qu'elles sont trop rares. Vous pouvez penser que vous n'avez rien de commun avec les races supposées moins magiques, mais je vous le dis aujourd'hui : vous avez tort. Alors que nous nous engageons à progresser, l'ANS a élargi sa mission, elle protégera et parlera, non seulement pour la communauté des magiciens, mais aussi pour la communauté magique dans son ensemble.

L'alliance qui a permis à la Milice de la Sorcellerie de gagner la guerre contre Serrier a officiellement pris fin, tout comme la guerre elle-même et la Milice, mais les besoins de magie n'ont pas disparu. L'une des raisons pour laquelle l'alliance était si vitale, c'est parce qu'elle libérait des magiciens pour participer de nouveau à la tâche nécessaire de maintenir l'équilibre magique qui permet à notre monde d'exister. Imaginez donc notre joie quand nous avons découvert que la décision même de l'alliance avait contribué beaucoup plus efficacement que tout ce que nous, magiciens, aurions pu faire seuls. Le lien entre vampire et magicien est devenu plus qu'un outil militaire. Il crée une connexion magique profonde, d'une façon durable, que nous ne comprenons pas encore pleinement. Cela aussi sera l'un des nouveaux rôles de l'ANS : effectuer des recherches sur les liens des partenariats, afin que nous puissions les utiliser au maximum de leur potentiel, tout en préparant convenablement les vampires et les magiciens qui souhaiteraient participer aux multiples répercussions qui en découlent.

En 1944, nous avons reconnu le droit de vote pour tous les citoyens, indépendamment de leur sexe, garantissant aux femmes une protection égale devant la loi. Nous sommes aujourd'hui à un autre moment historique, ayant donné aux vampires la même protection. Ils ne seront plus l'objet de discrimination en raison de leur nature. Ils n'auront plus à cacher qui ils sont de peur d'être chassés de leurs maisons ou de voir leurs entreprises être détruites. Je ne suis pas naïf. Je sais qu'il faudra plus que l'adoption de la loi sur l'égalité des droits pour que les attitudes changent. Cependant, en tant que nouveau chef de l'ANS, je promets le soutien complet de l'organisation – financièrement, juridiquement et moralement – pour faire en sorte que la loi devienne une réalité pour tous les vampires, tout comme nous travaillons déjà sans relâche pour aborder les questions liées à la communauté magique. La discrimination, quelle que soit sa forme, ne peut pas être tolérée. Nous avons fait la guerre justement pour éviter que cela se produise. Nous ne pouvons pas faire semblant de ne pas voir le fanatisme de ceux qui ne choisissent pas de tenter un renversement du gouvernement dans les règles pour exprimer leurs doléances.

Même si nous aimerions tous prétendre le contraire, Serrier a touché une corde sensible chez suffisamment de magiciens pour mener une rébellion qui a duré deux ans. Bien que je déplore les méthodes qu'il a utilisées dans sa tentative d'apporter un changement, je comprends pourquoi sa propagande a eu un tel écho chez certains magiciens. Aussi, je dis dès aujourd'hui à ceux qui sont mécontents au sein de la société : je suis prêt à engager le dialogue avec tout un chacun. La seule façon dont nous pouvons éviter une répétition de cette terrible guerre, c'est en abordant les raisons sous-jacentes derrière celle-ci. Serrier était un mégalomane, sa folie lui a coûté la vie et celle de ses réformes. Bien que nous soyons débarrassés de lui, nous devons être vigilants et chercher les moyens d'éviter une récidive, non seulement de la guerre, mais aussi des griefs qui y ont mené. Pour commencer, je me suis entretenu avec le Président au sujet de la révision des lois relatives à la magie noire. La connaissance n'est jamais mauvaise. C'est de la manière que cette connaissance est utilisée, qui détermine si une chose est bonne ou mauvaise. C'est l'intention derrière un sort qui détermine s'il est, à terme, de la magie noire, pas le sort lui-même.

Enfin, en tant que nouveau chef de l'ANS, j'ai l'intention de faire pression pour plus d'éducation et un accroissement du personnel des services sociaux pour prévenir des situations comme celles que j'ai beaucoup trop entendues de la part des magiciens qui grossissaient les rangs de Serrier, où les jeunes sorciers, souvent des adolescents, étaient persécutés, autant que les vampires l'aient été, parce qu'ils étaient différents. La magie n'est pas une raison pour martyriser des enfants. Ni quelque chose qui doit être craint. Au contraire, c'est un cadeau qui doit être nourri et formé de sorte qu'il puisse être utilisé au profit de la société. Les magiciens, les vampires, les loups-garous, les fées ou les races magiques sont une partie de ce monde pour une raison. Nous sommes une partie de ce pays et il est temps que tout le monde le reconnaisse, nous y compris.

Mesdames et Messieurs, je vous remercie pour votre présence et pour votre attention. Nous avons une longue route devant nous, mais nous avons désormais mis en place les premières mesures importantes. Bonsoir à tous.

Les journalistes lancèrent des questions derrière lui, mais Raymond ne faisait plus attention à eux. Il quitta tout simplement l'estrade par l'une des coulisses de l'auditorium et se dirigea directement dans les bras de Jean qui l'attendait.

— Quoi que l'avenir nous apporte, murmura Jean à l'oreille de Raymond, je défendrai toujours ta position à la tête de l'ANS. Tout comme je le ferai dans le Jeu des Cours, au Parlement, au sein même de l'ANS ou devant les médias.

Le rire joyeux de Raymond se répercuta contre les murs. Il avait du mal à croire qu'ils en étaient arrivés là. Encore hier, quand Marcel avait fait son annonce devant l'ANS, Raymond avait reçu un standing ovation comprenant Alain, Thierry et d'autres sorciers qui avaient combattu avec la Milice, un spectacle de soutien que Raymond n'aurait pas cru possible quelques mois auparavant. Et il devait remercier le vampire – ce vampire – pour tout cela. Il glissa son bras sous celui de Jean.

— Rentrons à la maison.

ÉPILOGUE

LES PERSONNES ayant assisté aux obsèques commençaient à s'éloigner maintenant que le rite magique était achevé, les cendres d'Alain se mélangeant au sol sur son dernier lieu de repos. Orlando entendait les voix offrant leurs condoléances, sentait l'effleurement des mains sur ses épaules tandis que les amis et les connaissances passaient, mais il ne bougeait pas. Il n'avait plus ni regard ni attention pour rien en ce monde. Pas quand Alain n'y était plus.

Le silence retomba enfin sur le cimetière du Père-Lachaise, les curieux et les intimes prenant congé, seuls ou en petits groupes. Il avait été surpris par la présence en grand nombre des enfants qu'ils avaient recueillis avec Alain, beaucoup d'entre eux étant maintenant eux-mêmes des personnes âgées, puisqu'Alain avait vécu jusqu'à un âge avancé, même pour un magicien ; mais, ainsi qu'Orlando l'avait toujours su, les années avaient exigé leur prix. Orlando soupçonnait qu'Alain avait résisté beaucoup plus longtemps qu'un magicien n'aurait dû le faire, mais rien ne pouvait arrêter le passage du temps. Maintenant, il ne restait plus qu'à attendre que la magie d'Alain disparaisse.

— Orlando.

La voix de Jean pénétra le brouillard de douleur qui obscurcissait l'esprit d'Orlando, mais il ne leva pas les yeux.

— Orlando, répéta Jean, il est temps d'y aller.

Orlando secoua la tête.

— Vas-y si tu dois partir. Je sais que tu as des responsabilités.

— Tu dois rentrer aussi, insista Jean.

— Laisse-le tranquille, Jean, le réprimanda Sébastien à mi-voix. Il vient d'enterrer son Avoué. Ce genre de douleur ne peut être évacué en quelques minutes. Nous avons encore plusieurs heures avant l'aube et l'air de la nuit ne risque pas de nous faire du mal.

— Mais Raymond et Thierry…

— Sont des adultes qui peuvent décider eux-mêmes s'ils veulent veiller avec Orlando ou non, l'interrompit Raymond, malgré la sensation de froid qui s'infiltrait dans ses vieux os.

Un sort de réchauffement murmuré discrètement prendrait soin de ce problème, aussi ajouta-t-il :

— Laisse-le faire ses adieux, Jean.

Thierry garda le silence, la perte était presque aussi écrasante pour lui, mais il s'obligea à la mettre de côté pour se concentrer sur l'amant de son meilleur ami.

Alain avait disparu et rien ne changerait cela, mais Orlando était toujours là et il avait, plus que jamais, besoin de ses amis.

Le vent reprit, amenant un sourire amer sur le visage de Thierry. Alain ne convoquerait plus jamais une brise rafraîchissante. Les rafales entraînaient les feuilles dans un tourbillon autour des pierres tombales avec des craquements secs, un courant d'air entourant la forme agenouillée d'Orlando.

— Quel jour sommes-nous ? demanda soudain Orlando.

— Le dix-huit octobre, répondit Thierry. Pourquoi ?

Orlando ne répondit pas immédiatement, un sanglot lui échappa alors que les larmes qu'il ne pourrait jamais verser lui brûlaient les yeux.

— C'est le jour anniversaire de la nuit où nous nous sommes rencontrés, dit-il finalement, sa voix se brisant pendant qu'il parlait. J'ai goûté son sang ici pour la première fois, il y a quatre-vingt-seize ans ce soir.

— Je pense qu'il est tombé amoureux de toi ce soir-là, confia Thierry. Je ne sais pas s'il ne te l'a jamais dit, mais avec le recul, pour moi, c'est clair comme le jour.

Orlando secoua la tête.

— Nous n'en avons jamais parlé en ces termes. Il m'aimait. C'est tout ce que j'avais besoin de savoir.

Ils se turent à nouveau pendant un certain temps, les doigts d'Orlando remuant doucement la terre au pied du monument que l'ANS avait érigé en l'honneur d'Alain. Son nom était gravé nettement dans le marbre sombre avec les dates de sa naissance et de sa mort. En se penchant en avant, Orlando retraça les lettres. Alain Magnier. Comme si la totalité de la vie de l'homme pouvait se résumer à ces deux mots.

— Tu étais au séminaire, Jean, dit soudain Orlando. Penses-tu que nos âmes ont été damnées lorsque nous avons été transformés ?

— Bien sûr que non, répondit aussitôt Jean, sa main allant instinctivement se poser dans le dos de Raymond comme s'il recherchait le réconfort de ce contact. Nos âmes ne sont pas plus damnées en raison de notre nature que celle de n'importe quel mortel. Nous aurons à répondre de nos actes, comme tout le monde, mais pas pour ceux qui ont décidé de nous transformer.

— Bien, murmura Orlando, ses doigts creusant la terre. Alors, il y a de l'espoir pour moi après tout.

— Orlando ? Qu'envisages-tu de faire ?

Regardant enfin son plus vieil ami, Orlando sourit timidement.

— Il n'y a rien pour moi ici. Je n'ai pas la force de Sébastien. Je ne peux pas survivre à des centaines d'années de vacuité en comptant sur le hasard pour rencontrer un jour quelqu'un d'autre et en tomber amoureux à nouveau. Je ne peux pas. Alain est le seul homme que j'aimerai jamais.

Il secoua la tête lorsque Jean fit mine de vouloir le contredire.

— Ne me dites pas que je ne peux pas en être sûr, s'entêta-t-il avec véhémence. J'en suis certain. Il n'y avait personne avant lui et il n'y en aura pas après. Alain était l'air que je respirais et le sang que je buvais. Il était autant une partie de moi que n'importe quel organe vital et, sans lui, je suis seulement la moitié d'un homme. Vous enterrerez mes cendres avec les siennes, n'est-ce pas ?

— Orlando…

Ignorant le regard choqué de Jean, Sébastien se mit à genoux à côté d'Orlando, prenant doucement sa main.

— Ils disent que le temps guérit toutes les blessures, mais ce n'est pas vrai, tu sais, confia-t-il. Certaines blessures sont trop profondes pour être guéries un jour. Certains liens sont trop profonds pour être brisés un jour.

— As-tu un jour pensé à… ?

— Plus de fois que je ne peux en compter, répondit immédiatement Sébastien.

— Pourquoi ne l'as-tu pas fait ?

— Parce que, avant sa mort, Thibaut m'a fait promettre de trouver un autre amour, expliqua Sébastien. Je ne pouvais pas me résoudre à rompre cette promesse. Et dans mon cas, il avait raison. J'ai survécu et j'ai trouvé un autre amour aussi profond et incontournable que le premier. Mais c'était mon choix. Ça n'a pas à être le tien.

Il ne mentionna pas que, bientôt, lui aussi devrait faire face à cette perte inévitable, Thierry n'était pas beaucoup plus jeune que l'avait été Alain.

— Il ne peut pas l'être, s'excusa Orlando. Je ne veux pas d'un autre amour. Je veux juste Alain.

— Il sera toujours vivant dans ton cœur, lui rappela Jean. Tu ne devrais pas faire ça.

— Si, s'entêta Orlando, je vais le faire. Je sais que le lien magique a disparu, mais la pensée du sang de quelqu'un d'autre me rend aussi malade maintenant qu'il le faisait lorsque l'Aveu de Sang nous liait encore. L'idée de tenir un autre corps assez proche pour pouvoir boire, même de façon impersonnelle à *Sang Froid*, me donne la chair de poule. Je ne peux pas le faire, Jean. Je ne vais pas trahir sa mémoire ou notre amour de cette façon. Il ne m'a pas demandé de faire le genre de promesse que Thibaut a demandé à Sébastien. Il savait que je ne pourrais pas la faire. Si j'étais mortel, je passerais mes journées à attendre que nous soyons réunis, mais je ne le suis pas. Mes jours ne sont pas limités par l'âge, alors à la place, je vais les limiter par choix. Ainsi nos âmes se retrouveront l'une l'autre et rien ne pourra plus jamais nous séparer à nouveau.

— Et si tu as tort ?

— Alors je ne souffrirai pas plus de quelques secondes.

Jean tressaillit, comme s'il avait été frappé.

— Ne dis pas ça.

— Jean, arrête, le réprimanda Sébastien. Orlando était assez adulte pour entrer dans un Aveu de Sang. Il l'est assez pour décider comment se charger de ses conséquences. Nous l'avons soutenu quand les gens doutaient de lui au cours de l'alliance. Nous lui devons notre soutien maintenant.

— S'il te plaît, Jean, murmura Orlando à mi-voix. Ne rends pas ça plus difficile que ça ne l'est.

— Difficile ? Tu me demandes de rester là, à ne rien faire, pendant que tu te détruiras !

— Non, répondit Orlando doucement. Je te demande de veiller avec moi jusqu'à ce que je puisse rejoindre l'homme que j'aime pour l'éternité. Je sais que tu ne le vois pas comme ça, mais, sois heureux pour moi, Jean. Sois heureux que j'aie pu connaître un amour si fort, si dévorant que rien ne pourra jamais le remplacer. Sois heureux que je sois tombé amoureux d'un homme que je respectais autant que je le désirais. Sois heureux que je puisse enfin, vraiment, être en paix.

— Thierry ? appela Jean en se tournant vers l'ami d'Alain. Tu ne peux pas me dire qu'Alain aurait voulu ça.

— Alain ne l'aurait pas demandé, non, admit Thierry, mais je sais aussi qu'il n'aurait pas survécu plus de quelques jours si quelque chose était arrivé à Orlando. Tu ne te souviens pas de l'état dans lequel il était quand Orlando a disparu pendant la guerre ?

— Ne laisse pas les derniers mots que tu auras avec Orlando être des mots difficiles, conseilla Raymond à Jean. Tu n'auras pas la chance de faire amende honorable plus tard. C'est son choix, même s'il est difficile pour nous. Offre-lui le même respect que tu as toujours accordé à ses décisions.

— S'il te plaît.

La voix d'Orlando était douce, à peine audible dans le bruissement des feuilles que le vent bousculait.

Jean baissa la tête acceptant la défaite :

— Dans ce cas, je resterai avec toi. Tu ne devrais pas avoir à faire face seul à ta fin.

— Merci, Jean.

Jean se mit également à genoux à côté d'Orlando, en face de Sébastien, serrant le bras d'Orlando dans un soutien muet.

Les étoiles poursuivirent leur course au-dessus de leurs têtes, les heures passant dans une veillée silencieuse pendant qu'ils attendaient l'aube. Lentement, l'obscurité s'éclaircit, signe avant-coureur du lever du soleil.

— Je suis effrayé, admit Orlando à mi-voix face à la disparition de l'obscurité et à l'approche du soleil à l'horizon.

— Dis un mot et Thierry ou Raymond t'enverra en sécurité, offrit Jean une dernière fois.

Orlando secoua la tête.

— Non, c'est ce que je veux faire.

Le soleil se libéra de l'horizon.

— Adieu, Jean. Souviens-toi de moi avec tendresse.

Le dos d'Orlando se voûta pendant un moment, un étrange mélange de douleur et de joie s'affichant sur son visage et, ensuite, il disparut, son corps se désintégrant en un tas de cendres aux pieds de Jean et de Sébastien.

Jean s'effondra en avant sur le sol, incapable de retenir son cri de protestation. Raymond et Sébastien l'attirèrent dans une étreinte réconfortante tandis que Thierry enfonçait ses mains dans la terre à côté du tas de cendres. Le sol se retourna, recevant sa seconde offrande en moins de douze heures.

— Regardez, dit-il doucement, attirant l'attention des trois autres hommes.

Le marbre miroitait, le nom d'Orlando apparaissant sur la pierre à côté de celui d'Alain.

— C'est toi qui as fait ça ? demanda Raymond.

Thierry secoua la tête.

La brise dansa autour de leurs têtes, ébouriffant leurs cheveux. Un rire retentit dans leurs esprits, joyeux, sans complexe.

— Je pense que c'est Alain qui l'a fait.

Extrait

Partenariat Périlleux

Un autre roman de Partenariat de sang

Par Ariel Tachna

Un an après la fin de la guerre qui les avait réunis, Raymond Payet et Jean Bellaiche ont trouvé un équilibre dans leur relation : Jean ne boit que le sang de Raymond ; Raymond ne dort que dans le lit de Jean. Les exigences de leurs rôles publics, l'un comme président de l'Association Nationale de Sorcellerie (ANS), l'autre comme chef de la Cour des vampires parisiens, les maintiennent occupés avec les retombées de la guerre ainsi que celles de l'Alliance, et plus particulièrement avec les partenariats – pas toujours, réussis – entre vampires et magiciens.

La fondation d'un institut de recherche et d'éducation des magiciens et des vampires, sur les implications des liens de partenariat, ne fait qu'ajouter à ces responsabilités. Lorsque des factions politiques, à la fois vampires et mortelles, s'opposent aux décisions de leurs dirigeants, le stress commence à affecter la relation de Raymond et de Jean. Et quand l'opposition politique tourne au vandalisme et à la violence, cela les met devant l'obligation de trouver un moyen de concilier leurs vies personnelles et professionnelles, avant que les forces extérieures et internes ne les séparent.

Prochainement das
www.dreamspinner-fr.com

I

Un an plus tard

RAYMOND SE glissa à l'intérieur de son immeuble, maudissant la pluie qui coulait dans son cou et le long de son dos, malgré son manteau ensorcelé qui était censé le protéger des intempéries. Il avait vraiment besoin d'un manteau avec une capuche.

Ou alors, il avait besoin d'ajuster les sorts sur l'appartement de Jean qu'ils partageaient pour lui permettre de se déplacer directement à l'intérieur, plutôt que d'avoir à marcher pour passer à travers. Il avait déjà songé qu'il devait le faire voilà plus d'un an, mais quelque chose semblait toujours avoir la préséance. Comme convaincre le monde qu'il n'avait pas les mêmes tendances mégalomanes qu'avaient eu Serrier, même s'il avait pris le parti du sorcier rebelle au début de la rébellion. Il avait dit à Marcel que le mettre à la tête de l'ANS était une erreur, mais Marcel n'avait pas écouté. Raymond en était heureux la plupart du temps. Il aimait son travail, appréciait les défis que représentaient tous les changements apportés par l'alliance, la guerre et la loi sur l'égalité des droits. Il aurait pu se passer de la bureaucratie, mais il pensait qu'elle faisait partie de n'importe quel travail et, au moins, il avait un statut suffisant pour s'en éviter une bonne partie. Pas autant que Marcel, mais beaucoup plus que ce qu'il avait prévu quand il avait accepté de prendre le poste. Cela aidait que personne ne sache, même maintenant, exactement ce qu'il attendait de…

— Jean.

Les bras autour de sa taille ne pouvaient appartenir à personne d'autre, et pas uniquement parce que ses sorts ne laisseraient pas quelqu'un d'autre les traverser sans sa permission expresse. Jean et lui en avaient débattu longuement, mais à la fin, ils avaient admis que faire une seule exception créerait un précédent pour d'autres exceptions, et aucun d'eux ne pouvait se permettre de prendre ce risque. Pas plus qu'ils ne voulaient que les gens, amis ou ennemis, passent par là à toutes heures du jour et de la nuit. Marcel avait maintenu une véritable politique de porte ouverte, à la fois à son bureau et chez lui, mais alors que Raymond était disposé à offrir cette considération au travail, il n'avait aucun désir de partager la maison que Jean et lui avaient aménagée avec des interlocuteurs inattendus.

— Comment était ta journée ? demanda Raymond, en se retournant dans les bras de Jean.

Ils avaient gardé des horaires identiques, après avoir ajusté leurs plannings pour permettre aux sorciers et aux vampires d'accéder à leur aide, mais ils se voyaient rarement l'un l'autre pendant plus de quelques minutes quand ils travaillaient, à moins qu'ils n'aient prévu une réunion. Les jours où ils passaient la totalité de leur temps de travail ensemble avaient pris fin avec la guerre.

— Longue, lui répondit Jean, ses lèvres se posant contre le cou de Raymond, ce qui laissait espérer au magicien que Jean allait demander à se nourrir ce soir.

Cela faisait trois jours, et Raymond continuait à regretter l'intimité d'une alimentation quasi constante. Il savait que cela avait été le produit de la situation, et non pas quelque chose qu'ils pourraient maintenir sur le long terme. Cependant, cela ne semblait faire aucune différence pour son désir, en particulier lorsque leurs horaires empêchaient Jean de se nourrir tous les soirs.

— Moi aussi, reconnut Raymond.

Ses bras enveloppèrent la taille élancée de Jean, il était toujours étonné, même après une année, par l'apparence trompeuse de son amant. Jean n'avait pas l'air assez fort pour faire le moindre mal à une mouche, mais Raymond l'avait vu balancer un homme adulte à travers la rue sans forcer. Il ferma les yeux tandis qu'il respirait le parfum épicé d'eau de Cologne de Jean, se demandant s'il oserait garder ses informations jusqu'au matin. Il ne voulait pas empêcher Jean de s'alimenter, mais elles pourraient certainement tuer toutes pensées romantiques.

Jean soupira, embrassa le cou de Raymond et leva la tête.

— Nous avons un problème.

Raymond fit écho à son soupir.

— Je devine que ce problème est le même que celui qui a atterri sur mon bureau aujourd'hui. Paul Charlot et son partenaire ?

Jean hocha la tête.

— On pourrait croire que tous nos avertissements empêcheraient les gens de former des partenariats sans précautions, mais d'après ce que Guillemin m'a dit, aucun n'est heureux avec ce lien.

— Merde, gémit Raymond. Paul a dit la même chose. Pourtant, tout ce que les gens ont besoin de faire, c'est de regarder Alain et Orlando, ou Sébastien et Thierry, ou n'importe quel autre partenariat qui s'est formé pendant la guerre pour voir qu'il y a plus dans le lien qu'une simple protection contre la lumière du jour et un coup de pouce à la puissance du magicien.

Jean haussa les épaules.

— Les vampires voient la marque sur le cou d'Alain et ne cherchent pas plus loin que ça, comme explication au comportement d'Orlando.

— Je veux bien croire pour Orlando et Alain, admit Raymond en repensant à l'attirance instantanée et au lien presque tout aussi immédiat entre le meilleur ami de Jean et le commandant en second de Raymond. L'Aveu de Sang les met dans une classe à part, mais Thierry n'a pas de marque. Mathieu n'en a pas. Moi non plus.

Jean se mit à rire.

— Tu es le président de l'ANS. Je suis chef de la Cour. Thierry est passé maître dans l'art de cacher ce qu'il ressent derrière son masque de stratège, et les autres ne sont pas aussi connus aux yeux du public. Nous le voyons parce que nous savons où le chercher et parce que nos liens avec les anciens combattants agissent comme une sorte de laissez-passer pour leurs confidences. Tu sais ce qu'ils ressentent sans que ça ait besoin d'être dit, et donc tu vois les petits signes extérieurs qui passent inaperçus.

Raymond pouvait comprendre le point de vue de Jean. Il n'avait fait aucune publicité autour du fait qu'il rentrait à la maison chaque nuit pour être dans le lit et les bras du chef de la Cour. Les gens qui les connaissaient en avaient conscience, mais un magicien qui avait passé la guerre ailleurs qu'à Paris pouvait l'ignorer. Paul, le magicien qui l'attendait quand il est arrivé à trois heures de l'après-midi – il travaillait de quinze heures à une heure du matin, afin d'être accessible aux vampires qui étaient encore restreints par la lumière du jour – n'avait même pas été un membre de l'ANS pendant la guerre, étant seulement entré en possession de ses capacités magiques depuis six mois. Raymond ne connaissait pas son partenaire, Guillemin, il ne savait pas pourquoi le vampire avait ignoré tous les avertissements. Sauf si l'attrait d'être protégé des rayons du soleil par le sang de son partenaire était suffisant pour remplacer le bon sens.

— Il doit y avoir une meilleure façon de régler ce problème.

— Il y en a une, lui rappela Jean en voyant l'inquiétude et la frustration sur le beau visage de son amant.

Il tendit la main et lissa les rides d'inquiétude du front du magicien, sentant une fois de plus l'attirance qui avait peu à voir avec les courts cheveux bruns, les traits puissants et le corps magnifique, et tout à voir avec la force de caractère qui se trouvait sous la surface.

— Elle ne cesse cependant de prendre la deuxième place pour tout ce que nous essayons d'accomplir.

L'Institut Marcel Chavinier. Le rêve de Raymond et l'ultime hommage à son mentor, l'homme dont l'éclat et le courage avaient conduit à la fondation de l'alliance et à la création des partenariats qui avaient permis de gagner la guerre et continué à déterminer la vie de tant de gens.

— Nous ne sommes pas encore prêts à aller de l'avant avec ça.

— Pourquoi pas ? demanda sérieusement Jean. Qu'est-ce qui nous retient vraiment ?

Raymond rit amèrement.

— Le temps ? L'argent ? Le programme d'étude ? La faculté ? Les cent autres choses réclamant notre temps ?

Jean hocha la tête en signe de compréhension.

— Je ne suis pas habitué à être soumis aux caprices du Parlement et du reste du monde. Je gère ma propre Cour depuis si longtemps que je suis habitué à organiser mon agenda sans me préoccuper des autres. Je sais que ce n'est pas aussi simple, mais nous avons deux hommes dont les vies ont été bouleversées.

— Pas plus, pas moins que les nôtres ne l'ont été il y a un an.

Raymond ne voulait pas d'un partenaire, encore moins d'un amant et il avait combattu le lien entre eux bec et ongles. Heureusement, il avait lamentablement échoué.

— Non, convint Jean, mais nous étions en guerre, prêts à faire des sacrifices pour gagner. Pour la plupart d'entre nous, les partenariats résultants n'étaient pas réellement des sacrifices, mais penses-tu vraiment qu'Adèle n'annulerait pas son lien si elle le pouvait ?

— Je sais qu'elle le ferait, répondit Raymond, repensant tristement au cas d'incompatibilité le plus épouvantable dont il avait été témoin entre partenaires.

Paul et Guillemin pouvaient ne pas être heureux des profondes influences du lien sur leurs vies, mais il doutait que ce puisse être comparable au genre d'indignité qu'Adèle et son partenaire Jude s'étaient infligé l'un l'autre, avant que le démantèlement de la Milice de la Sorcellerie permette à Adèle de quitter Paris, et son partenaire par la même occasion. Pour autant qu'il sache, ils ne s'étaient pas revus depuis un an. L'érudit en lui se demandait si le lien s'était brisé entre-temps ou s'il était simplement en sommeil, attendant qu'ils soient à nouveau ensemble. Son propre besoin à avoir Jean n'avait nullement diminué, mais ils vivaient constamment ensemble et Jean se nourrissait de lui régulièrement. Même lorsque ces alimentations n'incluaient pas de faire l'amour, c'étaient quelques-uns des moments les plus intimes de la vie de Raymond. Lorsque Jean lui faisait l'amour avec son corps aussi bien qu'avec ses crocs, ce n'était comparable à rien d'autre.

— Crois-tu que nous devrions ignorer l'agenda que nous avions fixé et nous concentrer entièrement sur l'Institut ?

— Je pense que si nous ne le faisons pas, nous allons avoir de plus en plus de problèmes comme celui que nous avons aujourd'hui. Cela ne concerne pas uniquement nos peuples, le tien ou le mien, précisa Jean. Nous avons travaillé dur pour établir l'ANS comme étant la voix des sorciers, des vampires et des autres créatures magiques sans distinction. Nous ne pouvons pas nous permettre de perdre la foi de nos propres peuples, parce que sinon, nous n'aurons plus aucune crédibilité auprès des autres ensuite.

Les paroles de Jean étaient sensées, le rappel pour Raymond qu'il n'avait pas à naviguer seul dans le champ de mines que constituait la vie publique. Son partenaire – son amant – était passé maître dans le jeu des Cours, le jeu subtil des vampires pour le pouvoir et la position qui régissait une grande partie de leurs interactions les uns avec les autres. En tant que chef de la Cour – le dirigeant des vampires –, Jean avait vécu sous surveillance constante depuis sa prise de fonction à Paris, près de quatre cents ans plus tôt. Si quelqu'un pouvait aider Raymond à gérer toutes les exigences de son temps de travail, ce serait Jean.

— Alors, la question est de savoir comment expliquer le changement dans nos priorités.

— Non, la question est de savoir à qui laisser la charge des autres priorités, pendant que nous nous concentrons sur l'Institut, corrigea Jean. Alain et Orlando peuvent prendre en charge une partie du travail législatif. Thierry nous jetterait un sort au bout d'une semaine si nous le chargions de ça, mais il peut s'occuper d'une partie du travail de sensibilisation dont tu t'occupais toi-même jusqu'à présent. Il est bon avec les gens. Laisse lui prendre en charge la campagne d'éducation. Fabienne peut facilement gérer les plaintes qui arrivent, triant celles dont tu dois t'occuper personnellement de celles qu'une autre personne de l'ANS pourrait traiter. À l'heure actuelle, elle connaît l'exercice probablement aussi bien que toi.

Raymond devait admettre la véracité de cette affirmation. Sa secrétaire, une vampire appareillée, avait prouvé son génie en organisant et en traitant la majeure partie de la correspondance et de la paperasserie de Raymond avec une facilité qu'il lui enviait. Étant une vampire, elle l'empêchait de faire quoi que ce soit qui pourrait faire perdre la face à Jean dans le jeu des Cours et l'aidait en lui expliquant certaines questions relatives à la culture vampire. Dans le même temps, avoir un partenaire lui apportait une sensibilité similaire envers les sorciers et leurs préoccupations. Son partenaire avait pour mission, durant ses heures de service, de maintenir l'équilibre de la magie élémentaire avec son groupe de travail.

— Je pourrais laisser Mathieu s'occuper de l'équilibre magique. Il fait déjà tout le travail. Il pourrait prendre les décisions au lieu d'attendre que je lui dise sur quoi se concentrer.

— C'est l'idée, l'encouragea Jean. Il se fait tard. As-tu déjà dîné ?

— J'avais un repas d'affaires ce soir, confirma Raymond avec un bâillement.

— Alors, il est l'heure d'aller se coucher, déclara Jean. Nous verrons demain pour faire le point de tout ce que nous avons en cours et pour décider comment le déléguer. À la fin de la semaine, nous devrions être capables de nous consacrer entièrement à l'Institut.

Raymond hocha la tête.

— J'ai d'abord besoin d'un bain, décida-t-il en changeant le programme. Je n'arrivai pas à me réchauffer aujourd'hui.

Le froid n'avait pas de prise sur Jean comme il le faisait sur les mortels, mais il n'avait rien contre l'idée d'avoir son amant mouillé et nu.

— Je t'accompagne, proposa-t-il.

Il entraîna Raymond dans le couloir vers la grande salle de bains, pour les standards parisiens en tout cas. La baignoire blanche sur pieds était, comme presque tout dans l'appartement de Jean – y compris lui-même – un vestige d'une époque révolue, mais elle était assez grande pour les deux hommes, et le chauffe-eau était efficace. Jean ouvrit les robinets avant de reporter son attention sur son amant, ses mains s'activant efficacement sur les vêtements de Raymond, les boutons et la fermeture éclair cédant à leur expertise. En quelques instants, il eut son amant nu pour pouvoir s'en délecter.

Raymond le laissa faire, une réaction qui réchauffait toujours le cœur de Jean, le souvenir de son partenaire luttant contre leur lien restait vivace dans son esprit, même après l'année qui s'était écoulée. La maîtrise de soi de Raymond était phénoménale, ce qui rendait plus grisant le fait de savoir que son contact et sa morsure étaient acceptés. Jean n'avait pas séduit son amant par son statut ou ses relations, parce que son amant était à l'épreuve de ces manigances. Il était là, dans l'appartement de Jean, dans le lit de Jean, dans la vie de Jean, parce qu'il avait choisi d'y être. Jean était pratiquement sûr que cela faisait de lui l'homme le plus chanceux de la planète.

Ses lèvres s'attardèrent sur la cicatrice qui suivait la colonne vertébrale de Raymond, un rappel vivant du passé. Raymond dirait qu'il s'agissait là d'un rappel de sa faillibilité pour s'être laissé prendre à la propagande de Serrier au début de la rébellion, 'l'émeute des Sorciers', comme cela avait fini par être appelé. Jean était en désaccord, mais il savait qu'il ne rallierait jamais Raymond à son point de vue.

Lui la voyait plutôt comme une marque de bravoure. Malgré la cicatrice sur son dos et tout ce qu'elle représentait, Raymond avait déserté pour lutter contre Serrier, et avait participé à sa chute. À sa connaissance, seuls deux autres sorciers vivants portaient des marques similaires. Les autres avaient trouvé la mort dans la bataille finale. Comme il le faisait toujours lorsqu'il voyait la cicatrice, Jean en retraça toute la longueur avec sa langue. Il ne s'attendait pas à ce que sa salive guérisse cette marque comme elle soignait les marques de son alimentation, mais cela ne le détournait pas de son rituel. À défaut, Raymond avait besoin de se rappeler que Jean ne considérait pas la cicatrice comme une marque honteuse.

Les yeux de Raymond se fermèrent alors qu'un soupir lui échappait, la même réaction qu'il avait chaque fois que la bouche de Jean trouvait la ligne blême sur son dos. Il ne cessait de penser qu'il allait s'habituer à l'insistance de son amant, à son contact sur sa marque de Caïn, mais même après un an, il était toujours surpris que quelqu'un puisse vouloir prodiguer de l'attention à cette atrocité. Jean n'avait jamais hésité, pas même la première fois qu'il l'avait vue, alors qu'ils étaient tous les deux gorgées de la puissance du Piège-Pouvoir après avoir entrepris de nettoyer une explosion de magie sauvage. Il frissonna quand la langue de Jean glissa plus bas, toutes autres pensées que la présence de son amant s'effaçant dans le sillage du muscle chaud et humide qui dérivait sur ses fesses.

— Je croyais que nous allions prendre un bain, murmura-t-il.

— Nous allons le prendre, promit Jean, mais j'espérais que ce ne serait pas tout ce que nous ferions.

Le corps de Raymond réagit de façon prévisible, son sexe durcit, le reste de son être fondant sous la vague de désir. Il aurait fléchi si les mains de Jean ne l'avaient pas retenu. Sur le coup, ses jambes tremblaient alors que la langue de Jean poursuivait son chemin dans sa raie. Il se pencha en avant, agrippant le lavabo avec ses mains, se demandant si ce serait le moment où les crocs de Jean perceraient la peau sensible de ses fesses. Il avait supplié Jean à plusieurs reprises de cesser de le préserver de la sensation de ses crocs, mais le vampire n'avait pas encore cédé. Les lèvres de Jean se refermèrent sur son entrée, suçant avidement sa chair, et Raymond vint au-devant de lui, ayant besoin de plus, plus de profondeur, plus d'intensité. Jean se soumit comme s'il pouvait lire dans l'esprit de Raymond, sa langue se frayant un chemin à l'intérieur, chaude et agile, rendant Raymond dingue. Sa tête tomba en avant sur ses mains, de petits gémissements s'échappant de ses lèvres.

— Jean !

— Dans la baignoire, ordonna celui-ci, l'attirant en arrière et se déshabillant rapidement. Ne t'inquiète pas, je vais prendre soin de toi.

Raymond hésita à supplier à nouveau, mais en fin de compte, il avait besoin d'un bain – même s'il ne tarderait pas à refroidir ! Ils pourraient ainsi bien combiner les deux, le bain et le sexe. Il entra dans la baignoire, se retournant pour admirer le corps de Jean qui apparaissait progressivement à sa vue. Long et mince, il réussissait à être impressionnant, même quand il était nu, un frisson traversa Raymond alors qu'il prévoyait de s'abandonner à la calme présence imposante.

Jean le rejoignit dans la baignoire, surplombant la silhouette allongée de Raymond. Agenouillé afin de chevaucher les hanches de son amant, il prit un moment pour caresser la poitrine de Raymond avec ses mains, profitant de la façon dont les muscles durs remuaient sous ses doigts. Lorsque Raymond pencha la tête en arrière, Jean se pencha et mordit légèrement à la ligne de la mâchoire du magicien.

— S'il te plaît, murmura Raymond.

— Tu n'as pas besoin de supplier, lui assura Jean. Je le veux autant que toi.

Raymond doutait que cela soit possible, mais protester ne lui apporterait rien. Au lieu de cela, il laissa sa tête basculer totalement en arrière contre le rebord de la baignoire, offrant la totalité de son cou à la marque de son amant. Jean n'hésita pas à accepter l'offre, sa langue glissa sur la peau de Raymond avant que ses crocs pénètrent, plongeant profondément. Raymond se cambra, son corps cherchant plus de contact avec son amant.

Jean l'exauça, pesant contre le sexe de Raymond, le frottement érotique suffisant à les faire gémir tous les deux. Il fallut seulement quelques minutes avant qu'ils aient tout aussi désespérément besoin de jouir l'un et l'autre. Jean glissa sa main entre leurs corps, la refermant autour de leurs deux sexes, la pression supplémentaire suffit à déclencher leur orgasme mutuel.

Léchant délicatement la peau de Raymond, Jean leva la tête et embrassa tendrement son amant.

— As-tu bu suffisamment ? demanda Raymond paresseusement.

— Plus qu'assez, lui assura Jean. Finissons ton bain et allons au lit. Nous aurons beaucoup à faire demain.

Raymond hocha la tête, attrapant spontanément le shampoing. Il se lava rapidement, l'attrait d'être allongé dans le lit, à côté de son amant, suffisait pour l'inciter à dépasser la léthargie induite par le sexe.

Jean l'aida à se sécher et le conduisit dans la chambre à coucher, écartant les rideaux de brocart noir qui entouraient le lit à baldaquin. Raymond s'effondra presque sur les draps sombres, tendant les mains pour attirer Jean contre lui.

— Dors bien, murmura Jean, offrant un dernier baiser à Raymond.

Raymond attira Jean plus près alors que le sommeil le rattrapait, ayant besoin du réconfort de pouvoir tenir son amant contre lui. Jean se déplaça volontiers, regardant les lignes de stress et d'inquiétude disparaître lentement du front de Raymond. En souriant, il déposa un léger baiser au coin des lèvres de son amant, puis s'installa pour profiter des heures passées dans les bras de son magicien.

Lorsqu'ARIEL TACHNA avait douze ans, elle a découvert deux choses : la langue française et les romans d'amour. Ces deux amours l'ont définie depuis. Au moment où elle terminait le lycée, elle avait écrit quatre romans que personne ne voudrait lire aujourd'hui, mettant en vedette une jeune femme qui était – vous l'aurez deviné – bilingue. Cette fille était tout ce qu'Ariel voulait être à douze ans et qu'elle n'était pas.

Elle vit maintenant dans la banlieue de Houston avec son mari (qui parle également français), ses enfants (qui comprennent le français, même lorsqu'ils sont trop paresseux pour le parler), et leurs deux chiens (qui refusent obstinément de répondre aux ordres en français).

Vous pouvez retrouver Ariel :
Sur son blog: www.arieltachna.com
Sur Facebook: www.facebook.com/ArielTachna
Par E-mail: arieltachna@gmail.com

Par ARIEL TACHNA

À votre service
Ses Deux Papas

PARTENARIATS DE SANG
Alliance de sang
Contrat de sang
Conflit de sang
Réparation de sang

Publié par DREAMSPINNER PRESS
www.dreamspinner-fr.com

DÉCOUVREZ LA SUITE

Partenariats de Sang

Par Ariel Tachna

Disponible par
www.dreamspinner-fr.com

ALLIANCE DE SANG

ARIEL TACHNA

Partenariat de sang : Tome un

Un magicien désespéré et un vampire désabusé et amer peuvent-ils trouver un moyen de construire un partenariat qui pourrait sauver leur monde ?

Beaucoup dans ce monde secoué par la guerre magique voient les vampires comme des prédateurs, des créatures de la nuit valant moins que les humains. Pourtant, avec le conflit qui s'intensifie, la Milice de la Sorcellerie a besoin d'avantages pour inverser le cours de la guerre en sa faveur et les vampires lui donnent un avantage contre les sorciers dans cette bataille meurtrière. Dans une tentative dangereuse pour montrer leur bonne volonté, la Milice de la Sorcellerie demande une rencontre avec les vampires afin de pouvoir plaider leur cause.

Un homme désespéré, Alain Magnier, et un vampire amer et sans illusion, Orlando Saint Clair, se rencontrent à Paris et le sort du monde dépend de leur bon jugement. Est-ce que les vampires vont envisager de se joindre à la cause et de former une Alliance avec les magiciens pour gagner la guerre ?

www.dreamspinner-fr.com

CONTRAT DE SANG

ARIEL TACHNA

Partenariat de Sang : Tome deux

Les sorciers et les vampires ont forgé une Alliance fondée sur le sang et la magie dans l'espoir de renverser la tendance de la guerre contre les sorciers rebelles. Quelques liens sorcier-vampire sont aussi réussis que celui d'Alain Magnier et Orlando de Saint Clair, mais d'autres le sont beaucoup moins, menant à des disputes, des ressentiments ou carrément à des combats entre les alliés en dépit de leurs objectifs communs.

Suivant l'exemple de son meilleur ami Alain, Thierry Dumont accepte résolument un partenariat avec le vampire Sébastien Noyer et ce malgré l'inconfort du sorcier à être si proche d'un vampire – et d'un homme – si peu de temps après le décès de sa femme. Mais ils constatent que leurs désespoirs sont peut-être la clé pour former une Alliance qui fonctionne : Thierry et Sébastien sont presque immédiatement dévoués à la sécurité de l'autre.

Avec cette nouvelle force qui la soutient, les dirigeants de l'Alliance se préparent à annoncer son existence au monde entier dans l'espoir de les rallier contre les sorciers rebelles qui menacent de détruire la vie telle qu'ils la connaissent. Luttant pour trouver sa voie dans la guerre en pleine expansion, l'Alliance découvre que malgré ses avantages, les partenariats ont une incidence sur l'équilibre des pouvoirs magiques élémentaires dans le monde qui peut être une menace encore plus grande que la guerre elle-même.

www.dreamspinner-fr.com

CONFLIT DE SANG

ARIEL TACHNA

Partenariat de sang : Tome trois

Alors que les partenariats magiciens-vampires de l'Alliance deviennent plus forts, les sorciers rebelles en subissent les effets. Ils cherchent de plus en plus désespérément à trouver des informations capables de les contrer, ignorant la pression croissante des liens de la magie de sang sur les magiciens et les vampires.

Le conflit se propage. Les querelles des partenariats mal assortis, à la fois sur un plan personnel et professionnel, menacent de déchirer l'Alliance de l'intérieur, malgré les efforts d'Alain Magnier et d'Orlando Saint Clair, de Thierry Dumont et de Sébastien Noyer, et même de Raymond Payet et de Jean Bellaiche, le chef des vampires de Paris qui se bat pour établir un équilibre avec son propre partenaire afin de pouvoir donner l'exemple.

Alors que la guerre fait rage et que les pertes déchirantes augmentent dans les deux camps, les sorciers rebelles continuent à chercher des indices pour comprendre et contrer la force de l'Alliance, alors que les partenaires liés par le sang de l'Alliance font la chasse aux anciens préjugés et partent à la recherche de savoirs oubliés pour trouver un avantage qui pourrait inverser le cours de la guerre une fois pour toutes.

Avec cette nouvelle force à ses côtés, les dirigeants de l'Alliance décident d'annoncer son existence au monde entier, dans l'espoir de rallier des soutiens contre les sorciers rebelles qui menacent de détruire la vie comme ils la connaissent. Luttant pour trouver sa voie dans la guerre qui s'étend, l'Alliance découvre que, malgré ses avantages, les partenariats ont une incidence sur l'équilibre du pouvoir magique dans le monde, ce qui est pourrait être une menace encore plus grande que la guerre elle-même.

www.dreamspinner-fr.com

Lorsqu'Anthony Mercer est entré dans le restaurant Au cœur du terroir, il était à la recherche d'un bon repas et d'une soirée agréable passée avec une amie. Il ne s'attendait pas à rencontrer – et encore moins coucher avec – Paul Delescluse, un serveur du restaurant. Après avoir passé une semaine magique ensemble à Paris, Anthony doit retourner à sa vie en Caroline du Nord, tandis que Paul reste en France.

Malgré la distance et l'absence de promesses entre eux – Paul veut du sexe, pas une relation – Paul et Anthony forgent une amitié solide. Puis le travail d'Anthony le ramène à Paris, cette fois pour y rester. Paul est très heureux qu'il soit de retour, mais Anthony a un choix difficile à faire : être une autre des conquêtes de Paul, ou lutter pour obtenir la relation qu'ils pourraient avoir, si seulement Paul voulait bien y croire.

www.dreamspinner-fr.com

SES DEUX
PAPAS

ARIEL
TACHNA

Srikkanth Bhattacharya est le célibataire gay par excellence et parfaitement heureux de l'être, jusqu'à ce qu'il reçoive un appel de l'hôpital local lui annonçant que sa meilleure amie est morte en couches. Sri avait accepté de donner son sperme afin que le rêve de maternité de Jill se réalise, mais il ne s'était pas attendu à être responsable d'une petite fille. Il décide de la placer dans une famille adoptive, mais une fois qu'il la voit, Sri ne peut se résoudre à le faire, et se débat maintenant pour apprendre à s'occuper d'un nouveau-né.

Son colocataire et ami, Jaime Frias, propose de l'aider, ne se doutant pas qu'il allait tomber amoureux du bébé et de Sri. Tout semble parfait jusqu'à ce qu'une visite des Services Sociaux plonge Sri dans le désarroi, lui donnant l'impression qu'il doit choisir entre sa fille et une relation avec l'homme qu'il était venu à aimer.

www.dreamspinner-fr.com